MARS LA VERTE

Kim Stanley Robinson

MARS LA VERTE

Roman

Libre Expression

Données de catalogage avant publication (Canada)
Robinson, Kim Stanley
Mars la verte
Traduction de : Green Mars.
ISBN 2-89111-741-7
I. Demuth, Michel. II. Titre.
PS3568. O289G714 1997   813'.54   C97-940650-1

Titre original :
GREEN MARS

Traduit par
MICHEL DEMUTH

Maquette de la couverture
FRANCE LAFOND

© Éditions Libre Expression
2016, rue Saint-Hubert
Montréal, Qc H2L 3Z5

Dépôt légal :
2ᵉ trimestre 1997

ISBN 2-89111-741-7

Pour Lisa et David

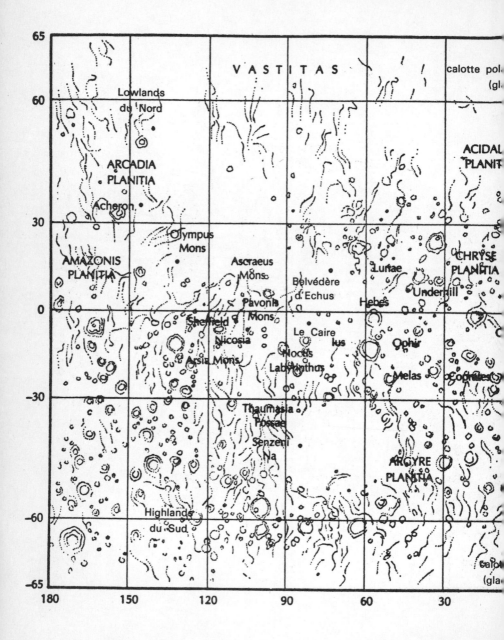

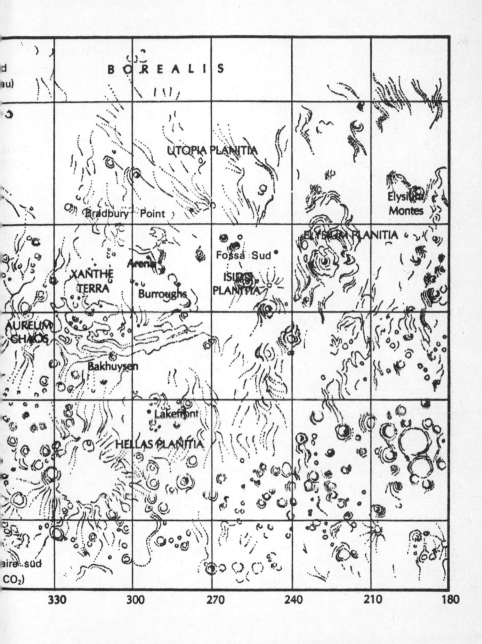

BOREALIS

UTOPIA PLANITIA

Bradbury Point

Elysium Montes

ELYSIUM PLANITIA

Fossa Sud

Arena

XANTHE TERRA

Burroughs

ISIDIS PLANITIA

AURELUM CHAOS

Bakhuysen

Lakefront

HELLAS PLANITIA

aire sud (CO₂)

330   300   270   240   210   180

PREMIÈRE PARTIE

Aréoformation

L'objectif n'est pas de faire une autre Terre. Ni un autre Alaska, un autre Tibet, pas plus qu'un nouveau Vermont, une nouvelle Venise, un nouvel Antarctique. L'objectif est de faire quelque chose de neuf et d'étrange, quelque chose de martien.

En un sens, nos intentions ne comptent même pas. Même si nous essayons de fabriquer une autre Sibérie, un autre Sahara, ça ne marchera pas. L'évolution ne le permettra pas, et pour l'essentiel il s'agit d'un processus évolutif, d'un effort qui se situe au-dessous de l'intention, comme quand la vie a miraculeusement sauté hors de la matière, ou quand elle a rampé hors de la mer pour atteindre la terre.

Une fois encore, nous luttons dans la matrice d'un monde nouveau. Bien sûr, tous les gabarits génétiques de notre biote sont terrestres. Les esprits qui les ont conçus sont terrestres. Mais le terrain, lui, est martien. Et le terrain est un ingénieur généticien tout-puissant, qui détermine ce qui va croître ou pas, qui dirige les différenciations progressives, et donc l'évolution des espèces nouvelles. Et au fil des générations, tous les membres d'une biosphère évoluent ensemble, s'adaptant au terrain en une réponse commune et complexe, une capacité d'auto-adaptation créative. Ce processus, quelle que soit la mesure dans laquelle nous y intervenons, échappe pour l'essentiel à notre contrôle. Il y a mutation des gènes, évolution des créatures : une nouvelle biosphère émerge et, dans le même temps, une nouvelle noosphère. Et, à terme, les esprits des concepteurs, comme toute chose, auront été irréversiblement changés.

Tel est le processus de l'aréoformation.

Un jour, le ciel tomba. Des plaques de glace s'abattirent dans le lac et vinrent battre la plage. Les enfants se dispersèrent comme des moineaux effrayés. Nirgal courut à travers les dunes jusqu'au village et surgit dans la serre en criant :

— Le ciel est en train de tomber!

Peter se précipita au-dehors et escalada les falaises trop vite pour que Nirgal puisse le suivre.

Au bord de la plage, de grands panneaux de glace venaient s'échouer sur le sable et des fragments de glace sèche crépitaient dans l'eau. Quand tous les enfants furent regroupés autour de lui, Peter leva la tête vers les hauteurs du dôme.

— On retourne au village, déclara-t-il d'un ton sérieux. (En chemin, il se mit à rire.) Le ciel est en train de tomber! couina-t il en ébouriffant les cheveux de Nirgal.

Nirgal rougit et Dao et Jackie se mirent à rire dans des bouffées d'haleine blanche.

Peter fut l'un de ceux qui escaladèrent le dôme pour le réparer. Lui, Kasei et Michel telles trois araignées s'élevèrent au-dessus du village, de la plage et du lac jusqu'à paraître plus petits que des enfants, suspendus aux filins accrochés à des pitons. Ils arrosèrent le dôme jusqu'à ce qu'une nouvelle couche se forme sur la glace sèche. Et quand ils revinrent, ils parlèrent du monde extérieur qui se réchauffait. Hiroko était sortie de sa petite cabane de bambou près du rivage pour voir ce qui se passait, et Nirgal lui demanda :

— Est-ce qu'il va falloir qu'on parte?

— Il faudra toujours qu'on parte, lui dit Hiroko. Sur Mars, rien ne durera jamais.

Mais Nirgal aimait bien la vie sous le dôme. Au matin, il s'éveilla dans sa chambre ronde en bambou, dans les hauteurs du Croissant de la Crèche, et il partit dévaler les dunes givrées avec Jackie, Rachel, Franz et les autres lève-tôt. Il vit Hiroko sur l'autre rive. Elle suivait le bord de l'eau avec une démarche légère de danseuse, comme si elle flottait sur son reflet. Il aurait bien aimé la rejoindre, mais c'était l'heure de l'école.

Ils retournèrent au village et s'entassèrent tous dans le vestiaire de l'école. Là, ils accrochèrent leurs anoraks et tendirent les mains au-dessus de la chaudière en attendant le professeur. Ça pourrait très bien être l'ennuyeux Dr Robot, dont ils comptaient les clins d'œil comme les secondes d'une horloge. Ou encore la Gentille Sorcière, vieille et moche, et alors ils seraient libres à l'extérieur pour tout le reste de la journée et ils pourraient s'en donner à cœur joie avec les outils. Mais s'ils avaient affaire à la Méchante Sorcière, vieille et très belle, ils seraient plantés devant leurs lutrins durant toute la matinée pour essayer d'apprendre à penser en russe, au risque d'avoir droit à une tape sur la main s'ils pouffaient de rire ou sommeillaient. La Méchante Sorcière avait des cheveux d'argent, un regard perçant et un nez crochu, exactement comme les aigles pêcheurs qui nichaient dans les pins près du lac. Nirgal avait très peur de la Méchante Sorcière.

Aussi, comme les autres, dissimula-t-il sa consternation quand la Méchante Sorcière entra. Mais, ce jour-là, elle paraissait fatiguée, et elle les laissa sortir à l'heure, même s'ils s'étaient montrés assez lamentables en arithmétique. Nirgal suivit Jackie et Dao. Ils contournèrent l'angle de l'école pour enfiler l'allée entre le Croissant de la Crèche et l'arrière de la cuisine. Dao pissa contre le mur et Jackie baissa sa culotte pour montrer qu'elle pouvait faire pareil. Et c'est alors que la Méchante Sorcière surgit. Elle les empoigna par le bras, Nirgal et Jackie coincés dans ses griffes, et elle les entraîna jusqu'à la plaza où elle donna une bonne fessée à Jackie en hurlant d'un ton furieux aux garçons :

– Et ne vous approchez plus d'elle, tous les deux ! C'est votre sœur !

Jackie, qui se débattait en pleurant pour remonter sa culotte, vit alors Nirgal qui la regardait. Elle essaya de les frapper, lui et Maya, d'un même swing furieux, et elle tomba cul nu en hurlant.

Ce n'était pas vrai que Jackie était leur sœur. Il y avait douze enfants sansei [1] à Zygote, et ils se connaissaient comme frères et sœurs, ce qui était vrai pour la plupart, mais pas pour tous. C'était très embrouillé et on en discutait rarement. Jackie et Dao

1. De la troisième génération. *(N.d.T.)*

16

étaient les plus âgés, Nirgal avait une saison de moins qu'eux, et tous les autres suivaient à une saison de distance de plus : Rachel, Emily, Reull, Steve, Simud, Nanedi, Tiu, Frantz et Huo Hsing. Hiroko était la mère de tous ceux qui vivaient à Zygote, enfin, pas vraiment : de Nirgal, Dao, et six autres des sansei, plus quelques adultes nisei [1]. Les enfants de la déesse mère.

Mais Jackie était la fille d'Esther. Esther était partie après une dispute avec Kasei, qui était le père de Jackie. Ils n'étaient guère nombreux à savoir qui était réellement leur père. Nirgal, une fois, alors qu'il rampait sur une dune à la poursuite d'un crabe, avait été surpris par Esther et Kasei qui passaient au-dessus de lui. Esther était en larmes et Kasei criait :

— Si tu veux me quitter, alors quitte-moi.

Il s'était mis à pleurer lui aussi. Il avait une canine en pierre rose [2]. Lui aussi était un enfant d'Hiroko, et Jackie était par conséquent la petite-fille d'Hiroko. Ça marchait comme ça. Jackie avait de longs cheveux noirs et elle courait plus vite que tout le monde à Zygote, si l'on exceptait Peter. Nirgal était le plus fort sur longue distance, et il faisait parfois trois ou quatre fois le tour du lac, rien que pour le plaisir. Quant à Jackie, c'était la meilleure sprinteuse. Elle riait tout le temps. Et quand Nirgal s'empoignait avec elle, elle répondait toujours : « D'accord, oncle Nirgie », en éclatant de rire. Elle était bel et bien sa nièce, bien qu'elle eût une saison de plus que lui. Mais certainement pas sa sœur.

La porte s'ouvrit avec violence et Coyote fit son entrée. Aujourd'hui, c'était lui leur professeur. Coyote parcourait le monde et ne passait que très peu de temps à Zygote. Sa journée de cours était un événement. Il les promenait toujours autour du village en leur trouvant des occupations bizarres, mais, régulièrement, il demandait à l'un d'entre eux de lire à haute voix des extraits de livres impossibles à comprendre, écrits par des philosophes morts depuis longtemps : Bakounine, Nietzsche, Mao – les seules pensées intelligibles de ces gens étaient comme des cailloux rares sur une grande plage de galimatias.

Les histoires qu'il leur racontait et qui provenaient de l'*Odyssée* ou de la Bible étaient plus faciles à comprendre, quoique dérangeantes, car les gens n'arrêtaient pas de s'y entretuer, et Hiroko disait que ça n'était pas bien. Ça faisait rire Coyote et il lui arrivait parfois de hurler sans raison quand ils lisaient les contes

1. De la deuxième génération. *(N.d.T.)*
2. Les prothèses dentaires en pierre sont le signe de ralliement intime des indépendantistes martiens. Voir *Mars la Rouge. (N.d.T.)*

17

affreux, puis leur posait des questions sur ce qu'ils venaient d'entendre, se querellait avec eux comme s'ils savaient de quoi il était question, ce qui était très déconcertant. « Qu'est-ce que tu aurais fait, *toi* ? Et *pourquoi* ? » Tout en leur enseignant comment fonctionnait le recycleur de carburant Rickover [1] ou en leur faisant vérifier les plongeurs de la machine à vagues du lac jusqu'à ce qu'ils en aient les mains bleues puis blanches et claquent des dents sans plus pouvoir dire un mot.

– Ça, les gamins, on peut dire que vous attrapez froid très vite, commentait-il. Sauf Nirgal.

Nirgal supportait bien le froid. Il en connaissait intimement tous les stades, et il n'en détestait pas le contact. Les gens qui n'appréciaient pas le froid ne comprenaient pas qu'on puisse s'y habituer, qu'on puisse contrebalancer ses effets nocifs par un véritable effort de l'intérieur. Nirgal était aussi très familier de la chaleur. Si l'on expulsait assez fort sa chaleur, le froid, dès lors, n'était plus qu'une sorte d'enveloppe vivante avec laquelle on se déplaçait. Qui avait pour effet ultime de vous stimuler, de vous donner envie de courir.

– Hé, Nirgal, quelle est la température extérieure de l'air ?

– Deux cent soixante et onze degrés.

Le rire de Coyote était effrayant : une sorte de caquètement animal qui renfermait tous les sons qu'on pouvait produire. Et à chaque fois différent.

– Bon, on va arrêter la machine à vagues et voir à quoi ressemble le lac à plat.

L'eau du lac était toujours à l'état liquide, alors que le revêtement de glace, à l'intérieur du dôme, devait constamment rester à l'état solide. Ce qui expliquait en grande partie leur climat mésocosmique, selon Sax : ils avaient des brumes, des vents soudains, de la pluie et, occasionnellement, de la neige. Ce jour-là, la machine à saisons était presque silencieuse et il n'y avait pratiquement pas de vent dans le grand hémisphère sous le dôme. La machine à vagues coupée, le lac était devenu une plaque ronde parfaitement lisse. La surface de l'eau, près de la berge, était presque aussi blanche que le dôme, mais le fond du lac, tapissé d'algues vertes, était encore visible sous le voile blanc. En cet instant, le lac était donc à la fois d'un blanc pur et d'un vert sombre. Sur l'autre rive, les dunes et les épineux se reflétaient à la surface comme dans un miroir. Nirgal restait paralysé d'émerveillement devant cette vision : tout semblait avoir disparu pour ne laisser que cette image, cette pulsation blanche et verte. Il vit

1. Générateur à fusion nucléaire utilisé pour la première fois sur les sous-marins. Voir *Mars la Rouge.* *(N.d.T.)*

alors qu'il y avait là deux mondes, et non pas un seul – deux mondes dans le même espace, tous deux visibles, à la fois différents, séparés, mais fondus l'un dans l'autre, et visibles seulement sous certains angles. Il poussa alors sur l'enveloppe de sa vision, comme il poussait avec sa chaleur contre le froid : *Pousse!* Oh, il y avait tant de couleurs!...

– Mars à Nirgal ! Mars à Nirgal !

Les autres riaient. Il faisait toujours ça, lui disaient-ils. Il était ailleurs. Ses amis l'aimaient bien : il le lisait sur leurs visages. Coyote cassa quelques petites plaques de glace échouées et les lança en ricochet sur la surface du lac. Jusqu'à ce que les vaguelettes blanc-vert fassent frissonner et danser le monde du miroir.

– Regardez ça ! s'écria alors Coyote.

Entre deux lancers, il psalmodiait, dans cet anglais saccadé qui ressemblait à une litanie infinie :

– Vous savez, les gamins, jamais personne n'a eu une aussi bonne vie que la vôtre dans toute l'histoire. La plupart des gens ne sont que des lubrifiants de la grande machine mondiale, mais vous, vous assistez à la naissance d'un monde ! *Incroyable !* Mais c'est un simple coup de chance, vous savez, vous n'y êtes pour rien, jusqu'à ce que vous en fassiez quelque chose. Vous auriez pu naître en pension, en prison, dans un bidonville des Caraïbes... Mais non : vous vivez à Zygote, le cœur secret de Mars ! Bien sûr, pour le moment, vous n'êtes que des taupes dans leur trou, avec des vautours qui tournent dans le ciel prêts à vous becqueter, mais un jour viendra où cette planète rompra ses liens. Et vous vous souviendrez de ce que je vous dis maintenant : c'est une prophétie, les enfants ! En attendant, regardez comme il est beau, ce petit paradis de glace !

Il lança un fragment de glace vers les hauteurs du dôme, et ils chantèrent tous « Paradis de glace ! Paradis de glace ! Paradis de glace ! » jusqu'à s'en étouffer de rire.

Mais, ce même soir, Coyote discuta avec Hiroko, alors qu'il croyait qu'aucun des enfants ne les écoutait.

– Roko, tu vas emmener ces gosses à l'extérieur et leur faire voir un peu le monde. Même si c'est sous le brouillard. Ils sont comme des taupes dans leur trou, bon Dieu !

Ensuite, Coyote disparut à nouveau, Dieu savait où, pour l'un de ces mystérieux voyages dans cet autre monde qui leur était fermé.

Certains jours, c'était Hiroko qui venait au village pour leur faire l'école. Pour Nirgal, c'étaient des jours de bonheur. Elle les emmenait toujours à la plage. Aller à la plage avec Hiroko, c'était comme d'être touché par un dieu. La plage était son monde – le monde vert enfermé dans le monde blanc – et elle en connaissait tout. Quand Hiroko était avec eux, les tons de perle subtils du sable et du dôme pulsaient tout à coup de tous les coloris du monde en même temps, comme s'ils essayaient dans la même seconde de se libérer de ce qui les retenait prisonniers.

Assis dans les dunes, ils observaient les oiseaux qui effleuraient l'eau en piaillant, plongeant tour à tour vers la grève. Les chevaliers des sables [1] tournoyaient au-dessus d'eux et Hiroko les assaillait de questions avec un regard heureux. Elle habitait près du lac dans une petite maison de bambou plantée dans les dunes, avec ses proches : Iwao, Rya, Gene, Evghenia. Et elle passait une grande partie de son temps à visiter d'autres refuges secrets aux alentours du pôle Sud. Elle avait donc besoin régulièrement de se ressourcer en informations au village. Elle était mince, plutôt grande pour une issei, aussi pure dans ses vêtements et ses gestes que les oiseaux de la grève. Bien sûr, elle était vieille, incroyablement vieille comme tous les issei. Mais il y avait dans son comportement quelque chose qui la rendait plus jeune que Peter ou Kasei – à peine plus vieille que les gamins, en fait. Elle avait encore devant elle un monde tout neuf. Il lui suffisait de faire un simple effort pour qu'il explose dans toutes ses couleurs.

– Vous voyez ce coquillage avec tous ces dessins. Ces volutes tachetées qui se perdent à l'intérieur jusqu'à l'infini. C'est exactement la forme de l'univers. Il y a une pression constante, qui s'exerce sur ce schéma. Une tendance naturelle de la matière à évoluer vers des formes toujours plus complexes. Une sorte de schéma gravifique, une sainte puissance verte que nous appelons *viriditas* et qui est le principe moteur du cosmos. La vie, vous comprenez. Comme ces puces de mer, ces patelles et ces krills [2] – quoique ces krills-là soient morts et aident les puces à survivre. Comme nous tous... (Elle agita les mains comme une danseuse.) Et parce que nous sommes vivants, nous devons considérer que l'univers est vivant, lui aussi. Nous sommes sa conscience aussi bien que la nôtre. Nous nous élevons du cosmos et nous découvrons la trame de ses schémas, et elle nous frappe par sa beauté. Ce sentiment est la chose la plus importante de l'univers – sa culmination, tout comme la couleur de la fleur qui s'ouvre pour la première fois par un matin humide. C'est un sentiment sacré, et notre tâche en ce monde est de tout faire pour le développer. Et l'un des moyens est de répandre la vie de toutes parts. D'aider à ce qu'elle existe là où elle n'était pas avant. Comme ici, sur Mars.

1. Échassier voisin du bécasseau, familier des étangs. *(N.d.T.)*
2. Minuscules crustacés transparents des mers froides qui font partie du plancton dont se nourrissent notamment les baleines bleues. *(N.d.T.)*

Pour elle, c'était l'acte d'amour suprême, et même s'ils ne comprenaient pas tout quand elle en parlait, ils sentaient l'amour. Une autre poussée, une nouvelle sorte de chaleur dans leur enveloppe de froid. Tout en parlant, elle les touchait, l'un après l'autre, et eux, ils cherchaient des coquillages dans le sable tout en l'écoutant.

– Un clam de boue! Une patelle d'Antarctique! Une éponge de verre... Attention, ça coupe!

Rien qu'en regardant Hiroko, Nirgal était heureux.

Un matin, alors qu'ils se trouvaient sur la jetée pour chercher des coquillages, elle lui retourna son regard et il reconnut son expression – exactement celle qu'il avait quand il la regardait. Il le sentait dans tous ses muscles. Ainsi, il la rendait heureuse, elle aussi! C'était suffocant.

Ils s'avançaient sur le sable et il lui prit la main.

– A certains égards, c'est une écologie simple, lui dit-elle tandis qu'ils s'agenouillaient pour examiner une coquille de clam. Les espèces ne sont pas nombreuses, et les chaînes alimentaires sont courtes. Mais si riches. Et tellement belles. (Elle testa la température du lac en plongeant la main dans l'eau.) Tu vois cette brume? L'eau doit être chaude aujourd'hui.

Ils étaient seuls : les autres gamins couraient dans les dunes ou sur la grève. Nirgal se baissa pour toucher une vague qui arrivait à leurs pieds en laissant une dentelle d'écume blanche.

– Deux cent soixante-quinze. Peut-être un petit peu plus, dit Nirgal.

– Tu en es tellement sûr!

– J'arrive toujours à trouver.

– Alors, dis-moi : est-ce que j'ai de la fièvre?

Il posa la main sur son cou.

– Non, tu es toute fraîche.

– C'est juste. Je fais toujours un demi-degré de moins que la moyenne. Vlad et Ursula ne sont jamais arrivés à comprendre pourquoi.

– C'est simplement parce que tu es heureuse.

Elle rit, tout comme Jackie, avec bonheur.

– Je t'aime, Nirgal.

Il se sentit réchauffé tout au fond de lui, comme s'il avait un radiateur. D'un demi-degré au moins.

– Moi aussi, je t'aime.

Ils poursuivirent leur marche sur la grève, main dans la main, suivant en silence les chevaliers des sables.

Lorsque Coyote revint, Hiroko lui dit :

– OK. On les emmène dehors.

Et ainsi, le lendemain matin, alors qu'ils se rassemblaient pour l'école, Hiroko, Coyote et Peter les précédèrent à travers les sas avant d'enfiler le long tunnel blanc qui reliait le dôme au monde extérieur. A son extrémité, il y avait le hangar, et la galerie de la falaise, en haut. Dans le passé, ils avaient visité la galerie avec Peter et observé le ciel rose et le sable glacé à travers les petites fenêtres polarisées, en essayant de distinguer le grand mur de glace sèche où ils demeuraient : la calotte polaire sud, le fond du monde, où ils vivaient pour échapper aux gens qui auraient voulu les jeter en prison.

C'était pour cela qu'ils étaient restés confinés dans la galerie. Mais, cette fois-ci, on les conduisit jusqu'aux sas du hangar. Là, ils enfilèrent des combinaisons élastiques moulantes, remontant manches et jambes, des bottes épaisses, des gants et, enfin, ils mirent des casques avec visière en bulle. Ils étaient de plus en plus excités, jusqu'à ce que leur excitation ressemble à de la peur, surtout quand Simud se mit à pleurer en disant qu'elle ne voulait pas sortir. Hiroko la calma d'une longue caresse.

– Viens. Je ne te quitterai pas.

Silencieux, ils suivirent les adultes dans le sas. Un sifflement, et la porte extérieure s'ouvrit. Accrochés à Hiroko, Coyote et Peter, ils s'avancèrent prudemment en se bousculant.

La lumière était trop vive pour qu'ils puissent voir. Ils étaient au milieu d'un tourbillon de brume blanche. Le sol était parsemé de fleurs de glace scintillantes aux formes complexes. Nirgal tenait Hiroko et Coyote par la main. Ils le propulsèrent vers l'avant et le lâchèrent. Il tituba dans l'éblouissante lumière.

– C'est le manteau de brouillard, dit la voix d'Hiroko dans l'intercom. Il persiste durant tout l'hiver. Mais nous sommes en Ls 205, au printemps, et, de toutes parts, la force verte pousse sur le monde, alimentée par la clarté solaire. Regardez !

Nirgal ne voyait rien, sinon une boule de feu blanche, coalescente. Soudain, la lumière du soleil perça à travers cette boule, la transformant en un jaillissement de couleurs, changeant le sable givré en magnésium lisse, les fleurs de glace en joyaux incandescents. Le vent souffla et lacéra le brouillard. Des déchirures apparurent, et le paysage s'ouvrit jusqu'au lointain. Et Nirgal en avait la tête qui tournait. C'était si grand ! Si grand... Tout était grand. Il mit un genou dans le sable et posa les mains sur son autre jambe pour garder l'équilibre. Les rochers et les fleurs de glace brillaient sous ses bottes comme sous un microscope. Les rochers étaient tachetés d'écailles de lichens noirs et verts.

A l'horizon, il vit une colline au sommet plat. Un cratère. Et là-bas, dans le gravier, les traces d'un patrouilleur, presque estompées par le givre, comme si elles étaient là depuis un million d'années. Un dessin pulsait dans le chaos de lumière et de rochers, les lichens verts fusionnaient avec le blanc... Et tout le monde parlait en même temps. Les autres gamins s'étaient mis à courir de tous les côtés avec des cris de joie, au fur et à mesure que le brouillard s'ouvrait et qu'ils entr'apercevaient le ciel rose sombre. Coyote eut un rire rauque.

— On dirait des veaux qu'on sort de l'étable au printemps. Regarde-les trébucher... Pauvres petites choses adorables... Oh, Roko, ils ne peuvent pas continuer à vivre comme ça!

Et il relevait les enfants qui roulaient dans le sable pour les remettre sur pied.

Nirgal essaya de sauter, rien que pour voir. Il se dit qu'il aurait aussi bien pu s'envoler, sans ses lourdes bottes. Un long monticule sinuait à partir de la falaise de glace, à hauteur d'épaule. Jackie en suivait la crête et il se précipita pour la rejoindre, vacillant sur la rocaille. Quand il se retrouva sur l'arête, il reprit sa course et il eut le sentiment de voler, de pouvoir courir ainsi à jamais.

Il était à côté de Jackie. Ensemble, ils se retournèrent vers la falaise de glace et crièrent leur joie et leur peur vers le lointain plafond du brouillard. Un puits de clarté matinale s'ouvrit alors, comme si de l'eau fondait. Ils durent se détourner, les yeux emplis de larmes. Nirgal entrevit son ombre projetée sur les rochers. Elle était cernée d'une bande d'arc-en-ciel. Il poussa un long cri et Coyote se rua vers eux.

— Qu'est-ce qu'il y a? Que se passe-t-il?

Il se tut quand il vit l'ombre de Nirgal.

— Hé, mais c'est magnifique! C'est ce qu'on appelle une gloire! Comme le Spectre du Brocken! Levez les bras, maintenant, et bougez-les comme ça. Comme si vous étiez des oiseaux! Regardez toutes ces couleurs! Jésus tout-puissant, est-ce que vous n'êtes pas les plus heureux sur cette planète?

Nirgal, impulsivement, se rapprocha de Jackie et leurs deux gloires se fondirent l'une dans l'autre pour devenir un unique nimbus diapré qui entourait leur double ombre bleue. Jackie eut un rire ravi et s'éloigna en courant pour essayer la même chose avec Peter.

A peu près un an plus tard, Nirgal et les autres enfants de Zygote savaient comment se débrouiller quand ils avaient affaire à Sax. Il se présentait devant le tableau noir et s'exprimait régulièrement comme une intelligence artificielle, sans la moindre émotion. Ils roulaient tous des yeux et se faisaient des grimaces quand il se lançait dans ses discours sur les pressions partielles du rayonnement infrarouge. Puis, il y en avait toujours un pour saisir une ouverture et démarrer le jeu. Sax était battu d'avance. Par exemple, il disait :

— Dans une thermogénèse sans frissonnement, l'organisme génère de la chaleur en se servant de cycles inefficaces.

Alors une main se levait.

— Mais pourquoi, Sax ?

Ils baissaient tous la tête vers leur lutrin sans se regarder, Sax fronçait les sourcils comme si ça n'était jamais arrivé et disait :

— Parce que ça ne brûle pas autant d'énergie qu'un frissonnement. Les protéines musculaires se contractent, mais au lieu de s'agripper, elles glissent les unes sur les autres, ce qui provoque la chaleur.

Et Jackie de s'exclamer, avec une sincérité telle que les autres s'y laissaient presque prendre :

— Mais comment ?

Sax battait si vite des cils, à présent, qu'ils étaient sur le point d'exploser rien qu'en le regardant.

— Eh bien, les amino-acides des protéines ont brisé leurs liaisons covalentes, ce qui a pour effet de libérer ce que l'on appelle l'énergie de dissociation des liaisons.

— Mais pourquoi ?

Ses battements de cils s'accéléraient encore.

– Eh bien, c'est une simple question de physique. (Il se mettait à tracer un diagramme à grands traits vigoureux.) Les liaisons covalentes se forment lorsque deux orbitales atomiques fusionnent pour former une seule liaison orbitale, occupée par les électrons des deux atomes. En brisant la liaison, on libère de trente à cent kilocalories d'énergie stockée.

– Mais *pourquoi*? criaient plusieurs d'entre eux à l'unisson.

Ce qui le lançait dans la physique subatomique, domaine où les *pourquoi* et les *parce que* pouvaient s'enchaîner durant une bonne demi-heure sans qu'il réussisse une seule fois à leur dire quelque chose de compréhensible. Finalement, ils sentaient qu'ils approchaient de la fin du jeu.

– Mais pourquoi?

Sax en louchait presque.

– Parce que les atomes veulent retrouver un nombre stable d'électrons, et se les partager s'ils le doivent.

– *Mais pourquoi?*

Il était pris au piège.

– Les liaisons atomiques se font comme ça. Entre autres.

– Mais POURQUOI?

Il haussait les épaules.

– C'est comme ça que les atomes fonctionnent. C'est comme ça que les choses ont surgi...

– ... *dans le Big Bang!* criaient-ils ensemble.

Ils hurlaient de joie, et Sax plissait le front en réalisant qu'ils lui avaient fait encore une fois le même vieux coup. Avec un soupir, il reprenait là où le jeu avait commencé. Mais à chaque fois les enfants recommençaient, et lui ne semblait plus se rappeler, pour autant que le premier *pourquoi* restait plausible. Même s'il avait en fait conscience de ce qui lui arrivait, il était impuissant à mettre un terme à leur jeu. Son unique défense était de dire, en fronçant les sourcils : « Pourquoi *quoi*? » Ce qui avait pour effet de ralentir le jeu. Mais Nirgal et Jackie étaient passés maîtres dans l'art de deviner ce qui, dans telle ou telle assertion, méritait un *pourquoi*, et aussi longtemps qu'ils continuaient, Sax semblait avoir le sentiment qu'il devait continuer à répondre, à enchaîner les *parce que* jusqu'au Big Bang. Mais il lui arrivait quelquefois de marmonner : « On ne sait pas. »

Et toute la classe de s'exclamer avec un désespoir moqueur :

– On ne sait pas? Mais *pourquoi*?

– Il n'y a pas d'explication, disait Sax d'un air sombre. Pas encore.

Les bons matins avec Sax, c'était comme ça. Et lui et tous les gamins semblaient d'accord : ça valait mieux que les mauvais matins, quand il poursuivait son discours sans être interrompu jusqu'à l'instant où il se détournait du tableau pour découvrir des têtes affalées aux yeux fermés, et protestait : « C'est très important ! »

Un matin, en songeant au froncement de sourcils de Sax, Nirgal s'attarda dans la classe pendant que les autres sortaient, jusqu'à ce qu'ils se retrouvent seuls, Sax et lui.

– Pourquoi ça ne te plaît pas quand tu ne peux pas dire pourquoi ?

Le froncement de sourcils revint. Après un long silence, Sax dit enfin :

– J'essaie de comprendre. Je m'intéresse à toute chose, vois-tu, et de près. D'aussi près que je peux. Je me concentre sur le *ceci* de chaque instant. Et je veux comprendre pourquoi cela arrive comme ça. Je suis curieux. Et je pense que tout arrive pour une certaine raison. Tout. Donc, nous devrions être capables de démêler ces raisons. Et quand nous ne le pouvons pas... Eh bien, ça ne me plaît pas. Ça me vexe. Parfois, il m'arrive d'appeler ça... (Il jeta un regard timide à Nirgal, et Nirgal devina qu'il n'avait jamais avoué cela à personne.)... le Grand Inexplicable.

Et Nirgal vit soudain que c'était le monde blanc. Le monde blanc à l'intérieur du vert, l'opposé du monde vert à l'intérieur du blanc d'Hiroko. De même, leurs sentiments étaient opposés. En regardant depuis la face verte, quand Hiroko était confrontée à une chose mystérieuse, elle l'aimait et cela la rendait heureuse – c'était la *viriditas*, un pouvoir sacré. Mais quand Sax était confronté à un mystère depuis la face blanche, c'était pour lui le Grand Inexplicable, dangereux, affreux. Ce qui l'intéressait, c'était le vrai, alors qu'Hiroko recherchait le réel. A moins que ce ne fût le contraire – car ces mots étaient piégés. Mieux valait dire qu'elle aimait le monde vert, et lui le blanc.

Quand Nirgal lui rapporta ses réflexions, Michel s'exclama :

– Mais oui ! C'est très bien, Nirgal. Tu fais preuve de clairvoyance. Dans la terminologie des archétypes, nous nommons vert et blanc le mystique et le scientifique. Deux personnages extrêmement forts, comme tu peux le constater. Mais ce dont nous avons besoin, si tu me poses la question, c'est d'une combinaison des deux, que nous nommons l'*alchimiste*.

Le vert et le blanc.

Chaque après-midi, les enfants étaient libres dans leurs activités, et il leur arrivait parfois de rester avec leur professeur du jour mais, la plupart du temps, ils jouaient dans le village, couraient sur la plage. Le village était niché dans un essaim de collines basses, entre le lac et l'entrée du tunnel. Ils escaladaient les escaliers en spirale des grandes maisons de bambou, et jouaient à cache-cache dans les pièces en étage et les passerelles suspendues. Les dortoirs de bambou formaient un croissant qui cernait une grande partie du village. Les cannes étaient hautes de cinq ou sept segments, chacun abritant une chambre dont les dimensions se réduisaient avec la hauteur. Les enfants avaient chacun leur chambre dans les hauteurs – des cylindres verticaux dans lesquels on avait aménagé des fenêtres, de trois ou quatre mètres de large, pareils aux tourelles des châteaux que l'on décrivait dans les histoires. Les adultes habitaient plus bas, dans les segments médians, la plupart seuls, mais quelquefois en couple. Et les salles de séjour se trouvaient tout en bas. En se penchant par la fenêtre, ils découvraient les toits du village, agglomérés dans le cercle de collines, de bambous et de serres comme les moules dans les hauts-fonds du lac.

Sous le dôme, il faisait froid sans discontinuer, mais la lumière changeait perpétuellement. En été, le dôme était toujours blanc-bleu, et des plumets d'air plus clair marquaient les puits de lumière. En hiver, il était sombre, balisé de rampes lumineuses : il ressemblait à l'intérieur de la coque d'une moule. Mais au printemps et en automne, la lumière déclinait dans l'après-midi jusqu'à évoquer un crépuscule gris et fantomatique, et les couleurs se transformaient en une gamme de gris innombrables, et les feuillages des bambous et les aiguilles des pins étaient comme autant de touches de pinceau sur le blanc affadi de l'estampe du dôme. Alors, les serres brillaient comme des maisons de fées sur les collines, et les enfants revenaient en piaillant et en se battant comme des mouettes pour se précipiter vers les bains. Là, dans la grande bâtisse qui jouxtait la cuisine, ils se déshabillaient en hâte et se plongeaient dans la vapeur du grand bassin, glissant sur les dalles du fond jusqu'à ce que la chaleur leur monte à la tête, tandis qu'ils aspergeaient les anciens, avec leurs vieilles faces de tortues et leurs corps ratatinés.

Ils restaient là une heure, avant de se rhabiller et de se regrouper dans la cuisine, les joues roses et encore moites. Ils faisaient la queue pour remplir leurs assiettes, puis ils allaient s'installer devant les longues tables, au milieu des adultes. A Zygote, on comptait cent vingt-quatre résidents permanents, mais il y avait toujours environ deux cents personnes, quel que soit le moment. Quand ils étaient tous assis, ils prenaient les grandes carafes pour se servir de l'eau et attaquaient les plats chauds : des pommes de terre sautées, des tortillas, des pâtes, du pain, du taboulé, cent sortes de légumes et, quelquefois, du poulet ou du poisson. Après le repas, les adultes parlaient de leurs récoltes ou de leurs Rickovers, dont ils étaient toujours fiers, ou bien de la Terre – pendant que les gamins débarrassaient les tables avant de faire de la musique, de jouer, et de commencer le très lent processus conduisant au sommeil.

Un soir, peu avant le dîner, un groupe de vingt-deux personnes arriva du bord de la calotte polaire. Leur petit dôme avait perdu son écosystème à cause de ce qu'Hiroko appelait un « déséquilibre complexe en spirale », et ils étaient tombés à court de réserves. Ils avaient besoin d'un refuge.

Hiroko les installa dans trois des nouvelles maisons de bambou récemment arrivées à maturité. Ils grimpèrent les escaliers en spirale taillés dans les épaisses cannes, avec des exclamations admiratives devant les découpes des portes et des fenêtres. Hiroko les assigna à la finition des dernières chambres et à la construction d'une autre serre, à la lisière du village. Il était clair pour tous que Zygote ne produisait plus autant d'aliments qu'ils en avaient besoin désormais. Les enfants mangeaient avec modération, imitant les adultes.

– On aurait dû appeler ce village Gamète, déclara Coyote avec un rire âpre quand il revint.

Elle balaya d'un geste sa critique. Mais elle se faisait sans doute du souci, ce qui expliquait son attitude plus lointaine. Elle travaillait toute la journée dans les serres et, souvent, elle ne donnait plus ses cours. Et même alors, les enfants passaient leur temps à la suivre partout, à travailler avec elle, à récolter, à retourner le compost ou à faucher.

Un après-midi, alors qu'ils suivaient la plage, Dao lança :

– Elle se *fiche* de nous! (Il avait pris un ton coléreux en s'adressant à Nirgal.) Elle n'est pas vraiment notre mère.

Il les entraîna vers les labos en empruntant le tunnel sous la colline de la serre. Il montra un cercle de gros réservoirs en magnésium qui ressemblaient à des réfrigérateurs.

– Nos mères, les voilà. C'est là-dedans que nous avons poussé. Kasei me l'a dit, j'ai demandé à Hiroko, et c'est vrai. On est des ectogènes. On n'est pas nés, on a été *décantés*. (Il promena un regard triomphant sur son petit groupe figé dans une fascination apeurée, puis cogna Nirgal en pleine poitrine, l'envoyant de l'autre côté du labo, avant de repartir en jurant.) Nous n'avons pas de parents!

Les nouveaux visiteurs, maintenant, constituaient un fardeau. Mais pourtant, à leur arrivée, tout le monde était excité, et nombreux étaient ceux qui passaient une nuit blanche après la première soirée, à bavarder et à glaner tous les échos des autres refuges. Dans la région du pôle Sud, ceux-ci constituaient un véritable réseau : Nirgal, dans son lutrin, avait une carte marquée de trente-quatre points rouges. Nadia et Hiroko supposaient qu'il y en avait plus encore, dans d'autres réseaux, plus au nord, ou encore totalement isolés. Mais on ne pouvait en être certain, puisque le silence radio régnait. Les nouvelles des autres étaient ce qui importait le plus – le cadeau le plus précieux que pouvaient leur faire les visiteurs, même s'ils arrivaient chargés d'autres cadeaux, ce qui était souvent le cas, distribuant ce qu'ils avaient réussi à produire et qui pouvait être utile à leurs hôtes du moment.

Nirgal n'en finissait pas d'écouter durant ces longues nuits animées, assis entre les tables, ou bien rôdant un peu partout en remplissant les tasses de thé. Il sentait avec acuité qu'il ne comprenait rien aux règles du monde. Il n'avait aucune explication au comportement de ces gens. Bien sûr, il saisissait le fait essentiel : il existait deux camps lancés dans un combat pour avoir le contrôle de Mars – et Zygote était le village leader du camp qui avait raison – et l'aréophanie finirait par triompher. Mais il éprouvait un sentiment terrible à l'idée d'être inclus dans cette lutte, d'être un élément crucial de l'histoire. Quand il se couchait, souvent, il ne trouvait pas le sommeil. Jusqu'à l'aube, des visions lui traversaient l'esprit à l'idée qu'il allait avoir un rôle à jouer dans ce vaste drame, ce qui stupéfiait Jackie et tous les autres.

Quelquefois, dans son désir d'en savoir plus, il épiait, il écoutait. Il avait trouvé un truc : il s'allongeait sur un sofa, dans un coin, en regardant un lutrin, l'air dolent, ou bien il faisait semblant de lire. La plupart du temps, les gens oubliaient qu'il pouvait les entendre et parfois ils parlaient même des enfants de Zygote – surtout quand il guettait furtivement dans le couloir.

– Est-ce que vous avez remarqué qu'ils sont gauchers pour la plupart?

– Hiroko leur a pincé les gènes, j'en suis sûr.

– Elle prétend que non.

– Ils sont presque déjà tous aussi grands que moi.

– C'est l'effet de la gravité. Tu n'as qu'à regarder Peter et les autres nisei. Ils sont nés dans des conditions naturelles et pour la plupart ils sont grands. Mais le fait que les enfants soient gauchers ne peut avoir qu'une explication génétique.

– Elle m'a dit une fois qu'une simple insertion transgénique augmenterait la taille du corps calleux[1]. Elle a peut-être bidouillé là-dedans et la tendance gaucher pourrait en être un effet secondaire.

– Je croyais que le fait d'être gaucher était dû à des lésions cérébrales.

– On ne l'a jamais su. Je pense que même Hiroko n'a pas de réponse.

– Je n'arrive pas à croire qu'elle pourrait bricoler les chromosomes pour accélérer le développement du cerveau.

– Ce sont des ectogènes, ne l'oublions pas – d'où accès plus facile.

– Ils ont une tendance à la porosité osseuse marquée, j'ai entendu dire.

– Exact. Sur Terre, ce serait un handicap. Mais ici, ça peut aider.

– Encore la gravité. Pour nous, c'est un inconvénient.

– Ça, tu peux m'en parler : je me suis cassé l'avant-bras au tennis rien qu'en levant ma raquette.

– Des oiseaux humains géants et gauchers, voilà ce qu'on élève ici. Si vous me posez la question, je vous dirai que c'est bizarre. Quand on les voit courir dans les dunes, on s'attend toujours à ce qu'ils décollent pour se mettre à voler.

Cette nuit-là, Nirgal eut encore beaucoup de mal à s'endormir. Ectogènes, transgénique... tout ça était tellement étrange. Le blanc et le vert avec leur double hélice... Durant des heures, il se retourna dans son lit en se demandant quelle était la raison du malaise qui s'insinuait en lui, et *pourquoi* il se sentait ainsi.

Finalement, épuisé, il sombra dans le sommeil. Et il eut un rêve. Auparavant, il avait toujours rêvé de Zygote, mais, cette fois, il rêva qu'il volait dans les airs, au-dessus de la surface de Mars. De vastes canyons rouges sillonnaient le sol et des volcans se dressaient à proximité, à la hauteur inimaginable où il évoluait. Mais quelque chose était lancé à sa poursuite, une chose plus grande et plus rapide que lui, qui s'élevait depuis le soleil dans un énorme froissement d'ailes, les serres tendues vers lui. Il tendit les mains et des éclairs jaillirent de ses doigts. La chose bascula. Elle montait pour attaquer une seconde fois, quand il se

1. Lame épaisse de substance blanche qui réunit les hémisphères cérébraux. *(N.d.T.)*

réveilla soudain, les doigts tremblants et le cœur battant comme une machine à vagues : *Cla-poum! Cla-poum! Cla-poum!*

Le lendemain après-midi, ils s'aperçurent que la machine faisait *trop de vagues*, comme le dit Jackie. Ils jouaient sur la plage, heureux des déferlentes, à l'instant où une vague plus grosse encore brisa le filigrane de la glace, renversa Nirgal sur les genoux et l'aspira en se retirant avec une force irrésistible. Il se débattit en cherchant à retrouver son souffle dans l'eau terriblement glacée, mais il n'y parvint pas, tomba vers le fond avant d'être brutalement roulé jusqu'à la grève par une autre lame.

Jackie l'attrapa par un bras et par les cheveux et le traîna derrière elle. Dao les aida à se relever en criant :

– Ça va? Ça va?

S'ils se mouillaient, la règle voulait qu'ils courent à toute allure jusqu'au village à travers les dunes. Aussi Nirgal et Jackie s'élancèrent-ils en même temps, suivis à quelque distance par tous les autres. Le vent les mordait jusqu'aux os. Ils se précipitèrent jusqu'aux bains, passèrent les portes en trombe et se déshabillèrent, les mains tremblantes, aidés par Nadia, Sax, Michel et Rya, qui se trouvaient là.

Tandis qu'on les poussait dans le bassin, Nirgal se rappela son rêve et dit :

– Attendez! Attendez!

Les autres s'arrêtèrent, déconcertés. Il ferma les yeux et retint son souffle. Il saisit le bras tout froid de Jackie et se revit comme dans le rêve, nageant dans l'étendue du ciel. La chaleur au bout de ses doigts. Le monde blanc dans le vert.

Il chercha ce point, au milieu de lui, qui était toujours tiède, même en cet instant où tout son corps était froid. Aussi longtemps qu'il serait en vie, le point serait là. Il le trouva et, souffle après souffle, il le fit remonter dans sa chair. C'était dur, mais ça marchait, il le sentait : la chaleur se répandait dans ses côtes comme du feu, descendait le long de ses bras, de ses jambes, gagnait ses mains et ses pieds. Sa main gauche serrait le bras de Jackie, dont il observa le corps nu – elle avait la chair de poule –, et il se concentra afin de lui envoyer sa chaleur. A présent, il frissonnait, mais plus à cause du froid.

– Tu es tout chaud! s'exclama Jackie.

– Je le sens, lui dit-il.

Quelques instants encore, elle s'abandonna à lui. Puis, avec une expression effrayée, elle recula et entra dans le bain. Nirgal, lui, resta au bord jusqu'à ce que les frissons disparaissent.

– Waouh! fit Nadia. Une espèce de combustion métabolique. J'en ai entendu parler, mais je ne l'avais jamais vu de mes yeux.

– Tu sais comment tu fais ça? demanda Sax à Nirgal.

Ils le fixaient tous avec une expression curieuse, mais il ne voulait pas affronter leurs regards.

Il secoua la tête. Soudain épuisé, il restait là, immobile au bord du bassin, les pieds plongés dans l'eau qui lui semblait en flammes. Poisson dans l'eau, qui se libère, qui saute dans les airs, ce feu à l'intérieur, le blanc dans le vert, l'alchimie, le vol avec les aigles... et les éclairs qui jaillissaient de ses doigts!

Les gens le regardaient. Même les Zygotes lui lançaient des coups d'œil en biais, quand il riait ou disait quelque chose d'inhabituel, quand ils croyaient qu'il ne les voyait pas. Il était plus facile de les ignorer. Mais ça devenait plus difficile avec les visiteurs occasionnels, qui se montraient plus directs.

– Oh, c'est toi, Nirgal, lui dit une femme aux cheveux roux coupés court. J'ai entendu dire que tu étais très brillant.

Nirgal, qui ne cessait de se heurter aux limites de sa compréhension, se sentit rougir et secoua la tête tandis que la femme l'observait calmement. Elle parut confortée dans son jugement et lui tendit la main :

– Je suis très heureuse de te rencontrer, Nirgal.

Un matin, alors que Maya était leur professeur et qu'ils n'étaient que cinq, Jackie apporta un vieux lutrin. Sans se soucier du regard noir de Maya, elle le montra aux autres.

– C'est l'intelligence artificielle de mon grand-père. C'est Kasei qui me l'a donnée. Elle contient beaucoup de choses que mon grand-père disait.

Kasei allait quitter Zygote pour un autre refuge. Mais pas celui où Esther vivait.

Jackie activa le lutrin.

– Pauline, repasse-moi une de ces choses que mon grand-père disait.

– On y va, dit une voix d'homme.

– Non, quelque chose d'autre. Ce qu'il disait à propos de la colonie cachée.

La voix d'homme dit alors :

– La colonie cachée doit encore avoir des contacts avec les établissements de surface. Il y a trop de choses qu'on ne peut pas fabriquer dans la clandestinité. Les barres nucléaires, par exemple, à mon avis. On les contrôle parfaitement bien, et les dossiers devraient révéler les points précis où elles ont disparu.

La voix se tut. Maya ordonna à Jackie d'éteindre son lutrin, de le mettre de côté, et se lança dans un autre cours d'histoire sur le XIXᵉ siècle. Ses phrases en russe étaient tellement brèves et sèches que sa voix en vibrait. Puis elle passa à l'algèbre.

– Vous recevez une éducation affreuse, déclara-t-elle en secouant la tête d'un air sombre. Mais si vous suivez bien en maths, vous pourrez sans doute vous rattraper plus tard.

Elle les fusilla tous du regard et demanda la réponse à la question qu'elle leur avait posée.

Nirgal l'observait. Il se souvenait de la Méchante Sorcière qu'elle avait été. Comme ça devait être bizarre pour elle d'être si dure à certains moments, et tellement adorable à d'autres. La plupart des autres gens de Zygote, il pouvait les regarder en face et imaginer très bien être comme eux. Il lisait sur tous les visages, tout comme il savait voir la seconde couleur à l'intérieur de la première. Il avait ce genre de don, comme son sens hyper-affiné de la température. Mais il ne pouvait comprendre Maya.

Durant l'hiver, ils effectuèrent des forages en surface, en direction du cratère où Nadia construisait un abri et des dunes sombres striées de glace, au-delà. Mais quand la cape de brouillard se dissipait, ils devaient rester sous le dôme, ou dans la galerie. Là, ils ne pouvaient être aperçus du ciel. Nul ne savait avec certitude si la police les surveillait encore depuis l'espace, mais il valait mieux rester prudent. C'était du moins ce que disaient les issei. Peter était souvent absent, et ses voyages l'avaient conduit à croire que la chasse aux colonies cachées avait cessé. Et que, dans tous les cas, elle était vaine.

– Il existe des communautés résistantes qui ne se cachent plus. Et il y a un tel bruit thermique et visuel, et encore plus sur les ondes radio, qu'ils sont incapables d'intercepter les messages que nous pourrions recevoir.

Mais Sax, lui, se contentait de répéter :

– Les programmes de recherche algorithmiques sont très efficaces.

Maya, pour sa part, insistait pour qu'ils restent hors de vue, renforcent leurs défenses électroniques et renvoient toute la chaleur excédentaire loin dans le cœur de la calotte polaire. Sur ce point, Hiroko était d'accord avec elle, et, par conséquent, tous les suivaient.

– Pour nous, c'est différent, rétorqua Maya à Peter, avec une expression d'anxiété.

34

Un matin, à l'école, Sax leur apprit qu'il existait un mohole [1] à deux cents kilomètres au nord-ouest de Zygote. Le nuage qu'ils apercevaient parfois dans cette direction était son plumet de vapeur – parfois droit et dense, parfois dispersé vers l'est en minces effilochures. Quand Coyote revint, ils lui demandèrent au dîner s'il avait visité le mohole, et il leur dit que oui, et que le puits était maintenant tout près du cœur de Mars, dans la lave incandescente.

– C'est faux, dit Maya d'un ton implacable. Ils n'ont progressé que de dix ou quinze mille mètres. Et ils sont toujours dans la roche dure.

– Dure mais chaude, rectifia Hiroko. Et ils ont atteint les vingt mille, à ce que l'on m'a dit.

– Donc, ils travaillent pour nous, fit Maya. Tu ne crois pas que nous sommes des parasites, dans nos colonies de surface ? Ta *viriditas* n'irait pas loin sans leur ingénierie.

– A terme, la symbiose se fera, répliqua calmement Hiroko.

Elle fixa Maya jusqu'à ce qu'elle se lève et s'éloigne. Hiroko était la seule dans tout Zygote à pouvoir venir à bout de Maya d'un simple regard.

En observant sa mère après ce duel, Nirgal se dit qu'Hiroko était vraiment étrange. Elle lui parlait comme aux autres d'égal à égal, et il était clair pour elle que tous étaient *réellement* ses égaux, mais il n'y avait personne de spécial à ses yeux. Il se rappelait très précisément l'époque où les choses avaient été différentes, lorsque tous deux avaient été les deux parties d'un tout. Désormais, Hiroko lui portait le même intérêt qu'aux autres : impersonnel et distant. Et cela ne changerait pas, quoi qu'il puisse lui advenir, songeait Nirgal. Nadia et même Maya se préoccupaient plus de son sort. Pourtant, Hiroko était la mère de tous. Et Nirgal, comme la plupart des autres enfants de Zygote, continuait à lui rendre visite dans son petit abri de bambou quand il avait besoin de quelque chose qu'il ne pouvait trouver auprès des gens ordinaires – un conseil, une consolation...

Mais, le plus souvent, il la trouvait confinée dans le silence, avec son groupe d'intimes. Et s'il désirait rester, il devait cesser de parler. Quelquefois, cela durait pendant des jours, puis il finissait par abandonner. Ou bien alors, il faisait irruption pendant l'aréophanie, et il était aspiré par les psalmodies extatiques sur Mars, il devenait partie intégrante du petit

---

1. Puits qui devaient être forés théoriquement à partir des fonds océaniques en direction du manteau terrestre. Ceci dans les années 60. Ils furent nommés « moholes » en hommage à Andrija Mohorowicic, géologue croate (1857-1936), qui fut le premier à définir les différences entre les diverses couches terrestres. La « discontinuité de Mohorowicic » sépare la croûte du manteau. *(N.d.T.)*

groupe, là, au cœur du monde, à côté d'Hiroko, qui passait le bras sur ses épaules et le serrait contre elle.

C'était une forme d'amour, après tout, et ça le soulageait. Mais ça n'avait rien à voir avec l'amour d'autrefois, quand ils se promenaient ensemble sur la grève du lac.

Un matin, dans le vestiaire de l'école, il tomba sur Dao et Jackie. Ils sursautèrent en le voyant et, en entrant en classe, il comprit qu'il les avait surpris en train de s'embrasser.

Après la classe, il fit le tour du lac dans les reflets bleutés de l'après-midi d'été. Il observa longtemps la machine à vagues qui montait et redescendait, comme les pincements qu'il ressentait au creux de la poitrine. La douleur se diffusait dans son corps comme les rides à la surface de l'eau. Il n'y pouvait rien, même s'il savait que c'était ridicule, parfaitement ridicule. Tous, ils s'embrassaient souvent depuis quelque temps, surtout au bain, quand ils s'ébattaient, plongeaient, se serraient et se chatouillaient dans le bassin. Les filles s'embrassaient entre elles et disaient qu'elles « s'entraînaient », que ça ne comptait pas, et parfois elles faisaient la même chose avec les garçons. Rachel avait embrassé plusieurs fois Nirgal, de même qu'Emily, Tiu et Nanedi. Et même, une fois, Tiu et Nanedi l'avaient maintenu au sol tout en lui titillant les oreilles pour qu'il ait une érection devant tout le monde. Une autre fois, Jackie l'avait libéré et projeté dans le grand bassin avant de lui mordre l'épaule pendant qu'ils se battaient. C'étaient les souvenirs les plus marquants qu'il conservait de ces centaines de contacts humides qui donnaient autant d'importance aux heures de bain.

Mais quand ils n'étaient pas au bain, comme s'ils tentaient de contenir ces forces volatiles, ils étaient devenus extrêmement formalistes. Garçons et filles s'étaient regroupés en petites bandes qui jouaient séparément. Donc, un baiser dans le vestiaire était quelque chose de nouveau, et de grave. Et l'expression que Nirgal avait surprise sur le visage de Jackie et de Dao était tellement marquée de supériorité, comme s'ils connaissaient quelque chose qu'il ignorait – ce qui était vrai –, c'était une exclusion douloureuse. Plus particulièrement parce qu'il n'était pas aussi ignorant que ça. Il était convaincu qu'ils couchaient ensemble, qu'ils se faisaient jouir. Ils étaient amants. Tout le disait. Et sa Jackie si rieuse n'était plus à lui. En fait, elle ne l'avait jamais été.

Les nuits suivantes, il dormit mal. La chambre de Jackie était dans la canne voisine, et celle de Dao dans la direction opposée, et chaque grincement des passerelles révélait leurs pas furtifs.

Parfois, il surprenait la flamme vacillante orangée d'une lampe derrière sa fenêtre. Et, plutôt que de demeurer dans sa chambre de torture, il se mit à veiller tard chaque nuit dans les pièces communes. Là, il lisait ou écoutait les conversations des adultes.

C'est ainsi qu'il apprit la maladie de Simon. Simon était le père de Peter. C'était un homme paisible, qui passait son temps dans des expéditions, en compagnie de la mère de Peter, Ann. Apparemment, il souffrait d'une « leucémie résistante ». Vlad et Ursula s'aperçurent que Nirgal les écoutait, et ils essayèrent de le rassurer, mais il devina qu'ils ne lui disaient pas toute la vérité. En fait, il y avait une note de spéculation étrange dans leur regard. Plus tard, dès qu'il eut regagné sa chambre haut perchée, il se coucha et alluma son lutrin pour chercher « leucémie » et lut : *Maladie potentiellement mortelle, que l'on traite désormais couramment.* Potentiellement mortelle – quel concept abominable. Cette même nuit, il fut agité par des rêves pénibles jusqu'à l'aube grise où s'éveillaient les oiseaux. Les plantes mouraient, se dit-il, les animaux aussi. Mais pas les gens. Pourtant, ils étaient des animaux.

La nuit qui suivit, il demeura avec les adultes, une fois encore. Il éprouvait un sentiment bizarre d'épuisement. Vlad et Ursula étaient assis près de lui. Ils lui dirent que l'on allait traiter Simon par implant de moelle osseuse, et que lui et Nirgal avaient le même type sanguin, très rare. Que Peter et Ann n'avaient pas, non plus que les frères, sœurs, demi-frères ou demi-sœurs de Nirgal. C'était son père qui le lui avait transmis, mais même lui ne le possédait pas exactement. Il n'y avait que Simon et Nirgal à se partager ce type sanguin, dans tous les refuges. La population des refuges se montait à cinq mille personnes, et la fréquence du type sanguin de Simon et Nirgal était de un pour un million. Ils lui demandèrent s'il accepterait de donner un peu de sa moelle épinière.

Hiroko était là et l'observait. Elle se trouvait rarement au village le soir, et il n'eut pas besoin de la regarder pour savoir ce qu'elle pensait. Ils étaient faits pour donner, lui avait-elle toujours dit, et ce serait le don ultime. Un acte de pure *viriditas*.

– Bien sûr, fit-il, heureux de l'occasion.

L'hôpital était proche des bains et de l'école. Il était plus petit que l'école, avec seulement cinq lits. On y étendit Simon et Nirgal, l'un à côté de l'autre.

Simon lui sourit. Il n'avait pas l'air malade, mais seulement vieux. Tout comme les autres anciens, à vrai dire. Il n'avait que très rarement parlé et là, dans l'instant, il lui dit seulement :

– Merci, Nirgal.

Nirgal hocha la tête. Et, à sa surprise, Simon ajouta :

– Je te suis reconnaissant de faire ça pour moi. L'extraction va te faire souffrir pendant une semaine ou deux, tu sais, profondément. C'est quelque chose, de faire ça pour n'importe qui.

– Pas s'il en a vraiment besoin.

– Oui, mais c'est comme un cadeau que j'essaierai de te retourner, bien sûr.

Vlad et Ursula firent une injection anesthésiante dans le bras de Nirgal.

– Ce n'est pas vraiment nécessaire de pratiquer les deux opérations maintenant, mais nous avons pensé que c'était une bonne idée que vous soyez ensemble. Si vous devenez copains, ça ne pourra qu'aider à la guérison.

Et c'est comme ça qu'ils devinrent copains. Après l'école, Nirgal se rendait à l'hôpital, Simon sortait lentement et, ensemble, ils marchaient dans les dunes jusqu'au bord du lac. Ils regardaient les vagues qui plissaient la surface blanche, puis s'enflaient avant de venir se répandre sur la grève. Simon était le moins disert de tous les gens que Nirgal avait fréquentés. C'était un peu comme dans les moments de silence avec les groupes d'Hiroko, à cette seule différence qu'avec Simon ça n'avait pas de fin. Au début, cela l'avait mis très mal à l'aise. Mais, après quelque temps, il avait découvert que ça lui laissait le temps d'observer les choses : les mouettes qui tournoyaient sous le dôme, les bulles des crabes de sable, les cercles qui marquaient chacune des touffes d'herbe des dunes. Peter était maintenant plus souvent présent à Zygote, et il les accompagnait de temps en temps. Ann, quand elle s'arrêtait à Zygote, au gré de ses perpétuels voyages, venait les retrouver. Peter et Nirgal jouaient à chat perché dans les dunes, tandis que Simon et Ann suivaient la plage, bras dessus, bras dessous.

Mais Simon s'affaiblissait. Et il était difficile de ne pas s'apercevoir que son moral chutait en parallèle. Nirgal n'avait jamais été malade, et la seule idée de maladie le dégoûtait. Ça n'arrivait qu'aux très vieux. Et même alors, ils étaient censés être sauvés par leur traitement gériatrique, qu'ils suivaient tous, pour ne jamais mourir [1]. Seules les plantes mouraient. Et les animaux. Mais les gens étaient des animaux. Qui avaient inventé le traitement. Certaines nuits, tourmenté par le problème, Nirgal lisait sur son lutrin tout ce qu'il avait pu trouver à propos de la leucémie, même si c'était aussi long qu'un livre entier. Le cancer du sang. Les globules blancs proliféraient à partir de la moelle

1. Voir *Mars la Rouge*. (*N.d.T.*)

osseuse et envahissaient tout le système circulatoire en s'attaquant aux éléments sains. Pour détruire les leucocytes, Simon était traité par voie chimique et par irradiation. On lui injectait également des pseudo-virus chargés de tuer les globules blancs. Et on tentait de remplacer sa moelle malade par celle de Nirgal. Il avait aussi subi trois fois le traitement gériatrique. Nirgal avait tout lu à ce sujet. C'était une question de scanning de désaccouplement génomique : il fallait trouver les chromosomes brisés et les réparer afin que l'erreur de division cellulaire ne se répète pas. Mais il était difficile de pénétrer un os avec le dispositif de cellules autoréparatrices et, apparemment, dans le cas de Simon, de petites poches de cellules cancéreuses étaient restées hors d'atteinte à chaque tentative. Les enfants avaient de meilleures chances de guérison que les adultes, disait l'article sur la leucémie. Mais avec les traitements gériatriques et la transplantation de moelle, Simon allait sûrement se rétablir. Ça n'était qu'une question de temps et de don. A terme, les traitements aboutissaient tous.

– Nous avons besoin d'un bioréacteur, déclara Ursula à Vlad.

Ils étaient en train d'en fabriquer un à partir d'un des réservoirs d'ectogénèse dans lequel ils avaient mis en place des collagènes spongieux d'origine animale qui avaient reçu des cellules de la moelle osseuse de Nirgal. Ils espéraient générer ainsi un système de lymphocytes, de macrophages et de granulocytes. Mais le système circulatoire fonctionnait mal, ou bien était-ce la matrice qui était en cause : ils n'en étaient pas sûrs. Et Nirgal demeurait leur bioréacteur vivant.

A chaque matinée où il était chargé de cours, Sax leur enseignait la chimie du sol, et il les emmenait souvent dans les labos pour travailler sur le terrain. Ils introduisaient des biomasses dans le sable avant de le charger dans des brouettes qu'ils poussaient des serres à la plage. C'était amusant, mais Nirgal n'en profitait guère : tout se passait comme s'il dormait. Il surprenait souvent Simon au bord du lac, s'efforçant à une promenade, et alors il oubliait complètement ce que la classe était venue faire là.

En dépit des traitements, la démarche de Simon était lente et raide. En fait, il se voûtait et l'écart de ses pas se réduisait. Nirgal le rejoignit une fois et s'assit auprès de lui sur la dernière dune avant la plage. Les chevaliers des sables fonçaient vers la grève et remontaient dans un sillage blanc de dentelle d'eau. Simon pointa l'index vers les moutons noirs qui paissaient entre les dunes. Son bras évoquait une canne de bambou. Les moutons aspergeaient l'herbe de leur haleine givrée.

Ce que dit alors Simon, Nirgal ne put le comprendre. Il avait les lèvres roidies, désormais, et il avait grand mal à prononcer certains mots. C'était sans doute pour cela qu'il était encore plus taciturne que d'habitude. Il essaya encore, répéta plusieurs fois les mêmes phrases, mais, malgré ses efforts, Nirgal ne parvenait pas à le comprendre. Finalement, Simon abandonna, haussa les épaules, et ils se regardèrent, muets et impuissants.

Quand Nirgal jouait avec les autres, ils l'acceptaient mais gardaient leurs distances, et il évoluait dans une espèce de cercle. Sax lui reprocha sans sévérité ses moments d'absence.

– Il faut que tu te concentres sur l'instant, lui dit-il.

Et il l'obligea à réciter toutes les boucles du cycle de l'azote, ou encore à plonger les mains loin dans la terre noire sur laquelle ils travaillaient, à la malaxer pour briser les longues chaînes diatomiques, les algues, les lichens et toutes les microbactéries qu'ils avaient semés afin de les répandre sur les amas de grès oxydé.

– Il faut une distribution aussi régulière que possible. Fais attention. C'est surtout ça qui compte. L'identité est une qualité importante. Observe les structures sur l'écran du microscope. Celle-là, qui est très claire, comme un grain de riz, est un chimilithothrophe : *Thiobacillus denitrificans*. Et là, nous avons un bon morceau de sulfure. Que se produira-t-il quand le premier mangera le second ?

– Le soufre sera oxydé.

– Et ?...

– Et dénitrifié.

– Ce qui veut dire ?...

– Que les nitrates seront transformés en azote. Et qu'ils quitteront le sol pour l'atmosphère.

– Excellent ! Voilà un microbe utile.

Ainsi, Sax l'obligeait à prêter attention au moment présent, mais le prix était lourd : Nirgal se retrouvait épuisé à midi quand l'école était finie, et il était bien difficile de faire quoi que ce soit durant l'après-midi. Et puis, on lui demanda de fournir encore un peu plus de moelle à Simon, qui était alité à l'hôpital, muet, gêné, avec un regard d'excuse quand Nirgal arrivait. Et Nirgal luttait pour garder le sourire, pour poser les doigts sur l'avant-bras de bambou de Simon.

– Tout ira bien, lui disait-il avec une conviction joyeuse avant de s'allonger.

Mais chez Simon, quelque chose se passait mal. Il était trop faible, ou trop paresseux, ou alors il avait envie de mourir. Nirgal ne trouvait aucune autre explication. On plantait l'aiguille dans le bras de Nirgal et il s'engourdissait. Ensuite, il recevait les intraveineuses dans sa main, et sa main aussi devenait de bois. Il se laissait aller en arrière, devenait une simple partie du mobilier de la chambre, s'efforçant même d'être encore plus engourdi, insensible. Mais une part de lui sentait la longue aiguille qui pompait la moelle dans son humérus. Il n'éprouvait aucune douleur, aucune sensation réelle, simplement une pression dans l'os. Après, la pression se relâchait et il savait alors que l'aiguille avait pénétré dans la partie tendre : le canal médullaire.

Mais, cette fois, le processus ne fut d'aucun secours. Simon n'aidait en rien : il demeurait en permanence à l'hôpital. Nirgal lui rendait visite de temps en temps et ils jouaient à des jeux météo sur l'écran de Simon, tapant sur les boutons qui lançaient les dés, s'exclamant ensemble quand un double 1 ou un 12 les surprenait dans tel ou tel quadrant de Mars avec un changement brutal de climat. Au début, Simon riait tout doucement. Désormais, il se contentait de sourire.

Le bras de Nirgal le faisait souffrir, et il dormait mal. Il s'agitait et se réveillait souvent, baigné de sueur, effrayé sans raison. Et puis, une nuit, Hiroko le réveilla et le conduisit à l'hôpital. A peine conscient, il s'appuyait contre elle. Elle était aussi impassible qu'à l'accoutumée, mais elle lui serrait les épaules avec une force qu'il ne lui connaissait pas. Quand ils passèrent devant Ann, assise dans la salle d'attente, Nirgal se demanda, en voyant ses épaules voûtées, pourquoi Hiroko se trouvait là en pleine nuit, et ce fut la crainte qui l'éveilla réellement.

La chambre était trop illuminée et les angles étaient cruellement accentués comme si chaque meuble était sur le point d'éclater. Simon avait la peau blême et cireuse. Sa tête reposait au creux de l'oreiller. Il paraissait être vieux de mille ans.

Pourtant, il tourna la tête et vit Nirgal. Ses yeux creusés et sombres cherchèrent les siens avec avidité, comme s'il essayait de se frayer un chemin mental jusqu'à ses pensées. De sauter en lui. Nirgal frissonna et soutint son regard. Et il pensa : Ça ira. Viens, saute en moi. Fais le, si tu en as envie. Fais-le.

Mais il n'y avait aucun moyen de franchir ce vide entre eux. Ils en avaient tous deux conscience. Et leur tension se relâcha. Un sourire passa sur le visage de Simon, il leva la main dans un effort intense et prit les doigts de Nirgal. Maintenant, ses yeux semblaient osciller et son expression était différente, comme s'il cherchait des mots qui pourraient aider Nirgal dans les années à venir, qui lui permettraient de triompher de tout ce que lui, Simon, avait appris.

Mais cela aussi était impossible. Et une deuxième fois, ils le comprirent l'un et l'autre. Simon devait laisser Nirgal à son destin, quel qu'il soit. Il n'avait aucun moyen de l'aider.

– Sois bon, souffla-t-il enfin, et Hiroko raccompagna Nirgal hors de la chambre.

Elle le reconduisit dans le noir, et ensuite il sombra dans un sommeil profond. Simon mourut durant la nuit.

C'était le premier décès à Zygote, le premier pour tous les enfants. Mais les adultes savaient ce qu'il fallait faire. Ils se réunirent dans une serre, au milieu des plantations, et formèrent un cercle autour de la longue boîte où l'on avait mis le corps de Simon. On fit circuler une fiole de liqueur de riz et chacun remplit la coupe de son voisin. Ils burent tous ensemble, et les anciens firent le tour de la longue boîte en se tenant par la main avant de s'asseoir autour d'Ann et Peter. Maya et Nadia prirent place à côté d'Ann et lui entourèrent les épaules de leurs bras. Ann semblait abasourdie, et Peter au tréfonds du chagrin. Jurgen et Maya évoquèrent alors diverses anecdotes à propos du légendaire caractère taciturne de Simon.

– Une fois, dit Maya, alors que nous étions dans un patrouilleur, un réservoir d'oxygène a explosé et percé un trou dans le toit de la cabine. Nous étions tous en train de courir dans tous les sens en hurlant. Simon, lui, était sorti. Il a ramassé un caillou qui correspondait exactement au diamètre du trou, il est remonté et il a obturé la fuite. Plus tard, on a continué à bavarder à tort et à travers comme des fous, tout en essayant de fabriquer un vrai bouchon, et c'est alors seulement qu'on a réalisé que Simon n'avait toujours pas dit *un mot*. Alors, on s'est tous arrêtés en même temps, on l'a regardé, et il a dit : « C'était moins une, hein ? »

Ils rirent. Vlad ajouta :

– Vous vous rappelez ces prix bidons qu'on a décernés à Underhill ? Simon avait reçu celui de la meilleure vidéo. Alors, il est monté sur le podium et il a dit : « Merci. » Puis, au moment de retourner à sa place, il a rebroussé chemin, il a repris le micro et il a ajouté : « Merci *infiniment* ! »

Même Ann faillit rire à ce souvenir. Puis elle se leva et les précéda au-dehors. Les anciens portèrent la boîte jusqu'à la plage, et tous les autres suivirent. Il se mit à neiger quand ils sortirent son corps pour l'ensevelir dans le sable, juste à la limite des plus hautes vagues. Ils pyrogravèrent le nom de Simon sur le couvercle de la boîte avec le fer à souder de Nadia, avant de le planter dans la première dune. Désormais, Simon ferait partie intégrante du cycle du carbone, il nourrirait les bactéries, les crabes, les mouettes et les chevaliers des sables, et irait lentement se fondre dans la biomasse qui s'étendait sous le dôme. C'était ainsi qu'ils avaient décidé d'inhumer leurs morts. Une chose était certaine : c'était réconfortant d'être ainsi essaimé dans le monde, dispersé. De terminer en un tout...

Ils retournèrent lentement au village, en soufflant dans leurs mains, échangeant quelques propos à voix basse. Nirgal, complètement perdu, marchait entre Vlad et Ursula, dans le vague espoir de quelque réconfort. Ursula était triste et Vlad faisait ce qu'il pouvait pour la réconforter.

– Il a vécu plus de cent ans, lui dit-il. On ne peut pas dire que sa mort ait été prématurée, parce que ce serait un défi à l'égard de ces malheureux qui meurent encore à cinquante ans, à vingt ans ou moins...

– C'était pourtant prématuré, insista Ursula. Avec le traitement, qui peut savoir ?... Il aurait peut-être pu vivre encore mille ans.

– Ça, je n'en suis pas certain. J'ai l'impression que les traitements, en fait, n'affectent pas toutes les parties de notre corps. Et avec toutes les radiations que nous avons encaissées, il se pourrait bien que nous ayons plus de problèmes que nous le pensions.

– Peut-être. Mais si nous avions été à Acheron, avec toute l'équipe, avec un bioréacteur et tout le dispositif, je parie qu'on aurait pu le sauver. Et qui peut dire combien d'années il aurait pu vivre encore ? Moi, j'appelle ça une mort prématurée.

Ann s'éloigna pour rester seule.

Cette nuit-là, Nirgal ne réussit pas du tout à trouver le sommeil. Il ressentait toutes les transfusions qu'il avait subies, dans le moindre détail, et il imaginait qu'il avait pu y avoir un effet de retour dans le système. Donc, il avait été infecté. Ou tout simplement contaminé par le seul contact de sa main ?... Ou bien avait-il suffi du regard de Simon ? Et comme ça, Nirgal avait attrapé sa maladie, personne ne pourrait le guérir et il mourrait. Il deviendrait muet, raide, et il s'en irait. Comme Simon. C'était ça, la mort. Son cœur battait très fort et il transpirait. Il se mit à pleurer. Il avait peur mais il était impossible d'éviter la mort. C'était horrible. Horrible que le cycle se referme comme ça, qu'ils vivent une fois seulement pour mourir à jamais. Alors à quoi bon vivre ? Tout ça était trop étrange, trop affreux. Et il passa la nuit à trembler dans son lit, son esprit changé en cyclone face à la frayeur de la mort.

Après, ce fut terriblement difficile pour lui de se concentrer. Il se sentait à l'écart des choses, comme s'il avait glissé dans le monde blanc et qu'il lui soit désormais impossible de toucher le monde vert.

Hiroko prit conscience de son problème et lui suggéra d'accompagner Coyote lors de son prochain tour à l'extérieur. Cette idée dérangeait Nirgal, qui n'avait jamais fait plus de quelques pas hors de Zygote. Mais Hiroko insista. Il avait sept ans et il deviendrait bientôt un homme. Il était temps qu'il découvre un peu la surface du monde.

Coyote arriva quelques semaines après, et quand il repartit, Nirgal était avec lui, assis dans le siège de copilote du patrouilleur-rocher [1], écarquillant les yeux sous le pare-brise pour apercevoir l'arche pourpre du ciel vespéral. Coyote orienta le patrouilleur afin qu'il ait une meilleure vue de la muraille rose de la calotte polaire qui se dressait sur l'horizon comme l'orbe d'une lune énorme s'apprêtant à se lever.

— Difficile de croire qu'une masse aussi immense puisse fondre, dit Nirgal.

— Ça prendra du temps.

Ils roulaient vers le nord à vitesse régulière. Le patrouilleur-rocher naviguait furtivement : le pare-chocs avant était équipé d'un appareil anti-traces qui lisait les variations du terrain et transmettait les informations au pare-chocs arrière. Là, les scrapers-shapers effaçaient les traces des roues, renvoyant le sable et la rocaille à leur forme initiale.

1. Véhicule tout terrain à camouflage aréologique absolu capable d'échapper aux satellites de l'ONU et des transnationales. Voir le début de la révolution martienne dans *Mars la Rouge*. (*N.d.T.*)

Longtemps, ils roulèrent en silence, quoique le silence de Coyote n'eût rien à voir avec celui de Simon. Il chantonnait, il murmurait, il parlait parfois d'un ton doux et musical à son IA [1] dans une langue incompréhensible qui ressemblait pourtant à de l'anglais. Nirgal essayait de se concentrer sur la vue limitée qu'il avait du paysage : il se sentait timide et maladroit. La région qui s'étendait autour de la calotte polaire sud était constituée d'une série de terrasses plates, et ils passaient de l'une à l'autre en suivant un itinéraire qui semblait programmé. Bientôt, la calotte parut plantée sur une sorte de piédestal géant. Nirgal était impressionné par la dimension des choses, mais soulagé aussi qu'elles ne l'écrasent pas, comme lors de leur première sortie. Cela remontait à un certain temps, mais il se souvenait parfaitement de son vertige et de sa surprise.

Non, ici, c'était différent.

– Ça ne me semble pas aussi grand que ce que j'attendais, dit-il enfin. Je crois que c'est dû à la courbure de l'horizon. Après tout, c'est une petite planète. (C'était ce que disait son lutrin, en tout cas.) L'horizon n'est pas plus éloigné que Zygote d'un bord à l'autre !

Coyote lui décocha un regard irrité.

– C'est qui, ton père, gamin ?

– Je ne sais pas. Ma mère, c'est Hiroko.

Coyote eut une sorte de rictus.

– Tu veux que je te dise ? Hiroko fait un peu trop fort dans la matriarchie.

– Vous lui avez dit ?

– Bien sûr, mais Hiroko ne m'écoute que lorsque je dis des choses qu'elle a envie d'entendre. (Il ricana.) Comme avec tout le monde, non ?...

Nirgal acquiesça et sourit malgré lui.

– Tu veux essayer de savoir qui est ton père ?

– Bien sûr.

En fait, il n'en était pas aussi sûr que ça. Le concept de père n'avait que peu de sens pour lui. Et il avait peur que ce soit Simon. Car Peter, après tout, était comme un frère aîné, pour lui.

– On a l'équipement qu'il faut pour ça, à Vishniac. On pourra toujours essayer, si tu veux. (Coyote secoua la tête.) Hiroko est tellement étrange. Quand je l'ai rencontrée, personne n'aurait pu croire qu'on en arriverait là. Bien sûr, nous étions jeunes en ce temps-là – presque aussi jeunes que toi, même si tu as du mal à le croire.

1. Pour intelligence artificielle. (N.d.T.)

Ce qui était vrai.

– Quand on s'est connus, elle était encore une jeune étudiante en ingénierie écologique, intelligente et sexy comme une chatte. Pas question à l'époque de ces histoires de déesse-mère du monde et tout le trafic... Mais elle s'est mise à lire des tas de bouquins qui n'avaient rien à voir avec ses manuels techniques. Et après quelques années, quand elle a débarqué sur Mars, elle était dingue. En fait, elle était dingue avant. Heureusement pour moi, parce que c'est pour ça que je suis ici. Mais Hiroko... Oh, bon sang!... Elle avait fini par se convaincre que toute l'histoire de l'humanité avait été loupée depuis le début. A l'aube de la civilisation, et elle me disait ça très sérieusement, il y avait Sumer et la Crète. La Crète vivait selon une culture de commerce pacifique, dirigée par des femmes belles et artistes – c'était une utopie, en fait, où les hommes étaient des acrobates qui passaient leur temps à sauter les taureaux toute la journée, les femmes toute la nuit. Les femmes étaient enceintes et ils les adoraient, et tout le monde était heureux. Sauf les taureaux. Alors qu'à Sumer, c'était le règne des hommes, qui avaient inventé la guerre, conquis tout ce qui était à leur portée et commencé à bâtir tous les empires esclavagistes que nous avons connus depuis. A en croire Hiroko, nul ne peut savoir ce qui aurait pu advenir si ces deux civilisations avaient dû s'affronter pour gouverner le monde. Un volcan a anéanti la Crète, le pouvoir est passé entièrement aux mains des Sumériens, qui ne l'ont plus jamais lâché. Hiroko m'a toujours répété que si le volcan était entré en éruption à Sumer, tout aurait été différent. C'est peut-être vrai, d'ailleurs. Parce que l'histoire ne peut pas être plus noire qu'elle l'a été.

Cette interprétation surprit Nirgal, qui dit :

– Mais aujourd'hui, nous recommençons tout.

– C'est juste, mon garçon! Nous sommes les primitifs d'une civilisation inconnue. Nous vivons dans notre petite matriarchie techno-minoenne. Eh oui! Moi, remarque, je trouve ça plutôt bien. Il me semble que le pouvoir que nos femmes ont acquis n'avait en fait rien de passionnant. Le pouvoir, c'est la moitié d'un joug. Vous ne l'avez pas compris, après tous ces cours? Le maître et l'esclave partagent le même joug. L'anarchie est la seule véritable liberté. En tout cas, quoi que fassent les femmes, il semble que ça leur retombe dessus. Si elles sont les femelles de l'homme, elles travaillent jusqu'à tomber mortes. Mais si elles sont nos reines et nos déesses, alors elles travaillent plus dur encore, parce qu'elles doivent faire le travail des vaches mais aussi la paperasse! Impossible. Tu devrais être heureux d'être un homme. Aussi libre que le ciel!

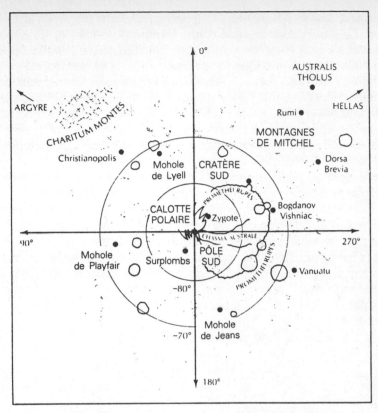

RÉGION POLAIRE SUD DE MARS

C'était une façon particulière de considérer les choses, se dit Nirgal. Mais c'était une manière de penser à la beauté de Jackie, au pouvoir immense qu'elle avait sur son esprit. Aussi se rencogna-t-il dans son siège pour contempler les étoiles blanches dans le ciel. Et il pensa : Libre comme le ciel! Libre comme le ciel!

C'était Ls 4, le 22 mars de l'année M-32, et les jours, dans l'hémisphère Sud, se faisaient plus courts. Coyote redémarrait chaque soir et suivait des itinéraires complexes et invisibles sur un terrain qui devenait de plus en plus accidenté comme ils s'éloignaient de la calotte polaire. Dès le lever du jour, ils s'arrêtaient pour se reposer. Nirgal luttait pour rester éveillé quand ils roulaient, chaque nuit, mais il finissait inévitablement par sommeiller, comme durant la journée, et il en perdait ses repères dans l'espace et le temps.

Lorsqu'il était éveillé, il passait presque le plus clair de son

47

temps à observer le paysage toujours changeant. Il ne s'en lassait pas. Le désert était marqué d'une infinité de tracés, et les amas stratifiés de sable ciselés par le vent transformaient chaque dune en l'aile d'un oiseau. Quand le terrain stratifié se transforma peu à peu en un fond rocheux, les dunes laminées se changèrent en autant d'îlots de sable isolés, disséminés sur une plaine chaotique de tumulus et de blocs de rocaille. Partout où se posait le regard, la roche était rouge, du gravier aux blocs énormes qui ressemblaient à des immeubles bizarres posés sur le paysage. Les îlots de sable se nichaient dans les moindres creux de la roche, mais également au pied des amas de blocs, sur les flancs des escarpements protégés du vent, et à l'intérieur des cratères.

Et des cratères, il y en avait maintenant de tous côtés. Les premiers qui étaient apparus n'étaient que deux bosses au bord du ciel, qui se révélèrent très vite connectées à une chaîne de collines basses. Les collines avaient fini par se multiplier. Certaines avaient des pentes abruptes, d'autres étaient comme affaissées, à demi enfouies, d'autres encore avaient eu leurs bords déchiquetés par des impacts ultérieurs et l'on découvrait alors les ruissellements du sable à l'intérieur.

Un peu avant l'aube, Coyote arrêta le patrouilleur.

– Quelque chose ne va pas ? demanda Nirgal.

– Non. Nous avons atteint le Belvédère de Ray [1], et je voudrais que tu profites de la vue. Le soleil va se lever dans une demi-heure.

Installés dans leurs sièges, ils regardèrent l'aube pointer.

– Tu as quel âge, gamin ?

– Sept ans.

– Ça veut dire quoi, sur Terre ? Treize, quatorze ans ?...

– Je suppose.

– Waouh ! Tu es déjà plus grand que moi.

– Eh oui... (Nirgal se retint d'ajouter que cela n'impliquait pas qu'il était si grand que ça.) Et toi, tu as quel âge ?

– Cent neuf ans. Ha, ha ! Tu ferais mieux de fermer les yeux avant qu'ils n'éclatent ! Ne me regarde pas comme ça. Je suis né vieux et le jour de ma mort je serai enfin jeune.

Leur regard se perdait à l'est. Le ciel devenait peu à peu d'un bleu violine. Coyote fredonnait une petite chanson en sourdine, comme s'il avait absorbé un cachet d'omegendorphe, ainsi qu'il le faisait souvent le soir, quand il était à Zygote. Graduellement, il apparut que le ciel était encore loin et très haut. Jamais encore Nirgal n'avait vu une région aussi vaste. Mais elle semblait en

---

1. Officiellement, il s'agit du cratère Rayleigh, au seuil de Promethei Terra. (N.d.T.)

48

même temps courbe, elle dessinait une grande muraille noire incurvée dans le lointain, sur une plaine de roche noire.

– Hé, Coyote! C'est quoi, ça?

– Ah! s'exclama Coyote, apparemment très satisfait.

Le ciel s'éclaircissait et le soleil, soudain, éclata au-dessus de la muraille noire, et Nirgal resta un bref instant ébloui. Mais, comme le soleil montait rapidement dans le ciel, les ombres de la falaise semi-circulaire révélèrent des entailles de lumière, des brèches profondes qui marquaient la façade la plus haute de la muraille, si haute que Nirgal en restait bouche bée, le nez écrasé sur le pare-brise du patrouilleur. C'en était presque effrayant!

– Coyote, mais c'est *quoi* ?

Coyote lui répondit par un de ses caquètements inquiétants, presque animal.

– Alors, gamin, tu vois que ce monde n'est pas aussi petit que ça, hein? Devant toi, tu as le fond de Promethei Terra. C'est l'un des plus grands bassins d'impact de Mars, presque aussi important qu'Argyre. Mais l'impact s'est produit à proximité du pôle Sud, et la moitié de la frange est enfouie sous la calotte et le terrain stratifié. L'autre moitié est cet escarpement incurvé que tu contemples. (Il leva la main.) C'est une sorte de super caldeira[1], mais il n'en reste que la moitié, et on peut la franchir. Cette petite butte que tu aperçois là-bas est le meilleur point d'observation que je connaisse pour en profiter. (Il appela une carte de la région sur l'écran et pointa le doigt.) On est juste sur le tablier de ce petit cratère, là, Vt, et on fait face au nord-ouest. Là-bas, cette falaise, c'est Promethei Rupes. Environ mille mètres d'altitude. D'accord, la falaise d'Echus fait trois mille mètres et Olympus Mons six mille... Tu entends ce que je te dis, monsieur Petite Planète? Mais ce petit coin devrait faire l'affaire pour ce matin.

Le soleil montait toujours, illuminant l'immense courbe de la falaise, ses ravines et ses petits cratères dispersés.

– Le refuge de Prometheus est de l'autre côté de cette grande indentation que tu vois là-bas, dit Coyote en indiquant le côté gauche. Le cratère Wj.

La journée s'avançait et Nirgal ne quittait pas du regard la gigantesque falaise. Elle était différente d'instant en instant, dans le jeu des ombres qui révélaient de nouveaux reliefs tout en en estompant d'autres. Il avait le sentiment qu'il lui faudrait des années pour tout observer et il ne pouvait s'empêcher de songer que cette muraille de rocher n'était pas naturelle, et même

1. Type de cratère volcanique dont le cône s'est effondré au cours d'une éruption. *(N.d.T.)*

qu'elle était d'une hauteur impossible. Coyote avait raison : il s'était laissé abuser par les horizons limités. Il n'avait pas su imaginer que ce monde était tellement vaste.

La nuit venue, ils pénétrèrent dans le cratère Wj, l'un des plus vastes enfoncements de la grande muraille. Et ils atteignirent la falaise de Promethei Rupes. Elle s'érigeait au-dessus d'eux comme le rempart sombre et vertical de l'univers, et la calotte polaire sud n'était rien comparée à une telle masse. Ce qui signifiait qu'Olympus Mons, que Coyote avait cité, devait être... Nirgal n'osait deviner quoi.

Au pied de la falaise, à un endroit où la roche lisse tombait presque à la verticale dans le sable, il y avait une porte en renfoncement. Et, à l'intérieur, le refuge de Prometheus, une série de vastes salles empilées comme les chambres de bambou de Zygote, avec des fenêtres incurvées qui dominaient le cratère Wj et le grand bassin sablonneux. Les résidents du refuge parlaient français, et Coyote conversait avec eux. Ils n'étaient pas aussi âgés que lui ou les autres issei, mais ils étaient quand même très vieux, et leur taille était terrienne, ce qui impliquait que la plupart devaient lever la tête pour s'adresser à Nirgal tout en lui parlant aimablement dans un anglais courant à l'accent français marqué.

– Ainsi, c'est toi, Nirgal ! *Nous sommes enchantés* [1] *!* Nous avons tellement entendu parler de toi. Quel bonheur de te rencontrer !

Pendant que Coyote était occupé ailleurs, ils lui firent visiter les lieux. Leur refuge était assez différent de Zygote. Pour ainsi dire, il n'était fait que de salles et de pièces. Les plus vastes étaient situées contre la muraille. Trois des salles éclairées de fenêtres étaient des serres, et toutes étaient bien chauffées, remplies de plantes, de suspensions, de statues et de fontaines. Pour Nirgal, tout cela était très étouffant et trop chaud, mais en même temps absolument fascinant.

Mais ils ne demeurèrent qu'une journée à Prometheus. On poussa le patrouilleur de Coyote jusque dans un élévateur où ils durent attendre pendant une heure. Quand Coyote démarra et franchit la porte opposée, ils se retrouvèrent sur le haut d'un plateau raboteux situé derrière Promethei Rupes. Et, une nouvelle fois, Nirgal éprouva un choc. Quand ils étaient au Belvédère de Ray, la grande falaise limitait leur vue, et il était encore en mesure de comprendre. Mais là, au sommet, en se retournant, il découvrit que la distance était telle qu'il ne pouvait l'apprécier. Il avait du mal à accommoder son regard, il ne distinguait qu'une masse floue et vertigineuse de marques et de taches de couleur –

---

1. En français dans le texte. (*N.d.T.*)

brun, mauve, blanc, fauve, rouille. Une nausée monta lentement en lui.

– La tempête arrive, dit Coyote.

Et Nirgal vit alors que les couleurs qu'il avait découvertes étaient celles d'une flotte de nuages hauts et denses qui dérivaient dans le ciel mauve vers l'ouest, accompagnant le soleil – les nuages étaient plus clairs sur le dessus, et infiniment convolutés, mais d'un gris très sombre à leur base. Ils étaient plus proches d'eux que le plancher du bassin, et ils flottaient tous au même niveau, comme sur un plafond transparent. Et le monde en dessous était fait de sable fauve ocellé de traces chocolat : oui, les ombres des nuages, qui couraient avec eux !... Et là-bas, très loin, ce croissant blanc au centre des choses, c'était la calotte polaire ! Chez eux ! En reconnaissant la glace polaire, Nirgal trouva enfin le parachèvement de perspective dont il avait besoin pour donner un sens aux choses. Et les taches colorées se stabilisèrent en un paysage inégal et bosselé marqué d'ombres venues des nuages.

Pour cela, il ne lui avait fallu que quelques secondes vertigineuses mais, quand il eut fini, il découvrit le large sourire de Coyote.

– Coyote, jusqu'où on peut voir ? Sur combien de kilomètres, je veux dire ?...

Coyote ricana.

– Je ne sais pas, gamin. Ou alors, calcule ça tout seul. Je ne sais pas, moi : trois cents kilomètres ? Quelque chose comme ça. Un petit bond pour un grand. Un millier d'empires pour les petits.

– Je veux le faire.

– J'en suis persuadé. Oh, regarde ! Tu vois ce qui tombe des nuages au-dessus de la calotte ? Des éclairs. Ces petites décharges de lumière, ce sont des éclairs.

Nirgal voyait nettement les filaments de lumière qui apparaissaient et s'effaçaient en silence, toutes les deux secondes, entre les grands nuages noirs et le sol blanc de givre. Des éclairs. Pour la première fois de sa vie. Le monde blanc envoyait des étincelles au monde vert.

– Rien de tel qu'une bonne tempête, dit Coyote. Tu verras comme c'est bon, le vent ! C'est nous qui avons créé cette tempête, gamin. Mais je pense quand même qu'on pourrait faire plus fort.

Ça, c'était au-delà de l'imagination de Nirgal. Ce qui s'étendait devant eux était vaste, cosmique : de l'électricité qui striait les couleurs, un grand vent dans l'espace. En fait, il fut quelque peu soulagé quand Coyote redémarra et que la vue brumeuse disparut, le faîte de la falaise redevenant derrière eux la limite du ciel.

– Un éclair, c'est quoi, au juste? demanda-t-il.

– Eh bien... Oh, merde... Je dois t'avouer que les éclairs sont un de ces phénomènes pour lesquels je n'ai pas d'explication. On me l'a expliqué, pourtant, mais ça ne me revient jamais. C'est de l'électricité, bien entendu, et c'est en rapport avec les ions et les électrons, les charges positives et négatives, qui se forment dans les orages et se déchargent dans le sol. Ou dans les deux sens, je crois me rappeler. Mais qui sait? Boum-boum! C'est ça un éclair, non?

Le monde blanc et le monde vert qui se frottaient l'un contre l'autre, et qui finissaient par péter. Mais oui. C'était ça.

Il existait plusieurs refuges sur le plateau nord de Promethei Rupes. Certains étaient dissimulés dans des escarpements ou des bordures de cratères, pareils à ceux qu'avait prévus Nadia pour les forages à l'extérieur de Zygote. Mais d'autres étaient installés simplement à l'intérieur des cratères sous des tentes en dôme, bien en vue. La première fois que Coyote avait franchi le bord d'un cratère et qu'ils avaient découvert un village sous le dôme clair, Nirgal avait été stupéfait, une fois encore, mais à un degré moindre que par l'immensité du paysage. Il découvrait des maisons qui ressemblaient à son école, aux bains, à la cuisine. Avec des serres, des arbres – tout cela était si familier. Comment avaient-ils pu survivre comme ça, à découvert? C'était absolument déconcertant.

Et il y avait tellement de gens, tellement d'étrangers. Nirgal savait, en théorie, que la population était nombreuse dans les refuges du sud. Cinq mille personnes, selon certains. Mais c'était autre chose que de les rencontrer. Et puis, quand ils séjournaient dans les colonies exposées, il se sentait extrêmement nerveux.

– Mais comment peuvent-ils y arriver? demandait-il. Pourquoi ils n'ont pas tous été arrêtés et expulsés de Mars?

– Là, tu me tiens, gamin. Parce que ça pourrait bien leur arriver. Mais ça n'est pas le cas pour le moment, et ils considèrent que ça ne vaut pas la peine de se planquer. Tu sais que ça suppose des efforts terribles. Il faut prévoir toute l'ingénierie thermique de retraitement des déchets, le système de renforcement électronique, et surtout se rendre invisible en permanence : une sacrée corvée. Et la plupart des gens que tu vois y ont renoncé. Ils se sont donné le surnom de *demi-monde* [1]. En cas d'enquête

---

1. En français dans le texte. *(N.d.T.)*

ou d'invasion, ils ont préparé des plans : la plupart d'entre eux ont creusé des tunnels comme nous, d'autres ont des caches d'armes. Mais leur idée de base, c'est que s'ils sont visibles en surface, bien en évidence, il n'y a aucune raison pour qu'on les contrôle. Les gens de Christianopolis ont déclaré à l'ONU qu'ils s'étaient installés dans le coin juste pour se dégager du réseau de surveillance. Mais... je suis quand même d'accord avec Hiroko sur ce point : il faut que certains d'entre nous soient plus prudents que les autres. L'ONU veut surtout mettre la main sur les Cent Premiers, les issei, si tu veux que je te dise. Et leurs descendants, malheureusement pour vous, les gosses. En tout cas, le fait que la résistance englobe désormais l'underground, le demi-monde, mais aussi les cités ouvertes, constitue une aide considérable pour les refuges clandestins. Désormais, nous dépendons d'eux.

Dans cette cité, Coyote fut reçu comme partout, avec effusion. Peu importait que le refuge fût ou non exposé. Il s'installa dans un coin du garage principal, au bord du cratère, et se lança dans un échange animé de marchandises : stocks de semences, logiciels, ampoules, pièces détachées et petit outillage. Mais, auparavant, il avait consulté longuement leurs hôtes et s'était lancé dans des négociations auxquelles Nirgal ne comprenait rien. Puis, après une brève visite du fond du cratère, sous le dôme violet scintillant, où la population ressemblait de façon surprenante à celle de Zygote, ils reprirent leur route.

Entre deux refuges, les explications de Coyote à propos de ses marchés n'étaient pas réellement évidentes.

– Ce que je fais ? Je sauve ces gens de toutes ces ridicules notions économiques qui sont les leurs ! Une économie de donation, c'est très bien, mais elle n'est pas suffisamment organisée par rapport à notre situation. Il existe certains biens essentiels dont tout le monde doit disposer, et par conséquent les gens doivent *donner*, c'est juste ?... J'essaie de mettre sur pied un système rationnel. A vrai dire, c'est Vlad et Marina qui travaillent là-dessus, et moi, j'essaie de le rendre effectif, ce qui veut dire que j'essuie tous les reproches.

– Et ce système ?...

– C'est un truc à double voie : les gens peuvent avoir tout ce qu'ils veulent, mais on attribue des valeurs aux choses de première nécessité et elles sont distribuées selon les besoins. Mais, bon Dieu, si tu savais tous les conflits auxquels j'ai été mêlé. Les gens sont complètement stupides, parfois. Je fais tout mon possible pour que ça donne une écologie stable, comme dans les systèmes d'Hiroko, avec chaque refuge remplissant sa propre niche tout en fournissant sa spécialité, et qu'est-ce que je récolte ? Des injures ! Quand j'essaie de verrouiller le gaspillage, je me fais traiter de brigand, et quand je veux arrêter la thésaurisation, je suis un fasciste. Quelle bande d'idiots ! Qu'est-ce qu'ils comptent faire, étant donné qu'aucun refuge n'est autonome et que la moitié sont paranos ? (Il eut un soupir dramatique.) Mais, malgré tout, on progresse. Christianopolis fabrique des ampoules, Mauss Hyde fait évoluer de nouvelles variétés de plantes, comme tu l'as vu, et Bogdanov Vishniac construit tout ce qu'il existe de gros sur cette planète : des barres pour les réacteurs, des véhicules furtifs et la plupart des grands robots. Zygote produit des instruments scientifiques, et ainsi de suite. Et moi, je suis chargé de redistribuer tout ça.

– Tu es le seul à le faire ?

– Presque. Si l'on excepte les éléments critiques, les refuges peuvent fonctionner en autarcie, à vrai dire. Ils ont leurs programmes, leurs semences, les fournitures de base. Et puis, il est important qu'il n'y ait qu'un minimum de gens qui connaissent la situation des refuges clandestins.

Tandis qu'ils avançaient dans la nuit, Nirgal digéra lentement les implications de ce que venait de lui dire Coyote. Qui s'était lancé dans un discours sur les normes du péroxyde d'hydrogène et de l'azote selon le nouveau système mis au point par Vlad et Marina. Nirgal avait du mal à suivre, d'une part parce que ces concepts étaient complexes et aussi parce que Coyote émaillait ses explications de vindictes à propos de certains refuges qui lui causaient des difficultés. Nirgal décida d'interroger directement Sax ou Nadia quand ils seraient de retour à Zygote et n'écouta plus.

La région qu'ils traversaient était parsemée d'anneaux de cratères, les plus récents chevauchant les plus anciens, presque enfouis.

– On appelle ça la « cratérisation saturée ». C'est un terrain très ancien.

Un grand nombre de cratères n'avaient même plus de rebords. Ils n'étaient guère plus que des dépressions à fond plat.

– Qu'est-ce qui leur est arrivé ?

– Ils ont été usés.

– Par quoi ?

– Selon Ann, par la glace et le vent. Elle prétend qu'avec le temps mille mètres au moins ont été érodés sur les highlands du sud.

– Mais à cette vitesse, tout aurait dû être emporté !

– Mais d'autres météores sont venus. Ce pays est ancien.

Entre les cratères, le terrain était couvert de fragments de rocaille et incroyablement changeant. Ils allaient d'éminences en fosses, ils escaladaient des buttes, dévalaient des tranchées, des grabens [1], des surrections [2], des collines et des vallons. Ils ne connaissaient plus le sable plat, si ce n'est lorsqu'ils suivaient le rebord d'un cratère et, quelquefois, une des chaînes basses que Coyote utilisait comme des routes. Mais leur itinéraire restait tortueux, et Nirgal n'arrivait pas à croire qu'on pouvait le mémoriser. Quand il avoua cela à Coyote, l'autre rit :

– Comment ça, *mémoriser*? On est complètement perdus, Nirgal !

Mais pas vraiment, ou du moins pas pour longtemps. La fumerolle d'un mohole apparaissait à l'horizon et Coyote obliqua droit dessus.

– Je le savais bien, marmonna-t-il. Le mohole de Vishniac. Quatre moholes ont été démarrés sur le 75° de latitude, et il y en a deux qui ont été abandonnés, même par les robots. Vishniac tient encore. Il a été repris par une bande de Bogdanovistes qui vivent au fond. (Il rit.) Ce qui est une idée splendide : ils peuvent creuser la paroi jusqu'au fond, et comme ça ils auront de la chaleur, autant qu'il leur faut, sans que personne ne pense que c'est autre chose, encore, qu'un mohole qui dégaze. Comme ça, ils peuvent construire n'importe quoi, et même traiter de l'uranium pour les barres des réacteurs. C'est une vraie cité industrielle, maintenant. Et aussi une de mes étapes préférées : on y fait toujours la fête !

Il engagea le patrouilleur-rocher dans une des nombreuses tranchées, freina, tapota sur son écran, et un énorme bloc pivota sur le côté, démasquant un tunnel. Coyote redémarra et le rocher se remit en place derrière eux. Nirgal ne s'attendait plus à d'autres surprises à ce stade de leur voyage, mais il écarquilla les yeux tandis qu'ils s'enfonçaient entre les parois rocheuses. Le tunnel semblait ne pas avoir de fin.

– Ils ont creusé beaucoup de tunnels d'accès, lui dit Coyote. Pour donner l'illusion que le mohole est déserté. Il nous reste au moins vingt kilomètres à parcourir.

Il éteignit enfin les phares et ils pénétrèrent dans une nuit aubergine sombre, sur une route à la pente plus accentuée qui dessinait apparemment une spirale le long de la paroi du mohole. Les voyants du tableau de bord étaient comme des lanternes minuscules. Dans leur vague reflet, Nirgal discernait la route : elle était quatre ou cinq fois plus large que leur véhicule. Il ne

---

1. Parties de terrain effondrées. *(N.d.T.)*
2. Blocs de l'écorce de la planète ayant subi un soulèvement. *(N.d.T.)*

parvenait pas à apercevoir tout le mohole mais, à en juger par la courbure de la route, il se dit qu'il devait bien faire un kilomètre de diamètre.

– Tu es certain qu'on tourne à la bonne vitesse ? demanda-t-il, inquiet.

– Je me fie au pilote automatique, dit Coyote, agacé. Et puis ça porte malheur d'en discuter.

Ils descendaient depuis une heure quand un bip résonna. Le patrouilleur tourna alors sur la gauche, et soudain un tube vint se coller sur leur sas avec un claquement sonore.

Ils sortirent dans le garage. Une vingtaine de personnes étaient là pour les accueillir. Ils les suivirent au long d'une série de salles au plafond lointain avant de pénétrer dans une sorte de caverne. Toutes les pièces que les Bogdanovistes avaient taillées dans la paroi du mohole étaient bien plus vastes que celles qu'ils avaient visitées à Prometheus. Les salles du fond étaient hautes de dix mètres, et certaines étaient profondes de deux cents mètres. La caverne centrale devait avoir les dimensions de Zygote, avec de grandes fenêtres qui ouvraient sur le puits du mohole. Nirgal constata en se penchant que, vu de l'extérieur, le verre des vitres avait la même apparence que la roche. Les revêtements filtrants avaient été astucieusement choisis car, dès le matin, une lumière éclatante se répandit à l'intérieur. La vue se limitait à la paroi lointaine du puits, en face, et à une tache gibbeuse de ciel, tout en haut. Mais chaque salle donnait une impression de clarté et d'espace, un sentiment de ciel ouvert que Nirgal n'avait pas connu à Zygote.

Durant cette première journée, un petit personnage à la peau sombre du nom de Hilali accompagna Nirgal en le tenant par la main. Ils allaient de salle en salle et Hilali interrompait les gens au travail pour leur présenter Nirgal. Tous se montraient chaleureux.

– Tu dois être l'un des gamins d'Hiroko, hein ? C'est toi Nirgal ? Je suis heureux de te rencontrer ! Hé, John, Coyote est ici : ça va être la fête, ce soir !

Ils lui firent visiter des salles plus petites, des installations fermières baignées de lumière, des ateliers et des usines qui se déployaient sur des distances incroyables, dans le cœur de la roche. Partout régnait une chaleur de sauna et Nirgal était en sueur.

– Où est-ce que vous avez mis tout le rocher que vous avez excavé ? demanda-t-il à Hilali.

Il se rappelait qu'Hiroko leur avait expliqué que l'un des avantages de la construction sous la calotte polaire était que la glace sèche qu'ils excavaient se sublimait tout simplement.

– Il a servi de remblai à la route, près du fond du mohole, lui apprit Hilali, visiblement ravi de cette question.

Comme de toutes les autres que Nirgal lui posait, d'ailleurs. Les gens de Vishniac semblaient tous heureux en général. Ils formaient une joyeuse bande qui accueillait régulièrement Coyote en faisant la fête – simple, se dit Nirgal.

Coyote les appela. Hilali répondit sur son transpondeur de poignet. Il conduisit Nirgal jusqu'à un laboratoire où on lui préleva un échantillon de peau sur un doigt. Puis, lentement, ils regagnèrent la grande caverne pour se mêler à la foule rassemblée devant les fenêtres de la cuisine, tout au fond.

Le repas de haricots et de pommes de terre était particulièrement épicé. La fête commença immédiatement après. Un orchestre de percussions, dont les membres en nombre variable tapaient sur des bidons en staccato, fit danser la foule durant des heures. De temps en temps, on ménageait une pause pour ingurgiter une atroce liqueur appelée kavajava ou jouer à toutes sortes de jeux sur un des côtés de la salle. Après avoir essayé le kavajava et avalé un cachet d'omegendorphe que lui avait donné Coyote, Nirgal joua des drums un instant, avant de s'asseoir sur un petit tertre herbeux, au milieu de la salle, trop ivre pour rester debout. Coyote n'avait pas arrêté de boire mais, lui, n'avait pas ce genre de problème. Il continuait à danser frénétiquement en riant.

– Hé, gamin! lui lança-t-il. Tu ne connaîtras jamais la joie de ta propre pesanteur! Jamais!

Les gens défilaient. Certains demandaient à Nirgal de leur faire la démonstration de son attouchement réchauffant, et un groupe de filles, qui s'étaient gelé les joues avec les glaçons de leurs verres, accueillit sa caresse en roulant des yeux avant de lui demander d'essayer de leur réchauffer d'autres parties plus intimes. Finalement, il se releva et se mit à danser avec elles, à la fois étourdi et maladroit, tournant en cercles étroits pour essayer de décharger une partie de son énergie. Quand il retourna sur son tertre, Coyote vint le retrouver et se laissa tomber lourdement à son côté.

– C'est formidable de danser sous cette pesanteur, lui dit-il. Je crois que je ne m'en lasserai jamais.

Il fixait Nirgal en louchant, ses dreadlocks grisonnants enchevêtrés, et Nirgal constata encore une fois que son visage semblait avoir craqué. Peut-être à la hauteur du maxillaire, parce qu'un côté était plus large que l'autre. En quelque sorte. Et il en eut la gorge serrée.

Coyote le prit par l'épaule et le secoua.

– Tu sais, mon garçon, on dirait bien que c'est moi ton père!

– Tu plaisantes !

Un véritable choc électrique se propagea le long de l'échine de Nirgal pour éclater sur son visage. Et ils se regardèrent, Nirgal s'émerveillant de constater à quel degré le monde blanc pouvait secouer le monde vert. Puis ils s'étreignirent.

– Non, je ne plaisante pas, dit Coyote.

Ils se regardèrent.

– Pas étonnant que tu sois aussi intelligent, ajouta Coyote avant de partir d'un rire fou. Hé, dis, j'espère que ça ne te contrarie pas, au moins !

– Mais non, fit Nirgal, qui se sentait pourtant mal à l'aise.

Il ne connaissait pas assez bien Coyote, et, pour lui, le concept du père était encore plus vague que celui de la mère, aussi n'avait-il aucune certitude quant à ses sentiments en cet instant. Il y avait l'héritage génétique, ça, il le savait, mais qu'est-ce que ça signifiait vraiment ? Ils prenaient tous leurs gènes quelque part, et ceux des ectogènes étaient transgéniques, de toute manière. C'était du moins ce qu'on leur avait expliqué.

Mais Coyote, tout en se répandant en jurons à propos d'Hiroko, semblait satisfait, lui.

– Ce monstre ! Ce tyran ! Matriarchie, mon cul ! Elle est cinglée, oui ! C'est vrai : elle m'étonnera toujours ! Mais, remarque, il y a une certaine justice dans tout ça. Oui, parce qu'Hiroko et moi, à l'aube des temps, quand nous étions encore jeunes, en Angleterre, nous formions un couple. Et c'est ce qui explique que je sois sur Mars aujourd'hui. Un passager clandestin bouclé dans son placard pendant toute sa putain de vie [1] ! (Il se remit à rire sauvagement en agrippant l'épaule de Nirgal.) C'est vrai, gamin, tu décideras plus tard si cette idée te plaît ou non.

Il retourna danser, laissant Nirgal réfléchir. En observant les pirouettes de Coyote, Nirgal ne put que secouer la tête : il ne savait pas vraiment quoi penser et, pour le moment, toute réflexion était incroyablement difficile. Mieux valait danser, ou se mettre en quête des bains.

Mais ici, ils n'avaient pas de bains publics. Il tourna donc encore un moment avec les autres avant de revenir sur son tertre préféré, où il fut très vite rejoint par Coyote et un groupe de Bogdanovistes.

– Hé, c'est comme si tu étais le père du Dalaï Lama ! lança quelqu'un. Tu as un nom pour ça ?

– Va te faire voir ! Comme je le disais, Ann prétend qu'ils ont cessé de forer ces moholes du 75° parce que la lithosphère est trop mince ici. Je veux aller jusqu'à l'un des moholes neutralisés,

---

1. Voir *Mars la Rouge*. (N.d.T.)

relancer les robots, et voir s'ils peuvent creuser assez profond pour démarrer un volcan.

Ils éclatèrent tous de rire. Sauf une femme, qui secouait la tête.

– Si tu faisais ça, Coyote, ils viendraient voir ce qui se passe ici. Mais si tu as vraiment l'intention de le faire, va vers le nord et attaque-toi à l'un des moholes du 60° de latitude. Eux aussi ont été neutralisés.

– Mais la lithosphère est beaucoup plus épaisse dans ce secteur, selon Ann.

– D'accord, mais les moholes sont aussi plus profonds.

– Hum, fit Coyote.

Mais quand ils quittèrent Vishniac une semaine plus tard, par un tunnel différent et plus long encore, ils firent route au nord. Coyote avait apparemment jeté à la corbeille tous ses plans initiaux.

– C'est ça ma vie, mon garçon.

La cinquième nuit de leur traversée des highlands chaotiques du sud, Coyote ralentit et fit le tour d'un ancien cratère qui avait été érodé presque jusqu'au niveau de la plaine. Le plancher était marqué par un énorme trou noir. Apparemment, c'était ça un mohole vu de la surface, se dit Nirgal. Un plumet de givre flottait dans l'air à une centaine de mètres de haut, comme suscité par la baguette d'un magicien. Le bord du mohole était biseauté, ménageant une pente intérieure de béton à quarante-cinq degrés. Il était impossible d'en mesurer la largeur et elle pouvait être aussi bien une simple route circulaire. Sur le bord extérieur, une haute clôture était visible.

Mmouais... marmonna Coyote.

Il recula à l'abri du défilé et gara le patrouilleur avant de revêtir un walker.

– Bon, à bientôt, lança-t-il en entrant dans le sas.

Pour Nirgal, ce fut une longue nuit d'anxiété. Il ne dormit que durant de brèves périodes et, quand le matin apparut, il était dans un état d'inquiétude épouvantable. C'est alors que Coyote apparut à l'extérieur du sas, peu avant sept heures, alors que le soleil allait monter à l'horizon. Nirgal était sur le point de se plaindre de sa longue absence, mais Coyote, quand il eut ôté son casque, se montra d'une humeur exécrable. Durant toute la journée, il demeura seul en conférence avec son IA, à jurer sans retenue, visiblement oublieux de son jeune passager. Nirgal fit réchauffer un repas pour deux, sombra dans une sieste profonde, et ne s'éveilla que lorsque le patrouilleur démarra brusquement.

– Je vais tenter de franchir le portail. C'est la seule vraie sécurité qu'ils aient sur ce trou. Encore une nuit, et je le saurai, n'importe comment.

Il fit le tour du cratère et s'arrêta sur le rebord opposé. Quand le crépuscule tomba, il quitta de nouveau le patrouilleur.

Il fut encore absent toute la nuit et Nirgal se battit encore pour trouver un peu de sommeil. Il se demandait ce qu'il ferait si Coyote ne revenait pas.

Et justement, quand l'aube vint, il ne s'était toujours pas montré. La journée s'étira et, indéniablement, ce fut la plus longue qu'il ait jamais vécue. Il n'avait pas la moindre idée de ce qu'il devait faire : essayer d'aller au secours de Coyote, de retourner à Zygote avec le patrouilleur, ou à Vishniac. Descendre dans le mohole et se jeter dans le mystérieux système de sécurité qui, apparemment, avait avalé Coyote. Autant de solutions impossibles.

Une heure avant le coucher du soleil, Coyote tapota contre le sas, et entra avec une expression de fureur. Il but un litre d'eau, puis un autre, et plissa les lèvres d'un air dégoûté.

– Foutons le camp d'ici.

Ils roulèrent en silence pendant deux heures. Nirgal se décida enfin à parler d'un autre sujet :

– Coyote, combien de temps crois-tu qu'on va être obligés de rester cachés ?

– Ne m'appelle pas Coyote ! Je ne suis pas Coyote. Coyote, il est là-bas, quelque part dans les collines, il respire déjà librement, ce salopard, et il fait ce qu'il veut. Moi, je m'appelle Desmond. Et tu vas m'appeler *Desmond*, compris ?

– OK, fit Nirgal, apeuré.

– Quant à ce qui est de rester cachés, je crois que ce sera pour toujours.

Ils retournèrent vers le sud, en direction du mohole de Rayleigh, là où Coyote (qui n'avait toujours pas l'air d'un Desmond) avait pensé à se rendre en premier. Le mohole était totalement abandonné et son plumet thermal flottait dans le ciel comme le spectre d'un monument disparu. Ils descendirent jusqu'au parking couvert de sable et stoppèrent entre des véhicules robots bâchés.

– J'aime mieux ça, murmura Coyote. Bon, on va aller jeter un coup d'œil là-dedans. Enfile un walker.

Pour Nirgal, ce fut étrange de se retrouver dans le vent de l'extérieur, au bord du gouffre immense. Ils se penchèrent sur un muret à hauteur de poitrine et découvrirent la bande de béton en biseau qui encerclait le trou, plongeant sur deux cents mètres. Pour découvrir le puits, ils durent suivre la route creusée dans le béton pendant un kilomètre avant de se pencher vers l'obscurité. Coyote se tenait à l'extrême bord, ce qui rendait Nirgal passablement nerveux. Lui, il était à quatre pattes. Mais il n'apercevait pas le fond du puits : ils auraient aussi bien pu contempler le noyau de Mars.

– Vingt mille mètres, dit la voix de Coyote dans l'intercom. (Il tendit la main et Nirgal l'imita et sentit le courant d'air ascendant.) OK. On va voir si on peut démarrer les robots.

Ils remontèrent la route.

Coyote avait consacré la plupart de leurs journées à étudier d'anciens programmes sur son IA. Après avoir pompé le péroxyde d'hydrogène de leur patrouilleur dans deux des robots géants, il retourna à sa console, reprogramma les robots et eut la satisfaction de les voir démarrer sur leurs roues géantes, hautes quatre fois comme le patrouilleur. Ils s'engagèrent sur la route du fond.

– Excellent! s'exclama Coyote. Ils vont utiliser l'énergie de leurs panneaux solaires pour produire leurs propres explosifs à base de péroxyde, et aussi leur carburant. Ils vont continuer bien tranquillement, jusqu'à ce qu'ils rencontrent quelque chose de brûlant. Il se pourrait bien qu'on vienne d'amorcer un volcan!

– Est-ce que c'est une bonne chose?

Coyote eut un de ses rires sauvages.

– Je l'ignore! Mais personne ne l'a encore jamais fait, ce qui est déjà au moins une bonne raison!

Ils reprirent l'itinéraire prévu, de refuge en refuge, clandestins ou non. Partout, Coyote annonçait fièrement :

– On a relancé le mohole de Rayleigh la semaine dernière. Est-ce que vous auriez aperçu un volcan?

Mais personne n'avait rien vu. Rayleigh semblait se comporter comme avant.

– Peut-être que ça n'a pas marché, disait Coyote. Ou alors, ça prendra encore du temps. D'un autre côté, si ce mohole était inondé par la lave en fusion, comment savoir?...

On le saurait, disaient ses interlocuteurs.

Et d'autres ajoutaient :

– Pourquoi faire une chose aussi stupide? Autant prévenir l'Autorité transitoire et leur demander de descendre jeter un coup d'œil par ici.

Coyote cessa de soulever le sujet. Et ils continuèrent leur chemin : Mauss Hyde, Gramsci, Overhangs, Christianopolis... A chaque étape, Nirgal était accueilli avec joie, et les gens semblaient le connaître déjà de réputation. Il était surpris par le nombre et la diversité des refuges. Ensemble, ils composaient un monde étrange, à demi secret, à demi ouvert. Et si ce monde n'était qu'une partie de la civilisation martienne, qu'étaient donc les grandes cités du Nord ? Son esprit en restait confondu – bien qu'il eût le sentiment que sa vision des choses s'était considérablement élargie depuis leur départ. Et puis, après tout, on ne pouvait exploser d'émerveillement.

– Bon, dit Coyote tandis qu'ils roulaient. (Il avait appris à Nirgal à piloter.) On a peut-être créé un volcan, ou rien. Mais c'était une idée nouvelle, non ? C'est ça qui compte vraiment dans le projet martien, mon garçon. Tout est nouveau.

Ils retournaient vers le sud, et la calotte polaire redevint visible à l'horizon. Ils ne tarderaient pas à être de retour.

Nirgal songeait à tous les refuges clandestins qu'ils avaient visités.

– Desmond, tu penses qu'on devra toujours rester cachés comme ça ?

– Desmond ? *Desmond ?* Mais qui est ce Desmond ? (Coyote fit la moue.) Bon Dieu, je l'ignore. Personne ne peut le savoir. Les gens qui se cachent ont été balayés de la surface à une période bizarre de l'histoire, quand leurs existences étaient menacées, et je ne suis pas convaincu que ce soit encore comme ça dans toutes ces grandes cités qu'ils construisent au nord. Peut-être que les patrons, sur Terre, ont compris la leçon et que la vie est redevenue plus confortable. Ou bien c'est parce qu'ils n'ont pas encore réussi à remplacer l'ascenseur.

– Alors, il ne pourrait y avoir une autre révolution ?

– Je ne sais pas.

– Ou jusqu'à ce qu'il y ait un ascenseur...

– Je ne sais pas ! Mais quoi qu'il en soit, l'ascenseur arrive, et ils mettent en place d'autres miroirs dans l'espace, et même autour du soleil. On les voit briller, certaines nuits. Il peut donc se produire n'importe quoi, je pense. Mais une révolution est une chose rare. Et la plupart des gens sont réactionnaires, de toute manière. Les paysans ont leurs traditions, leur sens des valeurs, leurs habitudes auxquelles ils se conforment. Mais ils vivent à la limite du précaire, et n'importe quel changement rapide peut les faire basculer. Au début, il ne s'agissait pas de politique mais de survie. J'avais ton âge quand j'ai vécu tout ça. Ceux que l'on a envoyés sur Mars n'étaient pas pauvres, non, mais ils avaient leurs propres traditions et, tout comme les pauvres, ils n'avaient pas vraiment de pouvoir. Quand le flux migratoire de 2050 leur est tombé dessus, leurs traditions ont été balayées. Alors, ils se sont battus pour ce qui leur restait. Et pour dire la vérité, ils ont perdu. Et c'est pour ça, tu vois, que nous vivons cachés et que toute une nouvelle population se déverse sur Mars. Des gens qui vivaient dans des conditions vraiment dures sur Terre, et qui ne sont pas trop surpris par ce qu'ils trouvent en arrivant. Ils ont droit au traitement et ensuite ils sont heureux. On ne voit plus tant de gens qui essaient de sortir des refuges, comme avant 61. Du moins, ils ne sont pas nombreux. Du moment qu'ils ont de quoi se distraire et qu'ils s'accrochent à leurs traditions, ils ne lèveront pas le petit doigt.

– Mais... commença Nirgal avant de s'interrompre.

Coyote rit en voyant son expression.

– Mais qui sait? Bientôt, il y aura sans doute un nouvel ascenseur sur les hauteurs de Pavonis Mons et les embrouilles recommenceront avec ces sales requins. Et vous, les jeunes, vous ne tiendrez probablement pas à vous laisser exploiter par eux. Mais on verra bien, le temps venu. En attendant, on peut toujours se marrer un peu, non? Entretenir la flamme.

La nuit venue, Coyote arrêta le patrouilleur et dit à Nirgal de mettre son walker. Ils firent quelques pas sur le sable et Coyote se tourna vers le nord.

– Regarde le ciel, dit-il.

Nirgal tourna la tête. Une étoile nouvelle éclata à l'horizon. En quelques secondes, elle devint une comète qui volait d'ouest en est. A mi-chemin, son noyau étincelant explosa et des fragments se dispersèrent dans toutes les directions.

– C'est un des astéroïdes de glace! s'écria Nirgal.

Coyote eut un reniflement de mépris.

– Ça ne te surprend pas, hein, gamin? Mais je vais te dire quelque chose que tu ne sais pas. C'était l'astéroïde 2089 C, et est-ce que tu as vu comment il a explosé en fin de course? Ça, c'était une première. Ç'a été fait exprès. Si on les fait sauter à leur entrée dans l'atmosphère, on peut utiliser des astéroïdes plus gros sans risque pour la surface. Et cette idée, elle est de moi! Je leur ai expliqué moi-même la technique, j'ai téléchargé une suggestion anonyme dans l'IA alors que j'étais sur le site de Greg, occupé à décrypter leur système de communications, et ils ont sauté dessus. Maintenant, ils vont continuer à faire ça. A raison d'un ou deux comme celui-là chaque saison, l'atmosphère va devenir plus dense très rapidement. Regarde comme les étoiles scintillent. Comme elles le font toutes les nuits sur Terre. Oh, gamin... Un jour, ça sera comme ça. Et tu respireras comme un oiseau dans le ciel. Peut-être que ça nous aidera à changer l'ordre des choses sur ce monde. Mais avec ce genre de problème, on ne peut jamais savoir vraiment.

Nirgal ferma les yeux et vit les images rémanentes en rouge du météore de glace. Des météores pleuvaient en feux d'artifice, on creusait des trous dans le manteau planétaire, on pouvait éveiller des volcans... Tournant la tête, il aperçut la silhouette petite et frêle de Coyote qui sautait sur le sable. Son casque était trop grand pour lui et lui donnait l'apparence d'un mutant, ou d'un shaman coiffé de la tête d'un animal sacré, lancé dans une danse d'invocation, là, au milieu du désert. Aucun doute : Coyote était bien son père !

Ils avaient fait le tour du monde, même s'ils n'avaient pas vraiment quitté l'hémisphère Sud. Maintenant, la calotte polaire se dressait sur l'horizon, de plus en plus haute. Mais Nirgal, quand ils s'en approchèrent encore, ne la trouva plus aussi impressionnante qu'au début de leur voyage. Ils contournèrent la glace jusqu'à l'entrée du hangar, quittèrent le patrouilleur-rocher qui était devenu si familier pour Nirgal, passèrent dans les sas d'une démarche roide avant de descendre le long tunnel qui les conduisit jusqu'à la foule familière. Tous les embrassaient, les serraient entre leurs bras, les câlinaient en leur posant des centaines de questions.

Nirgal recula timidement, mais ce n'était pas nécessaire. C'était Coyote qui tenait conférence et lui se contenta de rire. Il regarda fugacement autour de lui et redécouvrit un monde plus petit : le dôme, après tout, ne mesurait que cinq kilomètres et culminait à deux cent cinquante mètres au-dessus du lac. Un tout petit monde.

Quand la réception se calma, il sortit dans la lumière pâle du matin et promena les yeux sur les maisons et les abris de bambous, les collines et les arbres en inspirant l'air vif. Tout était petit, mais étrange aussi. Alors, il s'avança entre les dunes jusqu'à la demeure d'Hiroko, tandis que les mouettes tourbillonnaient au-dessus de lui. Il s'arrêta plusieurs fois pour poser son regard nouveau sur les choses. L'air, sur la grève du lac, avait une senteur froide de sel et d'algue qui lui était si familière qu'elle déclencha un million de souvenirs profonds en lui. Il sut alors avec certitude qu'il était bien de retour chez lui.

Mais son chez-lui avait changé. A moins que ce ne fût lui. Entre la tentative pour sauver Simon et son voyage avec Coyote, il était devenu un adolescent à part. Les aventures exceptionnelles dont il avait rêvé depuis si longtemps n'avaient eu pour résultat que de faire de lui un exilé parmi ses amis. Jackie et Dao étaient plus proches l'un de l'autre qu'avant son départ, et ils formaient un bouclier entre lui et les plus jeunes des sansei. Très vite, Nirgal prit conscience qu'il n'avait jamais voulu être différent, après tout. Il ne souhaitait qu'une chose : se mêler à cette petite bande, ne faire qu'un avec ses demi-frères et demi-sœurs.

Mais quand il s'approchait d'eux, le silence tombait, et Dao les entraînait plus loin. Et il était forcé de retourner avec les adultes, qui avaient commencé à lui tenir compagnie chaque après-midi, en fait. Ils espéraient sans doute le soulager ainsi du traitement dur que lui infligeaient les autres, mais cela n'avait pour effet que de le rendre un peu plus sensible encore. Il n'existait pas de remède à sa nouvelle situation. Un jour qu'il suivait la grève dans la clarté d'étain de l'automne, il se dit que sa jeunesse était finie. Il était désormais quelqu'un d'autre, ni adulte ni enfant. Un être solitaire, un étranger dans sa propre cité. Et il trouva dans cette prise de conscience mélancolique un plaisir particulier.

Un jour, après le déjeuner, Jackie resta avec lui et Hiroko, dont c'était la journée de cours, et demanda à participer à la leçon de l'après-midi.

— Pourquoi tu lui ferais la classe à lui et pas à moi?

— Il n'y a pas de raison, fit Hiroko, impassible. Reste si tu le veux. Sortez votre lutrin et appelez la page 1050 sur l'ingénierie thermique. Nous allons construire un modèle pour le dôme de Zygote, à titre d'exemple. Dites-moi quel est le point le plus chaud qu'on trouve sous le dôme?

Nirgal et Jackie s'attaquèrent au problème, tout d'abord en compétition, et enfin ensemble. Il était tellement heureux qu'elle soit là qu'il avait du mal à se rappeler la question, et Jackie fut la première à lever le doigt avant qu'il ait eu le temps de remettre de l'ordre dans ses pensées. Elle rit en le regardant, un peu méprisante mais tellement ravie. En dépit des changements immenses qui s'étaient produits en eux, Jackie avait conservé ce don de communiquer la joie, ce rire dont il ressentait douloureusement le manque...

– Voici la question pour la prochaine fois, annonça Hiroko. Tous les noms que porte Mars dans l'aréophanie lui ont été donnés par des Terriens. Une moitié d'entre eux à peu près signifient *l'étoile de feu* dans les langages dont ils sont issus, mais cela reste encore un nom de l'extérieur. La question est la suivante : quel est le nom que se donne Mars?

Plusieurs semaines après, Coyote repassa à Zygote. Ce qui rendit Nirgal à la fois heureux et nerveux. Coyote prit une matinée pour faire la classe mais, heureusement, il traita Nirgal comme les autres.

Ils pompaient le sodium liquide des réservoirs du Rickover quand il leur dit :

– La Terre ne se porte pas bien. Et ça ne va qu'empirer. Ce qui rend leur contrôle de Mars plus dangereux encore pour nous. Il va falloir nous cacher jusqu'à ce que nous puissions couper les ponts afin d'être entièrement libres, et nous tenir à l'écart de tout pendant qu'ils sombrent dans le chaos et la folie. N'oubliez pas ce que je viens de vous dire : c'est une prophétie aussi vraie que la vérité.

– Mais John Boone n'a jamais dit ça, déclara Jackie.

Elle passait une bonne partie de ses soirées à explorer les données de l'IA de John Boone. Elle sortit le boîtier de sa poche, chercha rapidement le passage qu'elle voulait citer, et une voix amicale résonna :

– Mars ne sera jamais en sécurité aussi longtemps que la Terre ne le sera pas.

Coyote eut un rire rauque.

– Oui, John Boone était comme ça. C'est vrai, non?... Mais tu remarqueras qu'il est mort, alors que je suis toujours là.

– Mais tout le monde peut se cacher, insista Jackie d'un ton appuyé. John Boone, lui, est resté debout, bien en vue. C'est pour ça que je suis boonéenne.

— Tu es à la fois une Boone *et* une Boonéenne! lança Coyote pour la taquiner. Et l'algèbre boonéen n'a jamais marché. Mais est-ce que tu sais, ma fille, qu'il faudrait que tu comprennes un peu mieux ton grand-père si tu désires être une vraie Boonéenne? Ça ne suffit pas de faire entrer John Boone dans un dogme et de coller à ses convictions. Je connais bien d'autres soi-disant Boonéens un peu partout. Ils me font rire quand ils ne me font pas écumer de rage. Parce que si John Boone devait te rencontrer, là, maintenant, et te parler pendant une heure, rien qu'une heure, à la fin, il serait jackie-iste. Et ce serait la même chose avec Dao: il deviendrait daoïste, pour ne pas dire maoïste... Il était comme ça. Et c'était une bonne chose, vois-tu, parce qu'il remettait à chacun sa part de responsabilité dans la réflexion. Il nous forçait à contribuer, parce que sans nous Boone ne pouvait opérer. Son propos, ça n'était pas « tout le monde peut le faire », mais « tout le monde devrait le faire ».

— Y compris tous les habitants de la Terre, rétorqua Jackie.

— Hé, on arrête là! Chère enfant, pourquoi tu ne laisses pas tomber tous ces garçons pour m'épouser tout de suite? Mes baisers ont la force de ces pompes à vide, tu sais. Viens...

Il agita le tuyau, Jackie le repoussa d'un geste vif et se mit à courir, rien que pour le plaisir de la poursuite. Elle était la plus rapide à la course de tout Zygote. Même Nirgal ne parvenait pas à la battre. Toute la classe se mit à rire quand Coyote s'élança derrière elle. Il était plutôt rapide pour un ancien. Et il ne cessait de grogner et de souffler, jusqu'à l'instant où il se laissa tomber en gémissant:

— Oh, ma pauvre jambe! Je te le ferai payer! Vous êtes tous une bande de jaloux, les garçons. Vous ne voulez pas que je vous enlève votre petite préférée! Stop!

Ce genre de plaisanterie dérangeait Nirgal autant qu'Hiroko. Elle dit à Coyote d'arrêter son numéro, mais il se contenta de rire plus fort encore en la défiant.

— C'est toi qui as fui, c'est toi qui t'es monté ce petit camp d'inceste. Qu'est-ce que tu comptes faire? Les châtrer tous? (L'expression d'Hiroko se fit plus sombre encore.) Tu vas bientôt être obligée de vendre ton élevage, tu sais. Il se pourrait bien que j'en prenne quelques-uns.

Hiroko le chassa et, peu après, il repartit.

Pour la classe suivante, Hiroko les emmena tous aux bains et ils s'assirent dans le bassin, dans l'eau fumante, pendant qu'elle leur parlait. Nirgal se trouvait à côté du corps nu et gracile de

Jackie qu'il connaissait si bien, dont il avait suivi les transformations spectaculaires, et il était incapable de la regarder.

Sa vieille mère, aussi nue qu'eux tous, commença :

– Vous savez comment fonctionne la génétique, je vous l'ai appris moi-même. Et vous savez que nombreux sont ceux, parmi vous, qui sont demi-frères et demi-sœurs, oncles, nièces et ainsi de suite. Je suis la mère ou la grand-mère de beaucoup d'entre vous, et, par conséquent, vous ne devriez pas avoir d'enfants entre vous. C'est comme ça : c'est une simple loi génétique.

Elle leva la main, paume en l'air, comme pour dire : « Ceci est un seul corps. »

– Mais toutes les choses vivantes sont emplies de la *viriditas*, la force verte, celle qui se propage vers l'extérieur. Ainsi, il est normal que vous vous aimiez entre vous, surtout maintenant que vos corps bourgeonnent. Il n'y a pas de mal à cela, quoi qu'en dise Coyote. Et la plupart du temps, il ne fait que plaisanter. Mais il a raison sur un point précis : bientôt, vous allez rencontrer bien d'autres garçons et filles de votre âge, qui deviendront vos partenaires et vos compagnons, qui seront plus proches de vous que les autres membres de votre tribu, que vous connaissez tous trop bien pour vraiment les aimer comme on aime un autre. Ici, nous sommes autant d'éléments d'un moi, et l'amour vrai va toujours vers l'autre.

Nirgal ne quittait pas sa mère des yeux, le regard fixe. Pourtant, il sut exactement à quelle seconde Jackie avait serré les jambes : il avait perçu le changement de température infime dans l'eau qui clapotait autour d'eux. Et il eut le sentiment qu'il y avait quelque chose d'inexact dans ce que venait de dire sa mère. Bien qu'il connût le corps de Jackie, elle restait à bien des égards aussi lointaine qu'une étoile dans le ciel, aussi fixe, lumineuse et fascinante. Elle était la reine de leur petit groupe ; même s'il avait étudié ses sautes d'humeur toute sa vie, elle pouvait l'écraser d'un seul regard, ce qu'elle faisait souvent. Elle était aussi étrangère qu'il pouvait le concevoir. Et il l'aimait, il le savait. Mais elle ne répondait pas à son amour, pas de la même manière, en tout cas. Pas plus qu'elle n'aimait réellement Dao, se dit-il. Plus vraiment. Ce qui était un petit réconfort. Elle n'avait d'yeux que pour Peter, et lui aussi la regardait. Mais il était absent la plupart du temps. Ainsi donc, elle n'aimait personne dans tout Zygote aussi fort que Nirgal l'aimait. Elle était peut-être ainsi qu'Hiroko l'avait dit. Et Dao comme Nirgal lui étaient sans doute trop familiers. Ils étaient tous frères et sœurs, quel que soit l'arrangement des gènes.

Un jour, le ciel tomba vraiment. Toute la partie supérieure de la feuille de glace se détacha du CO_2, s'effondra dans les mailles de la structure avant de pleuvoir sur le lac, la plage et les dunes alentour. Heureusement, l'événement se produisit tôt le matin, alors qu'il n'y avait encore personne à l'extérieur mais, dans le village, les premiers craquements et les premiers chocs ressemblèrent à des explosions. Tous, ils coururent jusqu'aux fenêtres pour assister à la chute : les plaques de glace géantes tombaient comme des bombes ou tournoyaient comme de grands plateaux. Bientôt, toute la surface du lac éclata et l'eau et la glace aspergèrent les dunes. Tous les gens de Zygote se ruaient hors de leurs chambres et, dans le fracas et la panique, Hiroko et Maya rassemblèrent les gamins dans l'école, qui disposait d'un système d'aération autonome. Après quelques minutes, quand il apparut que le dôme allait résister, Peter, Michel et Nadia sortirent en contournant les débris, en sautant par-dessus les plaques brisées, et se ruèrent vers le Rickover pour s'assurer de son état. S'il avait été atteint, c'était pour eux une mission mortelle, et le danger, ensuite, les menacerait tous. Depuis la fenêtre de l'école, Nirgal pouvait voir l'autre rive du lac, encombrée d'icebergs. Des mouettes tournaient dans l'air dans un grand tumulte de piaillements. Les trois silhouettes suivaient maintenant l'étroit sentier qui accédait au Rickover, et elles disparurent bientôt à l'intérieur. Jackie, effrayée, se mordait les phalanges. Très vite, ils reçurent un appel : tout allait bien. La structure en treillis installée au-dessus du réacteur avait parfaitement résisté au poids de la glace.

Pour l'heure, tout au moins, ils étaient sains et saufs. Mais, les deux jours suivants, tandis que le malaise s'installait dans Zygote, une enquête sur les causes de la chute de glace leur révéla que l'ensemble de la masse de glace sèche de la calotte s'était sensiblement affaissé, faisant ainsi craquer la couche de glace d'eau qui avait alors déchiré la couverture. Apparemment, la sublimation à la surface de la calotte s'accélérait selon une courbe spectaculaire.

Dans la semaine, les icebergs fondirent à la surface du lac, mais les plaques de glace dispersées dans les dunes restèrent là. Elles ne fondaient que très lentement. Les plus jeunes étaient désormais interdits de plage, vu l'instabilité évidente du reste de la couche de glace.

La dixième nuit suivant l'effondrement de la voûte, toute la population du village se rassembla dans le grand réfectoire : ils étaient deux cents. Nirgal les observa. Ils étaient sa petite tribu. Les sansei semblaient effrayés, les nisei méfiants et les issei abasourdis. Les plus anciens vivaient à Zygote depuis quatorze années martiennes, et ils avaient du mal à se souvenir d'avoir vécu différemment. Quant aux enfants, ils n'avaient réellement jamais rien connu d'autre.

Il était inutile de dire qu'ils ne comptaient pas céder devant le monde de la surface. Pourtant, le dôme devenait instable, et ils constituaient une colonie bien trop importante pour demander asile aux autres refuges cachés. La solution était de se séparer en plusieurs groupes, mais elle n'avait rien de réjouissant.

Il fallut une heure de débats pour exposer tout cela.

– Nous pourrions essayer Vishniac, dit Michel. C'est grand, et ils seraient heureux de nous accueillir.

Mais c'était le refuge des Bogdanovistes, pas le leur. C'était du moins ce qu'on lisait clairement sur les visages des anciens. Et soudain, Nirgal songea que c'étaient eux qui avaient le plus peur.

– On pourrait reculer plus loin dans la glace, dit-il.

Tous les regards se tournèrent vers lui.

– Tu veux dire : creuser un autre dôme ? demanda Hiroko.

Il haussa les épaules. Maintenant qu'il avait exprimé son idée, il réalisait qu'elle lui déplaisait.

Nadia intervint :

– Plus en arrière, la glace est plus épaisse. Et il s'écoulera pas mal de temps avant que la sublimation nous cause des ennuis. A ce moment-là, tout aura changé.

Le silence persista un instant, puis Hiroko acquiesça :

– C'est une bonne idée. Nous pourrons tenir ici jusqu'à faire fondre un autre dôme, et déménager dès que l'espace sera disponible. Ce qui ne devrait prendre que quelques mois.

– *Shikata ga nai*[1], fit Maya, sardonique.

Bien sûr, ils avaient d'autres options. Mais elle semblait satisfaite devant la perspective d'un nouveau projet d'envergure, de même que Nadia. Et tous les autres avaient l'air soulagés à l'idée d'une solution qui leur permettrait de continuer à vivre ensemble. A couvert. Les issei, constata Nirgal, avaient très peur de mourir de froid. Il s'assit et réfléchit. Il repensait brusquement aux cités ouvertes qu'il avait visitées en compagnie de Coyote.

Ils creusèrent un nouveau tunnel jusqu'au hangar avec des lances à vapeur alimentées par le Rickover, puis un autre sous la calotte, jusqu'à trois cents mètres de profondeur sous la glace.

1. C'est la vie. *(N.d.T.)*

Là, ils commencèrent à sublimer une nouvelle caverne en dôme et un lit pour un nouveau lac. L'essentiel du CO_2 était récupéré, réfrigéré à la température externe, puis libéré. Ce qui subsistait était transformé en carbone et en oxygène avant d'être stocké.

Tandis que les travaux d'excavation se poursuivaient, ils creusèrent autour des racines courantes des grands bambous des neiges, les dégagèrent du sol en cantilever et les transportèrent sur les plus gros camions jusqu'à la nouvelle caverne dans une longue traînée de feuilles. Le bulldozer robot et tous les camions circulèrent jour et nuit, pour charger le sable des vieilles dunes et le transporter jusqu'au nouveau site. La biomasse était trop riche pour qu'ils l'abandonnent. Et puis, Simon en faisait partie. Ils étaient pour l'essentiel occupés à transférer tout ce qui se trouvait dans la coquille de Zygote. Et, quand ils eurent terminé, l'ancienne caverne ne fut plus qu'une bulle vide enfouie sous la calotte polaire, avec de la glace sablonneuse au-dessus, du sable glaciaire au-dessous, et une atmosphère martienne ambiante de 170 millibars essentiellement composée de CO_2 à 240 kelvins. Un poison ténu.

Un jour, Nirgal accompagna Peter jusqu'à l'ancien site. Il fut troublé de retrouver son ancienne demeure réduite à une coquille vide, couverte de glace craquelée, de sable, avec les trous des racines comme autant d'affreuses blessures béantes. Et le lac à nu, vidé de ses algues. Tout cela lui parut petit, mesquin, ravagé comme l'antre d'un animal attaqué. Ils étaient des taupes dans leur trou, avait dit Coyote. Et les vautours tournaient toujours là-haut.

– On s'en va, dit Peter, avec un accent de tristesse.

Et ils redescendirent ensemble le tunnel faiblement éclairé qui conduisait au nouveau dôme, sur la chaussée de béton coulée par Nadia, à présent marquée par les traces des chenilles.

Ils installèrent le nouveau dôme selon un plan différent du premier. Le village serait à l'écart du sas du tunnel, proche d'un autre tunnel de sortie qui courait plus avant sous la glace, jusqu'à une issue située sur les hauteurs de Chasma Australe. Les serres furent implantées plus près des lumières du périmètre. Les crêtes des dunes étaient plus hautes qu'avant, et l'équipement météo fut redisposé à immédiate proximité du Rickover. Ils étaient tellement occupés, jour après jour, par la construction du nouveau refuge qu'ils n'avaient même pas le temps de réfléchir au changement. Les classes du matin avaient été suspendues depuis la chute de glace, et les enfants s'étaient constitués en une sorte d'équipe tournante que l'on assignait à différentes tâches d'appoint.

71

Nirgal, la plupart du temps, était heureux. Mais un matin, en quittant l'école, il vit le réfectoire et, plutôt que les grandes pousses de bambous du Croissant de la Crèche, cette vision le figea sur place. Le monde qu'il avait connu, son univers de tous les jours, s'était envolé. Il avait disparu. C'était ça, le travail du temps.

Ce fut un choc intérieur, et il sentit les larmes lui piquer les yeux. Il passa le restant de la journée distant, abasourdi, comme s'il vivait à côté de lui-même, observant tout sans émotion, comme dans les heures qui avaient suivi la mort de Simon, exilé dans le monde blanc, à moins d'un pas du monde vert. Rien n'indiquait qu'il sortirait un jour d'une telle mélancolie. Comment savoir ? Les jours de l'enfance avaient disparu, les jours de Zygote, et jamais ils ne reviendraient, de même que ce jour passerait, de même que ce dôme, lentement, se sublimerait lui aussi et se fracasserait. Rien ne durait. Qu'est-ce qui importait donc ? Durant des heures, cette question revenait le hanter, et plus rien n'avait de couleur ni de saveur. Et lorsque Hiroko s'aperçut enfin de son air absent et l'interrogea, il lui répondit tout net. C'était l'avantage avec Hiroko : on pouvait lui poser toutes les questions, y compris les plus fondamentales.

– Hiroko, pourquoi on fait tout ça ? Puisque tout devient blanc de toute façon ?...

Elle le fixa en penchant la tête à la façon d'un oiseau. Il crut lire toute l'affection qu'elle éprouvait pour lui dans ce simple mouvement, mais sans en être sûr. Les mois passaient et il sentait qu'il la comprenait de moins en moins.

– C'est triste que le vieux dôme ait cédé, n'est-ce pas ? Mais nous devons nous concentrer sur ce qui va arriver. Cela aussi, c'est la *viriditas*. Le passé s'est évanoui. Si tu penses encore à lui, tu seras encore plus mélancolique. J'ai été une petite fille, autrefois, dans l'île d'Hokkaido, au Japon ! J'étais jeune comme toi ! Et je peux te dire aussi comme c'est loin à présent. Nous sommes là, toi et moi, avec tous ces gens, toutes ces plantes autour de nous, et si tu t'arrêtes un peu pour leur accorder ton attention, tu verras qu'ils grandissent et prospèrent, et que la vie revient toujours en toute chose. Tu sentiras les *kami* partout, et c'est ce dont tu as besoin. Nous vivons toujours le moment.

– Et les jours anciens ?

Elle rit.

– Tu grandis. Bien sûr, tu devras te souvenir des jours anciens, parfois. Car ils étaient agréables, n'est-ce pas ? Tu as eu une enfance heureuse, ce qui est une bénédiction. Mais les jours qui viendront seront heureux également. Prends ce moment et interroge-toi : que te manque-t-il, hein?... Coyote dit qu'il veut que tu les accompagnes, lui et Peter, pour un autre voyage. Tu devrais dire oui et retrouver le ciel, tu ne penses pas?

On se prépara donc pour un second voyage avec Coyote, tandis que les travaux d'aménagement du nouveau Zygote, baptisé sans inspiration Gamète, se poursuivaient. Chaque soir, dans le nouveau réfectoire, les adultes discutaient durant des heures de leur nouvelle situation. Sax, Vlad et Ursula, de même que quelques autres, voulaient retourner en surface. Ils ne pouvaient poursuivre efficacement leur travail dans les refuges cachés, selon eux : ils voulaient retrouver le cours normal de la recherche médicale, de la construction réelle, du terraforming.

— Mais nous ne pourrons jamais nous déguiser, protestait Hiroko. On ne peut pas changer les génomes.

— Nous ne changerons pas nos génomes mais nos dossiers, répliqua Sax. C'est ce qu'a fait Spencer. Il a classé ses caractéristiques physiques sous une autre identité.

— Et on a parachevé le tout avec une intervention de chirurgie faciale, ajouta Vlad.

— Oui, mais le risque est minime à nos âges, non? Nous ne ressemblons plus du tout à ce que nous étions. De toute façon, si nous faisions comme lui, nous pourrions assumer de nouvelles identités.

— Est-ce que Spencer est vraiment inscrit dans toutes les données? insista Maya.

Sax haussa les épaules.

— On l'a laissé au Caire et il a eu la chance de s'immiscer parmi ceux que l'on emploie pour la sécurité. Ça a suffi. J'aimerais tenter quelque chose du même style. On verra ce qu'en dit Coyote. Lui, il ne figure dans aucun dossier, et il doit savoir.

— Il se cache depuis le début, remarqua Hiroko. C'est différent.

— Oui, mais il doit bien avoir certaines idées sur la question.

— On pourrait se mêler au demi-monde, proposa Nadia. Et comme ça, on ne figurerait pas dans les données. Moi, c'est mon plan.

Maya l'approuva.

Ils bavardaient ainsi chaque nuit.

— Il suffira de changer un peu d'apparence. Et puis, Phyllis est de retour, ne l'oubliez pas.

— Je n'arrive toujours pas à croire qu'ils aient pu survivre. Elle doit avoir neuf vies. Comme les chats.

— De toute manière, on nous a vus dans trop de programmes d'infos. Il faut être prudent.

De jour en jour, Gamète s'achevait. Mais, pour Nirgal, ça n'était plus son refuge, son dôme.

Un voyageur de passage leur annonça que Coyote serait bientôt là. Et le pouls de Nirgal se fit plus rapide. Bientôt, il retrouverait les nuits étoilées, il roulerait à nouveau dans le patrouilleur-rocher, de refuge en refuge...

Il en parla à Jackie et elle le dévisagea avec une attention intense. En fin d'après-midi, quand ils eurent achevé leur travail, elle le conduisit dans les grandes dunes et l'embrassa. Quand il se fut remis du premier choc, il répondit à son baiser et, ensuite, ils continuèrent passionnément. Ils se blottirent entre deux dunes, sous la brume pâle, et s'abritèrent sous une tente confectionnée avec leurs vêtements. Puis ils se caressèrent longuement tout en se déshabillant, dans la tiédeur de leurs corps, la buée de leur souffle. Le sable givré craquait sous eux et, sans une parole, ils se fondirent dans un grand choc électrique, oublieux d'Hiroko et de son monde. Sous les mèches noires de Jackie, des grains de sable scintillaient comme des diamants, comme un mystérieux pollen de fleurs de glace.

Plus tard, ils rampèrent au-dehors et regardèrent par-dessus la crête de la dune pour voir si on ne les cherchait pas. Ensuite, ils se rhabillèrent dans leur petit nid, se serrèrent encore l'un contre l'autre avec des baisers voluptueux et lents. Jackie pointa son doigt sur son torse et lui dit :

– Maintenant, on s'appartient l'un à l'autre.

Nirgal acquiesça avec bonheur, embrassa son cou gracile, enfouit son visage dans ses cheveux noirs et Jackie ajouta :

– Maintenant, tu m'appartiens.

Il espérait sincèrement que c'était la vérité. Il avait toujours attendu cet instant.

Mais ce même soir, aux bains, Jackie s'ébroua dans la piscine et Dao la rejoignit dans de grands éclaboussements pour la serrer contre lui. Elle recula, regarda Nirgal avec une expression vide, ses yeux noirs comme deux trous mystérieux dans son visage. Et Nirgal se sentit glacé, la poitrine roide, soudain, comme s'il s'apprêtait à encaisser un grand coup. Il avait encore les testicules douloureux, et elle, elle était là, serrée contre Dao, comme depuis des mois. Elle le fixait avec des yeux de vipère basilic.

C'est alors qu'une étrange sensation se répandit en lui – il comprit qu'il se souviendrait toute sa vie de cet instant, que c'était un tournant, là, dans cette piscine, dans la douce tiédeur de la vapeur, sous l'œil de rapace de l'imposante Maya, que Jackie détestait avec une acuité infinie. Maya les observait tous trois. Elle avait soupçonné quelque chose. C'était ainsi : Jackie et Nirgal pouvaient s'appartenir l'un à l'autre, et Nirgal appartenait très certainement à Jackie, mais elle concevait différemment les choses. Et en réalisant cela, il éprouva un tel choc qu'il en perdit le souffle. Ce fut comme un effondrement du toit de sa maison intérieure, de sa compréhension des choses. Il ne quittait pas Jackie des yeux, paralysé, blessé, gagné par la colère – elle était toujours collée contre Dao – et il comprenait. Elle les voulait tous les deux. Oui, c'était certain et c'était logique, en un sens. Elle prenait peut-être ainsi un peu plus de pouvoir sur leur petit groupe. Ou non. Peut-être qu'elle avait maintenant la mainmise sur tous les garçons. Et comme Nirgal était désormais un étranger, elle était certainement plus à l'aise avec Dao. Et Nirgal était un peu plus exilé chez les siens, et dans le cœur de celle qu'il aimait. A supposer qu'elle ait un cœur !

En se réfugiant dans les vestiaires des hommes, il surprit un visage étranger dans un miroir. Il s'arrêta net et vit que c'était lui, les traits déformés par la détresse.

Il contempla longuement ce visage avec un sentiment bizarre. Il se dit qu'il n'était pas le centre de l'univers, ni son unique conscience, mais une simple personne comme toutes les autres, telle que les autres la voyaient. Cet étrange Nirgal dans le miroir avait des cheveux noirs et des yeux bruns au regard intense et attrayant. C'était une sorte de jumeau de Jackie, surtout si l'on s'attachait à ses sourcils noirs et... à son regard. Mais il ne voulait plus rien savoir. Il sentait le pouvoir qui était en lui et qui lui brûlait le bout des doigts. Il se rappelait le regard des autres, dans les autres refuges, et il comprenait maintenant que, pour Jackie, il pouvait représenter le même danger qu'elle représentait pour lui – ce qui expliquait qu'elle était avec Dao, comme pour établir un équilibre et affirmer en même temps son pouvoir à elle. Pour lui prouver qu'ils constituaient une paire – un assortiment. Et tout à coup, la tension se relâcha dans sa poitrine, il frissonna, et il eut un sourire grimaçant dans le miroir. Oui, ils s'appartenaient. Mais il demeurait lui-même.

Et quand Coyote revint et lui demanda de venir avec lui, il accepta immédiatement. Il surprit la brève expression de colère sur le visage de Jackie quand elle apprit les nouvelles : c'était pitoyable. Mais, quelque part en lui, Nirgal exultait : il était capable de la quitter comme ça, de s'éloigner d'elle ou, du moins, de prendre quelque distance par rapport à elle. Il en avait besoin. Qu'ils soient assortis ou non.

Quelques soirs plus tard, avec Coyote, Peter et Michel, il s'éloigna de la calotte polaire pour retrouver les terres tourmentées, les étendues noires sous les étoiles.

Il se retourna longuement vers la grande falaise lumineuse, agité par des sentiments multiples. Mais ce qu'il ressentait avant tout, c'était du soulagement. Ils allaient creuser encore plus profond dans la glace, il le savait, jusqu'à vivre dans un dôme sous le pôle Sud. Pendant que la planète rouge tournerait dans le cosmos, entre les étoiles, les autres planètes. Et il réalisa soudain que jamais plus il ne vivrait sous ce dôme, qu'il n'y reviendrait que pour de brèves visites. Ce n'était pas une question de choix, mais de destin. C'était comme un fragment de rocher rouge au creux de sa main. Il n'aurait plus de foyer désormais – à moins que cette planète tout entière ne devienne un jour sa maison, avec ses cratères, ses canyons, ses rochers, ses plantes, et tous ceux qui y vivaient. Dans le monde vert comme dans le monde blanc. Mais ça... (il se souvint de la tempête qu'ils avaient entrevue à la lisière de Promethei Rupes)... c'était une entreprise qui exigerait plusieurs générations. Il fallait d'abord qu'il commence à apprendre.

DEUXIÈME PARTIE

L'ambassadeur

Les astéroïdes à orbites elliptiques qui coupent l'orbite de Mars sont appelés astéroïdes Amor. (Lorsqu'ils coupent l'orbite de la Terre, on les appelle astéroïdes troyens.) En 2088, l'astéroïde Amor connu sous le code 2034 B franchit l'orbite de Mars à dix-huit millions de kilomètres derrière la planète, et un groupe de robots atterrisseurs en provenance de la Lune l'aborda quelque temps plus tard. 2034 B était une sphère rugueuse d'environ cinq kilomètres de diamètre, avec une masse de quinze milliards de tonnes. Dès que les rockets touchèrent sa surface, l'astéroïde 2034 B prit le nom de New Clarke.

Très vite, le changement devint évident. Certains atterrisseurs se posèrent sur la surface de l'astéroïde et commencèrent à forer, à excaver, à broyer, à trier et à convoyer. Une centrale à réacteur nucléaire fut lancée, et les barres d'alimentation se mirent en position. Ailleurs, des fours fonctionnaient déjà, et les robots chargeurs se préparèrent à les alimenter. Sur d'autres atterrisseurs, des baies de chargement s'ouvrirent, des mécanismes robots s'avancèrent sur leurs pattes mécaniques et s'ancrèrent dans les strates irrégulières de la roche. Des tunneliers s'onfoncèrent dans l'astéroïde. De la poussière jaillit jusque dans l'espace. Une partie retomba à la surface, une autre partit à la dérive pour l'éternité. Les atterrisseurs s'interconnectèrent par des tubes et des tuyaux. La roche de l'astéroïde était de la chondrite carbonacée, contenant un important pourcentage d'eau à l'état de glace dans toutes ses veines et ses bulles internes. Bientôt, les usines de traitement en chaîne des atterrisseurs commencèrent à produire une large gamme de matériaux à base carbonique, plus certains matériaux composites. L'eau lourde, qui représentait un six-millième de la glace, fut isolée. C'est à partir de cette eau lourde qu'on fabriqua du deutérium. Certaines pièces étaient manufacturées à partir des composites carbonés, et d'autres furent importées et installées comme les nouvelles dans les usines. De nouveaux robots apparurent, constitués principalement de matériaux puisés dans Clarke. Et le nombre de machines continua de croître sous la direction des ordinateurs qui, à partir des atterrisseurs interconnectés, géraient tout le complexe industriel.

Ensuite, le processus, durant des années, fut très simple. L'usine principale de New Clarke fabriqua un câble composé de filaments de nanotubes carboniques. Les nanotubes étaient constitués d'atomes de carbone liés en chaînes de telle manière que leurs maillons étaient ce que l'humanité pouvait concevoir de plus résistant. Les filaments ne mesuraient que quelques centaines de mètres, mais ils étaient bottelés en faisceaux, et ces bottes étaient bottelées à leur tour avec d'autres jusqu'à ce que le diamètre du câble atteigne neuf mètres. Les usines de New Clarke fabriquaient les filaments et les bottelaient à des vitesses telles qu'elles pouvaient extruder le câble à raison de quatre cents mètres à l'heure, soit dix kilomètres par jour, sans arrêt, heure après heure, jour après jour, année après année.

Tandis que cette fine tresse de carbone tournoyait dans l'espace, d'autres robots, sur une autre facette de l'astéroïde, construisaient un driver de masse, un moteur qui utiliserait le deutérium de l'eau pour propulser la roche broyée au loin à des vitesses avoisinant les deux cents kilomètres par seconde.

Tout autour de l'astéroïde, des moteurs plus petits et des fusées conventionnelles étaient également en construction. On fit le plein de carburant pour le jour où tout devrait commencer. Les moteurs et les fusées rempliraient alors le rôle de jets d'attitude [1]. D'autres usines construisaient des véhicules à grandes roues capables de circuler en avant comme en arrière sur le câble qui croissait toujours. Au fur et à mesure qu'il se déployait hors de la planète, on lui fixait d'autres fusées et d'autres appareils.

Le driver de masse fut déclenché. Et l'astéroïde se plaça sur une nouvelle orbite.

Des années passèrent. L'orbite de l'astéroïde recoupait désormais celle de Mars de telle façon qu'il s'en approchait à dix mille kilomètres. Et le dispositif de fusées de l'astéroïde fut déclenché de façon que le champ gravifique de Mars capture New Clarke selon une orbite qui, tout au début, était très elliptique. Les fusées étaient mises à feu régulièrement et, peu à peu, elles rectifièrent l'orbite. L'extrusion du câble se poursuivait. Les années passaient.

Guère plus d'une décennie après l'arrivée des atterrisseurs, le câble avait atteint trente mille kilomètres de long. La masse de l'astéroïde était de huit milliards de tonnes et celle du câble de sept milliards environ. L'orbite de l'astéroïde était elliptique, avec un périastre approximatif de cinquante mille kilomètres. Mais à présent, toutes les fusées et

---

1. Le comportement d'une fusée, d'un avion, etc., en approche. (N.d.T.)

les drivers de masse, sur New Clarke aussi bien que sur le câble, avaient été déclenchés, certains en continu, mais la plupart par intermittence. L'un des plus puissants ordinateurs jamais conçus occupait une baie de chargement. Il coordonnait les données des senseurs et déterminait ainsi les mises à feu des fusées. Le câble, à cette époque, était à l'écart de Mars, mais il se mit à osciller dans sa direction, comme dirigé par une horloge de précision. Et, dans le même temps, l'orbite de l'astéroïde se réduisit et devint régulière.

Pour la première fois depuis le contact initial, de nouvelles fusées se posèrent sur New Clarke. Des robots en débarquèrent et entreprirent la construction d'un spatioport. L'extrémité du câble descendit vers Mars. Là, les calculs vectoriels prirent leur essor pour atteindre une complexité quasi métaphysique, et la danse gravitationnelle de l'astéroïde, du câble et de la planète se fit plus précise, suivant une musique en retard permanent. Et ainsi le grand câble se rapprocha de sa position requise, et ses mouvements se firent de plus en plus lents. Si quiconque avait pu profiter de l'ensemble du spectacle, il aurait eu sous les yeux une sorte de démonstration physique spectaculaire du paradoxe de Zénon, qui veut que le coureur se rapproche d'autant plus de la ligne d'arrivée s'il diminue de moitié la distance qu'il lui reste à parcourir... Mais personne ne vit jamais ce spectacle, car il n'existait aucun témoin doué des sens appropriés. Proportionnellement, le câble était bien plus fin qu'un cheveu humain – à supposer qu'on l'eût réduit à cette dimension, il aurait été encore long de plusieurs centaines de kilomètres – et il n'était visible que sur de courts segments. On pouvait dire que seul l'ordinateur qui le guidait en avait la pleine et totale mesure. Pour les observateurs qui se trouvaient à la surface de Mars, dans la ville de Sheffield, sur le volcan Pavonis Mons (la montagne du Paon), le câble apparut tout d'abord comme une très petite fusée qui descendait vers eux avec un fil ténu. Un fil de pêche, en quelque sorte, avec une esche brillante, qu'avaient jeté des dieux de passage dans l'univers. Sous cette perspective, le câble suivit sa ligne conductrice jusqu'au colossal bunker situé à l'est de Sheffield avec une lenteur presque douloureuse, jusqu'à ce que la plupart des habitants finissent par se lasser du spectacle de ce trait noir dans la haute atmosphère.

Puis vint enfin le jour où l'extrémité du câble, dirigée par d'ultimes décharges de fusées, assura sa position dans les rafales de vent et se posa dans l'orifice du toit du bunker. Désormais, sous le point aréosynchrone, le câble était attiré par la gravité de Mars, tandis que la partie qui se trouvait au-dessus du point aréosynchrone essayait de suivre New Clarke dans son vol centrifuge autour de la planète. Les filaments de carbone du câble résistèrent à la tension, et l'ensemble du dispositif entra en rotation à la même vitesse que la planète, au-dessus de Pavonis Mons, en une vibration oscillatoire qui lui permettait d'esquiver

Deimos, le satellite naturel. Il était toujours contrôlé par le grand ordinateur de New Clarke et l'immense batterie de fusées déployée sur la tresse de carbone.

L'ascenseur était de retour. On mit en place les cabines sur Pavonis et sur New Clarke, fournissant ainsi un contrepoids qui diminuait d'autant l'énergie nécessaire aux opérations. Des vaisseaux entamèrent alors leur approche du spatioport de New Clarke et, quand ils repartirent, ils bénéficièrent de l'effet de fronde du champ gravifique de Mars, dont l'interactivité avec la Terre et le reste du système solaire diminuait d'autant le coût des voyages. C'était comme si un cordon ombilical venait d'être remis en place.

Il était au milieu d'une existence parfaitement ordinaire quand ils le réquisitionnèrent pour l'expédier sur Mars.

Art Randolph avait loué cet appartement depuis un mois quand la convocation lui arriva sous forme d'un fax, juste après que sa femme et lui eurent décidé de divorcer officiellement. Le texte du fax était très bref : *Cher Arthur Randolph. William Fort vous invite à un séminaire privé. Un avion quittera l'aéroport de San Francisco à 9 heures, le 22 février 2101.*

Art resta figé un instant, stupéfait, les yeux fixés sur le papier. William Fort était le fondateur de Praxis, la société qui avait acheté celle d'Art quelques années auparavant. Fort était très vieux, et l'on disait que sa position au sein de la transnat était plutôt honorifique. Mais il organisait encore des séminaires privés, qui étaient d'autant plus fameux que peu d'informations en filtraient. On prétendait qu'il invitait tous les cadres de la transnationale, qu'ils se retrouvaient à San Francisco et qu'un jet privé les emmenait ensuite dans un lieu secret. Personne ne savait ce qui s'y passait. Ceux qui y avaient participé étaient ensuite transférés ailleurs, ou bien alors ils se taisaient de telle manière que cela interdisait toute question. C'était un mystère absolu.

Si Art fut surpris d'être invité et s'il en éprouva quelque appréhension, cela lui plut néanmoins. Avant d'être racheté, il avait été le cofondateur et le directeur technique d'une petite société appelée Dumpmines, spécialisée dans le minage et le traitement d'anciens dépôts et qui récupérait les matériaux utilisables rejetés à l'époque des gaspillages. Il avait été surpris, et plutôt agréablement, d'être racheté par Praxis. Du même coup, tous les employés de Dumpmines étaient devenus membres d'une des firmes les plus riches de la planète – ils avaient reçu des actions, le droit de vote à l'intérieur de la compagnie, et la liberté d'utiliser toutes ses ressources. C'était comme d'être adoubé chevalier.

Art ne pouvait nier qu'il avait été séduit, de même que son épouse, même si elle se trouvait dans un état totalement élégiaque. Elle venait d'être engagée par la Direction de synthèse de Mitsubishi, et les grandes transnats, selon elle, constituaient des mondes à part. Comme ils travaillaient pour deux mondes différents, inévitablement, ils avaient été séparés l'un de l'autre – plus encore que jamais. Ils n'avaient plus besoin l'un de l'autre pour recevoir le traitement de longévité, que les transnats offraient de façon plus fiable que le gouvernement. Ils étaient comme des passagers embarqués sur des vaisseaux différents, lui dit-elle, qui traverseraient la baie de San Francisco dans deux directions différentes.

Art avait eu le sentiment qu'ils auraient pu faire la navette entre les bateaux, si sa femme n'avait pas été autant intéressée par un compagnon passager, un vice-président de Mitsubishi chargé du développement du Pacifique Est. Mais Art, très rapidement, avait été pris par le programme d'arbitrage de Praxis. Il voyageait fréquemment pour des conférences ou pour arbitrer des litiges entre des filiales mineures de Praxis. Et quand il se retrouvait à San Francisco, Sharon était rarement là. Elle lui avait dit qu'ils seraient bientôt hors de portée de voix, et, trop démoralisé dans l'instant, il n'avait même pas contesté sa déclaration. Un peu plus tard, il avait déménagé, suivant sa suggestion. En fait, elle l'avait fichu à la porte.

Et maintenant, il était là, relisant le fax pour la quatrième fois en grattant sa joue pas rasée. Il était grand, costaud, mais avec une tendance à se voûter – « balourd », disait sa femme, même si sa secrétaire, chez Dumpmines, le traitait de « gros ours », ce qu'il préférait. A vrai dire, il avait parfois le comportement maladroit et la démarche pesante d'un ours, en même temps que sa force et sa rapidité. Il avait été fullback dans l'équipe de foot de l'université de Washington. Lent au coup de pied mais toujours précis, et particulièrement difficile à plaquer. On l'avait surnommé « l'Homme-Ours », d'ailleurs. Et ses adversaires disaient qu'on ne pouvait l'intercepter qu'à ses risques et périls.

Il avait fait des études d'ingénieur avant de travailler sur les champs pétrolifères d'Iran et de Géorgie. Là, il avait mis au point un certain nombre d'innovations pour extraire le pétrole de schistes bitumeux extrêmement marginaux. Il passa une maîtrise à l'université de Téhéran avant de partir pour la Californie. Où il retrouva un ami qui mettait sur pied une société destinée à la fabrication du matériel de forage profond utilisé sur les exploitations off shore. A nouveau, Art avait mis au point un certain nombre d'améliorations destinées au matériel de forage dans des conditions de profondeur extrême. Mais deux ans de chambres de compression sur le bouclier continental, c'était trop pour lui. Il avait revendu ses parts de l'entreprise à son associé pour reprendre ses errances. Il s'était d'abord attaqué à l'habitat en conditions de basse température et avait fondé une société, puis il était passé aux panneaux solaires et aux portiques de lancement des fusées. A chaque fois, ç'avait été une réussite, mais avec le temps il avait découvert que c'étaient les problèmes humains qui l'intéressaient au fond, et non pas la technique. Il s'était investi de plus en plus dans le management des projets avant de passer à l'arbitrage. Il aimait plonger dans les litiges et les résoudre à la satisfaction générale. C'était une forme d'ingénierie plus gratifiante et enrichissante que les recherches en mécanique, mais aussi plus difficile. Plusieurs des sociétés pour lesquelles il travailla durant ces années-là faisaient partie de diverses transnationales, et il se retrouva en tant qu'arbitre non seulement entre ses propres sociétés, mais face aux transnats. Et aussi dans des conflits plus complexes qui requéraient un arbitrage tierce. Il appelait ça de l'ingénierie sociale et ça le fascinait.

En prenant la direction technique de Dumpmines, il avait fait de l'excellent travail sur leurs SuperRathjes, des véhicules robotisés spécialisés dans l'extraction et le triage sur les sites miniers. Mais là, plus que jamais, il se donna à fond dans les conflits du travail. Cette tendance de sa carrière était devenue plus marquée encore après le rachat de la société par Praxis. Et quand des journées s'écoulaient en résolutions de litiges, il revenait régulièrement chez lui avec la certitude qu'il aurait dû être juge, ou diplomate. Oui – tout au fond de lui, il était un diplomate.

Ce qui rendait d'autant plus gênant le fait qu'il n'ait pas été capable de négocier avec succès la fin de sa vie conjugale. Et il ne faisait aucun doute que cette rupture était bien connue de Fort, ou de celui qui l'avait invité au séminaire. Il se pouvait même qu'ils aient mis sur écoute son ancien appartement et enregistré le lamentable gâchis qu'avaient été leurs derniers mois, à Sharon et lui, ce qui n'était flatteur ni pour l'un ni pour l'autre. Il se crispa à cette seule pensée tout en se dirigeant vers la salle de bains. Il ouvrit le chauffe-eau portatif et contempla dans le miroir un visage un peu ahuri. Mal rasé, la cinquantaine, séparé de sa femme, mal employé une bonne partie de sa vie, s'éveillant tout juste à sa vocation – pas du tout le genre de type à qui William Fort pouvait faxer, imaginait-il.

Sa femme, ou plutôt son ex, se montra aussi incrédule que lui.

– Ça doit être une erreur, fit-elle.

Elle l'avait appelé parce qu'elle ne retrouvait plus un des objectifs de son appareil photo et qu'elle soupçonnait Art de l'avoir emporté en déménageant.

– Je vais le chercher, dit-il.

Il gagna la penderie. Il n'avait même pas encore ouvert ses deux valises. Il savait qu'il était impossible que cet objectif s'y trouve, mais il chercha activement néanmoins : Sharon était capable de savoir s'il jouait la comédie ou non. Elle continuait à parler et sa voix éveillait des échos dans l'appartement vide.

– Ça montre à quel point ce Fort est bizarre. Tu vas te retrouver dans une sorte de Shangri-La [1] où il parlera japonais et portera des boîtes de kleenex en guise de chaussures. Tu auras droit à tous ses discours de dingue, tu vas apprendre à léviter et je ne te reverrai plus jamais. Alors, tu le trouves ?

– Non. Il n'est pas là.

En se séparant, ils avaient partagé leurs biens communs : Sharon avait pris l'appartement, le lutrin, les appareils photo, les plantes, le lit et l'ensemble du mobilier. Art avait gardé la poêle à frire à revêtement de téflon. On ne pouvait pas dire que ç'ait été un de ses meilleurs arbitrages. Mais ça signifiait aussi qu'il n'y avait guère d'endroit où chercher cet objectif perdu.

Sharon avait un don : elle pouvait transformer un banal soupir en une accusation.

– Ils vont t'apprendre le japonais, et je ne te reverrai pas. Je me demande pourquoi William Fort aurait besoin de toi ?

– Comme conseiller conjugal, peut-être ? suggéra Art.

La plupart des rumeurs qui circulaient à propos des séminaires de Fort se révélèrent fondées, ce qui surprit beaucoup Art. A l'aéroport international de San Francisco, il monta à bord d'un jet privé avec six autres personnes, hommes et femmes, et, peu après le décollage, les hublots, à double polarisation apparemment, devinrent noirs, et on ferma la porte d'accès du cockpit. Deux des compagnons de voyage d'Art s'essayèrent alors au jeu de l'orientation et, après que l'avion eut basculé plusieurs fois à droite, puis à gauche, ils se mirent d'accord : ils faisaient route quelque part entre le sud-ouest et le nord. Ils étaient sept à bord, tous directeurs techniques ou arbitres au sein du grand réseau

1. Site du roman *L'Horizon perdu* (1933) de James Hilton. Par extension, toute contrée utopique, idyllique. *(N.d.T.)*

Praxis. Ils s'étaient retrouvés à San Francisco et venaient des quatre coins du monde. Certains semblaient excités à l'idée de rencontrer le fondateur de la transnationale, d'autres se montraient inquiets.

Leur vol dura six heures, et les orientateurs, durant la descente, passèrent leur temps à définir les limites extrêmes de leur point d'atterrissage : un cercle qui passait par Juneau, en Alaska, Hawaii, Mexico et Detroit. Quoique, fit remarquer Art, il aurait pu être plus vaste encore s'ils étaient à bord d'un de ces nouveaux jets air-espace. Auquel cas, il pouvait englober une bonne moitié de la planète. Quand leur avion se posa, ils descendirent dans un sas jusqu'à un grand van aux vitres noires. Une paroi opaque se dressait entre eux et le siège du chauffeur. Les portes étaient verrouillées de l'extérieur.

Ils roulèrent durant une demi-heure. Quand le van s'arrêta et qu'ils purent descendre, le chauffeur les attendait : c'était un homme âgé en short et T-shirt de Bali.

Ils clignèrent des yeux dans le soleil éblouissant. Ils n'étaient pas à Bali, mais sur un petit parking asphalté entouré d'eucalyptus, au fond d'une étroite vallée côtière. A l'ouest, à moins de deux kilomètres, ils virent un lac, ou un bras d'océan. Un ruisseau coulait au fond de la vallée jusque dans un lagon, immédiatement derrière une plage. Les flancs de la vallée étaient couverts d'herbe sèche au sud, de cactus au nord, avec des affleurements de rocher brun.

– Baja ? proposa l'un des orientateurs. L'Équateur ? L' Australie ?

– San Luis Obispo [1] ? suggéra Art.

Leur chauffeur les précéda sur une route étroite qui conduisait à un petit ensemble composé de sept bâtiments en bois à deux étages, nichés entre les pins maritimes, au fond de la vallée. Deux des bâtiments étaient à usage résidentiel et, quand ils eurent déposé leurs bagages dans les chambres qui leur avaient été assignées, le chauffeur les conduisit jusqu'à une salle à manger, dans un bâtiment adjacent. Là, une demi-douzaine de serveurs plutôt âgés leur présentèrent un dîner très simple, composé d'un ragoût et d'une salade. Ensuite, ils furent libres de regagner leur résidence.

Ils se rassemblèrent dans le foyer, autour d'une cheminée. Il faisait assez chaud au-dehors et personne n'avait fait de feu dans la cheminée.

---

1. Pratiquement la banlieue de San Francisco. *(N.d.T.)*

– Fort a cent douze ans, déclara un des orientateurs, qui s'appelait Sam. Et les traitements n'ont pas affecté son cerveau.

– Ça n'est jamais le cas, remarqua Max, autre orientateur.

Ils bavardèrent encore à propos de Fort durant un moment. Ils avaient tous entendu diverses choses à son sujet, car William Fort était une des célébrités de la médecine, le Pasteur de leur siècle, l'homme qui avait vaincu le cancer, ainsi que le proclamaient à tort les tabloïds. L'homme qui avait triomphé du froid ordinaire. Il avait fondé Praxis à vingt-quatre ans pour lancer sur le marché plusieurs innovations qui constituaient autant de percées antivirales. A vingt-sept ans, il était multi-milliardaire. Par la suite, il avait donné une nouvelle dimension à Praxis, jusqu'à ce qu'elle devienne l'une des plus importantes transnationales. Quatre-vingts années de métastase continue, ainsi que le résuma Sam. Tout en mutant personnellement pour devenir une espèce d'hyper-Howard Hughes, à ce que l'on disait du moins, de plus en plus puissant, Fort, à l'image d'un trou noir [1], avait totalement disparu derrière l'horizon événementiel de son propre pouvoir.

– J'espère simplement que ça ne sera pas trop bizarre, commenta Max.

Les autres invités – Sally, Amy, Elizabeth et George – étaient plus optimistes. Mais tous appréhendaient la rencontre, ou l'absence de rencontre, et comme nul ne se présenta durant la soirée, ils se retirèrent dans leurs chambres avec une expression inquiète.

Art dormit aussi bien qu'à l'accoutumée. A l'aube, il fut réveillé par le ululement sourd d'un hibou. Le ruisseau gargouillait sous sa fenêtre. L'aube était grise et la brume de mer se mêlait au brouillard qui flottait sur les pins. Un tambourinement d'appel monta de quelque part.

Il s'habilla rapidement et sortit. Tout était humide. Sur des terrasses basses, il découvrit des rangées de laitues et des pommiers si sévèrement taillés qu'ils étaient réduits à l'état de buissons.

Quand Art atteignit le bas de la petite ferme, des couleurs commençaient à se dessiner au-dessus du lagon. Une pelouse se déployait sous un chêne ancien. Art s'en approcha, mû par une sorte d'instinct. Il palpa son écorce crevassée, blessée. Puis il entendit des voix. Des gens remontaient du lagon en suivant un

---

1. Dans un trou noir, selon les théories actuelles, l'espace et le temps sont prisonniers. Et un individu placé à l'intérieur vivrait l'éternité en un instant, ou presque. *(N.d.T.)*

sentier. Ils portaient des tenues de plongée noires et tenaient des planches de surf ou des deltaplanes. Il reconnut les personnes qui leur avaient servi le dîner, ainsi que le chauffeur du van. Qui lui fit un signe amical avant de poursuivre son chemin. Art continua jusqu'au lagon. Le bruissement des vagues se perdait dans l'air salé et les piaillements des oiseaux qui frôlaient les roseaux.

Au bout d'un moment, il remonta le sentier et se retrouva dans la salle à manger. Les serveurs qu'il avait croisés s'activaient en cuisine et faisaient sauter des crêpes. Quand Art et ses collègues eurent terminé leur petit déjeuner, le chauffeur les précéda jusqu'à une grande salle de réunion. Ils s'installèrent sur les canapés disposés en carré. De grandes fenêtres laissaient entrer la lumière perlée du matin. Le chauffeur s'installa entre deux canapés et leur dit :

– Je suis William Fort. Et je suis heureux de vous voir tous ici.

Si on l'examinait plus attentivement, on pouvait constater que c'était un homme étrange. Son visage était ridé par un siècle de soucis, mais il donnait dans l'ensemble une impression de détachement et de sérénité. Une sorte de chimpanzé, songea Art, qui aurait été élevé dans un labo avant d'étudier le Zen. Ou, plus simplement, un très vieux surfer, ou un roi du deltaplane, usé, chauve, le visage rond et le nez retroussé. Et il les considérait tous, l'un après l'autre. Sam et Max, qui l'avaient ignoré dans ses rôles de chauffeur et de cuisinier, n'avaient pas l'air vraiment à l'aise, mais il ne semblait pas en tenir compte.

– L'un des index qui permettent de mesurer la densité des humains et de leurs activités dans le monde, dit-il, c'est la distribution, au pourcentage du produit net, de photosynthèse au sol.

Sam et Max approuvèrent comme si c'était là une déclaration classique d'ouverture de réunion.

– Je peux prendre des notes ? demanda Art.

– Je vous en prie. (Fort leur désigna la table basse au milieu des canapés, qui était couverte de lutrins et de paperasses.) Je voudrais que nous jouions à certains jeux plus tard, ce qui explique ces lutrins et ces blocs, selon votre choix.

La plupart des invités étaient venus avec leurs lutrins et, un bref instant, le silence régna tandis qu'ils les sortaient. Fort se leva et se mit à parler, effectuant régulièrement un tour après quelques phrases.

– Aujourd'hui, nous utilisons quatre-vingts pour cent du produit net de la photosynthèse au sol. Il est probablement impossible d'atteindre les cent pour cent, et notre capacité de transport à longue distance a été estimée à trente pour cent. Nous sommes donc, comme certains disent, en dépassement massif. Nous avons liquidé notre capital naturel comme s'il constituait un revenu sacrifiable, et nous sommes au seuil de l'épuisement dans certains stocks essentiels, comme le pétrole, le bois, le sol, les métaux, l'eau, les poissons et les animaux. Ce qui rend une expansion économique continue difficile.

« *Difficile !* » inscrivit Art. « *Continue ?* »

– Il faut continuer, ajouta Fort en décochant un regard perçant à Art, qui abritait discrètement son lutrin sous son bras. L'expansion continue est le principe fondamental de l'économie. Donc l'un des fondements de l'univers même. Car tout n'est qu'économie. La physique est de l'économie cosmique, la biologie est de l'économie cellulaire, les sciences humaines sont de l'économie sociale, la psychologie est de l'économie mentale, et ainsi de suite.

Son auditoire approuva sans enthousiasme.

– Ainsi, toute chose est en expansion. Mais cela ne saurait se produire en contradiction avec la loi de la conservation de l'énergie et de la matière. Quelle que soit l'efficacité de notre consommation, nous n'arriverons jamais à rendre notre production plus importante que notre absorption.

Et Art inscrivit : « *Production plus importante qu'absorption – tout n'est qu'économie – capital naturel – dépassement massif.* »

– En réaction à cette situation, un groupe de Praxis s'est mis au travail sur ce que nous appelons l'économie de monde plein.

– Ce ne serait pas une économie de monde saturé ? demanda Art.

Fort parut ne pas l'avoir entendu.

– Mais, comme le disait Daly, le capital constitué par l'homme et le capital naturel ne peuvent se substituer l'un à l'autre. C'est évident, mais comme de nombreux économistes continuent à prétendre le contraire, il convient d'insister sur ce point. Pour poser les choses simplement, disons qu'on ne peut substituer un nombre croissant de scieries à un nombre décroissant de forêts. Quand vous construisez une maison, vous pouvez jongler avec le nombre de scies électriques et de charpentiers, ce qui signifie qu'ils peuvent être substitués les uns aux autres, mais vous ne pourrez pas construire votre maison avec la moitié du bois de charpente nécessaire, quel que soit le nombre de scies et de charpentiers dont vous disposez. Essayez et vous aurez une maison à courants d'air. Celle dans laquelle nous vivons.

Art secoua la tête et considéra la page de son lutrin qu'il avait remplie avant de passer à la suivante : « *Ressources et capital ne peuvent être substitués – scies électriques/charpentiers – bois de charpente – maison à courants d'air.* »

Fort s'était tourné vers la fenêtre ouest, celle qui ouvrait sur la plage. Il laissa passer quelques minutes de silence sans reprendre la parole.

– Excusez-moi, intervint Sam. Vous avez bien dit « capital naturel » ?

Fort sursauta et se retourna.

– Oui?...

– Je croyais que le capital était un produit de l'homme. C'est la définition que nous avons apprise : le capital, ce sont les moyens de production que l'homme produit.

– Oui. Mais dans un monde capitaliste, le mot *capital* a connu de plus en plus d'usages. Par exemple, les gens parlent de capital humain pour définir ce que le travail accumule par l'éducation et l'expérience professionnelle. Le capital humain diffère du capital classique dans la mesure où vous ne pouvez en hériter, et il ne peut être que loué : ni vendu, ni acheté.

– A moins que l'on ne prenne en compte l'esclavage, dit Art.

Fort fronça les sourcils.

– Ce concept de *capital naturel* ressemble plus, en fait, à la définition traditionnelle que le capital humain. On peut le posséder, le léguer, le diviser en valeurs renouvelables ou non, le mettre sur le marché ou pas.

– Mais si tout est un capital, d'une manière ou d'une autre, intervint Amy, on comprend pourquoi les gens considèrent que l'un peut se substituer à l'autre. Si vous améliorez le capital accumulé par l'homme afin de moins consommer votre capital naturel, n'est-ce pas là une substitution ?

Fort secoua la tête.

– Ça, c'est l'efficacité. Le capital est une quantité de moyens de produire, et l'efficacité est un ratio entre le produit et les moyens de produire. Quel que soit le niveau d'efficacité d'un capital, il ne peut produire à partir de rien.

– De nouvelles sources d'énergie... suggéra Max.

– Mais on ne peut pas fabriquer du sol à partir de l'électricité. La fusion nucléaire et les machines autoreproductrices nous ont dotés d'une énergie énorme, mais nous devons posséder des stocks de base pour pouvoir y appliquer cette énergie. Et c'est là que nous atteignons une limite au-delà de laquelle aucune substitution n'est possible.

Fort les regarda tous tour à tour avec cette sérénité qu'Art avait remarquée dès le début. Il consulta son lutrin. « *Capital naturel – capital humain – capital traditionnel – énergie contre matière – sol électrique – pas de substituts s'il vous plaît.* » Avec une grimace, il changea de page.

– Malheureusement, reprit Fort, la plupart des économistes continuent à travailler dans le cadre du modèle monde vide.

– Le modèle monde plein paraît évident, dit Sally. Cela va de soi. Pourquoi un économiste devrait-il l'ignorer?

Fort haussa les épaules, fit un nouveau tour de la pièce. Art avait le cou endolori.

– Nous comprenons le monde au travers de paradigmes. Le passage d'une économie de monde vide à une économie de monde plein est un changement de paradigme majeur. Max Planck a dit qu'un paradigme nouveau s'imposait non pas quand il convainquait ses opposants, mais lorsque ses opposants finissaient par mourir.

– Et pour l'heure, ils ne meurent pas, remarqua Art.

Fort acquiesça.

– Les traitements gériatriques maintiennent les gens dans l'existence. Et la plupart ont des fonctions.

Sally prit un air écœuré.

– Dans ce cas, il faudra qu'ils changent d'opinion, n'est-ce pas?...

Fort se tourna vers elle.

– C'est ce que nous allons essayer de faire. En théorie, du moins. Je veux que vous inventiez des stratégies économiques type monde plein. C'est le jeu auquel je joue. Si vous voulez bien raccorder vos lutrins à cette table, je pourrai vous transmettre les données de départ.

Ils se penchèrent pour enfoncer leurs fiches dans la table.

Le premier jeu que proposa Fort comportait une estimation du maximum de population supportable pour la planète.

– Est-ce que cela ne dépend pas des différentes hypothèses sur le mode de vie? demanda Sam.

– Nous allons définir toute une gamme d'hypothèses.

Il ne plaisantait pas. Ils bâtirent des scénarios dans lesquels chaque hectare de terre arable était exploité avec une efficacité maximale, des scénarios où l'on revenait à la chasse et à la cueillette, de la consommation universelle ostentatoire à des régimes universels de subsistance. Les conditions initales inscrites dans leurs lutrins, ils se mirent à taper, avec des expressions qui allaient de l'ennui à la concentration en passant par la nervosité et l'impatience. Ils se servaient des formules fournies par la table quand ils n'injectaient pas les leurs.

Ce qui les occupa jusqu'au déjeuner, puis durant tout l'après-midi. Art avait toujours aimé les jeux et, avec Amy, il eut fini bien avant les autres. Le résultat estimé du maximum de population allait de cent millions (le modèle du « tigre immortel », ainsi que l'avait baptisé Fort) à trente milliards (« la fourmilière »).

– C'est un écart considérable, remarqua Sam.

Fort acquiesça et les observa d'un air patient.

– Mais si vous ne considérez que les modèles fondés sur des conditions réalistes, déclara Art, vous arrivez d'ordinaire entre trois et huit milliards.

– Et la population mondiale est actuellement de douze milliards, dit Fort. Donc, nous sommes largement en dépassement. Et qu'allons-nous faire ? Nous avons des sociétés à diriger, après tout. Le travail ne va pas s'arrêter parce que les gens sont trop nombreux sur Terre. L'économie d'un monde saturé ne signifie pas la fin de l'économie, mais seulement la fin des affaires telles que nous les connaissons. Je veux que Praxis aborde la courbe en tête. Bien. C'est la marée basse, et je vais sortir faire un tour. Je vous invite avec plaisir à vous joindre à moi. Demain, nous jouerons à un jeu appelé « Trop plein ».

Sur ce, il se retira et ils furent laissés à eux-mêmes. Ils regagnèrent leurs chambres, puis, comme l'heure du dîner approchait, ils se rendirent à la salle à manger. Fort n'était pas visible, mais ils retrouvèrent plusieurs de ses associés qu'ils avaient rencontrés la veille au soir. Il y avait aussi un groupe de jeunes hommes et de jeunes femmes, tout grands, dynamiques, éclatants de santé. Ils faisaient penser à un club de gymnastique ou de natation. Les jeunes femmes dominaient. Sam et Max haussaient les sourcils en un signal morse codé qui se lisait facilement : « Hé ! Hé ! » Mais les jeunes les ignorèrent, leur servirent le dîner et retournèrent à la cuisine. Art finit très vite son repas, tout en se demandant si Max et Sam avaient raison dans leurs suppositions. Il emporta lui-même son couvert à la cuisine et se mit à la plonge tout en demandant à l'une des jeunes femmes :

– Qu'est-ce qui vous a amenée ici ?

– Une sorte de programme scolaire. (Elle s'appelait Joyce.) Nous sommes tous en formation. Nous sommes entrés à Praxis l'an dernier et nous avons été sélectionnés pour venir suivre des cours.

– Est-ce que par hasard vous auriez travaillé sur l'économie de monde plein aujourd'hui ?

– Non. On a surtout joué au volley.

Il sortit en songeant qu'il aurait préféré faire partie de la sélection des jeunes. Il se demanda s'il existait un sauna dans la demeure, juste au-dessus de l'océan. Ça ne semblait pas impossible, après tout : l'eau de l'océan était froide, et si tout devait être considéré comme faisant partie de l'économie, ce genre d'installation était un investissement. Pour maintenir l'infrastructure humaine, en quelque sorte.

Ses collègues, quand il les retrouva, évoquaient la journée.

– Je déteste ce genre de truc, dit Sam.

– Oui, mais on est coincés, remarqua Max d'un air sombre. Ou on participe au culte ou on perd notre job.

Les autres n'étaient pas aussi pessimistes.

– Il se sent peut-être seul, c'est tout, suggéra Amy.

Sam et Max roulèrent des yeux en regardant en direction de la cuisine.

– Ou alors, il a toujours eu envie d'être prof, proposa Sally.

– Peut-être qu'il souhaite que la croissance de Praxis reste à dix pour cent par an, dit George. Monde plein ou pas.

Max et Sam hochèrent la tête et Elizabeth afficha une expression irritée.

– Peut-être aussi qu'il veut sauver le monde! dit-elle.

– Exact, fit Sam, et Max et George ricanèrent.

– Peut-être que cette pièce est sur écoute, dit Art.

Ce qui interrompit la conversation comme la lame d'une guillotine.

Les jours qui suivirent ressemblèrent au premier. Ils se retrouvaient dans la salle de conférence et Fort tournait dans la pièce en parlant. Son discours était souvent cohérent, parfois non. Un certain matin, il passa trois heures à parler de féodalisme – en leur disant que c'était l'expression la plus claire de la dynamique de dominance primaire, qu'il n'avait jamais vraiment disparu et que le capitalisme des transnationales était un féodalisme affiché, que l'aristocratie mondiale devait trouver un moyen de subsumer la croissance capitaliste dans la forme ferme et stable du modèle féodal. Un autre matin, il leur parla d'une théorie calorique de valeur appelée éco-économie, développée apparemment par les premiers pionniers de Mars. Sam et Max roulèrent des yeux effarés, tandis que Fort enchaînait sur les équations de Taneev et Tokareva en griffonnant des symboles illisibles sur le tableau.

Mais cette routine ne dura pas : quelques jours plus tard, la houle se leva du sud et Fort annula leurs réunions pour se lancer dans le surf et (avec le même succès) dans le deltaplane aquatique avec une tenue munie d'ailes souples qui transformait les gestes en mouvements de vol. La plupart des jeunes lauréats le rejoignirent pour décrire de grandes boucles au-dessus des lames comme une bande de nouveaux Icares. Ils flottaient sur les coussins d'air des rouleaux exactement à la manière des pélicans qui avaient inventé ce sport.

Art sortit à son tour et se plaqua sur un body-board. Il découvrit que l'eau n'était pas aussi glacée qu'il l'avait redouté et qu'il n'aurait pas besoin d'une combinaison. Il réussit à se placer près de Joyce qui surfait vraiment, elle, et ils échangèrent quelques mots. Il apprit ainsi que les vieux cuisiniers qu'il avait rencontrés étaient d'excellents amis de Fort, des vétérans des premières années de l'ascension de Praxis. Les jeunes les avaient surnommés les Dix-Huit Immortels. Certains d'entre eux étaient installés dans le domaine, les autres n'étaient que de passage pour une espèce de réunion. Ils conféraient sur les problèmes courants, conseillaient les dirigeants actuels de Praxis, participaient à des cours et des séminaires, quand ils ne jouaient pas sur les vagues. Ceux qui ne se passionnaient pas pour l'océan travaillaient dans les jardins.

En retournant au domaine, Art les examina avec attention. Ils travaillaient tous avec la même lenteur tout en bavardant. Ils semblaient surtout s'occuper de récolter les pommes.

Le vent du sud diminua, et Fort retrouva son groupe. Il se trouva qu'un jour le sujet fut « Les Opportunités des affaires dans un monde plein ». Art commença alors à entrevoir pourquoi il avait été choisi avec ses six collègues : Amy et George travaillaient sur la contraception, Sam et Max dans le design industriel, Sally et Elizabeth dans la technologie agronomique, et lui-même était spécialiste en récupération de ressources. Ils travaillaient déjà tous dans des domaines intéressant le monde plein et, chaque après-midi, ils se montraient assez brillants dans les divers jeux qui consistaient à concevoir d'autres modèles.

Fort leur proposa ainsi un jeu où le problème du monde plein était résolu par le retour à un monde vide. Ils étaient censés provoquer la dispersion d'un vecteur de peste qui tuerait tous ceux qui n'avaient pas reçu le traitement gérontologique. Quels seraient les tenants et aboutissants d'une pareille action ?

Embarrassés, ils restèrent figés devant leurs lutrins. Elizabeth déclara qu'ils ne pouvaient se prêter à un jeu fondé sur une idée aussi monstrueuse.

— Elle l'est, approuva Fort. Mais ça ne rend pas pour autant ce projet impossible. J'ai entendu certaines choses, voyez-vous. Des conversations à différents niveaux. Au niveau du leadership des transnationales, par exemple, on discute. On argumente. On entend toutes sortes d'idées jetées le plus sérieusement du monde, y compris des idées comme celle que je vous propose. Tous le déplorent et on change de sujet. Mais il ne se trouve personne pour considérer que c'est techniquement infaisable. Et certains pensent même que ça résoudrait des problèmes qui, sans cela, resteront sans solution.

Le groupe réfléchit avec réticence à ce concept. Art suggéra que les travailleurs agricoles deviendraient rares.

Fort observait l'océan.

– C'est bien le problème fondamental en cas d'effondrement de la population, dit-il d'un air songeur. Dès que l'on commence, il est difficile de fixer en toute confiance le point précis où ça s'arrêtera. Allons-y.

Et ils le suivirent, plutôt soumis. Ils jouèrent au jeu de la Réduction de population et, étant donné l'alternative qui avait été évoquée, ils s'y donnèrent avec une certaine intensité. Chacun d'eux, tour à tour, devint Empereur du Monde, ainsi que Fort le définit, et exposa son plan dans le détail.

Quand ce fut le tour d'Art, il dit :

– J'attribuerais à tout être vivant un droit de parenté lui donnant accès à trois quarts d'un enfant.

Tous rirent, y compris Fort. Mais Art persévéra. Il leur expliqua qu'ainsi un couple de parents aurait droit à un enfant et demi. Ensuite, ils pourraient soit vendre leur droit à l'autre moitié, soit s'arranger pour racheter une part afin d'avoir un second enfant. Les prix des demi-enfants fluctueraient selon le mode classique de l'offre et de la demande. Les conséquences sociales seraient positives : les gens qui désireraient un surplus d'enfants devraient se sacrifier pour eux, et ceux qui n'en voudraient pas auraient ainsi une source de revenus pour l'enfant qu'ils avaient déjà. Quand la population aurait assez chuté, l'Empereur du Monde pourrait décider d'attribuer un enfant par personne, ce qui se rapprocherait d'un statut démographique stable. Mais, avec le traitement de longévité, la limite des trois quarts devrait être maintenue très longtemps.

Quand Art en eut terminé, il releva la tête de son lutrin et rencontra les regards des autres.

– Trois quarts d'un enfant, répéta Fort en souriant, et tous les autres rirent à nouveau. Ça me plaît.

Les rires cessèrent instantanément.

– Oui, ça établirait enfin une valeur monétaire pour la vie humaine, sur le marché ouvert. Jusqu'à présent, le travail qui a été fait dans ce domaine est plutôt mou. Revenus et dépenses en temps de vie, et tout ça... (Il soupira en secouant la tête.) La vérité, c'est que la plupart des économistes concoctent leurs chiffres dans l'arrière-cuisine. Les valeurs ne dépendent pas réellement d'un calcul économique. Non, j'aime bien ça. Essayons d'estimer quel serait le prix d'un demi-enfant. Je suis convaincu qu'il y aura des spéculations, des intermédiaires, tout un marché...

Ils jouèrent donc au jeu des Trois Quarts durant le reste de l'après-midi, allant même jusqu'au marché des denrées de base et à des scénarios de feuilletons vidéo. Quand ils eurent terminé, Fort les invita à un barbecue sur la plage.

Ils enfilèrent tous des coupe-vent avant de suivre le sentier du fond de la vallée, dans l'éclat du couchant. Ils se retrouvèrent au sud du lagon. Là, sur la plage, il y avait un grand feu, entretenu par les jeunes étudiants. A l'instant où ils s'installaient sur les couvertures, une dizaine d'Immortels tombèrent du ciel et coururent sur le sable en baissant leurs ailes. Ils défirent les zips de leurs combinaisons, rejetèrent en arrière leurs cheveux mouillés, et se mirent à discuter âprement à propos du vent. Ils ôtèrent leur harnachement en s'aidant les uns les autres et restèrent en maillot de bain, avec la chair de poule, frissonnant : des oiseaux centenaires qui tendaient leurs bras noueux vers les flammes. Les femmes étaient aussi musculeuses que les hommes et on avait l'impression, en voyant les rides de leur visage, qu'elles avaient passé des siècles à cligner des yeux dans le soleil ou à rire autour du feu. Art observa Fort, qui plaisantait avec ses vieux amis en train de s'échanger des serviettes de bain. La vie secrète et luxueuse des gens riches et célèbres ! Ils dévorèrent des hot-dogs en buvant de la bière. Les vieux oiseaux allèrent se rhabiller derrière une dune et revinrent auprès du feu en pantalon et sweat-shirt tout en se peignant. Le crépuscule s'assombrissait très vite et la brise de mer était maintenant plus froide et salée. Les grandes flammes du feu dansaient en projetant des jeux de lumière sur le visage simiesque de Fort. Comme l'avait dit Sam, il ne semblait pas avoir plus de quatre-vingts ans.

A présent, il était assis au milieu de ses sept invités regroupés. Le regard fixé sur les braises, il se remit à parler. Les autres, au-delà du feu, poursuivaient leurs conversations, mais les invités de Fort durent se pencher pour mieux l'entendre, par-dessus le vent, le ressac et les craquements du feu. Ils semblaient un peu perdus, tous, avec leurs lutrins entre les cuisses.

– On ne peut pas obliger les gens à faire certaines choses. Il s'agit de nous changer nous-mêmes. Ensuite, les gens voient, et ils choisissent. En écologie, il y a ce qu'il est convenu d'appeler le principe fondateur. La population d'une île démarre grâce à un petit nombre de colons et ne possède donc qu'une petite fraction des gènes de la population parentale. C'est le premier pas vers la spéciation. Moi, je pense que nous avons besoin d'espèces nouvelles, en terme d'économie, bien entendu. Et Praxis en elle-même est cette île. La façon dont nous la structurons constitue une forme d'ingénierie appliquée aux gènes avec lesquels nous sommes arrivés. Nous n'avons aucune obligation de nous plier

aux règles telles qu'elles existent à présent. Nous pouvons constituer de nouvelles espèces. Non féodales. Nous avons la possession collective et le droit de décision, et la politique d'action
constructive. Nous travaillons en direction d'un État corporatif
similaire à l'État civique qui a été édifié à Bologne. Nous
sommes une sorte d'île de communisme démocratique, qui réussit mieux que le capitalisme ambiant et qui édifie une meilleure
manière de vivre. Pensez-vous que ce genre de démocratie soit
possible ? Il faudra que nous y jouions un de ces après-midi.

    – C'est comme vous voudrez, dit Sam.

Ce qui lui valut un regard acéré de Fort.

Le lendemain matin, le temps était chaud et ensoleillé, et Fort
décida qu'ils ne pouvaient pas décemment rester à l'intérieur. Ils
retournèrent donc sur la plage et s'installèrent sous un auvent
près du foyer, au milieu des hamacs et des cantines réfrigérantes.
L'océan était d'un bleu étincelant, avec des vaguelettes marquées. Il y avait quelques surfers de loin en loin. Fort s'assit entre
deux hamacs et leur délivra un discours sur l'égoïsme et
l'altruisme en pêchant des exemples dans l'économie, la sociobiologie et la bioéthique. Il conclut en leur disant qu'à strictement parler l'altruisme n'existait pas. Que ça n'était que
l'égoïsme se donnant une perspective.

Le lendemain, ils se retrouvèrent au même endroit et, après un
discours tout en méandres sur la simplicité volontaire, jouèrent à
un jeu que Fort appelait « Marc Aurèle ». Art y prit plaisir,
comme à tous les autres, et il se montra brillant. Mais, jour après
jour, les notes qu'il prenait sur son lutrin devenaient plus brèves :
« *Consommation – appétit – besoins artificiels – besoins réels – coûts
réels – lits de paille ! Impact d'environnement = population × appétit ×
efficacité – réfrigérateurs : pas un luxe sous les tropiques – réfrigérateurs de communautés – maisons froides – Sir Thomas More* [1]. »

Ce même soir, les invités mangèrent seuls et leur discussion
fut marquée par la lassitude.

    – Je suppose que nous sommes dans un lieu de simplicité
volontaire, remarqua Art.

    – Est-ce que les jeunes *étudiants* en font partie ? demanda
Max.

    – Je n'ai pas constaté que les Immortels s'en occupent parti-
culièrement.

    – Ils aiment juste regarder, dit Sam. Quand vous aurez leur
grand âge...

    – Je me demande combien de temps il compte nous garder ici,

_____

1. Auteur de *L'Utopie* (1516), ouvrage fondamental de la philosophie. *(N.d.T.)*

fit Max. Ça dure depuis une semaine et ça devient déjà ennuyeux.

– Moi, ça me plairait plutôt, dit Elizabeth. C'est reposant.

Art prit conscience qu'il était d'accord avec elle. Il s'était accoutumé à se lever très tôt. L'un des étudiants marquait chaque aube en frappant sur un bloc de bois avec un gros maillet, selon des intervalles descendants qui arrachaient régulièrement Art au sommeil : « *Toc... toc... toc... toc... toc... toc, toc, toc, toc-toc-toc-toc, totototototoc !* » Plus tard, Art sortait dans le matin gris et humide et les cris des oiseaux. Il retrouvait le bruit des vagues, comme si des coquillages invisibles étaient soudés à ses oreilles. Quand il suivait le sentier qui traversait la ferme, il rencontrait régulièrement certains des Dix-Huit Immortels qui bavardaient en maniant la pioche ou le sécateur, quand ils n'étaient pas assis sous le grand chêne qui surplombait l'océan. Fort était souvent avec eux. Durant l'heure qui précédait le petit déjeuner, Art aimait se promener, sachant bien qu'il passerait le reste de la journée dans une salle trop chaude, ou sur une plage trop chaude, à palabrer et à jouer aux jeux de Fort. Était-ce vraiment si simple ? Il n'en était pas sûr. Mais en tout cas, c'était relaxant : jamais il n'avait passé des journées aussi agréables.

Mais, évidemment, ça allait bien au-delà. C'était, ainsi que Max et Sam ne cessaient de le lui rappeler, une espèce d'épreuve. On les jugeait. Le vieil homme les observait, et sans doute les Dix-Huit Immortels également, de même que les jeunes étudiants, les « apprentis » qu'Art commençait à considérer comme des forces sérieuses, des jeunes surdoués qui se chargeaient de la plupart des opérations quotidiennes du domaine, et peut-être de Praxis, après tout, même aux plus hauts niveaux – en consultant ou non les Dix-Huit. Après avoir entendu tous les discours de Fort, il comprenait qu'on puisse avoir envie de le court-circuiter pour les questions pratiques. Et les conversations, à l'heure de la vaisselle, évoquaient tout à fait les chamailleries de frères et de sœurs à propos de parents invalides...

En tout cas, c'était bien un test : une nuit, alors qu'il se rendait à la cuisine pour prendre un verre de lait frais, Art passa devant une petite pièce, à l'écart de la salle à manger. Des gens étaient rassemblés là, jeunes et vieux, et regardaient un enregistrement vidéo de la matinée avec Fort. Il retourna à sa chambre, pensif.

Le lendemain matin, Fort recommença sa ronde coutumière.

– Les nouvelles opportunités de croissance ont cessé de croître.

Sam et Max échangèrent un regard ultra-bref.

– C'est à ça qu'aboutit cette réflexion sur le monde saturé. Il nous faut donc identifier les nouveaux marchés de croissance qui ne sont pas encore en croissance, et les lancer. Il faut vous rappeler que le capital naturel peut être négociable ou non. Le capital naturel non négociable est le substrat à partir duquel se développe tout capital négociable. Étant donné sa rareté et les bénéfices qu'il apporte, il serait logique, selon la théorie standard de l'offre et de la demande, de définir son prix comme étant infini. Tout ce qui a un prix théoriquement infini m'intéresse. C'est un investissement évident. Pour l'essentiel, il s'agit d'investir dans l'infrastructure, mais au niveau biophysique basique. L'infra-infrastructure, pour ainsi dire, ou la bio-infrastructure. Et je veux que Praxis se lance là-dessus. Que nous obtenions la gestion et reconstruisions toute bio-infrastructure épuisée par liquidation. C'est un investissement à long terme, mais les revenus seront fantastiques.

– Est-ce que la plus grande part de la bio-infrastructure n'est pas déjà dans le domaine public? demanda Art.

– Si. Ce qui implique une coopération rapprochée avec les gouvernements concernés. Le produit annuel brut de Praxis est plus important que celui de la plupart des pays. Ce qu'il nous faut, ce sont des pays avec de petits PNB et de mauvais IDF.

– IDF? demanda Art.

– L'index de développement futur. Une alternative au PNB, qui prend en compte l'endettement, la stabilité politique, la santé de l'environnement et tout ça... Ça affine le PNB et ça nous aide à repérer les pays qui pourraient avoir besoin de notre assistance. Nous allons les identifier, leur rendre visite et leur offrir un investissement de capital massif, plus des conseils politiques, la sécurité et tout ce dont ils peuvent avoir besoin. En retour, nous gérons leur bio-infrastructure. Et nous aurons également accès à leur marché du travail. C'est du partenariat, à l'évidence. Je pense que nous allons en venir là.

– Mais quel sera notre rôle? demanda Sam en montrant leur groupe d'un geste vague.

Fort les dévisagea longuement, l'un après l'autre.

– Je vais vous confier à chacun une mission différente. Et que cela reste confidentiel. Vous partirez d'ici séparément pour des destinations différentes. Vous ferez tous un travail diplomatique, en liaison avec Praxis, tout en ayant des tâches bien précises dans le domaine de la bio-infrastructure. Je donnerai à chacun de vous les détails utiles en privé. A présent, nous allons déjeuner plus tôt que d'habitude et, ensuite, je vous recevrai tour à tour.

« *Travail diplomatique!* » inscrivit Art sur son lutrin.

Il passa l'après-midi à errer dans les jardins, à admirer les pommiers en espaliers. Apparemment, il n'était pas parmi les premiers sur la liste de Fort. Peu lui importait. Le ciel était nuageux et les fleurs du jardin tout humides et épanouies. Ce serait dur de retourner dans son studio sous l'autoroute de San Jose, se dit-il. Il se demanda ce que pouvait faire Sharon, et même si elle pensait à lui. Elle faisait sans doute de la voile avec son vice-président. Pas de doute.

Le soir approchait et il était sur le point de regagner sa chambre pour se préparer pour le dîner quand Fort apparut dans l'allée centrale.

– Ah! vous voilà. Allons nous installer sous le chêne.

Le soleil filtrait entre les nuages bas, et tout avait pris des tons de roses.

– Vous habitez un endroit magnifique, dit Art.

Fort sembla ne pas l'avoir entendu. Il avait la tête levée vers les nuages boursouflés. Après quelques minutes de silence, il dit :

– Nous voulons que vous vous rendiez acquéreur de Mars.

– Acquéreur de Mars? répéta Art.

– Oui. Dans le sens que j'ai évoqué ce matin. Ces partenariats avec les transnationales sont pour demain, ça ne fait aucun doute. La vieille étiquette de rapports de convenance était très suggestive, mais il faut aller plus loin afin d'accroître notre contrôle sur nos investissements. C'est ce que nous avons fait pour le Sri Lanka, avec un tel succès que les autres grandes transnats nous imitent toutes maintenant et qu'elles se jettent sur les pays à problèmes.

– Mais Mars n'est pas un pays.

– Non. Mais Mars a des problèmes. Quand le premier ascenseur s'est écrasé, son économie a été fracassée du même coup. A présent, un nouvel ascenseur a été installé et les choses vont redémarrer. Je veux que Praxis aborde le premier virage en tête. Bien entendu, les autres investisseurs sont encore sur place et ils s'appliquent à renforcer leurs positions. Tout cela va s'intensifier encore avec ce nouvel ascenseur.

– Qui le contrôle?

– Un consortium dirigé par Subarashii.

– Ça ne pose aucun problème?

– Disons que ça leur donne une sorte de prépondérance. Mais ils ne comprennent rien à Mars. Ils pensent que c'est seulement un nouveau gisement de métaux. Ils ne devinent rien des possibilités.

– Des possibilités pour...

– Mais pour le développement ! Mars n'est pas seulement un monde vide, Randolph – en termes économiques du moins, c'est presque un monde non existant. Il va falloir *construire* sa bio-infrastructure, voyez-vous. Ce que je veux dire, c'est qu'on ne peut pas se contenter d'exploiter les gisements en passant de l'un à l'autre, comme Subarashii et quelques autres semblent le penser. Mars n'est pas un astéroïde géant. Il est stupide de la considérer ainsi, car sa valeur en tant que base opérationnelle, en tant que planète, en fait, surpasse de loin sa valeur au poids de tous les métaux qu'elle recèle. En gros, ça représente vingt billions de dollars. Mais la valeur de Mars terraformée se situerait plutôt dans la zone des deux cents billions. Ce qui fait environ un tiers du produit mondial brut. Non, Mars est un investissement de bio-infrastructure, ainsi que je l'ai dit. Exactement le genre de chose que recherche Praxis.

– Mais pour l'acquisition... risqua Art. Je veux dire : de quoi parlons-nous au juste ?

– Non pas de quoi. Mais de *qui*.

– Qui ?

– La Résistance.

– La Résistance !

Fort lui accorda le temps de réfléchir. La télévision, les tabloïds et les réseaux vidéo étaient submergés de récits sur les survivants de 2061, cachés dans leurs refuges souterrains, sous les déserts sauvages de l'hémisphère Sud. Leurs leaders s'appelaient John Boone et Hiroko Ai, ils creusaient des tunnels un peu partout, ils étaient en contact avec des aliens, des célébrités décédées, des leaders des gouvernements du monde... Art fixait Fort, l'un des leaders les plus sérieux de la planète, troublé soudain à la seule idée que ces élucubrations pellucidariennes [1] puissent contenir une once de vérité.

– Elle existe réellement ? demanda-t-il enfin.

Fort acquiesça.

– Mais oui. Je ne suis pas en contact avec elle, vous le comprendrez facilement, et j'ignore tout de son importance réelle. Mais je suis convaincu que certains des Cent Premiers sont encore vivants. Vous connaissez les théories de Taneev et Tokareva que j'ai évoquées quand vous êtes arrivés ? Eh bien, ces deux-là, ainsi qu'Ursula Kohl et toute l'équipe médicale, vivent encore sur Acheron, au nord d'Olympus Mons. Pendant la guerre, les laboratoires ont été détruits. Mais aucun corps n'a été retrouvé sur le site. Il y a environ six ans, j'ai envoyé une équipe

---

1. Allusion au cycle de Pellucidar (le royaume au centre de la Terre) d'Edgar Rice Burroughs. *(N.d.T.)*

de Praxis là-bas pour reconstruire les labos. Après, nous l'avons rebaptisé l'Institut d'Acheron, et nous l'avons abandonné. Tout est intact et prêt à fonctionner, mais il ne s'y passe rien. Si l'on excepte une petite conférence annuelle sur leur éco-économie. Et l'an dernier, après la conférence, l'une de nos équipes de nettoyage a trouvé un message sur un fax. Il contenait des commentaires sur une proposition qui avait été présentée. Sans signature ni référence de source. Mais je suis persuadé d'avoir reconnu la patte de Taneev ou de Tokareva, ou du moins de quelqu'un qui est très familier avec leurs travaux. J'ai considéré ça comme un petit bonjour.

Un très petit bonjour, songea Art. Mais Fort parut lire dans ses pensées.

– Mais j'ai eu droit à un grand bonjour aussi. Je ne sais pas de qui. Ils sont très prudents. Mais ils sont là.

Art eut quelque peine à déglutir. Ça, au moins, c'était une information.

– Et vous voulez que je...

– Je veux que vous alliez sur Mars. Nous avons lancé un projet qui vous servira de couverture : récupérer une section du câble abattu. Mais, pendant que vous travaillerez là-dessus, je m'arrangerai pour que vous rencontriez cette personne qui m'a contacté. Vous n'aurez rien à faire. C'est eux qui feront le premier pas. Mais écoutez-moi bien. Au début, je ne veux pas qu'ils sachent *exactement* ce que vous essayez de faire. Vous devrez découvrir qui ils sont vraiment, quelle est l'étendue de leur dispositif opérationnel, et ce qu'ils veulent exactement. Et comment nous pouvons traiter avec eux.

– Alors, je vais être une sorte...

– Une sorte de diplomate.

– J'allais dire une sorte d'espion.

Fort haussa les épaules.

Tout dépend avec qui vous êtes. Ce projet doit rester secret. Je traite avec d'autres leaders des transnats et ils ont très peur. Les menaces contre l'ordre établi sont souvent l'objet d'attaques brutales. Et certains d'entre eux pensent que Praxis est une menace. Donc, pour le moment, être présent là-bas, c'est une arme cachée pour Praxis, et cette enquête sur Mars en fait partie. Vous pensez pouvoir vous en tirer ?

– Je ne sais pas.

Fort se mit à rire.

– C'est pour ça que je vous ai choisi pour cette mission, Randolph. Vous semblez si simple.

Je suis simple, faillit dire Art, mais il se mordit la langue.

– Pourquoi moi?

– Quand nous acquérons une nouvelle société, nous passons en revue tout le personnel. J'ai lu votre dossier. Je me suis dit que vous aviez toutes les qualités d'un diplomate.

– Ou d'un espion.

– Souvent, ce sont deux aspects différents d'une même fonction.

Art plissa le front.

– Est-ce que vous avez mis mon appartement sur écoute? Mon ancien appartement, je veux dire?...

– Non. (Fort se remit à rire.) Ce n'est pas le genre de chose que nous faisons. Les dossiers suffisent.

Art se souvint alors de cette séance de vidéo qu'il avait surprise.

– Cela et une session ici, précisa Fort. Afin de mieux vous connaître.

Art réfléchit un instant. Aucun des Dix-Huit ne voulait de cette mission. Aucun des jeunes non plus, probablement. Certes, il s'agissait de Mars, un monde invisible que personne ne connaissait. La plupart ne devaient pas être vraiment attirés par cette mission. Mais pour quelqu'un de disponible, en quête d'un nouvel emploi, peut-être avec un certain potentiel de diplomatie...

Tout cela, en fait, n'avait donc été qu'une longue entrevue. Pour un job qui n'existait pas encore à sa connaissance. Acheteur de Mars. Chef d'achat de Mars. Taupe sur Mars. Espion dans la Maison d'Arès. Ambassadeur auprès de la Résistance martienne. Ambassadeur sur Mars. Oh, bon sang! se dit-il.

– Alors, qu'est-ce que vous en dites?

– Je prends, dit Art.

William Fort ne perdit pas un instant. Dès qu'Art eut accepté la mission Mars, son existence devint une bande vidéo en avance rapide. Ce même soir, il se retrouva dans le van aveugle, puis dans le jet aveugle. Seul. Et quand il en descendit d'un pas incertain, l'aube se levait sur San Francisco.

Il se rendit à son bureau et rassembla ses amis et connaissances. Mais oui, leur répéta-t-il de nombreuses fois, j'ai accepté un travail sur Mars. Je dois récupérer une partie du câble de l'ancien ascenseur. Mais ça n'est que temporaire. Ils paient bien. Je reviendrai bientôt.

Dans la soirée, il alla chez lui et fit ses bagages. Ça ne lui prit que dix minutes. Ensuite, un peu abasourdi, il s'attarda dans l'appartement vide. La poêle abandonnée sur la plaque chauffante était le dernier signe de son ex-vie. Il la prit en se disant qu'elle pourrait tenir au milieu de ses bagages. Il s'interrompit. Tout était plein et bouclé. Il revint en arrière et s'assit sur l'unique chaise, la poêle à la main.

Au bout d'un moment, il appela Sharon en se disant qu'il aurait au moins son répondeur, mais elle était là.

– Je pars pour Mars, coassa-t-il.

Sur l'instant, elle ne le crut pas. Et quand elle le crut, elle devint furieuse. Pour elle, c'était de la désertion pure et simple, il la fuyait. Il essaya de lui dire : Mais tu m'as déjà viré. Elle avait déjà raccroché. Il laissa la poêle sur la table et rassembla ses valises sur le trottoir. De l'autre côté de la rue, l'hôpital civil qui pratiquait le traitement de longévité était assiégé, comme d'habitude. La foule campait dans le parking, en général. Le traitement était garanti libre et gratuit pour tous les citoyens, mais la liste d'attente était interminable et il n'était pas question de perdre son tour dans la file. Art secoua la tête et héla un pédicab.

Il passa sa dernière semaine sur Terre dans un motel de Cap Canaveral. Un dernier séjour plutôt lugubre : Canaveral était un territoire protégé, occupé surtout par la police militaire et le personnel de service qui se montrait extrêmement désagréable avec « les Regrettés », puisque tel était le surnom qu'on donnait à tous les candidats au départ. Le décollage quotidien rendait ceux-ci craintifs ou agressifs, et, dans tous les cas, sourds pour quelques instants. Chaque soir, on croisait des gens qui se lançaient des « Comment ? Comment ? Quoi ? ». La plupart des habitants du coin avaient des boules Quiès dans les oreilles. Ils posaient les plateaux sur les tables tout en parlant aux gens de la cuisine et, brusquement, ils regardaient leur montre, enfonçaient leurs boules dans leurs oreilles et... boum ! : une autre Novy Energia quittait le sol avec ses deux navettes en attache, et le monde entier se mettait à trembloter comme un bol de gelée. Les Regrettés s'élançaient dans les rues pour avoir une idée du sort qui les attendait et se figeaient sur place, effarés par la vision biblique de cette arche de fumée et de feu qui se déployait au-dessus de l'Atlantique. Quant aux gens du coin, ils continuaient à mâcher leur chewing-gum en attendant que ça passe.

Un dimanche matin, ce fut le tour d'Art. Il passa la combinaison qui n'était pas tout à fait à sa taille, comme dans un mauvais rêve. Il monta dans un van en compagnie d'un autre homme qui semblait aussi assommé que lui. On les conduisit jusqu'à l'aire de lancement où ils subirent l'identification rétinienne, digitale, visuelle et vocale. Ensuite, sans même avoir eu le temps de réfléchir à ce que tout ça signifiait réellement, il se retrouva dans un ascenseur, et suivit un court tunnel jusqu'à une pièce minuscule où étaient disposés huit fauteuils semblables à ceux des dentistes. Il n'en restait qu'un seul de libre, les autres étant déjà occupés par des passagers aux yeux ronds. On le fit asseoir, on le harnacha, on ferma la porte. Il entendit un puissant grondement et se sentit compressé brièvement. Puis il ne pesa plus rien, tout soudain. Il était sur orbite.

Au bout d'un moment, ils purent se détacher et ils se pressèrent contre les deux baies. Ils virent l'espace noir, le monde bleu, exactement comme dans tous les films, mais en plus net, puisque c'était réel. Art dirigea son regard vers l'Afrique de l'Ouest et une vague de nausée secoua chacune de ses cellules.

Après un épisode de mal de l'espace qui, apparemment, avait duré trois jours dans le monde réel, il retrouvait à peine une trace d'appétit quand une des navettes permanentes les aborda, après avoir fait le tour de Vénus et exécuté un aérofreinage sur une orbite Terre-Lune qui permettait aux petits ferries de la rejoindre. Pendant ses trois jours de malaise, Art avait été transféré avec les autres sur un de ces ferries qui, à l'heure prévue, déclencha ses fusées pour se lancer à la poursuite de la navette. L'accélération fut plus dure encore qu'au lancement de Cap Canaveral et, quand l'épreuve prit fin, Art avait la tête vague et sa nausée était de retour. Il se dit qu'une autre période d'apesanteur serait sa fin mais, par bonheur, il y avait sur la navette un anneau rotatif qui faisait régner dans certaines pièces ce que l'on appelait la gravité martienne. Art eut droit à un lit dans le service de santé, justement dans l'une de ces pièces, et il y demeura. Il ne savait pas très bien marcher en pesanteur martienne. Il sautait, puis titubait. Il se sentait encore comme endolori intérieurement, et étourdi. Mais il se battait contre la nausée, ce qui le soulageait en dépit de ce qu'il éprouvait.

La navette permanente était bizarre. En raison de ses aérofreinages fréquents dans l'atmosphère de la Terre, de Vénus et de Mars, on lui avait donné l'allure d'un requin-marteau. L'anneau en rotation était situé près de l'arrière, juste en avant du dispositif de propulsion et des docks d'amarrage des ferries. Dès qu'on y pénétrait, on se retrouvait avec la tête orientée vers le centre du vaisseau et les pieds vers les étoiles, sous le sol.

Il s'était écoulé une semaine quand Art décida de s'essayer encore une fois à l'apesanteur, car il n'y avait ni baies ni hublots dans l'anneau de gravité. Il se rendit dans une des chambres qui communiquaient avec la partie non rotative. Elle ressemblait à une cabine d'ascenseur, avec une porte de chaque côté. Il suffisait d'y monter, d'appuyer sur le bon bouton, et elle décélérait après quelques rotations jusqu'à stopper. Et par l'autre porte on accédait au vaisseau.

Il essaya donc. Quand la cabine commença à ralentir, il sentit la sensation de pesanteur diminuer. Et, quand l'autre porte s'ouvrit, il était en sueur. Il venait de rebondir vers le plafond, s'était fait mal au poignet en essayant de se raccrocher, avant de se cogner la tête. La douleur submergea la nausée, mais la nausée finit par gagner. Après deux autres carambolages, il réussit à atteindre le panneau de contrôle et appuya sur le bouton pour relancer la rotation de la cabine et retrouver l'anneau de pesanteur. Quand la porte se fut refermée, il se laissa tomber doucement jusqu'au sol, la gravité martienne fut de retour en une minute, et la porte d'accès s'ouvrit. Il sortit avec un sentiment intense de soulagement, avec son poignet tordu. La nausée était certainement pire que la douleur, se dit-il – du moins certains niveaux de douleur. Pour contempler l'espace, il allait se contenter de la télé.

Il n'était pas le seul. La plupart des passagers et des membres de l'équipage passaient le plus clair de leur temps dans l'anneau, qui était généralement bondé, comme un hôtel complet dont la clientèle restait rivée au bar et au restaurant. Art avait vu des documentaires et lu pas mal d'articles à propos des navettes permanentes qui ressemblaient à des Monte Carlo de l'espace, avec leurs résidents riches et blasés. Il existait même un feuilleton vidéo à succès qui se passait à bord d'une navette. Mais leur vaisseau, le *Ganesh*, n'y ressemblait guère. Il était évident qu'il faisait le tour du système solaire depuis pas mal d'années et toujours au complet. L'intérieur commençait à être fatigué, et quand on se restreignait à l'anneau de pesanteur, il apparaissait comme très petit, plus petit en tout cas que tout ce qu'Art avait imaginé en regardant les documents historiques sur l'*Arès* et tous ces vaisseaux. Mais les Cent Premiers avaient disposé d'un espace vital cinq fois supérieur à celui de l'anneau du *Ganesh*, et le *Ganesh*, lui, transportait cinq cents passagers.

Ils étaient partis depuis trois mois. Art consacrait le plus clair de son temps à visionner des documentaires sur Mars. Il prenait tous ses repas dans la salle à manger, qui était décorée dans le style des grands paquebots des années 1920, risquait quelques jetons au casino, décoré dans le style Las Vegas des années 1970, mais, avant tout, il dormait et regardait la télé. Deux activités qui se fondaient l'une dans l'autre, car s'il avait des rêves particulièrement nets à propos de Mars, les documentaires répondaient à une sorte de logique surréaliste. Il revit les célèbres enregistrements des débats Clayborne-Russell et, dans la même nuit, il rêva qu'il discutait sans succès avec Ann Clayborne qui, tout comme dans les enregistrements, ressemblait à la femme du fermier du tableau *American Gothic* [1], mais en plus maigre et plus sévère. Un autre film, pris à partir d'un drone, l'avait également profondément impressionné : le drone plongeait depuis le haut des vertigineuses falaises de Marineris pendant près d'une minute avant de se redresser et de survoler l'amas de rocs et de glace du plancher du canyon. Plusieurs fois, dans les semaines qui suivirent, Art rêva qu'il faisait la même chute, et s'éveilla

---

1. Œuvre célèbre de l'école naïve américaine, représentant un couple de fermiers, et due à Grant Wood (Art Institute de Chicago). *(N.d.T.)*

régulièrement avant l'impact. Il lui apparut que certains secteurs de son inconscient considéraient qu'il avait commis une erreur en décidant de partir pour Mars. Il haussa les épaules à cette idée et continua de manger à heures régulières et de pratiquer la marche. Erreur ou pas, sa mission avait commencé.

Fort lui avait donné un système d'encryptage en lui demandant d'adresser un rapport régulier mais, pendant le voyage, il n'eut pas grand-chose à dire et se contenta, une fois par mois, de transmettre : *Nous sommes en route. Tout se passe bien.* Sans recevoir aucune réponse.

Et puis, Mars grossit sur les écrans comme une orange bien mûre, ils furent écrasés sur leurs couchettes anti-g par l'effet de l'aérofreinage, écrasés encore un peu plus dans le ferry. Mais Art sortit de ces décélérations aplatissantes comme un vétéran et, après une dernière semaine en orbite, ils s'amarrèrent à New Clarke. L'astéroïde se révéla être de faible gravité, à peine suffisante pour maintenir les gens au sol. Mars, désormais, semblait les dominer. Art retrouva le mal de l'espace. Et il lui restait encore deux jours à attendre son passage dans l'ascenseur.

Les cabines de l'ascenseur lui apparurent comme de grands hôtels élancés et très hauts de plafond. Il leur fallait cinq jours pour acheminer leur chargement humain jusqu'à la surface de la planète, sans la moindre gravité, si l'on exceptait celle qui commença à se manifester dans les deux derniers jours de la descente. Elle augmenta ensuite régulièrement, jusqu'à ce que l'ascenseur ralentisse pour se poser doucement dans l'installation de base que l'on appelait le Socle, immédiatement à l'ouest de Pavonis Mons. Là, la pesanteur était comparable à celle de l'anneau rotatif du *Ganesh.* Mais une semaine de mal de l'espace avait laissé Art complètement anéanti. Quand la porte de l'ascenseur s'ouvrit et qu'on les guida dans ce qui ressemblait à un terminal d'aéroport, il eut du mal à se mouvoir, stupéfait de constater à quel point la nausée diminuait l'envie d'exister chez un être humain. Quatre mois avaient passé depuis qu'il avait reçu le fax de William Fort.

C'était un métro qui reliait le Socle à la ville de Sheffield, mais Art se serait senti trop mal pour profiter de la vue s'il y en avait eu une. Épuisé, la démarche instable, il suivit comme il le put un employé de Praxis tout au long d'un couloir, avant de se laisser tomber sur un lit dans une petite chambre. Il s'allongea avec l'impression que la pesanteur martienne était lourde et agréable et s'endormit très vite.

En se réveillant, il ne se souvint pas où il se trouvait. Il parcourut du regard la petite pièce, totalement désorienté, se demandant où pouvait être Sharon et pourquoi ils avaient maintenant une aussi petite chambre. Puis, tout lui revint. Mais oui, il était sur Mars.

Avec un grognement, il s'assit. Il avait chaud et il se sentait comme détaché de son corps. Tout était animé d'une légère pulsation, et pourtant les lumières de la chambre brillaient normalement. Des rideaux cachaient la paroi opposée. Il se leva et les écarta d'un seul geste.

– Hé !

Il cria en sautant en arrière. Il se réveilla une deuxième fois, du moins ce fut le sentiment qu'il eut.

C'était comme s'il se penchait sur le hublot d'un avion. Un espace infini s'ouvrait devant lui, sous un ciel mauve où brillait un soleil pareil à une tache de lave en fusion. Et au loin, tout en bas, une immense plaine rocailleuse se déployait – plate, ronde, cernée par une gigantesque falaise circulaire – extrêmement circulaire – remarquablement circulaire, en fait, pour un site naturel. Il était difficile d'imaginer à quelle distance se trouvait la paroi d'en face. Tous les détails de la falaise étaient parfaitement nets, mais les structures du bord opposé étaient minuscules. Il lui semblait discerner un observatoire qui aurait pu tenir sur la tête d'une épingle.

La caldeira de Mons Pavonis, conclut-il. Ils s'étaient posés à Sheffield et sa conclusion ne faisait aucun doute. Donc, il se trouvait à une soixantaine de kilomètres de cet observatoire, s'il se rappelait bien les documentaires, et à cinq mille mètres du plancher. Tout était vide, rocailleux, primitif, vierge. La roche volcanique était aussi nue que si elle avait fini de se refroidir la semaine auparavant. Il n'y avait pas la moindre touche humaine dans ce paysage : aucune trace de terraforming. C'était la même vision que John Boone avait dû avoir un demi-siècle auparavant. C'était tellement... étranger. Et *grand*. Art avait contemplé les caldeiras de l'Etna et du Vésuve, deux cratères quand même importants selon les critères terrestres. Mais cette... cette *chose*, ce *trou* qu'il avait devant lui aurait pu en contenir des milliers...

Il referma les rideaux et s'habilla lentement, la bouche ouverte, bien ronde, imitant la forme de la caldeira.

Le guide que Praxis lui avait assigné s'appelait Adrienne. Elle était amicale et, vu sa grande taille, elle aurait pu être native de Mars. Mais elle avait un accent australien très marqué. Elle le présenta à six autres nouveaux qui venaient de débarquer et leur fit faire le tour de la ville. Ils découvrirent que leurs chambres étaient situées au plus bas niveau, bien qu'il ne dût pas le rester longtemps encore : Sheffield était engagée dans un processus de creusement afin de disposer d'un maximum de logements avec cette vue sur la caldeira qui avait tellement frappé Art.

Ils prirent un ascenseur pour remonter cinquante étages plus haut et se retrouvèrent dans le hall d'un immeuble de bureaux flambant neuf. Ils franchirent une porte à tambour et émergèrent au-dehors, sur un large boulevard flanqué de pelouses. Ils passèrent devant des bâtiments trapus de pierre polie avec de larges baies, séparés par des allées verdoyantes, des chantiers de construction, des immeubles en cours d'achèvement. Sheffield promettait d'être une ville attrayante : la hauteur des immeubles y était limitée à trois ou quatre étages. Plus loin au sud, en s'éloignant de la caldeira, ils gagnaient en hauteur. Les rues verdoyantes étaient envahies par une foule dense et un tramway modèle réduit circulait régulièrement sur des rails, au milieu des pelouses. L'ambiance était vive, presque excitée, sans doute à cause de l'installation du nouvel ascenseur. Une ville en plein boom, se dit Art.

Adrienne les conduisit d'abord sur un boulevard qui longeait le bord de la caldeira. Ils se retrouvèrent dans un parc étroit, tout près de la paroi invisible de la tente qui renfermait toute la ville et qui était maintenue par des arc-boutants géodésiques tout aussi transparents ancrés sur le mur du périmètre extérieur.

– Le bâchage est particulièrement renforcé ici, sur Pavonis, leur expliqua Adrienne, parce que l'atmosphère est légère. Elle ne représente qu'un dixième de la pression qui règne dans les terres basses.

Elle les précéda jusqu'à une bulle de vision panoramique. Là, entre leurs pieds, ils eurent l'impression de découvrir la caldeira en survol, à cinq mille mètres d'altitude. Certains gloussèrent de peur et de ravissement, et Art lui-même se dandina sur le fond transparent avec un sentiment de malaise. Ça n'était pas la distance qui était extraordinaire, mais la *profondeur*. Cinq kilomètres !

– Ça fait un très grand trou ! commenta Adrienne.

Dans les télescopes et sur les cartes, ils purent découvrir l'ancienne Sheffield, qui était maintenant tout au fond de la caldeira. Art s'était complètement trompé à propos de sa nature primitive : le talus qu'il découvrait maintenant, au bas de la falaise, parsemé de débris brillants, était en fait les ruines de l'ancienne Sheffield.

Adrienne leur décrivit avec brio la destruction de la ville en 2061. Dans sa chute, le câble, bien sûr, avait écrasé les faubourgs, à l'est du Socle, dès les premières secondes. Puis il s'était déployé sur toute la planète et avait frappé unc deuxième fois, comme un fouet géant, au sud de la ville. Sous la secousse, une fissure insoupçonnée dans le basalte avait cédé et le tiers des constructions, qui se trouvaient du mauvais côté, avaient dévalé les cinq mille mètres de la falaise jusqu'au fond de la caldeira. Les deux tiers restants avaient été aplatis net. Heureusement pour eux, les habitants avaient été évacués entre l'arrachement de Clarke et le deuxième passage du câble, et les pertes en vies humaines avaient été minimisées. Mais Sheffield avait été détruite à cent pour cent.

Adrienne leur expliqua que, pendant de longues années, le site avait été abandonné comme la plupart des autres cités ravagées par les troubles de 61. Un grand nombre de ces cités étaient demeurées en ruines, mais le site de Sheffield restait le lieu idéal pour l'ancrage d'un ascenseur spatial et, lorsque Subarashii s'était lancée dans la construction spatiale d'un nouvel ascenseur à la fin des années 2080, on avait très vite entrepris la reconstruction de la ville. Une étude aréologique approfondie n'avait pas révélé de nouvelles fissures dans la bordure sud du volcan et on avait ainsi pu rebâtir sur le même emplacement. Des engins de démolition avaient évacué ce qui restait de l'ancienne Sheffield, en poussant le plus gros des ruines dans le vide, pour ne conserver que la partie la plus orientale de la ville, autour de l'ancien Socle, qui était comme une sorte de monument dédié au désastre – tout en étant l'élément moteur d'une industrie touristique naissante. A l'évidence, le tourisme avait pris une part importante dans l'économie de la ville au fil des années, bien avant la réinstallation de l'ascenseur.

Ils prirent ensuite un autre tramway pour se rendre à la porte est de la tente, puis s'engagèrent dans un tube transparent accédant à une tente adjacente, qui couvrait les ruines, la masse de béton de l'ancien terminal du câble, ainsi que la partie inférieure du câble lui-même. Ils explorèrent avec curiosité les décombres, le tronçon de câble qui avait été nettoyé, les fondations et les canalisations tordues. C'était comme si tout le site avait été soumis à un bombardement intensif.

Art s'arrêta pour observer avec intérêt le bout du câble. Le cylindre géant de filaments de carbone ne semblait presque pas avoir été endommagé par la chute. Mais on pouvait supposer que c'était cette partie qui avait frappé le sol de Mars avec une force moindre. Adrienne leur expliqua que l'extrémité du câble s'était enroulée dans l'énorme bunker du Socle avant d'en être extirpée lorsque le câble était retombé sur la pente orientale de

Pavonis. Ce qui n'était pas vraiment grave pour un matériau qui avait été conçu pour résister à la traction d'un astéroïde en orbite au-delà du point aréosynchrone. Et l'ancien câble semblait attendre d'être redressé et remis en place : haut comme un immeuble de trois étages, sa coque noire incrustée de colliers d'acier. La tente ne le recouvrait que sur cent mètres et quelque. Plus loin, il était à l'air libre et retombait vers le bord du cratère qui fermait leur horizon. Mais, du point où ils se trouvaient, ils mesuraient mieux encore les proportions géantes de Pavonis Mons.

Immédiatement au sud, le nouveau Socle se dressait comme un monstrueux bunker, et le câble dressé vers le ciel évoquait une corde raide de mage hindou : fin et noir, parfaitement droit, il se perdait à quelques centaines de mètres de hauteur, comme un gratte-ciel grêle dont on avait du mal à penser que les milliards de tresses de carbone qui le composaient représentaient la structure portante la plus gigantesque jamais conçue par l'homme.

– Tout cela est tellement étrange, dit Art, avec un sentiment creux de désarroi.

A l'heure du déjeuner, Adrienne les conduisit dans un café de la plaza centrale. Là, ils auraient pu se croire dans le quartier à la mode de n'importe quelle ville sur Terre – Houston, Ottawa ou Tbilissi – où des promoteurs avaient cassé à grand bruit les vieilles constructions pour bâtir une prospérité toute neuve. Pour revenir, ils prirent un métro qui leur était familier et, en sortant, ils retrouvèrent les grands couloirs de Praxis rappelant tout à fait ceux d'un palace sur Terre. Oui, tout était familier – à tel point que lorsque Art regagnait sa chambre pour se pencher sur la caldeira, il éprouvait un nouveau choc : c'était Mars, immense, rocailleuse, qui semblait vouloir l'aspirer dans son vide rose. En fait, se dit Art, si le panneau extérieur venait à se briser, la baisse de pression le projetterait aussitôt dans le vide. C'était peu vraisemblable, mais cette image déclencha en lui une sorte de frisson déplaisant. Et il ferma soigneusement les rideaux.

Il les laissa fermés par la suite. Et il remarqua qu'il avait tendance à se tenir éloigné de la fenêtre. Tôt le matin, il s'habillait et quittait très vite sa chambre pour suivre les visites d'Adrienne. De nouveaux arrivants s'étaient joints à eux. Il déjeunait quelquefois avec certains. Il passait généralement ses après-midi à parcourir la ville, suivant fidèlement les itinéraires d'Adrienne. Une nuit, il décida de transmettre un rapport à Fort : *Je suis sur Mars. J'apprends à m'orienter. Sheffield est une très jolie ville. Et j'ai une vue superbe depuis ma chambre.* Toujours sans réponse.

Adrienne leur fit visiter certains immeubles de Praxis qui étaient regroupés à l'est de Sheffield, près du bord de la caldeira. Ils rencontrèrent des responsables des projets martiens en cours. Praxis semblait très présente sur Mars, beaucoup plus en tout cas qu'en Amérique. Au fil de ses promenades, Art essayait de classer les transnats selon leur importance en se fiant de façon relative aux plaques des immeubles. Elles étaient toutes là : Armscor, Subarashii, Oroco, Mitsubishi, Seven Swedes, Shellalco, Gentine, et ainsi de suite... Elles occupaient chacune un complexe, et parfois un secteur complet de la ville. Il était clair qu'elles s'étaient toutes installées à cause du nouvel ascenseur, qui avait redonné à Sheffield son rang de capitale de la planète. Toutes les transnats apportaient de l'argent, construisaient des subdivisions martiennes et même des faubourgs sous tente. Leur richesse était lisible dans tous les édifices – mais aussi, songea Art, dans le comportement des passants. Les nouveaux venus se remarquaient immédiatement – ingénieurs ou hommes d'affaires, tous marchaient avec une expression d'intense concentration. Ce qui permettait d'identifier sans difficulté les jeunes Martiens, avec leur allure de chats, parfaitement coordonnés. Mais ils constituaient une minorité dans Sheffield, et Art en vint à se demander si la situation était la même dans toutes les cités martiennes.

Quant à l'architecture, elle était conditionnée par l'essor des prix sous la tente, et les édifices étaient souvent trapus, cubiques, construits de la rue jusqu'à la paroi même de la tente. Lorsque le plan de construction serait achevé, il n'y aurait plus qu'un réseau de dix plazas triangulaires, de larges boulevards, ainsi que le parc incurvé à la lisière du cratère pour éviter que la ville ne devienne un agglomérat de gratte-ciel, tous avec les mêmes facades de pierre polie dans divers tons de rouge. Sheffield était une ville qui avait été reconstruite pour les affaires.

Et Art avait le sentiment que Praxis y prendrait une large part. Subarashii était le principal entrepreneur de l'ascenseur, mais c'était Praxis qui fournissait le software, tout comme pour le premier ascenseur, et aussi certaines cabines et une large part du système de sécurité. Toutes les attributions de marché, apprit-il, avaient été décidées par un comité appelé l'Autorité transitoire des Nations unies, qui était censée dépendre de l'ONU, mais qui était contrôlée par les transnats. Et Praxis s'était montrée aussi agressive que ses concurrents. Il était possible que William Fort se soit intéressé à la bio-infrastructure, mais des intérêts plus simples entraient aussi dans le cadre des opérations de Praxis. Il y avait des divisions de Praxis qui construisaient des systèmes d'adduction d'eau, des pistes magnétiques de train, des villes-canyons, des centrales électriques à éoliennes et des plantations aréothermiques. Ces deux derniers investissements étaient considérés comme marginaux, de même que les collecteurs solaires sur orbite et la centrale à fusion de Xanthe, sans omettre l'ancienne génération de réacteurs rapides intégrés. Mais l'exploitation des sources d'énergie locales était la spécialité de la filiale de Praxis : Power From Below [1], qui justifiait son nom en déployant un maximum d'énergie dans l'intérieur martien.

La filiale locale de récupération de Praxis, l'équivalent martien de Dumpmines, s'appelait Ouroboros [2] et, tout comme Power From Below, elle était assez réduite. En vérité, à peine Art les avait-il rencontrés, certain matin, que les responsables d'Ouroboros lui apprirent que Mars n'était pas une mine de récupération : tout ou presque y était recyclé ou reconverti en compost. Les décharges de la planète étaient plutôt des centres de tri de matériaux divers qui attendaient une réutilisation à venir. Ouroboros se maintenait surtout en rassemblant les détritus et effluents plus ou moins récalcitrants – qu'ils soient toxiques, abandonnés ou simplement inutiles – en attendant de leur trouver un usage quelconque.

A Sheffield, Ouroboros occupait un seul étage d'un des gratte-ciel du centre. La société avait entamé les travaux d'excavation des ruines de l'ancienne ville avant que l'on prenne la décision de les jeter sans cérémonie dans le fond de la caldeira. C'était un nommé Zafir qui avait dirigé le projet de récupération du câble abattu. Il accompagna Adrienne et Art jusqu'à la gare. Le train les emmena sur le bord est du cratère, jusqu'à un village de tentes. L'une d'elle servait de hangar à Ouroboros et, immédiatement à l'extérieur, parmi d'autres véhicules, se dressait une gigantesque usine de traitement mobile que l'on appelait la Bête. Comparé à la Bête, un SuperRathje ressemblait à une petite voiture – c'était plus un immeuble roulant qu'un véhicule, et il était entièrement robotisé. Une autre Bête travaillait déjà sur le câble à l'ouest de Tharsis et Art fut pressé de se livrer à une inspection du site. Zafir, ainsi que deux techniciens, lui fit faire le tour de la Bête et il se retrouva dans un grand compartiment, tout au sommet. Des quartiers d'habitation avaient été prévus pour les visiteurs.

Zafir était enthousiaste à propos des découvertes que l'autre Bête avait faites sur l'ouest de Tharsis.

1. La Force venue du fond, si l'on veut traduire. *(N.d.T.)*
2. Dans la mythologie aztèque, le serpent Ouroboros, lové sur lui-même, représente l'univers cyclique. *(N.d.T.)*

– Bien sûr, elle récupère les filaments de carbone et les hélices en gel de diamant, ce qui est pour nous un apport permanent. Et il y a aussi certains éléments exotiques bréchiformes qui ont été métamorphosés durant la chute sur l'autre hémisphère. Mais ce qui va vous intéresser, ce sont les buckyballs [1] et les buckytubes. Il s'est révélé que les pressions et les températures dans la zone occidentale de Tharsis étaient identiques à celles des réacteurs à arc qui fabriquent des fullerenes, et nous avons là-bas un segment de cent kilomètres de câble dont le carbone, dans la partie inférieure, est composé de buckyballs – pour la plupart des soixante, mais on trouve aussi quelques calibres trente, et une variété de superbuckies et de buckytubes de toutes les tailles.

Certains superbuckies avaient fusionné avec d'autres éléments pris au piège de la cage de carbone. Ces « full fullerenes » étaient très utiles dans la fabrication des matériaux composites, mais très coûteux à produire en labo à cause du haut niveau d'énergie nécessaire. C'était une trouvaille précieuse.

– Et nous faisons le tri des différents superbuckies pour lesquels votre chromatographie ionique va être nécessaire.

– Je comprends, fit Art.

Il avait effectivement travaillé en chromatographie ionique pour ses analyses en Géorgie, et c'était la raison officielle qui avait été avancée pour qu'il soit nommé pour l'intérieur martien. Et c'est ainsi que, dans les jours qui suivirent, Zafir et certains techniciens spécialistes de la Bête apprirent à Art comment la domestiquer. Chaque soir, ils dînaient ensemble dans un petit restaurant, sous une tente des faubourgs est de la ville. Quand le soleil se couchait, ils découvraient l'immense panorama de Sheffield, englobant trente kilomètres du cratère. La ville, dans le crépuscule, était comme une lampe perchée au-dessus de l'abysse obscur.

Durant le repas, la conversation portait rarement sur le projet d'Art et, en y réfléchissant, il se dit que c'était sans doute là un simple effet de la courtoisie de ses collègues. La Bête était parfaitement opérationnelle, et les quelques problèmes de tri qui s'étaient présentés après la découverte des plus récents fullerenes auraient très bien pu être résolus par des chromatographes ioniques locaux. Donc, les raisons pour lesquelles Praxis avait envoyé Art sur Mars n'étaient guère évidentes, ce qui cachait

1. Le « Buckminster Fullerene » (ainsi appelé en hommage à Buckminster Fuller, ingénieur américain, 1895-1983, concepteur des « coupoles géodésiques »), fait d'un réseau tridimensionnel de tiges d'acier. Le Buckminster Fullerene, également appelé « Fottballerene », est la troisième forme naturelle du carbone pur, avec le graphite et le diamant, et se présente sous forme de billes, d'où le surnom de « buckyballs ». (N.d.T.)

quelque chose. Et le groupe évitait d'aborder ce sujet, épargnant ainsi à Art les mensonges, les haussements d'épaules maladroits et toute incitation à des confidences.

Ce qu'Art appréciait. Malgré tout, cela conférait une certaine distance à leurs conversations. Il ne voyait que rarement les nouveaux venus de Praxis, en dehors des rencontres d'orientation, et il se sentait un peu seul. Comme les jours passaient, ce sentiment devint un malaise, puis une oppression. Il gardait les rideaux de sa fenêtre fermés, désormais, et mangeait généralement dans des restaurants éloignés du bord du cratère. Cela commençait à ressembler aux semaines qu'il avait passées à bord du *Ganesh*, période qui lui avait laissé un souvenir pénible. Quelquefois, il devait lutter contre le sentiment d'avoir commis une faute en se laissant expédier sur Mars.

Après le dernier cours d'orientation, il y eut un cocktail dans les locaux de Praxis. Art but plus qu'à son habitude et inhala quelques bouffées de protoxyde d'azote. Il avait appris que les gaz hilarants étaient à la mode dans le monde des constructeurs, ici : on trouvait toujours des bombes de gaz divers dans les distributeurs des toilettes. Et il dut bien admettre que l'azote apportait quelques bulles supplémentaires au champagne. C'était une combinaison heureuse, comme les cacahuètes avec la bière, ou la chantilly sur la tarte aux pommes.

Plus tard dans la soirée, il se perdit dans les rues de Sheffield avec la sensation que l'azote avait sur lui un effet anti-gravitationnel. Sous la pesanteur martienne, il se sentait trop léger et il se dit qu'il ne pesait plus que cinq kilos. C'était à la fois bizarre et déplaisant. Comme s'il marchait sur du verre ciré.

Il faillit heurter un jeune homme, un peu plus grand que lui – les cheveux noirs, gracile comme un oiseau, et gracieux également. Celui-ci s'écarta puis le stabilisa, une main posée sur son épaule.

Le jeune homme le fixa droit dans les yeux.

– Vous êtes Arthur Randolph ?

– Oui, fit Art, surpris. Et vous, qui êtes-vous ?

– C'est moi qui ai contacté William Fort.

Art se figea brusquement et se balança d'un pied sur l'autre. Le jeune homme le redressa avec douceur. Le contact de sa main était chaud sur l'avant-bras d'Art. Il le dévisageait d'un regard franc, avec un sourire amical. Il devait avoir vingt-cinq ans, estima Art, peut-être moins. Il était beau, la peau mate, avec des sourcils drus et noirs et des yeux légèrement asiatiques très écartés au-dessus de ses pommettes marquées. Il y avait de l'intelligence dans son regard magnétique empreint de curiosité. Il plut à Art dans l'instant, sans qu'il pût savoir pourquoi. Il n'obéissait qu'à ses sentiments.

– Appelez-moi Art, dit-il.

– Je suis Nirgal. Descendons jusqu'au parc du Belvédère.

Art le suivit au long du boulevard couvert de gazon qui allait vers le bord du cratère. Quand ils enfilèrent le sentier longeant la paroi, Nirgal saisit franchement Art par le bras. A nouveau, Art sentit sa chaleur et se demanda si le jeune homme n'avait pas la fièvre, quoiqu'il n'y en eût aucun signe dans ses yeux.

– Pourquoi êtes-vous là? lui demanda Nirgal.

Son ton et son expression allaient plus loin qu'une simple question formelle. Art réfléchit.

– Pour vous aider, dit-il enfin.

– Alors vous allez vous joindre à nous?

A nouveau, il était clair que le jeune homme voulait lui dire quelque chose de différent, de fondamental.

– Oui, fit Art. Quand vous voudrez.

Nirgal sourit, un sourire fugace de ravissement qu'il domina à peine avant de lui dire :

– Bien. Très bien. Mais, écoutez-moi : j'agis de ma propre initiative. Vous comprenez? Il y a des gens qui ne m'approuveraient pas. Je veux donc vous introduire parmi nous comme s'il s'agissait d'un accident. Vous êtes d'accord?

– Parfait. (Art secoua la tête, décontenancé.) Mais c'était bien comme cela que je comptais procéder.

Nirgal s'était arrêté près de la bulle d'observation. Il s'empara de la main d'Art et la serra. Et son regard, si inflexible et ouvert, était un contact d'un autre genre.

– C'est bien. Merci. Alors, continuez ce que vous avez à faire. Poursuivez votre projet de récupération et nous vous prendrons en charge là-bas. Nous nous reverrons ensuite.

Et il s'éloigna à travers le parc en direction de la gare, avec ces longues enjambées qui étaient le propre des jeunes indigènes. Art le suivit longuement du regard, essayant de se souvenir de chaque détail de leur rencontre, de trouver ce qui lui avait conféré une telle importance. C'était simplement, sans doute, décida-t-il, l'expression de Nirgal – elle n'était pas seulement intense, comme c'était souvent le cas chez les jeunes gens, elle possédait une force plaisante, drôle. Il se rappelait le sourire qu'il avait eu quand Art lui avait dit (promis) qu'il allait se joindre à eux. Et il sourit à son tour.

En retrouvant sa chambre, il alla droit à la fenêtre et écarta les rideaux. Puis il s'assit à la table, alluma son lutrin et chercha l'entrée *Nirgal*. Mais il ne trouva personne de ce nom. Il trouva pourtant Nirgal Vallis, entre le Bassin d'Argyre et Valles Marineris. C'était l'un des meilleurs exemples de chenaux de la planète, apprit-il. Long et sinueux. Nirgal était le nom babylonien de Mars.

Il retourna à la fenêtre, appuya son nez contre la vitre, et plongea le regard au fond de la gorge de la chose, vers le cœur rocailleux du monstre. Vers les parois incurvées, le fond si lointain, la crête acérée et circulaire – il but tout cela des yeux : l'éventail des ocres, des bruns, des gris et des noirs, des orangés, des jaunes et des rouges. Les rouges surtout, qui déployaient toutes leurs variétés... Et, pour la première fois, il n'éprouva aucune crainte. Un sentiment nouveau venait de monter en lui. Il frissonna et sauta sur place un instant, en une brève danse. Désormais, il pourrait affronter ce panorama. Et il pourrait maîtriser la gravité. Il avait rencontré un Martien, un membre de l'underground, un jeune homme au charisme étrange. Et il allait le revoir, lui et les autres... Maintenant, il était *vraiment* sur Mars.

Et quelques jours après, il était sur la pente ouest de Pavonis Mons, pilotant un petit patrouilleur sur une route étroite qui suivait en parallèle une pente de déjections chaotique. Une voie de chemin de fer à crémaillère plongeait vers le fond. Il avait transmis un dernier message codé à Fort pour lui annoncer qu'il démarrait sa mission et avait reçu sa première réponse : *Bon voyage.*

Durant la première heure de cette randonnée, il avait vu ce que tout le monde lui avait annoncé comme un panorama spectaculaire. Il avait d'abord escaladé la bordure ouest de la caldeira avant de s'engager sur la pente extérieure. Il se trouvait alors à une soixantaine de kilomètres à l'ouest de Sheffield. Il franchit l'arête sud-ouest du vaste plateau de bordure et s'engagea vers le bas. Un horizon nouveau lui apparut. Tout en bas, et très lointain – une barre incurvée, brumeuse, blanche, comme un croissant de Terre vu du hublot d'une navette spatiale. Ce qui était logique : Pavonis culminait au-dessus d'Amazonis Planitia à l'altitude où certains vaisseaux évoluent lors de la phase finale de leur retour vers la Terre – plus de vingt-cinq mille mètres. Dans la même perspective, il découvrait Arsia Mons, le plus au sud des trois volcans de l'alignement de Tharsis, dressé à l'horizon comme un autre monde voisin. Et ce nuage noir, loin à l'horizon du nord-ouest, ça pouvait bien être Olympus Mons ! Une vue stupéfiante !

C'est ainsi que sa première journée de voyage fut toute en descente. Mais son moral, au contraire, grimpait de plus en plus haut.

« Mon vieux, se dit-il, là, il n'y a plus aucune chance qu'on soit encore au Kansas. On est en route pour aller voir le magicien ! Le puissant magicien de Mars [1] ! »

La route suivait la trace laissée par le câble abattu. Il avait provoqué un impact gigantesque en touchant le sol sur le flanc occidental de Tharsis, moindre que lors de son ultime spirale autour de la planète, bien sûr, mais cela avait suffi à créer ces superbuckies si intéressants qu'Art avait pour mission de repérer. La Bête qui l'attendait avait déjà récupéré le câble dans ce secteur. Il avait pratiquement disparu du paysage, ne laissant que quelques voies ferrées, plus une troisième voie à crémaillère au milieu des restes. La Bête avait construit ces rails avec le carbone du câble avant d'en utiliser d'autres parties, plus le magnésium présent dans le sol, pour bâtir des véhicules autonomes à crémaillère, qui avaient transporté les matériaux récupérés jusqu'aux usines de traitement Ouroboros de Sheffield. Un boulot parfait, se dit Art en voyant passer un petit véhicule robot en route pour la ville.

La seconde journée de son voyage, il quitta l'immense cône de Pavonis pour s'engager sur la bosse de Tharsis. Il rencontra un terrain caillouteux creusé de multiples cratères de météores. La neige s'y mêlait au sable. Il se trouvait maintenant sur la pente ouest de Tharsis couverte de névé, balayée fréquemment par des tempêtes de neige qui ne fondait jamais mais s'accumulait au contraire d'année en année. L'amas de neige écrasée, appelé névé, était encore récent, mais dans quelques années les couches inférieures se transformeraient en glace et des glaciers se formeraient sur les pentes.

De grands rochers se dressaient sur le névé, ainsi que les anneaux de cratères qui semblaient dater de la veille, si l'on oubliait l'épaisse couche de neige qui tapissait leur fond.

Art parcourut encore plusieurs kilomètres avant d'apercevoir enfin la Bête qui travaillait sur les restes du câble. Il en découvrit d'abord la partie supérieure à l'horizon, mais il ne la vit dans son ensemble qu'après une heure. Au milieu de l'étendue déserte, elle semblait moins gigantesque que celle qu'il avait visitée à Sheffield Est mais, en s'approchant de son flanc, il réalisa qu'elle avait les dimensions d'un bloc d'immeubles. Un orifice carré, en bas, ressemblait terriblement à une entrée de parking. Art se dirigea droit dessus et entra – la Bête se déplaçait à trois kilomètres par jour et sa manœuvre n'eut rien d'une performance. Quand il fut à l'intérieur, il suivit une rampe incurvée et franchit un tunnel avant de pénétrer dans le sas. Là, il s'entretint par radio avec l'intelligence artificielle de la Bête. Les portes se refermèrent sur

1. Allusion au *Magicien d'Oz*. (N.d.T.)

son patrouilleur et, dans la minute suivante, il put descendre du véhicule et emprunter l'ascenseur qui accédait au pont d'observation.

Il ne lui fallut pas longtemps pour comprendre que l'existence à l'intérieur de la Bête n'était pas totalement excitante et, après avoir fait son rapport au bureau de Sheffield et jeté un regard sur le chromatographe du labo, il retourna à son patrouilleur pour profiter un peu plus du paysage. Zafir lui avait dit que ça se passait toujours comme ça avec la Bête : les patrouilleurs devenaient comme autant de poissons-pilotes autour d'une énorme baleine. Même si la vue depuis le pont d'observation était superbe, la plupart des gens préféraient passer le plus clair de la journée à rouler dans le désert environnant.

Ce que fit Art. Le câble abattu, devant la Bête, montrait qu'à l'évidence le choc avait été plus brutal qu'en amont, au début de sa chute. Il était enfoui dans le sol jusqu'au tiers de son diamètre à peu près, et le cylindre était aplati, marqué par de longues crevasses qui révélaient sa structure, faite de mèches de filaments de carbone nanotube, l'un des matériaux les plus résistants connus, quoique, apparemment, celui qui composait le câble du nouvel ascenseur eût des performances encore supérieures.

Et la Bête avançait au milieu de ces ruines. Elle était quatre fois plus haute que le câble calciné qui disparaissait peu à peu dans sa gueule avant d'où montait régulièrement un grondement sourd, quasi infrasonique. Et au début de chaque après-midi, vers deux heures, le sas s'ouvrait à l'arrière et un wagon couvert d'une couche de diamant surgissait sur les rails pour partir en direction de Pavonis, rutilant sous le soleil. Il s'écoulait une dizaine de minutes avant qu'il disparaisse à l'horizon est, dans l'apparente « dépression » qui séparait la Bête de Pavonis.

Art, après avoir assisté au départ quotidien, se perdait dans le désert à bord du patrouilleur « poisson-pilote », entre les cratères et les grands rochers isolés. A dire vrai, il cherchait Nirgal, ou, plutôt, il l'attendait.

La région avait un aspect étrange, qui n'était pas seulement dû à l'éparpillement irrégulier des millions de rocs noirâtres, mais aussi à la couverture du névé que le vent avait sculptée en d'innombrables formes fantastiques. On les appelait *sastrugi*. Art éprouvait un vrai bonheur à se promener au milieu de ces extrusions aérodynamiques de neige rougeâtre.

Il effectuait un circuit chaque jour. Et chaque jour, la Bête rongeait lentement le câble en se dirigeant vers l'ouest. Art découvrit que les sommets dénudés des rochers étaient souvent colorés par des taches minuscules de lichens à croissance rapide. Toute proportion gardée, puisqu'il s'agissait de lichen. Il en préleva deux échantillons et, de retour à la Bête, appela les données qui les concernait. Apparemment, il s'agissait de lichens produits par le génie génétique : des cryptoendolithiques. A cette altitude, leur présence était précaire – l'article disait que 98 % de leur énergie était consacrée à la survie, ce qui ne leur laissait que 2 % pour la reproduction. Et constituait une amélioration énorme par rapport aux espèces terrestres.

Un après-midi, il s'enfonça très loin vers le nord avec le poisson-pilote et s'arrêta pour ramasser d'autres échantillons. A son retour, la porte du sas refusa de s'ouvrir.

– Qu'est-ce qui se passe, nom de Dieu? s'écria-t-il.

Il attendait depuis si longtemps qu'il avait oublié qu'un événement était censé se produire. Et cet événement avait apparemment pris la forme d'un incident électronique. En supposant qu'il s'agissait bien de l'événement qu'il attendait... et non d'autre chose. Il appela par l'intercom et essaya tous les codes qu'il connaissait pour ouvrir la porte. En vain. Et il n'était pas question de déclencher les systèmes d'urgence, puisqu'il ne pouvait entrer dans le patrouilleur. L'intercom de son casque avait une portée très limitée – l'horizon, en fait – qui, au large de Pavonis, se réduisait à quelques kilomètres. La Bête était maintenant au-delà de l'horizon. Il pouvait sans doute se lancer à pied à sa poursuite, mais il atteindrait un point fatal où la Bête autant que le patrouilleur se trouveraient au-delà de l'horizon. Et il serait alors tout seul dans sa combinaison, avec une réserve d'air limitée.

Et brusquement, le paysage de sastrugi sales devint sombre et menaçant, même sous le soleil.

« Et alors, merde? » se dit Art. Après tout, il était ici pour que les gens de l'underground martien le récupèrent. Nirgal lui avait bien dit que ça ressemblerait à un accident. D'accord, ça n'était peut-être pas cet accident, mais le fait de paniquer ne l'aiderait guère. Mieux valait accepter l'idée qu'il affrontait un problème réel et se tirer de cette situation. Ou bien il décidait de se lancer à la poursuite de la Bête, ou alors il persévérait pour pénétrer dans le patrouilleur.

Il était encore en train de réfléchir tout en tapotant frénétiquement sur son bloc de poignet, quand on lui cogna l'épaule.

– Aahh! cria-t-il en pivotant brusquement.

Il vit deux personnages en walkers avec de vieux casques élimés. Il les examina à travers leurs visières : une femme au visage de faucon qui semblait prête à le dévorer, et un homme à la peau noire, aux traits fins, avec des dreadlocks gris. Celui qui lui avait donné un coup sur l'épaule. Il venait de lever trois doigts en désignant sa console de poignet. Ce qui devait correspondre à la fréquence de communication qu'ils utilisaient, se dit Art. Il s'aligna dessus.

— Hé! s'exclama-t-il, plus soulagé qu'il aurait dû normalement l'être, puisque les choses suivaient le cours annoncé par Nirgal et qu'il n'avait jamais été vraiment en danger. On dirait que le sas refuse de s'ouvrir! Vous pouvez m'aider?

Ils le regardèrent.

Et l'homme aux dreadlocks eut un rire effrayant tout en lui lançant :

— Bienvenue sur Mars!

TROISIÈME PARTIE

Glissement long

Ann Clayborne descendait l'Éperon de Genève. Elle s'arrêtait dans chaque côte pour ramasser des échantillons. L'autoroute Transmarineris avait été abandonnée après 61. Elle était en train de disparaître sous la rivière boueuse de glace et de rochers qui avait inondé le fond de Coprates Chasma. La route n'était plus qu'une relique archéologique, une impasse.

Mais Ann avait décidé d'étudier l'Éperon de Genève. Il constituait l'extension finale d'une veine de lave enfouie en grande partie sous le plateau du sud. Cette veine n'était qu'une parmi plusieurs autres : Melas Dorsa, Felis Dorsa plus à l'est, Solis Dorsa à l'ouest. Toutes étaient plus ou moins parallèles et perpendiculaires par rapport aux canyons de Marineris, et elles avaient toutes la même mystérieuse origine. Mais avec le recul de la paroi sud de Melas Chasma, sous l'effet du tassement et de l'érosion éolienne, la roche la plus dure d'une veine s'était retrouvée exposée. C'était elle qu'on avait appelée l'Éperon de Genève, et les Suisses avaient trouvé là une rampe parfaite pour creuser leur route. Et Ann se trouvait à présent face à une base bien exposée. Il était possible que l'Éperon de Genève, comme les veines voisines, ait été formé par le fissurage concentrique résultant de la surrection de Tharsis. Mais ces veines pouvaient tout aussi bien être plus anciennes, laissées par l'extension d'un bassin du début du Noachien, quand la planète se dégageait encore de sa chaleur interne. La datation du basalte au pied de la veine aiderait à trouver la réponse d'une façon ou d'une autre.

C'était pourquoi Ann descendait lentement l'étroite route givrée à bord de son patrouilleur-rocher. D'accord, elle était certainement visible depuis l'espace, mais elle ne s'en inquiétait pas. Elle avait parcouru tout l'hémisphère Sud durant l'année précédente sans aucune précaution, sauf lorsqu'elle devait s'approcher d'un des refuges secrets de Coyote pour se ravitailler. Rien ne s'était jamais produit.

Elle atteignit la base de l'Éperon, à quelque distance du fleuve de glace et de rochers qui obstruait désormais le plancher du canyon. Elle descendit du patrouilleur, prit un marteau de géologue et entreprit de casser le bord du dernier tronçon de route. Elle avait le dos tourné à l'immense glacier et l'avait oublié, entièrement concentrée sur le basalte. La veine se dressait devant elle dans le soleil, formant une rampe parfaite qui montait vers le sommet de la falaise, à trois mille mètres au-dessus d'elle, se déployant jusqu'à cinquante kilomètres en direction du sud. De part et d'autre de l'Éperon, l'énorme falaise sud de Melas Chasma s'incurvait en larges enfoncements avant de se redresser en saillies mineures – une marque discrète sur la gauche, à l'horizon lointain, et un promontoire massif, à quelque soixante kilomètres sur la droite, qu'Ann appelait Cape Solis.

Il y avait bien longtemps qu'Ann avait prédit que toute hydratation de l'atmosphère entraînerait l'accélération massive de la dégradation du terrain. Les falaises, de part et d'autre de l'Éperon, confirmaient qu'elle ne s'était pas trompée. L'enfoncement entre l'Éperon de Genève et Cape Solis avait toujours été profond, mais les glissements de terrain récents qu'elle découvrait montraient qu'il se creusait plus rapidement. Cependant, les cicatrices les plus fraîches, tout comme les cannelures et les strates de la falaise, étaient poudrées de givre. La grande paroi avait les couleurs de Zion ou de Bryce après une chute de neige – avec des couches variées de rouge striées de blanc.

Une arête noire et basse suivait le plancher du canyon à un kilomètre ou deux à l'ouest de l'Éperon de Genève, en parallèle. Mue par la curiosité, Ann s'en approcha. En l'examinant de près, à hauteur de poitrine, elle lui parut constituée de la même espèce de basalte que l'Éperon. Elle prit son marteau et préleva un échantillon.

Du coin de l'œil, elle surprit un mouvement et se redressa. Cape Solis avait perdu son nez. Un nuage rouge se gonflait à partir du sol.

Un glissement de terrain ! Instantanément, elle déclencha le chrono de son bloc de poignet, puis abaissa les jumelles sur sa visière et fit le point. La roche qui venait d'être mise à jour par la cassure était noirâtre et quasi verticale. Une faille de refroidissement à l'intérieur de la veine, peut-être – à supposer qu'il s'agisse bien d'une veine. Cela ressemblait à du basalte. Et apparemment, la cassure s'était faite sur toute la hauteur de la falaise, sur quatre mille mètres.

La paroi disparaissait maintenant dans le nuage de poussière qui se gonflait, comme si une bombe géante venait d'exploser. L'explosion sourde, à la limite des infrasons, fut suivie par un grondement atténué, comme un roulement de tonnerre. Elle regarda son chrono : quatre minutes à peine s'étaient écoulées. Le son, dans l'atmosphère de Mars, se propageait à la vitesse de deux cent cinquante-deux mètres par seconde, ce qui lui donnait une distance de soixante kilomètres. Elle avait presque assisté au premier instant de l'effondrement.

Plus loin dans l'enfoncement, une autre partie de la falaise, plus réduite, fut à son tour emportée, sans doute sous l'effet des ondes de choc. Ça n'était rien comparé à la première cassure, qui avait dû précipiter vers le bas des millions de mètres cubes de roche. C'était fantastique d'avoir assisté à un pareil spectacle – pour la plupart, les géologues et les aréologues utilisaient des explosifs ou des simulations sur ordinateur pour étudier ce phénomène. Il leur suffirait de passer quelques semaines dans Valles Marineris pour résoudre leurs problèmes.

La masse déferlait à présent depuis le seuil du glacier. Elle était sombre et basse, dominée par un front mouvant de nuages de poussière. C'était comme le film au ralenti d'un orage qui s'avançait, avec les mêmes effets sonores. Il était encore très loin de Cape Solis. Et Ann prit conscience, brusquement, qu'elle assistait à un glissement prolongé. Un phénomène étrange, l'une des pièces manquantes des puzzles de la géologie. La majorité des glissements de terrain se propageaient généralement sur une distance double de celle de leur chute initiale. Mais quelques-uns, plus importants, semblaient défier les lois de la friction et continuaient leur course horizontale sur une distance dix fois supérieure à leur chute initiale. Vingt ou trente fois, dans les cas exceptionnels. Ces glissements prolongés, comme on les appelait, n'avaient pas d'origine connue. Cape Solis s'était effondré sur quatre mille mètres et, normalement, n'aurait pas dû rouler sur plus de huit mille. Mais il poursuivait sa course sur le fond de Melas, déferlante sombre qui fonçait sur Ann. S'il parcourait quinze fois sa chute verticale, elle serait engloutie et emportée jusqu'à l'Éperon de Genève.

Elle régla ses lunettes sur le front de la vague qui arrivait dans un tourbillon de poussière. Elle sentait ses mains trembler sur son casque, mais elle n'éprouvait aucune émotion particulière. Pas de regret, ni de peur – rien, si ce n'est, peut-être, du soulagement. Tout allait finir, et ce ne serait pas sa faute. Personne n'aurait à lui faire de reproches. Elle avait toujours dit que le terraforming la tuerait. Elle eut un rire bref en plissant les yeux. La première hypothèse standard pour expliquer les glissements prolongés supposait que la roche était portée par une couche d'air emprisonnée durant la chute. Mais, plus tard, la découverte de glissements plus anciens, aussi bien sur Mars que sur la Lune, avait fait douter de cette explication. Ann était d'accord avec ceux qui arguaient du fait qu'une couche d'air ne pouvait rester prisonnière de la roche et se diffusait rapidement vers le haut. Néanmoins, il devait exister une sorte de lubrifiant naturel. Certains avaient proposé la théorie d'une couche de roche en fusion provoquée par la friction de l'effondrement, ou bien des ondes acoustiques dues au fracas inital, ou encore la friction à haute énergie des particules sur la face interne du glissement. Mais aucune de ces propositions n'était vraiment satisfaisante, nul n'avait de certitude. Ce qui arrivait droit sur Ann était un mystère phénoménologique.

Elle regarda encore une fois son chrono et constata que vingt minutes s'étaient déjà écoulées. Les glissements de ce type étaient connus pour leur vitesse. Et le front grondant s'approchait à toute allure. Le nuage de poussière montait à l'arrière, occultant le soleil de l'après-midi.

Ann se retourna vers le grand glacier de Marineris. Plusieurs fois, il avait failli la tuer, à l'époque où la nappe aquifère s'était déversée dans les grands canyons. Frank Chalmers avait trouvé la mort dans le torrent de boue et de glace et ses restes devaient être prisonniers du glacier, désormais, tout en bas. Ç'avait été la faute d'Ann, et depuis, jamais le remords ne l'avait quittée. Il avait suffi d'un simple instant d'inattention, mais c'était une faute. Du genre qu'on ne peut corriger.

Et puis, Simon lui aussi était mort. Emporté par l'avalanche de ses globules blancs. Désormais, son heure était venue. Et le soulagement qu'elle en éprouvait était presque douloureux.

Elle fit face à l'avalanche. Elle eut l'impression que les rochers qu'elle discernait à la partie inférieure bondissaient plutôt que de rouler comme dans un mascaret. Oui, apparemment, la vague de matériaux était portée par une sorte de couche lubrifiante. Des géologues avaient découvert des prairies pratiquement intactes à la surface de glissements de terrain majeurs qui avaient couvert plusieurs kilomètres. Elle avait donc la confirmation d'un fait connu, mais cela n'en semblait pas moins bizarre, presque irréel. Le sol vibrait sous elle et elle s'aperçut qu'elle avait les poings crispés. Elle pensa à Simon, luttant contre la mort, et siffla entre ses dents. Ça n'était pas bien de rester là à attendre la fin presque avec joie. Elle savait qu'il ne l'aurait pas approuvée. Alors, elle s'écarta de l'arête basse de lave et mit un genou au sol.

Elle avait fait ce qu'elle pouvait, nul ne pouvait la blâmer. Mais ce genre de réflexion était stupide : personne ne saurait jamais ce qu'elle était venue faire ici, pas même Simon. Il n'était plus là. Et le Simon qui était en elle ne cesserait jamais de la harceler. L'heure était donc venue de se reposer. Avec reconnaissance. La poussière enveloppa l'arête dans un grand souffle de vent et... Boum ! Le fracas de l'explosion la coucha net, puis elle fut entraînée sur le fond du canyon, roulée dans l'averse de roc. Elle était maintenant perdue dans un nuage opaque, et se redressa à quatre pattes, prise dans la poussière, le grondement des fragments de pierre, les tressautements sauvages du sol...

Les secousses s'apaisèrent. Le rocher était froid sous ses gants et ses genouillères. Peu à peu, des bouffées de vent faisaient réapparaître le ciel. Elle était couverte de poussière et de rocaille.

130

Elle se releva avec des gestes convulsifs. Elle avait les mains et les genoux douloureux et une rotule engourdie par le froid. Elle s'était foulé le poignet gauche et c'était comme si un poignard était planté dans ses tendons. Elle descendit vers la crête basse de basalte. Le glissement de Cape Solis s'était arrêté à trente mètres de là. Le sol, entre elle et la masse noirâtre, était jonché de cailloutis, mais la muraille de roc était dressée à quarante-cinq degrés, haute de vingt ou vingt-cinq mètres. Ann se dit que si elle était restée sur l'arête basse, elle aurait été tuée par l'impact du souffle d'air. « Maudit sois-tu ! », fit-elle silencieusement à Simon.

La frange nord du glissement s'était déversée dans Melas pour se fondre avec la glace dans un torrent bouillonnant de boue et de blocs de rocher. Mais elle avait du mal à voir au travers de l'écran de poussière. En s'avançant, elle constata que la roche était encore chaude. Elle ne découvrit aucune fracture plus haut. Les oreilles encore bourdonnantes, elle inspectait le mur noir. Et elle pensa : ça n'est pas juste, pas juste...

En revenant vers l'Éperon, elle éprouva un étourdissement, un malaise. Le patrouilleur-rocher était toujours là, au bout de la route en impasse, poussiéreux mais intact. Longtemps, elle resta sur place, incapable de le toucher. Elle se retourna pour observer la falaise encore fumante du glissement, pareille à un glacier noir côte à côte avec le glacier blanc. Enfin, elle ouvrit la porte du patrouilleur et se hissa à l'intérieur. Elle n'avait pas le choix.

Elle parcourait quelques kilomètres chaque jour. Puis elle débarquait et déambulait sur la planète, la démarche incertaine, comme un automate.

Sur chaque flanc de la bosse de Tharsis, il y avait une dépression. A l'ouest, c'était Amazonis Planitia, une plaine basse qui s'avançait loin dans les highlands du sud. A l'est, c'était l'Auge de Chryse, un creux qui partait du Bassin d'Argyre pour traverser Margaritifer Sinus et Chryse Planitia, le point le plus bas de l'Auge. L'Auge de Chryse avait une profondeur moyenne de deux mille metres par rapport à la région environnante et au terrain chaotique de Mars. C'était là qu'on trouvait les plus anciens chenaux d'écoulement.

Ann continua de suivre la bordure sud de Marineris jusqu'à se trouver entre Nirgal Vallis et le Chaos d'Aureum. Elle fit étape pour se ravitailler dans un refuge appelé Dolmen Tor. C'était là que Michel et Kasei les avaient conduits au terme de leur retraite dans Marineris, en 2061. Elle n'éprouva aucune émotion particulière en retrouvant les lieux, car le souvenir s'était estompé. De même que bien d'autres, ce qu'elle trouvait plutôt réconfortant. En fait, elle appelait l'oubli, se concentrant sur tel ou tel moment de son passé avec une intensité si forte qu'il disparaissait, comme une lueur avalée par le brouillard, comme si des choses se dissipaient dans sa tête.

Très certainement, l'Auge avait précédé dans le temps le chaos et les chenaux de débordement, qui n'existaient qu'à cause de sa présence. Tharsis avait été une source de dégazage extraordinaire : toutes les fractures radiales ou concentriques avaient répandu dans l'atmosphère les éléments volatils venus du noyau chaud de la planète. L'eau du régolite avait ruisselé sur les pentes jusque dans les dépressions, de part et d'autre de la bosse. Il était possible que les dépressions soient le résultat direct de l'érection de la bosse, et la lithosphère avait pu être repliée vers les franges. Ou alors, le manteau avait aspiré les dépressions dans le sous-sol quand il s'était déployé sous la bosse. Les modèles de convection courants pouvaient permettre de vérifier un tel concept – la poussée avait bien dû retomber quelque part, après tout, en entraînant une partie de la lithosphère.

Ensuite, dans le régolite, l'eau avait continué son ruissellement vers le bas, comme d'habitude, elle s'était répandue dans les auges, jusqu'à ce que les aquifères éclatent et que la surface s'effondre. D'où les chenaux et le chaos. Un excellent modèle, plausible et solide, qui expliquait la plupart des traits du paysage.

Et c'est ainsi que chaque jour Ann sillonnait la région en quête d'une confirmation sur la création de l'Auge de Chryse. Il était devenu difficile de se frayer un chemin vers le nord : les déversements des aquifères en 2061 avaient presque totalement bloqué la voie, ne laissant qu'une fente étroite entre l'extrémité est du grand glacier de Marineris et le versant ouest d'un glacier plus petit qui emplissait Ares Vallis sur toute sa longueur. Cette fente était la première issue à l'est de Noctis Labyrinthus. Elle permettait de franchir l'équateur sans passer par la glace. Et Noctis était encore à six mille kilomètres de là. On avait donc construit une piste et une route pour franchir la fente, ainsi qu'une ville sous tente plutôt importante au bord du cratère Galilaei. Au sud de Galilaei, dans sa partie la plus étroite, la fente ne mesurait que quarante kilomètres de large et constituait un secteur de plaine entre le bras oriental d'Hydaspis Chaos et la région ouest d'Aram Chaos. A partir de là, la route et la piste étaient plus difficiles et Ann concentra son pilotage sur le seuil d'Aram Chaos, sans quitter le sol fissuré du regard.

Au nord de Galilaei, ça redevenait plus facile. Enfin, elle quitta la fente et retomba dans Chryse Planitia. Elle était maintenant au cœur de l'Auge, avec un potentiel gravifique de − 0,65. C'était l'endroit le plus léger de la planète, plus léger encore qu'Isidis et Hellas.

Un jour, en atteignant le sommet d'une colline isolée, elle découvrit une mer de glace au milieu de Chryse. Un long glacier s'était écoulé depuis Simud Vallis pour s'installer au point le plus bas de Chryse. Il était devenu une mer qui s'étendait sous trois horizons, au nord, au nord-est et au nord-ouest. Lentement, Ann contourna la grève, de l'ouest au nord. Elle estima le diamètre de la mer de glace à deux cents kilomètres.

Elle s'arrêta à l'heure du crépuscule sur la bordure fantomatique d'un cratère et laissa errer son regard sur l'étendue de glace fracassée. Il y avait eu tellement d'éruptions et de déversements en 61. Il était clair que certains aréologues de talent avaient soutenu les rebelles, qu'ils avaient su trouver les aquifères où la pression était la plus élevée pour les faire sauter. Apparemment, ils avaient tiré profit de certaines de ses propres découvertes.

Chaque jour, quand elle s'arrêtait pour faire étape, elle explorait à pied les alentours. Quittant la mer de glace de Chryse, elle continua vers le nord dans Acidalia.

Les grandes plaines de l'hémisphère Nord étaient généralement la référence officielle pour le niveau moyen de Mars, ce qui se justifiait si on les comparait aux sites de chaos ou encore aux highlands du sud. Mais elles n'étaient pas pour autant des terrains de jeux, elles n'étaient pas plates comme autant de tables à l'échelle planétaire – loin de là. Il y avait des ondulations de tous côtés, des buttes et des talus, des crêtes de rocailles, des drifts et des creux, des champs de pierraille et de rocs géants, des tors isolés et des cuvettes... Un paysage surnaturel. Sur Terre, les creux auraient fini par se combler, le vent et la pluie auraient usé les collines éparses, et des plaques glaciaires auraient achevé le gommage du paysage s'il n'avait pas été soulevé sous l'effet des actions tectoniques au fil des éons pour être limé et aplati par le temps et les biotes. Mais ces anciennes plaines ondulées, taraudées par les impacts des météores, n'avaient pas changé depuis un milliard d'années. Et elles comptaient au nombre des surfaces les plus jeunes de Mars.

La conduite, dans cette région accidentée, n'avait rien de facile, et on pouvait tout aussi bien s'y perdre à pied. Plus d'une fois, Ann confondit son patrouilleur avec les autres rochers et elle ne le regagna que grâce à la balise radio. Tremblante, encore sous le coup de quelque rêverie perdue.

Elle gardait toujours le cap au nord, vers Vastitas Borealis. Acidalia, Borealis : tous ces noms anciens de Mars étaient tellement étranges. Elle s'efforçait de ne pas réfléchir, mais les heures de voyage étaient longues, et, parfois, cela n'était plus possible. Dans ces moments-là, il était plus facile de lire que de perdre son regard dans le paysage. Alors, elle pêchait au hasard dans la bibliothèque de son IA. Et elle se retrouvait souvent avec des cartes de Mars. Un soir, elle se plongea dans la liste des noms de sites martiens.

Elle prit conscience que la plupart étaient dus à Giovanni Schiaparelli. Il avait baptisé plus d'une centaine d'albédos dont la plupart étaient aussi illusoires que ses *canali*. Mais quand les astronomes avaient rectifié les cartes de Mars dans les années 1950 en se mettant d'accord sur les albédos qu'ils devaient conserver – ceux qui pouvaient être photographiés –, un certain nombre de noms de Schiaparelli avaient été retenus. C'était une forme d'hommage à Schiaparelli.

Les traits caractéristiques de Mercure avaient reçu les noms de grands artistes. Et Vénus, bien sûr, avait été baptisée de noms de femmes. Sur Mars, ils voyageaient à travers un exotique mélange de rêveries du passé : le lac du Soleil, la plaine de l'Or, la mer Rouge, la montagne du Paon, le lac du Phénix, Cimméria, Arcadia, le golfe des Perles, le Nœud Gordien, Styx, Hadès, Utopia...

Dans les dunes sombres de Vastitas Borealis, elle constata que ses provisions s'épuisaient. Ses sismographes lui révélaient des secousses quotidiennes à l'est, et elle mit le cap droit dessus. Durant ses sorties, elle explorait les dunes de sable grenat et leurs strates, qui révélaient les climats anciens à la manière des cercles des troncs d'arbres abattus. Mais la neige et les vents violents arrachaient les crêtes. Les vents d'ouest pouvaient être extrêmement forts, suffisamment pour soulever des nappes de sable à gros grains qui la giflaient et la collaient contre le patrouilleur. Le sable se formerait toujours en dunes, c'était une question de physique, mais les dunes, elles, poursuivaient leur lente marche autour du monde, et les traces des âges se perdaient ainsi.

Le passé s'effritait toujours, fragment par fragment. Elle ne voulait plus y penser. Pourtant, plus d'une fois, elle fut arrachée au sommeil par l'image de la longue fugue et de l'abandon. Ensuite, elle s'éveillait vraiment, tremblante, en sueur, dans l'aube incandescente, sous le soleil qui brûlait dans le ciel comme une boule de soufre.

Coyote lui avait donné une carte de ses caches du Nord. Elle s'approchait de l'une d'elles, enfouie sous un amas de rocs grands comme des immeubles. Elle se ravitailla et laissa un bref remerciement écrit. Le dernier itinéraire que Coyote lui avait laissé indiquait qu'il passerait dans ce secteur très bientôt, mais elle ne vit aucune trace de lui, elle se dit qu'il était inutile d'attendre et reprit la route.

Le souvenir du glissement de terrain revenait la hanter. Elle n'y pouvait rien. Ce n'était pas le fait d'avoir affronté la peur qui lui restait, car cela lui était déjà souvent arrivé, sans qu'elle s'en aperçoive dans l'instant, parfois. Non, c'était le côté arbitraire de l'événement qui ne quittait pas son esprit. C'était sans rapport avec la valeur ou l'adaptabilité, tout simplement une pure contingence. Un équilibre accentué sans équilibre. C'était elle qui avait passé trop de temps à l'extérieur, après tout. C'était elle qui avait encaissé trop de radiations. Mais c'était Simon qui était mort. C'était elle qui s'était endormie au volant, et c'était Frank qui était mort. Une question de chance, de survie accidentelle ou d'effacement.

Un après-midi, alors qu'elle interrogeait machinalement son IA pour se distraire avant l'heure du dîner, elle apprit que la police tzariste avait arrêté Dostoïevski pour l'exécuter et l'avait ramené chez lui après qu'il eut attendu son tour plusieurs heures durant. Elle resta ensuite très longtemps dans son siège de pilote, les pieds sur le tableau de bord, le regard perdu. Un autre crépuscule grenat se déployait, le soleil était étrangement gonflé et brillant dans l'atmosphère plus dense. Dostoïevski avait été transformé pour sa vie entière, disait l'auteur dans l'omniscience facile de la biographie. Un épileptique, enclin à la violence, au désespoir. Il n'avait pas su intégrer son expérience. Il était demeuré perpétuellement en colère. Effrayé. Possédé.

Ann secoua la tête et se mit à rire en pensant au biographe idiot, qui n'avait tout simplement rien compris. Bien sûr, on n'intègre pas une expérience. Cela n'avait aucun sens.

Le lendemain, une tour pointa à l'horizon. Ann s'arrêta et braqua le télescope dans sa direction. Elle découvrit un nuage de brume dense au-delà. Les secousses enregistrées par son sismographe étaient très fortes maintenant et semblaient provenir de quelque part au nord. Elle en ressentit une, qui, si l'on tenait compte de la puissance des amortisseurs du patrouilleur, devait être particulièrement violente. Il y avait un rapport direct avec la tour.

Elle descendit. Le ciel était à présent une arche de couleurs intenses et le soleil était très bas sur l'horizon des dunes. Sa lumière serait derrière elle. Elle plongea entre les dunes et, prudemment, en escalada une avant de ramper sur les derniers mètres. Elle leva le regard vers la tour, qui n'était qu'à un kilomètre à l'est. Quand elle constata à quel point elle était proche de sa base, elle colla le menton au sol, au milieu de déjections aussi grosses que son casque.

Elle avait devant elle une sorte de complexe géant de forage. Gigantesque, en fait. A sa base massive, elle découvrait maintenant deux chenilles, pareilles à celles qui tractaient les fusées les plus lourdes dans un spatioport. La tour de forage se dressait à plus de soixante mètres de haut. Sa partie inférieure devait abriter les quartiers d'habitation des techniciens et les entrepôts.

Derrière le monstre, sur la pente douce qui s'inclinait vers le nord, il y avait une mer de glace. Et, immédiatement au nord de la foreuse, les crêtes de grandes dunes barkhanes [1] saillaient hors de la glace – d'abord comme autant de galets d'une plage, puis comme des centaines d'îlots en croissant. Mais, à deux kilomètres de là, le haut des dunes s'effaçait pour être remplacé par la glace.

Une glace propre et pure, translucide sous le ciel mauve, plus claire que toutes les formes de glace qu'elle avait jamais vues à la surface de Mars, lisse, sans la moindre cassure. Elle dégageait une faible vapeur qui dérivait vers l'est. Et, à sa surface, des hommes, en walkers et casques, faisaient du patin. Ils ressemblaient à des fourmis.

Tout était devenu clair dans l'instant où elle avait vu la glace. Il y avait bien longtemps qu'elle avait elle-même confirmé l'hypothèse du grand impact, qui expliquait la dichotomie entre les deux hémisphères. L'hémisphère Nord, plus bas et lisse, était simplement un bassin d'impact exceptionnellement vaste qui résultait d'une collision inimaginable, à l'âge noachien, entre Mars et un astéroïde presque aussi gros que la planète. Le cœur rocheux de l'astéroïde qui ne s'était pas vaporisé était devenu partie intégrante de Mars, et certaines théories expliquaient que les mouvement irréguliers du manteau relevés dans la bosse de Tharsis étaient des développements tardifs qui résultaient des perturbations originales de l'impact. Pour Ann, cette explication était improbable, mais il n'en restait pas moins que le grand choc avait eu lieu, qu'il avait balayé tout l'hémisphère Nord en abaissant son niveau de quatre mille mètres par rapport à l'hémisphère Sud. Le choc avait été formidable, mais il remontait au Noachien, et c'était sans doute le même type de collision qui avait provoqué la naissance de la Lune à partir de la Terre. A vrai dire, l'argument majeur des adversaires du choc martien était que la planète rouge aurait dû logiquement avoir une lune proportionnelle à celle de la Terre.

Mais là, en observant le gigantesque complexe de forage, Ann pouvait constater que l'hémisphère Nord était encore plus bas qu'il ne le paraissait, car son socle rocheux était extraordinairement profond, à plus de cinq mille mètres sous les dunes. L'impact avec le planétoïde avait creusé une dépression énorme qui s'était presque entièrement comblée avec le temps, par l'apport des déjections, le sable et le gravier portés par les tempêtes avant l'arrivée des matériaux arrachés au Grand Escar-

1. Dune en forme de croissant, perpendiculaire au vent. *(N.d.T.)*

pement par l'érosion du vent, puis de l'eau. Car c'était l'eau qui avait gagné les creux les plus bas, comme toujours. Avec le premier gel et l'éclatement des anciens aquifères, le dégazage des lits de roches calcinées et l'effet de loupe de la calotte polaire. Tout cela avait précipité la migration des matières vers cette zone plus profonde jusqu'à former un réservoir géant dans le sous-sol, un lac de glace et d'eau qui s'était déployé autour de la planète pour former une bande au 60° de latitude nord, à l'exception ironique de l'île rocheuse sur laquelle se dressait la calotte polaire elle-même.

Ann avait découvert cette mer souterraine bien des années auparavant. Selon ses estimations, elle devait contenir entre soixante et soixante-dix pour cent du volume total d'eau sur Mars. C'était en fait l'Oceanus Borealis dont certains terraformeurs avaient parlé – mais en plus profond, beaucoup, beaucoup plus profond, et en grande partie gelé, mélangé avec le régolite et le gravier. Un océan de permafrost avec un peu de liquide dans les profondeurs de la roche. Prisonnier pour toujours, du moins l'avait-elle cru alors, car quelle que fût l'intensité de la chaleur diffusée à la surface de la planète par les terraformeurs, l'océan de permafrost ne fondrait jamais de plus d'un mètre par millénaire – et même en fondant, il resterait dans le sous-sol : simple question de gravité.

Ce qui expliquait le mastodonte qui travaillait sous ses yeux. Ils étaient lancés dans l'extraction de l'eau. Ils avaient démarré l'exploitation minière des aquifères, et faisaient fondre le permafrost, sans doute avec des explosifs nucléaires, avant de pomper l'eau en surface. Le poids du régolite aidait même probablement à pousser l'eau vers la surface. Si plusieurs installations de ce type se déplaçaient sur la planète, elles récupéreraient des quantités d'eau phénoménales. Et, à terme, elles créeraient une mer de faible profondeur. D'abord une mer de glace mais, entre le réchauffement de l'atmosphère, le soleil, l'action des bactéries, les vents nouveaux et plus forts, cette mer finirait par fondre. Et l'Oceanus Borealis existerait réellement. Et l'ancienne Vastitas Borealis, avec ses chapelets de dunes grenat, constituerait alors le fond de la mer. Elle serait noyée.

Dans le crépuscule, elle retourna au patrouilleur d'un pas fatigué. Elle eut du mal à manœuvrer le sas, puis à enlever son casque. Elle resta assise, inerte devant le micro-ondes, pendant une heure, l'esprit envahi par des images. Des fourmis brûlaient sous une loupe, une fourmilière était noyée derrière un barrage de boue... Elle avait cru que rien ne pourrait plus l'atteindre dans cette existence préposthume qui était la sienne : mais ses mains tremblaient et elle ne parvenait pas à lever les yeux vers le riz et le saumon, dans le micro-ondes. Son estomac s'était changé en pierre. Dans le flux aléatoire des contingences universelles, rien n'importait plus. Et pourtant...

Elle démarra. Elle ne voyait pas autre chose à faire. Elle retourna vers le sud sur les longues pentes basses. Elle franchit Chryse et sa petite mer de glace. Plus tard, ce ne serait plus sans doute qu'une baie ouverte sur un vaste océan. Elle se concentrait sur son travail, ou elle essayait du moins. Elle essayait de ne plus voir que la roche, de penser comme une pierre.

Un jour, elle s'engagea sur une plaine parsemée de rochers noirs. Le fond était plus lisse que d'ordinaire. L'horizon, à cinq kilomètres de distance, comme toujours, ressemblait à celui que l'on voyait d'Underhill et de toutes les lowlands. Un petit monde dont les blocs noirs étaient comme autant de ballons fossiles provenant de divers sports. Tous étaient noirs et avaient des facettes : des ventifacts [1].

Elle descendit et regarda autour d'elle. Elle était attirée par ces rochers noirs. Elle marcha longtemps en direction de l'ouest.

Un front de nuages bas roulait sur l'horizon et elle ressentit la poussée du vent jusqu'au creux de son ventre. Dans la pénombre prématurée de la tempête du soir, le paysage acquérait une beauté étrange.

Les rochers de basalte avaient été érodés jusqu'à ce que leur face exposée devienne plate. Ce qui avait sans doute pris un million d'années. Rien que pour cette première usure. Ultérieurement, les argiles sous-jacentes avaient été arasées et balayées, ou bien un des rares séismes que connaissait la planète avait bouleversé la région, et les rochers avaient pris une position nouvelle en exposant une surface différente. Et le processus avait repris.

Il se mit à neiger. Tout d'abord, ce ne furent que des flocons tourbillonnants, qui devinrent très vite des boulettes épaisses et douces, portées par le vent. La température était relativement élevée à l'extérieur, et l'averse blanche se changea en neige fondue, fangeuse sur le sable, avant de devenir un vilain mélange de grêle et de pluie qui balayait les dunes en oblique sous le vent qui avait fraîchi. Plus la tempête enflait, plus la neige virait à la boue. Apparemment, elle avait été renvoyée du sol à l'atmosphère pendant longtemps et avait récupéré de la poussière, des graviers et des particules de fumée. L'humidité s'accentua et, après une

---

1. Objets façonnés par le vent, tout comme les artefacts sont produits par la main de l'homme. (N.d.T.)

nouvelle ascension dans l'orage, tout devint noir.. De la neige noire. Qui se transforma très vite en une sorte de boue séchée qui criblait les creux et les crevasses entre les ventifacts, les enduisait de saleté avant de retomber sur le sol sous l'effet du vent sifflant qui déclenchait des millions de petites avalanches. Ann titubait au hasard. Elle trébucha et se tordit la cheville. Elle s'arrêta, le souffle déchirant, un caillou serré dans chacune de ses mains froides. Elle comprenait que sa longue fugue se poursuivait. Et la neige boueuse se déposait en un manteau épais, tombant du ciel noir pour ensevelir la plaine.

Mais rien ne dure, ni la pierre, ni le désespoir.

Ann retourna au patrouilleur, sans savoir comment ni pourquoi. Elle faisait une courte étape chaque jour et, sans en avoir vraiment conscience, elle revint vers la cache de Coyote. Elle y resta une semaine à errer entre les dunes tout en grignotant ses provisions.

Et puis, un jour, elle entendit : « Ann : di da doo ?... »

Elle ne perçut que son nom : *Ann*. Sous l'effet du retour brutal de sa glossolalie, elle posa ses deux mains sur le micro et tenta de parler. Mais elle ne réussit qu'à tousser.

« Ann : di da doo ?... »

Ce qui était une question.

– Oui, Ann, fit-elle avec l'impression de vomir.

Dix minutes plus tard, il montait à bord du patrouilleur et la serrait dans ses bras.

– Tu es là depuis combien de temps ?...

– Oh... pas très longtemps...

Ils s'assirent en silence. Elle tentait de retrouver son équilibre. C'était comme de contrôler ses pensées. A haute voix.

Coyote, lui, parlait plus lentement que d'habitude et ne la quittait pas du regard.

Elle l'interrogea à propos du complexe de forage glaciaire.

– Ah... Je me demandais si tu allais tomber dessus...

– Il y en a combien ?

– Cinquante.

Devant son expression, il inclina brièvement la tête. Il mangeait voracement et elle prit soudain conscience qu'il était arrivé à vide.

– Ils investissent des sommes colossales dans tous ces projets.

Le nouvel ascenseur, ces complexes de pompage, l'azote de Titan... et ce miroir géant qu'ils vont mettre en orbite pour nous donner plus de lumière. Tu en as entendu parler?

Elle essayait de retrouver le fil de ses pensées. Cinquante engins comme celui-là... Seigneur!...

Elle était furieuse. Elle en avait voulu déjà à la planète de ne pas la libérer. De l'effrayer, mais cela sans la moindre action. Mais sa colère, cette fois, était différente. En regardant manger Coyote, elle songeait à l'inondation de Vastitas Borealis, et la colère se contractait au fond d'elle comme un nuage préstellaire sur le point de s'effondrer et d'entrer en fusion. C'était une fureur brûlante qui l'habitait en cet instant – douloureuse. Pourtant, elle provenait de la même colère. Celle qu'elle avait toujours éprouvée à propos du terraforming. Bon Dieu! La planète était en train de fondre sous ses pieds. De se désintégrer. Réduite en un tas de boue par un cartel terrien.

Il fallait faire quelque chose.

Vraiment. Ne serait-ce que pour combler les heures qui lui restaient à vivre avant qu'un quelconque accident l'emporte. Une occupation pour ses jours préposthumes. La vengeance du zombie... Pourquoi pas? Un appel à la violence, au désespoir...

– Qui les construit?

– Des combinats. Des usines les fabriquent à Mareotis et Bradbury Point. (Coyote continua à dévorer un instant encore, puis son regard revint sur elle.) Tu n'aimes pas ça.

– Non.

– Tu aimerais les arrêter?

Elle ne répondit pas.

Il parut la comprendre.

– Je ne veux pas dire qu'on doive arrêter tout le processus de terraforming. Mais il y a des choses à faire. Faire sauter les usines.

– Ils les reconstruiront.

– On ne peut pas savoir. Ça les ralentira. Ce qui nous donnera peut-être le temps de produire quelque chose à l'échelle planétaire.

– Tu veux parler des Rouges.

– Oui. Je pense que les gens les appellent comme ça. Les Rouges.

Elle secoua la tête.

– Ils n'ont pas besoin de moi.

– Non. Mais toi, tu as peut-être besoin d'eux, hein?... Et tu es une héroïne à leurs yeux, tu sais. Pour eux, tu ne serais pas n'importe qui.

De nouveau, l'esprit d'Ann était vide. Elle n'avait jamais cru aux Rouges, elle n'avait jamais pensé que ce type de résistance pouvait être efficace. Mais à présent... Eh bien, si ça ne marchait pas, ça valait mieux que de rester seule à ne rien faire.

– Il faut que je réfléchisse.

Ils partirent sur d'autres sujets. Mais soudain, Ann se heurtait à un mur de fatigue, ce qui était déconcertant, car elle n'avait pas fait grand-chose depuis si longtemps. Mais c'était comme ça. Parler était pour elle une tâche épuisante : elle n'en avait pas l'habitude. Et Coyote était un interlocuteur difficile.

– Tu devrais aller te coucher, dit-il enfin en interrompant son monologue. Tu as l'air fatiguée. Donne-moi tes mains...

Il l'aida à se lever. Elle s'allongea sur le lit sans se déshabiller. Il posa doucement une couverture sur elle.

– Oui, tu es fatiguée. Écoute, ma vieille, je me demande si tu ne devrais pas suivre un deuxième traitement de longévité...

– Non. Je ne le referai jamais.

– Non? Là, tu me surprends. Mais dors, maintenant. Dors.

Elle voyagea avec Coyote, cap au sud. Chaque soir, ils dînaient ensemble et il lui parlait des Rouges. Ils ne constituaient pas vraiment un mouvement structuré mais plutôt un groupe flou. Comme toute la clandestinité. Elle connaissait la plupart des fondateurs : Ivana, Gene et Raul, qui avaient fait partie de la première ferme d'Hiroko, avant de se détacher d'elle quand elle avait lancé l'aréophanie et le culte de la *viriditas*. Kasei et Dao et plusieurs des ectogènes de Zygote, ainsi que de nombreux ex-partisans d'Arkady, qui étaient descendus de Phobos avant d'entrer en conflit avec Arkady à propos de l'utilité du terraforming pour la révolution. Une majorité de Bogdanovistes, y compris Steve et Marian, s'étaient rangés aux côtés des Rouges en 2061, tout comme les adeptes du biologiste Schnelling, des radicaux japonais nisei et ansei de Sabishii, des Arabes qui rêvaient d'une planète Mars arabe pour l'éternité, et des prisonniers qui s'étaient enfuis du camp de Korolyov. Ainsi de suite. Un rassemblement de radicaux, de gauchistes, d'extrémistes, avec lesquels Ann n'avait pas vraiment d'affinités. Elle se disait que son opposition au terraforming était rationnelle, scientifique. Ou, tout au moins, qu'elle constituait une attitude éthique ou esthétique. Mais quand la colère remonta en elle, brûlante et violente, elle secoua la tête avec dégoût. Qui était-elle pour porter un jugement sur les Rouges? Au moins, ils s'étaient exprimés, eux, ils avaient manifesté leur colère, ils l'avaient laissée exploser. Ils se sentaient sans doute mieux, même s'ils n'avaient rien accompli. Ou peut-être avaient-ils accompli quelque chose avant que le terraforming entre dans la nouvelle phase de gigantisme des transnationales.

Coyote insistait sur le fait que les Rouges avaient considérablement freiné le terraforming. Ils avaient même des données sur la différence qu'ils avaient réussi à creuser entre les projets et leur achèvement. Et il existait en parallèle un mouvement croissant au sein des Rouges qui, tout en admettant la réalité du terraforming, se battait sur le plan judiciaire pour en défendre des formes moins violentes.

– Ils ont aussi proposé des projets détaillés pour une atmosphère riche en gaz carbonique, réchauffée mais moins humide que prévu, qui permettrait la croissance végétale mais obligerait les gens à porter encore des masques respiratoires, sans casser pourtant ce monde pour le calquer sur le modèle terrestre. C'est très intéressant. Il existe aussi d'autres propositions appelées écopoésis ou aréobiosphères. Des mondes dans lesquels les basses altitudes seraient arctiques, à peine vivables, alors que l'atmosphère serait maintenue en haute altitude, presque à l'état naturel. Dans un pareil modèle, les caldeiras des quatre grands volcans resteraient absolument pures, du moins à ce qu'ils disent.

Ann doutait que tous ces projets soient réalisables, ou même qu'ils aient les effets prévus. Mais, néanmoins, les propos de Coyote l'intriguaient. Car il était vraiment un Rouge. Ou du moins un sympathisant.

– Tu sais, lui dit-il, je ne suis rien, en réalité. Sinon un vieil anar. Je suppose que tu pourrais me traiter de Boonéen, aujourd'hui, dans la mesure où je pense qu'il faut rassembler et regrouper tout ce qui pourrait contribuer à libérer Mars. Parfois, je me dis que l'argument selon lequel une surface habitable par les humains est favorable à la révolution est valable. Mais il m'arrive aussi de penser le contraire. Et puis, les Rouges constituent une réserve de guérilla considérable. Et je reconnais qu'ils ont raison quand ils disent que nous ne sommes pas venus là pour reproduire le Canada, bon Dieu! Alors, je les aide. Je sais me cacher, et puis, ça me plaît.

Ann hocha la tête.

– Alors, tu veux te joindre à eux? Ou au moins les rencontrer?
– Je vais y réfléchir.

Sa vision concentrée de la roche venait d'être brisée. Elle ne pouvait plus désormais rester aveugle à tous ces nouveaux signes de vie qui étaient apparus dans le paysage qui fondait.

Au terme d'une longue journée où ils avaient exploré les nouveaux terrains, elle déclara à Coyote :

– Je veux bien leur parler.

Mais auparavant, ils retournèrent à Zygote, ou Gamète, où des tâches urgentes attendaient Coyote. Ann s'installa dans la chambre de Peter : celle qu'elle avait partagée avec Simon avait été affectée à d'autres usages. De toute façon, elle aurait refusé d'y coucher. La chambre de Peter se trouvait immédiatement sous celle de Dao. C'était une pièce ronde de canne de bambou, meublée modestement d'une chaise, d'un bureau, d'un matelas, avec une fenêtre unique qui donnait sur le lac. Rien n'avait apparemment changé à Gamète, mais tout était différent. En dépit de ses séjours réguliers à Zygote, elle n'éprouvait aucun lien avec l'une ou l'autre des deux cités cachées. En fait, elle avait du mal à se souvenir exactement de Zygote. Et elle ne le voulait pas. Elle pratiquait l'oubli avec assiduité.

Un soir, Coyote passa la tête par l'entrebâillement.

– Est-ce que tu savais que Peter est avec les Rouges, lui aussi ?

– Quoi ?

– Mais oui. Mais il travaille pour son compte. Dans le domaine spatial. Je pense que son petit tour en ascenseur a dû lui en donner le goût.

– Mon Dieu ! fit-elle, écœurée.

Encore un autre accident dû au hasard. Peter, normalement, aurait dû mourir dans la chute de l'ascenseur. Combien y avait-il de chances pour qu'un vaisseau le repère flottant dans l'espace en orbite aréosynchrone ? Ridicule. Seule la contingence existait.

Mais la colère ne la quittait pas.

Elle se mit au lit sur ces pensées désagréables. Dans son sommeil pénible, elle rêva qu'elle et Simon se promenaient dans le paysage somptueux de Candor Chasma. Un souvenir de cette première balade qu'ils avaient faite ensemble, à l'époque où tout était encore immaculé, sans que rien n'ait changé depuis des milliards d'années – ils étaient les premiers humains à fouler le sol de l'immense gorge entre ses murailles stratifiées. Simon avait savouré ce moment avec la même intensité qu'elle, silencieux, pris par la réalité grandiose du ciel et de la roche. Pour une telle expérience, il était le compagnon idéal. C'est alors que, dans le rêve d'Ann, une des parois du canyon avait commencé à s'effondrer. Et Simon avait dit : « Un glissement long. » Et elle s'était éveillée aussitôt, trempée de sueur.

Elle s'habilla, quitta sa chambre et alla jusqu'au petit mésocosme, sous le dôme, près du lac blanc et des dunes basses.

Hiroko avait un génie étrange pour concevoir ce genre d'endroit et convaincre les autres de l'y rejoindre. Et pour concevoir tant d'enfants sans la permission des pères, sans le moindre contrôle sur les manipulations génétiques. C'était une forme de démence, en fait, qu'elle fût divine ou non.

Elle venait à peine d'arriver sur la grève glacée du lac que surgit un groupe des rejetons d'Hiroko. On ne pouvait plus dire que c'étaient des gamins : les plus jeunes devaient avoir quinze ou seize ans en termes terriens. Quant aux plus âgés, ils étaient disséminés sur toute la planète. Kasei devait bien avoir la cinquantaine à présent, et sa fille Jackie vingt-cinq. Elle était diplômée de la nouvelle université de Sabishii et faisait son chemin dans la politique du demi-monde. Ce petit groupe d'ectogènes était en fait en simple visite à Gamète, comme elle. Ils s'approchaient, Jackie en tête. C'était une jeune femme grande et gracieuse, aux cheveux noirs, très belle, l'air dominateur. Une leader de sa génération, sans le moindre doute. A moins que ce ne fût le jovial Nirgal, ou le sombre Dao. Mais, en tout cas, c'était Jackie qui précédait le groupe. Dao la suivait, comme un bon chien loyal, et Nirgal lui-même ne la quittait pas du regard. Simon avait beaucoup aimé Nirgal, et Peter aussi, et Ann comprenait pourquoi : il était le seul dans la bande d'ectogènes d'Hiroko qui ne la rejetait pas. Les autres se complaisaient dans leur moi, tels des rois et des reines de leur petit monde. Mais Nirgal, lui, avait quitté Zygote peu après la mort de Simon et n'y était revenu que très rarement. Il avait fait ses études à Sabishii, ce qui avait donné à Jackie l'idée de le suivre. Il y passait le plus clair de son temps, quand il n'était pas avec Coyote ou Peter ou bien en visite dans les villes de l'hémisphère Nord. Est-ce qu'il était un Rouge, lui aussi ? Impossible à dire. Mais il s'intéressait à tout, il allait partout : comme une sorte d'Hiroko mâle, en admettant qu'un tel phénomène pût exister, mais en moins bizarre, plus porté vers la communication avec les autres. Plus humain. Durant toute sa vie, jamais Ann n'avait pu avoir une conversation normale avec Hiroko, dont la conscience lui paraissait étrangère, pour laquelle tous les mots avaient des sens différents. Même si elle s'était montrée brillante dans sa spécialité : l'écosystème, elle n'était pas cependant une scientifique authentique, mais plutôt une sorte de prophète. Nirgal, d'un autre côté, semblait avoir une sorte de génie intuitif pour toucher droit au cœur ceux qu'il rencontrait, pour aborder très tôt la question essentielle. Il était curieux, compréhensif, sympathique, et savait interroger très vite. En le regardant approcher derrière Jackie, là, sur la grève, Ann se souvint de sa démarche lente, prudente, quand il accompagnait

Simon au bord du lac. Il avait paru tellement effrayé le dernier soir, lorsque Hiroko lui avait demandé de dire au revoir. Toute cette affaire avait été particulièrement cruelle pour ce jeune garçon mais, à l'époque, Ann n'avait soulevé aucune objection. Elle était acculée au désespoir, prête à tout tenter. Une autre faute, encore, qu'elle ne pourrait jamais réparer.

Elle resta immobile, le regard fixé sur le sable de la grève, jusqu'à ce que les ectogènes soient passés. Quel dommage que Nirgal fût à ce point accroché à Jackie, qui lui accordait si peu d'intérêt. Jackie, à sa manière, était une femme remarquable, mais elle ressemblait vraiment trop à Maya – versatile, manipulatrice, attachée à aucun homme en particulier, si ce n'est Peter peut-être – qui, heureusement pour lui, avait eu une liaison (restée ignorée à l'époque) avec la mère de Jackie et qui ne s'intéressait pas du tout à Jackie elle-même. Une histoire bien compliquée, et Peter et Kasei vivaient toujours dans l'éloignement, et Esther n'était pas revenue. Peter ne vivait pas les meilleurs moments de sa vie. Quant aux effets que cela aurait sur Jackie... Oh, oui, car il y en aurait. Des plages vides et noires, comme dans le passé d'Ann... Elle les retrouverait, comme tous, dans leurs petites existences dépourvues de sens.

Elle essaya de se concentrer sur la composition des grains de sable. Le blond n'était pas une teinte très usuelle pour le sable de Mars. Celui-ci était d'origine granitique. Très rare. Elle se demanda si Hiroko l'avait récupéré quelque part ou si elle avait eu simplement de la chance.

Les ectogènes étaient maintenant de l'autre côté du lac. Elle était de nouveau seule. Et Simon était quelque part, là, sous la grève, sous le sable.

Un homme descendait les dunes, venant dans sa direction. Il était de petite taille et, dans un premier instant, elle pensa que c'était Sax, puis Coyote. Mais non. Il hésita en l'apercevant et, à son attitude, elle devina que ce ne pouvait être que Sax. Mais un Sax sérieusement transformé. Vlad et Ursula avaient fait un sacré travail de chirurgie esthétique sur son visage et il ne ressemblait même plus au bon vieux Sax d'autrefois. Il devait aller à Burroughs pour rejoindre une société de biotech en se servant d'un passeport suisse et d'une identité informatique virale de Coyote. Il se relançait dans le terraforming. Elle avait le regard perdu sur l'eau calme du lac. Il essaya d'engager la conversation, à la différence de l'ex-Sax. Il semblait plus agréable, plutôt bel homme. Mais il demeurait quand même comme avant, et Ann sentit monter sa colère jusqu'à ce que ses pensées deviennent troubles et qu'elle perde le fil de leurs propos.

Elle se rappelait lui avoir dit : « Tu as vraiment l'air changé », et autres banalités. Mais, en l'observant plus attentivement, elle pensa qu'il ne changerait jamais. Pourtant, elle lisait une sorte de détresse dans l'expression de son nouveau visage. Une chose qui l'effrayait, une chose mortellement menaçante qu'elle se refusait à évoquer. Elle continua à bavarder avec une indifférence agressive jusqu'à ce qu'il la quitte sur une ultime grimace.

Ensuite, elle resta figée sur place. Elle avait froid et elle était encore plus perturbée qu'avant. Elle finit par s'abîmer dans une espèce de torpeur.

Elle fit un rêve. Les Cent Premiers se tenaient autour d'elle, les vivants et les morts. Sax était au centre, avec son ancien visage, et ce nouveau regard de détresse. Et il lui dit : « Le réseau gagne en complexité. »

Vlad et Ursula ajoutèrent : « Le réseau gagne en santé. »

Hiroko dit : « Le réseau gagne en beauté. »

Nadia dit : « Le réseau gagne en bonté. »

Maya dit : « Le réseau gagne en intensité émotionnelle », et, derrière elle, John et Frank roulèrent des yeux.

Arkady enchaîna : « Le réseau gagne en liberté. »

Michel ajouta : « Le réseau gagne en compréhension. »

Et, du fond, Frank lança : « Le réseau gagne en puissance », et John le soutint en lançant : « Le réseau gagne en bonheur ! »

Tous regardaient Ann. Elle se leva alors, vibrante de rage et de peur, comprenant enfin qu'elle seule entre tous ne croyait plus au retour du réseau, qu'elle n'était qu'une sorte de réactionnaire cinglée. Et tout ce qu'elle put faire fut de pointer un doigt sur chacun d'eux en répétant : « *Mars ! Mars ! Mars ! Mars !* »

Ce soir-là, après le souper, quand la soirée s'acheva, Ann prit Coyote à part et lui demanda :

– Quand repars-tu ?

– D'ici quelques jours.

– Est-ce que tu veux toujours me présenter à ces gens dont tu m'as parlé ?

– Oui, bien sûr. (Il pencha la tête en la dévisageant.) C'est ton avenir.

Elle se contenta de hocher la tête. Elle promena les yeux autour de la salle commune et pensa : Au revoir, au revoir, adieu. Bon débarras.

Une semaine plus tard, elle volait dans le ciel de Mars à bord d'un avion ultraléger, en compagnie de Coyote. Chaque nuit, ils poursuivaient leur voyage, cap au nord. Ils franchirent d'abord la région équatoriale, puis vers le Grand Escarpement et Deuteronilus Mensea, au nord de Xanthe. Le sol était aride, raviné, et les mesas évoquaient un archipel d'îles parsemées dans un océan de sable. Bientôt, si le pompage se poursuivait dans les régions nord, elles formeraient un véritable archipel, songea Ann tandis que Coyote descendait entre deux d'entre elles. Il se posa sur une bande étroite de sable pulvérulent et roula vers un hangar creusé dans le flanc de la plus proche. A leur descente, ils furent accueillis par Steve, Ivana et quelques autres. Un ascenseur les emmena presque au sommet de la mesa. Au nord, un éperon rocheux pointait vers le désert et, à son point culminant, une vaste salle triangulaire avait été creusée. En entrant, Ann s'arrêta net, surprise : la foule était dense. Il y avait là au moins plusieurs centaines de personnes rassemblées autour de longues tables. Le repas venait d'être servi. Certains l'aperçurent et s'interrompirent. Peu à peu, les têtes des convives se tournaient vers elle. Une vague d'immobilité et de silence parcourait la salle. Puis, ils se levèrent tous, brusquement. Tout resta figé l'espace de quelques secondes. Et ils se mirent alors à applaudir frénétiquement, puis à hurler des vivats, rayonnants de joie.

QUATRIÈME PARTIE

Du scientifique considéré comme un héros

Prenez-la entre le pouce et l'index. Palpez sa forme ronde, observez de près les courbures lisses du verre. Une loupe : elle a la simplicité, l'élégance et la solidité d'un outil du paléolithique. Asseyez-vous avec par une journée ensoleillée et abaissez-la sur une poignée de brindilles sèches. Relevez-la, bougez-la, jusqu'à ce qu'un petit point devienne incandescent. Vous vous rappelez cette lumière ? C'était comme si les brindilles avaient mis en cage un minuscule soleil.

L'astéroïde d'Amor, qui avait été transformé en mèches de carbone, était composé principalement de chondrites carbonacées et d'eau. Les deux autres astéroïdes d'Amor, interceptés par des atterrisseurs robots en 2091, étaient surtout composés d'eau et de silicates.

Le câble de New Clarke avait été noué mèche après mèche pour former une immense et unique tresse de carbone. Les silicates des astéroïdes de 2091 avaient été transformés par les équipes robots en feuilles destinées aux voiles solaires. Les vapeurs de silice étaient solidifiées entre deux compresseurs longs de dix kilomètres et les feuilles étaient revêtues d'une mince couche d'aluminium. Les feuilles de miroir étaient déployées par les équipages des vaisseaux en dispositifs circulaires qui conservaient leur forme par l'effet de la rotation et de la lumière solaire.

Un nouvel astéroïde appelé Birch fut remorqué sur une orbite polaire. On en tira d'autres feuilles-miroirs qui formèrent un anneau de cent mille kilomètres de diamètre autour de Mars. Il tournait sur son orbite, face au soleil, incliné de façon à renvoyer la lumière vers l'orbite de Mars, à proximité d'un point appelé Lagrange Un.

Le second astéroïde à silicates, Solettaville, avait été placé près de Lagrange Point. Là, les tisseurs de voiles solaires avaient installé leurs feuilles-miroirs en une trame complexe d'anneaux en lames, tous reliés et connectés selon des angles évoquant un objectif composé de stores vénitiens, tournant autour d'un moyeu qui était un cône d'argent dont la base était orientée vers le sol de Mars. Cet objet géant autant que délicat, d'un diamètre de dix mille kilomètres, éclatant et immobile dans sa giration entre le soleil et Mars, avait été baptisé la soletta.

La clarté du soleil, en atteignant directement la soletta, était instantanément réfléchie au travers des stores, d'une face solaire à une face martienne, et dirigée ainsi vers la surface. Si la lumière touchait l'anneau sur son orbite polaire, elle était renvoyée en arrière dans le cône de la soletta, avant d'être pareillement réfléchie vers la planète. De cette façon, la lumière atteignait la soletta sur toutes ses faces et les pressions de compensation la maintenaient en position, à cent mille kilomètres dans l'espace – de son périhélie à son aphélie. L'angle d'inclinaison des lames était réglé en permanence par l'intelligence artificielle qui gouvernait la soletta, afin de maintenir son orbite et la focalisation de l'ensoleillement.

Durant la décennie que la construction de ces deux grandes roues à lumière avait exigée, à partir des deux astéroïdes qui dévidaient leurs trames de silice comme des araignées de roc, les observateurs au sol ne s'aperçurent de rien, ou presque. Parfois, quelqu'un surprenait un arc de lumière blanche dans le ciel, ou des clignotements aléatoires durant le jour ou la nuit, comme si la brillance d'un autre univers filtrait entre les mailles lâches de la sphère cosmique.

Puis, lorsque les deux miroirs furent achevés, la lumière réfléchie fut braquée vers le cône de la soletta. Les lames furent réglées, et elle se déplaça dans le ciel selon une orbite légèrement différente.

Et c'est ainsi qu'un jour ceux qui vivaient du côté de Tharsis levèrent soudain la tête parce que le ciel s'était assombri. Ils découvrirent une éclipse telle que Mars n'en avait jamais connue : le soleil était partiellement visible, mais un objet qui pouvait avoir le diamètre de la Lune bloquait ses rayons. L'éclipse se déroula comme sur Terre, le ciel devint d'un violet profond, et l'ombre gagna la plus grande partie du disque solaire, ne laissant qu'un mince croissant de clarté ardente qui disparut à son tour. Le soleil était devenu un anneau sombre dans le ciel, entouré de sa couronne brumeuse. Puis il disparut complètement : une éclipse totale.

Ensuite, un moiré discret de lumière réapparut. Il ne ressemblait à rien que l'on ait déjà observé durant une éclipse naturelle. Tous ceux qui se trouvaient sur l'hémisphère éclairé de Mars restaient paralysés, plissant les yeux. Et puis, comme si l'on avait tiré sur le cordon des stores vénitiens, le soleil réapparut instantanément.

Un soleil aveuglant !

Plus grand qu'avant le début de l'étrange éclipse. Un soleil qui avait presque la même taille que dans le ciel de la Terre, avec une lumière plus intense d'au moins vingt pour cent, plus étincelant, plus chaud

*aussi. Il inondait les plaines rouges de ses rayons nouveaux et leur brû-
lait la nuque. C'était comme si des milliers de projecteurs s'étaient allumés à la même seconde et qu'ils se retrouvaient tous sur une scène de
taille gigantesque.*

*Quelques mois plus tard, un troisième miroir, plus petit que la
soletta, fut placé au plus haut de l'atmosphère. C'était un nouvel
objectif muni de lames circulaires, pareil à une soucoupe volante
argentée. Il récupérait une partie de la lumière réfléchie par la soletta
pour la renvoyer plus loin encore, sur des secteurs de la planète qui
n'étaient séparés que par moins d'un kilomètre. Il survolait le monde
comme un planeur et faisait éclore des mini-soleils à la surface du
désert et des rochers. Et les rochers, sous cette nouvelle lumière, semblaient fondre et devenir incandescents.*

L'underground n'était pas assez grand pour Sax Russell. Il voulait se remettre au travail. Il aurait pu rallier le demi-monde, peut-être même retrouver un nouveau poste de professeur à l'université de Sabishii, qui s'était développée hors du réseau : nombreux étaient ceux de ses anciens collègues qui y avaient atterri et donnaient des cours aux enfants de l'underground. Mais, après réflexion, il décida qu'il ne voulait plus enseigner ni rester à la périphérie – il voulait retrouver le terraforming, le cœur même du projet. En tout cas, d'aussi près que possible. Ce qui signifiait regagner le monde de la surface. Récemment, l'Autorité transitoire avait créé un comité pour coordonner tous les projets du terraforming et c'était une équipe de Subarashii qui gérait le travail de synthèse que Sax avait commencé autrefois. C'était malheureux, car Sax ne parlait pas japonais. Mais le département biologique avait été confié à un collectif suisse de sociétés de biotech appelé Biotique, dont les bureaux principaux étaient à Genève et Burroughs, et qui entretenait des liens permanents avec la transnationale Praxis.

Dans une première étape, il devait donc s'infiltrer au sein de Biotique sous une fausse identité et se faire nommer à Burroughs. Desmond se chargea de cette opération. Il écrivit pour lui une persona informatique similaire à celle qu'il avait donnée à Spencer des années auparavant, quand Spencer avait gagné le Belvédère d'Echus. Avec sa persona et quelques opérations de chirurgie esthétique, Spencer avait pu travailler avec succès dans les labos de création de matériaux nouveaux. Plus tard, il était allé à Kasei Vallis, au cœur même des services de sécurité de la transnat. Sax avait donc pleine confiance en Desmond. La nouvelle persona physique de Sax donnait toutes les données de l'IA : génome, rétine, voix et empreintes – le tout légèrement altéré, de façon à pouvoir presque correspondre à Sax lui-même tout en le mettant à l'abri de recherches comparatives dans les réseaux divers. Les données étaient accompagnées d'un nouveau nom, avec un passé terrien complet, un indice de crédit, un dossier d'immigration, ainsi qu'un sous-texte viral destiné à le défendre contre tout examen d'une intelligence artificielle concurrente pour les données physiques. Le tout fut expédié au service des passeports helvétique, qui avait délivré des papiers aux nouveaux arrivants sans commentaire. Cela semblait fonctionner dans le monde balkanisé des réseaux des transnats.

– Là, oui, il n'y a pas de problème, avait dit Desmond. Mais vous, les Cent Premiers, vous êtes de vraies stars. Et il va te falloir aussi un nouveau visage.

Sax n'opposa pas de résistance. Il savait que c'était nécessaire et son visage n'avait jamais eu une importance essentielle pour lui. Depuis quelque temps, d'ailleurs, en se regardant dans le miroir, il ne reconnaissait plus réellement celui qu'il croyait être. Il avait absolument besoin de pénétrer dans Burroughs, de toute façon, et il laissa Vlad faire son travail. Vlad était devenu l'un des théoriciens leaders de la Résistance contre l'Autorité transitoire, et il comprit très vite le point de vue de Sax.

– La plupart d'entre nous devraient vivre dans le demi-monde, mais ce serait une bonne chose que quelques-uns se cachent dans Burroughs. Tu n'as pas droit à l'erreur dans cette situation et il faut que j'exerce mon art sur toi.

– Comment : pas droit à l'erreur ? C'est un contrat verbal réciproque et j'espère bien ressortir plus beau qu'avant.

Ce fut le cas, à sa grande surprise, mais il ne s'en rendit compte que lorsque les cicatrices eurent disparu. On lui redessina les dents, on lui gonfla la lèvre inférieure qu'il avait toujours eue si mince, on accentua l'arête de son nez en la busquant légèrement. On lui affina les joues tout en lui prolongeant le menton. On entailla même certains muscles de ses paupières afin qu'il ne cligne plus aussi souvent des yeux. Quand les cicatrices disparaîtraient, ainsi que le lui déclara Desmond, il aurait vraiment l'air d'une star de la vidéo. D'un ex-jockey, dit Nadia. Ou d'un ex-professeur de danse, fit Maya, qui restait fidèle aux séances des Alcooliques anonymes depuis des années. Mais Sax, qui n'avait jamais apprécié les effets de l'alcool, lui fit signe de quitter sa chambre.

Desmond prit des photos de lui pour les placer dans la nouvelle persona et inséra le tout avec succès dans les dossiers de Biotique en même temps qu'un ordre de transfert de San Francisco à Burroughs. La persona apparut dans les listings des passeports suisses la semaine suivante et Desmond eut un rire satisfait.

– Regarde un peu ça! Stephen Lindholm, citoyen suisse! Ces types nous couvrent, y a pas de doute. Je suis prêt à parier n'importe quoi qu'ils ont mis un stoppeur sur cette persona, qu'ils ont comparé ton génome avec les anciennes archives. Je suis persuadé que, même avec mes transformations, ils ont découvert qui tu es vraiment.

– Tu en es sûr?

– Non. Parce qu'ils n'ont rien dit, n'est-ce pas? Mais j'en suis quand même convaincu.

– C'est une bonne chose?...

– Théoriquement, non. Mais dans la pratique, si quelqu'un s'occupe de ton cas, c'est plutôt mieux qu'il agisse en ami. Et les Suisses font de bons amis. C'est la cinquième fois qu'ils attribuent un passeport à une persona que je leur expédie. J'en ai un moi-même, et je doute pourtant qu'ils aient réussi à découvrir qui je suis vraiment, puisque je n'ai pas eu de dossier d'identité comme vous tous, les Cent Premiers. Intéressant, tu ne trouves pas?...

– Certainement.

– Oui, ce sont des gens intéressants. Ils ont leurs plans à eux. J'en ignore tout, mais je les trouve sympathiques. Je crois qu'ils ont décidé de nous couvrir. Ils veulent peut-être seulement savoir où nous sommes. Difficile d'en être certain, parce que les Suisses tiennent tout particulièrement à leurs secrets. Mais peu importe le pourquoi quand on sait le comment.

Sax sourcilla, mais il était quand même rassuré à l'idée que les Suisses le protégeraient plus ou moins. Il les appréciait – parce qu'ils étaient rationnels, prudents, méthodiques.

Quelques jours avant de s'envoler avec Peter en direction de Burroughs, il se promena autour du lac de Gamète, ce qu'il avait rarement fait durant les années qu'il avait passées ici. Le lac était certainement une réussite. Hiroko excellait dans le design des écosystèmes. Quand elle avait disparu d'Underhill avec son équipe il y avait si longtemps, Sax avait été totalement dérouté : il n'avait pas compris leurs motivations sur le moment, et il avait même redouté qu'ils commencent à lutter contre le terraforming. D'une manière ou d'une autre. Quand il était parvenu à obtenir une réponse d'Hiroko via le réseau, il avait été partiellement rassuré. Elle semblait adhérer aux principes de base du terraforming et, à vrai dire, son concept très personnel de la *viriditas* était plus ou moins une autre version d'une idée qui leur était commune. Mais Hiroko semblait prendre plaisir à rester indéchiffrable, ce qui était particulièrement antiscientifique de sa part. Pendant ses années de clandestinité, elle était allée jusqu'au point de trafiquer l'information. Déjà, en tant qu'individu, elle était difficile à comprendre, et c'est seulement après quelques années de coexistence que Sax avait acquis la certitude qu'elle désirait elle aussi une biosphère martienne dans laquelle les humains pourraient survivre. C'était tout ce qu'il lui demandait. Et il ne pouvait imaginer de meilleur allié pour ce projet, si ce n'est le président du nouveau comité de l'Autorité transitoire. Nul n'était vraiment opposé au projet, à vrai dire.

C'est alors qu'il vit une silhouette sur un banc, près de la grève, roide et maigre comme un héron : Ann Clayborne. Il hésita, mais elle l'avait déjà vu. Il s'avança donc. Elle leva le regard sur lui avant de revenir aux eaux blanches du lac.

– Tu as l'air vraiment différent, dit-elle.

– Oui.

Les cicatrices s'étaient effacées, mais il sentait encore les points sensibles en palpant son visage. C'était comme de porter un masque, et soudain, il en éprouva une gêne.

– Mais c'est toujours moi, ajouta-t-il.

– Bien sûr. (Elle ne le regarda pas.) Alors, tu vas aller vers le surmonde ?

– Oui.

– Pour reprendre ton travail ?

– Oui.

Elle le dévisagea enfin.

– A quoi sert la science, selon toi ?

Il haussa les épaules. Ils retombaient sur le même vieux sujet de discussion, quelle que soit la façon dont ils l'abordaient. Toujours. Terraformer ou ne pas terraformer, telle est la question... Il y avait répondu depuis longtemps, de même qu'Ann, et il souhaitait qu'ils acceptent ce désaccord, et qu'ils en restent là. Mais Ann était infatigable à ce sport.

– A expliquer les choses, dit-il enfin.

– Mais le terraforming n'explique rien.

– Parce que ça n'est pas de la science. Et je n'ai jamais dit que c'en était. C'est ce que les gens font de la science. De la science appliquée, ou de la technologie. Comme tu veux. Le choix de ce que tu fais de ce que la science t'apprend. Quel que soit le nom que tu donnes à ce choix.

– C'est donc un problème de valeurs.

– Je le suppose. (Sax essaya de mettre un peu d'ordre dans ses

pensées pour réfléchir à ce propos spécieux.) Je suppose que...
que notre désaccord est un autre aspect de ce que les gens ont
coutume d'appeler le problème du fait et de la valeur. La science
se préoccupe des faits, et des théories qui transforment les faits
en exemples. Les valeurs constituent un autre problème : elles
sont une construction de l'esprit humain.

– La science l'est tout autant.

– Oui. Mais la connexion entre les deux systèmes n'est pas
claire. En partant de faits similaires, nous pouvons parvenir à des
valeurs différentes.

– Mais la science elle-même est remplie de valeurs, insista
Ann. Nous évoquons des théories avec force et élégance, nous
parlons de résultats propres, ou de la beauté de certaines expériences. Et le désir de la connaissance est en lui-même une
espèce de valeur qui implique que la connaissance vaut mieux
que l'ignorance ou le mystère, n'est-ce pas ?...

– Je suppose que oui, dit Sax, encore songeur.

– Ta science déploie une gamme de valeurs. L'objectif de
celle que tu défends est d'établir des lois, des règles d'exactitude
et de certitude. Tu veux expliquer toutes les choses. Répondre à
tous les pourquoi en remontant jusqu'au Big Bang. Tu es un
réductionniste, Sax. La parcimonie, l'élégance et l'économie
sont des valeurs pour toi, et si tu peux rendre les choses encore
plus simples, c'est une victoire : exact ?...

– Mais ça ne concerne que la méthode scientifique elle-même,
protesta Sax. Pas moi, mais la façon dont la nature elle-même
fonctionne. La physique. Tu fais ça toi-même...

– Mais des valeurs humaines sont inscrites dans la physique.

– Je n'en suis pas si sûr... (Il leva la main.) Je ne veux pas dire
par là qu'il n'existe pas de valeurs dans la science. Mais la
matière et l'énergie font ce qu'elles font. Si tu veux parler de
valeurs, mieux vaut en parler directement. Je suis d'accord : elles
naissent à partir des événements, d'une certaine façon, c'est sûr.
Mais elles constituent un problème différent : une sorte de socio
biologie, de bioéthique. Il vaudrait sans doute mieux parler
directement de *valeurs*. Le plus grand bien pour le plus grand
nombre. Quelque chose comme ça.

– Il existe des écologistes qui diraient que cela équivaut à la
description scientifique d'un écosystème sain. Une autre façon
de parler d'écosystème à son apogée.

– C'est un jugement de valeur, je pense. Une sorte de bioéthique. Intéressant mais... (Il plissa les yeux en la regardant,
décidé soudain à changer d'angle d'approche.) Pourquoi ne pas
essayer un apogée d'écosystème ici, Ann ? On ne peut parler

d'écosystèmes sans parler de choses vivantes. Ce qui existait ici sur Mars avant nous n'était pas une écologie. Il n'y avait que la géologie. On pourrait même dire qu'une écologie a démarré ici, il y a longtemps, que quelque chose a mal tourné, qu'elle a gelé et que nous sommes en train de tout recommencer.

Elle grommela et il s'interrompit. Il savait qu'elle croyait en une espèce de valeur intrinsèque de la réalité minérale de Mars. C'était une version de ce que certains appelaient l'éthique de la terre, mais sans le biote. L'éthique de la roche. L'écologie sans la vie. Une valeur intrinsèque, vraiment !

Il soupira.

– Ce n'est peut-être seulement qu'un discours sur la valeur. On favorise les systèmes vivants par rapport aux non-vivants. Mais je suppose qu'on ne peut pas y échapper, comme tu le dis. C'est étrange... Je sens avant tout que je dois expliquer les choses. Pourquoi elles fonctionnent comme ça. Mais si tu me demandes pourquoi je veux ça – ou ce que j'aurais voulu, dans quelle direction je travaille... (Il haussa les épaules.) C'est difficile à exprimer. Ça ressemble à un bénéfice net d'information. D'ordre.

Pour Sax, c'était une bonne description fonctionnelle de la vie elle-même, de son action contre l'entropie. Il tendit la main vers Ann, espérant qu'elle pouvait comprendre ça, être au moins d'accord sur ce paradigme de leur discussion, sur une définition du but ultime de la science. Le bénéfice net d'information. Après tout, ils étaient des scientifiques, tous les deux, ils participaient à la même entreprise...

Mais elle lui dit simplement :

– Et comme ça, vous défigurez toute une planète. Une planète vieille de quatre milliards d'années. Ça n'est pas de la science. Vous construisez un parc thématique.

– Nous utilisons la science pour une valeur particulière. A laquelle je crois.

– Comme les transnationales.

– Je le pense, oui.

– Ce qui leur est certainement utile.

– C'est utile pour tout ce qui est vivant.

– A moins que ça ne tue tout. Le terrain est déstabilisé, et les glissements se multiplient.

– C'est vrai.

– Et ils tuent. Des plantes et des gens. C'est déjà arrivé.

Sax agita la main et Ann lui décocha un regard furieux.

– Ça veut dire quoi ? Que le meurtre est nécessaire ? C'est quel genre de valeur, ça ?...

– Non, non, Ann. Ce ne sont que des accidents. Les gens doivent rester sur les fonds rocheux, hors des zones de glissement de terrain, voilà ce que je veux dire. Pour un temps.

– Mais des régions immenses vont devenir boueuses, quand elles ne seront pas complètement inondées. Et nous parlons de la moitié de la planète.

– L'eau va s'écouler. Et créer des nappes.

– Des zones submergées, tu veux dire. Et une planète totalement différente. Ah, oui, ça, c'est une valeur réelle! Et les gens qui détiennent cette valeur... Nous vous combattrons, coup par coup!

Il soupira.

– Je préférerais que vous ne le fassiez pas. A ce stade, une biosphère nous serait plus utile qu'aux transnats. Les transnats peuvent opérer à partir de villes sous tente, traiter la surface avec des robots, alors que nous nous cachons et que nous concentrons tous nos efforts dans la survie et la clandestinité. Si nous pouvions vivre partout, sur toute la surface de Mars, tout serait plus facile pour les mouvements de résistance.

– Sauf pour les Rouges.

– Oui, mais ça rime à quoi, maintenant?...

– C'est Mars qui compte. Rien que Mars. Ce monde que tu n'as jamais connu.

Sax porta son regard vers le grand dôme qui les dominait. Le désarroi montait en lui comme une espèce d'attaque d'arthrite. Ça ne menait à rien d'argumenter avec Ann.

Pourtant, il ne savait pourquoi, il insista.

– Écoute, Ann : je suis l'avocat de ce que les gens appellent le modèle viable minimum. Ce modèle nécessite une atmosphère respirable sur deux ou trois mille mètres seulement. Plus haut, elle serait trop ténue pour les humains, et il n'existerait plus aucune forme de vie. Au-dessus des plantes de haute altitude, il n'y aurait plus rien. Le relief de Mars est tellement vertical que des régions immenses demeureraient au-dessus de l'atmosphère. Ce plan me paraît raisonnable. Il exprime un ensemble de valeurs acceptables et compréhensibles.

Elle ne répondit pas. C'était désespérant. Une fois, pour tenter de comprendre Ann, d'essayer de mieux lui parler, Sax s'était plongé dans le domaine de la philosophie scientifique. Il avait consulté une somme considérable de données, en se concentrant tout particulièrement sur l'éthique de la terre et l'interface valeur fait. Mais jamais cela ne lui avait vraiment été utile : en dialoguant avec Ann, à aucun moment il n'avait eu le sentiment d'utiliser de façon réelle tout ce qu'il avait pu apprendre. Et là, en

163

l'observant, il lui revint une remarque que Kuhn avait faite à propos de Priestley – qu'un scientifique qui continue de résister après que toute sa profession a été convertie à un nouveau paradigme peut être à la fois logique et raisonnable, mais il a cessé *ipso facto* d'être un scientifique. Cela semblait être plus ou moins ce qui s'était produit avec Ann, mais qu'était-elle donc devenue ? Une contre-révolutionnaire ? Une prophétesse ?...

Elle en avait l'apparence : dure, décharnée, hostile, impitoyable. Elle ne changerait jamais, et jamais elle ne lui pardonnerait. Et jamais il ne pourrait lui dire tout ce qu'il aurait tellement voulu lui dire : à propos de Mars, de Gamète, de Peter. A propos de la mort de Simon, qui semblait hanter Ursula plus encore qu'Ann. Tout cela était impossible, inexprimable. C'était bien pour cette raison que, plus d'une fois, il avait décidé d'abandonner tout dialogue avec Ann.

Ann partit avec Desmond le lendemain. Peu après, Sax décolla vers le nord en compagnie de Peter dans un des petits avions furtifs avec lesquels il pouvait survoler toute la planète sans être repéré.

Ils volaient en direction de Burroughs et passèrent à la verticale d'Hellespontus Montes. Sax observa le vaste paysage du bassin avec curiosité. Ils entrevirent la frange du champ de glace qui avait couvert Low Point, masse blanche sur la surface noire comme la nuit, mais Low Point était encore sous l'horizon. Dommage, songea-t-il. Il aurait aimé voir ce qu'il était advenu du mohole de Low Point. Quand l'inondation était survenue, il était profond de treize mille mètres, ce qui impliquait que l'eau avait dû rester à l'état liquide au fond et qu'elle était encore assez tiède. Il était possible que le champ de glace, dans cette région, soit recouvert par une mer givrée dont la surface devait être riche en indices révélateurs.

Mais Peter se refusait à dévier de son cap.

– Tu pourras toujours t'occuper de ça quand tu seras officiellement Stephen Lindholm, fit-il en souriant. Ça pourrait faire partie d'une de tes missions pour Biotique.

La nuit suivante, ils se posèrent dans le chaos des collines au sud d'Isidis Planitia, vers le haut du Grand Escarpement. Sax pénétra dans un tunnel qu'il suivit jusqu'à l'arrière d'un vestiaire, dans le sous-sol de service de Libya, un petit complexe ferroviaire situé à l'intersection des voies d'Hellas et de Burroughs et de la nouvelle ligne qui allait vers Elysium. Quand le train de Burroughs se présenta, Sax sortit par une porte de service et se mêla à la foule qui embarquait. En arrivant à la gare principale de Burroughs, il fut accueilli par un homme de Biotique. Et il devint dès cet instant Stephen Lindholm, nouveau venu sur Mars qui découvrait Burroughs.

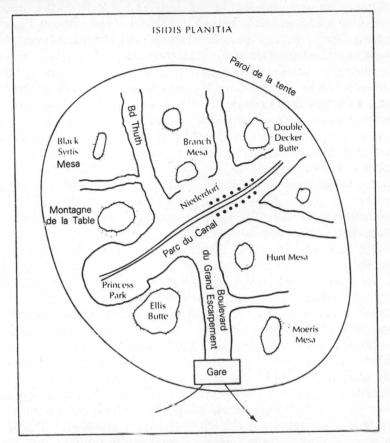

BURROUGHS, 2100 après J.-C.

L'envoyé de Biotique, un secrétaire général, le complimenta pour sa démarche qui prouvait un certain entraînement, et le conduisit jusqu'à un studio situé très haut dans Hunt Mesa, tout près du centre de la ville ancienne. Les bureaux et les labos de Biotique se trouvaient également dans Hunt, immédiatement sous le plateau de la mesa. Leurs vastes baies dominaient le parc du Canal. Un quartier chic, à la mesure d'une société qui se plaçait en tête des projets de génie génétique de l'essor du terraforming.

Sax pouvait contempler la plus grande partie de la vieille ville. Elle n'avait pas changé, si ce n'est que les parois de la mesa

165

étaient un peu plus couvertes de baies, de saillies horizontales de cuivre, d'or ou d'alliages bleus ou verts, comme si les mesas avaient révélé des strates minérales magnifiques. Les tentes du sommet avaient disparu, et les immeubles étaient désormais libres sous la formidable tente qui couvrait l'ensemble des neuf mesas. Le parc du Canal et les larges boulevards bordés de pelouse qui reliaient les mesas étaient devenus des avenues vertes et droites entre les toits de tuile orange. Mais la double rangée de colonnes de sel était toujours là, au bord du canal bleu. En dépit des nouvelles constructions, la ville était restée plus ou moins la même. Ce n'était qu'à la périphérie qu'on pouvait constater les vrais changements et mesurer les nouvelles dimensions de Burroughs, déployée entre les neuf mesas. Les secteurs alentour étaient encore sous abri.

Le secrétaire de Biotique fit visiter les lieux à Sax tout en le présentant à trop de gens pour qu'il se souvienne de tous. Puis on lui demanda d'arriver à son labo le lendemain matin, et il fut libre pour le restant de la journée.

En tant que Stephen Lindholm, il avait décidé de se montrer intellectuellement énergique, sociable, curieux et bavard. Il consacra donc ce premier après-midi à explorer la ville, flânant de quartier en quartier. Il se perdit entre les grandes pelouses tout en réfléchissant au phénomène mystérieux qu'était la croissance des villes. Un processus culturel qui était sans analogie valable, physique ou biologique. Aucune raison évidente n'expliquait pourquoi cette partie basse d'Isidis Planitia accueillait l'agglomération la plus importante de Mars. Aucune des conditions initiales ne justifiait le développement de Burroughs sur ce site particulier. Pour autant qu'il sût, Burroughs n'avait été qu'une étape relais sur la piste qui allait d'Elysium à Tharsis. C'était sans doute précisément à cause de cette situation non stratégique que la ville avait prospéré. En 2061, elle avait été la seule agglomération de Mars à ne pas être détruite ni même sérieusement endommagée, ce qui avait suffi pour lui donner l'essor nécessaire dans les années d'après-guerre.

Et, sans aucun doute, la grande cuvette de la région, avec son archipel de petites mesas, offrait un panorama impressionnant. En parcourant les larges boulevards verdoyants, ce que faisait Sax, les neuf mesas semblaient distribuées régulièrement, chacune légèrement différente, avec leurs parois de roc raboteux marquées de creux et de nœuds, d'éperons, d'à-pics lisses, de surplombs et de crevasses. Plus, désormais, les bandes de baies colorées et, sur les plateaux des sommets, les nouveaux bâtiments et les parcs. Depuis n'importe quelle rue, on pouvait apercevoir plusieurs mesas, dressées contre le ciel comme des cathédrales colorées, et c'était un plaisir permanent pour le regard. Il suffisait de prendre un ascenseur pour se retrouver sur le plateau, à des centaines de mètres plus haut, et découvrir l'étendue des toits et des terrasses, les mesas voisines sous des angles nouveaux et, loin au-delà, le paysage déployé sur des kilomètres. Les distances étaient plus grandes que partout ailleurs sur Mars parce qu'ils se trouvaient au creux d'une vaste dépression : de là, on dominait la plaine d'Isidis au nord, l'arête sombre de Syrtis à l'ouest, et au sud le Grand Escarpement, dressé sur l'horizon comme un nouvel Himalaya.

La question s'était toujours posée : en quoi la beauté du point de vue intervenait-elle dans la fondation d'une ville ? Il se trouvait des historiens pour affirmer que certaines cités de la Grèce antique n'avaient existé qu'à cause du panorama qu'elles offraient, envers et contre tous les inconvénients, et qu'il était impossible de ne pas tenir compte de ce facteur. Quoi qu'il en soit, Burroughs était désormais une petite métropole active de cent cinquante mille habitants, la plus importante de Mars. Et en croissance continue. Vers la fin de sa promenade, Sax prit l'un des grands ascenseurs extérieurs de Branch Mesa, au nord du parc du Canal, et, depuis le plateau, il découvrit les faubourgs nord de la cité, cernés de constructions jusqu'à la paroi de la tente. Même à l'extérieur, des chantiers étaient en cours de développement. A l'évidence, la masse critique avait été atteinte au niveau d'une certaine psychologie de groupe – l'instinct grégaire, qui avait fait de cet endroit une capitale, un aimant social, le cœur de l'action. Au mieux, la dynamique de groupe était une chose complexe, sinon (il sourit) inexplicable.

Ce qui était dommage, comme toujours, car Biotique de Burroughs constituait à l'évidence un groupe dynamique et, dans les jours suivants, Sax s'aperçut qu'il n'était pas simple pour lui de trouver sa place dans la horde de scientifiques qui travaillaient sur le projet. Il avait perdu le talent de se frayer un chemin dans un groupe, à supposer qu'il l'ait jamais eu. La formule maîtresse des relations possibles à l'intérieur d'un groupe était $n(n-1)/2$, dans laquelle n représente le nombre d'individus du groupe. Ainsi, pour le millier de chercheurs de Biotique de Burroughs, on obtenait 499 500 relations possibles. Ce qui semblait, pour Sax, se situer bien au-delà de la capacité de compréhension de quiconque. Même les 4 950 relations possibles à l'intérieur d'un groupe de cent personnes, la « limite de figure » de l'hypothèse de base pour un groupe humain, lui apparaissaient difficilement réalisables. Cela s'était certainement vérifié à Underhill, quand ils avaient eu une chance de la mettre à l'épreuve.

L'important était avant tout de découvrir un groupe plus réduit à l'intérieur de Biotique, et il s'y employa. Dans un premier temps, il était logique qu'il se concentre sur son labo. Il s'était présenté comme biophysicien, ce qui était un risque, mais ça le plaçait exactement au point où il souhaitait se trouver dans la société. Et il espérait bien tenir. Sinon, il pourrait prétendre qu'il avait démarré à l'origine dans la physique, ce qui était vrai, après tout. Sa supérieure était une Japonaise appelée Claire, d'âge moyen, sympathique et efficace. C'était elle qui l'avait accueilli à son arrivée et l'avait assigné à une équipe qui travaillait sur des plantes de la deuxième et troisième génération, destinées aux régions glaciaires de l'hémisphère Nord. Ces environnements récemment hydratés offraient des possibilités incroyablement riches au design botanique depuis que les chercheurs n'avaient plus à travailler sur toutes les espèces à partir des modèles xérophytes [1]. Sax avait prévu cela dès qu'il avait repéré les flots furieux qui s'étaient déversés de Ius Chasma dans Melas, en 2061. Et voilà que quarante ans plus tard il pouvait travailler là-dessus.

C'est donc avec un certain bonheur qu'il se mit au travail. D'abord, il devait se remettre dans l'actualité, savoir ce qu'on avait déjà planté là-bas, dans les régions glacées du Nord. Comme à son habitude, il se mit à lire avec voracité, se goinfra de vidéos et apprit ainsi que, sous l'atmosphère froide et ténue, la glace nouvelle se sublimait jusqu'à n'être plus qu'un fragile réseau de dentelle. Ce qui impliquait l'existence de milliards de poches de vie plus ou moins larges, dans la glace même. Les premières formes de vie végétale qui avaient été implantées là-bas sur une vaste échelle étaient des variétés d'algues propres à la neige et à la glace. On les avait améliorées au niveau phréatophytique [2] car la glace, même pure, très vite, se couvrait d'une croûte de sel apporté par le sable pulvérulent des tempêtes. Les algues génétiquement adaptées au sel s'étaient bien comportées et s'étaient propagées dans les creux des glaciers, parfois même en surface. Et, parce qu'elles étaient plus sombres que le sol, roses, rouges, vertes ou noires, la glace avait eu tendance à fondre sous les algues, surtout durant l'été, quand les températures s'élevaient au-dessus de zéro. De petits torrents avaient donc fait leur apparition au flanc des glaciers et sur leurs berges. Ces régions

1. Se dit des plantes adaptées à la sécheresse, à la vie souterraine, ou à l'existence ultracourte. *(N.d.T.)*
2. Capacité des végétaux d'absorber l'eau. *(N.d.T.)*

humides de moraines ressemblaient aux environnements polaires terrestres et à ceux des glaciers de haute montagne. Des années auparavant, les équipes de Biotique avaient ensemencé des régions avec des bactéries et des plantes génétiquement modifiées pour survivre à la salinité ambiante. Pour la plupart, elles prospéraient aussi bien que les algues.

Les équipes de design essayaient actuellement de bâtir à partir de ces premiers succès afin d'introduire dans ce milieu une gamme de plantes plus large, ainsi que des insectes élevés pour tolérer le taux important de gaz carbonique de l'atmosphère. Biotique disposait d'un vaste choix de plantes gabarits pour ses prélèvements de séquences chromosomiques, et elle avait plusieurs années martiennes d'expérience sur le terrain. Sax avait pas mal de temps à rattraper. Durant ses premières semaines de labo, et dans l'arboretum de la société, sur le plateau de Hunt, il se concentra exclusivement sur les nouvelles variétés de plantes, se contentant de progresser vers le schéma plus vaste qu'il aborderait en temps voulu.

Quand il n'était pas plongé dans ses lectures, ses éprouvettes, ou rivé à l'oculaire d'un microscope, ou bien encore dans l'arboretum, il s'entraînait à être Stephen Lindholm. Dans le labo, il ne se différenciait guère de Sax Russell. Mais, au terme de chaque journée, il devait faire un effort réel pour rejoindre les autres dans les divers cafés du plateau de la mesa, boire quelques verres en leur compagnie, bavarder à propos du travail de la journée et de bien d'autres choses.

Même alors, il se surprenait lui-même à « être » Lindholm qui, il le découvrit, posait sans arrêt des questions et riait fréquemment. En fait, la bouche de Lindholm semblait rendre le rire plus facile. Les questions des autres – Claire, en général, une immigrante anglaise appelée Jessica et un Kenyan, Berkina – n'effleuraient que rarement le passé terrien de Lindholm. Quand il en était question, Sax trouvait facilement une réponse minimaliste – Desmond avait donné à Lindholm un passé dans la propre ville natale de Sax, Boulder, Colorado – ce qui lui permettait de retourner les questions à son interlocuteur, une technique qu'il avait fréquemment observée chez Michel. Les gens adoraient parler. Et Sax, contrairement à Simon, n'avait jamais été un taciturne. Ces contacts avec les autres aidaient à la solitude. Et ses nouveaux collègues parlaient souvent boutique d'une manière intéressante. Il leur racontait ses promenades dans Burroughs, posait des questions à propos de tel ou tel détail qu'il avait noté, les interrogeait sur leur passé, sur Biotique, la situation sur Mars, etc. Ce qui était aussi logique pour Lindholm que pour Sax, se disait-il.

Ses collègues – plus particulièrement Claire et Berkina – lui confirmèrent ce qui lui était apparu comme évident dès ses premières sorties : Burroughs était en train de devenir *de facto* la capitale de Mars, du fait même que les états-majors des plus grandes transnationales y étaient installés. Trois de ces géants, Armscor, Subarashii et Consolidated, étaient devenus les pivots du gouvernement de la planète. Elles étaient les transnationales les plus soudées au Groupe des Onze et aux nations industrielles de la Terre. Elles leur avaient permis de survivre à la guerre de 2061, et s'étaient désormais plus ou moins fondues en une structure unique de pouvoir. Désormais, nul n'était certain de savoir qui tirait les ficelles, sur Terre : les nations ou les grands cartels. Mais sur Mars, c'était évident. L'AMONU avait été détruite comme n'importe quelle cité sous dôme en 2061, et l'agence qui lui avait succédé, l'Autorité transitoire des Nations unies, était une administration à la tête de laquelle on avait placé de nombreux cadres des transnats, dirigée par les forces de sécurité des transnats.

– L'ONU n'a rien à voir là-dedans, dit Berkina. Elle est aussi éteinte sur Terre que l'AMONU l'est ici. Le nom ne sert que de couverture.

– Tout le monde l'appelle d'ailleurs l'Autorité transitoire, ajouta Claire.

– On sait qui est qui, dit Berkina.

Il était vrai que la police de sécurité des transnats était visible un peu partout dans Burroughs. Ils étaient tous en combinaison de maçon couleur rouille, avec des bandeaux de différentes couleurs. Rien de menaçant, mais ils étaient quand même omniprésents.

– Pourquoi? demanda Sax. De quoi ont-ils peur?

– Ils craignent les Bogdanovistes qui pourraient descendre des collines, répondit Claire. (Elle éclata de rire.) C'est ridicule.

Sax haussa les sourcils et laissa glisser le sujet. Il était intrigué, mais c'était là un terrain dangereux. Mieux valait écouter quand la conversation dérivait naturellement sur le sujet. Plus tard, en déambulant dans les rues de Burroughs, il regarda la population d'un œil nouveau et remarqua effectivement un nombre élevé d'agents de la sécurité avec leur bandeau d'identification. Consolidated, Amexx, Subarashii... Curieux qu'elles n'aient pas formé une seule et unique force. Il était possible que les transnationales soient en même temps rivales et partenaires, et si les nations terriennes se défendaient encore pour maintenir leur pouvoir, il était normal qu'il en résulte des dispositifs de sécurité. Ce qui expliquait peut-être aussi la prolifération des systèmes d'identification, les failles et les confusions dont Desmond avait profité pour introduire la persona de Sax dans un des systèmes. Il était clair que la Suisse était décidée à couvrir ceux qui venaient d'ailleurs. L'expérience de Sax en était une preuve. Mais d'autres pays et d'autres transnats faisaient sans doute le même genre de chose.

Dans la situation politique actuelle, la technologie d'information créait non pas la totalisation mais la balkanisation. Arkady avait prédit ce type de développement, mais Sax l'avait considéré comme trop irrationnel pour être admis comme une probabilité. Il devait bien admettre maintenant qu'il avait eu tort. Les réseaux des ordinateurs ne parvenaient pas à suivre efficacement la trace des choses parce qu'ils étaient en compétition. De même que la police dans les rues de Burroughs, qui guettait les gens comme Sax.

Mais il était devenu Stephen Lindholm. Il habitait l'appartement de Lindholm dans Hunt Mesa, il occupait son emploi, il avait acquis ses habitudes et ses tics, il avait emprunté son passé. Son petit appartement était très éloigné des goûts de Sax : les vêtements étaient bien rangés dans la penderie, il n'y avait aucune expérience en cours dans le réfrigérateur ni même sur le lit, et les murs étaient décorés – avec des affiches d'Escher ou d'Hundertwasser, et quelques croquis non signés de Spencer, une imprudence que nul ne pouvait vraiment remarquer. Il était parfaitement en sécurité dans sa nouvelle identité. Et même s'il venait à être démasqué, il doutait que les conséquences puissent être vraiment traumatisantes. Il pourrait encore retrouver quelque chose qui ressemblerait à son ex-pouvoir. Il avait toujours été apolitique, il ne s'était passionné que pour le terraforming, et s'il avait disparu dans le chaos dément de 61, c'était uniquement parce qu'il avait estimé que ce serait une folie que de rester à découvert. Et plusieurs des principales transnats partageraient sans doute son point de vue et essaieraient de l'employer.

Mais tout ça relevait de l'hypothèse. En réalité, il pouvait s'installer dans la peau de Lindholm.

Il découvrit que son nouveau travail lui plaisait beaucoup. Autrefois, lorsqu'il était à la tête de tout le projet de terraforming, il lui avait été impossible de se soustraire aux tracasseries de l'administration, ni de se consacrer à l'ensemble des sujets pour essayer d'en apprendre le plus possible et de décider à partir d'un maximum d'informations. Et naturellement, tout cela avait abouti à un manque de profondeur dans chacune des disciplines et à une perte de compréhension à la base. Désormais, au

171

contraire, il focalisait toute son attention sur la création de nouvelles plantes qui devaient venir s'ajouter à celles de l'écosystème simple qui se propageait dans les régions glaciaires. Pendant plusieurs semaines, il travailla sur un nouveau lichen, qui avait été conçu pour se développer à la lisière des nouvelles biorégions et dont le modèle était un chasmoendolithe des Wright Valleys de l'Antarctique. Ce lichen de base avait vécu dans les anfractuosités de la roche et Sax souhaitait qu'il fasse de même ici, sur Mars, mais il cherchait au préalable à remplacer la partie algue du lichen par une algue à propagation accélérée. Ainsi, le symbiote se développerait plus vite que l'organisme de référence, dont la croissance était notoirement lente. Dans le même temps, il essayait d'introduire dans le fungus du lichen des gènes phréatophytes issus de plantes qui toléraient le milieu salin, tels le tamarin ou la salicorne. Des plantes qui pouvaient pousser en milieu marin avec un taux de salinité trois fois supérieur à la moyenne des mers, et dont les mécanismes, en ce qui concernait la perméabilité des parois cellulaires, étaient transférables. S'il réussissait, le résultat serait un nouveau lichen halophyte et résistant à croissance rapide. Ce qui serait encourageant et permettrait de mesurer les progrès accomplis depuis leurs premières tentatives d'implanter des organismes résistants, du temps d'Underhill. Bien sûr, les conditions de surface étaient plus difficiles en ce temps-là. Mais leurs connaissances en génétique et leurs méthodes avaient également progressé.

Cependant, le problème auquel ils étaient inexorablement confrontés était celui de la rareté de l'azote dans l'atmosphère de Mars. Les concentrations importantes de nitrates étaient exploitées et dégagées au fur et à mesure sous forme d'azote dans l'atmosphère. Sax avait déclenché ce processus dès 2040 avec l'approbation de tous. Mais le sol avait tout autant besoin d'azote et la vie végétale se développait avec peine. Aucune plante sur Terre n'avait souffert du manque d'azote à ce point, et, par conséquent, ils ne disposaient pas de particularismes d'adaptation susceptibles d'être clippés dans les gènes de l'aréoflore.

Ce problème du manque d'azote revenait fréquemment dans leurs conversations, quand ils se retrouvaient au Lowen Café, sur le plateau de la mesa.

– L'azote est tellement précieux, dit une fois Berkina à Sax, qu'il constitue une des valeurs d'échange de l'underground.

Il savait que c'était totalement faux et acquiesça, mal à l'aise.

Leur petit groupe avait sa façon personnelle de rendre hommage à l'importance de l'azote en inhalant des capsules de protoxyde qui circulaient autour des tables [1]. Ils prétendaient tous que cela les mettait en forme et que ça ne pouvait qu'améliorer le terraforming. Quand Sax eut la capsule en main pour la première fois, il la regarda avec méfiance. Il avait déjà remarqué qu'on pouvait en acheter dans toutes les salles de détente – la pharmacopée s'était développée et les armoires étaient bourrées de protoxyde, d'omegendorphe, de pandorphe et autres gaz semitoxiques. Apparemment, la mode était revenue à l'inhalation. Ça ne le tentait pas vraiment, mais il accepta cependant la capsule que lui tendait Jessica, penchée sur son épaule. Dans ce domaine, vraisemblablement, Stephen et Sax divergeaient. Il inspira doucement avant de mettre le petit masque sur sa bouche et son nez. Les traits du visage de Stephen lui parurent encore plus minces sous le plastique.

Il prit une bouffée froide, la retint une seconde, exhala et sentit tout le poids de son corps le quitter – une impression purement subjective. C'était *vraiment drôle* de constater à quel point son moral réagissait à la manipulation chimique, malgré ce que cela impliquait sur l'équilibre précaire et la sérénité des émotions. Si l'on considérait froidement l'idée, ça n'était pas très plaisant. Mais, dans l'instant, ça ne posait aucun problème. En fait, il se surprit à sourire. Il détourna le regard vers la balustrade et contempla les toits de Burroughs. Pour la toute première fois, il s'aperçut que les nouveaux quartiers, à l'ouest et au nord, s'étaient garnis de tuiles bleues et de murs blancs, ce qui leur conférait une tonalité grecque, alors que la ville ancienne était plus espagnole. Jessica s'efforçait visiblement de garder leurs bras noués. Mais il était possible que son équilibre fût altéré par la gaieté artificielle de l'azote.

– Mais quand même, il faudrait aller plus loin que la région alpine! proféra Claire. J'en ai marre des lichens, des mousses, des herbes. Nos champs, à l'équateur, sont devenus des prairies, on a même des krummholz. Ils reçoivent le soleil toute l'année et la pression atmosphérique, au pied de l'escarpement, est aussi élevée que dans l'Himalaya.

– Qu'au sommet de l'Himalaya, rectifia Sax avant de se réprimander : ça, c'était du Sax, il en était certain. (Et le Lindholm qu'il habitait ajouta, pour rectifier :) Mais il existe des forêts himalayennes à des altitudes élevées.

– Exactement. Stephen, tu as fait des merveilles sur ce lichen depuis ton arrivée... pourquoi tu ne travaillerais pas avec Ber-

1. Le protoxyde d'azote (N_2O) est utilisé en anesthésie stomatologique et il est très à la mode aux USA et en Grande-Bretagne depuis les années 80 pour ses qualités euphorisantes et hilarantes. *(N.d.T.)*

kina, CJ et Jessica sur les plantes subalpines? Rien que pour voir si on peut faire de petites forêts?...

Ils arrosèrent cette idée de quelques nouvelles bouffées de protoxyde. L'idée des lisières saumâtres des aquifères éclatés changées en prairies et forêts leur semblait tout soudain extrêmement amusante.

– On va avoir besoin de taupes, déclara Sax en essayant de ne plus rire. Les taupes et les campagnols sont des éléments déterminants pour transformer les champs de glissement en prairies. Et je me demande si on ne pourrait pas créer des taupes arctiques qui tiendraient sous le CO_2.

Ce qui déchaîna les rires de ses collègues mais, perdu soudain dans le cours de ses pensées, il ne remarqua rien.

– Écoute, Claire : est-ce que tu crois que nous pourrions aller jeter un coup d'œil sur ces glaciers? Travailler un peu sur le terrain?...

Claire cessa instantanément de rire et acquiesça.

– Bien entendu. En fait, je me souviens : nous avons une station expérimentale permanente sur le glacier d'Arena, et le labo est très performant. Nous avons été contactés par un groupe de biotech d'Armscor, l'un de ceux qui sont complètement couverts par l'Autorité transitoire. Ils veulent visiter la station et jeter un coup d'œil sur la glace. Je suppose qu'ils veulent construire le même type de station dans Marineris. On pourrait les accompagner, leur faire visiter le secteur, et faire d'une pierre deux coups, non?

Les plans de cette expédition furent dressés dans le labo de Lowen avant d'être transmis au bureau principal. L'approbation leur revint très vite, ce qui était l'usage chez Biotique. Et Sax se mit durement à la tâche pendant deux semaines : il préparait le travail sur le terrain. Finalement, il fit ses bagages et, un beau matin, prit le métro jusqu'à la porte ouest. Et dans le garage suisse, il repéra très vite certains de ses collègues en compagnie de plusieurs étrangers. Les présentations avaient déjà été faites. Quand il s'approcha, Claire le remarqua et le poussa vers les autres, l'air tout excitée.

– Stephen, je voudrais te présenter ceux qui vont nous accompagner.

Une femme en combinaison brillante se retourna à cette seconde et Claire enchaîna :

– Stephen, voici Phyllis Boyle. Phyllis, je te présente Stephen Lindholm.

– Enchantée, dit Phyllis en lui tendant la main. Comment ça va?...

Sax lui serra la main et dit :

– Ça va, merci.

Vlad lui avait trafiqué les cordes vocales pour changer son empreinte vocale en cas d'examen, mais tous ceux de Gamète lui avaient dit que son timbre n'avait absolument pas varié. Et Phyllis inclina la tête d'un air intrigué.

– J'attends beaucoup de ce voyage, dit-il en jetant un regard à Claire. J'espère que je ne vous ai pas retardés, non ?...

– Non, non. On attendait les pilotes.

– Ah... (Sax fit un pas en arrière et ajouta poliment :) Heureux de vous connaître.

Elle inclina la tête et, sur un dernier regard de curiosité, revint aux gens avec qui elle bavardait. Sax essaya de se concentrer sur ce que Claire lui disait au sujet des pilotes. Apparemment, la conduite des patrouilleurs en terrain découvert était devenue un emploi spécialisé.

Tout se passait calmement, se dit-il. Le calme était un de ses traits de caractère. Il aurait dû probablement se lancer dans un discours enflammé, dire à Phyllis qu'il l'avait vue dans les anciennes infos, qu'il l'admirait depuis des années... ce genre de chose, quoi. Malgré tout, la question se posait de savoir qui pouvait avoir de l'admiration pour Phyllis. Il était certain qu'elle avait été salement compromise à l'issue de la guerre. Bien sûr, elle était dans le camp des vainqueurs, mais seule parmi les Cent Premiers à l'avoir choisi. Comment l'appelait-on ? Quisling [1] ?... Oui, sans doute. En tout cas, elle n'avait pas été la seule parmi les Cent Premiers à se trouver sur place quand le câble de

---

1. Homme d'État norvégien (1887-1964) qui vendit son pays aux nazis et devint leur marionnette à la tête du gouvernement.

l'ascenseur s'était détaché et avait été catapulté hors du plan de l'écliptique : Vasili était demeuré en permanence à Burroughs, et George et Edvard étaient en compagnie de Phyllis à Clarke. Survivre à ça, c'était une performance, il devait l'admettre. Il ne l'aurait pas cru possible. Mais c'était bien Phyllis qui était là, bavardant avec son groupe d'admirateurs. Heureusement qu'il avait appris qu'elle avait survécu des années auparavant, sinon il aurait pu accuser le coup.

Elle paraissait avoir toujours soixante ans, alors qu'elle était de la même année que Sax, ce qui devait lui faire exactement cent quinze ans. Elle avait les cheveux argentés, les mêmes yeux bleus. Elle portait un chemisier qui semblait passer par toutes les couleurs du spectre et des bijoux d'or et de jaspe sanguin. Pour l'instant, son dos était d'un bleu miroitant mais, à la seconde où elle se retourna pour lui lancer un bref regard, il devint vert émeraude. Il feignit de ne pas avoir remarqué son mouvement.

Puis les pilotes arrivèrent, ils grimpèrent très vite dans les patrouilleurs et démarrèrent. Heureusement pour Sax, Phyllis était dans un autre véhicule. Les patrouilleurs géants roulaient à l'hydrazine. Ils enfilèrent une route asphaltée qui allait vers le nord, et Sax se demanda à quel point cela justifiait des pilotes spécialisés, à moins qu'il ne s'agît de contrôler la vitesse des engins. Ils allaient à cent soixante, et pour Sax, qui avait l'habitude de conduire à un quarante à l'heure raisonnable, c'était à la fois rapide et rassurant. Mais les autres se plaignaient des secousses et de la lenteur – sans doute parce qu'ils étaient habitués à ces trains express qui flottaient au-dessus des pistes à plus de cinq cents à l'heure.

Le glacier d'Arena était à quelque huit cents kilomètres au nord-ouest de Burroughs. Il s'écoulait des highlands de Syrtis Major vers Utopia Planitia. Il suivait l'une des Arena Fossae sur trois cent cinquante kilomètres. Claire, Berkina et leurs collègues racontèrent l'histoire du glacier à Sax, et il fit de son mieux pour les écouter avec intérêt. Mais à vrai dire, c'était passionnant car ils savaient que Nadia avait dévié le cours du débordement de l'aquifère d'Arena. Certains de ceux qui étaient à ses côtés s'étaient retrouvés dans Fossa Sud après la guerre et avaient répandu l'histoire.

En fait, ils semblaient convaincus de savoir toutes sortes de choses à propos de Nadia.

– Elle était contre la guerre, confia Claire à Sax sur un ton confidentiel. Elle a fait tout son possible pour l'empêcher et pour réparer les dégâts, même pendant le conflit. Ceux qui l'ont connue à Elysium disent qu'elle ne dormait quasiment jamais, qu'elle prenait des stimulants pour tenir. Ils disent qu'elle a bien dû sauver dix mille personnes dans Fossa Sud.

– Et qu'est-elle devenue?

– Personne ne le sait. Elle a disparu.

– Elle s'est dirigée vers Low Point, intervint Berkina. Si elle s'y trouvait au moment de l'inondation, elle a dû mourir.

– Ah! fit Sax d'un ton solennel. C'était une époque pénible.

– Très pénible, insista Claire avec véhémence. Destructrice. Le terraforming en a été retardé de plusieurs décennies, j'en suis certaine.

– Mais l'éclatement des aquifères doit avoir été utile, murmura Sax.

– Oui, mais on aurait pu s'y prendre autrement. En contrôlant l'opération.

– C'est vrai.

Il haussa les épaules et abandonna la discussion. Depuis qu'il avait retrouvé Phyllis, il avait du mal à parler de 61.

Il n'arrivait toujours pas à croire qu'elle ne l'avait pas reconnu. Il se pencha vers la baie de magnésium et y vit, au milieu des visages de ses nouveaux collègues, celui de Stephen Lindholm. Un vieil homme chauve au nez légèrement busqué, ce qui lui conférait l'allure d'un faucon. Des lèvres marquées, une mâchoire volontaire, un menton... Non, ça n'était vraiment pas lui. Et Phyllis n'avait aucune raison particulière de le reconnaître.

Mais l'apparence n'était pas tout.

Il essaya de ne plus y penser tandis qu'ils poursuivaient leur route vers le nord. Il s'absorba dans la contemplation du paysage. Le compartiment passager avait un dôme transparent, des baies sur les quatre côtés, et le panorama était totalement ouvert. Ils montaient la pente ouest d'Isidis, une région du Grand Escarpement qui évoquait une grande banquette d'érosion. Les collines sombres et déchiquetées de Syrtis Major se dressaient à l'horizon nord-ouest. L'air était plus clair qu'autrefois, même s'il était quinze fois plus dense. Mais il y avait moins de poussière en suspension, à cause des tempêtes de neige qui la fixaient en surface pour former une sorte de revêtement sur le désert. Bien sûr, cette croûte était souvent cassée par les vents violents, et le gravier et la poussière se retrouvaient libérés. Mais ces dégagements étaient limités et, peu à peu, lentement, les tempêtes avaient la maîtrise de la surface.

Et le ciel lui aussi changeait de couleur. A la verticale, il était d'un violet intense, plus pâle au-dessus des collines pour se fondre en un lavande pâle, puis en une teinte entre le lavande et le mauve pour laquelle Sax ne trouvait pas de nom. Mais ces nouvelles couleurs du ciel ne ressemblaient plus aux roses et aux tonalités fauves des premières années. Certes, il suffisait d'une tempête de poussière pour que les ocres remontent du sol mais, par temps calme, la couleur du ciel n'était plus fonction que de sa densité et de sa composition chimique. Curieux, soudain, de savoir à quoi il pourrait ressembler dans l'avenir, Sax sortit son lutrin et effectua quelques calculs rapides.

Il fixa soudain la petite boîte en prenant conscience que c'était le lutrin de Sax Russell – et qu'un contrôle poussé permettrait de le démasquer. C'était comme s'il avait sur lui son vrai passeport d'origine.

Il rejeta cette pensée : il ne pouvait plus rien faire à cela. Il se concentra sur la couleur du ciel. Dans un air limpide, la couleur était celle de la lumière préférentielle dispersée entre les molécules d'air elles-mêmes. La densité de l'atmosphère était donc un élément critique. La pression, quand ils avaient débarqué, était d'environ 10 millibars, alors qu'elle était à présent de 160 en moyenne. Mais puisque la pression résultait du poids de l'air, pour obtenir 160 millibars sur Mars, il avait fallu trois fois plus d'air sur n'importe quel point de sa surface qu'il en aurait fallu sur Terre. Donc, les 160 millibars devaient disperser la lumière solaire comme l'auraient fait 480 millibars sur Terre, ce qui impliquait que le ciel aurait dû être de ce bleu profond que l'on voyait sur les photos prises depuis les sommets de quatre mille mètres d'altitude.

Mais la couleur que Sax découvrait par les baies était plus rouge, et même après les plus violentes tempêtes, quand se levait un matin cristallin, jamais il n'avait observé un ciel semblable à celui de la Terre. Il réfléchit intensément. C'était un autre effet de la gravité légère de Mars : la colonne d'air culminait à une altitude supérieure à celle de la Terre. Il était possible que les particules les plus petites soient effectivement en suspension et qu'elles dominent les nuages, ce qui les mettait à l'abri des tempêtes. Il se souvenait de couches de brume qui avaient été photographiées à cinquante kilomètres au-dessus des nuages. Autre facteur possible : la composition de l'atmosphère. Les molécules de gaz carbonique étaient plus efficaces en tant qu'agent de diffraction que l'oxygène et l'azote, et Mars, malgré tous les efforts de Sax, contenait toujours plus de CO_2 que la Terre. Les effets de cette différence devaient être calculables. Il tapa l'équation de la loi de dispersion de Rayleigh, selon laquelle l'énergie lumineuse dispersée dans une unité de volume d'air contenant des particules de taille inférieure à 0,1 micron est inversement proportionnelle au quart de la puissance de la longueur d'onde de la radiation de luminance. Puis il se mit à griffonner sur son écran, altérant les variables, vérifiant les données, rajoutant tel ou tel taux de mémoire ou d'instinct.

Il aboutit à une conclusion : si l'atmosphère acquérait un bar de plus de densité, le ciel deviendrait alors d'un blanc laiteux. Ce qui confirmait aussi la théorie selon laquelle l'actuel ciel de Mars aurait dû être bien plus bleu qu'il ne l'était, avec une lumière bleue dispersée à seize fois l'intensité du rouge. Ce qui suggérait que la présence de particules dans la haute atmosphère avait tendance à renforcer le rougeoiement du ciel. Si telle était l'explication, on pouvait en déduire que la couleur et l'opacité du ciel martien seraient soumises à des variations marquées pendant encore de nombreuses années, sous l'influence du temps et de la propreté de l'air...

Et Sax poursuivit ses calculs sur l'intensité de radiance du ciel, y intégrant des échelles de chromaticité variées, l'équation de transfert radiatif de Chandrasekhar... tandis qu'ils poursuivaient leur route vers le glacier d'Arena. Il oubliait le monde dans lequel il était, et la situation dans laquelle il se retrouvait.

Au début de l'après-midi, ils atteignirent la petite ville de Bradbury qui, sous sa tente de type Nicosia, évoquait un petit bourg de l'Illinois avec ses rues bordées d'arbres bien taillés, ses porches avec leurs contre-portes, ses maisonnettes de brique à deux étages aux toits de bardeaux, sa rue principale avec ses boutiques et ses parcmètres. Y compris un square central avec une rotonde blanche cernée d'érables géants...

Ils s'orientèrent vers l'ouest, sur une route plus étroite qui suivait les hauteurs de Syrtis Major. Le revêtement était de sable noir fixé par un adhésif – un véritable asphalte du désert. Toute cette région était de rochers et de sable noirs – Syrtis Major avait été la première région distincte décelée par les télescopes de la Terre, précisément par Christian Huyghens, le 28 novembre 1659. C'était cette roche noire qui avait attiré son attention. Le sol lui-même était presque noir, passant parfois par toute une gamme de tonalités aubergine. Mais les collines, les escarpements et les grabens entre lesquels la route sinuait étaient d'un noir absolu, de même que les mesas ravinées, les arêtes, les *thulleya* : les chaînes se succédaient, toutes aussi noires, interrompues parfois par de grandes déjections erratiques qui avaient cette couleur rouille qui leur était si familière.

Puis, au détour d'une arête, ils découvrirent le glacier. Il traversait le monde de gauche à droite, semblable à un éclair blanc, figé et incrusté dans le paysage. Sur l'autre berge, une arête suivait le glacier en parallèle, comme celle sur laquelle ils se trouvaient. A première vue, on aurait pu croire à deux moraines latérales, mais les deux éminences rocheuses n'avaient servi qu'à canaliser le flot lors de l'éclatement de l'aquifère.

Le glacier devait être large de deux kilomètres à cet endroit. Sa profondeur ne devait pas excéder cinq ou six mètres mais, apparemment, il avait creusé un canyon profond. A ce point, ils étaient à cent soixante-quinze kilomètres au nord de l'aquifère d'Arena, tout près de l'ultime avancée du glacier.

A la surface, ils observaient du régolite ordinaire, rocailleux, poussiéreux, et une couche de gravier qui cachait la glace sous-jacente. Certaines zones chaotiques étaient clairement composées de glace, avec des séracs dressés entre ce qui semblait être des blocs de rocher. Certains des séracs étaient des plaques brisées, courbées comme les écailles d'un stégosaure. Dans le soleil déclinant, ils apparaissaient d'un jaune translucide.

D'un horizon à l'autre, tout était immobile. Mais le glacier d'Arena n'existait que depuis quarante années et il bougeait. Sax, pourtant, ne se souvenait pas d'avoir observé un tel spectacle, et involontairement il porta son regard vers le sud, comme si un nouveau torrent pouvait en jaillir à tout instant.

La station de Biotique était située à quelques kilomètres en amont, sur la bordure et le tablier d'un petit cratère. On y avait donc une vue excellente sur le glacier. Dans les dernières minutes du crépuscule, alors que les résidents de la station la réactivaient, Sax accompagna Claire et les visiteurs d'Armscor, y compris Phyllis, jusqu'au dernier étage, dans la grande salle d'observation, pour contempler la gigantesque masse de glace brisée dans les ultimes lueurs du soir.

La journée avait été limpide mais les rayons horizontaux du soleil imprégnaient encore le ciel d'une coloration rouge sombre, et la surface du glacier reflétait des milliers de gerbes d'étincelles sous l'effet de miroir des plaques nouvelles. Dans leur majorité, ces rayons écarlates formaient une ligne plus ou moins régulière entre eux et le soleil mais, par endroits, les reflets avaient des angles bizarres. Phyllis fit remarquer que le soleil paraissait maintenant plus grand, depuis que la soletta avait été placée sur orbite.

— Est-ce que ça n'est pas merveilleux? On pourrait presque apercevoir les miroirs, non?

— On dirait du sang.

— Un ciel *jurassique*.

Aux yeux de Sax, c'était comme s'il observait une étoile de type G à une unité astronomique de distance. Ce qui était logique, puisqu'ils étaient à 1,5 du soleil. Quant à parler de rubis, d'yeux de dinosaures...

Le soleil glissa sous l'horizon et tous les points de lumière rouge disparurent dans la même fraction de seconde. Un grand éventail de rayons crépusculaires se déplia dans le ciel qui devint d'un mauve profond sous l'afflux de traits rosâtres. Phyllis s'extasia à grands cris devant toutes ces couleurs, qui étaient certes pures et claires, mais moins intenses que dans la journée.

Elle dit :

— Je me demande ce qui est à l'origine de ces superbes rayonnements.

Automatiquement, Sax ouvrit la bouche, prêt à se lancer dans une explication sur les ombres des collines et des nuages par-delà l'horizon, quand il lui vint à l'esprit que *a*, ce serait répondre à une question peut-être de pure forme, et que *b*, ce serait délivrer un petit cours technique typique d'un Sax Russell. Par conséquent, il se tut avant d'émettre un son en se demandant ce que Stephen Lindholm aurait dû dire dans une pareille situation. Cette prise de conscience était pour lui une chose toute nouvelle et tout à fait pénible, mais il fallait bien qu'il dise quelque chose, de temps en temps tout au moins, parce que les silences prolongés étaient aussi très Sax Russelliens. Il décida de faire de son mieux.

— Pensez à tous ces photons qui ont manqué Mars de si près, et voilà maintenant qu'ils vont continuer leur traversée de l'univers.

Les autres échangèrent des regards en entendant cette étrange observation. Mais cela ne l'en rapprocha pas moins du groupe, ce qui était bien son intention.

Ils regagnèrent la salle à manger pour se régaler de pâtes à la sauce tomate avec des pains tout juste sortis du four. Sax s'était installé à la grande table. Il mangea et parla sur le même rythme que les autres, essayant de fusionner avec eux, de participer aux bavardages et de suivre les règles sociales. Il n'avait jamais vraiment compris tout ça, et encore moins en y réfléchissant. Il savait qu'il avait toujours été considéré comme un excentrique et il avait surpris cette histoire à propos d'une centaine de rats transgéniques de labo qui se seraient emparés de son cerveau.

Mais Lindholm était un animal social, le collègue par excellence. Il savait comment évoluer dans l'existence. Il était capable de partager avec n'importe qui une bouteille de zinfandel d'Utopia [1], de jouer son rôle dans un banquet, de déchiffrer instinctivement les algorithmes secrets de la camaraderie afin de contrôler le système humain sans même y penser.

Par conséquent, Sax se frotta l'arête du nez, but le vin qui était censé bloquer son système parasympathique au point de diminuer ses inhibitions et de le rendre plus volubile. Il se mit donc à discuter un peu avec tout le monde, et avec un certain succès, se dit-il, même si à plusieurs reprises il fut obligé de bavarder avec Phyllis qu'il avait en vis-à-vis. Elle avait une façon de l'observer... et lui de lui rendre ses regards! Il savait qu'il existait également des protocoles pour ce genre de chose, mais il n'y avait jamais rien compris. A présent, il se rappelait la façon dont Jessica s'était appuyée sur lui. Il but la moitié de son verre, sourit et hocha la tête, songeant avec un certain malaise à l'attrait sexuel et à ses causes.

Quelqu'un posa à Phyllis la question inévitable sur la façon dont elle avait réchappé du désastre de Clarke. En se lançant dans son récit, elle jeta plusieurs coups d'œil à Sax, comme si elle voulait qu'il comprenne qu'elle parlait avant tout pour lui. Il l'écouta poliment, en s'efforçant toutefois de ne pas loucher, ce qui pourrait révéler aux autres son désarroi dans cette situation.

– Nous avons été pris totalement au dépourvu, répondait Phyllis. Nous étions en orbite au sommet de l'ascenseur, complètement bouleversés par ce qui se passait en surface. On faisait tout notre possible pour calmer les choses, et la minute d'après ce fut comme un tremblement de terre, et on s'est retrouvés éjectés du système solaire.

Elle ménagea une pause en souriant et les rires suivirent, inévitablement. Sax devinait sans peine qu'elle avait répété ce récit bien des fois. Exactement dans les mêmes termes.

– Mais vous avez dû être terrifiés! lança quelqu'un.

– Eh bien, c'est curieux, mais dans ce genre de situation urgente, on n'a pas vraiment le temps pour ça. Dès qu'on a compris ce qui se passait, on a su que chaque seconde représentait des centaines de kilomètres et réduisait d'autant nos chances de survivre sur Clarke. On s'est tous regroupés dans le centre de commande, on s'est comptés, on a très vite discuté et fait le point de ce qui nous restait. Tout ça dans la fièvre mais sans que personne ne panique, si vous voyez ce que je veux dire. Quoi qu'il en soit, il y avait dans les hangars le nombre habituel de navettes de transport Terre-Mars. Les données des IA nous ont indiqué

---

1. Le zinfandel est un cépage d'origine alsacienne qui s'est acclimaté avec succès en Californie et donne un vin rouge capiteux, notamment dans la Sonoma Valley et la Napa Valley. (N.d.T.)

qu'on aurait besoin de la poussée de l'ensemble ou presque si on voulait rester dans le plan de l'écliptique pour recouper le système jovien. Nous étions en train de dériver vers Jupiter, plus ou moins, ce qui jouait à notre avantage. Mais c'est là que c'est devenu dingue. Il a fallu sortir tous les transports des hangars, les mettre en place autour de Clarke et les relier avant de les charger. Avec de l'air, du carburant, tout... Trente heures plus tard, nous étions tirés d'affaire dans cette espèce d'archipel de sauvetage. Quand j'y repense, ça me paraît incroyable. Pendant ces trente heures...

Elle se tut en secouant la tête, et Sax devina que les vrais souvenirs affluaient en elle, soudain, perturbant son récit appris par cœur. Trente heures, c'était un délai remarquablement court pour une évacuation à cette échelle. Mais le temps avait dû passer en un éclair dans le feu de l'action. Dans une pareille situation, l'esprit réagissait différemment et le temps normal était transcendé.

– Ensuite, il a fallu nous entasser dans deux quartiers d'équipage – nous étions deux cent quatre-vingt-six exactement – et effectuer plusieurs sorties pour supprimer toutes les parties non essentielles. Avec l'espoir que nous aurions assez de carburant pour nous emmener vers Jupiter. Nous avons eu deux mois à attendre pour savoir si nous pouvions intercepter le système jovien, plus dix semaines pour les manœuvres. Nous avons utilisé la gravité de Jupiter pour rebondir en direction de la Terre qui, à cette période, se trouvait plus proche que Mars. Ça nous a donné une telle accélération que nous avons eu besoin de l'atmosphère de la Terre et du champ gravifique de la Lune pour nous ralentir. Nous avions presque doublé le seuil historique de vitesse jamais atteint dans l'histoire humaine mais nous étions en même temps presque à court de carburant. Nous devions être à quatre-vingt mille kilomètres par heure quand nous avons touché la stratosphère, la première fois. Ce qui nous a sauvés, il faut le dire, parce que nous commencions à manquer d'air et de provisions. Mais nous avons réussi. Et puis, on a vu Jupiter *de tout près*.

Elle écarta le pouce et l'index de deux centimètres.

Les autres rirent, mais l'éclat de triomphe dans les yeux de Phyllis était sans rapport avec Jupiter. Un pli marquait ses lèvres : au terme de son récit, quelque chose lui était revenu. Qui assombrissait son sentiment de triomphe.

– Et c'était vous le leader, n'est-ce pas ? demanda quelqu'un.

Phyllis leva la main, comme pour signifier qu'elle ne pouvait le nier, même si elle l'avait voulu.

– C'était une entreprise commune, dit-elle. Mais parfois, devant une impasse, il faut quelqu'un pour prendre une décision, ou accélérer les choses. Et je dirigeais Clarke avant la catastrophe.

Elle leur fit à tous un grand sourire, persuadée qu'ils avaient savouré son récit. Sax sourit en réponse, comme ses voisins, et hocha la tête quand elle regarda dans sa direction. C'était une femme attirante, certes, mais pas si brillante que ça. Ou alors, était-ce dû simplement au fait qu'il ne l'aimait pas beaucoup?... Car elle avait prouvé son intelligence dans bien des domaines, en biologie tout particulièrement. Et elle était dotée d'un QI supérieur. Mais Sax se disait qu'il existait bien des types d'intelligence et que tous n'étaient pas quantifiables par test analytique. Il avait acquis cette notion durant ses années d'études : il existait des gens qui se situaient très haut dans l'échelle des tests d'intelligence, qui excellaient dans leur travail mais qui, lorsqu'ils se trouvaient en société, suscitaient les moqueries, voire le mépris. Ce qui n'était pas une preuve d'intelligence. Il s'était dit alors que n'importe laquelle des pom-pom girls de son collège, toujours séduisante et gentille avec tout le monde, universellement sympathique, lui semblait douée d'une intelligence au moins égale à celle de tel ou tel matheux brillant et maladroit. Il existait donc au moins deux types d'intelligence et sans doute plus : l'intelligence spatiale, esthétique, morale, éthique, interactive, analytique, synthétique, etc. Et c'était ceux qui étaient intelligents dans différents domaines qui étaient vraiment exceptionnels.

Mais Phyllis, qui se délectait de l'intérêt de son auditoire – la plupart de ceux qui l'entouraient étaient plus jeunes qu'elle, du moins en apparence –, Phyllis, elle, ne faisait pas partie de ces polymatheux de l'intelligence. Au contraire : elle paraissait stupide quand il s'agissait de voir ce que les autres pensaient d'elle. Sax, qui était conscient de partager cette faiblesse, l'observait avec un sourire super-Lindholm. Elle se montrait dans le même instant vaniteuse et arrogante. Et l'arrogance était toujours stupide. Ou bien alors elle cachait une insécurité. Difficile de le deviner, chez une personne aussi célèbre et attirante. Oui, indéniablement très attirante.

Après le souper, ils retournèrent dans la salle d'observation et écoutèrent de la musique sous les étoiles. De la nuevo calypso, très à la mode à Burroughs. Certains avaient apporté leurs instruments et formèrent un petit orchestre pour faire danser les autres. Le rythme était de cent battements à la minute, calcula Sax, un timing physiologiquement parfait pour la stimulation cardiaque. Et sans doute la clé du succès de toutes les formes de dance musics, se dit-il.

Il s'aperçut soudain que Phyllis était près de lui. Elle lui saisit la main et l'entraîna au milieu des danseurs. Il eut du mal à ne pas se dégager et il sentit que sa réaction ne marquait pas un plaisir évident. Il n'avait jamais dansé de sa vie, aussi loin qu'il se souvienne. Mais Stephen Lindholm, lui, avait dû normalement danser souvent. Et Sax fit son possible pour prendre le tempo en agitant les bras un peu n'importe comment, tout en s'efforçant de sourire à Phyllis avec une expression de plaisir douloureusement simulée.

Les plus jeunes continuèrent tard dans la soirée, et Sax emprunta l'ascenseur pour aller chercher quelques tubes de lait glacé aux cuisines. Quand il rentra dans la cabine, il tomba sur Phyllis qui remontait du niveau des dortoirs.

– Laissez-moi vous aider, dit-elle en lui prenant deux étuis de plastique.

Puis elle se pencha (elle mesurait quelques centimètres de plus que lui), elle l'embrassa sur la bouche. Il lui répondit, mais ce fut un tel choc qu'il n'en prit conscience que lorsqu'elle se détacha de lui. Et le souvenir de sa langue fut comme un autre baiser qui se prolongeait.

Il s'efforçait de ne pas paraître hébété mais, quand elle rit, il sut qu'il avait échoué.

– Je constate que vous n'êtes pas le tombeur que vous semblez être.

Vu la situation, il se sentit d'autant plus inquiet. A vrai dire, personne ne lui avait encore fait ce coup. Il essaya de se remettre, mais les portes de l'ascenseur s'ouvraient déjà en sifflant.

Pendant le dessert et tout le reste de la soirée, Phyllis ne tenta plus de l'approcher. Mais, au début du laps de temps martien, quand il gagna l'ascenseur pour retourner à sa chambre, elle se glissa derrière lui et, dès que la descente commença, elle l'embrassa une deuxième fois. Il l'étreignit et répondit à son baiser tout en se demandant ce que Lindholm devait faire dans une telle situation, et s'il avait un moyen de s'en tirer sans dommage. Quand l'ascenseur ralentit, Phyllis recula avec un regard rêveur et lui dit :

– Accompagne-moi jusqu'à ma chambre.

Quelque peu étourdi, il lui tint le bras comme un fragile outil de labo, et elle l'entraîna vers sa chambre, une pièce aussi minuscule que toutes les autres. Ils s'embrassèrent une troisième fois sur le seuil, bien que Sax sût que c'était son ultime chance de

185

s'enfuir, galamment ou non. Mais il se fit la réflexion qu'il l'embrassait plutôt avec passion et, quand elle lui murmura : « Tu ferais aussi bien d'entrer », il suivit sans protester.

Son pénis commençait déjà à se dresser vers les étoiles, tous ses chromosomes bourdonnaient à l'unisson devant cette chance d'accéder à l'immortalité. Il y avait bien longtemps qu'il n'avait pas fait l'amour, si ce n'est avec Hiroko. C'était sans passion, simplement amical et plaisant, une sorte de suite logique à leur baignade. Mais Phyllis, tandis qu'ils s'embrassaient encore en basculant sur le lit et qu'elle tirait sur ses vêtements, Phyllis, elle, était clairement excitée. Et son excitation se transmettait instantanément à Sax en hyper-conductibilité. Phyllis le débarrassa de son pantalon, son sexe apparut en pleine érection, et il rit en tirant sur le long zip ventral de sa combinaison. Oui, Lindholm en état d'insouciance aurait réagi comme ça. Et puis, bien qu'il n'aime pas spécialement Phyllis, il la connaissait. Il y avait entre eux ce lien ancien des Cent Premiers, le souvenir de toutes les années passées à Underhill – l'idée de faire l'amour à une femme qu'il connaissait depuis si longtemps le stimulait. Et les Cent Premiers avaient tous été polygames, vraisemblablement, sauf Phyllis et lui. C'était le moment. Et elle était très séduisante. Et il la voulait vraiment.

Toutes ces rationalisations étaient bien faciles sur l'instant, mais elles disparurent complètement dès qu'ils furent lancés dans le flot sexuel. Cependant, quand ce fut fini, tout de suite après, Sax recommença à s'inquiéter. Est-ce qu'il devait rester ? Regagner sa chambre ? Phyllis s'était endormie, une main sur le flanc de Sax, comme si elle tenait à s'assurer qu'il n'allait pas partir. Elle ressemblait à une enfant, comme tous les êtres endormis. Il observa son corps longiligne, vaguement choqué par les traces de dimorphisme sexuel. Elle respirait si paisiblement. Ses doigts étaient encore crispés sur les côtes de Sax. Et il resta. Mais il ne dormit guère.

Sax se lança dans le travail sur le glacier et les secteurs alentour. Parfois, Phyllis faisait un tour sur le terrain, mais elle se montrait toujours discrète dans son comportement. Sax s'interrogeait : Claire (ou Jessica !) ou quiconque d'autre avait-il compris ce qui s'était passé – et continuait de se passer, tous les deux ou trois jours ? Nouvelle complication : comment Lindholm devait-il réagir devant cet apparent désir de secret de la part de Phyllis ? Mais ce n'était pas un réel problème : à terme, par esprit chevaleresque ou parce qu'il ne pouvait pas faire autrement, Lindholm aurait agi comme Sax. Ils dissimulaient donc cette liaison, tout comme au temps d'Underhill, ou à bord de l'*Arès*, ou même encore dans l'Antarctique, à l'époque de leur sélection. Les vieilles habitudes ont la vie dure.

Et le travail sur le glacier était un excellent paravent pour leur liaison. La glace et les terres en lisière s'avéraient fascinantes : il y avait tant à apprendre ici.

La surface du glacier se révélait extrêmement fragmentée, ainsi que l'avaient suggéré les études – la glace s'était mélangée avec le régolite pendant l'épanchement et avait été saturée de bulles carboniques. Les cailloux et les blocs erratiques, pris sous la surface, avaient provoqué la fonte de la glace sous leur face inférieure avant qu'elle ne se reforme en un cycle quotidien qui avait laissé les deux tiers des rochers immergés. Les séracs, qui s'érigeaient comme autant de menhirs titanesques, se révélèrent profondément ancrés dans le glacier. La glace était cassante sous le froid extrême, mais fondait lentement dans la gravité réduite de Mars. Pourtant le glacier n'en coulait pas moins comme un fleuve épais et lourd, coupé de sa source. Il se répandrait à terme dans Vastitas Borealis. Ils découvraient chaque jour des signes de ce mouvement permanent : de nouvelles crevasses, des séracs effondrés, des bergs craquelés. Ces surfaces fraîches se couvraient rapidement de fleurs de glace dont la cristallisation était accélérée par le sel.

Hypnotisé par cet environnement, Sax, chaque jour, sortait à l'aube, suivant la piste de fanions plantés par les équipes de la station. Dans cette première heure du jour, un rose vibrant envahissait la glace, reflétant les teintes du ciel. Puis, quand la lumière touchait directement la surface dentelée, la vapeur montait des fissures et des craquelures, des mares de glace de la nuit, et les fleurs de gel se mettaient à scintiller comme des milliers de bijoux extravagants. Certains matins, quand le vent était au calme, une couche d'inversion gardait la brume prisonnière à vingt mètres de hauteur, et formait un nuage orange et ténu. Il était évident que l'eau du glacier se dispersait assez vite à la surface de la planète.

Au cours de ses promenades dans l'air froid du petit matin, il repérait régulièrement diverses espèces d'algues et de lichens des neiges. Les deux flancs du glacier proches des arêtes rocheuses étaient particulièrement bien peuplés, marqués de flaques vertes, dorées, olive, noires, rouille... Sax en avait dénombré près de quarante variétés. Il patrouillait dans ces pseudo-moraines avec prudence : toutes ces pousses étaient aussi précieuses que celles des labos. Mais, quand il se penchait un peu plus près, il constatait qu'il y avait une différence : ces lichens-là, sur le glacier, étaient particulièrement résistants. Ils n'avaient besoin que de la roche et de l'eau, plus la lumière – même si cela n'apparaissait pas nécessaire au premier regard – et se développaient sous la glace, *dans* la glace, et même à l'intérieur de fragments de roc poreux. Dès qu'ils trouvaient un lieu aussi hospitalier qu'une fissure, ils devenaient luxuriants. Chaque fois que Sax se penchait sur une crevasse dans une moraine, il trouvait des pousses denses de lichen d'Islande, jaune et bronze, qui, à travers la glace, révélaient leurs tiges minuscules et fourchues bardées d'épines. Sur les roches plates, il trouvait des lichens en croûte : des lichens boutons, des lichens boucliers, des lichens en chandelle, des lichens vert pomme en plaque, et même le lichen orangé qui était le signe d'une forte concentration de nitrate de sodium dans le régolite. Sous les fleurs de glace, des pousses denses de lichen pâle, gris-vert, se révélèrent proches du lichen islandais, avec leur structure de fine dentelle. Le lichen vermiculaire était gris et, sous le microscope, montrait des andouillers usés aux formes extrêmement délicates. S'ils venaient à se briser, les cellules d'algues enfermées dans leurs cils fongiques poursuivraient simplement leur croissance et développeraient d'autres lichens qui se fixeraient sur tout ce qu'ils pourraient trouver à leur portée. La reproduction par fragmentation : très utile dans un pareil milieu.

Ainsi, les lichens prospéraient, de même que les espèces que Sax parvenait à identifier à l'aide des photos qu'il appelait sur son minuscule écran de poignet. Encore qu'il y en eût beaucoup qui ne correspondaient à aucune liste référencée. Ce qui éveilla sa curiosité au point de cueillir quelques échantillons pour les montrer à Claire et Jessica.

Mais les lichens, ça n'était qu'un début. Sur Terre, les régions de roche fragmentée exposée par la glace fondue ou par la surrection de jeunes montagnes étaient appelées « talus », ou champs de cailloutis. Sur Mars, elles avaient un équivalent : le régolite. Qui représentait l'essentiel de la surface. Un monde-talus. Sur Terre, les régions de ce type étaient d'abord colonisées par les microbactéries et le lichen, qui, sous l'effet des éléments chimiques, commençaient à casser la roche et à la transformer en une fine couche de terre immature qui comblait lentement les fissures. A terme, cette matrice était porteuse de suffisamment de matériaux organiques pour nourrir d'autres variétés de la flore. A ce stade, ces zones de changement étaient appelées des *fellfields*, du gaélique *fell* pour *pierre*. Un nom qui s'appliquait parfaitement ici.

Des fellfields sur Mars. Claire et Jessica suggérèrent à Sax de traverser le glacier afin de redescendre l'autre moraine latérale. Et c'est ainsi qu'un matin (sans Phyllis), il le fit. Après une demi-heure de marche, il fit halte sur un rocher qui lui arrivait au genou. En dessous, dans le fossé du glacier, il découvrit une surface humide qui brillait sous le soleil du matin. Il était évident que l'eau de fonte courait jour après jour – même dans le silence absolu de ce matin martien, il percevait le tintement léger des ruisseaux sous la cuirasse de glace, comme autant de minuscules clochettes de bois. Et là, dans ce bassin étroit baigné d'eau, il découvrit des points colorés. Partout. Comme luminescents : des fleurs. Un bouquet floral typique d'un fellfield, en fait, avec son effet de parterre qui envahissait la couche grise de lichen de bleus, de rouges, de jaunes, de roses et de blancs dans toutes leurs déclinaisons...

Ces fleurs poussaient sur des coussins moussus, des petits fleurons, quand elles n'étaient pas enfouies dans les feuilles duveteuses. Toutes ces plantes étaient rivées au sol sombre, qui devait être notablement plus chaud que l'air ambiant. A l'exception des tiges d'herbe, rien ne dépassait un centimètre. Sax sautillait sur la pointe des pieds d'un rocher à un autre. Il ne tenait pas à écraser la moindre plante. Il s'agenouilla dans le gravier pour examiner de plus près les jeunes pousses en augmentant le grossissement de ses plaques de visière au maximum. Les organismes les plus classiques d'un fellfield brillaient dans la lumière du matin : des lychnides de mousse, avec leurs anneaux de minuscules fleurs roses sur leur coussin vert sombre. Un tapis de phlox et, tout à côté, des tiges de pâturin de cinq centimètres, scintillantes comme des fils de verre, et qui avaient profité de la racine pivot des phlox pour ancrer leurs propres radicelles délicates... Une primevère des Alpes, magenta, avec son cœur jaune et ses feuilles sombres qui formaient autant de profondes gouttières drainant l'eau jusqu'à la fleur. La plupart des feuilles, remarqua Sax, étaient velues. Plus loin, il découvrit un myosotis à l'éclat intense, dont les pétales étaient si riches en anthocyanines thermiques qu'il en était presque violet – la couleur qui serait celle du ciel de Mars quand la pression aurait atteint 230 millibars, s'il se fiait aux calculs qu'il avait faits en approchant d'Arena. Une couleur qui n'avait pas encore de nom, bien qu'elle fût si extraordinaire. Bleu cyan, peut-être ?...

La matinée s'écoulait lentement, aussi lentement qu'il allait d'une plante à une autre, se servant de son bloc de poignet pour les identifier : sablines, sarrasin, lupins nains, trèfle nain et... saxifrage. Son prénom. Le « briseur de rocher ». Il n'en avait encore jamais rencontré dans des régions sauvages et il passa un moment à l'observer : le saxifrage arctique, *Saxifraga hirculus,* avec ses branches frêles aux longues feuilles qui s'achevaient par de petites fleurs bleues.

Tout comme pour les lichens, il rencontrait de nombreuses variétés qu'il ne pouvait identifier, différentes des autres espèces par tel ou tel trait, ou même encore indescriptibles, faites d'un mélange étrange de caractères issus de biosphères exotiques. Certaines ressemblaient à des mousses aquatiques, d'autres à des cactées inconnues. Des produits du génie génétique, sans doute, quoiqu'ils eussent dû quand même figurer dans sa liste. Des mutations, peut-être. Puis, à l'endroit où une large cassure avait permis l'accumulation d'une couche d'humus relativement épaisse que traversait un ruisseau ténu, il rencontra un bouquet de kobresia. Les *kobresia,* comme toutes les plantes apparentées aux roseaux, affectionnaient l'humidité, et leurs mottes extrêmement absorbantes transformaient rapidement la chimie du sol, ce qui jouait un rôle important dans la transition du fellfield à la prairie alpestre. Et maintenant, il remarquait avec un œil nouveau des dizaines de ruisselets peuplés de roseaux qui sinuaient entre les rochers. Il mit un genou sur une plaquette isolante, replaça sa visière en focale normale et observa les alentours. Soudain, il découvrait toute une série de petits fellfields dispersés sur la pente de la moraine comme des tapis persans lacérés par la glace.

De retour à la station, il s'enferma avec ses spécimens dans un labo et ne quitta son microscope que pour aller faire part de ses résultats à Berkina, Claire et Jessica.

– Ce sont pour la plupart des polyploïdes [1]? demanda-t-il.

– Oui, fit Berkina.

Les espèces polyploïdes étaient fréquentes sur Terre, en altitude. Ce n'était guère surprenant de les trouver ici. Le phénomène était bizarre – ce doublement, ce triplement, ce quadruplement du nombre de chromosomes original dans une plante. Des plantes diploïdes, avec dix chromosomes, étaient suivies par d'autres avec vingt, trente, quarante chromosomes. Les hydrologistes se servaient de ce phénomène depuis des années pour créer des plantes fantaisie, car chez les polyploïdes, tout était normalement plus grand – les feuilles, les fleurs, les fruits, la dimension cellulaire – et, bien souvent, ils offraient des variétés plus nombreuses que leurs parents. Ce type d'adaptabilité leur permettait d'investir de nouveaux terrains, comme les glaciers, par exemple. Sur Terre, il existait dans l'Arctique des îles où quatre-vingts pour cent des plantes étaient polyploïdes. Sax supposait que c'était là une stratégie qui évitait les effets destructeurs des taux de mutation excessifs, ce qui expliquait pourquoi on constatait surtout la présence de polyploïdes dans des régions à haut rayonnement d'UV. Les UV pouvaient briser un grand nombre de gènes, mais si ces gènes avaient leur réplique dans d'autres ensembles chromosomiques, il était probable qu'aucune trace phénotypique des dommages n'apparaîtrait et que la reproduction n'en serait pas modifiée.

– Nous nous sommes aperçus que même lorsque nous ne commençons pas avec des polyploïdes, ce qui n'est pas courant, les espèces se modifient en quelques générations.

– Et vous avez réussi à identifier le mécanisme déclencheur?

– Non.

Autre mystère. Sax revint à son microscope, vexé par cet accroc plutôt étonnant dans le tissu bizarre de la biologie.

– Je dois dire que je suis surpris de la façon dont tout se propage.

1. Se dit d'un organisme vivant qui comporte une ou plusieurs séries surnuméraires de chromosomes. *(N.d.T.)*

Claire eut un sourire heureux.

– Je craignais qu'en arrivant de la Terre vous trouviez tout ça plutôt désertique.

– Eh bien, non... (Il s'éclaircit la gorge.) Je crois que je ne m'attendais vraiment à rien de particulier. A des algues ou des lichens. Mais ces fellfields ont l'air de se couvrir de tas d'espèces. Je me disais que ça prendrait plus de temps.

– Ce serait le cas sur Terre. Mais il ne faut pas perdre de vue que nous ne nous contentons pas de semer les graines et d'attendre. Chaque espèce a été modifiée pour augmenter sa rapidité de croissance et sa résistance.

– Et nous réensemençons à chaque printemps, ajouta Berkina. Et nous ajoutons de l'engrais avec des bactéries qui fixent l'azote.

– Je croyais que la mode était à la dénitrification.

– Ça concerne surtout les dépôts denses de nitrate de sodium. Pour que l'azote s'évapore dans l'atmosphère. Mais là où nous plantons, il nous faut plus d'azote dans le sol, et c'est pour cela que nous répandons des fixateurs.

– Ça me paraît quand même rapide. Et ça a dû commencer avant la mise sur orbite de la soletta.

Jessica intervint :

– Le fait est qu'il n'y a pas de compétition à ce stade. Les conditions sont rudes, mais ces plantes sont vraiment robustes, et elles ne rencontrent aucune compétition quand on les met en place ici. Rien qui puisse les ralentir.

– Une niche écologique vide, résuma Claire.

– Et les conditions, ici, sont plus favorables que dans de nombreuses autres régions de Mars, ajouta Berkina. Dans le Sud, on a l'hiver d'aphélie, et l'altitude élevée. Le bilan des stations montre l'effet dévastateur de l'hiver. Mais ici, l'hiver du périhélie est plus doux, et nous ne sommes qu'à mille mètres. Tout est favorable, en fait. C'est mieux que l'Antarctique. Surtout le taux de CO_2. Je me demande si ce ne serait pas pour beaucoup dans cette vitesse de croissance dont vous parlez. Tout se passe comme si les plantes étaient surnourries.

– Oui, fit Sax en acquiesçant.

Ainsi, les fellfields étaient des jardins. Et les plantes croissaient sous haute surveillance, non pas naturellement. Il aurait pourtant dû le savoir – c'était le cas général sur Mars – mais ces fellfields, si rocailleux, si chaotiques, lui étaient apparus comme sauvages, ce qui avait suffi à le tromper momentanément. Pourtant, même en sachant qu'il avait affaire à des jardins entretenus, il restait surpris de la vigueur des plantes.

– Et maintenant, la soletta déverse sa lumière sur toute la surface! s'exclama Jessica. (Elle secoua la tête d'un air désapprobateur.) L'insolation naturelle est en moyenne de quarante-cinq pour cent sur Terre, et avec la soletta, on devrait atteindre cinquante-quatre.

– Parlez-moi un peu de la soletta, dit Sax.

Ils lui racontèrent tout en se relayant. Un groupe de transnationales, dirigé par Subarashii, avait construit un cercle de voiles-miroirs entre le soleil et Mars conçu pour capter et dévier la lumière solaire qui serait passée au large de la planète. Un miroir support annulaire, en rotation sur une orbite polaire, renvoyait la lumière à la soletta afin de compenser la pression lumineuse, et cette lumière était à son tour reflétée sur Mars. Tous ces dispositifs de miroirs étaient absolument gigantesques comparés aux premières voiles de transporteurs solaires que Sax avait utilisées et le taux de lumière qu'ils ajoutaient à la surface était important.

– Leur construction a dû coûter une fortune, murmura-t-il.

– On peut le dire. Toutes les transnats ont investi dans cette affaire. Incroyable!

– Et ce n'est pas fini, enchaîna Berkina. Ils veulent lancer une loupe en orbite à quelques centaines de kilomètres de la surface, pour refocaliser la lumière de la soletta. Comme ça, la température en surface devrait grimper de façon fantastique. Jusqu'à cinq mille degrés!

– Cinq mille degrés!

– Oui, je crois bien que c'est ce que j'ai entendu dire. Ils ont l'intention de faire fondre le sable et la couche de régolite inférieure, ce qui libérera tous les corps volatils.

– Mais la surface?

– Ils veulent faire ça dans des régions reculées.

– En lignes, ajouta Claire. Cela donnera des tranchées?

– Des canaux, dit Sax.

Oui, exact

Ce qui les fit tous rire.

– Des canaux dans des lits de verre, ajouta Sax, soudain troublé à la pensée de tous ces corps volatils dispersés dans l'air. Le gaz carbonique dominerait certainement.

Mais il ne souhaitait pas marquer trop d'intérêt pour les grands projets de terraforming. Il laissa aller la conversation qui, inévitablement, revint à son travail.

– Eh bien, je pense que certains de ces fellfields deviendront rapidement des prairies alpestres.

– Mais il y en a déjà, dit Claire.

– Vraiment?

– Bien sûr, elles sont encore très petites. Mais si vous descendez vers le rebord ouest sur trois kilomètres, vous les verrez. Des prairies alpestres et des krummholz également. Ça n'a pas été très difficile. Nous avons planté les arbres sans trop d'altérations génétiques, parce que la plupart des espèces de pins et d'épicéas avaient une large tolérance thermique dans leur habitat terrestre initial.

– Ça, c'est plutôt singulier.

– Un rappel des glaciations, je dirais. Mais à présent, ça nous est très utile.

– Intéressant.

Et il finit sa journée entre ses microscopes, sans rien découvrir, perdu dans ses réflexions. La vie, comme le disait Hiroko, est faite de tellement d'esprit. Quelle chose étrange et étonnante que cette vigueur des choses vivantes, cette tendance à proliférer. Ce qu'Hiroko appelait la pulsion verte, leur *viriditas*. Une lutte permanente pour se conformer au modèle. Cela l'intriguait totalement.

Quand l'aube se leva le lendemain, il se réveilla dans le lit de Phyllis. Elle était enroulée dans les draps à côté de lui. Après le dîner, le groupe tout entier s'était retrouvé dans la salle d'observation. C'était devenu une habitude. Il avait continué à bavarder avec Claire, Jessica et Berkina, et Jessica s'était montrée très amicale avec lui, comme d'habitude. Phyllis avait remarqué cela. Et elle l'avait suivi jusqu'aux toilettes, près de l'ascenseur. Elle l'avait embrassé sans prévenir, comme toujours, et ils avaient fini par descendre à l'étage des dortoirs, puis dans sa chambre. Sax avait été gêné de quitter ses amis comme ça, sans prévenir, mais il ne lui en avait pas moins fait l'amour avec passion.

Mais à présent, tandis qu'il l'observait endormie, il se souvenait de leur fuite précipitée avec dégoût. Sax n'avait jamais été poursuivi par les femmes auparavant, mais il n'avait aucune vanité à tirer de ce nouvel était de fait : il était clair qu'il devait cela à la chirurgie esthétique de Vlad qui, avec un peu de chance, avait su lui donner un visage qui plaisait aux femmes. C'était une question de quelques millimètres de chair, d'os et de cartilages, qui se positionnaient de façon plus ou moins séduisante. Vlad avait travaillé sur son visage, et maintenant les femmes désiraient attirer son attention, même s'il était toujours la même personne. Une personne pour qui jamais Phyllis n'avait manifesté le moindre intérêt. Difficile de ne pas avoir des pensées cyniques à ce propos...

Il quitta le lit et enfila l'une des combinaisons légères récemment conçues, bien plus confortables que les vieux walkers des premières années.

Et il retourna vers le glacier.

Dans le froid du matin, il remonta le fleuve de glace balisé avant d'obliquer sur la pente ouest. Il passa les fellfields fleuris tapissés de givre qui commençait à fondre dans la lumière, et atteignit un point où le glacier, tout à coup, passait un petit escarpement qui ressemblait à une sorte de cascade de glace. Elle s'orientait sur la gauche en suivant les arêtes rocheuses qui la bordaient. Et soudain, un craquement intense résonna, suivi par une vibration dans les basses fréquences qui secoua Sax jusqu'au creux du ventre. La glace venait de bouger. Il s'arrêta net et écouta. Il perçut le tintement lointain d'un torrent sous la glace. Il se remit en marche. Il se sentait plus heureux et plus léger à chaque pas. La clarté était limpide et la vapeur montait du glacier comme une fumée blanche.

Et c'est alors que, à l'abri de plusieurs blocs énormes, il se retrouva dans un fellfield en amphithéâtre, empli de fleurs qui faisaient songer à autant de touches de peinture multicolores. Tout au fond, il y avait une petite prairie orientée au sud, d'un vert intense. Des ruisseaux givrés s'entrecroisaient sur la mousse et les roseaux. Et, à la lisière de l'amphithéâtre, à l'abri de crevasses et de rochers en surplomb, des arbres nains avaient poussé.

Un krummholz qui, dans l'échelle de l'évolution des paysages de montagne, suivait immédiatement les prairies alpestres. Ces arbustes appartenaient à des espèces courantes. Il y avait là surtout des épicéas blancs, *Picea glauca*, qui, dans ces rudes conditions climatiques, se miniaturisaient d'eux-mêmes pour épouser les volumes où ils poussaient. A moins qu'on ne les ait plantés là, ce qui était probable. Il aperçut également des *Pinus contorta*, au milieu des épicéas plus nombreux. C'étaient les conifères les plus résistants au froid sur Terre et, apparemment, les geno de Biotique avaient greffé des espèces halophytes, comme les tamarins. Toute la gamme du génie génétique avait été déployée pour aider à leur croissance, pourtant les conditions extrêmes de Mars la freinaient. Ces arbres, capables d'atteindre trente mètres de haut, étaient recroquevillés dans leurs niches, bousculés par les tempêtes et les bourrasques de neige qui attaquaient leurs branches comme des sécateurs. D'où le nom allemand de *krummholz* : « bois tordu », ou, mieux, « bois des elfes » – la zone où les arbres parviennent à exister sur les fellfields ou les prairies. La limite de végétation.

Lentement, Sax explora l'amphithéâtre, sautant de rocher en rocher, inspectant les plaques de mousse, les roseaux, l'herbe et chacun des arbres tour à tour. Les plus petits étaient tellement convulsés qu'ils semblaient entretenus par un jardinier de bonsaï devenu fou.

Régulièrement, il murmurait :

– Comme c'est beau ! Comme c'est beau !

Il effleurait les branches, l'écorce laminée.

– Comme c'est beau ! Il suffirait de quelques taupes, de marmottes, de renards, de campagnols, de visons.

Mais le gaz carbonique de l'atmosphère représentait encore trente pour cent de l'air et sa pression devait être d'au moins 50 millibars. Dans une telle atmosphère, les mammifères étaient condamnés à périr. C'était pour cette raison qu'il s'était toujours opposé au modèle de terraforming à deux temps, qui nécessitait un apport massif de CO_2 avant toute chose. Comme si le réchauffement de cette planète était le seul et unique objectif ! Mais ça n'était pas le véritable objectif. Le véritable objectif, c'était d'amener des animaux à survivre en surface. Non seulement ce serait un bien en lui-même, mais aussi pour les plantes, qui étaient nombreuses à dépendre des animaux. La plupart de ces plantes de fellfield se propageaient d'elles-mêmes, bien sûr, et Biotique avait libéré certains insectes génétiquement modifiés qui accomplissaient avec entêtement leur travail de pollinisation. Mais il y avait d'autres fonctions symbiotes qui exigeaient l'existence d'animaux : l'aération du sol par les taupes et les campagnols, la dispersion des graines par les oiseaux. Sans eux, les plantes ne pourraient poursuivre leur croissance, et certaines périraient. Non, ils devaient réduire le taux de CO_2 dans l'air, probablement jusqu'à 10 millibars, ce qui était la pression sur Mars quand ils avaient débarqué. C'était pour cela qu'il était tellement troublé par le plan que ses collègues avaient évoqué : fondre le régolite avec des loupes en orbite. Car cela ne ferait qu'augmenter le problème.

Mais, pour un temps, il bénéficiait de cette beauté inattendue. Il passa des heures à admirer tous ces spécimens, les troncs en spirales, les branches tourmentées, l'écorce et les tapis d'aiguilles. C'était comme une sculpture flamboyante. Et il était à genoux, le nez plongé dans les roseaux, le derrière vers le ciel, lorsque Phyllis, Claire et tout un groupe débouchèrent soudain dans la prairie et éclatèrent de rire en le voyant. Ils foulaient aux pieds l'herbe vivante.

Phyllis resta en sa compagnie cet après-midi-là, comme elle l'avait fait déjà une ou deux fois, et ils revinrent ensemble à la station. Sax essayait de jouer le rôle du guide indigène, lui désignant les plantes qu'il avait étudiées la semaine précédente. Mais Phyllis ne posait pas de questions, et elle ne paraissait même pas l'écouter. Elle semblait n'être là que pour faire de lui son public, le témoin de son existence. Il laissa donc tomber les plantes et se mit à poser des questions. Il l'écouta avec attention. Après tout, il avait là une excellente occasion d'en apprendre plus sur les structures martiennes actuelles. Même si elle exagérait son rôle.

– J'ai été stupéfaite de voir avec quelle rapidité Subarashii a construit le nouvel ascenseur et l'a installé, lui dit-elle.

– Subarashii?

– Oui. Ils étaient le principal entrepreneur dans ce projet.

– Mais qui a passé le contrat? L'AMONU?

– Oh! non. L'AMONU a été remplacée par l'Autorité transitoire de l'ONU.

– Donc, quand tu étais présidente de l'Autorité transitoire, tu étais effectivement présidente de Mars

– Je dirais que le pouvoir présidentiel tourne entre les membres, en fait ça ne confère pas un pouvoir très supérieur à celui des autres membres. Ça n'existe que pour les médias et les meetings publics. De l'embrouille.

– Pourtant...

– Oh, oui, je sais... (Elle se mit à rire.) C'est un poste que pas mal de mes vieux collègues auraient voulu avoir mais qu'ils n'ont jamais réussi à décrocher. Chalmers, Bogdanov, Boone, Toitovna – je me demande ce qu'ils auraient pensé s'ils avaient vu ça. Mais ils ont choisi le mauvais cheval.

Sax détourna le regard.

– Alors pourquoi est-ce Subarashii qui a construit le nouvel ascenseur?

– Parce que le comité directeur de l'AT l'a voté comme ça. Praxis avait fait une offre, mais personne n'aime Praxis.

– Et maintenant que l'ascenseur fonctionne à nouveau, tu crois que les choses vont encore changer?

– Oh, mais oui! Certainement! Des tas de choses étaient en panne depuis les troubles. L'émigration, la construction, le terraforming, le commerce – tout a été ralenti. On a même eu du mal à reconstruire certaines des cités qui avaient été partiellement touchées. On a appliqué des lois militaires, ce qui était nécessaire, vu ce qui était arrivé.

– Bien sûr.

– Mais aujourd'hui, tous les métaux qui se sont entassés depuis quarante ans vont faire irruption sur le marché terrien, et l'économie mondiale en sera incroyablement stimulée! Nous allons recommencer les échanges avec la Terre, les investissements vont reprendre, et l'émigration aussi. On est enfin prêt à faire redémarrer les choses.

– Comme la soletta?

– Exactement! C'est l'exemple parfait. Il existe toutes sortes de plans d'investissements sur cette planète.

– Oui. Des canaux à partois en verre, dit Sax. Ça banaliserait les moholes.

Phyllis reprit son discours sur les perspectives éclatantes de l'économie terrienne.

Sax s'étonna :

– Mais je pensais que la Terre avait des problèmes graves.

– Oh... La Terre a toujours eu des problèmes graves. Il faut qu'on s'habitue à cette idée. Non, je suis très optimiste. Je pense que la récession les a tous durement touchés, des grands tigres de l'économie jusqu'aux pays moins développés. Mais l'afflux de métaux industriels va stimuler l'économie pour tous, y compris pour les sociétés qui contrôlent l'environnement. Et, malheureusement, il semble bien que le dépérissement résoudra leurs autres problèmes.

Sax se concentra sur la moraine qu'ils escaladaient. Ici, le flux de solidification avait provoqué le glissement du régolite en une série de creux et de bosses. Même s'il semblait gris et inerte, un dessin ténu, pareil à une mosaïque, révélait qu'il était en fait recouvert de flocules de lichen bleuâtre. Dans les creux, Sax remarqua des touffes semblables à de la cendre et se courba pour recueillir un échantillon.

– Regarde, dit-il à Phyllis. De la trinitaire des neiges.

– On dirait de la poussière.

– C'est à cause des champignons parasites qui poussent à sa surface. En fait, elle est verte. Tu vois ces petites feuilles? Ce sont de nouvelles pousses encore intactes.

Il régla sa visière : les jeunes pousses ressemblaient à des herbes de verre.

Mais cela ne semblait guère passionner Phyllis.

– Qui a créé cette espèce? demanda-t-elle avec un accent de mépris marqué.

– Je l'ignore. Personne, peut-être. Il y a pas mal d'espèces dans ces nouveaux biotopes qui ne viennent pas du génie génétique.

– L'évolution peut travailler aussi vite?

– Eh bien... Tu connais l'évolution polyploïde?

– Non.

Phyllis poursuivait son chemin. Elle avait déjà oublié le petit spécimen grisâtre. La trinitaire des neiges. Elle avait sans doute été très légèrement modifiée. Ou alors, personne n'y avait touché. Des spécimens de test, implantés ici pour voir comment ils se comportaient. Et donc très intéressants. Pour lui, Sax.

Mais Phyllis avait perdu tout intérêt pour ses découvertes. Elle avait été autrefois une biologiste de premier rang, et Sax avait quelque difficulté à imaginer qu'elle ait pu devenir ainsi. Mais ils vieillissaient tous. Durant le cours de leurs existences anormales, il était probable que des changements devaient les affecter, tous. Profondément, sans doute. Sax n'aimait pas cette idée, mais elle s'imposait à lui. Comme tous les autres centenaires, il avait de plus en plus de peine à retrouver des détails spécifiques de son passé, et surtout des années intermédiaires, quand il avait entre trente-cinq et quatre-vingt-dix ans. Les années qui avaient précédé 61 et celles qu'il avait vécues sur Terre devenaient confuses. Et sans souvenirs clairs, on ne pouvait que changer.

De retour à la station, il retrouva son labo, l'esprit troublé. Il se dit qu'eux-mêmes, peut-être, étaient devenus polyploïdes, non pas en tant qu'individus mais culturellement – une redisposition génétique internationale qui avait eu pour résultat de quadrupler les torons et leur avait apporté la capacité de survivre sur ce terrain étranger, malgré toutes les mutations dues au stress...

Mais non. Ça, c'était de l'analogie et non pas de l'homologie. En sciences humaines, on aurait parlé de similitude héroïque, pour autant qu'il comprît vraiment cette expression, ou de métaphore, ou de toute autre analogie de genre littéraire. Et les analogies étaient pour la plupart dépourvues de sens – il était plus souvent question de phénotype que de génotype (pour employer une autre analogie). Pour lui, une large part de la poésie, de la littérature, et en fait toutes les sciences humaines, y compris les sciences sociales, étaient phénotypiques.

Non, mieux valait se concentrer sur les homologies, ces similarités structurelles qui indiquaient des relations physiques réelles, qui expliquaient *vraiment* quelque chose. Ce qui renvoyait à la science pure. Mais après ces moments passés avec Phyllis, c'était exactement ce dont il avait besoin.

Il plongea sur ses microscopes. La plupart des organismes qu'il avait trouvés dans les fellfields avaient des feuilles velues et très épaisses. Ce qui participait à la protection des plantes contre le rayonnement UV particulièrement dur sur Mars. Si l'on examinait plusieurs variétés de diverses espèces, ces adaptations pouvaient constituer des exemples homologiques dans lesquels les espèces de souches ancestrales communes conservaient les mêmes traits de famille. Ou alors, elles constituaient autant d'exemples de convergence : des espèces provenant de phyla [1] séparés avaient convergé vers les mêmes formes par le biais de la nécessité fonctionnelle. Et aujourd'hui, elles pouvaient être le simple résultat du génie génétique : on ajoutait les mêmes traits à différentes plantes afin de leur procurer les mêmes avantages. Encore fallait-il sélectionner ceux qui étaient nécessaires, ce qui impliquait une identification de la plante et un retour aux fichiers afin de savoir si elle avait été créée par une équipe de terraforming. Il y avait un labo de Biotique à Elysium, dirigé par Harry Whitebook, qui avait créé la plupart des plantes qui avaient réussi à se développer en surface, plus spécialement les roseaux et les herbes, aussi retrouvait-on souvent sa marque dans le catalogue Whitebook. Dans ces cas précis, les similarités relevaient souvent d'une convergence artificielle. Whitebook insérait des traits génétiques, comme les feuilles velues, par exemple, dans chacune des plantes qu'il élevait.

Un cas intéressant d'histoire imitant l'évolution. Et il était certain que, puisqu'on voulait créer une biosphère sur Mars en un temps relativement court, cent sept fois plus bref que sur Terre, on devrait intervenir continuellement dans l'évolution. Par conséquent, la biosphère martienne ne représenterait pas un cas de phylogénie [2] récapitulant l'ontogénie [3], une notion largement

1. Souches d'origine. *(N.d.T.)*
2. Étude de la formation des espèces et de leur évolution en vue d'établir leur parenté. *(N.d.T.)*
3. Développement de l'individu depuis l'œuf fécondé jusqu'à l'âge adulte. *(N.d.T.)*

discréditée, mais plutôt d'histoire récapitulant l'évolution. Ou mieux : l'imitant, jusqu'à la limite du possible en tenant compte de l'environnement martien. Ou la dirigeant. Oui : l'histoire *dirigeant* l'évolution. Un concept audacieux.

Whitebook conduisait sa mission avec perspicacité. Il avait même conçu des roches de fond qui portaient des lichens phréatophytes et qui transformaient les sels qu'ils incorporaient en une sorte de structure corallienne millépore [1]. Les plantes qu'il obtenait étaient des blocs semi-cristallins vert olive ou sombre. Lorsqu'on se promenait dans ces jardins lilliputiens, on avait l'impression que les plantes y avaient été abandonnées, écrasées, puis à demi couvertes de sable. Les blocs individuels des plantes étaient fracturés ou fissurés selon un schéma régulier de craquèlement, si friables qu'ils en semblaient atteints d'une maladie. Une maladie capable de pétrifier les plantes en pleine croissance, pour les obliger à ne survivre qu'entre des fragments de jade et de malachite. Très étrange d'aspect mais particulièrement efficace. Sax trouva un certain nombre de ces récifs de lichens sur l'arête latérale de la moraine ouest, et davantage encore dans les régions plus arides de régolite.

Il passa plusieurs matinées à les étudier, et une fois, au sommet du glacier, il fut surpris de découvrir en se retournant un tourbillon sur la glace, une petite tornade de rouille étincelante qui descendait vers le bas. Immédiatement, il fut pris dans un vent violent, avec des bourrasques qui devaient atteindre les cent kilomètres-heure. Il finit accroupi sous un rocher, la main levée pour estimer la vitesse du vent. Difficile de le faire avec précision, car la densité nouvelle de l'atmosphère avait accru la force des vents, qui semblaient toujours plus violents qu'ils ne l'étaient réellement. Toutes les estimations fondées sur l'expérience de la vie d'Underhill étaient maintenant sans valeur. Les bourrasques qui passaient autour de lui pouvaient très bien ne pas excéder quatre-vingts kilomètres par heure. Mais elles portaient des rafales de sable qui crépitaient sur sa visière et réduisaient la visibilité à une centaine de mètres au plus. Il attendit une heure que la tempête s'apaise avant de retourner à la station. Il dut traverser prudemment le glacier, en allant d'un fanion à un autre pour ne pas perdre sa piste : ce qui était important s'il ne voulait pas se retrouver dans une zone de crevasses.

Quand il quitta enfin le champ de glace, il se précipita vers la station, tout en réfléchissant à cette petite tornade qui avait annoncé le vent. Le temps était bizarre. A peine arrivé, il appela

1. Organisme marin formant des colonies de polypes construisant un squelette calcaire massif. *(N.d.T.)*

le canal météo et explora toutes les infos sur le temps qu'il avait fait dans la journée avant d'appeler une image satellite de leur secteur. Une cellule cyclonique descendait vers eux depuis Tharsis. L'air acquérait de la densité et les vents s'étaient renforcés considérablement. La bosse serait toujours un point d'ancrage de la climatologie martienne. Le jet stream de l'hémisphère Nord ne cesserait jamais de tourner à partir de l'extrémité nord de Tharsis, comme celui de la Terre tournait à partir des montagnes Rocheuses. Puis, les masses d'air déshydratées soufflaient sur le versant oriental, devenaient mistral, sirocco ou foehn : des vents rapides et forts qui ne tarderaient pas à présenter un vrai problème avec l'augmentation de densité de l'atmosphère. Certaines cités sous tentes, en surface, étaient déjà menacées et devraient se déplacer vers les canyons et les cratères, ou alors au moins renforcer leurs bâchages.

Sax se retrouva tellement troublé et excité par les perspectives d'évolution du temps qu'il se dit qu'il ferait tout aussi bien de laisser tomber ses études botaniques pour se consacrer entièrement à la climatologie. Autrefois, c'est ce qu'il aurait fait, il se serait investi jusqu'à ce que sa curiosité soit satisfaite, tout en réussissant à apporter sa contribution à chaque problème nouveau qui se serait présenté.

Mais cette approche avait manqué de discipline, il le comprenait maintenant : ça ne l'avait amené qu'à une méthode de dispersion, et même à un certain dilettantisme.

A présent, en tant que Stephen Lindholm, au service de Claire et de Biotique, il devait renoncer à la climatologie et jeter un dernier regard de regret aux clichés des satellites, à leurs nouveaux tourbillons nuageux, et se contenter d'apprendre aux autres l'approche de ce cyclone et de bavarder à propos du temps comme ils le faisaient au labo ou après le dîner – et il allait reprendre son travail dans le petit écosystème et ses plantations afin d'aider à l'effort commun. Et comme il commençait à découvrir les particularités d'Arena, les restrictions que lui imposait sa nouvelle identité n'étaient pas une mauvaise chose. Elles impliquaient qu'il s'oblige à se concentrer sur une unique discipline d'une façon qu'il n'avait plus connue depuis ses recherches post-doctorales. Et ce qu'il avait à gagner par cette concentration devenait de plus en plus évident pour lui. Il pourrait peut-être devenir un meilleur chercheur.

Le lendemain, les vents étaient simplement vifs, et il repartit vers le petit carré de lichen corallien qu'il étudiait quand la tempête de sable s'était levée. Toutes les fissures étaient à présent ensablées, ce qui devait être le cas la plupart du temps. Il en attaqua une à la brosse et regarda à l'intérieur en multipliant par vingt le grossissement de sa visière. Les parois de la fissure étaient revêtues de cils très fins, plus ou moins comparables au duvet des feuilles de la quintefeuille alpine. A l'évidence, ces surfaces déjà bien abritées n'avaient pas besoin de protection supplémentaire. Peut-être étaient-elles chargées de libérer l'excédent d'oxygène des tissus semi-cristallins de la masse extérieure... Un phénomène spontané ou planifié ?... Il lut les descriptions sur son bloc de poignet et ajouta quelques relevés personnels à partir du spécimen qu'il observait, car les cils ne semblaient pas être décrits. Puis il sortit un mini-appareil de sa poche, prit un cliché, préleva un échantillon de cils, rangea le tout et reprit sa progression.

Des fragments de glace craquaient sous ses pas. De petites fontaines naturelles devenaient des torrents dans les saignées profondes pour disparaître tout à coup dans des trous bleus. Les arêtes de la moraine scintillaient comme des côtes d'or dans la chaleur qui montait. Et cette vision lui rappela le plan de la soletta. Il sifflota entre ses lèvres.

Il s'étira longuement en se redressant. Il se sentait vivant et curieux, heureux, dans son élément. Le scientifique au travail. Il apprenait à aimer «l'histoire naturelle», telle qu'elle avait été abordée par les Grecs anciens, les savants de la Renaissance et plus encore ceux du dix-huitième siècle : l'observation minutieuse des choses de la nature, leur description, leur classement, leur taxinomie – cette tentative fondamentale pour expliquer ou, du moins dans son premier stade, pour décrire. Les historiens de la nature avaient toujours exprimé un tel bonheur dans leurs écrits. Linné et son latin sauvage, Lyell avec ses rocailles, Wallace, Darwin, et le grand bond qu'ils avaient fait de la catégorie à la théorie, de l'observation au paradigme. C'était cela que Sax percevait, ici, sur le glacier d'Arena, en l'an 2101, au milieu de toutes ces espèces nouvelles, ce processus de croissance et de spéciation à demi humain, à demi martien – un processus qui nécessiterait bientôt ses propres théories, une sorte d'évo-histoire, d'historico-évolution, ou de la simple aréologie. Ou bien encore la *viriditas* d'Hiroko. Les théories sur le projet de terraforming – non seulement telles qu'elles se définissaient dans leurs buts mais dans la façon dont elles s'appliquaient. De l'histoire naturelle, en vérité. Une faible partie de ce qui se passait sur le terrain pouvait être étudiée en labo, et ainsi l'histoire naturelle devait reprendre la place qui était la sienne parmi les autres sciences, en toute égalité. Ici, sur Mars, de nombreuses hiérarchies étaient destinées à s'effondrer. Il ne s'agissait pas d'une analogie absurde, mais tout simplement d'une observation précise de ce que chacun pouvait voir.

Ce que chacun pouvait voir. Est-ce qu'il l'aurait compris, avant de se retrouver là? Est-ce qu'Ann le comprendrait? Courbé vers la surface craquelée du glacier, il se surprit à penser à elle. Chaque berg, chaque crevasse lui apparaissait comme s'il avait laissé sa visière sur agrandissement 20, mais avec une profondeur de champ infinie – il décelait toutes les tonalités d'ivoire et de rose des surfaces bosselées, les reflets des miroirs d'eau gelée, les promontoires qui se succédaient et semblaient s'empiler sur l'horizon, avec une précision chirurgicale. Et il prit conscience que cet effet optique n'était pas accidentel (comme s'il avait eu les larmes aux yeux, par exemple), mais qu'il résultait d'une compréhension conceptuelle du paysage qui montait en lui. Une sorte de vision cognitive, et il ne put s'empêcher de se rappeler ce que disait Ann avec colère : *Mars est un endroit que tu n'as jamais vu.*

Il avait pris cela pour une figure de style. Mais maintenant il se rappelait Kuhn affirmant que les savants qui utilisaient des paradigmes différents existaient dans des mondes littéralement différents, parce que l'épistémologie était une composante à part entière de la réalité. Les aristotéliciens ne pouvaient tout simplement pas voir le pendule de Galilée, qui pour eux n'était qu'un corps tombant avec une certaine difficulté; et, en général, les savants qui discutaient les mérites comparés de paradigmes concurrents se parlaient sans se comprendre, utilisant les mêmes mots pour désigner des réalités différentes.

Il avait considéré cela aussi comme une figure de style. Mais en y repensant maintenant, en absorbant la clarté hallucinatoire de la glace, il dut admettre qu'il y trouvait décrit ce qu'il avait toujours senti dans ses conversations avec Ann. Ils en avaient été frustrés tous deux. Et quand elle lui avait lancé au visage qu'il n'avait jamais vu Mars, ce qui était faux à plusieurs niveaux, elle avait peut-être simplement voulu dire qu'il n'avait pas vu sa planète Mars *à elle*, celle qu'elle créait par son paradigme. Ce qui était incontestablement la vérité.

Maintenant, il voyait un monde qu'il n'avait encore jamais vu. Mais la transformation s'était produite en quelques semaines passées à observer ces parties du paysage martien qu'Ann méprisait, celles où poussaient de nouvelles formes de vie. Aussi doutait-il que cette planète, avec ses algues des neiges, ses lichens des glaces et ses petits carrés de tapis persans frangeant le glacier, fût celle d'Ann. Non plus que celle de ses collègues du terraforming, qu'ils soient anciens ou nouveaux. C'était une fonction de ce qu'il croyait, lui, et de ce qu'il voulait – sa planète Mars *à lui*, déployée là devant ses yeux, en route vers quelque chose de nouveau. Et, comme un coup au cœur, il souhaita brusquement pouvoir saisir Ann en cette seconde-là, et l'entraîner jusqu'à la moraine occidentale d'Arena pour lui dire : « Tu vois ? Tu vois ? *Est-ce que tu vois ? »*

Mais il n'avait que Phyllis à qui se confier, sans doute la personne la moins philosophique qu'il connût. Il l'évitait aussi discrètement que possible quand il était de retour à la station, et passait ses journées sur la glace, sous le vaste ciel du Nord, dans le vent, les moraines, rampant entre les plantes. Quand il revenait le soir, il dînait en compagnie de Claire, Berkina et les autres, et ils bavardaient à propos de ce qu'ils avaient découvert et de ce qu'ils pouvaient en tirer. Plus tard, ils se retrouvaient dans la salle d'observation où certains soirs ils dansaient, plus particulièrement les vendredis et les samedis. La musique était en général de la nuevo calypso. Les guitares et les drums suivaient des mélodies rapides sur des rythmes complexes que Sax avait bien du mal à analyser.

Un soir, quand il revint à leur table, Jessica lui dit :

– Tu es vraiment un excellent danseur, Stephen.

Il éclata de rire, mais il en fut flatté, bien qu'il sût que Jessica était totalement incompétente pour juger de son talent, et qu'elle avait dit cela pour lui plaire.

Il dansait avec Phyllis autant qu'avec les autres, mais ils ne s'étreignaient et ne faisaient l'amour que dans le secret de leurs chambres. C'était le parfait modèle de la liaison cachée et, un matin, vers quatre heures, alors qu'il regagnait sa chambre, il ressentit un élancement de peur. Il lui apparaissait soudain que sa complicité tacite pouvait le désigner à Phyllis comme un des Cent Premiers. Qui d'autre aurait pu vivre une aventure aussi bizarre sans difficulté, comme la chose la plus naturelle du monde ?

Mais, à bien y réfléchir, Phyllis ne semblait pas se préoccuper de ce genre de nuance. Il avait presque renoncé à tenter de comprendre ses pensées, ses motivations, face à tant de données contradictoires et en dépit du fait qu'ils continuaient de passer la nuit ensemble régulièrement, mais moins souvent qu'au début. Elle semblait s'intéresser surtout aux manœuvres des transnationales à Sheffield aussi bien que sur Terre – les mouvements de personnel et les changements hiérarchiques, les variations des cours, qui étaient à l'évidence éphémères et dépourvus de sens, mais apparemment passionnants pour elle. Afin de jouer son rôle de Stephen, il devait montrer de l'intérêt pour tout ça. Et quand elle abordait le sujet, il la bombardait de questions. Mais quand il l'interrogeait sur le sens plus large et stratégique de ces variations quotidiennes, elle semblait se refuser à lui donner des réponses correctes. Ou alors, se dit-il, elle les ignorait. Apparemment, son intérêt s'expliquait par ses investissements personnels ou ceux des gens qu'elle connaissait. Un ex-cadre de Consolidated, passé maintenant chez Subarashii, avait été nommé à la tête des opérations du nouvel ascenseur. Un cadre de Praxis avait disparu dans le paysage. Armscor s'apprêtait à faire exploser des dizaines de bombes à hydrogène sous le mégarégolite de la calotte polaire nord, afin de réchauffer l'océan et de stimuler la croissance des diverses formes de vie. Cette dernière information n'était pas plus intéressante pour elle que les deux premières. Comme un historien de la nature, concerné par la description plutôt que par la théorie. Ce qui était sans doute tout aussi bien, car Sax était d'autant plus libre de tirer ses propres conclusions.

Et il était peut-être utile de se pencher sur les carrières des individus qui géraient les transnats, et les jeux de micropolitique auxquels ils se livraient pour le pouvoir. Après tout, ils dirigeaient le monde. Quand ils étaient au lit, Sax écoutait donc Phyllis attentivement, faisait les commentaires que Stephen aurait faits, essayait de s'y retrouver dans tous les noms, se demandait si le fondateur de Praxis était vraiment un surfer sénile, si Shellalco serait rachetée par Amexx, pourquoi les équipes de cadres des transnats se combattaient avec une telle violence alors qu'elles dominaient déjà le monde, et que chacun possédait tout ce qu'un être humain pouvait convoiter dans sa vie personnelle. C'était peut-être dans la sociobiologie que résidait la réponse, avec ses lois de dynamique de dominance. Il s'agissait avant tout d'augmenter le taux de réussite de chacun dans le domaine de la société – ce qui n'était pas une simple analogie, dès lors que l'on considérait une société comme une famille. Et puis, dans un monde où l'on était censé pouvoir vivre indéfiniment, ça pouvait être une simple autoprotection. « La survie du mieux adapté. » Une tautologie que Sax avait toujours considérée comme inutile. Mais si les socio-darwinistes prenaient les commandes, le concept gagnerait en importance, il deviendrait le dogme religieux de l'ordre au pouvoir...

Puis Phyllis l'embrassait, se coulait entre ses bras. Mais leur aventure avait perdu l'attrait de la nouveauté. Sax avait le sentiment de s'éloigner de plus en plus d'elle chaque fois qu'ils faisaient l'amour. Il devenait Stephen Lindholm, qui imaginait qu'il caressait des femmes que Sax ne connaissait pas ou dont il avait vaguement entendu parler, comme Ingrid Bergman ou Marilyn Monroe.

Un matin à l'aube, après une nuit de ce genre, Sax se leva comme d'habitude pour aller retrouver son glacier. Et Phyllis, qui venait de se réveiller, décida de l'accompagner.

Ils enfilèrent leurs combinaisons et s'aventurèrent dans l'aurore violacée. Dans un silence absolu, ils s'approchèrent du glacier et escaladèrent les marches taillées dans la glace. Sax prit la piste de fanions la plus au sud : il avait l'intention de remonter la moraine ouest aussi loin en amont que possible durant la matinée.

Ils progressaient entre des crénelures glaciaires qui leur arrivaient aux genoux, criblées de trous comme du gruyère, tachetées de rose par les algues. Phyllis, comme d'habitude, tombait sous le charme de cet enchevêtrement fantastique et faisait un commentaire différent chaque fois qu'ils passaient devant un sérac, le comparant à une girafe, à la tour Eiffel, aux contours de l'Europe, etc. Sax s'arrêtait fréquemment pour examiner de plus près des blocs de glace aux tons de jade qui avaient été infiltrés par une bactérie. A certains endroits, cette glace, exposée au soleil, présentait des flaques rosies par une variété d'algue des neiges. L'effet était étrange et évoquait un champ de glace à la pistache.

Ils avançaient donc lentement, et ils se trouvaient encore sur le glacier quand de petits tourbillons de vent se manifestèrent, comme sous l'effet d'un tour de magie. Des colonnes de poussière brunes, scintillantes de particules de givre, qui dévalaient le glacier droit sur eux en suivant une ligne plus ou moins régulière. Puis soudain, elles parurent fluctuer et s'effondrer. Une violente bourrasque les emporta dans un sifflement et ils durent s'accroupir pour ne pas perdre l'équilibre.

– Ça, c'est un coup de vent! cria Phyllis dans son oreille.
– Une bourrasque katabatique [1], commenta Sax en observant la disparition de plusieurs séracs qui se perdaient dans la poussière. Ça vient du Grand Escarpement. (La visibilité chutait rapidement.) On ferait bien de retourner à la station.

Ils rebroussèrent chemin entre les fanions, collant à leur piste,

1. C'est-à-dire descendante. *(N.d.T.)*

d'un point émeraude à l'autre. La visibilité diminuait très vite, et bientôt, ils ne purent distinguer leurs points de repère.

— Hé, proposa Phyllis, si on se mettait à l'abri sous un de ces icebergs?...

Elle se dirigeait déjà vers la forme vague d'un éperon glaciaire, et Sax courut derrière elle en lançant:

— Attention! Il y a pas mal de séracs qui sont crevassés à leur base.

A la seconde où il tendait la main pour saisir la sienne, elle disparut, comme si elle venait de tomber dans un piège. Il parvint pourtant à attraper son poignet, et il la suivit, atterrissant douloureusement à genoux dans la glace. Phyllis, elle, poursuivait sa descente vers le fond de la crevasse. Il aurait pu libérer sa main mais, instinctivement, il se cramponna et fut entraîné à sa suite. Ils dévalaient le toboggan de neige tassée vers le fond de la crevasse et, sous leur poids, la neige cédait, et leur descente se poursuivait. Jusqu'à ce qu'ils tombent sur une couche de sable gelé après quelques secondes terrifiantes de chute libre.

Sax, qui avait été amorti par Phyllis, se redressa indemne. Son intercom lui transmettait des bruits de succion inquiétants, mais il comprit très vite qu'elle avait eu le souffle coupé et mettait un certain temps à le récupérer. Ensuite, elle fit jouer prudemment ses membres et lui annonça qu'apparemment tout était OK. Il ne put qu'admirer en silence sa résistance.

Il constata que le tissu de sa combinaison était lacéré audessus du genou droit, mais qu'il n'avait rien. Il prit le ruban autocollant dans sa poche et répara la déchirure. Son genou serait probablement brûlé par le froid, mais, pour l'instant du moins, il ne le faisait pas souffrir. Il décida de l'oublier et de se lever.

Il constata que le trou par lequel ils avaient surgi de la neige se trouvait approximativement à deux mètres au-dessus de son bras levé. Ils se trouvaient dans une bulle allongée: le fond de la crevasse avait plus ou moins la forme d'un sablier. La paroi en aval était faite de glace pure, et celle d'amont était du rocher gelé. Le vague cercle de ciel libre qu'ils discernaient par l'orifice était de couleur pêche, et la glace bleutée de la paroi de la crevasse étincelait sous les reflets du soleil. L'ensemble était donc opalescent, et plutôt spectaculaire. Mais ils étaient bel et bien coincés.

— Notre signal de bipeur a été coupé, déclara Sax à Phyllis en s'asseyant à côté d'elle. Ils vont probablement partir à notre recherche.

— Oui. Mais est-ce qu'ils vont nous trouver?

Il haussa les épaules.

– Les bipeurs donnent une direction approximative.

– Mais il y a le vent! La visibilité va chuter à zéro!

– Il ne nous reste qu'à espérer qu'ils s'en tirent avec ça.

La crevasse s'étendait vers l'est comme un long couloir au plafond bas. Sax s'accroupit et braqua sa lampe dans l'espace qui séparait la roche de la glace. Et qui se perdait dans les tréfonds, à l'est du glacier, pour autant qu'il pût voir. Il se dit qu'il était possible qu'il continue jusqu'à l'une des petites grottes du bord latéral de la moraine. Il en fit part à Phyllis et s'avança pour explorer plus avant la crevasse en la laissant là, afin d'être certain que les éventuels groupes de chercheurs ne risqueraient pas de trouver le fond du trou vide.

De part et d'autre du faisceau intense de sa lampe frontale, Sax découvrit une glace d'un bleu cobalt intense, un effet causé par la dispersion lumineuse, le même effet qui bleuissait le ciel. En éteignant sa lampe, il constata que la clarté suggérait que la couche de glace, au-dessus d'eux, n'était pas très épaisse. Elle correspondait sans doute à la hauteur de leur chute, s'il réfléchissait bien.

Phyllis lui demanda comment ça se passait.

– Ça va. Je crois que cet espace a été provoqué par le glacier qui a franchi un escarpement transversal. Il peut donc très bien se poursuivre jusqu'au bout.

Mais ce n'était pas le cas. Cent mètres plus loin, la glace de la paroi gauche se refermait sur le rocher de droite : ils étaient dans une impasse.

En revenant sur ses pas, il progressa plus lentement, s'arrêtant parfois pour inspecter des fissures et certains fragments de roc qui avaient sans doute été arrachés à l'escarpement. Dans une fissure, le bleu cobalt de la glace se teintait de vert et, de sa main gantée, il extirpa une masse sombre, oblongue, verte, gelée en surface mais molle en dessous : un fragment dendritique d'algue bleu-vert.

– Waouh! cria-t-il en arrachant quelques filaments avant de remettre le bloc en place.

Il avait lu quelque part que les algues s'incrustaient dans le lit de glace et de roc de la planète et qu'on avait trouvé certaines bactéries à des profondeurs encore plus importantes. Mais on ne pouvait que s'émerveiller de découvrir cette vie végétale si loin du soleil. Il éteignit à nouveau sa lampe et retrouva la clarté de cobalt de la glace tout autour de lui, faible mais si riche. Comment les organismes vivants pouvaient-ils exister dans ce froid, cette pénombre?

– Stephen?

– J'arrive. Regarde... Une algue bleu-vert. Il y en a partout là-bas.

Elle ne jeta qu'un bref regard aux brins d'algue. Il s'assit, prit un sac à échantillons et y glissa un filament avant de l'examiner à la loupe, sous un grossissement de vingt fois. Ce qui n'était pas suffisant pour ce qu'il cherchait mais révélait quand même le vert dentritique de la plante qui redevenait molle en perdant sa pellicule de glace. Il y avait dans la mémoire de son lutrin des catalogues d'algues au même grossissement, mais il ne parvint pas à rattacher cette variété martienne à telle ou telle autre au détail près.

– Elle n'a peut-être jamais été décrite, dit-il enfin. Ça serait important, dans la mesure où on peut se demander si le taux de mutation sur Mars n'est pas supérieur aux normes courantes. On devrait commencer des expériences pour le déterminer.

Phyllis ne répondit pas.

Sax capta soudain des sifflements et des crépitements sur sa radio et Phyllis appela aussitôt sur la fréquence commune. Bientôt, des voix répondirent et, peu après, un casque rouge apparut dans le trou, au-dessus d'eux.

– On est là! lança Phyllis.

– Une seconde, dit la voix de Berkina. On vous lance une échelle!

Après une escalade pénible, ils se retrouvèrent à la surface, clignant des yeux dans la lumière, ployés sous le vent, qui était encore violent. Phyllis ne cessait pas de rire en expliquant à sa façon ce qui leur était arrivé.

– On se tenait par la main pour ne pas être séparés et *boum!* on s'est retrouvés tout au fond!

L'équipe de secours leur raconta la violence des bourrasques en surface. Quand ils se retrouvèrent à la station et qu'ils ôtèrent leurs casques, tout semblait redevenu normal. Mais Phyllis dévisagea brièvement Sax, avec un regard très curieux, comme si Sax, pendant leur séjour sous le glacier, lui avait révélé quelque chose qui la mettait sur ses gardes – comme si un souvenir lui était revenu, là-bas, au fond de la crevasse. Il était possible qu'il se soit comporté un instant comme son vieux camarade Saxifrage Russell.

Durant l'automne du Nord, ils poursuivirent leur travail sur le glacier. Les jours se firent plus courts et les vents plus froids. Chaque nuit, de grandes fleurs de glace aux formes compliquées s'épanouissaient et ne commençaient à fondre aux extrémités de leurs pétales qu'au milieu de l'après-midi, brièvement. Puis, elles se durcissaient et servaient de base à d'autres pétales plus complexes encore qui s'ouvraient le matin suivant. Et toutes ces écailles et ces copeaux cristallins s'élançaient de plus en plus loin de la tige centrale et des anciennes feuilles de glace, plus larges et plus dures. Ils ne pouvaient éviter d'écraser sous leurs bottes des mondes entiers de fragilité scintillante, en quête des plantes qui étaient désormais enrobées de givre et dont ils devaient étudier le comportement sous le froid approchant. Sax, en sentant le vent pénétrer son walker épais, le regard perdu sur l'étendue blanche et bosselée, eut le sentiment qu'un hiver très rigoureux était inévitable.

Mais les apparences étaient trompeuses. Bien sûr, le gel viendrait, mais les plantes devenaient plus coriaces, comme disaient les jardiniers de l'hiver : elles se préparaient à l'attaque du froid.

Sax, en étudiant les signes dans la mince couche de neige, apprit que le processus se déroulait en trois stades. D'abord, les horloges phytochromes des feuilles sentaient les jours raccourcir – et à présent la réduction s'accélérait, avec des fronts sombres qui arrivaient chaque semaine avec leur cavalerie lourde de cumulo-nimbus ventrus et noirs qui déversaient leurs averses de neige sale. Dans le deuxième stade, la croissance des espèces s'interrompait, les hydrocarbones refluaient jusque dans les racines, et des quantités d'acide abscisique se développaient dans certaines feuilles qui finissaient par tomber. Sax en trouva en abondance, jaunies, roussies, parfois encore attachées à la tige, collées au sol : elles alimentaient la plante encore vivante en continuant de récupérer la lumière solaire. Là, l'eau quittait les cellules pour devenir des cristaux de glace intercellulaires, les membranes cellulaires se durcissaient, tandis que des molécules de sucre remplaçaient les molécules d'eau de certaines protéines. Et dans le troisième et dernier stade, le plus froid, une couche de glace lisse se formait autour des cellules sans les rompre, selon un processus que l'on appelait la vitrification.

Dans cette phase, les plantes pouvaient tolérer des températures inférieures à 220 kelvins, ce qui était à peu près la température moyenne de Mars avant l'arrivée des hommes. Et désormais sa température extrême. Et la neige qui tombait durant les tempêtes de plus en plus fréquentes servait d'agent isolant aux plantes en conservant le sol à des températures moins froides que sous le vent. Il se dit qu'il aimait se trouver là, sous les vagues basses de nuages, sur la surface légère du glacier, courbé sous le vent et avançant pas à pas. Mais Claire voulait qu'il retourne à Burroughs, pour travailler au labo sur le projet des tamarins de toundra qui était sur le point d'aboutir. Et Phyllis, de même que les gens d'Armscor et de l'Autorité transitoire, devait elle aussi regagner Burroughs.

Et c'est ainsi qu'un jour ils quittèrent la station pour la laisser aux soins de jardiniers-chercheurs. Ils se dirigèrent vers le sud dans une caravane de patrouilleurs.

En apprenant que Phyllis et ses collègues allaient les accompagner, Sax avait émis quelques grognements de mauvaise humeur. Il avait espéré qu'un simple éloignement physique mettrait fin à ses relations avec Phyllis en même temps que ses regards inquisiteurs. Mais puisqu'ils rentraient ensemble, il décida qu'il devait faire quelque chose. S'il voulait que leur aventure se termine, c'était à lui de rompre. D'une façon ou d'une autre. Depuis le départ, il avait eu la conviction que cette liaison n'avait pas été une très bonne idée. Mais que dire de ce qui était aussi inexplicable qu'urgent ? Pourtant l'urgence était passée, et il restait seul en face d'une personne qui était au mieux irritante, au pire dangereuse. Et le fait qu'il ait agi en parfaite mauvaise foi depuis le départ n'avait rien d'apaisant. Tout cela, à vrai dire, lui semblait maintenant plutôt monstrueux.

Le premier soir, à Burroughs, son bloc de poignet bippa. Phyllis lui proposait qu'ils aillent dîner ensemble en ville, il accepta. Avant de maugréer pendant un moment. La soirée ne s'annonçait pas facile.

Ils se retrouvèrent dans un restaurant à patio d'Ellis Butte que Phyllis connaissait, à l'ouest de Hunt Mesa. Ils eurent droit à une table de coin, avec vue sur les quartiers chics entre Ellis et la montagne de la Table, où de nouvelles résidences avaient été construites autour de Princess Park. La montagne de la Table était maintenant tapissée de baies vitrées au point de ressembler à un palace gigantesque. Et les mesas, au-delà, n'étaient pas moins flamboyantes.

Les serveurs apportèrent une carafe de vin, puis ce fut le moment du dîner, ce qui interrompit le bavardage de Phyllis qui n'en finissait pas de disserter sur les nouvelles constructions de Tharsis. Elle se révélait très amène avec le personnel, dédicaçant des serviettes à tous, leur demandant d'où ils venaient, depuis combien de temps vivaient-ils sur Mars, etc. Sax mangea calmement sans vraiment la quitter de l'œil, observant parfois le panorama, impatient que le dîner s'achève. Mais il semblait interminable.

Finalement, ils se retrouvèrent dans l'ascenseur qui accédait au fond de la vallée. Ce qui ramena à l'esprit de Sax le souvenir de leur première nuit : particulièrement dérangeant. Phyllis avait peut-être le même sentiment, et la longue descente se fit dans le plus lourd silence.

Et puis, dès qu'ils se retrouvèrent sur les pelouses du boulevard, elle le serra brièvement entre ses bras, l'embrassa sur la joue et lui dit :

– Stephen, ça a été une soirée merveilleuse. Et tout ce temps que nous avons passé à Arena a été délicieux. Je crois que je n'oublierai jamais notre petite odyssée sous le glacier. Mais à présent, il va falloir que je retourne à Sheffield pour m'occuper de toutes les affaires en attente, tu sais. J'espère bien que tu viendras me rendre visite.

Sax lutta pour contrôler son expression : il se demandait quelles émotions Stephen aurait éprouvées et ce qu'il aurait pu dire à cette minute. Phyllis était une femme vaniteuse et il paraissait probable qu'elle oublierait leur aventure plus vite si elle pensait l'avoir blessé que s'il semblait soulagé. Il s'efforça donc d'exprimer une certaine tristesse, plissa les lèvres, baissa les yeux et dit :

– Ah...

Elle rit comme une petite fille et le prit par les épaules.

– Allons... On a eu du bon temps, non ?... Et puis, on se reverra un jour, ici ou à Sheffield. Ne sois pas triste.

Il haussa les épaules.

– Je sais, dit-il avec un sourire nerveux, peiné. C'est seulement que ça m'a paru si bref...

– Je sais... (Elle l'embrassa.) A moi aussi. Mais on pourra peut-être reprendre tout ça quand on se reverra...

Il hocha la tête. Il comprenait soudain ce que les acteurs devaient parfois ressentir. Que faire?...

Mais, sur un dernier au revoir, elle s'éloignait déjà. Il se contenta d'agiter la main par-dessus son épaule, très vite.

Il traversa le boulevard du Grand Escarpement vers Hunt Mesa. C'était fait. Et plus facilement qu'il ne l'avait redouté, c'était certain. En fait, cela lui convenait parfaitement. Mais quelque part au fond de lui il était irrité. En passant devant les vitrines des étages inférieurs de Hunt, il observa son reflet : une espèce de vieux chnoque qui jouait les séducteurs. Beau? Beau pour certaines femmes, quelquefois. Choisi, utilisé comme partenaire au lit pendant quelques semaines et balancé à la première occasion. Il était probable que ça arrivait souvent et plutôt aux femmes qu'aux hommes, sans doute, si l'on tenait compte des inégalités de la culture et de la reproduction. Mais désormais, avec la culture en miettes et la reproduction totalement hors de cause... Oui, Phyllis était une garce. Mais il n'avait pas à s'en plaindre : il lui avait menti dès la première heure. Non seulement à propos de son identité réelle mais de ses sentiments.

Il avait besoin d'un coup de protoxyde d'azote, se dit-il. Pour se remonter un peu. Et il grimpa l'immense escalier de l'atrium de Hunt pour retrouver son petit appartement.

Plus tard dans l'hiver, durant une quinzaine de jours en février 2, la conférence annuelle sur le terraforming se tint à Burroughs. C'était la dixième du genre, baptisée par ses organisateurs « M-38 : nouveaux résultats et nouvelles options ». La plupart des scientifiques présents sur Mars devaient y participer, probablement trois mille. Les colloques auraient lieu dans le grand centre de conférences de la montagne de la Table.

Tous les membres de Biotique de Burroughs se rendirent aux réunions, revenant en courant à Hunt Mesa s'ils avaient des expériences en cours dont ils devaient surveiller les résultats. Sax était passionné, ce qui était naturel, et le premier matin il se leva très tôt, prit un café et une viennoiserie près du parc du Canal avant de se rendre au centre de conférence : il se retrouva presque en tête de file devant le comptoir d'inscription. Il prit sa liasse de bulletins d'infos, épingla son badge, et se perdit dans les couloirs. Tout en sirotant un café, il lut le programme de la matinée et regarda les affiches disposées un peu partout.

Aussi loin qu'il pouvait remonter dans ses souvenirs, pour la première fois il se sentait parfaitement dans son élément.

Il se glissa dans plusieurs salles, mais aucun des exposés ne le retint et, bientôt, il se retrouva dans un couloir inondé de posters :

« La Solubilisation des Hydrocarbones Aromatiques dans les Solutions Monomères et Micellaires Tensio-actives. » « De l'Affaissement du Terrain Post-pompage dans la Région Sud de Vastitas Borealis. » « De la Résistance Épithéliale au Troisième Stade du Traitement Gériatrique. » « L'Incidence de la Fracture Radiale des Aquifères sur les Bordures des Bassins d'Impact. » « L'Électroporosivité à Bas Voltage sur les Plasmides à Longs Vecteurs. » « Les Vents Katabatiques d'Echus Chasma. » « Le Génome Basique d'un Nouveau Genus de Cactées. » « Ressurfacement des Highlands Martiens dans la Région d'Amenthes et Tyrrhena. » « Étude des Dépôts de Nitrate de Sodium de Nilosyrtis. » « Méthode d'Assistance Thérapeutique à l'Exposition aux Chlorophanes par l'Analyse de la Contamination des Tenues de Travail. »

Comme toujours, les affiches des conférences composaient un mélange savoureux. Sax était intéressé par tous les sujets, mais les affiches devant lesquelles il s'attardait le plus longtemps concernaient les aspects du terraforming qu'il avait lui-même lancés ou dont il avait été responsable. L'une d'elles en particulier retint son attention : « Estimation de la Chaleur Cumulée Produite par les Éoliennes d'Underhill [1]. » Il la relut avec un vague sentiment de tristesse.

La température à la surface de Mars, avant leur arrivée, se situait aux environs de 220 kelvins, et l'un des objectifs essentiels et approuvés du terraforming avait été de l'amener au-dessus du point de glaciation de l'eau, à 273 K. Augmenter la température moyenne de la surface d'une planète de plus de 53 K était une entreprise impressionnante qui, selon les calculs de Sax, exigerait l'application permanente d'une énergie de $3,5 \times 10^6$ joules par centimètre carré. Sax, dans son modèle personnel, avait constamment visé une moyenne de 274 K, qui permettrait de réchauffer la planète pendant la plus grande partie de l'année afin de créer une hydrosphère active, et donc une biosphère. Nombreux étaient ceux qui prônaient une température supérieure, mais Sax n'en voyait pas la nécessité.

Dans tous les cas, les méthodes de réchauffement du système étaient jugées sur leurs résultats : la température globale moyenne. Et l'affiche que Sax avait devant lui annonçait qu'en

1. Voir *Mars la Rouge*. (N.d.T.)

sept décennies, les éoliennes n'avaient pas apporté plus de 0,15 K. Et il n'y avait pas la moindre erreur de calcul ou d'estimation dans le modèle décrit. Bien sûr, le réchauffement n'était pas l'unique raison qui l'avait conduit à installer les éoliennes : il voulait construire des abris et apporter de la chaleur pour les premiers cryptoendolithes qui devaient être testés en surface. Mais ces organismes avaient péri dès qu'ils avaient été exposés à l'atmosphère, ou peu après. Donc, dans l'ensemble, on ne pouvait pas dire que ce projet avait été une de ses meilleures performances.

Il s'avança un peu plus loin dans le couloir et lut :

« Application du Niveau Processing des Données Chimiques dans les Modèles Hydro-chimiques : Bassin Hydrographique d'Harmakhis Vallis, Hellas. » « Augmentation du Taux de Tolérance en CO_2 chez les Abeilles. » « Récupération Épilimnétique [1] des Retombées de Radionucléides Compton dans les Lacs Glaciaires de Valles Marineris. » « Analyse des Matières Pulvérulentes provenant des Rails à Réaction. » « Du Réchauffement Global considéré comme le Résultat de la Libération des Halocarbones. »

Là, il s'arrêta. L'annonce émanait de S. Simmon et de certains de ses étudiants, tous spécialistes de la chimie atmosphérique. Soudain, en lisant ces quelques lignes, il se sentit nettement rasséréné. Quand il avait été mis à la tête du projet de terraforming en 2042, il avait immédiatement entamé la construction d'usines destinées à produire et à libérer dans l'atmosphère de Mars un mélange spécial destiné à l'effet de serre, à base de tétrafluorure de carbone, d'héxafluoréthane, d'héxafluorure de soufre, plus une solution de méthane et d'oxyde nitrique. Ce que l'affiche mentionnait comme le « Cocktail de Russell », car c'était bien ainsi qu'il avait été surnommé par son équipe du Belvédère d'Echus au bon vieux temps. Les halocarbones du cocktail étaient des gaz particulièrement puissants pour l'effet de serre. Ils avaient l'avantage d'absorber le rayonnement planétaire qui s'évadait vers l'espace dans la bande de longueur d'ondes ultracourtes 8-12, que l'on appelait « la fenêtre », dans laquelle la vapeur d'eau pas plus que le gaz carbonique n'avaient une grande capacité d'absorption. Cette fenêtre, quand elle était ouverte, avait laissé une quantité de chaleur fantastique s'échapper vers l'espace, et Sax avait pris très tôt la décision d'essayer de la refermer, en répandant son cocktail afin qu'il constitue dix ou vingt parts pour un million dans l'atmosphère martienne, suivant

---

1. Qui concerne l'épilimnion, c'est-à-dire la surface d'une étendue d'eau tiède, plus riche en oxygène que les niveaux profonds. *(N.d.T.)*

en cela le modèle initial classique de McKay. Ainsi, depuis 2042, un effort majeur avait été fait pour la construction d'usines automatisées. Dispersées sur toute la surface de la planète, elles traitaient les gaz à partir des sources locales de carbone, de sulfures et de fluorspar, et les libéraient dans l'atmosphère. D'année en année, les quantités avaient augmenté, car le but était de maintenir ce taux dans une atmosphère qui devenait de plus en plus dense, et aussi parce qu'il fallait compenser la destruction permanente des halocarbones par les UV dans la haute atmosphère.

L'affiche de Simmon révélait clairement que les usines avaient continué à fonctionner pendant la guerre de 2061 et les décennies suivantes, que le niveau avait été maintenu à peu près à vingt-six parts pour un million. La conclusion était que ces diffusions de gaz avaient permis de réchauffer la surface d'environ 12 K.

Sax s'éloigna avec un petit sourire. Douze degrés! Ça, c'était quelque chose! Plus de vingt pour cent du réchauffement dont ils avaient besoin, et tout ça grâce à la dispersion continue, et depuis les premières années, d'un cocktail de gaz habilement composé. Très élégant. La simple physique pouvait être si réconfortante...

Il était dix heures, et une conférence importante venait de commencer, celle de H. X. Borazjani, l'un des meilleurs chimistes atmosphériques de Mars, justement à propos du réchauffement global. Apparemment, Borazjani avait l'intention de donner le bilan des calculs qu'il avait faits sur tous les essais de réchauffement atmosphérique jusqu'à 2100, un an avant la mise en service de la soletta. Après l'estimation de chaque contribution individuelle, il devait donner une estimation des éventuels effets de synergie. Cette conférence était effectivement essentielle, du fait que les travaux de nombreux autres scientifiques seraient mentionnés et évalués.

La salle de conférences était parmi les plus vastes et elle était pratiquement comble. Sax estima qu'il devait y avoir là deux mille auditeurs au moins. Quand il se glissa derrière la dernière rangée de sièges, Borazjani commençait à peine.

C'était un personnage de petite taille, au teint mat, les cheveux blancs. Il s'exprimait devant un grand écran vers lequel il brandissait un pointeur pour désigner les diverses méthodes de réchauffement qui avaient été essayées : la poussière noire et les lichens aux pôles, les miroirs sur orbite expédiés à partir de la

Lune, les moholes, les usines de dégagement de gaz à effet de serre, les astéroïdes de glace largués dans l'atmosphère, les bactéries dénitrifiantes, et tout le reste du biote.

Sax avait démarré chacun de ces processus dans les années 2040 et 2050 et il portait sur l'écran vidéo un regard plus intense que n'importe qui. La seule stratégie évidente qu'il avait évitée durant les premières années était le dégagement massif de CO_2, qui était la composante principale d'une stratégie concurrente en deux phases qu'il avait toujours détestée. Les partisans de cette dernière stratégie avaient voulu lancer un effet de serre galopant afin de créer une atmosphère de CO_2 pouvant atteindre deux bars, en se fondant sur l'argument que le réchauffement de la planète serait fulgurant, que l'atmosphère ferait écran aux rayons UV, ce qui encouragerait la croissance des plantes rampantes. Ce qui était vrai, sans le moindre doute. Mais, pour les êtres humains et les animaux, une telle atmosphère serait toxique. Pourtant, même si les défenseurs du projet avaient un plan qui était censé supprimer le gaz carbonique pour le remplacer par une atmosphère respirable, leurs méthodes étaient vagues, ainsi que le révélait leur calendrier, qui variait entre cent et vingt mille années. Et le ciel blanc comme du lait, quelle que soit la durée.

Sax trouvait inélégante cette solution au problème. Il préférait de loin le modèle à phase unique, qui visait directement le but final. Cela signifiait qu'ils avaient toujours été un peu courts sur la chaleur, mais il jugeait que ce désavantage avait ses compensations. Et il avait fait de son mieux pour trouver des substituts à la chaleur que le CO_2 aurait ajoutée, comme les moholes, par exemple. Malheureusement, l'estimation du dégagement de chaleur produit par les moholes, selon Borazjani, était particulièrement faible : tous confondus, ils avaient ajouté peut-être 5 K à la température moyenne. Bien, se dit Sax en tapant quelques notes sur son lutrin, il était inutile de tergiverser – la seule source fiable de chaleur était le soleil. Ce qui expliquait l'initiative provocante des miroirs sur orbite, qui s'étaient mis à croître d'année en année, acheminés par des vaisseaux à voiles solaires depuis la Lune, où une chaîne très efficace les produisait à partir de l'aluminium contenu dans l'anorthosite. Ces véritables flottes de miroirs, selon Borazjani, étaient devenues assez importantes pour augmenter la température moyenne de 5 K.

La réduction de l'albédo [1], une direction dans laquelle on n'avait guère avancé, avait rajouté 2 K. Et les quelque deux cents réacteurs nucléaires répartis à la surface de la planète avaient encore apporté 1,5 K.

1. Le taux de réflexion lumineuse d'une planète. *(N.d.T.)*

218

Puis, Borazjani en vint au cocktail de gaz à effet de serre. Mais, à la différence de Simmon qui annonçait sur son affiche 12 K, il donnait, lui, une estimation de 14 K, en citant à l'appui de ce chiffre un article vieux de vingt ans de J. Watkins. Sax avait repéré Berkina assis non loin de lui, dans la dernière rangée. Il se rapprocha, et lui murmura à l'oreille :

– Pourquoi ne se sert-il pas du travail de Simmon ?

Berkina chuchota en souriant :

– Il y a quelques années, Simmon a publié un article dans lequel il avait récupéré un calcul très complexe de l'interaction UV-halocarbone de Borazjani. Il l'avait légèrement modifié et, la première fois, il l'a attribué à Borazjani mais, par la suite, il s'est contenté de citer son premier article. Borazjani a été furieux, et il considère que les articles de Simmon sur le sujet dérivent tous de Watkins, de toute manière. Alors, dès qu'il parle de réchauffement, il se réfère aux travaux de Watkins, et fait comme si les articles de Simmon n'avaient jamais existé.

– Ah... fit Sax.

Il se redressa et ne put s'empêcher de sourire en pensant à la revanche subtile mais révélatrice de Borazjani. Et dans le même instant, il repéra Simmon dans la salle, l'air sombre.

Borazjani venait de passer aux effets de réchauffement dus à la vapeur d'eau et au CO_2 libérés dans l'atmosphère et dont il estimait l'apport à 10 K.

– En partie, on pourrait parler d'effet synergétique, déclarat-il, dans la mesure où la désorption de CO_2 résulte principalement d'autres réchauffements. Mais, en dehors de cela, je ne pense pas que nous puissions affirmer que la synergie a été un facteur marquant. La somme des réchauffements créés par toutes les méthodes individuelles correspond de très près aux températures des divers relevés météo sur toute la planète.

Une table de résumé apparut sur l'écran vidéo et Sax en fit une copie simplifiée sur son lutrin :

Borazjani, 14 février 2, 2102 .

Halocarbones : 14

H_2O et CO_2 : 10

Moholes : 5

Miroirs pré-soletta : 5

Réduction d'albédo : 2

Réacteurs nucléaires : 1,5

Borazjani n'avait même pas inclus les éoliennes, mais Sax ne les oublia pas sur son lutrin. Au total, on arrivait à 37,65 K. Un pas important vers leur objectif initial d'un accroissement de 53 K. Ils n'avaient lancé le plan que soixante ans auparavant, et déjà, durant la majeure partie de l'été, les températures 'moyennes dépassaient le point de congélation, ce qui permettait le développement de la flore arctique et alpestre, comme celle qu'il avait pu observer dans la région du glacier d'Arena. Et tout ça avant l'introduction de la soletta, qui avait augmenté l'insolation de vingt pour cent.

La séance de questions était ouverte, et un auditeur interpella Borazjani à propos de la soletta, en lui demandant si elle était bien nécessaire au vu du progrès réalisé par d'autres méthodes.

Borazjani haussa les épaules comme Sax l'aurait fait.

– Que signifie *nécessaire*? Tout dépend de la chaleur que vous souhaitez atteindre. Selon le modèle standard lancé par Russell au Belvédère d'Echus, il est important de maintenir le taux de CO_2 aussi bas que possible. C'est ainsi que nous sommes conduits à utiliser d'autres méthodes de réchauffement afin de compenser la perte de chaleur que le CO_2 aurait pu apporter. On pourrait considérer la soletta comme un outil de compensation de la réduction du taux de CO_2 au niveau de l'atmosphère respirable.

Sax hocha la tête malgré lui.

Un autre auditeur venait de se lever.

– Est-ce que vous ne pensez pas que le modèle standard est inadéquat, si nous prenons en compte la quantité d'azote dont nous disposons?

– Pas si l'azote est totalement libéré dans l'atmosphère.

Mais cette perspective était improbable, comme le fit immédiatement remarquer l'interlocuteur de Borazjani. Un pourcentage important d'azote demeurerait au sol, là où, en fait, il était utile aux plantes. Donc, ils manquaient d'azote, comme Sax l'avait toujours su. Et s'ils maintenaient le taux de CO_2 dans l'atmosphère aux plus bas niveaux, cela laisserait le pourcentage d'oxygène à un niveau supérieur dangereux. Un autre auditeur se leva et déclara qu'il était possible que le manque d'azote puisse être compensé par le dégagement d'un autre gaz inerte, comme l'argon, par exemple. Sax plissa les lèvres : il avait libéré de l'argon dans l'atmosphère depuis 2042, quand il avait pris conscience du problème, et le régolite contenait de l'argon en quantités importantes. Mais il n'était pas facile de le libérer, comme l'avaient découvert ses ingénieurs et comme le déclaraient diverses personnes dans la salle en ce même instant. Non, l'équilibre des gaz dans l'atmosphère était en train de devenir un vrai problème.

Une femme remarqua qu'un consortium de transnats, sous la coordination d'Armscor, construisait un système de navette destiné à récupérer l'azote quasi pur de l'atmosphère de Titan, qui serait liquéfié, expédié vers Mars et dispersé dans l'atmosphère supérieure. Sax, attentif, fit quelques calculs rapides sur son lutrin. Et il plissa le front en voyant les résultats : il faudrait un très grand nombre d'allers et retours pour réussir cette entreprise, ou alors des navettes particulièrement énormes. Incroyable que quiconque ait pu penser que cela méritait l'investissement de départ.

La discussion était repartie sur la soletta. Elle était certainement en mesure de compenser les 5 ou 8 K qu'ils perdraient en abaissant le taux de CO_2 et elle apporterait même un peu plus de chaleur. Théoriquement (Sax consulta son lutrin) on pourrait atteindre les 22 K. La réduction du taux de CO_2 elle-même ne serait pas facile, fit remarquer quelqu'un. Un représentant des labos de Subarashii, non loin de Sax, se dressa alors pour annoncer qu'un débat avec démonstration sur la soletta et les loupes aériennes aurait lieu plus tard, lorsqu'ils auraient réussi à clarifier largement les questions de base. Avant de se rasseoir, il ajouta que les graves défauts du modèle uniphase rendaient la création du modèle biphase impérative.

Une bonne partie de l'auditoire accueillit cela en écarquillant les yeux. Sur ce, Borazjani déclara qu'ils devaient libérer la salle pour la prochaine réunion. Nul n'avait émis de commentaire sur son modèle astucieux, qui avait mis en évidence avec plausibilité tous les apports des différentes méthodes de réchauffement de la planète. Mais, sous un certain angle, c'était un signe de respect – personne n'avait critiqué le modèle, et la prééminence de Borazjani dans ce domaine était acceptée par tous. L'auditoire se levait, et quelques-uns se dirigeaient vers lui pour échanger quelques paroles. Et un millier de conversations démarrèrent au moment où ils se déversaient tous dans les couloirs.

Sax alla déjeuner avec Berkina dans un café, au pied de Branch Mesa. Autour d'eux, d'autres scientifiques venus de toutes les régions de Mars bavardaient en mangeant. « On pense à une part par milliard. » « Non, les sulfates se comportent selon les estimations modérées. » A les entendre, les gens de la table voisine considéraient qu'on allait passer au modèle biphase. Une femme venait de parler d'une augmentation de la température moyenne jusqu'à 295 K, soit 7 K de plus que la moyenne terrestre elle-même.

Devant toutes ces expressions de hâte, d'avidité pour la chaleur, Sax avait l'air sombre. Il ne voyait pas pourquoi ils n'étaient pas satisfaits des progrès qui avaient été faits jusqu'alors. Le but ultime n'était pas purement la chaleur, après tout, mais une surface planétaire viable. Il avait constamment maintenu cette position et elle avait dominé tous les programmes qu'il avait lancés en 2042. Les résultats, jusqu'alors, ne lui donnaient aucune raison de se plaindre. L'atmosphère actuelle de Mars avoisinait les 160 millibars et elle était composée à parts à peu près égales de CO_2, d'oxygène et d'azote, avec des traces d'argon et autres gaz rares. Ce n'était pas le mélange que Sax souhaitait à terme, mais c'était ce qu'on avait pu faire de mieux avec l'inventaire des corps volatils dont on disposait au départ. Et cela représentait un stade plausible vers le mélange final que Sax avait en esprit. Sa recette, qui appliquait la première formule de Fogg, était la suivante :

300 millibars d'azote
160 millibars d'oxygène
30 millibars d'argon, d'hélium, etc.
10 millibars de CO_2
Pression totale *at datum* : 500 millibars

Toutes ces quantités avaient été fixées en fonction des exigences physiques et des limites de toutes sortes. La pression totale devait être suffisamment élevée pour que l'oxygène circule dans le sang, et 500 millibars correspondait à la pression enregistrée sur Terre à une altitude de quatre mille mètres : la limite extrême où les hommes pouvaient vivre. Étant donné qu'il s'agissait de la limite supérieure, il serait préférable, dans l'atmosphère ténue de Mars, que le taux d'oxygène soit plus important que sur Terre, mais pas trop, sinon il deviendrait difficile d'éteindre les incendies. Quant au CO_2, il fallait le maintenir au-dessous de 10 millibars, sinon, il serait toxique. En ce qui concernait l'azote, plus il y en aurait mieux ce serait. En fait, une pression de 780 millibars serait idéale, mais l'estimation de la quantité d'azote sur Mars plafonnait à moins de 400 millibars, et par conséquent on ne pouvait espérer libérer plus de 300 millibars dans l'air de la planète, raisonnablement, peut-être un peu plus... Le manque d'azote était en fait l'un des plus importants problèmes qui se posait au plan du terraforming. Une quantité supérieure était nécessaire, autant dans l'atmosphère que dans le sol.

Sax mangeait en silence, en réfléchissant intensément. Les débats de cette matinée l'avaient amené à se demander s'il avait pris les bonnes décisions en 2042 – si l'inventaire des corps volatils pouvait justifier sa tentative d'atteindre une surface humainement viable en un seul stade. Il n'y pouvait plus grand-chose désormais. Et, tout bien considéré, il se dit qu'il avait fait ce qu'il fallait. *Shikata ga nai*, c'était exactement ça, à vrai dire, s'ils voulaient vraiment fouler librement le sol de Mars dans le temps de leurs vies. Même si ces vies avaient été considérablement allongées.

Mais il y avait des gens qui semblaient plus se préoccuper de l'augmentation des températures que de la qualité d'une atmosphère respirable. Apparemment, ils étaient convaincus qu'ils pouvaient accroître le niveau de CO_2, réchauffer les températures à des degrés terriblement élevés, pour réduire ensuite le CO_2 sans problème. A ce propos, Sax avait quelques doutes : n'importe quelle opération biphase serait embrouillée, à tel point qu'il ne pouvait s'empêcher de se demander s'ils n'allaient pas se retrouver bloqués dans l'échelle de vingt mille ans que les premiers modèles biphases avaient prédite. Cette idée le dérangeait. Il n'en voyait pas la nécessité. Les gens étaient-ils vraiment décidés à se risquer dans un problème à terme aussi lointain? Étaient-ils impressionnés à ce point par les nouvelles technologies gigantesques maintenant disponibles qu'ils croyaient que tout était possible?

– Comment était votre pastrami [1]? demanda Berkina.

– Mon quoi?

– Votre pastrami. Le sandwich que vous venez de manger, Stephen.

– Oh! Excellent, excellent! J'en suis sûr.

Les séances d'après-midi étaient pour la plupart consacrées aux problèmes posés par le succès de la campagne de réchauffement global. Au fur et à mesure que les températures augmentaient et que le biote du sous-sol commençait à pénétrer plus profondément dans le régolite, le permafrost fondait, ainsi qu'ils l'avaient espéré. Mais cela se révélait désastreux dans certaines régions où le permafrost était particulièrement dense. Dont Isidis Planitia, malheureusement, faisait partie. Une aréologue du labo de Praxis à Burroughs décrivit la situation lors d'une conférence très attendue : Isidis était l'un des grands bassins d'impact anciens, avec une taille presque similaire à celle d'Argyre, ses parois nord avaient été totalement érodées et sa bordure sud

---

1. Bœuf séché, souvent aromatisé, propre aux « delicatessens » américains, plus ou moins équivalent de la « viande des Grisons » (suisse), du « pastourma » (grec), du « pastirma » (libanais), du « braseola » (italien) ou du « filet d'Anvers » (belge). *(N.d.T.)*

appartenait maintenant au Grand Escarpement. En sous-sol, la glace était descendue du nord pour se déverser dans le bassin depuis des milliards d'années. A présent, la glace proche de la surface commençait à fondre pour se reformer durant l'hiver. Ce cycle de décongélation-recongélation provoquait un accroissement de la masse de givre à une échelle sans précédent. On atteignait presque la magnitude deux de dilatation si on comparait le phénomène aux modèles terrestres. Avec des karsts et des pingos [1] cent fois plus grands que leurs équivalents terriens. Sur toute l'étendue d'Isidis, ces trous géants et ces grands monticules marquaient désormais le paysage. Après sa conférence, l'aréologue enchaîna avec une projection de vues assez stupéfiantes avant d'accompagner les spécialistes les plus intéressés vers le sud de Burroughs, au-delà de Moeris Lacus Mesa, jusqu'à la paroi de la tente. Là, le secteur semblait avoir été dévasté par un séisme récent. Le sol s'était ouvert sous la poussée d'une masse glaciaire semblable à une colline ronde et lisse.

– Voici un très beau spécimen de pingo, déclara l'aréologue avec une certaine fierté. Les masses glaciaires sont relativement pures comparées à la matrice de permafrost, et se comportent dans la matrice de la même manière que le font les roches – quand le permafrost se recongèle la nuit, ou en hiver, il se dilate, et tout ce qu'il rencontre dans son mouvement d'expansion est alors poussé vers la surface. On trouve de nombreux pingos dans la toundra, sur Terre, mais aucun de cette taille.

Elle entraîna le groupe entre les plaques de béton brisées qui avaient dû couvrir une rue et, sur le bord d'un cratère de terre, ils découvrirent un amas de glace salie.

– On l'a percé comme un abcès, et maintenant, nous pompons l'eau de la fonte dans les canaux.

– Dans les déserts, ce serait une oasis, remarqua Sax à l'adresse de Jessica. Ça fondrait en été et tout le terrain alentour serait arrosé. Nous devrions développer une communauté de graines, de spores et de rhizomes que nous pourrions disperser sur des sites tels que celui-ci.

– Exact. Néanmoins, pour être réalistes, nous ne devons pas oublier que les régions à permafrost vont être inondées par la mer de Vastitas.

– Hum, fit Sax.

A vrai dire, il avait totalement oublié les forages et les drainages de Vastitas. Lorsqu'ils furent de retour au centre de conférences, il se mit directement en quête d'une conférence sur le sujet. Il y en avait une à quatre heures : « Des Récents Progrès

1. Également appelés hydrolaccolithes. (N.d.T.)

des Procédures de Pompage de Permafrost de la Loupe du Nord Polaire. » Il regarda, impassible, le vidéo-show préliminaire. Les loupes de glace qui s'étaient étendues sous la calotte polaire nord apparaissaient comme la partie immergée d'un iceberg car elles contenaient dix fois plus d'eau que la calotte à découvert. Et le permafrost de Vastitas était plus riche encore. Mais pour amener toute cette quantité d'eau en surface... cela équivalait à capter l'azote de l'atmosphère de Titan, un projet tellement énorme que Sax ne l'avait même pas envisagé durant les premières années : il aurait été alors impossible. Tous ces projets gigantesques – la soletta, l'azote de Titan, les forages de l'océan du Nord, l'arrivée régulière d'astéroïdes de glace – se situaient à une échelle avec laquelle Sax avait du mal à s'ajuster. Les transnationales voyaient grand, depuis quelque temps. Il était certain que les nouvelles possibilités des matériaux et du design scientifiques ainsi que l'émergence d'usines pleinement automultiplicatrices rendaient tous ces projets techniquement réalisables. Mais les investissements financiers de départ n'en étaient pas moins énormes.

Quant aux possibilités techniques, il s'y adapta assez vite. C'était en fait le prolongement de ce qu'ils avaient fait dans le temps : une fois les problèmes de matériaux, de design et de contrôle homostatique résolus, on disposait d'une puissance considérablement accrue. On pouvait dire que leurs buts ne dépassaient plus leurs possibilités. Ce qui, au vu des options prises par certains, était une pensée un peu effrayante.

En tout cas, une cinquantaine de plates-formes de forage étaient à l'œuvre au-delà du soixantième parallèle nord. Elles creusaient des puits et y installaient des dispositifs de fonte du permafrost : des galeries réchauffantes, des tunnels de percée latérale et des charges nucléaires. L'eau était ensuite pompée et redistribuée sur les dunes de Vastitas Borealis, où elle gelait à nouveau. A terme, cette feuille de glace finirait par fondre, en partie sous l'effet de son propre poids, et ils obtiendraient ainsi un anneau océanique tout autour de l'hémisphère Nord, entre le soixantième et le soixante-dixième parallèle. Ce serait sans doute un bassin thermique efficace, comme tous les océans, mais aussi longtemps qu'il resterait une mer de glace, l'augmentation d'albédo qui en résulterait équivaudrait à une perte sèche de chaleur pour l'ensemble du système. Autre exemple de recoupement négatif dans les opérations en cours. De même que la situation de Burroughs par rapport à cette mer nouvelle : la ville se trouvait un peu au-dessous du niveau estimé. On parlait de construire une digue, ou bien de prévoir une mer plus réduite, mais nul n'avait de certitude. Tout ça était vraiment très intéressant.

Sax se rendait chaque matin à la conférence. Il y passait toute la journée, dans l'ambiance chuchotante des amphithéâtres et des couloirs du centre. Il bavardait avec des collègues, des conférenciers, et ses voisins dans les gradins. Plus d'une fois, il dut faire semblant de ne pas reconnaître certains de ses anciens collègues. Ce qui le rendait suffisamment nerveux, au point de les éviter quand cela était possible. Mais eux ne semblaient pas lui trouver quoi que ce soit de familier et, la plupart du temps, il s'en sortait en se concentrant sur la science, avec autant de conviction que de talent. Les gens parlaient, posaient des questions, débattaient des faits en détail, discutaient de toutes les implications. Et cela sous la lumière fluorescente des salles de conférences, dans le bourdonnement des ventilateurs et des projecteurs vidéo – comme s'ils se trouvaient dans un monde hors de l'espace et du temps, un univers de science pure, très certainement l'une des grandes réussites de l'esprit humain. Ils formaient une sorte de communauté utopique, brillante, agréable, douillette. Pour Sax, une conférence scientifique, c'était *vraiment* l'utopie.

Mais les dernières sessions, pourtant, avaient pris un ton nouveau. Une espèce de note de nervosité que Sax n'avait jamais encore décelée et qu'il n'aimait guère. Les questions qui suivaient la conférence étaient plus agressives et les réponses plus vives et défensives. Le jeu pur du discours scientifique qu'il affectionnait par-dessus tout (et qui n'était jamais aussi pur que cela) était maintenant émaillé de disputes, de marques de lutte pour le pouvoir dont le motif dépassait le simple égotisme. Ça ne ressemblait en rien aux emprunts indélicats de Simmon aux travaux de Borazjani et à la riposte subtile de Borazjani : c'était plus proche de l'assaut direct. A la fin d'une présentation des moholes de grande profondeur qui pouvaient atteindre le manteau de la planète, un petit Terrien chauve se dressa et lança :
– Je ne pense pas que votre modèle fondamental de lithosphère soit valable.
Et il quitta la salle.
Sax observait la scène avec une totale incrédulité.
– Mais c'est *quoi*, son problème ? chuchota-t-il à Claire.
Elle secoua la tête.
– Il travaille pour Subarashii sur les loupes aériennes et ils n'apprécient pas du tout la concurrence potentielle pour leur programme de fusion du régolite.

– Seigneur!

Le jeu des questions et des réponses se poursuivit tant bien que mal, après cette démonstration de grossièreté, mais Sax finit par se glisser hors de la salle. Au bout du couloir, il aperçut le chercheur de Subarashii. A quoi pouvait-il donc penser? Mais ce trublion n'était pas le seul à se comporter bizarrement. Tous avaient les nerfs tendus. Bien sûr, les enjeux étaient importants. Ainsi que le montrait le pingo situé au-dessous de Moeris Lacus, à faible échelle, ils allaient affronter des effets secondaires désagréables s'ils appliquaient les procédures qui avaient été étudiées et défendues à la conférence, des effets qui risquaient de coûter de l'argent, du temps et des vies humaines. Et puis, il y avait toutes ces motivations financières...

Ils approchaient des dernières journées, et la programmation passait de sujets spécifiques à des présentations et des ateliers d'intérêt général, à des réunions où l'on tentait de discuter de l'ensemble des travaux qui avaient été soutenus afin d'en faire la synthèse. Il y eut aussi plusieurs présentations dans la grande salle concernant les programmes nouveaux, ce qu'on appelait « les monstres ». Des projets qui auraient tellement d'impact qu'ils affectaient presque tous les autres programmes. Et quand ils en discutèrent, en fait, il fut plus question de la ligne à suivre, de ce qu'ils devraient faire ensuite plutôt que de ce qui avait déjà été accompli. Ce qui encourageait les chicanes, en général, et plus encore ces derniers jours, chacun essayant de trouver dans les présentations antérieures des éléments afin de défendre sa cause. Ils venaient de pénétrer dans cette triste région où la science commence à se mêler à la politique, où les articles deviennent des propositions de subvention. Et il était navrant de voir cette zone sombre envahir le terrain d'une conférence restée neutre jusqu'alors.

Sax, tout en déjeunant en solitaire, se dit que cette ambiance était sans nul doute le résultat des projets « monstres ». Ils étaient si difficiles et coûteux que les contrats avaient été distribués entre différentes transnats. Cette stratégie était plausible à première vue, c'était une mesure efficace mais, malheureusement, elle impliquait aussi que les différents angles d'attaque des problèmes du terraforming concernaient différentes parties qui, toutes, défendaient leurs méthodes comme étant les « meilleures ». Elles trafiquaient les résultats des études et des simulations sur modèles pour défendre leurs idées.

Praxis, par exemple, était avec la Suisse le leader du plan de génie génétique particulièrement vaste, et les théoriciens qui le représentaient défendaient ce qu'ils appelaient le modèle *écopoé-*

sis, selon lequel aucun afflux de chaleur ou de gaz volatils n'était plus nécessaire à ce stade : les processus biologiques à eux seuls, avec l'aide minimale d'ingénierie écologique, suffiraient à terraformer la planète selon les niveaux envisagés dans le modèle de Russell. Sax pensait qu'ils avaient sans doute raison, si l'on comptait avec la soletta, mais il considérait que leurs échelles de temps étaient par trop optimistes. Et puis, il travaillait pour Biotique, et il était possible que son jugement fût faussé.

Les chercheurs d'Armscor, par contre, restaient sur leurs positions : un taux d'azote trop faible mettrait en péril tous les espoirs écopoétiques. Ils défendaient avec insistance la nécessité d'une intervention industrielle continue – mais, bien entendu, c'était Armscor qui construisait les navettes de transport d'azote de Titan. Et les gens de Consolidated, qui foraient Vastitas, mettaient en avant l'importance vitale d'une hydrosphère active. Ceux de Subarashii, responsables des nouveaux miroirs en orbite, vantaient le rôle énorme de la soletta et de la loupe aérienne qui apportaient des gaz et de la chaleur dans le système, ce qui accélérait le processus. Il était évident dès le départ que tous ces gens défendaient leurs programmes. Il suffisait de lire leurs badges pour savoir qui ils allaient attaquer ou défendre. Sax était particulièrement peiné de voir la science dévoyée de façon aussi criante. Il avait le sentiment que c'était le cas pour tous, même pour ceux qui participaient au jeu. Ce qui ajoutait encore à l'agressivité de chacun. Ils savaient ce qui se passait, ça ne plaisait à personne, mais aucun d'eux ne voulait l'admettre.

Cela culmina durant la dernière matinée, avec l'ultime débat sur le CO_2. Très vite, deux chercheurs de Subarashii se lancèrent dans une défense véhémente de la soletta et de la loupe aérienne. Installé tout au fond de la salle, Sax les écouta décrire avec enthousiasme leurs miroirs géants, de plus en plus nerveux et irrité. Il aimait bien la soletta, qui n'était que le prolongement logique des miroirs qu'il avait placés sur orbite dès le départ. Mais la loupe aérienne constituait à l'évidence un instrument *extrêmement* puissant. Utilisée sur la surface à pleine puissance, elle pouvait volatiliser des centaines de millibars de gaz dans l'atmosphère, en grande partie du CO_2, ce qui n'était nullement désirable dans le modèle monophase de Sax. Dans n'importe quel processus intelligent, ces gaz devaient rester prisonniers du régolite. Oui, il y avait pas mal de questions brûlantes qui devaient être posées à propos des effets de cette loupe aérienne, et les gens de Subarashii auraient dû être durement censurés pour avoir entamé la fusion du régolite sans s'être concertés avec quiconque en dehors de l'ATONU. Mais Sax ne souhaitait pas attirer l'attention sur lui, et il se contenta de travailler sur son lutrin, assis près de Claire et de Berkina, nerveux, espérant à chaque instant que quelqu'un allait poser les questions difficiles qui affluaient à son esprit.

Elles étaient aussi évidentes que difficiles, et on les posa. D'abord un scientifique de Mitsubishi, qui s'en prenait constamment à ceux de Subarashii. Il se leva et s'inquiéta très courtoisement de l'effet de serre incontrôlable qui pourrait résulter de l'excès de CO_2. Sax approuva avec ferveur. Mais les gens de Subarashii répliquaient déjà que c'était exactement ce qu'ils espéraient : qu'il n'y aurait jamais trop de chaleur, et qu'une pression atmosphérique de 700 ou 800 millibars était préférable à 500 de toute manière.

– Mais pas si c'est du CO_2, murmura Sax à l'oreille de Claire, qui acquiesça.

H. X. Borazjani se leva pour déclarer la même chose. D'autres suivirent. Ils étaient nombreux à utiliser le modèle original de Sax comme base d'action, et ils insistaient de diverses manières sur la difficulté que l'on rencontrait à évacuer des taux excessifs de CO_2 de l'atmosphère. Mais il se trouvait aussi certains scientifiques sérieux d'Armscor, de Consolidated ou de Subarashii pour prétendre que le nettoyage du CO_2 ne poserait aucune difficulté, et même qu'une atmosphère trop lourde en CO_2 ne serait pas la pire solution. Un écosystème dominé par la flore, avec des insectes tolérants en CO_2 et sans doute quelques espèces animales issues du génie génétique, se développerait dans cette atmosphère épaisse. Quant aux humains, ils porteraient des masques respiratoires légers.

Sax grinçait des dents. Heureusement, il n'était pas le seul, ce qui lui permettait de rester assis tandis que les autres se levaient tour à tour pour critiquer cette version fondamentaliste du terraforming. La discussion devint violente, et même houleuse.

– Nous ne voulons pas créer une planète jungle !

Vous laissez entendre que nous pourrions être génétiquement transformés pour tolérer un taux de CO_2 plus élevé, mais c'est ridicule !

Très vite, il devint évident qu'ils n'avançaient plus. Ils avaient tous leur opinion, ils n'écoutaient plus, et restaient tous retranchés dans le camp de leur employeur. Tout cela était inconvenant, à vrai dire. Le dégoût général ne tarda guère à les pousser vers la sortie. Tout autour de Sax, les gens repliaient leurs programmes, éteignaient leurs lutrins dans un concert de chuchotements. Plus loin, d'autres insistaient, argumentaient, invectivaient... Les choses avaient mal tourné, à l'évidence... Mais il suffisait de réfléchir un bref instant pour comprendre que tous se disputaient à présent sur les décisions qui allaient être prises par les politiques, et non par les scientifiques. Ça ne plaisait à personne et les auditeurs étaient de plus en plus nombreux à quitter la salle au milieu d'une discussion. L'animatrice du débat, une Japonaise d'une politesse extrême qui affichait un air malheureux, éleva la voix pour proposer qu'on arrête là les débats. Et le public se déversa dans les couloirs en petits groupes agités et bavards.

Sax suivit Claire, Jessica et ses autres collègues de Biotique jusqu'à Hunt Mesa, de l'autre côté du canal. Ils s'engouffrèrent tous dans l'ascenseur pour se retrouver sur le plateau, chez Antonio.

– Ils vont nous inonder de CO_2, déclara Sax, incapable de se taire plus longtemps. Je pense qu'ils ne comprennent pas quel coup ça va porter au modèle standard.

– C'est un modèle complètement différent, dit Jessica. Biphase, lourd, industriel...

– Mais les gens et les animaux devront indéfiniment rester sous les tentes, protesta Sax.

– Pour les dirigeants des transnats, ça importe sans doute peu, dit Jessica.

– Peut-être même que ça leur plaît, ajouta Berkina.

Sax fit la grimace.

Claire intervint alors :

– Il est possible aussi qu'ils veuillent seulement essayer leur soletta et leur loupe dans le ciel. Comme des jouets. Vous savez, c'est un peu comme ces loupes avec lesquelles on met le feu dans l'herbe sèche quand on a dix ans. En plus fort. Ils ne peuvent plus attendre. Et puis, ils appelleront canaux toutes ces zones grillées...

– Mais c'est tellement stupide ! lança Sax d'un ton acerbe. (Toutes les têtes se tournèrent alors vers lui et il essaya de se modérer :) Je veux dire que c'est idiot, en fait. C'est du romantisme mal placé. Il ne saurait s'agir de canaux, parce qu'il n'y a pas de voies d'eau à relier les unes aux autres, et même s'ils les utilisaient, les bords s'effondreraient.

– Mais non, parce qu'ils seraient en verre, dit Claire. C'est juste une idée, ces canaux, après tout.

– Mais on n'est pas dans un *jeu* ! dit Sax.

Ça devenait très difficile d'assumer le sens de l'humour de Stephen : il ne savait pour quelle raison, mais ce sujet l'irritait, le perturbait complètement. Tout avait si bien commencé ici.

Soixante années de créations réelles – et voilà que d'autres intervenaient avec des idées différentes et des jouets différents. Voilà qu'ils se querellaient, travaillaient les uns contre les autres, qu'ils développaient des méthodes toujours plus puissantes et coûteuses avec de moins en moins de coordination. Ils allaient ruiner son plan!

Les ultimes sessions de l'après-midi furent superficielles et ne restaurèrent en rien la foi de Sax en une science désintéressée. Ce même soir, de retour dans sa chambre, il suivit les infos vidéo sur l'environnement avec plus d'intérêt, cherchant des réponses à une question qu'il n'avait pas encore vraiment formulée. Des falaises s'écroulaient. Des rochers de toutes tailles étaient arrachés au permafrost par le cycle de congélation-décongélation et se disposaient selon des schémas de polygones caractéristiques. Des glaciers rocheux étaient en formation dans les ravines et les chutes. Les rochers arrachés à la gangue de glace dévalaient les gorges en masse et se comportaient très exactement comme des glaciers. Des pingos marquaient toute l'étendue des lowlands du Nord, excepté sur les mers gelées créées par les plates-formes de forage, et qui avaient inondé les terres.

Le changement se produisait à un degré massif et devenait apparent un peu partout, désormais. Il s'accélérait chaque année avec le réchauffement des étés, et le biote du sous-sol martien progressait toujours plus profondément – tout gelait et se solidifiait avec l'hiver et se givrait un peu durant chaque nuit d'été. Un cycle aussi intense de gel-dégel aurait dévasté n'importe quel paysage, et celui de Mars était encore plus susceptible d'en souffrir puisqu'il était resté figé dans une stase d'aridité froide durant des millions d'années. La perte de masse provoquait des glissements de terrain quotidiens, et les accidents et les disparitions devenaient courants. Certains trajets en surface étaient maintenant dangereux. Les canyons et les cratères jeunes ne représentaient plus des sites sûrs pour édifier une ville, ni même pour y faire étape une nuit.

Sax s'avança jusqu'à la fenêtre de sa chambre et contempla les lumières de la ville. Tout cela, Ann l'avait prédit depuis longtemps. Il était certain qu'elle devait recevoir avec écœurement les rapports sur l'accélération des changements, de même que tous les Rouges. Pour eux, n'importe quel effondrement était le signe que les choses empiraient plutôt que de s'améliorer. Autrefois, Sax aurait rejeté leurs arguments d'un haussement d'épaules : la perte de masse exposait le sol aux rayons du soleil, le réchauffait, révélant ainsi les sources potentielles de nitrate et tout le reste.

Mais, au sortir de la conférence, il n'en était plus aussi convaincu.

Aux infos vidéo, aucune trace d'inquiétude n'apparaissait. Les Rouges n'avaient pas voix au chapitre. L'effondrement du relief était considéré comme une occasion idéale, non seulement pour le terraforming, qui semblait la préoccupation exclusive des transnats, mais aussi pour l'exploitation minière de Mars. Sax regarda un reportage sur la découverte récente d'un filon de minerai d'or avec un sentiment d'abattement. Étrange de constater à quel point les gens étaient fascinés par la prospection. Le vingt-deuxième siècle commençait, on était sur Mars, l'ascenseur fonctionnait à nouveau et voilà qu'on revenait à une mentalité de ruée vers l'or, comme si c'était là que se jouait le destin, sur cette nouvelle frontière, avec des outils d'exploitation et de construction qui se multipliaient un peu partout. Et le terraforming qui avait été son œuvre, son travail, le but unique de sa vie en fait, durant plus de soixante ans, semblait se transformer en autre chose...

Il commença à souffrir d'insomnie. Il n'avait jamais connu ce phénomène auparavant, et trouva cela très pénible. Il s'éveillait, se tournait et se retournait, et puis les rouages s'enclenchaient dans son esprit et tout se mettait à tourner. Quand il devenait évident qu'il ne retrouverait pas le sommeil, il se levait, allumait l'écran de son intelligence artificielle et regardait des programmes vidéo, les derniers bulletins d'infos, ce qu'il n'avait jamais fait auparavant. Il observa les symptômes d'une sorte de dysfonctionnement sociologique sur Terre. Par exemple, rien ne montrait qu'ils aient fait la moindre tentative pour ajuster leurs sociétés à l'impact de l'augmentation de la population provoquée par les traitements gérontologiques. Pourtant, la solution était élémentaire : contrôle des naissances, quotas, stérilisation – mais la plupart des pays n'avaient rien fait de tout cela. Il apparaissait en fait que la sous-classe permanente des non-traités était en pleine croissance, et plus particulièrement dans les pays pauvres à population élevée. A présent que l'ONU était moribonde, il devenait difficile d'obtenir des statistiques, mais la dernière étude de la Cour mondiale prétendait que soixante-dix pour cent de la population des pays développés avait eu droit au traitement contre vingt pour cent seulement en ce qui concernait les pays pauvres. Si cette situation persistait, se dit Sax, on aboutirait à une physicalisation des classes – une émergence tardive ou une révélation rétroactive des visions pessimistes de Marx, en plus extrême néanmoins, car désormais les différences de classes apparaîtraient comme une véritable différence physiologique provoquée par une distribution bimodale, proche de la spéciation [1]...

1. En biologie, apparition de différences entre deux populations d'une même espèce, entraînant leur séparation en deux espèces distinctes. *(N.d.T.)*

La divergence entre les pauvres et les riches était à l'évidence dangereuse, mais, sur Terre, cela semblait être considéré comme faisant partie de l'ordre naturel des choses. Étaient-ils donc incapables de voir le danger?

Il ne comprenait plus les gens de la Terre, mais il ne les avait sans doute jamais compris. Il restait assis à frissonner durant les longues périodes d'insomnie de ses nuits, trop fatigué pour lire ou travailler. Il appelait sur son écran tel ou tel programme d'infos de la Terre, essayant de mieux comprendre ce qui pouvait se passer là-bas. Il devait le faire, s'il voulait un jour comprendre Mars. Car la politique martienne des transnats était modelée par ce qui se passait sur Terre. Il *devait* comprendre. Mais les infos vidéo semblaient dépasser le seuil de compréhension. Là-bas, plus encore que sur Mars, et plus dramatiquement, aucun plan ne semblait avoir de prépondérance.

Il lui aurait fallu une science de l'histoire mais, malheureusement, rien de tel n'existait. Arkady Bogdanov lui avait toujours répété que l'histoire était lamarckienne, une notion menaçante si l'on tenait compte de la pseudo-spéciation suscitée par la distribution inégale des traitements gérontologiques. Mais cela ne lui était pas d'un grand secours. La psychologie, la sociologie, l'anthropologie : tout cela était suspect. Les méthodes scientifiques ne pouvaient s'appliquer aux êtres humains, et en aucun cas en tirer des informations *utiles*. Ils se trouvaient devant le problème de la valeur des faits exposé d'une façon différente. La réalité humaine ne pouvait être expliquée qu'en termes de valeurs. Et les valeurs se révélaient particulièrement résistantes à l'analyse scientifique. Séparation des facteurs pour étude, hypothèses falsifiables, expériences répétées – l'ensemble du dispositif des labos de physique était inutilisable ici. C'étaient les valeurs qui conduisaient l'histoire, qui formait un tout non répétitif et aléatoire. On pouvait la qualifier de lamarckienne, de système chaotique, mais il ne s'agissait là que d'intuitions, car de quels facteurs parlait-on? Quels aspects pouvait-on acquérir en apprenant, ou en entrant dans un cycle non répétitif mais inscrit?

Nul ne pouvait le dire.

Il se remit à réfléchir à la science naturelle qui l'avait tellement captivé quand il était sur le glacier d'Arena, précisément parce qu'elle utilisait des méthodes scientifiques pour étudier l'histoire du monde naturel. Par bien des aspects, cette histoire était un problème méthodologique aussi difficile que l'histoire humaine, car elle non plus ne se répétait pas et ne se prêtait pas à l'expérimentation. Et pourtant, sans le facteur de conscience humaine quasi aléatoire, l'histoire naturelle avait souvent de réels succès, même si elle était fondée principalement sur des hypothèses qui ne pouvaient être vérifiées que dans des observations ultérieures. C'était une véritable science. Elle avait découvert, au milieu du désordre et des imprévus, quelques principes généraux d'évolution acceptables – le développement, l'adaptation, la complexification. Et d'autres principes spécifiques avaient été confirmés, dans chacune des disciplines mineures.

Ce dont il avait besoin, c'était de principes similaires ayant pu influencer l'histoire humaine. Ses quelques lectures d'historiographie ne l'avaient guère encouragé. Il s'agissait de tristes imitations de la méthode scientifique, ou d'art pur et simple. A chaque décennie environ, une nouvelle explication historique venait réfuter toutes les précédentes, mais il était clair que le révisionnisme réservait des plaisirs qui n'avaient rien à voir avec la justice du cas exposé. La sociobiologie et la bioéthique semblaient plus prometteuses, mais elles tendaient à mieux expliquer les choses lorsqu'elles travaillaient sur des échelles d'évolution dans le temps, et Sax voulait des éléments provenant des cent dernières ou prochaines années. Ou même du dernier demisiècle et des cinq ans à venir.

Nuit après nuit, ne trouvant pas le sommeil, il se levait pour se retrouver devant son écran et ruminait tous ces problèmes, trop fatigué en même temps pour penser normalement. Ces nuits sans sommeil se multipliant, il revenait de plus en plus souvent aux reportages sur le soulèvement de 2061. Les compilations vidéo sur les événements de cette année-là abondaient et certains n'hésitaient pas à le qualifier de *Troisième Guerre mondiale* ! C'était d'ailleurs le titre d'une série : soixante heures d'images sur 2061, mal montées.

Il suffisait de regarder brièvement les séries vidéo pour se rendre compte que le titre ne versait pas entièrement dans le sensationnel. Sur Terre, dans le cours de cette année fatale, d'autres guerres avaient fait rage, et si les historiens se refusaient à parler de Troisième Guerre mondiale, c'était uniquement parce que les conflits n'avaient pas duré suffisamment longtemps. Et puis, il ne s'était pas agi de l'affrontement de deux grands camps : tout avait été confus et complexe. Des sources diverses évoquaient une guerre du Nord contre le Sud, des jeunes contre les vieux, de l'ONU contre les nations, ou des nations contre les transnationales, ou encore des transnationales contre les pavillons de complaisance, des armées contre la police, de la police contre les citoyens – un conflit fait de multiples conflits. Durant une période de six à huit mois, le monde avait sombré dans le chaos. Au cours de ses errances dans les « sciences politiques », Sax était tombé sur une charte rédigée par un certain Herman Kahn, intitulée *Échelle d'escalade*, qui tentait de définir les conflits en fonction de leur nature et de leur gravité. L'échelle de Kahn comportait quarante-quatre degrés. Ils allaient du premier, la Crise évidente, avant de monter vers Démonstrations politiques et diplomatiques, Déclarations solennelles, Mobilisation importante, pour passer ensuite à une pente plus accentuée : Démonstration de force, Actions de violence et de harcèlement, Confrontations militaires dramatiques, Guerre nucléaire, Attaques exemplaires contre les biens matériels, Attaque dévastatrice contre les biens civils. Pour arriver au numéro 44 : Spasme de guerre insensée. C'était certainement un exemple intéressant de taxinomie et de séquence logique et Sax devinait très bien que les différentes catégories étaient des abstractions issues des nombreuses guerres du passé. Si l'on se fiait aux définitions de la table de Kahn, 2061 avait atteint le degré 44.

Dans le maelström de cette année-là, la guerre sur Mars n'avait été qu'un conflit spectaculaire entre cinquante autres. Seuls quelques rares programmes généraux consacraient plusieurs minutes à la guerre. Des clips pour la plupart : les gardes gelés de Korolyov, les dômes brisés, la chute du câble, puis celle de Phobos. Les analyses de la situation politique sur Mars étaient superficielles, quand elles existaient. Mars n'avait été pour la Terre qu'un spectacle exotique, avec quelques bonnes séquences, mais rien qui pût vraiment la distinguer du bourbier général. Non. A l'aube d'une nuit sans sommeil, cela émergea dans son esprit : s'il voulait comprendre 2061, il devait rassembler lui-même les pièces, en partant des sources primaires des vidéos, des séquences tumultueuses de foules en furie incendiant les villes, des conférences de presse occasionnelles avec des leaders frustrés et acculés.

Mais rien que le fait de tout reclasser dans l'ordre chronologique s'avérait difficile. Et ça devint (dans son style d'Echus) sa principale source d'intérêt dans les semaines suivantes. Replacer chaque événement dans son cadre et à sa date exacte était le premier pas vers la compréhension de ce qui avait pu se passer – qui précédait immédiatement le « pourquoi ».

Comme les semaines passaient, il commença à percevoir le sens des événements. Le sens commun avait très certainement raison : l'émergence des transnationales dans les années 2040 avait jeté les bases du drame, et elle était la cause prédominante de la guerre. Durant cette décennie, alors que Sax consacrait toute son attention au terraforming de Mars, un nouvel ordre terrien s'était mis en place, façonné par la fusion des milliers de sociétés multinationales qui commençaient à former le noyau des transnationales. Cela ressemblait à la formation planétaire, se dit-il une certaine nuit : des corps planétésimaux qui devenaient des planètes.

Cependant, ça n'était pas un ordre nouveau. Les multinationales avaient surtout émergé dans les riches nations industrielles, et en un certain sens, les transnationales étaient des expressions de ces nations – des extensions de leur pouvoir sur le reste du monde, d'une façon qui rappelait à Sax le peu qu'il savait des systèmes coloniaux et impérialistes qui les avaient précédées. Frank avait une fois dit quelque chose de ce genre : le colonialisme n'est jamais mort, il a seulement changé de nom et engagé des flics sur place. Nous sommes tous les colonies des transnats.

C'était bien là le cynisme de Frank, se dit Sax (tout en souhaitant avoir auprès de lui cet esprit dur et amer). Oui, et toutes les colonies n'étaient pas égales. Il était vrai que les transnats étaient si puissantes qu'elles avaient réduit les gouvernements des nations au rang de serviteurs impuissants. Et aucune des transnats n'avait marqué une loyauté particulière envers tel ou tel gouvernement, ni même envers l'ONU. Mais elles étaient des enfants de l'Occident – des enfants qui ne se souciaient plus de leurs parents mais qui les soutenaient pourtant. Car les statistiques montraient que les nations industrielles avaient prospéré sous les transnats, alors que les nations en voie de développement n'avaient d'autre ressource que de se battre entre elles pour obtenir des pavillons de complaisance. Et c'est ainsi qu'en 2060, lorsque les transnats s'étaient trouvées sous le feu des pays les plus pauvres acculés au désespoir, le Groupe des Sept et ses forces armées s'étaient portés à leur défense.

Mais quelle était la cause immédiate ? A terme, Sax décida que c'était certainement le traitement de longévité qui avait tout fait basculer. Durant les années 2050, le traitement s'était répandu dans les pays riches, illustrant la flagrante inégalité économique du monde, pareille à une tache de couleur sur un échantillon au microscope. Au fur et à mesure que le traitement se développait, la situation était devenue plus tendue, montant régulièrement selon l'échelle de crise d'Herman Kahn.

La cause essentielle de l'explosion de 61, assez bizarrement, semblait être une chamaillerie à propos de l'ascenseur spatial. L'ascenseur avait été conçu par Praxis, mais dès qu'il avait été mis en usage, en février 2061 pour être précis, Subarashii en avait récupéré la propriété dans une opération franchement hostile. Subarashii, à cette époque, était un conglomérat qui rassemblait toutes les sociétés japonaises qui n'avaient pas été récupérées par Mitsubishi. C'était une transnat en pleine croissance, ambitieuse et agressive. Dès qu'elle avait récupéré la propriété de l'ascenseur – une opération approuvée par l'AMONU – Subarashii avait augmenté les quotas d'immigration, rendant rapidement critique la situation sur Mars. Durant la même période, sur Terre, les concurrents de Subarashii avaient protesté contre cette conquête économique de Mars. Si Praxis s'était contentée de porter ses objections devant l'ONU parfaitement impuissante, la Malaisie, l'un des pavillons de complaisance de Subarashii, avait été attaquée par Singapour, qui était une base de Shellalco. En avril 2061, la plus grande partie du Sud asiatique était en guerre. La plupart des conflits relevaient du long terme : le Cambodge contre le Viêt-nam, le Pakistan contre l'Inde. Mais certaines offensives avaient été lancées contre des pays pavillons de Subarashii, comme la Birmanie ou le Bangladesh. Les événements, dans ces secteurs, avaient escaladé l'échelle de Kahn à une vitesse mortelle, et aux alentours du mois de juin, les conflits s'étaient étendus à l'ensemble de la Terre, avant de gagner Mars. En octobre, on comptait cinquante millions de morts. Cinquante autres millions périrent des conséquences, la plupart des ressources ayant été détruites ou interrompues, et un nouveau vecteur de malaria s'était répandu sans aucun traitement ou vaccin disponible.

C'était plus qu'il n'en fallait à Sax pour définir cette période comme une guerre mondiale, sans tenir compte de sa brièveté. Il en concluait que ç'avait été une combinaison fatale de luttes entre les transnats, et de révolutions multiples déclenchées par des groupes défranchisés contre l'ordre transnat. Mais la violence chaotique avait convaincu les transnats de résoudre leurs disputes, ou du moins de les mettre de côté. Toutes les révolutions avaient échoué, particulièrement après l'intervention militaire du Groupe des Sept, qui voulait sauver les pavillons de complaisance des transnats d'un démembrement éventuel. Toutes les nations militaro-industrielles géantes s'étaient retrouvées du même côté, ce qui faisait que cette Troisième Guerre mondiale avait été plus courte que les précédentes. Courte, mais terrible : dans le cours de l'année 2061, on avait compté plus de victimes que durant les deux autres guerres mondiales réunies.

Mars n'avait été qu'une campagne mineure dans cette Troisième Guerre : certaines des transnats avaient réagi avec trop de violence face à une révolte flamboyante mais désorganisée. Au terme des événements, Mars s'était retrouvée dans les serres des transnats majeures, avec la bénédiction du Groupe des Sept et des autres clients des transnats. Et la Terre avait repris le cours habituel de son existence, avec une centaine de millions d'habitants en moins. Mais, à part cela, rien n'avait changé. Aucun des problèmes n'avait été résolu. Et une nouvelle explosion de violence pouvait donc se produire. C'était parfaitement possible. Et même probable, pouvait-on dire.

Sax dormait toujours aussi mal. Même s'il passait ses journées dans la routine habituelle, il lui semblait qu'il voyait les choses différemment depuis la fin de la conférence. Une autre preuve, supposait-il sombrement, de la notion de vision en tant que concept de paradigme. Mais désormais, il était tellement évident que les transnats étaient partout. En terme d'autorité, il n'y avait guère autre chose. Burroughs était une ville transnat et, d'après ce que Phyllis lui avait dit, c'était également le cas de Sheffield. Les équipes scientifiques nationales qui avaient proliféré dans les années antérieures au traité n'existaient plus. Et maintenant que les Cent Premiers étaient morts ou passés dans la clandestinité, toute la tradition de Mars en tant que station de recherche s'était éteinte. Ce qui restait de science sur la planète était entièrement consacré au projet de terraforming, et il avait pu constater quel genre de science ça devenait. Non, aujourd'hui, on ne faisait plus que de la recherche appliquée.

Et puis, à présent qu'il y regardait de plus près, il ne décelait pas beaucoup de signes des nations anciennes. Les infos donnaient l'impression qu'elles étaient pour la plupart en banqueroute, y compris le Groupe des Sept, et que les transnats avaient pris en charge les dettes. Certains rapports amenèrent Sax à penser qu'en un sens les transnats s'emparaient de pays mineurs pour assurer leur assise capitaliste, aménageant un nouvel arrangement affaires/gouvernement qui allait bien au delà des vieux contrats sur les pavillons de complaisance.

Un exemple de ce nouvel ordre des choses sous une forme légèrement différente, c'était Mars elle-même, qui semblait effectivement appartenir aux grandes transnats. Et avec le retour de l'ascenseur, l'exportation de métaux et l'importation de marchandises et de population s'étaient sérieusement accélérées. Les marchés financiers terriens étaient en hausse hystérique, sans la moindre perspective d'apaisement, en dépit du fait que Mars ne pouvait fournir à la Terre que certains métaux et en quantités limitées. Ce phénomène de gonflement des marchés n'était probablement qu'un effet de bulle, et si la bulle éclatait, il y aurait certainement des retombées, une fois encore. Ou pas du tout. L'économie était un domaine bizarre, et par certains aspects, l'ensemble des marchés était tout simplement trop irréel pour avoir des impacts hors de son champ. Mais qui pouvait savoir ? Sax, tout en flânant dans les rues de Burroughs, regardait les cours affichés dans les vitrines des officines et ne pouvait en avoir la moindre idée. Les gens ne constituaient pas des systèmes rationnels.

Cette vérité profonde fut encore renforcée lorsque Desmond réapparut au seuil de sa chambre, un certain soir. Le célèbre Coyote en personne, le passager clandestin, le petit frère du Grand Homme. Il était là, petit et mince dans une combinaison de maçon aux couleurs vives : rayures bleu roi et bleu marine, bottes citron vert. La plupart des travailleurs des chantiers de construction de Burroughs (et ils étaient nombreux) portaient ces nouvelles bottes de walker, souples et légères, aux couleurs vives. C'était une mode, mais Sax dut admettre qu'il n'avait pas encore vu de bottes vertes aussi fluorescentes que celles de Desmond.

Desmond-Coyote lui fit son drôle de sourire.

– Elles sont belles, n'est-ce pas ? Et marrantes.

Ce qui allait parfaitement avec ses dreadlocks, qu'il avait serrés sous un volumineux béret rouge, jaune et vert : un détail assez rare sur Mars.

– Viens, dit-il, on va prendre un verre quelque part.

Il conduisit Sax jusqu'à un petit bar, au bord du canal, creusé dans un pingo massif. L'endroit était minuscule, bondé et les clients étaient serrés autour de longues tables : l'accent australien perçait dans les conversations. Sur la berge du canal, un groupe particulièrement excité jetait des boules de glace grosses comme des boulets de canon et, quand l'une d'elles allait s'écraser dans l'herbe, de l'autre côté, tout le monde applaudissait et les clients du bar avaient droit à une tournée d'azote. Les promeneurs de l'autre rive, apparemment, faisaient un large détour pour éviter l'endroit.

Desmond commanda deux doubles tequilas et un inhalateur de protoxyde.

– On va bientôt faire pousser des agaves en surface, non ?...

– A mon avis, tu pourrais le faire dès maintenant.

Ils s'étaient installés en bout de table, coude à coude, et Desmond, entre deux gorgées de tequila, parlait au creux de l'oreille de Sax. Il avait toute une liste de choses qu'il voulait que Sax se procure chez Biotique. Des stocks de graines, des spores, des rhizomes, divers médias de croissance et quelques produits chimiques difficiles à synthétiser.

– Hiroko m'a demandé de te dire qu'elle a réellement besoin de tout ça, mais plus particulièrement des graines.

– Elle ne peut pas les produire elle-même? Je déteste dérober des choses.

– La vie est un jeu dangereux, lui fit remarquer Desmond, en portant à cette réflexion un toast d'azote, puis de tequila. Ahhh! souffla-t-il.

– Ça n'est pas tant le danger, dit Sax. C'est seulement que je n'aime pas ça. Je travaille avec ces gens, après tout.

Desmond haussa les épaules sans répondre. Sax prit conscience que ses scrupules devaient paraître bien superflus pour Coyote, qui avait vécu de vol durant vingt-cinq ans.

– Mais tu ne vas pas voler des gens, dit-il enfin. Tu vas dérober certaines choses qui appartiennent à la transnat qui possède Biotique.

– Mais c'est un conglomérat suisse. Et Praxis ne me paraît pas si détestable. Elle est régie par un système égalitaire très libre qui me rappelle celui d'Hiroko, en fait.

– Sauf qu'elle fait partie d'un système global qui est une petite oligarchie qui gouverne le monde. Il faut te rappeler le contexte.

– Oh, mais je ne l'oublie pas, répliqua Sax en pensant à ses nuits sans sommeil. Crois-moi. Mais il convient de faire certaines distinctions.

– Oui, oui. Et l'une de ces distinctions, c'est le fait qu'Hiroko a besoin de ces choses, qu'elle ne peut pas les fabriquer, puisqu'elle doit se cacher de la police au service de ces merveilleuses transnationales.

Sax plissa les yeux d'un air mécontent.

– Et puis, le vol de matériaux est l'un des derniers actes de résistance qui nous restent. Hiroko s'est mise d'accord avec Maya : des sabotages évidents dénonceraient tout simplement l'existence de l'underground, ce serait provoquer les représailles et l'effacement du demi-monde. Mieux vaut disparaître pour un temps, selon elle, et les laisser croire que nous n'avons jamais été très nombreux.

– C'est une bonne idée, mais je suis surpris que tu fasses ce que dit Hiroko.

– Très drôle. (Desmond grimaça.) En tout cas, moi aussi je pense que c'est une bonne idée.

– Vraiment?

– Non. Mais elle a réussi à me convaincre. Et c'est peut-être mieux ainsi. De toute façon, nous avons encore besoin de tant de choses !

– Est-ce que ces vols ne vont pas finir par alerter la police sur notre présence ?

– Impossible. Il y a tellement de vols que ça ne saurait se remarquer. Et puis, nous avons des gens qui travaillent pour nous de l'intérieur.

– Comme moi.

– Oui, mais tu ne le fais pas pour l'argent, non ?...

– Non, mais ça ne me plaît toujours pas.

Desmond rit, révélant sa dent de pierre et l'asymétrie étrange de son maxillaire et de la partie inférieure de son visage.

– Le syndrome de Stockholm, dit-il. Tu travailles avec eux, tu apprends à les connaître et tu finis par éprouver de la sympathie pour eux. Il faut te souvenir de ce qu'ils accomplissent ici. Allez, finis ton jus de cactus et je vais te montrer des choses que tu ne connais pas, ici même, dans Burroughs.

Il y eut une soudaine agitation : une boule de glace avait atteint l'autre berge et renversé un vieil homme. Tout le monde applaudissait et on portait en triomphe la femme qui avait réussi le coup. Mais le groupe qui accompagnait le vieil homme se ruait déjà vers la plus proche passerelle.

– C'est trop bruyant par ici, dit Desmond. Allez, finis ton verre et on y va.

Sax liquida sa tequila pendant que Desmond prenait une dernière bouffée. Puis ils s'éclipsèrent rapidement pour fuir le brouhaha grandissant en suivant le bord du canal. En une demi-heure, ils se retrouvèrent entre les colonnes de Bareiss, puis dans Princess Park. Là, ils tournèrent sur la droite et escaladèrent la pente herbue de Thoth Boulevard. Au-delà de la montagne de la Table, ils prirent à gauche dans une ruelle de verdure et atteignirent la pente occidentale de la paroi de la tente, qui se déployait en un arc immense autour de Black Syrtis Mesa.

– Regarde, dit Desmond en pointant le doigt. Ils restaurent les anciens quartiers – cercueils pour les travailleurs. C'est la construction Subarashii standard, maintenant, mais regarde un peu comment ces unités sont installées dans la mesa. A l'intérieur de Black Syrtis, il y avait une centrale de traitement de plutonium, aux premiers jours de Burroughs. En ce temps-là, elle était loin à l'écart de la ville. Mais maintenant, Subarashii a construit les quartiers d'habitation de ses employés tout près, et ils sont chargés de surveiller les opérations de retraitement et de récupération des déchets qui devraient aller au nord, dans Nili Fossae, où ils seront utilisés par les réacteurs intégraux à haute vitesse. L'opération de nettoyage devait être au départ complètement robotisée, mais les robots sont difficiles à gérer et on s'est aperçu que la main-d'œuvre humaine coûtait moins cher.

– Et les radiations? s'étonna Sax.

– C'est justement ça, fit Desmond avec son sourire farouche. Ils encaissent une quarantaine de rems par an.

– Tu plaisantes!

– Mais non. Ils l'annoncent aux travailleurs, ils leur donnent un bon salaire et un bonus au bout de trois ans : le traitement.

– Sinon on ne le leur donne pas?

– Sax, ça coûte très cher. Et les listes d'attente sont longues. C'est un moyen d'éviter l'attente et de se le payer.

– Mais quarante rems! Ils n'ont aucune certitude que le traitement puisse être efficace après ça!

– Nous le savons. (Desmond fronça les sourcils. Inutile de parler de Simon.) Mais pas eux.

– Et Subarashii ne fait ça que pour réduire les frais?

– Dans une opération aussi énorme, Sax, c'est très important. Toutes sortes de solutions d'amortissement sont en train d'émerger. Le système d'égout de Black Syrtis est le même pour tout – la clinique médicale, les cercueils et les usines.

– Tu plaisantes!

– Mais non, absolument pas. Quand je plaisante, je suis quand même plus drôle.

Sax agita la main en un geste de refus absolu.

– Écoute, reprit Desmond, il n'existe plus d'agences d'application des règlements. Ni de codes de la construction ou quoi que ce soit. C'est ça le résultat de la victoire des transnationales en 61 – elles édictent leurs propres règles. Et tu sais quelle est la première.

– Mais c'est tout simplement stupide.

– Ce département de Subarashii est dirigé par des Géorgiens, et ils sont retombés dans un shéma stalinien. Disons que c'est une attitude patriotique pour diriger leur pays aussi bêtement que possible. Et les affaires également. Et, bien sûr, les hauts dirigeants de Subarashii restent des Japonais, et ils croient que le Japon est devenu grand en étant dur. Ils prétendent qu'ils ont gagné en 61 ce qu'ils ont perdu dans la Seconde Guerre mondiale. Subarashii est la plus dure des transnats de cette planète, mais toutes les autres l'imitent pour tenter d'être des concurrents valables. Praxis est une anomalie en ce sens, il ne faut pas l'oublier.

– Et donc, nous les récompensons en les volant.

– C'est toi qui as postulé pour entrer à Biotique. Peut-être que tu devrais changer d'emploi.

– Non.
– Est-ce que tu penses pouvoir obtenir ce que nous t'avons demandé d'une des firmes de Subarashii?
– Non.
– Mais tu peux l'obtenir de Biotique.
– Probablement. La sécurité est très dure.
– Mais tu peux y arriver.
– Probablement. (Sax réfléchit brièvement.) Mais je veux quelque chose en retour.
– Oui?...
– Est-ce que tu pourrais me conduire jusqu'à cette zone grillée par la soletta pour que j'y jette un coup d'œil?
– Certainement! J'aimerais bien revoir ça moi-même!

Le lendemain après-midi, ils quittèrent Burroughs et prirent le train vers le sud, sur le Grand Escarpement, et en descendirent à la gare de Libya, à soixante-dix kilomètres de Burroughs. Là, ils se glissèrent jusqu'au sous-sol, puis descendirent un tunnel qui accédait à l'amas de rocaille extérieur. C'est là, dans un graben, qu'ils trouvèrent un des véhicules de Desmond. Quand la nuit descendit, ils se dirigèrent en suivant l'Escarpement vers un petit refuge des Rouges sur la bordure du cratère Du Martheray, à proximité d'un lit plat de rochers que les Rouges utilisaient comme terrain d'atterrissage. Desmond ne révéla pas l'identité véritable de Sax à leurs hôtes. On les conduisit jusqu'à un petit hangar à flanc de falaise, où ils embarquèrent à bord d'un des anciens avions furtifs de Spencer. Ils roulèrent sur le terrain rocailleux avant de décoller en un vol ondulant. Dès qu'ils eurent pris de l'altitude, ils mirent le cap vers l'est, lentement.

Ils volèrent longtemps en silence. Sax discerna des lumières au sol par trois fois : d'abord une station dans le cratère d'Escalante, puis les lucioles d'un train circum-planétaire, et un clignotement dans la région sauvage qui se situait derrière le Grand Escarpement.

– C'est quoi? demanda-t-il.
– Pas la moindre idée.
Quelques minutes s'écoulèrent avant que Sax ne déclare :
– Tu sais que je suis tombé sur Phyllis.
– Vraiment? Et est-ce qu'elle t'a reconnu? »
– Non.
Desmond rit.
– Ça, c'est bien d'elle.
– Mais des tas d'anciennes relations ne m'ont pas reconnu.
– Oui, mais Phyllis... Est-ce qu'elle est toujours présidente de l'Autorité transitoire?

– Non. Elle semble croire que ce poste n'est pas suffisamment important.

Desmond rit de nouveau.

– Quelle femme bornée. Mais je dois lui reconnaître une chose : elle a réussi à ramener tout son groupe de Clarke à la civilisation. Je croyais vraiment qu'ils étaient fichus.

– Tu sais des choses à propos de cette affaire ?

– J'ai parlé à deux types qui étaient sur Clarke. C'était un soir, au Pingo Bar, à Burroughs. Ils étaient intarissables.

– Est-ce qu'il s'est passé quelque chose vers la fin du voyage ?

– Vers la fin ? Eh bien... oui. Quelqu'un est mort. J'ai cru comprendre qu'une femme avait eu la main écrasée au moment où ils avaient évacué Clarke, et Phyllis était la seule à bord à pouvoir jouer les doctoresses. Elle a soigné la femme pendant tout le voyage. Elle croyait bien réussir jusqu'au bout, mais... là-dessus, les deux types n'ont pas été très clairs, mais ça s'est mal terminé. Phyllis a organisé une séance de prière, mais la femme est morte malgré tout, deux jours seulement avant qu'ils aient regagné le système terrestre.

– Ah ! fit Sax. Phyllis ne me semble plus très... religieuse.

– A mon avis, fit Desmond d'un ton méprisant, elle ne l'a jamais vraiment été. Sa religion à elle, ce sont les affaires. Quand on rend visite aux chrétiens de Christianopolis ou de Bingen, on n'entend pas parler de marge de profit au petit déjeuner et ils ne t'assomment pas avec d'horribles sermons sur la *vertu*. La vertu, Seigneur ! C'est une des qualités les plus détestables qu'on puisse trouver chez un individu. Tu pensais que tout ça était construit sur le sable, hein ? Mais les chrétiens du demi-monde ne sont pas du tout comme ça. Il y a de tout chez eux : des gnostiques, des quakers, des baptistes, des rastafariens Ba'hai, et ce sont les gens les plus agréables de tout l'underground, si tu veux mon avis. Et j'ai traité avec tous. Ils sont réellement serviables. Et ils ne prennent pas de grands airs, comme s'ils étaient les meilleurs copains de Jésus. Et ils ont de très bonnes relations avec Hiroko aussi bien qu'avec les soufis. C'est comme un réseau mystique. (Il ricana.) Mais avec Phyllis, maintenant, et tous ces fondamentalistes du business qui se servent de la religion pour couvrir leurs extorsions... Je déteste ça. En fait, je n'ai jamais entendu Phyllis parler de religion depuis qu'on a débarqué.

– Est-ce que tu as eu l'occasion d'entendre Phyllis depuis ?

– Plus que tu ne peux le croire ! Monsieur Labo, j'ai vu tant de choses durant toutes ces années ! J'avais des petites planques *partout* !

Sax prit un air sceptique et Desmond lui claqua l'épaule en riant.

– Comment je pourrais savoir que toi et Hiroko vous étiez ensemble pendant les premières années d'Underhill, hein?

– Hum...

– Mais oui, j'ai vu des tas de choses. Bien sûr, je pourrais dire ça de n'importe quel homme d'Underhill sans me tromper. Cette petite mégère avait un véritable harem.

– La polyandrie?

– A la puissance vingt!

– Mmouais...

Desmond se remit à rire devant son air déconfit, puis ils continuèrent leur vol dans le silence.

Peu après l'aube, ils remarquèrent une colonne de fumée blanche qui obscurcissait les étoiles sur tout un quadrant du ciel. Longtemps, ce nuage dense fut l'unique anomalie dans le paysage. Puis, un peu plus tard, ils passèrent le terminateur et découvrirent une large bande de lumière intense montant sur l'horizon d'est, droit devant eux – à moins que ce ne fût une auge d'un orange vif qui divisait le terrain du nord-est au sud-ouest approximativement. Dans la partie qu'ils pouvaient observer, ils discernaient un point blanc plus lumineux encore, marqué de turbulences, comme si une éruption volcanique était en cours. Immédiatement au-dessus, un faisceau de lumière montait dans le ciel – un rayon de fumée illuminée, en fait, mais si dense et si étroit qu'il était comme un pilier solide. En altitude, au fur et à mesure que la fumée se dissipait, il devenait moins distinct, puis disparaissait à un plafond de dix mille mètres, tout en haut du nuage de fumée qui dérivait vers l'est.

Tout d'abord, ils ne virent aucun signe évident de l'origine de ce faisceau lumineux – la loupe aérienne était en orbite à quatre cent mille mètres, après tout. Puis, Sax crut distinguer une espèce de fantôme nuageux, qui s'élevait beaucoup plus haut dans le ciel. Qu'est-ce que ça pouvait être, Desmond n'avait pas la moindre certitude.

Au pied du pilier ardent, il ne fut plus question de visibilité. L'auge de roche en fusion était d'un blanc aveuglant. On pouvait estimer qu'elle était à 5 000 degrés kelvins à l'air libre.

– Il va falloir être prudents, commenta Desmond. Si on passe dans ce faisceau, on sera comme un papillon de nuit dans une flamme.

– Oui, et je suis sûr qu'il y a des turbulences dans la fumée.

– Exact. Je crois que je vais rester dans le sens du vent.

Tout en bas, là où le pilier de fumée illuminée rencontrait le canal orange, de nouveaux tourbillons de fumée se dégageaient en bouffées violentes, dans une clarté bizarre. Au nord du point blanc incandescent, là où la roche avait une chance de refroidir, la matière liquéfiée rappelait à Sax les films qu'il avait vus sur les éruptions des volcans hawaïens. Des vagues jaune-orange se déversaient vers le nord dans le canal de roche fluide, rencontrant parfois des points de résistance qui les envoyaient se briser sur les berges sombres. Le canal de matière en fusion avait au moins deux kilomètres de large et courait d'un horizon à l'autre dans les deux directions, sur plus de deux cents kilomètres sans doute. Au sud du pilier, le lit du canal de feu était presque recouvert de rocs noirs en voie de refroidissement, sillonnés de craquelures orange. Le dessin rectiligne du canal et le pilier ardent étaient la seule preuve évidente qu'il ne s'agissait pas d'un écoulement de lave naturel. Mais ils étaient amplement suffisants. Et il n'y avait eu aucun signe d'activité volcanique à la surface de Mars depuis plusieurs milliers d'années.

Desmond inclina l'appareil et ils obliquèrent brusquement vers le nord.

– Le rayon de la loupe aérienne se déplace vers le sud, donc plus loin en avant, on pourra se rapprocher.

Sur de nombreux kilomètres, le canal de fusion continuait vers le nord-est. Puis, alors qu'ils s'éloignaient de la zone en feu, l'orange de la roche en fusion se fit plus sombre et commença à se rétrécir, avec une croûte noire fissurée d'orange. Plus loin encore, la surface du canal était noire, aussi noire que les berges. Un ruban obscur et pur qui allait vers les highlands aux tons de rouille d'Hesperia.

Desmond vira pour se replacer cap au sud en se rapprochant du canal. Il pilotait avec une certaine rudesse, sans ménager son appareil léger. Les craquelures orange réapparurent, et sous l'effet d'un courant thermique l'avion se cabra et ils durent glisser un peu plus à l'ouest. La coulée de lave éclairait les bords du canal, dessinant des ondulations de collines noires sous la fumée.

– Je croyais qu'elles contenaient surtout des silicates, dit Sax.

– De l'obsidienne. En fait, j'en ai rencontré de différentes couleurs. Avec des tourbillons de minéraux divers.

– Cette fusion s'étend loin ?

– Ils coupent de Cerberus à Hellas, juste à l'ouest des volcans de Tyrrhena et d'Hadriaca.

Sax, impressionné, siffla entre ses dents.

– Ils prétendent que ça formera un canal entre la mer d'Hellas et l'océan du Nord.

– Oui, oui. Mais ils volatilisent les carbonates beaucoup trop vite.

– Ils densifient l'atmosphère, non?

– Oui, mais il y a le CO_2! Ils fichent tout le plan en l'air! On ne pourra pas respirer cette atmosphère pendant des années et on sera coincés dans les villes!

– Peut-être qu'ils croient pouvoir évacuer le CO_2 grâce au réchauffement général. (Desmond lui jeta un regard en biais.) Tu en as assez vu comme ça?

– Plus que nécessaire.

Desmond partit de son rire inquiétant et vira brusquement. Ils se lancèrent à la poursuite du terminateur, droit vers l'ouest, volant à basse altitude au-dessus des ombres allongées de l'aube.

– Réfléchis, Sax. Pendant une certaine période, les gens seront confinés dans les villes, ce qui est plutôt pratique si l'on souhaite garder le contrôle des événements. Tu grilles le sol avec ta loupe volante, tu tailles des tranchées, et très vite tu as ta pression atmosphérique de un bar et tu as une planète humide et chaude. Ensuite, tu trouves un moyen de nettoyer l'excédent de gaz carbonique – ils ont sûrement leur idée là-dessus, quelque chose d'industriel ou de biologique, à moins que ce ne soit les deux. Quelque chose de vendable, en tout cas. Et *illico presto*, tu te retrouves avec une autre Terre. Ça risque de coûter cher mais...

– Mais c'est totalement ruineux! Tous ces projets gigantesques sont de nature à couler des tas de transnationales, et pourtant elles persistent, alors qu'on va atteindre les 273 K. Je ne comprends pas.

– Ils se disent sans doute que deux kelvins, c'est trop modeste. Une moyenne qui se situe au point de congélation, c'est un peu frais, non?... C'est une sorte de concept de terraforming à la Sax Russell, disons. Pratique, mais... (Il ricana.) Ou alors, ils sont pressés. La Terre est dans un vrai bourbier, Sax.

– Je le sais. J'ai étudié la question.

– Un bon point pour toi! Non, je le dis sincèrement. Donc, tu sais que les gens qui n'ont pas eu droit au traitement sont acculés au désespoir – ils vieillissent et les chances qu'ils avaient de recevoir le traitement deviennent dramatiquement minces. Quant à ceux qui ont reçu le traitement, surtout dans les classes les plus favorisées, ils se demandent quoi faire. En 61, ils ont appris ce qui se passe quand le contrôle des choses vous échappe. Alors, ils achètent des pays comme des plateaux de mangues qu'on solde à la fin du marché. Mais ça ne semble pas les aider vraiment. Et là, juste à côté, dans l'espace, il y a une planète toute neuve, fraîche et vide, pas encore vraiment aménagée pour s'y installer, mais presque. Une planète potentiellement riche. Un nouveau monde. Hors de portée des milliards de pauvres qui n'ont pas reçu le traitement.

Sax resta songeur un instant.

– Une sorte de planque, en somme. Un coin où se réfugier en cas d'ennuis.

– Exactement. Je crois que pas mal de types des transnats veulent que Mars soit terraformée aussi rapidement que possible, par tous les moyens.

– Ah... fit simplement Sax.

Et ils restèrent silencieux durant tout le voyage de retour.

Desmond le raccompagna jusqu'à Burroughs. Ils allèrent à pied de la gare du Sud à Hunt Mesa et ils purent apercevoir les arbres du parc du Canal, entre Branch Mesa et la montagne de la Table, jusqu'à Black Syrtis.

– Est-ce qu'ils font des choses aussi stupides sur toute la planète ? s'inquiéta Sax.

Desmond acquiesça.

– La prochaine fois, je t'apporterai une liste.

– J'y compte. (Sax secoua la tête.) Ça n'a pas de sens. Ils ne tiennent pas compte des résultats à long terme.

– Parce qu'ils pensent court.

– Mais ils vont avoir une vie très longue ! On peut supposer qu'ils seront encore au pouvoir quand les conséquences de leurs initiatives leur retomberont dessus !

– Peut-être qu'ils ne voient pas les choses comme ça. Ils changent souvent de fonction aux plus hauts niveaux. Ils essaient de se bâtir une réputation en fondant une société très rapidement, puis ils se font embaucher par une autre, et recommencent. C'est un jeu de chaises musicales.

– Et tout va s'écrouler, quelle que soit la chaise qu'ils ont choisie ! Ils ne s'inquiètent pas une seconde des lois de la physique !

– Bien sûr que non ! Sax, tu n'avais jamais remarqué ça ?

– Sans doute pas...

Bien sûr, il avait constaté que la situation des affaires humaines était irrationnelle, inexplicable. Mais ça ne pouvait échapper à personne. Il prenait à présent conscience qu'il s'était reposé sur un postulat qui impliquait que ceux qui participaient aux gouvernements faisaient un effort de bonne foi pour conduire les choses de façon rationnelle, avec une perspective à long terme sur le bien-être de l'humanité et son équilibre biophysique. Il tenta d'expliquer tout ça à Desmond qui se contenta de rire. Agacé, Sax finit par s'écrier :

– Mais pourquoi se lancer dans une entreprise aussi compromise, sinon dans un but honorable ?

– Pour le pouvoir. Le pouvoir et la richesse.

– Ah...

Sax avait toujours été tellement indifférent à ces choses qu'il avait quelque difficulté à comprendre que quelqu'un puisse s'y intéresser. Est-ce qu'il y avait d'autre richesse que la liberté de faire ce qu'on voulait ? Dès que l'on avait cette liberté, tout nouvel acquis de pouvoir ou de richesse commençait à réduire vos options, et par là même votre liberté. On se retrouvait au service de ses richesses et de son pouvoir, forcé de consacrer tout son temps à les protéger. Tout bien considéré, la liberté de mouvement d'un chercheur dans son laboratoire était le plus haut degré de liberté imaginable. Avec lequel le pouvoir et la richesse ne pouvaient qu'entrer en interférence.

Tandis que Sax décrivait sa philosophie, Desmond secouait la tête.

– Il existe certaines personnes qui aiment dire aux autres ce qu'ils doivent faire. Ils apprécient ça encore plus que la liberté. C'est une question de hiérarchie. Et de place dans la hiérarchie. Pour autant qu'elle soit élevée. Ils ont tous cet objectif. C'est plus sûr que la liberté. Et un certain nombre sont des lâches.

– Je pense qu'il ne s'agit que d'une incapacité totale à comprendre le concept des réductions de retours. Comme si toute bonne chose n'avait pas de limite. C'est complètement irréaliste. Ce que je veux dire, c'est qu'il n'existe dans la nature aucun processus qui ne tienne jamais compte de la quantité !

– La vitesse de la lumière.

– Bof ! Aucun rapport. Il est clair que la réalité physique n'intervient pas comme facteur dans ces calculs.

– Bien dit.

Sax secoua la tête, irrité.

– Et revoilà la religion. Et les idéologies. Que disait Frank ? Une relation imaginaire avec une situation réelle ?...

– C'était un homme qui aimait le pouvoir.

– C'est vrai.

– Mais il avait beaucoup d'imagination.

Ils firent une halte à l'appartement de Sax, afin qu'il se change avant de regagner le plateau de la mesa pour aller prendre leur petit déjeuner chez Antonio.

Sax ruminait encore leur discussion.

– Le problème, c'est que ceux dont l'appétit de pouvoir et de richesse est hypertrophié accèdent à des postes qui leur donnent excessivement ce qu'ils veulent. Et ils s'aperçoivent seulement alors qu'ils sont autant les esclaves que les maîtres de leurs buts. Et ils deviennent alors mécontents puis aigris.

– Comme Frank.

– Oui. Celui qui dispose du pouvoir semble toujours atteint d'un dysfonctionnement. Ça va du cynisme à une tendance marquée à l'autodestruction. Ils ne sont pas heureux, en fait.

– Mais ils ont le pouvoir.

– Oui, acquiesça Sax. Et c'est bien de ça que découle notre problème. Les affaires humaines... (Il s'interrompit pour dévorer un des roulés à la confiture qu'on venait de leur servir – il était affamé.) Tu sais, on devrait les diriger selon les principes de l'écologie des systèmes...

Desmond explosa de rire et récupéra une serviette *in extremis* pour s'essuyer le menton. Tous les regards étaient soudain braqués sur eux et Sax se sentit mal à l'aise.

– Quelle idée formidable! hurla Desmond. Oh, Saxifrage, que je t'aime! Un management *scientifique*, c'est ça?...

– Pourquoi pas? s'entêta Sax. Ce que je veux dire, c'est que les principes qui gouvernent le comportement des espèces dominantes dans un écosystème stable sont plutôt directs, pour autant que je m'en souvienne. Je parie qu'un conseil d'écologistes pourrait construire un programme qui produirait une société bienveillante stable!

– Si seulement tu dirigeais le monde! s'exclama Desmond en riant de nouveau.

Il posa le front sur la table, soudain, et se mit à ululer.

– Pas tout seul.

– Non, je plaisante. (Desmond redevint sérieux.) Tu sais que Vlad et Marina travaillent sur leurs théories éco-économiques depuis des années. Ils ont même réussi à me les faire essayer dans le commerce entre les colonies de l'underground.

– J'ignorais ça, fit Sax, surpris.

Desmond secoua la tête.

– Sax, il faut que tu sois plus attentif à ce qui se passe. Dans le Sud, nous vivons depuis des années selon les principes écoéconomiques.

– Il faudra que je m'intéresse à ça.

– Oui. (Desmond afficha un large sourire, prêt à exploser une fois encore.) Tu as beaucoup à apprendre.

Leur commande arriva, avec une carafe de jus d'orange, et Desmond remplit leurs verres à ras bord. Il trinqua avec Sax et dit :

– Bienvenue dans la révolution!

Desmond repartit pour le Sud, avec la promesse que Sax chaparderait à Biotique ce qu'Hiroko avait demandé.

– Il faut que j'aille voir Nirgal, dit-il avant de serrer Sax entre ses bras.

Un mois passa durant lequel Sax put réfléchir à tout ce qu'il avait appris grâce à Desmond et aux vidéos de la Terre. Il ordonnait lentement tout cela et se sentait de plus en plus troublé. Chaque nuit, il se réveillait brusquement pour quelques heures d'insomnie.

Puis, un matin, après une mauvaise nuit, il reçut un message sur son bloc de poignet. C'était Phyllis : elle était en ville pour diverses réunions et elle voulait qu'ils se retrouvent pour dîner.

Sax accepta, surpris, mais en manifestant l'enthousiasme de Stephen. Il la retrouva chez Antonio. Ils s'embrassèrent à l'européenne et on les installa à l'une des tables d'angle, d'où l'on surplombait la ville. Sax fit à peine attention à ce qu'on lui servait tandis qu'ils bavardaient à propos de Sheffield et de Biotique.

Après le cheesecake, ils prirent du cognac. Sax n'était nullement pressé de partir et il n'était pas du tout sûr de ce que Phyllis avait en tête pour la fin de soirée. Elle n'avait manifesté aucune intention évidente et elle ne semblait pas avoir envie de partir, elle non plus.

Elle se laissa aller en arrière et lui adressa un regard chaleureux.

– C'est bien toi, n'est-ce pas ?

Il inclina la tête pour marquer sa perplexité.

Elle rit.

– C'est dur à croire, vraiment. Sax Russell... Tu n'étais jamais comme ça, dans le bon vieux temps. Jamais je n'aurais pensé que tu pouvais être un aussi bon amant.

Il plissa les yeux, déconcerté, et promena le regard alentour.

– J'espère que ça en dit plus long sur toi que sur moi, rétorqua-t-il avec l'insouciance de Stephen.

Il n'y avait personne aux tables les plus proches et les serveurs se tenaient discrètement à distance. Le restaurant fermerait dans une demi-heure.

Phyllis se remit à rire, mais il y avait une certaine dureté dans ses yeux, et Sax comprit soudain qu'elle était en colère. Vexée, sans le moindre doute, d'avoir été dupée par un homme qu'elle connaissait depuis quatre-vingts ans. Et furieuse qu'il ait décidé de la duper, elle. Et pourquoi pas? Cela dénotait un manque total de confiance, après tout, surtout de la part de quelqu'un qui couchait avec vous. La mauvaise foi dont il avait fait preuve à Arena lui revenait maintenant et il se sentait très mal à l'aise. Mais que faire?

Il se souvenait de cet instant où elle l'avait embrassé dans l'ascenseur. Il en était resté tout aussi déconcerté que maintenant. Il avait été aussi surpris qu'elle ne le reconnaisse pas alors que d'être reconnu en cet instant. Il y avait là une belle symétrie. Et, dans les deux cas, il avait suivi le mouvement.

– Tu as autre chose à dire? demanda Phyllis.

Il leva les mains.

– Qu'est-ce qui te fait croire ça?

Il y eut un peu plus de colère dans son rire. Puis, elle le dévisagea, les lèvres serrées.

– C'est si facile à voir maintenant. Ils t'ont donné un menton et un nez, c'est tout, je suppose. Mais les yeux sont les mêmes, ainsi que la forme de ta tête. C'est drôle tout ce dont on se souvient et ce qu'on oublie.

– C'est vrai.

En fait, se dit-il, ce n'était pas tant une question d'oubli que l'incapacité à rassembler des fragments de mémoire. Sax songea qu'ils étaient encore là, stockés quelque part.

– Je ne me rappelle pas vraiment ton ancien visage, reprit Phyllis. Pour moi, tu étais toujours dans un quelconque labo, le nez collé à un écran. Tu devais sans doute porter une blouse blanche. Tu étais une sorte de rat de laboratoire géant. (Elle avait le regard étincelant, à présent.) Mais à un certain moment, tu as appris à imiter le comportement humain. Plutôt bien, d'ailleurs, non? Assez bien pour tromper une vieille amie qui t'aimait tel que tu étais.

– Nous ne sommes pas de vieux amis.

– Non, fit-elle d'un ton sec. Je ne le pense pas non plus. Toi et tes vieux amis, vous avez tenté de me tuer. Et vous avez assassiné des milliers d'autres gens. Et détruit la plus grande partie de cette planète. Il est évident que tes amis sont encore là, quelque part, sinon tu ne serais pas ici, n'est-ce pas ? En fait, ils doivent avoir largement essaimé parce que lorsque j'ai fait une vérification ADN de ton sperme, les banques officielles de l'Autorité transitoire m'ont confirmé que tu étais bien Stephen Lindholm. Et pendant longtemps, j'ai perdu le fil. Mais tu as fait quelque chose qui m'a donné à réfléchir. Quand nous sommes tombés dans cette crevasse. Oui, c'est ça... ça m'a rappelé un incident qui s'était passé autrefois dans l'Antarctique. Toi, moi et Tatiana Durova, nous étions sur les hauteurs de Nussbaum Riegel, quand Tatiana a trébuché et s'est foulé la cheville. Il était tard, le vent s'était levé, et on a envoyé un hélicoptère de la base. Pendant que nous attendions, tu as trouvé une sorte de lichen de roche...

Sax secoua la tête, sincèrement surpris.

– Je ne m'en souviens pas.

C'était vrai. Cette année d'entraînement et de sélection dans les vallées sèches de l'Antarctique avait été intense, mais dans sa mémoire, elle était floue, et jamais il ne retrouverait cet incident. Il avait même du mal à croire qu'il se soit vraiment produit. Et il n'avait pas la moindre trace de souvenir du visage de Tatiana Durova.

Absorbé dans ses pensées et dans l'effort de concentration qu'il faisait pour retrouver cette année perdue, les propos de Phyllis lui échappèrent. Mais il entendit cependant :

– ... j'ai vérifié avec les anciens clichés de la mémoire de mon IA, et c'est là que je t'ai retrouvé.

– Tes unités mémoire doivent commencer à s'user, marmonna-t-il d'un air absent. On s'est aperçu depuis quelque temps qu'elles étaient brouillées par les rayons cosmiques si on ne les consolidait pas de temps en temps.

Elle ignora totalement cette minable saillie.

– Ce qui compte, c'est le fait que des gens qui sont capables de trafiquer comme ça les données de l'Autorité transitoire méritent qu'on les surveille de près. Je crains de ne pouvoir laisser passer ce genre de chose. Même si je le voulais.

– Qu'est-ce que tu veux dire ?

– Je ne sais pas vraiment. Tout va dépendre de toi. Tu pourrais me dire où tu te cachais, avec qui, et ce qui se passe actuellement. Tu n'es arrivé à Biotique qu'il y a un an, après tout. Tu étais où avant ça ?...

– Sur la Terre.

Le sourire de Phyllis se plissa de façon menaçante.

– Si c'est comme ça, je vais être dans l'obligation de faire appel à certains de mes associés. Les gens de la sécurité de Kasei Vallis sauront te rafraîchir la mémoire.

– Allons...

– Et ça n'est pas une métaphore. Ils ne vont pas te cogner dessus ou je ne sais quoi. C'est une question d'extraction. Ils t'endorment, ils stimulent l'hippocampe et l'amygdale, et ils te posent des questions. Les gens répondent, c'est tout.

Sax réfléchit. On ne savait toujours pas grand-chose des mécanismes de la mémoire, mais il ne faisait aucun doute qu'on pouvait appliquer des méthodes brutales aux zones que l'on connaissait. La résonance magnétique, les ultra-sons ciblés et bien d'autres outils. Mais ce serait dangereux, néanmoins...

– Alors ?... demanda Phyllis.

Il observa un instant son sourire, maléfique, triomphant. Des pensées défilaient en vrac dans son esprit, des images sans légendes : Desmond, Hiroko, les gamins de Zygote criant *Pourquoi, Sax ? Pourquoi ?* Il dut se maîtriser pour ne pas montrer le dégoût qu'il ressentait soudain, qui déferlait en lui. C'était peut-être ce que les gens appelaient de la haine. Il s'éclaircit la gorge et dit enfin :

– Je suppose que je ferais aussi bien de tout te raconter.

Elle acquiesça fermement, comme si c'était une décision qu'elle aurait prise elle-même. Et elle tourna la tête : le restaurant était totalement désert, maintenant, et les serveurs s'étaient tous regroupés autour d'une table, où ils sirotaient de la grappa.

– Allez, viens, dit Phyllis. On va jusqu'à mes bureaux.

Il acquiesça en se levant avec raideur. Sa jambe droite ne répondait plus. Il suivit Phyllis en boitillant. Ils dirent bonsoir aux serveurs et prirent l'ascenseur. Phyllis appuya sur le bouton du sous-sol. La porte se referma. Sax se dit qu'ils étaient encore une fois dans un ascenseur. Il inspira à fond et rejeta la tête en arrière, comme s'il venait de remarquer quelque chose d'anormal sur le panneau de contrôle. Phyllis suivit son regard et, d'un mouvement spasmodique, il la frappa au maxillaire. Elle s'effondra, le souffle court, inconsciente. Un élancement affreusement douloureux monta dans les deux phalanges principales de la main droite de Sax. Il appuya sur le bouton du second étage, au-dessus du métro. Il savait qu'un long passage permettait de traverser Hunt Mesa, avec de nombreuses boutiques qui, à cette heure, seraient fermées. Il prit Phyllis par les aisselles et la souleva. Elle était plus grande que lui, flasque et lourde.

Quand la porte de l'ascenseur s'ouvrit, il était sur le point d'appeler à l'aide. Mais il n'y avait personne à l'extérieur : il passa un bras de Phyllis autour de son cou et l'entraîna vers l'un des mini-carts qui étaient garés à quelques mètres de là pour les gens qui voulaient traverser rapidement la mesa ou qui étaient trop chargés. Il la laissa tomber sur le siège arrière et elle grogna, comme si elle était sur le point de se réveiller. Il s'installa aux commandes et pressa la pédale d'accélération. Le cart dévala le couloir en bourdonnant. Sax prit conscience qu'il ruisselait de sueur et qu'il n'arrivait pas à maîtriser son souffle.

Il passa devant deux toilettes avant de s'arrêter. Phyllis, inerte, roula de son siège jusqu'au sol en gémissant un peu plus fort. Elle ne tarderait plus à reprendre conscience, si ce n'était déjà fait. Il alla vérifier que les toilettes des hommes n'étaient pas verrouillées. C'était bien le cas, et il revint très vite au cart pour soulever Phyllis et la porter sur son dos. Il vacilla brièvement sous son poids et la laissa tomber devant le seuil. Sa tête cogna contre le sol et elle cessa de gémir. Il ouvrit la porte, la traîna jusqu'à l'intérieur, puis referma la porte et la verrouilla.

Il s'assit à côté d'elle, le souffle haletant. Phyllis respirait encore. Elle avait le pouls faible mais régulier. Elle semblait hors de danger, mais un peu plus inconsciente qu'après son premier coup. Sa peau était pâle et humide et elle avait la bouche entrouverte. Un bref instant, il eut pitié d'elle, avant de se rappeler qu'elle l'avait menacé de le confier aux techniciens de la sécurité pour le faire parler. Certes, leurs méthodes étaient sophistiquées, mais c'était quand même de la torture. Et s'ils avaient réussi, ils auraient appris la situation des refuges de l'underground dans le Sud et bien plus de choses encore. Dès qu'ils auraient une idée générale de ce qu'il connaissait, ils pourraient lui soutirer le reste. Il serait impossible de résister à leur combinaison d'injection de drogues et de modification du comportement.

Dès à présent, Phyllis en savait beaucoup trop. Le seul fait qu'il ait une fausse identité aussi parfaite impliquait qu'il existait toute une infrastructure qui était demeurée cachée jusqu'à présent. Dès qu'ils connaîtraient son existence, ils pourraient sans doute la débusquer. Et Hiroko, Desmond et Spencer, qui était dans le système de Kasei Vallis, seraient tous en danger... Ainsi que Nirgal, Jackie, Peter et Ann... tous. Parce qu'il n'avait pas été assez malin pour éviter cette femme redoutable et stupide qu'était Phyllis.

Il regarda autour de lui. Il y avait deux cabines : une pour les toilettes, l'autre avec un lavabo, un miroir et le distributeur courant de pilules contraceptives et de gaz récréatifs. Il reprit son souffle et réfléchit très vite. Au fur et à mesure que les plans se dessinaient dans son esprit, il chuchotait dans son bloc de poignet les instructions destinées à son IA. Desmond lui avait donné certains programmes de virus à haut potentiel de destruction. Il se connecta avec le bloc de Phyllis et attendit que les transferts s'opèrent. Avec un peu de chance, il pouvait détruire tout son système : les dispositifs de sécurité personnels ne pouvaient rien contre les virus de Desmond à usage militaire. C'était du moins ce que prétendait Desmond.

Mais restait le problème de Phyllis. Parmi les gaz disponibles, il y avait surtout du protoxyde d'azote, dans des inhalateurs individuels qui devaient contenir deux ou trois mètres cubes de gaz sous pression. Il jaugea la pièce : elle devait faire trente-cinq ou quarante mètres cube. La grille de ventilation était près du plafond et il pouvait aisément l'obturer avec un bout de serviette aérogel.

Il inséra des cartes de paiement dans le distributeur et acheta tout le stock de gaz disponible : vingt petits containers de poche avec leurs masques inhalateurs. L'oxyde d'azote serait un peu plus lourd que l'atmosphère de Burroughs.

Il prit les petits ciseaux de son bloc et découpa une partie de la serviette. Puis, il escalada le réservoir de la chasse et entreprit d'obturer la grille de ventilation en insérant le tissu dans les fentes. Quelques orifices subsistaient, mais ils étaient petits. Il redescendit et inspecta la porte : il y avait un espace d'environ un centimètre entre le battant et le sol. Il découpa d'autres bouts de serviette. Phyllis ronflait, à présent. Il alla jusqu'à la porte, l'ouvrit, poussa les containers dans le couloir et referma après avoir jeté un dernier regard à Phyllis, recroquevillée sur le sol. Il tassa les rubans d'aérogel sous la porte, ne ménageant qu'un espace étroit dans un coin. Il jeta un regard rapide dans le couloir, de part et d'autre, s'assit et inséra le flexible du premier container dans l'orifice avant d'appuyer sur la valve. Il répéta cette opération vingt fois, rangeant les containers vides au fur et à mesure dans ses poches. Quand elles furent pleines, il se confectionna un sachet avec les bouts de tissu pour le reste, se releva et regagna le cart. Il écrasa du pied l'accélérateur et le cart bondit violemment en avant, dans le sens opposé à l'arrêt brutal qui avait précipité Phyllis hors du siège. Ce qui avait dû lui faire mal.

Il arrêta le cart, descendit et retourna aux toilettes des hommes dans le bruit des containers. Il ouvrit la porte d'un geste brusque en retenant son souffle, attrapa Phyllis par les chevilles et la tira vers l'extérieur. Elle respirait encore, avec un doux sourire sur le visage. Il résista à l'envie de lui donner un coup de pied et remonta dans le cart.

Il redescendit à pleine vitesse vers l'autre côté de Hunt Mesa, puis descendit jusqu'au sous-sol. Il prit le premier métro qui se présenta et traversa toute la ville jusqu'à la gare du Sud. Il remarqua que ses mains tremblaient et qu'il avait deux phalanges de la main droite qui gonflaient à vue d'œil en virant au bleu. La douleur venait en même temps.

Il acheta un ticket pour le sud mais, quand il le présenta en même temps que sa carte d'identification au contrôleur, il vit l'autre rouler des yeux et dégainer son pistolet en même temps que ses collègues tout en appelant du renfort pour une arrestation. Apparemment, Phyllis s'était réveillée plus tôt qu'il ne l'avait prévu.

CINQUIÈME PARTIE

Sans foyer

La biogenèse, en premier lieu, c'est de la psychogenèse. Jamais cette vérité n'avait été aussi manifeste que sur Mars, où la noosphère avait précédé la biosphère – la couche de pensée venue de loin enveloppant tout d'abord la planète, l'investissant avec ses histoires, ses plans et ses rêves, jusqu'au moment où John Boone avait débarqué et proclamé : Nous voici ! – et c'est à partir de ce point d'ignition que la force verte s'était répandue comme un feu de broussailles, jusqu'à ce que la planète tout entière pulse sous la viriditas. Comme si quelque chose lui avait manqué jusqu'alors, et qu'elle ait réussi au fond de son esprit à percer la roche, à faire s'affronter la noosphère et la lithosphère, jusqu'à ce que la biosphère jusqu'alors absente surgisse par l'issue entrouverte avec la surprenante vivacité d'une fleur en papier de prestidigitateur.

C'était ainsi que les choses apparaissaient au regard de Michel Duval, qui s'était désormais passionnément voué à tout signe de vie dans le désert de rouille, qui avait adhéré à l'aréophanie d'Hiroko avec la ferveur d'un homme qui se noie et trouve une bouée. C'était ainsi qu'il avait acquis cette nouvelle vision des choses. Afin d'en améliorer la pratique, il avait copié cette habitude qu'avait Ann de sortir peu avant l'aube pour découvrir, dans les ombres naissantes des touffes d'herbes nouvelles, un plaisir toujours renouvelé et déchirant. Car dans chaque carré de lichen ou de sauge, il discernait sa Provence en miniature.

C'était sa tâche, telle qu'il la concevait maintenant : le difficile travail de concilier l'inconciliable antinomie entre la Provence et Mars. Il avait le sentiment que dans ce projet il faisait partie d'une longue tradition car, récemment, dans le cours de ses études, il avait remarqué que l'histoire de la pensée française était dominée par diverses tentatives pour résoudre des antinomies extrêmes : l'esprit et le corps (pour

Descartes), le freudisme et le marxisme (pour Sartre), le christianisme et l'évolution (pour Teilhard de Chardin), d'autres encore. Il lui apparaissait que la qualité particulière de la philosophie française, sa tension héroïque et sa tendance à se frayer un long chemin à travers des fiascos superbes, était due à ses tentatives répétées d'allier des termes contradictoires. Autant d'attaques du même problème, y compris la sienne, autant de combats pour tricoter l'esprit à la matière. Voilà pourquoi, peut-être, la pensée française avait souvent été si accueillante à des dispositifs rhétoriques aussi complexes que le carré sémiotique, structures susceptibles de plier ces contradictions inconciliables en réseaux assez résistants pour les contenir.

Donc, désormais, telle était la tâche de Michel : tricoter patiemment l'esprit vert et la matière rouille : découvrir la Provence qui était en Mars. Le lichen de crustose, par exemple, donnait à certaines parties de la plaine rouge l'aspect d'un placage de jade pomme.

A présent, dans les claires soirées indigo (les vieux ciels roses avaient donné un aspect brun à l'herbe), la couleur du ciel soulignait chaque brin d'un trait d'un vert pur et les petites prairies semblaient vibrer. La couleur exerçait comme une pression intense sur la rétine... Un délice.

Mais il était tout aussi intimidant de voir à quelle vitesse cette biosphère primitive avait pris racine, avait fleuri et s'était répandue sous l'effet de l'élan vers la vie inhérent à la nature : un arc électrique, et vert, entre les pôles de la roche et de l'esprit. Une puissance incroyable qui avait ici touché les chaînons génétiques, inséré des séquences, créé des hybrides nouveaux dont elle avait favorisé le développement en changeant leur environnement. L'enthousiasme naturel de la vie pour la vie était clair de toutes parts, comme étaient évidents son combat et ses fréquentes victoires. Mais il y avait aussi des mains pour guider tout cela, une noosphère qui baignait le tout depuis le départ. La force verte, infiltrée dans le paysage à chaque attouchement de ses doigts. Et les êtres humains en étaient devenus miraculeux – des créateurs conscients désormais, qui s'avançaient dans ce monde nouveau comme des dieux neufs et jeunes en déployant leurs pouvoirs alchimiques immenses. Et Michel posait un regard nouveau et curieux sur tous ceux qu'il rencontrait sur Mars, se demandant face à leur apparence anodine s'il n'avait pas devant lui un nouveau Paracelse, un nouvel Isaac de Holland, qui pourrait changer le plomb en or, ou bien faire fleurir les rochers.

L'Américain que Coyote et Maya avaient sauvé, à première vue, n'avait rien de plus particulier que tous ceux que Michel avait pu rencontrer sur Mars. Il était peut-être plus curieux, plus naïf. C'était un homme trapu, à la démarche traînante, le visage basané, avec une expression intriguée. Mais Michel avait depuis longtemps l'habitude de passer sous cette surface d'apparences pour atteindre l'esprit qui animait l'intérieur, et très vite, il conclut qu'ils avaient un homme mystérieux entre les mains.

Il déclarait se nommer Art Randolph, chargé de la récupération des matériaux utiles de l'ascenseur effondré.

– Du carbone ? demanda Maya.

Son ton sarcastique lui avait échappé ou bien il avait décidé de l'ignorer, et il répondit :

– Oui, mais aussi...

Suivit toute une liste de minéraux exotiques bréchiformes.

Maya se contenta de lui lancer un regard noir, qu'il ne remarqua pas non plus, apparemment. Il ne savait que poser des questions. Qui étaient-ils ? Que faisaient-ils dans cette région ? Où l'emmenaient-ils ? Dans quel genre d'engin roulaient-ils ? Est-ce qu'ils étaient vraiment invisibles depuis l'espace ? Comment avaient-ils pu supprimer leurs signaux thermiques ? Pourquoi voulaient-ils qu'on ne les repère pas depuis l'espace ? Est-ce qu'ils faisaient partie de cette colonie perdue légendaire ? Ou de l'underground martien ? Qui étaient-ils donc, après tout ?

Personne ne se montrait très empressé de répondre, et ce fut finalement Michel qui lui dit :

– Nous sommes des Martiens. Nous vivons ici. Par nos propres moyens.

– L'underground. Incroyable. Pour tout vous avouer, je pensais que vous étiez un mythe. Ça, c'est quelque chose, les gars...

Maya roula des yeux, et quand leur invité demanda qu'ils le déposent au Belvédère d'Echus, elle eut un rire méchant.

– Allons, soyez sérieux.

– Qu'est-ce que vous voulez dire?

Michel lui expliqua qu'ils ne pouvaient le libérer sans révéler leur présence, donc qu'ils ne pouvaient pas le libérer.

– Mais je ne dirai rien à qui que ce soit.

Maya rit à nouveau.

– Nous ne pouvons faire confiance à un étranger, dit Michel. C'est trop important. Et il se pourrait que vous ne puissiez garder le secret. Parce qu'il faudrait que vous expliquiez comment vous avez pu vous éloigner à une telle distance de votre véhicule.

– Vous pourriez m'y ramener.

– Nous n'aimons guère perdre notre temps à ce genre de chose. Jamais nous ne nous en serions approchés si nous n'avions pas remarqué que vous étiez en danger.

– Oui, j'apprécie, d'accord, mais vous ne m'avez pas réellement secouru.

– Ça valait tout de même mieux que l'alternative, coupa Maya d'un ton sec.

– Tout à fait vrai. Et croyez-moi, j'apprécie votre intervention. Mais je promets de ne rien dire à personne. Et puis ça n'est pas comme si tout le monde ignorait que vous vous cachez par ici. Sur Terre, la télé vous consacre régulièrement un reportage.

Même Maya fut réduite au silence par cet argument. Ils roulaient toujours. Maya ouvrit l'intercom et échangea quelques paroles brèves en russe avec Coyote, qui se trouvait dans le patrouilleur qui les précédait, en compagnie de Kasei, Nirgal et Dao. Coyote se montra inflexible : étant donné qu'ils avaient sauvé la vie de cet homme, ils pouvaient absolument s'en arranger pour un temps afin de se mettre hors de danger. Michel fit un bref résumé de cette conversation à leur prisonnier.

Randolph fronça brièvement les sourcils, puis haussa les épaules. Jamais Michel n'avait vu quiconque s'adapter ainsi à la déviation de sa vie : le *sang-froid* [1] de l'homme était impressionnant. Michel le scruta attentivement tout en gardant un œil sur la caméra avant. Randolph se remettait déjà à poser des questions, sur les commandes du patrouilleur. Après avoir examiné la radio et les contrôles d'intercom, il revint à sa situation :

– J'espère quand même que vous laisserez un message sous une forme ou une autre à ma société, pour qu'ils sachent que je

---

1. En français dans le texte. *(N.d.T.)*

suis en vie. Je travaille pour Dumpmines, une filiale de Praxis. Vous et Praxis, vous avez pas mal de choses en commun, croyez-moi. Eux aussi, ils savent se montrer très secrets. Je vous jure : vous devriez les contacter pour votre plus grand bien. Vous devez bien utiliser quelques fréquences codées, non ?

Aucune réponse de Maya ou de Michel. Un instant plus tard, quand Randolph se fut absenté pour gagner les mini-toilettes du patrouilleur, Maya dit d'un ton sifflant :

– A l'évidence, c'est un espion. Il était là uniquement pour qu'on le récupère.

Ça, c'était bien Maya. Michel n'essaya pas de la contrer, mais il haussa les épaules.

– En tout cas, on le traite comme tel.

Mais dès qu'il revint, il se relança dans des rafales de questions. Où vivaient-ils ? A quoi ça ressemblait d'être tout le temps dans la clandestinité ? Michel commençait à être amusé devant ce qui semblait être un numéro d'acteur, ou bien encore un test. Randolph semblait parfaitement ouvert, ingénu, amical, avec son visage mat de demi-crétin – mais ses yeux les observaient avec prudence et chacune de ses questions accueillie par le silence semblait le rendre encore plus intéressé et séduit, comme s'il captait leurs réponses silencieuses par télépathie. Chaque être humain avait des pouvoirs immenses, et chaque humain sur Mars était un alchimiste. Même si Michel avait délaissé depuis longtemps la psychiatrie, il savait reconnaître le style d'un maître au travail. Il faillit rire en éprouvant un désir croissant et violent de tout confesser à ce gros bonhomme curieux, encore tout pataud sous la pesanteur martienne.

La radio bippa et un message compressé filtra des haut-parleurs durant deux secondes.

– Vous voyez, fit Randolph. C'est exactement comme ça que vous pourriez communiquer avec Praxis.

Mais quand l'IA eut fini de décrypter la séquence, ils ne rirent pas. Sax venait d'être arrêté à Burroughs.

A l'aube, ils rejoignirent le véhicule de Coyote et passèrent la journée à décider de ce qu'ils devaient faire. Ils étaient assis en un cercle étroit dans le compartiment-living, l'air tendu, inquiet – à l'exception de leur prisonnier, qui se trouvait entre Nirgal et Maya. Nirgal lui avait serré la main et fait un signe de tête comme s'ils étaient de vieux copains, bien que ni l'un ni l'autre n'ait prononcé la moindre parole. Mais le langage de l'amitié ne s'exprimait pas avec des mots.

C'était Spencer qui leur avait appris la nouvelle, par le biais de

Nadia. Spencer travaillait dans Kasei Vallis, qui était une sorte de Korolyov, une cité de sécurité, très sophistiquée et très discrète dans le même temps. Sax avait été incarcéré dans l'un des quartiers. Et Spencer avait aussitôt prévenu Nadia.

– Il faut qu'on le sorte de là, et vite, fit Maya. Ils ne le tiennent que depuis deux jours.

– Sax Russell? s'exclama Randolph. Sax Russell, *lui-même* ? Waouh! Ça, je n'arrive pas à le croire. Mais vous tous, vous êtes qui? Vous ne seriez pas Maya Toitovna, dites?...

Maya l'insulta grossièrement en russe. Coyote se désintéressait d'eux : il n'avait pas dit un mot depuis que le message leur était parvenu. Il était concentré sur l'écran de l'IA, consultant apparemment des clichés de satellites météo.

– Vous feriez mieux de me libérer, déclara Randolph dans le silence. Je ne pourrais pas leur en dire plus que ce qu'ils vont apprendre de Russell.

– Il ne leur dira rien! lança Kasei d'un ton vibrant.

Randolph agita la main.

– Ils vont lui faire peur, lui faire mal aussi, un peu, ils vont le droguer, lui brancher des électrodes et lui zapper le cerveau là où il faut – et ils auront les réponses à leurs questions. C'est maintenant devenu une science, à ce que j'ai cru comprendre. (Il fixait Kasei du regard.) Vous aussi, vous me semblez familier. Mais peu importe! De toute façon, s'ils ne lui soutirent rien, ils se serviront de méthodes plus cruelles, comme d'habitude.

– Mais comment savez-vous tout ça? demanda Maya.

– Comme tout le monde. C'est peut-être entièrement faux, mais...

– Je veux aller le délivrer, dit Coyote.

– Mais ils sauront alors que nous sommes là, protesta Kasei.

– Ils le savent déjà. Ce qu'ils ignorent, c'est l'endroit exact où nous sommes.

– Et puis, ajouta Michel, c'est *notre* Sax.

– Hiroko ne fera pas d'objection, dit Coyote.

– Et si c'est le cas, dis-lui d'aller se faire foutre! lança Maya. Dis-lui : *Shikata ga nai!*

– Ce sera un plaisir pour moi, dit Coyote.

Les pentes nord et ouest de la bosse de Tharsis étaient plutôt dépeuplées par rapport à la dénivellation est de Noctis Labyrinthus. On y trouvait quelques stations aréothermiques et des puits aquifères. Mais la région était en grande partie recouverte d'une couche de neige, de névés et de jeunes glaciers. Les vents qui soufflaient du sud entraient en collision avec les courants plus forts de nord-ouest qui contournaient Olympus Mons, et les blizzards pouvaient être redoutables. La zone protoglaciaire s'étendait vers le haut sur six à sept mille mètres à partir de la base des grands volcans, que les tempêtes ne touchaient que rarement. Ça n'était pas l'endroit idéal pour construire, ni pour garer des véhicules furtifs. Ils roulaient durement à travers le sastrugi et sur les amas noueux de lave qui servaient de routes, vers le nord, au-delà de la masse de Tharsis Tholus, un volcan qui avait à peu près la taille du Mauna Loa, même s'il ressemblait à un simple cône de cendres comparé à Ascraeus. La nuit suivante, ils quittèrent la couche de neige et se dirigèrent vers le nord-est à travers Echus Chasma. Ils se dissimulèrent pour la journée sous la prodigieuse falaise orientale d'Echus, à quelques kilomètres au nord de l'ancien quartier général de Sax, qu'il avait autrefois installé tout au sommet.

La paroi est d'Echus Chasma concrétisait la splendeur absolue du Grand Escarpement – haute de trois mille mètres, elle courait, parfaite et droite, sur mille kilomètres, du nord au sud. Les aréologues continuaient de débattre sur ses origines : aucune force ordinaire de formation ne semblait correspondre à sa création. C'était une fracture dans la trame des choses, une césure verticale qui séparait le plancher d'Echus Chasma du haut plateau de Lunae Planum. Dans sa jeunesse, Michel avait visité la Yosemite Valley et il avait encore le souvenir de ses gigantesques falaises de granit. Mais la muraille qui se dressait devant eux était aussi longue que l'État de Californie. Un monde vertical de trois mille mètres, aux plans de roc rouge massifs tournés vers l'ouest, aveugles et luisants à chaque passage du crépuscule désert.

A son extrémité nord, l'incroyable falaise se faisait enfin moins haute et moins abrupte. Juste au-dessus du vingtième parallèle nord, elle était coupée par un profond chenal qui courait vers l'est sur le plateau de Lunae, vers le bassin de Chryse. Ce grand canyon était Kasei Vallis, l'une des traces les plus évidentes des inondations que Mars avait connues jadis. Il suffisait d'un seul coup d'œil sur un cliché satellite pour voir qu'une inondation importante avait déferlé vers le bas d'Echus Chasma, jusqu'à une brèche dans la grande muraille orientale, sans doute un graben. L'eau s'était déversée dans la vallée avec une violence fantastique. Sous l'effet de l'érosion, la brèche s'était creusée en une forme courbe et lisse et, sous le flot, la berge extérieure avait été déchirée pour former un réseau quadrillé de canyons étroits. La chaîne centrale de la vallée principale avait été façonnée en un long lemniscate, une île semblable à une larme dont les formes étaient aussi hydrodynamiques que le dos d'un poisson. La berge intérieure du cours fossile était incisée par deux canyons qui avaient été en grande partie épargnés par l'eau, des fossae ordinaires qui révélaient ce que le chenal principal avait dû être avant l'inondation. Deux impacts tardifs de météorites sur la partie haute avaient achevé de façonner le terrain en laissant deux cratères neufs et marqués.

Lorsqu'on montait lentement la pente de la berge extérieure, on abordait le coude arrondi d'une vallée, la crête en lemniscate et les créneaux ronds des cratères sur la pente de la berge intérieure étant les éléments les plus évidents du paysage. Un paysage attrayant qui n'était pas sans rappeler les abords de Burroughs dans sa majesté spatiale, le grand déploiement du chenal principal ouvert au déferlement de l'eau qui serait réduite à un cours anastomosé, sur un fond de galets, qui creuserait chaque semaine de nouveaux lits, dessinerait de nouvelles îles...

Mais pour l'heure, c'était là qu'était situé le complexe de sécurité des transnationales. Une tente couvrait les deux cratères de la berge intérieure, de même que de vastes sections du terrain quadrillé, et une partie du grand chenal, de chaque côté de l'île lemniscate. Mais ces aménagements n'étaient jamais apparus sur les vidéos et nul n'y avait jamais fait allusion dans les infos. Ils ne figuraient même pas sur les cartes.

Spencer était là depuis le début de la construction, néanmoins, et ses quelques rapports leur avaient appris à quoi était destinée cette ville nouvelle. Depuis quelque temps, tous les gens jugés coupables de crimes sur Mars étaient expédiés vers la ceinture des astéroïdes pour purger leur peine dans les vaisseaux miniers. Mais il existait d'autres espèces de criminels que l'Autorité transitoire tenait à incarcérer sur Mars, et Kasei Vallis était un pénitencier.

Ils garèrent leurs patrouilleurs camouflés dans un lit de rochers et Coyote étudia les rapports météo. Maya s'irrita de ce contretemps, mais Coyote refoula ses protestations d'un haussement d'épaules.

— Ça ne va pas être facile, lui dit-il d'un ton sévère. En fait c'est impossible si on ne profite pas de certaines circonstances. Il faut que nous attendions l'arrivée de renforts, et nous devons compter sur l'évolution du temps. Ça, Spencer et Sax me l'ont appris. C'est particulièrement malin, mais au départ, il faut bénéficier de certaines conditions.

Il revint à ses écrans, ignorant les autres, tout en marmonnant. Les traits acérés de son visage sombre vacillaient dans la clarté des écrans. Un véritable alchimiste, songea Michel en l'observant. Il parlait à un alambic, ou à un creuset, il œuvrait sur les transmutations de la planète... Ses pouvoirs étaient grands. Et il se concentrait sur le temps. Apparemment, il avait décelé certains courants prévalents dans l'atmosphère, focalisés sur divers points d'ancrage dans le paysage.

– Tout dépend de l'échelle verticale, lança-t-il brusquement à Maya qui, avec ses salves de questions, rappelait un peu Art Randolph. Cette planète a un écart de trente mille mètres des hauteurs jusqu'aux fonds ! Voilà pourquoi les vents y sont tellement violents !

– Un peu comme le mistral, avança Michel.

– Oui. Les vents katabatiques. Et le plus fort d'entre eux tombe juste ici, sur le Grand Escarpement.

Les vents dominants de cette région, pourtant, venaient de l'ouest. Quand ils atteignaient la falaise d'Echus, ils provoquaient des courants ascendants qui culminaient dans la haute atmosphère, et les amateurs de vol du Belvédère en profitaient largement pour s'élancer dans leurs tenues d'hommes-oiseaux ou leurs planeurs. Mais des systèmes cycloniques se déclenchaient fréquemment et apportaient des vents d'est. L'air froid soufflait alors sur le plateau neigeux de Lunae. Il se faisait dense et glacé, jusqu'à ce que toutes les issues de drainage de la grande falaise se trouvent obturées et que les vents s'abattent en avalanche.

Coyote avait étudié ces vents katabatiques durant un certain temps et ses calculs l'avaient amené à conclure que lorsque les conditions étaient adéquates – contrastes de températures marqués, couloir de tempête largement développé d'est en ouest sur le plateau – quelques interventions minimales en des lieux divers pouvaient réorienter les courants descendants en typhons verticaux qui retomberaient pour s'engouffrer dans Echus Chasma et souffler nord/sud avec une force immense. Quand Spencer avait défini la nature de la nouvelle colonie installée dans Kasei Vallis, Coyote, immédiatement, avait mis au point divers moyens d'intervention.

– Ces crétins ont installé leur prison dans un tunnel à vent, murmura-t-il, répondant à une question de Maya. Donc, nous leur avons construit un ventilateur. Ou plutôt, un interrupteur qui met le ventilateur en marche. On a enfoui quelques distributeurs de nitrate d'argent en haut de la falaise. Des tuyaux à lances, des gros monstres. Et aussi des lasers pour brûler l'air juste au-dessus de la zone d'écoulement. Ça crée un gradient de pression défavorable contenant l'écoulement normal qui est ainsi plus puissant quand il éclate finalement. Il y a aussi des explosifs répartis sur toute la paroi, pour projeter de la poussière dans le vent et le rendre plus lourd. Tu vois, le vent se réchauffe en retombant, et ça le ralentirait s'il n'y avait pas toute cette neige et toute cette poussière. J'ai descendu cette falaise en rappel cinq fois. Tu aurais dû me voir. J'ai aussi planté des ventilateurs. Bien sûr, la force totale du dispositif est négligeable si on la compare au vent, mais la dépendance sensible, c'est la clé du temps, tu comprends, et notre modèle sur ordinateur a localisé tous les points où nous devons concentrer les conditions initiales que nous souhaitons. On l'espère du moins.

– Parce que vous n'avez pas fait d'essais?

Coyote la dévisagea.

– Si, sur ordinateur. Ça marche tout à fait bien. Si on a les conditions initiales avec des vents cycloniques de l'ordre de cent cinquante kilomètres heure sur Lunae, tu vas voir.

– Mais ils doivent eux aussi être au courant pour ces vents katabatiques dans Kasei, remarqua Randolph.

– Exact. Mais leurs calculs portent sur des vents qui ne se présentent qu'une fois tous les mille ans, alors que nous pensons être en mesure de les provoquer dès que les conditions initiales seront rassemblées.

– La guérilla climatologique, commenta Randolph en roulant des yeux. Quel nom lui donneriez-vous? Climattaque? Attaque météo?

Coyote feignit de ne pas l'avoir entendu, mais Michel surprit son bref sourire entre ses dreadlocks.

Mais ce dispositif ne fonctionnerait que si les conditions étaient remplies. Et il n'y avait rien à faire, sinon attendre avec l'espoir qu'elles s'établiraient.

Pendant ces longues heures, Michel eut l'impression que Coyote essayait de se projeter à travers son écran jusqu'au ciel.

– Allez! murmurait-il, le nez écrasé sur le verre, le souffle court. On pousse, on pousse encore!... Souffle-moi sur cette colline, espèce de salopard! Tu tires, tu tournes, tu serres bien ta spirale et c'est fait. Vas-y!

Il se mit à déambuler dans le patrouilleur pendant que les autres essayaient de s'endormir. Et il marmonnait en désignant les clichés satellite que personne ne pouvait voir:

– Regardez. Regardez seulement ça...

Il rumina devant l'écran des données météo en grignotant du pain, jurant et sifflant comme le vent: personnage sombre, furtif, secret, chamanique. Michel, allongé sur son matelas exigu, les mains croisées sous la tête, épiait avec une certaine fascination cet homme farouche qui s'agitait dans la pénombre. Comme un ours accroupi, leur prisonnier épiait d'un œil unique et brillant cette scène nocturne, grattant ses joues hirsutes avec un bruit audible, regardant Michel tandis que le murmure se poursuivait :

– Allez, Bon Dieu ! Allez... Soufflez-moi là-dessus... Comme un ouragan d'octobre...

Enfin, au second jour de leur attente, Coyote se dressa et s'étira comme un chat.

– Les vents se sont levés.

Pendant leur longue attente, des Rouges étaient venus de Mareotis pour participer à l'opération de sauvetage, et Coyote avait échafaudé avec eux un plan d'attaque fondé sur les informations que Spencer leur avait fait parvenir. Il était prévu qu'ils se séparent pour converger sur le site selon des angles différents. Michel et Maya devaient piloter un des patrouilleurs sur le terrain craquelé de la berge extérieure, où ils pourraient le dissimuler au pied d'une petite mesa, à portée de vue des tentes. Dans l'une de ces tentes se trouvait la clinique où l'on conduisait Sax de temps en temps. Selon Spencer, la sécurité n'y était pas particulièrement poussée, par comparaison avec le complexe de la berge intérieure où Sax était détenu en temps normal, entre deux séjours dans la clinique. Mais ses transferts étaient aléatoires, et Spencer n'avait pu leur assurer quand il se trouverait dans l'un ou l'autre endroit. Aussi, dès que les vents se déchaîneraient, Michel et Maya étaient censés pénétrer dans la tente de la berge extérieure pour y rencontrer Spencer, qui serait en mesure de les guider jusqu'à la clinique. Quant au patrouilleur principal, où se trouvaient Coyote, Kasei, Nirgal et Art Randolph, il était supposé se porter vers la berge intérieure avec certains des Rouges venus de Mareotis. D'autres véhicules de renfort rouges participeraient à l'opération afin de donner l'illusion d'une attaque tous azimuts, appuyée plus particulièrement à l'est.

– On va le libérer, déclara Coyote en plissant les yeux devant les écrans. C'est le vent qui va attaquer pour nous.

Et le matin suivant, Maya et Michel attendirent dans leur patrouilleur l'arrivée des vents, observant la pente de la berge extérieure en direction de la grande arête lemniscate. Ils pouvaient voir l'intérieur des grandes bulles vertes des mondes installés sous les tentes, entre la berge extérieure et l'arête – de petits terrariums qui dominaient l'étendue de sable rouge de la vallée, connectés par des tubes de transit transparents, plus deux ou trois passerelles tubulaires. On aurait dit Burroughs quarante années auparavant, fragments d'une cité qui allait se développer jusqu'à investir tout un arroyo désertique.

Michel et Maya suivaient un rythme régulier : ils dormaient, mangeaient et observaient. Maya arpentait souvent le patrouilleur, de plus en plus nerveuse au fil des heures. Elle ressemblait maintenant à une tigresse qui vient de flairer l'odeur du sang. Elle caressa le cou de Michel et il sentit l'électricité statique au bout de ses doigts. Le contact en était presque douloureux. Impossible de la calmer. Quand elle était assise dans le siège de pilotage, il se tenait debout derrière elle et lui massait à son tour le cou et les épaules, mais c'était comme s'il essayait de malaxer des blocs de bois et il sentait ses bras se tendre à son contact.

Ils bavardaient à tort et à travers, à propos de tout, sautant d'un sujet à un autre par simple effet d'association d'idées. Un soir, ils se perdirent pendant une heure dans leurs souvenirs d'Underhill – ils parlèrent de Sax, d'Hiroko, et même de Frank et John.

– Est-ce que tu te souviens du jour où une des chambrescaveaux s'est effondrée?

– Non, dit Maya d'un ton irrité. Absolument pas. Mais toi, tu te rappelles quand Ann et Sax ont eu cette dispute terrible à propos du terraforming?

Il soupira:

– Non. Je dois avouer que je ne m'en souviens pas.

Ils allaient et venaient dans le temps, et il leur apparut bientôt qu'ils avaient dû vivre dans deux Underhill différents. Lorsqu'ils se découvraient un souvenir commun, ils exultaient. Les souvenirs des Cent Premiers, Michel l'avait remarqué, avaient tendance à rétrécir. Il lui apparaissait que, pour la plupart, ils se souvenaient mieux de leur enfance sur Terre que de leurs premières années sur Mars. Oh, bien sûr, ils avaient en mémoire les événements les plus importants de leurs vies, et le cours général qu'avait suivi l'histoire. Mais les petits incidents variaient de l'un à l'autre. La rétention de la mémoire et le souvenir étaient en passe de devenir des problèmes cliniques et théoriques importants en psychologie, exacerbés par la longévité sans précédent des individus. Michel lisait des études à ce sujet quand il en avait le temps et, même s'il avait depuis longtemps abandonné la pratique de la thérapie psychiatrique, il interrogeait encore souvent ses camarades de façon informelle, tout comme il le faisait à présent avec Maya. Tu te souviens de ceci? De cela? Non, non, non. Mais de quoi te souviens-tu exactement?

De la manière dont Nadia nous faisait marcher au pas, disait Maya, ce qui le faisait sourire. Du contact des lames de bambou sous les pieds. Tu te souviens de cette fois où elle s'est mise à glapir contre les alchimistes? Mais non, dit Michel. Et ils continuaient comme ça. Jusqu'à ce que les Underhill où ils avaient vécu soient des univers séparés, des espaces riemanniens qui ne se recoupaient que sur le plan de l'infini, chacun errant dans son propre idiocosmos.

Maya déclara finalement, d'un air sombre :

– Je m'en souviens à peine. Je parviens même difficilement à penser à John. Et à Frank aussi, d'ailleurs. J'essaie de ne pas le faire. Mais il arrive toujours quelque chose pour déclencher ça et je suis alors incapable de m'arracher à ces souvenirs. Ils sont tellement intenses que j'ai l'impression que tout ça s'est passé une heure auparavant ! Ou que ça se répète. (Elle frissonna sous ses doigts.) Je les déteste. Tu comprends ce que je veux dire ?

– Bien sûr. *La mémoire involontaire* [1]. Mais je me souviens aussi que j'ai éprouvé la même chose quand nous habitions encore Underhill. Donc, ça n'est pas seulement l'effet de l'âge.

– Mais non. C'est la vie. Ce que nous ne pouvons pas oublier. Pourtant, j'ai de la peine à regarder Kasei...

– Je sais. Ces enfants sont étranges. Et Hiroko est étrange.

– Elle l'est, oui. Mais est-ce que tu étais heureux, alors ? Quand tu es parti avec elle ?

Il se concentra pour se rappeler ce temps. Les souvenirs étaient les maillons faibles de la chaîne, c'était certain.

– Oui... Oui, je l'étais, très certainement. C'était ma façon d'admettre certaines choses que j'avais tenté de supprimer à Underhill. Que nous sommes des animaux. Des créatures sexuelles.

Il lui pétrit les épaules plus fort encore et ses muscles roulèrent sous ses mains.

– Inutile de me rappeler ça, fit-elle avec un rire bref. Et Hiroko te l'a rendu ?...

– Oui. Mais pas seulement elle. Il y a eu Evgenia, Rya – toutes les autres, en fait. Pas directement. Mais... oui, directement aussi, quelquefois. Mais parce que nous admettions que nous avions des corps, que nous *étions* des corps. Parce que nous travaillions ensemble, que nous nous voyions et que nous étions en contact tous les jours. J'avais besoin de ça. J'avais vraiment des problèmes en ce temps-là. Et elles se sont toutes arrangées pour que ce soit en rapport avec Mars. Toi, tu ne m'as jamais semblé troublée par cet aspect des choses, mais ce n'était pas mon cas à moi. Pas du tout. J'en étais malade. Hiroko m'a sauvé. Pour elle, c'était une question sensuelle : il fallait établir notre foyer sur Mars, en tirer notre nourriture. C'était une façon de faire l'amour avec cette planète, de la féconder, d'être la sage-femme d'un monde – de toute façon, c'était un acte sensuel. Et c'est cela qui m'a sauvé.

1. En français dans le texte. *(N.d.T.)*

– Ça et leurs corps. Les corps d'Hiroko, d'Evgenia et de Rya. (Elle lui décocha un regard méchant par-dessus son épaule, et il rit.) Et je suis certaine que tu t'en souviens parfaitement bien.

– Plutôt bien.

C'était la mi–journée mais, au sud, dans la longue gorge d'Echus Chasma, le ciel s'assombrissait.

– Le vent arrive peut-être enfin, dit Michel.

Des nuages couronnaient le Grand Escarpement, une masse élevée et hautement turbulente de cumulo-nimbus. Leurs bases noires étaient striées d'éclairs qui frappaient le sommet de la falaise. L'air, dans la faille, était devenu brumeux et les tentes de Kasei Vallis se dessinaient plus nettement, tandis que des flocules d'air encore limpide dérivaient sur les constructions et les arbres curieusement immobiles. On aurait dit autant de presse-papiers en verre largués dans le désert venteux. Midi passa. Même si les vents se levaient, ils étaient obligés d'attendre que le jour décline. Maya se remit à faire les cent pas, véritable boule d'énergie qui marmonnait des phrases incompréhensibles en russe. Parfois, elle se penchait brièvement vers les hublots. Des bourrasques secouaient le patrouilleur, sifflaient sur les rocs fragmentés au pied de la petite mesa.

Cela rendait Michel encore plus nerveux. Il avait le sentiment d'être pris au piège avec une bête sauvage. Il se laissa tomber dans un siège et leva les yeux vers les nuages qui roulaient sur l'Escarpement. Sous la gravité de Mars, les orages culminaient à des altitudes immenses, et ces masses blanches surmontées d'une enclume obscure, suspendues au-dessus de la gigantesque falaise, donnaient à ce monde une dimension surréaliste. Dans un tel paysage, ils n'étaient plus que des fourmis, ils étaient le petit peuple rouge de Mars.

Ils allaient certainement tenter de délivrer Sax cette nuit. Ils avaient déjà dû attendre trop longtemps. Entre deux allers et retours anxieux, Maya s'arrêta derrière lui, lui prit les muscles des épaules et les serra. Des ondes parcoururent son dos, ses flancs et l'intérieur de ses cuisses. Il se ploya et pivota dans son siège pour se retrouver contre elle, les mains autour de sa taille, l'oreille contre son sternum. Elle continuait de lui masser les épaules et il sentait son pouls s'accélérer. Son souffle se fit court. Elle se pencha et lui embrassa la tête. Ils se rapprochèrent encore jusqu'à s'étreindre, Maya ne cessant pas de malaxer ses muscles. Longtemps, ils demeurèrent ainsi.

Puis, ils gagnèrent le compartiment d'habitation et firent l'amour. Avec intensité, noués par l'appréhension. C'était sans aucun doute leur échange de souvenirs des années d'Underhill qui avait déclenché cela. Michel avait encore en mémoire le désir brûlant qu'il avait éprouvé pour Maya, alors, et, le visage enfoui dans sa chevelure d'argent, il fit de son mieux pour se fondre en elle. C'était une féline et, de son côté, elle se mêlait à lui avec frénésie, et il se sentit emporté. C'était bon d'être seuls, seuls et libres de s'abîmer avec surprise dans le plaisir, les plaintes, les soupirs et les élans électriques de leurs corps.

Plus tard, il resta allongé sur elle, encore en elle. Elle prit son visage entre ses mains et le regarda longuement

– A Underhill, je t'aimais, dit-il.

– Moi aussi, fit-elle doucement. Moi aussi je t'aimais, à Underhill. Vraiment. Je n'ai jamais rien fait de peur d'être ridicule, avec John et Frank. Mais je t'aimais. C'est pour ça que j'ai été aussi furieuse lorsque tu es parti avec Hiroko. Tu étais mon seul véritable ami. Celui avec qui je pouvais parler à cœur ouvert. Le seul à m'écouter vraiment.

Il secoua la tête en se souvenant.

– Je ne m'en suis pas très bien tiré.

– Peut-être pas. Mais tu m'aimais bien, n'est-ce pas? Tu ne faisais pas simplement ton travail?

– Oh, non! Je t'aimais. Ça n'est jamais simplement un travail avec toi.

– Flatteur, lui dit-elle en le repoussant. Tu as toujours essayé de donner la meilleure interprétation possible des choses horribles que je faisais.

Elle eut un rire léger.

– Oui, mais elles n'étaient pas aussi horribles que ça.

– Mais si. (Elle plissa les lèvres.) Et puis, tu as disparu, comme ça! Tu m'as abandonnée!

Elle le gifla tendrement.

– Je suis parti. Il le fallait.

Sa moue se changea en une expression plus dure et son regard se perdit dans les profondeurs de leur passé. Elle sinuait entre ses changements d'âme pour pénétrer dans une région plus profonde et sombre. Michel l'observait avec une douce résignation. Il avait été heureux très longtemps, et rien qu'en observant ce regard nouveau qu'elle avait, il sut qu'il pouvait échanger ce bonheur qui était le sien – ce bonheur particulier – contre elle. Sa « stratégie de l'optimisme » allait devenir plus laborieuse, et il allait désormais avoir une autre antinomie à réconcilier dans sa vie, aussi inconciliable que la Provence et Mars : Maya et Maya, tout simplement.

Ils étaient immobiles l'un contre l'autre, chacun absorbé dans ses pensées, les yeux tournés vers les hublots, conscients des soubresauts amortis du patrouilleur : le vent se faisait plus violent, et la poussière se déversait à présent dans Echus Chasma et Kasei Vallis, image fantôme de l'immense inondation qui avait autrefois creusé ce chenal. Michel se redressa pour consulter les écrans.

– Plus de deux cents kilomètres heure, grogna Maya.

Dans le temps, ils avaient connu des vents bien plus forts, mais avec cette atmosphère plus dense, les vitesses étaient trompeuses : les brises soufflaient parfois plus durement que les anciennes rafales inconsistantes.

Il était clair qu'ils allaient pénétrer dans le complexe cette nuit. Ils n'avaient plus qu'à attendre les salves de signaux codés de Coyote. Ils restèrent côte à côte, immobiles, à la fois tendus et reposés, se massant parfois pour passer le temps et relaxer leurs muscles. Michel s'émerveillait devant la grâce féline du corps de Maya, à la fois souple et fort, qui n'avait guère changé et rien perdu de sa beauté.

Enfin, le crépuscule vint ternir l'atmosphère brumeuse et le nuage monumental qui s'était érigé à l'est et couvrait maintenant la paroi de la falaise. Ils se levèrent, firent leur toilette et prirent un repas léger avant de s'installer dans les sièges du patrouilleur. Le soleil de quartz basculait sous l'horizon et ils étaient de nouveau tendus quand les dernières lueurs du jour s'estompèrent.

Dans l'obscurité, le vent n'était plus qu'un bruit, accompagné des tremblements irréguliers du patrouilleur sur ses amortisseurs de chocs durs. Les bourrasques déferlaient sur le véhicule avec une telle force qu'il restait parfois collé au sol pendant plusieurs secondes, les ressorts luttant pour le soulever, comme un animal tentant d'échapper au courant d'une rivière. Dès que le vent faiblissait, il sautait violemment.

– Est-ce que nous allons pouvoir avancer dans ce vent? demanda Maya.

– Hum, fit Michel.

Il s'était déjà trouvé dans des tempêtes très dures, mais dans la nuit, il était impossible de savoir si celle-ci était pire qu'une autre. Elle en avait tout l'air : l'anémomètre du patrouilleur indiquait des bourrasques de deux cent trente kilomètres par heure. Mais, à l'abri précaire de leur petite mesa, ils n'avaient aucune certitude que cela représentait un maximum.

Il se pencha sur les analyseurs minéralogiques et il ne fut pas surpris de découvrir qu'ils étaient en fait en plein cœur d'une tourmente de sable.

– On va se rapprocher, décida Maya. Comme ça, nous irons plus vite, et nous pourrons retrouver plus facilement le patrouilleur.

– Bonne idée.

Ils démarrèrent. Le vent, hors de l'abri de la mesa, était féroce. Les secousses devinrent tellement intenses qu'ils craignirent un moment de basculer. Ce qui serait certainement arrivé s'ils avaient pris le vent par le travers. Mais ils se trouvaient au vent et roulaient déjà à quinze à l'heure alors qu'ils n'auraient pas dû dépasser les dix, et le moteur mugissait sous l'effort de freinage.

– Ça souffle un peu trop fort, non? fit Maya.

– Je ne pense pas que Coyote arrive vraiment à contrôler ça.

– Guérilla climatologique, grinça Maya. Ce type est un espion, j'en suis persuadée.

– Je ne le pense pas.

Les caméras ne leur révélaient qu'un torrent obscur, sans étoiles. L'IA du patrouilleur avançait à la mémoire et, sur l'écran, la carte montrait qu'ils étaient à moins de deux kilomètres de la tente la plus au sud de la berge extérieure.

– On ferait peut-être aussi bien de terminer à pied, suggéra Michel.

– Mais comment retrouverons-nous le patrouilleur?

– On va emporter un fil d'Ariane.

Ils enfilèrent leurs tenues et passèrent dans le sas. La porte extérieure coulissa et l'air fut aussitôt aspiré dans la tempête. Le vent s'engouffra par le seuil et les happa.

Ils sortirent et reçurent de grands coups dans le dos. Michel vacilla et tomba à quatre pattes. Il vit Maya auprès de lui, dans la même position. Il tendit alors la main vers le sas et s'empara du rouleau de filin tout en saisissant la main de Maya. Il boucla le rouleau sur son avant-bras. L'expérience leur avait appris qu'ils pouvaient se redresser s'ils restaient pliés, le casque à hauteur de la taille, les mains levées pour se rétablir en cas de chute. Ils progressaient lentement, en trébuchant et en tombant parfois sous les rafales les plus dures. Ils avaient de la peine à distinguer le sol et ils redoutaient à chaque seconde de se déchirer un genou sur les rochers. Une chose était sûre : le vent déchaîné par Coyote était trop violent. Mais désormais, il n'y avait plus rien à faire. Et il était évident que les habitants des tentes de Kasei n'allaient pas se risquer à l'extérieur.

Une nouvelle bourrasque les terrassa et Michel, plaqué au sol, laissa le vent déferler sur eux. Il luttait pour ne pas se laisser emporter. Il avait relié son bloc de poignet à celui de Maya et il lui demanda :

– Maya, ça va?...

– Oui. et toi?

– Je tiens le coup.

Pourtant, il sentait une goutte glacée dans son gant, à la base du pouce. Il serra le poing et le froid se répandit dans son poignet. Non, ça ne pouvait être une gelure instantanée, pas plus qu'un choc. Il prit un pansement adhésif dans le compartiment de son bloc de poignet et le fixa.

– Je crois qu'on devrait rester collés au sol comme ça!

– Mais on ne peut pas ramper sur deux kilomètres!

– S'il le faut, on y arrivera !

– Je ne crois pas que ce soit nécessaire. On va avancer pliés en deux et prêts à se plaquer au sol.

– OK.

Ils se remirent sur pied, courbés en deux, et avancèrent péniblement dans un flot de poussière noire. Michel lut les indications lumineuses de navigation sur sa visière, juste en face de sa bouche : la première tente-bulle était encore à un kilomètre de distance. L'horloge annonçait 11 : 15 : 16 – ce qui voulait dire qu'ils étaient à l'extérieur depuis une heure. Dans le ululement du vent, il avait du mal à entendre Maya, même avec l'intercom plaqué sur l'oreille. Sur la berge intérieure, Coyote et les autres devaient probablement lancer leur raid sur les quartiers d'habitation, de même que les groupes des Rouges – mais ils ne pouvaient avoir aucune certitude. Ils devaient se fier à la seule idée que la force du vent n'avait pas bloqué cette phase de l'opération ou ne l'avait pas trop freinée.

Avancer ainsi courbés en deux, reliés l'un à l'autre par le cordon téléphonique, était une épreuve difficile. Ils progressaient sans relâche. Peu à peu, les cuisses de Michel devinrent brûlantes et la douleur monta dans ses reins. Finalement, son indicateur de navigation lui révéla qu'ils étaient tout près de la tente la plus au sud. Ils ne la distinguaient pas encore. Le vent était plus féroce que jamais, et ils furent obligés de ramper douloureusement sur la roche durant les quelques dernières dizaines de mètres. Les chiffres de la montre étaient figés sur 12 : 00 : 00. Peu après, ils se heurtèrent au couronnement de béton de la base.

– Ponctuels comme des Suisses, chuchota Michel.

Spencer les attendait au début du laps de temps martien et ils avaient pensé qu'ils devraient attendre. Michel leva la main et la posa prudemment sur la paroi extérieure de la tente. Surtendue, elle vibrait à chaque assaut du vent.

– Prête ?

– Oui, fit Maya, la gorge serrée.

Michel sortit le petit pistolet à air comprimé de son étui fixé sur la cuisse. Maya l'imita. L'arme avait toute une variété de fonctions : elle pouvait enfoncer des clous aussi bien que des aiguilles à inoculer. Ils comptaient les utiliser pour déchirer les tissus aussi durs qu'élastiques de la tente.

Ils déconnectèrent le cordon qui reliait leurs intercoms et pointèrent leurs armes sur la paroi vibrante. Ils tirèrent à la même seconde.

Il ne se passa rien. Maya réinséra le jack du cordon dans son bloc poignet.

– Il va peut-être falloir découper.

– Peut-être. Bon, on essaie une fois encore avec les pistolets. Ce matériau est solide, mais avec le vent...

Ils se séparèrent, se remirent en position et tirèrent une deuxième fois – leurs bras basculèrent et ils se cognèrent à la paroi de béton. La première explosion fut suivie d'une seconde, moins intense, puis d'un grondement en cascade et d'une série d'autres explosions. Les quatre parois de la tente se déchiraient entre deux des arc-boutants, et sans doute sur tout le côté sud, ce qui provoquerait certainement l'éclatement de tout l'ensemble. Droit devant eux, ils discernaient les flots de poussière qui volaient entre les bâtiments vaguement éclairés. L'une après l'autre, les fenêtres s'obscurcissaient. Sous la violence de la dépressurisation, certaines explosaient. Mais l'effet du choc atmosphérique n'était pas aussi violent qu'il l'eût été autrefois.

– Ça va? demanda Michel sur l'intercom.

Il perçut le souffle haletant de Maya.

– Je me suis fait mal au bras.

Les sirènes venaient de se déclencher dans le ronflement du vent.

– Il faut trouver Spencer, ajouta Maya d'un ton rauque.

Elle se redressa et une bourrasque la poussa par-dessus le mur avec violence. Michel plongea derrière elle, retomba durement et roula jusqu'à se retrouver tout contre elle.

– Allez, viens, dit Maya.

Dans une course vacillante, ils pénétrèrent dans la cité-prison de Mars.

A l'intérieur de la tente, c'était le chaos. La poussière avait transformé l'air en une sorte de gel noir qui se déversait dans les rues en un torrent fantastique et hurlant. Maya et Michel avaient du mal à s'entendre, même lorsqu'ils eurent reconnecté leur cordon d'intercom. La décompression avait soufflé certaines fenêtres et même provoqué l'effondrement d'un mur, et les rues étaient jonchées de morceaux de verre et de béton. Ils avançaient côte à côte, avec prudence, se touchant souvent pour confirmer leur position.

– Jette un coup d'œil sur ton affichage infrarouge, dit Maya.

Michel obéit. La vue était cauchemardesque : les immeubles abattus brillaient comme de grands feux verts.

Ils approchaient du bâtiment central où était détenu Sax, selon Spencer. Il était lui aussi vert vif sur une façade. Ils ne pouvaient qu'espérer que la clinique du sous-sol où l'on avait conduit Sax était protégée par des blindages. Sinon, du seul fait de leur attaque, leur ami était mort. C'était hélas possible, se dit Michel : le sol, en surface, avait été fracassé.

Et accéder aux étages inférieurs posait un problème. Il devait y avoir un escalier de secours en cas de panne des ascenseurs, mais ils auraient du mal à le trouver. Michel passa sur la fréquence commune et tomba sur une discussion frénétique à propos des ravages dans la vallée : la tente installée sur le plus petit des deux cratères de la berge intérieure avait été soufflée, et les appels au secours se multipliaient.

– Cachons-nous quelque part. On va bien voir si quelqu'un arrive.

Ils s'allongèrent derrière un muret et attendirent à l'abri du vent. Une porte s'ouvrit violemment devant eux et des silhouettes en combinaison se ruèrent dans la rue et disparurent. Aussitôt après, Maya et Michel se précipitèrent vers la porte et entrèrent dans un couloir qui semblait encore dépressurisé. Mais les lumières brillaient et, sur un panneau, des voyants rouges étaient allumés. Un verrou d'urgence. Ils refermèrent rapidement la porte extérieure et la pressurisation fut rétablie. Ils étaient à présent devant la porte intérieure du couloir et ils échangèrent un regard à travers leurs visières empoussiérées. Michel passa sa main gantée sur la sienne et haussa les épaules. Dans le patrouilleur, ils avaient déjà discuté de cet instant crucial de l'opération. Mais il y avait trop d'éléments qu'ils ne pouvaient prévoir ou planifier. Et ils étaient là, et l'instant était venu. Michel sentait le sang courir plus vite dans ses veines, comme accéléré par le vent furieux de l'extérieur.

Ils se déconnectèrent à nouveau et prirent les pistolets laser que Coyote leur avait confiés. Michel tira sur le joint de la porte, qui s'ouvrit en sifflant. Ils avaient devant eux trois hommes en combinaison, mais sans casque, l'air effrayé. Ils firent feu sans hésiter et les trois hommes s'écroulèrent, recroquevillés, comme touchés par la foudre.

Ils les traînèrent dans une pièce voisine. Michel se demanda s'ils n'avaient pas appuyé trop longtemps sur la détente de leurs lasers, ce qui provoquait fréquemment des arythmies cardiaques. Il avait l'impression que tout son corps avait gonflé dans sa combinaison. Il était brûlant, le souffle court et terriblement nerveux. Maya était apparemment dans le même état, et elle le précéda en courant presque. Soudain, tout s'éteignit. Maya alluma la lampe de son casque et, uniquement guidés par le cône de lumière poussiéreuse, ils allèrent jusqu'à la troisième porte sur leur droite, celle que leur avait indiquée Spencer. Sax devait se trouver à l'intérieur. Elle était verrouillée.

Maya sortit une charge explosive légère de sa combinaison, la mit en place sur la poignée, puis ils reculèrent de plusieurs mètres. Dans la détonation, le battant s'ouvrit violemment. En s'avançant, Maya et Michel tombèrent sur deux hommes qui luttaient pour attacher leurs casques. En les voyant, l'un d'eux porta la main à son holster tandis que l'autre plongeait vers une console. Mais ni l'un ni l'autre n'atteignit son but.

Maya revint en arrière pour fermer la porte qu'ils venaient de franchir. Ils descendirent un autre couloir, le dernier. Ils parvinrent à une nouvelle porte qui s'ouvrait sur une autre pièce. Michel leva son arme. Maya prit son pistolet à deux mains et hocha la tête. Michel ouvrit la porte d'un coup de pied et elle se rua en avant, suivie de près par Michel. Une silhouette en combinaison était penchée sur ce qui semblait être un chariot chirurgical. Elle opérait sur la tête d'un homme allongé, inerte. Maya tira plusieurs fois et la silhouette s'écroula comme sous l'effet d'une pluie de coups, roula sur le sol, les muscles secoués de spasmes.

Ils se précipitèrent vers l'homme étendu sur le chariot. C'était Sax, quoique Michel le reconnût plus à son corps qu'à son visage, qui évoquait un masque de mort, avec deux yeux cernés de noir et le nez écrasé. Il semblait inconscient, au mieux. Ils entreprirent de le détacher. Des électrodes étaient implantées sur son crâne rasé, et Michel ne put s'empêcher de grimacer quand Maya les arracha. Michel sortit une combinaison de secours légère de sa poche de cuisse et la passa avec des gestes plus ou moins brusques sur les jambes paralysées de Sax, puis sur son torse. Sax n'émit pas le moindre gémissement. Maya revint avec un protège-tête en tissu et un mini réservoir de secours qu'elle avait pris dans le sac à dos de Michel. Ils les ajustèrent sur Sax avant d'activer la combinaison d'urgence.

Maya serrait le poignet de Michel avec une force telle qu'il craignit un instant qu'elle ne lui casse les os. Elle reconnecta le cordon de liaison de l'intercom.

– Il est vivant?

– Oui, je le crois. Il faut d'abord le sortir d'ici. On verra ensuite.

– Regarde ce qu'ils ont fait à son visage, ces sales fascistes.

Ils virent alors que Maya avait abattu une femme. Elle s'avança et lui donna un violent coup de pied dans le ventre. Puis elle se pencha sur sa visière et jura d'un ton surpris :

– Merde, c'est Phyllis !

Michel porta Sax jusque dans le couloir. Maya le suivit. Un homme surgit devant eux, elle leva son arme, mais Michel lui détourna le bras – c'était Spencer Jackson. Il leur parlait, mais avec leurs casques ils n'entendaient rien. Quand il le réalisa, il cria :

– Dieu merci, vous voilà! Ils en avaient fini avec lui – ils étaient sur le point de le tuer!

Maya dit quelque chose en russe, retourna dans la pièce en courant, lança quelque chose à l'intérieur et revint. L'explosion dégagea un nuage de fumée et de débris dans le couloir.

– Non! cria Spencer. C'était Phyllis!

– *Je sais!* répliqua Maya d'un ton vengeur.

Mais Spencer ne l'avait pas entendue.

– Viens, insista Michel en prenant Sax entre ses bras tout en faisant signe à Spencer de mettre son casque. Repartons pendant qu'il en est temps.

Personne ne semblait l'avoir entendu, mais Spencer prit un casque et il l'aida à porter Sax jusqu'au premier niveau.

Au-dehors, il faisait toujours noir et le fracas se déchaînait. Des objets et des débris volaient dans les airs ou roulaient sur le sol. Michel, touché en pleine visière, tomba à genoux. Ensuite, il ne put que deviner ce qui se passait. Maya se connecta avec le bloc poignet de Spencer et leur lança des ordres d'un ton dur et net. Ils portèrent Sax jusqu'à la paroi de la tente, puis au-dehors, et rampèrent jusqu'au fil d'Ariane.

Très vite, il leur apparut clairement qu'ils ne réussiraient pas à marcher contre le vent. Ils durent ramper, en portant tour à tour Sax sur leur dos. Sans jamais quitter le filin qui était leur seul espoir le regagner le patrouilleur. Plus ils avançaient, plus leurs mains et leurs genoux s'engourdissaient sous l'effet du froid. Dans le flot de sable et de poussière, Michel, en baissant les yeux, constata que sa visière était terriblement criblée.

Ils s'arrêtaient pour échanger leur fardeau. Après son tour, Michel s'agenouilla, haletant, le casque contre le sol, au-dessous du grand déferlement de poussière. Il en avait le goût sur la langue. Un goût amer, salé et sulfureux le goût de la peur martienne, de la mort martienne. A moins que ce ne fût celui de son sang : il n'aurait su le dire. Le bruit était trop intense pour qu'il pense, son cou le faisait souffrir, une sonnerie lui perçait les oreilles, et des vers rouges avaient envahi ses yeux : sans doute le petit peuple de Mars qui avait franchi la périphérie de sa vision ; il n'allait pas tarder à perdre conscience. Il se dit qu'il allait vomir, ce qui était dangereux dans un casque, et tout son corps luttait pour réprimer le spasme. Il transpirait sous la douleur qui se diffusait dans chacun de ses muscles, chacune de ses cellules. Après une lutte très longue, le spasme reflua.

Ils avançaient toujours en rampant. Une heure de silence épuisant s'écoula, puis une autre. A présent, les genoux de Michel n'étaient plus engourdis mais poignardés par de longs élancements douloureux, comme s'ils raclaient à vif le sol. Parfois, ils demeuraient étendus sur le sable, en attendant que passe une rafale sauvage. Ils étaient étonnés devant les variations de force des bourrasques à l'intérieur d'un même ouragan. Le vent ne s'exerçait pas selon une pression permanente mais dans des séries de souffles violents. Et les intervalles qui séparaient ces coups de marteau étaient parfois tellement prolongés qu'ils avaient le temps de s'ennuyer, de laisser errer leurs pensées, ou même de s'assoupir. Ils avaient le sentiment qu'ils allaient se laisser surprendre par l'aurore. Mais, à un moment, Michel consulta son horloge de visière et vit qu'il était 3 h 30 du matin. Et ils se remirent à ramper.

Le filin se tendit et ils se cassèrent le nez contre la porte du patrouilleur, au bout du fil d'Ariane. Ils le dégagèrent et, à l'aveuglette, hissèrent Sax dans le sas avant de suivre. Ils refermèrent la porte extérieure et rétablirent la pression. Le sol du sas était couvert de sable et la pompe du ventilateur crachait un tourbillon de cristaux qui ternissaient la luminosité de l'air ambiant. Michel se pencha sur la minuscule visière de Sax avec le sentiment d'examiner un masque de plongée et ne décela aucun signe de vie.

Quand la porte intérieure s'ouvrit, ils ôtèrent leurs tenues, leurs casques et leurs bottes, se glissèrent dans le patrouilleur et refermèrent rapidement la porte sur le nuage de poussière. Michel avait le visage moite. Il s'essuya et vit alors le sang sur sa main, d'un rouge scintillant dans la lumière dure du compartiment. Il saignait du nez. Même dans la lumière, il constata que l'ombre régnait à la limite de son champ de vision et que la pièce était étrangement calme et silencieuse. Maya avait une vilaine plaie à la cuisse, cernée de givre. Spencer, lui, paraissait épuisé, indemne mais visiblement secoué. Il enleva le protège-tête de Sax en bredouillant :

— On ne doit pas arracher les sondes cérébrales comme ça ! Vous auriez dû m'attendre. Vous ne saviez pas ce que vous faisiez !

— Mais on ignorait si tu allais venir, répliqua Maya. Tu étais en retard.

— Pas de beaucoup ! Il fallait bien que je me cache : il leur a tout déballé à mon propos en même temps que le reste, et j'ai attendu que la tempête se lève pour revenir ! Vous n'aviez pas à paniquer comme ça !

– On n'a pas paniqué!

– Alors pourquoi vous les avez enlevées comme ça? Et pourquoi tuer Phyllis?

– C'était une tortionnaire, une meurtrière!

Spencer secoua violemment la tête.

– Elle était prisonnière, tout comme Sax.

– Non!

– Tu n'en sais rien! Tu as tué sur des apparences. Vous ne valez pas mieux que les autres.

– Va te faire foutre! C'est eux qui torturent! Tu n'as pas réussi à les arrêter et il fallait bien qu'on fasse quelque chose!

Tout en jurant en russe, Maya s'installa dans le siège de pilotage et démarra.

– Envoie un message à Coyote! lança-t-elle à Michel.

Un instant, il eut du mal à se rappeler comment fonctionnait la radio. Il tapa enfin la touche qui déclenchait le message en salves codées : ils avaient délivré Sax. Ensuite, il revint auprès de Sax qui gisait sur la couchette, le souffle à peine perceptible. Il était en état de choc. Lui aussi saignait du nez. Spencer le nettoya avec des gestes doux tout en secouant la tête.

– Ils se servent de MRI [1] et d'ultra-sons focalisés, commenta-t-il d'un ton morne. En le récupérant de cette façon, vous auriez pu...

Il n'acheva pas.

Sax avait le pouls faible et irrégulier. Michel entreprit de lui enlever sa tenue. Ses gestes étaient mous et ses mains ressemblaient à deux étoiles de mer flottant dans le ressac. Elles échappaient à sa volition, comme s'il travaillait sur un téléopérateur. *J'ai été tétanisé, se dit-il. Je suis commotionné.* Il ressentit une nausée. Spencer et Maya, furieux, criaient des phrases incompréhensibles pour lui.

– C'était une pute!

– Si on devait tuer toutes les putes, jamais tu ne serais sortie de l'*Arès* vivante!

– Arrêtez! dit Michel d'une voix affaiblie. Tous les deux, arrêtez.

Il ne comprenait pas vraiment ce qu'ils disaient, mais il était évident qu'ils se querellaient et c'était à lui de jouer le médiateur. Maya était folle de chagrin et de rage et elle pleurait tout en hurlant. Et Spencer lui répliquait en criant lui aussi, et en tremblant. Sax était toujours dans le coma. *Il va falloir que je me remette à la psychothérapie,* se dit Michel en pouffant de rire. Il se dirigea tant bien que mal vers l'avant et s'installa devant les commandes

---

1. Résonance magnétique. (*N.d.T.*)

qui semblaient trembler sous le nuage de poussière noire qui fouettait le pare-brise.

— Conduis, fit-il d'un ton désespéré.

Maya, à côté de lui, était en larmes, les mains crispées sur le volant. Il posa la main sur son épaule et elle le repoussa. Elle semblait soudain montée sur ressort et il faillit tomber de son siège.

— On parlera plus tard, lui dit-il. Ce qui est fait est fait. Maintenant, il faut qu'on rentre chez nous.

— On n'a pas de chez-nous! grinça Maya.

SIXIÈME PARTIE

Tariqat

Le Grand Homme venait d'une grande planète. Il était un visiteur sur Mars – il passait par-là quand il avait vu la planète. Alors, il s'était arrêté pour jeter un coup d'œil, et il y était encore quand Paul Bunyan [1] *surgit et c'est pour cette raison qu'ils se battirent. Ce fut le Grand Homme qui gagna, ainsi que vous le savez. Mais quand Paul Bunyan et son gros bœuf bleu, Babe, furent morts, le Grand Homme n'eut plus personne à qui parler, et vivre sur Mars, c'était comme vivre sur un ballon de basket-ball. Alors, il erra durant un temps, déchirant les choses pour essayer de les mettre à sa taille, avant d'abandonner et de repartir.*

Après cela, toutes les bactéries qui se trouvaient dans Paul Bunyan et son bœuf Babe quittèrent leurs corps et se mirent à circuler dans l'eau tiède qui coulait sur le lit rocheux, loin dans le sous-sol. Elles dévorèrent le méthane et l'hydrogène sulfuré, et résistèrent au poids de milliards de tonnes de roc, comme si elles vivaient sur une planète neutronique. Leurs chromosomes commencèrent à se briser, mutation après mutation, et au taux de reproduction de dix générations par jour, il ne fallut pas longtemps à cette bonne vieille survie du mieux adapté pour effectuer la sélection naturelle. Et des milliards d'années passèrent. Avec le temps, toute une histoire de l'évolution martienne se créa, des fissures du régolite aux espaces qui séparaient les grains de sable, sous le soleil froid des déserts. Toutes sortes de créatures étaient apparues et s'étaient répandues – mais toutes étaient infimes. Il n'y avait pas de place pour autre chose dans le sous-sol, voyez-vous, et quand elles atteignirent la surface, certains schémas étaient déjà fixés. Et puis, il n'y avait guère de facteurs pour stimuler la croissance, de toute façon.

---

1. Paul Bunyan, héros du folklore américain, était un bûcheron géant qui avait pour compagnon un bœuf bleu, Babe, et se livrait à des festins pantagruéliques. *(N.d.T.)*

Et c'est ainsi que toute une biosphère chasmoendolithique se développa, dans laquelle tout était petit. Les baleines avaient la taille de têtards, les séquoias étaient comme des lichens, tout était à l'avenant. Tout s'était passé comme si le rapport au double, qui avait fait que les choses sur Mars étaient toujours cent fois plus grandes que leurs équivalents terrestres, s'était finalement inversé en s'accélérant.

Et c'est l'évolution qui produisit le petit peuple rouge. Ils sont comme nous – ou, du moins, ils nous ressemblent quand nous les voyons. Mais ça, c'est parce que nous ne savons les voir que du coin de l'œil. Si vous en regardez un attentivement, vous verrez qu'il ressemble à une minuscule salamandre verticale, d'un rouge sombre, quoique leur peau semble avoir certaines capacités de caméléonisme et qu'ils arrivent à prendre la teinte exacte des rochers sur lesquels ils se trouvent. En regardant vraiment attentivement, vous remarquerez que la peau évoque un lichen en plaque mélangé de grains de sable, et que les yeux sont comme des rubis. C'est fascinant, mais ne vous excitez pas trop, car il faut dire qu'à la vérité vous n'en verrez jamais un aussi nettement. C'est bien trop difficile. Quand ils sont immobiles, nous sommes dans l'incapacité de les voir. Il en serait toujours ainsi, si ce n'est que certains sont parfois tellement sûrs de pouvoir se figer sur place et disparaître si vous tentez de les regarder directement, qu'ils sautent à la limite de votre champ de vision, rien que pour vous exciter l'esprit. Mais dès que vous bougez les yeux pour mieux voir, ils s'arrêtent, et vous ne pouvez plus les retrouver.

Ils vivent un peu partout, et même chez nous. D'ordinaire, il y en a toujours quelques-uns dans la poussière qui s'agglomère dans les coins. Et qui peut prétendre honnêtement qu'il n'y a jamais la moindre poussière dans un coin de sa chambre? Personne, je pense. Parce que c'est un excellent abrasif quand vous entreprenez de balayer, n'est-ce pas?... Oui, dans ces moments-là, le petit peuple rouge doit fuir à toute allure. Pour eux, ce sont des désastres. Ils pensent que nous sommes des idiots géants et dingues qui, de temps en temps, piquent des crises de folie furieuse.

Oui, c'est vrai que le premier humain à avoir aperçu le petit peuple rouge a été John Boone. Qu'est-ce que vous attendiez d'autre? Il le découvrit quelques heures seulement après avoir débarqué sur Mars. Plus tard, il apprit à les voir même lorsqu'ils étaient immobiles, et il se mit à parler à ceux qu'il repérait dans les chambres, jusqu'à ce qu'ils finissent par craquer et par lui répondre. Ils s'apprirent mutuellement leurs langages, et on peut entendre encore les gens du petit peuple rouge employer toutes sortes de John-Boonismes dans leur anglais. Finalement, ils furent toute une troupe à escorter John Boone, où qu'il aille. Ils aimaient ça, et comme

John n'était pas un type particulièrement porté sur la propreté, ils avaient toujours des endroits où se cacher. Oui, à Nicosia, la nuit où il fut tué, il y en avait des centaines. C'est ce qui explique la mort des Arabes, plus tard cette même nuit – toute une bande de petits êtres leur sont tombés dessus. Horrible.

Quoi qu'il en soit, ils étaient les amis de John Boone, et ils étaient aussi tristes que nous autres qu'il ait été assassiné. Depuis, aucun humain n'a appris leur langage, ni ne les a connus d'aussi près. Oui, John Boone fut aussi le premier à parler d'eux. La plus grande partie de ce que nous connaissons d'eux, nous la lui devons, à cause de ces rapports exceptionnels qu'ils entretenaient. Oui, on dit aussi que l'abus d'omegendorphe provoque l'apparition de petites taches rouges mouvantes à la limite du champ de vision. Pourquoi cette question ?

Mais depuis la mort de John Boone, le petit peuple continue de vivre avec nous en toute discrétion. Ils nous observent avec leurs yeux de rubis et ils essaient de savoir vraiment qui nous sommes, et pourquoi nous faisons tout ça. Et ils se demandent comment s'y prendre avec nous pour obtenir ce qu'ils veulent – c'est-à-dire des gens avec lesquels ils pourraient parler et devenir amis, qui ne les balayeraient pas tous les deux ou trois mois, qui ne chambouleraient pas non plus toute la planète. Alors, ils nous surveillent. Toutes les cités-caravanes les emportent partout. Ils sont prêts à nous parler à nouveau. Ils sont en train de décider quel sera leur interlocuteur. Et ils se demandent : lequel, entre tous ces géants idiots, peut connaître Ka ?

Parce que c'est le nom qu'ils donnent à Mars, voyez-vous. Ka. Cela a plu aux Arabes, car le nom arabe de Mars est Qahira, de même qu'aux Japonais, qui appellent Mars Kasei. Mais à vrai dire, la plupart des noms que les humains ont donnés à Mars contiennent la syllabe ka – et certains dialectes du petit peuple rouge désignent Mars comme m'kah, ce qui apporte un son que l'on retrouve dans un grand nombre de noms terriens pour Mars. Il est possible que le petit peuple rouge ait réussi à gagner l'espace il y a très longtemps, qu'il ait visité la Terre, q'ils aient été nos fées, nos elfes, tous les petits êtres de nos légendes. Ils ont pu dire aux hommes d'où ils venaient, et nous laisser le nom de leur monde. Mais, d'un autre côté, il est possible que ce soit la planète elle-même qui suggère ce son de quelque manière hypnotique qui affecterait la conscience de tous les observateurs, qu'ils soient présents sur Mars ou qu'ils l'observent comme une simple étoile rouge dans le ciel. Je l'ignore, et peut-être après tout est-ce dû à la couleur. Ka.

Et ainsi, ceux de Ka nous épient, et ils demandent : qui connaît Ka ? Qui passe du temps avec Ka, qui apprend Ka, qui aime tou-

cher Ka, marcher sur Ka, laisser Ka s'infiltrer en lui, qui laisse la poussière tranquille? Ceux-là sont les humains auxquels nous voulons parler. Bientôt, nous nous présenterons devant tous ceux qui semblent aimer Ka. Et alors, mieux vaudrait que vous soyez prêts. Car nous aurons un plan. Et il sera temps de tout abandonner pour entrer dans un nouveau monde. Le temps sera venu de libérer Ka.

Ils roulaient en silence. Le patrouilleur tressautait sous les bourrasques. Les heures s'écoulaient et ils n'avaient toujours aucune nouvelle de Michel et de Maya. Ils avaient opté pour des signaux radio en rafales, très semblables aux bouffées de statique provoquées par les éclairs : un pour réussite, un pour échec. Mais la radio ne leur transmettait qu'un sifflement ininterrompu, à peine audible dans celui du vent. Nirgal devenait de plus en plus nerveux. Plus l'attente se prolongeait, plus il était probable qu'un désastre avait emporté leurs compagnons sur la berge extérieure. S'il tenait compte de la nuit terrible qu'ils avaient passée – de leur progression rampante dans l'obscurité hurlante, l'averse cinglante de débris, les tirs déchaînés qui partaient des tentes abattues – les perspectives étaient sombres. Il était gagné par la crainte d'apprendre que Maya, Michel et Sax avaient été blessés, ou pire. Et même Spencer, qu'il ne connaissait pas mais dont on lui avait tant parlé. L'ensemble de leur plan lui apparaissait fou maintenant, et Nirgal en venait à s'interroger sur le jugement de Coyote. Coyote qui était penché sur l'écran de l'IA et marmonnait en se balançant sur ses tibias douloureux... Bien sûr, les autres avaient approuvé le plan, de même que Nirgal. Et Maya et Spencer avaient participé à son élaboration, avec les Rouges de Mareotis. Mais aucun d'eux n'avait prévu que l'ouragan katabatique aurait une telle violence. Et c'était Coyote le chef de l'opération, aucun doute. Et en cet instant, Nirgal le découvrait en pleine détresse, furieux, troublé, effrayé.

A cette seconde, la radio crépita comme si deux éclairs venaient de frapper simultanément à proximité, et le message décrypté suivit très vite. *Succès.* Ils avaient réussi. Ils avaient trouvé Sax et ils l'avaient délivré.

En un instant, l'ambiance passa de l'inquiétude au soulagement. Ils se mirent à pousser des cris de joie incohérents, à rire, à s'embrasser. Nirgal et Kasei pleuraient de bonheur et d'apaisement, et Art, qui était resté dans le véhicule pendant le raid, et avait pris l'initiative de piloter dans le vent noir pour aller les récupérer, n'arrêtait pas de leur donner de grandes claques dans le dos, à tous, en braillant :

– Beau boulot ! Beau boulot !

Coyote, bourré d'antidouleurs, avait retrouvé son rire de fou. Nirgal, lui, se sentait physiquement plus léger, comme si la gravité avait brusquement diminué dans sa poitrine. Ils avaient plongé si profondément dans l'épuisement, la peur, pour remonter dans la joie : il se dit vaguement, l'esprit embrumé, que ces instants resteraient inscrits dans sa mémoire. Le choc de la vraie réalité, qu'on éprouvait si rarement, l'avait embrasé. Et il pouvait lire la même gloire pure et lumineuse sur les visages de ses compagnons. En cet instant, ils étaient comme des animaux sauvages à l'âme neuve et ardente.

Les Rouges repartirent vers le nord, vers leurs refuges de Mareotis. Coyote fonça vers le sud, vers le point de rendez-vous avec Maya et Michel. Ils se retrouvèrent dans la clarté chocolat de l'aube, loin sur les hauteurs d'Echus Chasma. Tout le groupe venu de la berge intérieure se rua sur le patrouilleur de Maya et Michel, prêt à recommencer la fête. Nirgal franchit le sas en vacillant et rencontra pour la première fois Spencer : il vit un petit homme au visage rond et ravagé, dont les mains tremblaient. Mais Spencer l'observa avec attention.

– Ça me fait plaisir de te connaître, dit-il enfin. J'ai tellement entendu parler de toi.

Ils parlaient tous à la fois, échangeant leurs impressions.

– Ça s'est vraiment bien passé, déclara Coyote, provoquant un concert de protestations de Kasei, Art et Nirgal.

Ils s'en étaient tirés de justesse, en vérité, en rampant sur la berge intérieure, essayant d'échapper au typhon et aux policiers fous de panique, de retrouver le patrouilleur alors même qu'Art tentait de les récupérer. Ils avaient longtemps tourné autour de l'endroit où ils avaient laissé le véhicule...

Le regard dur de Maya coupa court à la joie ambiante. Après l'excitation des retrouvailles, il devenait évident que les choses n'étaient pas aussi réjouissantes que cela. Ils avaient sauvé Sax, mais un peu tard. On l'avait torturé, leur dit Maya. On ne pouvait savoir précisément quelles lésions les autres lui avaient infligées dans l'état d'inconscience où il était plongé.

Nirgal se rendit dans le compartiment et se pencha sur lui. Sax gisait, inerte, et son visage était abominable à voir. Michel vint s'asseoir, encore sous le choc du coup qu'il avait reçu sur le crâne. Maya et Spencer semblaient s'être querellés. Ils n'avaient donné aucune explication, mais ils ne s'adressaient plus la parole et évitaient de se regarder. Maya, à l'évidence, était d'une humeur affreuse : Nirgal avait déjà vu cette expression sur son visage alors qu'il n'était qu'un enfant. Cette fois, pourtant, ça semblait plus grave : ses traits étaient figés et sa bouche n'était plus qu'une blessure en faucille.

– J'ai tué Phyllis, dit-elle à Coyote.

Le silence tomba. Nirgal sentit que le froid gagnait ses mains. Soudain, en observant les autres, il vit qu'ils étaient tous mal à l'aise. La seule femme qui se trouvait parmi eux était celle qui avait tué. Il y avait dans cela quelque chose d'anormal. Ils le ressentaient, et Maya elle aussi. Elle se redressa avec fierté, méprisant leur lâcheté. Nirgal se dit que tout cela n'avait rien de rationnel, que ça n'existait même pas au niveau conscient, que c'était en vérité primaire, instinctif, biologique. Et le regard que Maya posait sur eux, dans son absolu mépris de l'horreur qu'ils affichaient, était celui d'un aigle. Étranger et hostile.

Coyote, alors, s'avança vers elle, se dressa sur la pointe des pieds et l'embrassa sur la joue, affrontant son regard de glace.

– Tu as bien fait, lui dit-il en posant la main sur son bras. Tu as sauvé Sax.

Elle le repoussa.

– Nous avons bousillé cette machine dans laquelle ils avaient cloué Sax. J'ignore si nous avons réussi à effacer les données. Probablement pas. Et bien entendu, ils savent que quelqu'un l'a libéré. Il n'y a vraiment pas de quoi se réjouir. Ils vont employer tous leurs moyens pour nous mettre la main dessus.

Je ne crois pas qu'ils soient organisés à ce point, releva Art.

– Vous, taisez-vous !

– D'accord. Mais reconnaissez une chose : maintenant qu'ils savent que vous existez, vous n'aurez plus vraiment à vous planquer, non ?...

– Ça repart, marmonna Coyote.

Ce jour-là, ils firent route au sud : la poussière soulevée par la tempête katabatique était assez dense pour les dissimuler aux caméras des satellites. La tension restait intense : Maya était dans une fureur noire, et nul ne pouvait lui adresser la parole. Michel la traitait comme une bombe qui n'aurait pas encore explosé, essayant constamment de l'obliger à se concentrer sur les questions pratiques, pour lui faire oublier cette affreuse nuit. Mais Sax était toujours inconscient sur la couchette du compartiment d'habitation. Avec toutes ses contusions et ses plaies, il ressemblait à un malheureux raton-laveur blessé, et il était dur d'oublier ce qui s'était passé. Nirgal s'assit près de lui durant des heures, une main sur ses côtes, l'autre sur son crâne. Il n'y avait guère autre chose à faire. Même sans ses yeux noirs, il n'aurait pas ressemblé au Sax Russell que Nirgal avait connu dans son enfance. Il avait éprouvé un vrai choc viscéral en découvrant toutes ses plaies, toutes les traces de coups sur son corps, qui prouvaient définitivement qu'ils avaient des ennemis mortels sur cette planète. Depuis plusieurs années, cette question l'avait préoccupé – et la preuve qu'il avait à présent sous les yeux était d'autant plus laide, écœurante : non seulement ces ennemis existaient, mais ils étaient capables de ça. C'était pour eux une pratique constante, qu'ils avaient appliquée tout au long de l'histoire, ainsi qu'en témoignaient ces incroyables récits que Nirgal avait entendus. Des récits authentiques. Et Sax n'était qu'une victime parmi des millions.

Dans son sommeil, sa tête roulait de côté et d'autre.

– Je vais lui faire une injection de pandorph, déclara Michel. D'abord lui, et moi ensuite.

– Il a quelque chose au niveau des poumons.

– Tu crois? (Michel colla une oreille sur la poitrine de Sax, écouta en silence et émit un sifflement.) Tu as raison. Quelque chose de liquide.

– Qu'est-ce qu'ils lui ont fait? demanda Nirgal à Spencer.

– Ils lui parlaient pendant qu'il était sous drogue. Vous savez, ils ont localisé assez précisément certains centres de mémoire de l'hippocampe, et avec les drogues ainsi qu'une stimulation ultrasonique très fine, plus un repérage par MRI... Les gens répondent aux questions qu'on leur pose, et généralement, ils parlent beaucoup. Ils en étaient là quand la tempête s'est levée et qu'ils ont été privés de courant. Le générateur d'urgence a démarré presque aussitôt, mais... (Il montra Sax.) Quand on l'a arraché au dispositif...

C'était donc pour ça que Maya avait tué Phyllis Boyle. La mort d'une collabo. Un meurtre chez les Cent Premiers...

Mais ça n'était pas le premier, marmonna Kasei dans l'autre patrouilleur. Certains accusaient Maya d'avoir préparé l'assassinat de John Boone, et Nirgal avait entendu certaines rumeurs qui la désignaient comme suspecte dans la disparition de Frank Chalmers. On l'appelait la Veuve Noire. Nirgal avait toujours rejeté ces rumeurs malveillantes, répandues par des gens qui, à l'évidence, haïssaient Maya. Comme Jackie. Mais, assurément, Maya apparaissait désormais dangereuse, venimeuse, assise là le regard fixe devant la radio, les cheveux blancs, le nez en bec de faucon, les lèvres serrées comme une blessure. Prête à rompre le silence pour appeler le Sud. Nirgal se sentait nerveux du simple fait d'être avec elle dans le même patrouilleur, en dépit des efforts qu'il faisait pour se calmer. Elle avait été l'un de ses professeurs principaux, il avait passé des heures et des heures à se nourrir du savoir en maths, en histoire et en langue russe qu'elle lui dispensait. Il avait eu le temps de l'observer, et il avait conscience que jamais elle n'avait souhaité devenir une meurtrière, que sous son attitude à la fois agressive et morne (maniaco-dépressive), il y avait une âme solitaire, fière et avide. Ainsi, sous un autre angle, cette histoire avait été un désastre, en dépit du succès de l'opération.

Maya affichait une volonté de fer pour qu'ils rallient sans perdre de temps la région polaire sud pour informer l'underground des derniers événements.

— Ça n'est pas facile, remarqua Coyote. Ils savent que nous sommes dans Kasei Vallis, et comme ils ont eu le temps de faire parler Sax, ils savent aussi probablement que nous allons tenter de faire route au sud. Ils connaissent les cartes aussi bien que nous, et l'équateur est pratiquement bloqué, de l'ouest de Tharsis à l'est des chaos.

— Mais il existe une passe entre Pavonis et Noctis, protesta Maya.

— D'accord, mais elle est traversée par plusieurs pistes et des pipelines, plus deux segments de l'ascenseur. J'ai fait forer des tunnels, mais s'ils y regardent de près, ils vont en trouver un certain nombre, ou ils vont tomber sur nos patrouilleurs.

— Alors qu'est-ce que tu proposes?

— Je crois que nous devons faire le tour, en passant par le nord de Tharsis et d'Olympus Mons, avant de redescendre vers Amazonis pour franchir l'équateur.

Maya secoua la tête.

— Il faut que nous rallions très vite le Sud, pour prévenir les autres qu'on a été découverts.

Coyote réfléchit.

— Nous pourrions nous séparer. J'ai un avion ultraléger dans un refuge, au pied du Belvédère d'Echus. Kasei pourrait t'y conduire avec Michel, et vous pourriez vous envoler vers le sud. Nous, nous passerons par Amazonis.

— Et Sax?

— Nous l'emmènerons directement jusqu'à Tharsis Tholus. Il y a une clinique bogdanoviste là-bas. C'est à deux nuits de route.

Maya discuta avec Michel et Kasei, sans risquer un regard vers Spencer. Michel et Kasei étaient d'accord et elle acquiesça enfin.

– Bien. Nous irons droit au sud. Et vous nous rejoindrez aussi vite que vous le pourrez.

Ils continuèrent de rouler la nuit et de dormir le jour, selon la vieille habitude, et en l'espace de deux nuits, ils traversèrent Echus Chasma pour atteindre Tharsis Tholus, le cône volcanique qui se dressait à la bordure nord de la bosse de Tharsis.

Là, Tharsis Tholus, une cité sous tente du type Nicosia, se déployait sur le flanc noir du cône. Elle faisait partie du demi-monde : la plupart de ses habitants menaient des existences ordinaires dans le réseau de surface, mais ils étaient nombreux à être bogdanovistes et à soutenir les refuges bogdanovistes de la région, de même que les bases des Rouges dans Mareotis et le Grand Escarpement. Et ils venaient aussi en aide à tous ceux de la cité qui avaient fui le réseau, ou qui ne l'avaient jamais connu depuis leur naissance. La clinique la plus importante était bogdanoviste et ceux de l'underground étaient nombreux à la fréquenter.

Ils roulèrent directement jusqu'à la tente, s'enfoncèrent dans le garage et descendirent très vite. Une petite ambulance surgit et emporta aussitôt Sax vers la clinique, située près du centre. Ils suivirent les rues entre les pelouses, savourant l'espace nouveau après les longs jours passés dans les patrouilleurs. Art était surpris par leur comportement, et Nirgal lui expliqua brièvement ce qu'était le demi-monde tandis qu'ils montaient vers les salles d'étage d'un café, juste en face de la clinique.

A la clinique, on s'occupait déjà de Sax. Quelques heures après leur arrivée, on autorisa Nirgal à passer une tenue stérile pour venir le rejoindre.

On avait installé Sax sous un poumon artificiel qui faisait circuler un liquide dans ses poumons. Dans les tubes transparents et le masque, c'était comme de l'eau légèrement trouble. Une vision pénible, comme si l'on était en train de noyer Sax. Mais le liquide qu'on lui transfusait était une solution à base de perfluorocarbone qui lui apportait trois fois le taux d'oxygène d'une atmosphère normale et chassait le dépôt qui s'était accumulé dans ses bronches en libérant et en regonflant les voies respiratoires. Tout cela pendant qu'on le traitait avec toutes sortes de drogues et de médicaments. La technicienne médicale expliqua tout à Nirgal sans interrompre son travail.

– Il avait une forme d'œdème, et le traitement peut paraître paradoxal. Mais ça marche.

Nirgal resta donc au chevet de Sax, une main sur son bras, observant le liquide qui tournoyait lentement dans le masque.

– C'est comme s'il était dans un réservoir ectogène, remarqua-t-il.

– Ou dans la matrice, répliqua la technicienne en lui décochant un regard curieux.

– Oui. En train de renaître. Il n'a plus l'air d'être le même.

– Gardez la main sur lui, fit la technicienne avant de repartir.

Nirgal essaya de deviner ce que Sax pouvait éprouver, de sentir la vitalité qui luttait en lui, qui le portait vers la surface du monde réel. La température de Sax fluctuait de façon inquiétante, en boucles et en brusques plongées. D'autres médecins arrivèrent avec de nouveaux instruments qu'ils disposèrent sur le visage et la tête de Sax tout en se parlant à voix étouffée.

– Lésion. Antérieure, côté gauche. On va voir.

La première technicienne revint quelques nuits plus tard et dit à Nirgal qui se trouvait là :

– Tenez-lui la tête. Du côté gauche, autour de l'oreille. Oui, là, juste au-dessus. Comme ça... Maintenant, c'est à vous de jouer.

– Comment?

– Vous le savez. Envoyez-lui de la chaleur.

Elle se retira hâtivement, comme embarrassée, et même effrayée de sa suggestion.

Nirgal, immobile, se concentra. Il localisa le feu à l'intérieur de lui, tenta d'en attirer une part dans sa main et de le faire passer à Sax. Chaleur, chaleur... Un premier soubresaut de blancheur... Il palpa encore, avec tout son esprit, pour essayer de lire dans la chaleur de la tête de Sax.

Des jours passèrent. Nirgal passait le plus clair de son temps à la clinique. Une nuit, alors qu'il revenait des cuisines, la jeune technicienne se précipita sur lui du fond du couloir et lui agrippa le bras.

– Venez, venez!

Elle l'entraîna jusque dans la chambre et, quand il reprit ses esprits, il tenait la tête de Sax, le souffle court et les muscles noués. Il y avait là trois docteurs et plusieurs techniciens. L'un des docteurs tendit le bras vers Nirgal et la jeune technicienne s'interposa.

Nirgal sentit bouger quelque chose dans Sax. Quelque chose qui partait, ou qui revenait – un passage. Il déversa dans son corps toute la *viriditas* qu'il put rassembler, soudain terrifié, envahi par les souvenirs de la clinique de Zygote, de ses séjours avec Simon. Du visage de Simon, la nuit où il était mort. Le perfluorocarbone fluide pénétrait Sax et ressortait en tourbillon, en une marée minimale et vive. Et Nirgal, en l'observant, ne cessait de penser à Simon. Toute chaleur avait quitté sa main, et il ne parvenait plus à en retrouver une trace. Sax saurait d'où était venue cette chaleur, à qui ces mains appartenaient. Pour autant que cela eût quelque importance. Mais c'était tout ce qu'il pouvait faire. Et il persista. Comme si le monde entier allait geler, comme s'il pouvait sauver Sax mais aussi Simon, s'il forçait encore plus.

« Mais pourquoi ? Pourquoi, Sax ? Mais pourquoi ? Pourquoi ? Pourquoi, Sax ?... »

Le perfluorocarbone tourbillonnait dans les tubes, dans le masque. Et la pièce éblouissante bourdonnait. Les docteurs s'agitaient autour des appareils et du corps de Sax. Ils se regardaient et épiaient Nirgal. Ce seul mot, *pourquoi,* était devenu une prière. Plusieurs heures passèrent encore, lentement, dans l'angoisse. Et puis, ils basculèrent dans une zone où il n'y avait plus de temps, et Nirgal ne sut plus si c'était le jour ou bien la nuit. C'est le prix de nos corps, se dit-il. Le prix que nous payons.

Un soir, une semaine ou presque après leur arrivée, ils libérèrent enfin les poumons de Sax et purent arrêter le poumon artificiel. Sax émit d'abord des râles violents, puis respira normalement. Il était redevenu un mammifère qui vivait de l'air. On lui avait réparé le nez, même s'il avait maintenant une forme différente, un peu plus aplatie, comme avant son opération de chirurgie esthétique. Mais ses hématomes étaient encore très visibles.

Il reprit conscience une heure après l'arrêt de la respiration artificielle et cligna longtemps des yeux. Puis il observa la chambre avant de regarder Nirgal, attentivement, et de lui serrer très fort la main. Mais il ne dit rien. Et, très vite, il sombra dans le sommeil.

Nirgal sortit et se perdit dans les rues vertes de la petite ville, sous le cône de Tharsis Tholus, qui s'érigeait au nord, rouillé et noirâtre comme un mont Fuji trapu. Il courait à son rythme calme et fit le tour de la tente plusieurs fois.

Ils avaient établi leur quartier général au-dessus d'un café, de l'autre côté de la rue, et il y retrouva Coyote, qui errait d'une fenêtre à l'autre en marmonnant des phrases incompréhensibles et des fragments de calypso.

– Qu'est-ce qui ne va pas ? lui demanda Nirgal.

Coyote agita les mains.

– Maintenant que Sax est rétabli, nous devrions ficher le camp. Toi et Spencer, vous pouvez vous occuper de Sax dans le patrouilleur, pendant que nous contournerons Olympus, vers l'ouest.

– D'accord. Dès qu'ils décideront que Sax est prêt.

Coyote le regarda fixement.

– Ils disent que tu lui as sauvé la vie. Que tu l'as ramené d'entre les morts.

Nirgal secoua la tête, effrayé à cette seule idée.

– Il n'a jamais été mort.

– C'est ce que je pense. Mais je te rapporte ce qu'ils disent. (Coyote le dévisagea avec une expression pensive.) Il va falloir que tu sois très prudent.

Ils roulaient de nuit, contournant le flanc nord de Tharsis. Sax était affalé sur la couchette, derrière les sièges de pilotage. Quelques heures après leur départ, Coyote déclara :

– Je voudrais attaquer l'un des camps miniers de Subarashii, dans Ceraunius. (Il regarda Sax.) Tu es d'accord?

Sax hocha la tête. Ses ecchymoses étaient maintenant vertes et mauves.

– Pourquoi vous ne pouvez pas parler? demanda Art.

Sax haussa les épaules, et coassa deux ou trois fois.

A partir du bas de la face nord de la bosse de Tharsis toute une série de canyons se déployait en parallèle : c'était Ceraunius Fossae. Il existait une quarantaine de ces lignes de fracture, selon la façon dont on les dénombrait, car certaines indentations étaient des canyons, alors que d'autres étaient des arêtes isolées, des fissures profondes ou de simples plissements de la plaine – toutes orientées nord-sud, et constituant autant de découpes dans une région métallogénique d'une grande richesse, une masse de basalte crevassée d'intrusions de minerais par le bas. On y trouvait donc de nombreuses exploitations minières autant que des unités mobiles dans tous les canyons. En observant les cartes, Coyote se frotta les mains.

– En te capturant, ils m'ont rendu libre, Sax. Puisqu'ils savent maintenant que nous sommes là, nous n'avons plus aucune raison de ne pas les priver d'emploi, et d'en profiter pour piquer un peu d'uranium, pendant que nous y sommes!

Ils firent halte une nuit à l'extrémité sud de Tractus Catena, le plus long et le plus profond des canyons. Il offrait à son débouché une vue étrange : la plaine relativement lisse était creusée d'une sorte de rampe large de trois kilomètres et profonde de trois cents mètres qui allait vers le nord selon une parfaite ligne droite.

Le matin, ils dormirent, et passèrent l'après-midi assis dans le compartiment, nerveux, consultant les photos satellite tout en écoutant les instructions de Coyote.

– Vous avez vraiment l'intention de tuer ces mineurs? demanda Art en tirant sur les poils de ses gros favoris.

Coyote haussa les épaules.

– Ça se pourrait, oui.

Sax secoua la tête avec véhémence.

– Fais attention, lui dit Nirgal. Pas si fort.

– Je suis d'accord avec Sax, glissa vivement Art. Je veux dire, même si l'on ne tient pas compte des considérations morales, ce qui n'est pas mon cas, c'est une option stupide sur le plan pratique. Stupide en ceci qu'elle présuppose que vos ennemis sont plus faibles que vous et feront ce que vous voulez si vous en assassinez quelques-uns. Mais les gens ne sont pas comme ça. Je veux dire : essayez de penser à la façon dont ça va se terminer. Vous descendez dans le canyon, vous tuez des gens en train de faire leur travail, et ensuite, d'autres rappliquent et trouvent leurs cadavres. Désormais, ils vont vous haïr à jamais. Même si vous vous emparez de Mars tout entière un jour, ils continueront de vous haïr aussi fort et ils feront tout pour vous mettre des bâtons dans les roues. Et ce sera la même chose avec les gens qui regardent les infos. Et c'est tout ce que vous aurez réussi, parce qu'ils remplaceront très vite les mineurs abattus.

Art se tourna vers Sax qui, assis sur la couchette, l'observait avec attention.

– D'un autre côté, disons que vous faites une descente là-dedans, que vous vous débrouillez pour que les mineurs se réfugient dans un abri où vous les bouclez avant de bousiller leurs machines. Ils demanderont des secours tout en restant planqués. Un ou deux jours après, ils seront libérés. D'accord, ils seront furieux, mais ils se diront qu'ils pourraient aussi bien être morts. Ces Rouges nous sont tombés dessus, ils ont tout cassé et ils sont repartis comme l'éclair. On ne les a même pas vus. Ils auraient pu nous massacrer, mais ils ne l'ont pas fait. Et ceux qui seront venus à leur secours penseront la même chose. Et plus tard, quand vous aurez pris Mars ou quand vous tenterez de le faire, ils s'en souviendront et ils plongeront tous dans le syndrome de Stockholm. Et ils commenceront à vous soutenir. Et même à travailler pour vous.

Sax acquiesçait. Spencer fixait Nirgal. Et puis tous les autres regardèrent Nirgal. Sauf Coyote, qui ne quittait pas des yeux la paume de ses mains, comme s'il y lisait un oracle. Mais quand il releva enfin la tête, ce fut pour regarder Nirgal, lui aussi.

Pour Nirgal, tout était simple, et il répondit à son regard d'un air soucieux.

– Art a raison. Hiroko ne nous pardonnera jamais si nous commençons à tuer des gens sans raison.

Une grimace déforma le visage de Coyote, comme s'il était dégoûté par leur humanité.

– Mais nous avons tué des gens à Kasei Vallis.

– C'était différent! s'exclama Nirgal.

– En quoi?

Nirgal hésita, et Art répondit à sa place.

– C'était une bande de policiers tortionnaires qui passaient le cerveau de votre ami au micro-ondes. Ils méritaient leur sort. Mais ces types, là en bas dans le canyon, ils ne font que creuser dans la roche.

Sax hocha la tête. Il les regarda tous tour à tour avec une intensité extrême. Il semblait avoir tout compris avec certitude. Mais comme il ne prononçait pas un mot, nul ne pouvait en être sûr.

Coyote posa un regard dur sur Art.

– C'est une mine de Praxis?

– Je l'ignore. Et cela m'importe peu.

– Hum... Bien... (Coyote se tourna vers Sax, puis Spencer, puis Nirgal, qui avait les joues brûlantes.) D'accord. On va essayer comme ça.

Et c'est ainsi qu'à la tombée de la nuit Nirgal se glissa hors du patrouilleur en compagnie de Coyote et d'Art. Les étoiles brillaient déjà dans le ciel sombre, mais le quadrant occidental était encore lumineux et violet, répandant une clarté colorée qui donnait à toute chose une apparence étrangère. Coyote allait en avant et les deux autres le suivaient de près. Nirgal vit qu'Art Randolph avait les yeux collés à la visière de son casque.

Le plancher de Tractus Catena était rompu par un système transversal de cassures appelé Tractus Traction, et les fractures en treillis, dans cette zone, avaient constitué un système de crevasses impénétrable aux véhicules. Les mineurs de Tractus rejoignaient leur camp à partir du mur du canyon sur lequel on avait installé des ascenseurs. Mais Coyote décida qu'il était possible de franchir à pied Tractus Traction en suivant un cheminement de crevasses interconnectées dont il avait fait un relevé. La plupart de ses actions de résistance se déroulaient dans des terrains « impassables » comme celui-ci. Ce qui avait rendu légendaires ses incursions dans des lieux impossibles, dans des régions interdites que nul n'avait osé affronter. Et sous la conduite de Nirgal, ils avaient réussi quelques raids apparemment miraculeux – uniquement parce qu'ils avait quitté les patrouilleurs pour traverser à pied.

Ils descendirent donc le plancher du canyon avec ces bonds martiens réguliers que Nirgal avait perfectionnés et qu'il avait tenté d'apprendre à Coyote avec plus ou moins de succès. La démarche d'Art n'avait rien de gracieux – ses pas étaient trop courts et il trébuchait fréquemment – mais il arrivait à maintenir l'allure. Nirgal commença à éprouver le bonheur libérateur de la course, la danse entre les rochers, la traversée rapide de longues bandes de terrain. Et puis aussi la respiration rythmique, le tressautement de son réservoir d'air dans le dos, cet état proche de la transe qu'il avait affiné depuis des années, avec l'aide de Nanao, l'issei, qui disait qu'il avait appris le *lung-gom* auprès d'un adepte tibétain... Nanao prétendait que les plus vieux des *lung-gom-pas* devaient porter des poids pour éviter de s'envoler. Ce qui sur Mars semblait tout à fait possible. Car il volait presque de roc en roc, exultant, pris dans une espèce d'extase.

Il dut se réfréner : Coyote pas plus qu'Art ne connaissaient le *lung-gom*, et ils ne parvenaient pas à le suivre, même s'ils se débrouillaient plutôt bien, Coyote par rapport à son âge, et Art parce qu'il était nouveau venu sur Mars. Coyote connaissait le terrain et progressait par petits sauts brefs, en une sorte de danse, dépouillée et efficace. Art se propulsait dans le paysage comme un robot mal programmé, vacillant souvent sous la clarté des étoiles quand il se posait mal, mais sans jamais vraiment diminuer la pression. Et Nirgal les précédait comme un chien lancé sur une piste. Par deux fois, Art s'écroula dans un nuage de poussière et Nirgal le contourna, mais à chaque fois il se releva et reprit sa course, se contentant de faire signe de la main à Nirgal sans perturber leur silence intercom.

Après une demi-heure de descente, dans le canyon oi droit qu'il semblait avoir été découpé selon un plan, des fissures apparurent et se firent rapidement plus profondes et reliées les unes aux autres, ce qui rendait impossible toute progression sur le plancher du canyon lui-même, qui était devenu un archipel d'îles plates. Les fentes entre les îles ne faisaient parfois que deux ou trois mètres de large, mais elles étaient profondes de trente ou quarante mètres.

S'avancer dans ces allées au fond généralement plat était une expérience étrange, mais Coyote les guidait dans ce labyrinthe sans jamais hésiter aux bifurcations, suivant un parcours que lui seul connaissait, tournant à gauche, à droite d'innombrables fois. Ils passèrent une fente si étroite qu'ils frottèrent les parois des épaules au premier tournant.

Lorsqu'ils resurgirent sur le côté nord du labyrinthe de crevasses, émergeant d'un éclatement de l'escarpement abrupt qui marquait la fin de l'archipel de plateaux, ils découvrirent une petite tente, dressée contre la paroi ouest du canyon. Elle brillait comme une ampoule empoussiérée. A l'intérieur, il y avait des remorques, des patrouilleurs, des foreuses, des excavatrices et autres matériels d'exploitation minière. Ils étaient sur une mine d'uranium appelée Pechblende Alley, cette section inférieure du canyon étant recouverte d'une couche de pegmatite extrêmement riche en uraninite. La production de cette mine était importante, et Coyote avait appris que l'uranium traité ici avait été stocké sur place durant les années passées entre la destruction du premier ascenseur et la mise en place du second et qu'il n'avait pas encore été livré.

Il se dirigeait droit sur la tente, suivi de Nirgal et Art. Il n'y avait aucune présence humaine visible. La clarté n'était fournie que par quelques veilleuses et par les hublots illuminés d'une grande caravane garée au centre.

Coyote marcha jusqu'au sas le plus proche, enfonça le jack de son bloc de poignet dans le verrou et pianota sur le clavier du bloc. La porte extérieure s'ouvrit. Apparemment, aucune sonnerie d'alarme ne se déclencha. Et personne ne se montra derrière les hublots de la caravane. Ils se glissèrent dans le sas, refermèrent la porte extérieure et attendirent que l'atmosphère s'établisse avant d'entrer. Coyote se précipita droit vers la petite centrale énergétique, installée non loin de la caravane. Nirgal escalada les marches qui accédaient à la porte de la caravane et aux quartiers d'habitation. Il mit en place l'une des « barres de verrouillage » de Coyote sous la poignée, fit tourner le cadran qui libérait le fixatif, poussa la barre droit contre la porte et la carlingue. La caravane était en alliage d'aluminium, et le fixatif polymère allait faire fondre la barre de verrouillage contre la structure, bloquant ainsi totalement la porte. Il fit rapidement le tour du véhicule et répéta l'opération sur l'autre porte avant de se ruer vers la sortie, le sang pulsant dans ses veines comme de l'adrénaline pure. Ce qu'il venait de faire ressemblait tellement à un mauvais tour plutôt qu'à une opération de neutralisation qu'il dut se rappeler plusieurs fois toutes les charges explosives que Coyote et Art étaient en train de mettre en place dans l'installation, dans les hangars, sous la paroi de la tente et dans le parking où étaient garés les léviathans de minage. Nirgal les rejoignit en

306

courant de véhicule en véhicule, escaladant les marchepieds pour ouvrir les portes à la main ou électroniquement avant de lancer dans les cabines les petites boîtes que Coyote lui avait données.

Mais il y avait aussi ces centaines de tonnes d'uranium que Coyote aurait voulu emporter. Heureusement, c'était impossible. Mais dans un hangar, ils s'attaquèrent aux camions robotisés déjà chargés, et les reprogrammèrent pour qu'ils roulent vers les régions de canyons au nord et s'arrêtent dans des terrains où les concentrations en apatite [1] suffiraient à masquer la radioactivité de l'uranium, qui serait ainsi difficile à repérer. Spencer avait émis quelques doutes sur cette stratégie, mais Coyote avait rétorqué que c'était mieux que de laisser l'uranium sur le site et, de toute façon, ils étaient tous trop heureux de ne pas avoir à charger des tonnes d'uranium dans leur patrouilleur, même si les containers étaient totalement à l'épreuve des radiations.

L'opération terminée, ils repartirent en courant. A mi-chemin, ils entendirent une série d'explosions et de déflagrations assourdies. Nirgal jeta un coup d'œil par-dessus son épaule, mais rien ne semblait avoir changé : la tente était obscure et les hublots de la caravane toujours illuminés.

Il reprit sa course, comme porté par des ailes, et il fut étonné de découvrir Art qui parcourait le plancher du canyon à grands bonds sauvages, pareil à un ours-guépard. Art attendit que Coyote les rejoigne pour les guider à nouveau dans le labyrinthe. Ensuite, il redémarra, si vite que Nirgal décida d'essayer de le rattraper, rien que pour estimer sa vitesse. Il se mit à sprinter, de plus en plus fort, et constata en arrivant à la hauteur d'Art que ses foulées de springbok étaient deux fois plus longues que celles d'Art, alors que leurs jambes foulaient le sol aussi vite qu'ils en étaient capables.

Ils atteignirent le patrouilleur bien avant Coyote et l'attendirent devant le sas en reprenant leur souffle et en souriant derrière leurs visières. Dès que Coyote fut là, ils montèrent à bord et Spencer démarra alors qu'ils quittaient le laps de temps martien avec six heures de route nocturne devant eux.

Ils riaient tous de la course folle d'Art, mais lui se contenta de sourire en agitant la main.

– Mais non, je n'avais pas peur. C'est seulement la gravité martienne, je vous le jure. J'ai couru normalement, mais on aurait dit que mes jambes étaient comme les pattes d'un tigre ! Stupéfiant !

1. Phosphate de calcium d'origine éruptive. *(N.d.T.)*

Ils se reposèrent durant tout le jour et, dès la tombée de la nuit, ils démarrèrent. Ils franchirent l'entrée d'un long canyon qui allait de Ceraunius jusqu'à Jovis Tholus. Une exception bizarre : il n'était ni vraiment droit ni sinueux et avait été baptisé le Canyon Tordu. Quand le soleil se leva, ils étaient à l'abri dans le cratère Qr, immédiatement au nord de Jovis Tholus. Jovis Tholus était un volcan plus important que Tharsis Tholus, plus grand en fait que n'importe quel volcan terrestre, mais il était situé sur le col élevé séparant Ascraeus Mons d'Olympus. Tous deux érigés à l'est et à l'ouest comme de véritables plateaux continentaux auprès desquels Jovis semblait compact, accueillant, compréhensible – une simple colline, facile à escalader.

Ce jour-là, Sax s'assit devant son écran et pianota en silence pour appeler un assortiment de textes, de cartes, de diagrammes, de clichés et d'équations. Il inclinait régulièrement la tête, comme indifférent. Nirgal s'installa près de lui.

– Sax, tu peux m'entendre ?

Sax le dévisagea.

– Tu peux comprendre ce que je dis ? Fais-moi signe de la tête.

Sax pencha la tête et Nirgal soupira, fasciné par son regard inquisiteur. Puis Sax acquiesça en hésitant.

Cette nuit-là, Coyote roula cap à l'ouest, en direction d'Olympus, et aux approches de l'aube, il dirigea le patrouilleur vers une muraille de basalte noir éclatée et grêlée. C'était le rebord d'un plateau découpé par d'innombrables ravines sinueuses, Tractus Traction à plus grande échelle. Les ravines avaient créé des badlands pareilles à une expansion immense du labyrinthe de Traction. Le plateau était un éventail de lave ancienne fragmentée, restant d'une des premières coulées d'Olympus Mons, qui avait recouvert le tuf plus tendre et les scories d'éruptions plus anciennes encore. Là où les ravines creusées par le vent étaient les plus profondes, leur fond taillait dans le tuf, et certaines d'entre elles étaient d'étroites fentes avec, au fond, des tunnels arrondis par des siècles de vent.

– Comme des trous de serrure à l'envers, commenta Coyote, quoique Nirgal n'eût jamais rencontré de trous de serrure de cette forme.

Coyote lança le patrouilleur dans l'un des tunnels noir et gris. Il remonta la pente sur plusieurs kilomètres avant de s'arrêter près d'une tente qui créait une sorte d'obstruction dans le tunnel, une courbe élargie.

C'était le premier refuge secret qu'Art découvrait, et il prit l'air surpris qui convenait. La tente mesurait peut-être vingt mètres de haut et englobait une bonne centaine de mètres de la paroi. Il s'étonna de ces dimensions et Nirgal finit par rire.

– Il y a déjà quelqu'un ici, dit Coyote. Alors calmez-vous une seconde.

Art acquiesça vivement et se pencha sur l'épaule de Coyote pour écouter ce qu'il disait dans l'intercom. Un autre patrouilleur, camouflé en rocher comme le leur, était garé devant le sas de la tente.

– Ah! fit Coyote en repoussant Art. C'est Vijika. Ils doivent avoir des oranges, et peut-être même un peu de kava. On va avoir droit à la fête dès ce matin, j'en suis sûr.

Ils roulèrent jusqu'au sas et un tube de couplage en sortit pour venir se coller sur la porte extérieure. Quand tout fut déverrouillé, ils purent pénétrer dans la tente en portant Sax, le dos courbé.

Ils furent accueillis par cinq hommes et trois femmes, tous très grands, la peau sombre, exultants, heureux d'avoir de la compagnie. Coyote fit les présentations. Nirgal avait déjà rencontré Vijika à l'université de Sabishii et il la serra dans ses bras. Elle semblait aussi heureuse que lui de le retrouver, et elle les précéda vers la falaise incurvée jusqu'à un espace entre les caravanes, illuminé par une crevasse dans la couche ancienne de lave. Dans ce puits de clarté diffuse à laquelle s'ajoutait la lumière venue de la ravine à l'extérieur de la tente, les visiteurs s'installèrent sur de grands coussins plats disposés autour de tables basses, tandis que leurs hôtes s'activaient autour de samovars ventrus. Coyote parlait avec les uns et les autres qui lui apprenaient les dernières nouvelles. Sax regardait autour de lui en cillant, aussi déconcerté que Spencer, qui se tenait près de lui. Depuis 61, il avait toujours vécu en surface et il ne connaissait les refuges que par les échos qu'on lui avait rapportés. Quarante années de double vie : pas étonnant s'il paraissait abasourdi.

Coyote se dirigea vers les samovars et sortit des petites tasses d'un placard. Nirgal s'était assis à côté de Vijika, un bras autour de sa taille. Il savourait sa chaleur et le contact de sa jambe contre la sienne. Art s'était installé de l'autre côté de Vijika. Son visage large avait l'expression d'un chien intrigué essayant de suivre la conversation. Vijika se présenta et lui serra la main. Il serra ses doigts fins dans sa grosse patte comme s'il allait les embrasser.

– Ce sont des Bogdanovistes, lui expliqua Nirgal en s'esclaffant devant son air perdu. (Il lui tendit une petite tasse en céramique.) Ses parents ont été détenus à Korolyov avant la guerre.

– Ah... fit Art. Nous en sommes loin, non?

– Eh bien, expliqua Vijika, nos parents ont pris l'autoroute Transmarineris au nord, juste avant qu'elle soit inondée, et ils se sont retrouvés ici. Maintenant, prenez ce plateau à Coyote, distribuez les autres tasses et présentez-vous à chacun.

Art s'exécuta et fit le tour de l'assemblée tandis que Nirgal reprenait sa conversation avec Vijika.

– Tu ne croiras jamais ce qu'on a trouvé dans ces tunnels de tuf, lui dit-elle. On est devenus fantastiquement riches.

Chacun avait sa tasse, à présent, et durant un instant, ils sirotèrent en silence, puis, après quelques claquements de lèvres, les conversations reprirent. Art revint s'asseoir à côté de Nirgal.

– Tenez, lui dit Nirgal. Prenez-en. Il faut que chacun porte un toast. C'est la coutume.

Art but une gorgée d'un air méfiant tout en examinant le liquide dans sa tasse : il était plus noir que du café et l'odeur était atroce. Il frissonna.

– On dirait du café avec de la réglisse. De la réglisse empoisonnée.

Vijika se mit à rire.

– C'est du kavajava. Un mélange de kava et de café. C'est très fort et le goût est infernal. C'est dur à avaler. Mais n'abandonnez pas. Si vous finissez votre tasse, vous verrez que ça en valait la peine.

– Si vous le dites. (Il prit une nouvelle gorgée, dans un autre frisson.) Atroce !

– Oui. Mais on aime ça. Certains extrayent le kavain du kava, mais je crois qu'ils ont tort. Tous les rites doivent avoir un côté déplaisant, sinon on ne les apprécie pas à leur juste mesure.

– Hum... fit Art. (Nirgal et Vijika l'épiaient.) Je suis dans un refuge de l'underground martien, déclara-t-il après un instant. Je suis en train de m'éclater avec une espèce de drogue aussi étrange qu'ignoble, en compagnie de certains des membres les plus célèbres des Cent Premiers. Et avec de jeunes indigènes dont personne n'a entendu parler sur Terre.

– Ça marche, dit Vijika.

Coyote bavardait avec une femme. Il se tenait debout devant elle, et bien qu'elle fût assise dans la position du lotus sur un des coussins, elle lui arrivait au niveau du menton.

– Bien sûr que j'aimerais de la semence de laitue romaine, lui dit-elle. Mais il faut une juste compensation pour une chose d'une telle valeur.

– Ces graines ne sont pas aussi précieuses que ça, repartit Coyote de son ton le plus persuasif. Déjà, vous nous fournissez plus d'azote que nous ne pouvons en brûler.

– Certes, mais il faut avoir l'azote avant de pouvoir en donner.

– Je le sais bien.

– Il faut avoir avant de donner, et donner avant de consommer. Et nous avons cette énorme veine de nitrate de sodium sur laquelle nous somme tombés, du pur caliche blanco. Les badlands en sont bourrées. Apparemment, il y en a toute une couche entre le tuf et la lave. Elle est épaisse de trois mètres et on ne sait même pas encore jusqu'où elle s'étend. Il faut bien qu'on écoule ce caliche, non ?

– Oui, parfait. Mais ça n'est pas une raison pour tout nous refiler.

– Mais on ne refile rien. Vous allez brûler quatre-vingts pour cent de ce qu'on vous donne...

– Soixante-dix.

– D'accord, soixante-dix, mais nous aurons ces semences et nous pourrons enfin avoir des salades dignes de ce nom.

– Si vous réussissez à les faire pousser. La laitue, c'est délicat.

– Nous avons tout l'engrais nécessaire.

Coyote rit.

– Je n'en doute pas. Mais c'est encore loin de faire la mesure. Je vais vous dire : on vous donne les coordonnées d'un des camions d'uranium qu'on a envoyés dans Ceraunius.

– Et on accuse les autres de refiler !

– Non, non, parce que nous ne vous garantissons pas que vous pourrez récupérer la marchandise. En tout cas, vous saurez où elle se trouve, et si vous arrivez à mettre la main dessus, alors vous pourrez nous fournir un autre picobar d'azote, ce qui fait que nous serons d'accord. Qu'est-ce que vous en dites ?

– Ça me paraît toujours trop.

– Vous en aurez toujours l'impression avec ce caliche blanco que vous avez trouvé. Il y en a vraiment autant que ça ?

– Des tonnes. Des millions de tonnes. Les strates s'étendent dans toutes les badlands.

– D'accord, dans ce cas vous pourrez peut-être nous fournir également du péroxyde d'hydrogène. Nous allons en avoir besoin pour aller vers le sud.

Art se pencha vers eux, comme attiré par un aimant.

– C'est quoi, le caliche blanco ?

– Du nitrate de sodium quasiment pur, dit la femme.

Et elle lui décrivit l'aréologie de la région. Le tuf rhyolithique – les rochers à peine colorés qui les entouraient – avait été recouvert par la lave sombre d'andésite qui formait la surface du plateau. L'érosion avait attaqué le tuf dans les crevasses, ce qui avait formé les ravines à fond en forme de tunnel, tout en révélant de grandes veines de caliche coincées entre les strates.

– Le caliche est composé de rocaille et de poussière cimentées par les sels et les nitrates de sodium.

– Mais ce sont sûrement des micro-organismes qui ont déposé cette couche, proféra un homme, juste derrière elle.

Mais elle le contredit aussitôt :

– C'est un effet aréothermique, ou bien les éclairs d'orage, attirés par le quartz qui se trouve dans le tuf.

Ils se lancèrent dans un débat instantané qu'ils semblaient avoir répété mille fois. Art les interrompit pour reposer sa question à propos du caliche blanco. La femme lui expliqua que le blanco était un caliche pur qui contenait jusqu'à soixante-dix pour cent de nitrate de sodium pur. Il y en avait un bloc sur la table et elle le tendit à Art avant de reprendre la discussion avec son collègue, tandis que Coyote reprenait ses marchandages avec une autre femme, lancé dans les taux de bascule et les primes, les kilogrammes et les calories, les équivalences et les surcharges, les mètres cubes par seconde et les picobars, chicanant habilement au milieu des rires de l'auditoire.

La femme finit par l'interrompre en criant :

– Écoute ! On ne peut quand même pas accepter un lot d'uranium que nous ne sommes pas sûrs de pouvoir récupérer ! Ou bien tu fais du dumping ou tu nous dépouilles ! Tout dépend si nous trouvons ton camion ou non ! Mais c'est quoi, ton marché ? De toute façon, ça ressemble plutôt à un mauvais coup !

Coyote secoua la tête d'un air malicieux.

– Il fallait bien que je vous propose ça, non ? Ou alors, vous m'auriez enterré dans votre caliche blanco. On est en expédition, on a quelques graines, mais pas énormément – en tout cas certainement pas des millions de tonnes de nouveaux filons de caliche ! Et on a vraiment besoin de péroxyde et de pâtes aussi. Ça n'est pas un luxe comme les semences de romaine. Je vais te dire : si vous retrouvez le camion, vous pourrez brûler son équivalent, et nous aurons quand même fait un bon marché. Si vous ne le retrouvez pas, alors vous nous en devrez un, je le reconnais, mais dans ce cas, vous pourrez brûler un cadeau, et c'est vous qui aurez fait un bon marché !

– Il va nous falloir une semaine de recherches et pas mal de carburant pour récupérer ce camion !

– D'accord, alors on prendra dix picobars de plus et on en brûlera six !

– Marché conclu. (La femme secoua la tête, impressionnée.) Tu es sacrément dur en affaires !

Coyote acquiesça et remplit les tasses.

Art regarda à droite et à gauche, ahuri, avant de revenir à Nirgal.

– Explique-moi ce qui vient de se passer.

Nirgal sentait l'effet bienfaisant du kava qui se propageait dans ses veines.

– Eh bien... nous avons négocié. Nous avons besoin de ravitaillement et de carburant, et nous étions désavantagés, mais Coyote s'est bien débrouillé.

Art souleva le bloc de roc blanc.

– Mais c'était quoi ce discours sur « vous prenez l'azote et vous nous donnez de l'azote, et on *brûle* de l'azote » ? Ça veut dire que vous grillez l'argent que vous gagnez ?

– Ma foi, en partie, oui...

– Alors ils essayaient tous les deux de perdre ?

– De perdre ?

– De se faire avoir dans ce marché ?

– De se faire avoir ?

– De donner plus qu'ils ne recevaient ?

– Mais oui, bien sûr.

– Oh, oui, bien sûr ! (Art roula des yeux.) Mais vous... vous ne pouvez pas donner *beaucoup plus* que vous ne recevez. Ai-je bien compris ?

– C'est exactement ça.

Nirgal observa son nouvel ami tandis qu'il digérait en silence cette révélation.

– Mais si vous donnez toujours plus que vous ne recevez, d'où sortez-vous ce que vous donnez, si tu vois ce que je veux dire ?

Nirgal haussa les épaules et jeta un regard à Vijika, qui lui serrait la taille avec passion.

– Il faut le trouver. Ou le faire.

– Ah...

– C'est de l'économie de cadeau, lui dit Vijika.

– L'économie de cadeau ?

– Ça fait partie de la façon dont nous gérons les choses, ici. Il existe une économie monétaire pour le vieux système d'achat-paiement, avec comme unité le péroxyde d'hydrogène. Mais la plupart des gens essaient au maximum d'utiliser l'unité azote, qui est à la base de l'économie de cadeau. Ce sont les soufis qui l'ont lancée, et les gens du refuge de Nirgal.

– Et Coyote, ajouta Nirgal.

Pourtant, en jetant un regard à son père, il se dit qu'Art Randolph aurait quelque mal à se faire à l'idée d'un Coyote théoricien économiste. Pour l'instant, Coyote, installé à côté d'un autre homme, tapait frénétiquement sur une console. Ils jouaient ensemble. Il perdit et expulsa son partenaire de son coussin en expliquant aux autres que sa main avait glissé.

– On finit au bras de fer, sinon rien, proposa-t-il.

Les deux hommes plantèrent les coudes sur la table et leurs bras se raidirent.

– Le bras de fer ! s'exclama Art. Voilà le genre de chose que je connais !

Coyote perdit en quelques secondes et Art prit sa place pour défier le vainqueur. Il gagna en un clin d'œil et, très vite, il devint évident que personne ne pouvait lui résister. Les Bogdanovistes finirent par se mettre à trois contre lui, puis quatre, mais il les battit tous.

– OK, conclut-il. Je gagne. (Il se laissa retomber sur son coussin.) Alors, combien je vous dois ?

Pour éviter les auréoles de terrain brisé qui marquaient le nord d'Olympus Mons, ils décrivirent un vaste demi-cercle. Comme d'habitude, ils dormaient durant la journée.

Art et Nirgal conduisaient la plupart du temps, en bavardant. Art posait des flots de questions auxquelles Nirgal répondait avant d'en poser d'autres à son tour, aussi fasciné par la Terre qu'Art l'était par Mars. Ils faisaient un bon tandem, chacun passionné par l'autre, ce qui avait toujours été un terrain propice à l'amitié.

Nirgal avait été effrayé à l'idée de contacter les Terriens, quand elle lui était venue pour la première fois. Cette possibilité dangereuse lui était apparue une nuit, à Sabishii, et ne l'avait jamais abandonné. Durant plusieurs mois, il avait passé de longues heures à l'envisager sous tous ses aspects et à chercher qui il devait contacter s'il devait passer à l'action. Plus il en apprenait, plus il se confortait dans la certitude que cette idée était bonne, qu'une alliance avec un pouvoir terrestre était essentielle à la réalisation de leurs espoirs. Pourtant, il était convaincu que tous ceux des Cent Premiers qu'il connaissait ne voudraient pas prendre le risque d'un contact. C'était à lui de jouer. De courir le danger, d'assumer les enjeux...

Il avait approché Praxis à cause de ce qu'il avait pu lire à propos de cette transnat. Il tirait un peu au hasard, comme on le fait dans les situations critiques. Il avait agi instinctivement : d'abord le voyage jusqu'à Burroughs, une visite dans les bureaux de Praxis de Hunt Mesa, des demandes répétées pour entrer en contact avec William Fort.

Il avait réussi, bien que cela n'eût pas de signification propre. Mais dès le premier instant, quand il avait approché Art dans la rue, à Sheffield, il avait su qu'il ne s'était pas trompé. Et Praxis non plus. Au premier regard, il avait lu dans cet homme corpulent une certaine qualité qu'il avait trouvée immédiatement rassurante : une ouverture, une capacité, une facilité dans l'amitié. S'il s'était servi de son vocabulaire d'enfant, il aurait dit qu'il avait vu en Art l'équilibre des deux mondes. Un homme auquel il faisait confiance.

Ce qui identifie une bonne action, c'est que, rétrospectivement, elle apparaît comme inévitable. Et, durant les longues nuits qu'ils passaient ensemble dans la clarté des écrans infrarouges, ils se parlaient comme s'ils se voyaient eux aussi à travers un écran infrarouge. Leur dialogue se poursuivait sans fin, ils finissaient par se connaître – par devenir amis. La pulsion qui poussait Nirgal vers la Terre se concrétisait : il la lisait sur le visage d'Art, au fil des heures – la même curiosité que la sienne, le même *intérêt*.

Ils bavardaient à propos de tout, comme tout le monde. Ils parlaient de leur passé, de leurs opinions, de leurs espoirs. Nirgal passait le plus clair de son temps à essayer d'expliquer Zygote et Sabishii à Art.

– J'ai passé quelques années à Sabishii. Les issei y ont créé une université ouverte. Il n'y a pas d'archives. On suit les cours que l'on veut et on a affaire à son professeur et à personne d'autre. Ce qui se passe à Sabishii n'a rien d'officiel, en grande partie. C'est la capitale du demi-monde, un peu comme Tharsis Tholus, mais en plus grand. C'est vraiment une *grande cité*. J'y ai rencontré des tas de gens venus de tous les coins de Mars.

Son esprit s'emplit de la romance de Sabishii, portant les souvenirs de tant de paroles et d'actes, de sentiments – toutes les émotions individuelles de ce temps-là, contradictoires et incompatibles, mais revécues simultanément, en un accord polyphonique dense.

– Cela a dû être une sacrée expérience, commenta Art, après avoir grandi à Zygote.

– Oh, oui. Ç'a été merveilleux.

– Parlez-m'en.

Nirgal se rencogna dans son siège avec un frisson et essaya de lui raconter ce qu'avait vraiment été Sabishii.

Tout d'abord, ç'avait été étrange. Les issei avaient fait des choses incroyables. Alors que les Cent Premiers s'étaient chamaillés, s'étaient battus, avaient fissionné sur toute la planète, déclenché une guerre, alors qu'ils étaient maintenant morts ou clandestins, le premier groupe de pionniers japonais, les deux cent quarante qui avaient fondé Sabishii seulement sept ans après l'arrivée des Cent Premiers, étaient demeurés à proximité de leur site d'atterrissage et y avaient construit une ville. Ils avaient absorbé tous les changements qui avaient suivi, y compris le creusement d'un mohole tout près de leur ville. Ils avaient simplement utilisé les résidus du forage comme matériaux de construction. Quand l'atmosphère était devenue plus dense, ils avaient pu cultiver le terrain environnant, qui était rocailleux et élevé, pas facile, jusqu'à se retrouver un jour au milieu d'une forêt naine, un krummholz bonsaï, dominée par des bassins alpins dans les highlands. Durant les journées catastrophiques de 2061, ils n'avaient pas bougé. Considérés comme neutres, ils avaient été épargnés par les transnats. Dans leur solitude, ils avaient récupéré la roche excavée du mohole et l'avaient érigée en longs monticules sinueux dans lesquels ils avaient percé des tunnels et aménagé des salles d'habitation prêtes à accueillir les réfugiés du Sud.

C'est ainsi qu'ils avaient inventé le demi-monde, la société la plus complexe et la plus sophistiquée de Mars, empli de gens qui se croisaient dans les rues comme des étrangers pour se retrouver le soir dans les chambres, pour bavarder, écouter de la musique, faire l'amour. Même ceux qui n'appartenaient pas au demi-monde étaient intéressants, car les issei avaient créé une université, l'Université de Mars, où beaucoup des étudiants, un tiers au total peut-être, étaient jeunes et natifs de Mars. Originaires du monde de la surface ou de l'underground, ils se reconnaissaient sans la moindre difficulté, selon des millions de signes subtils, d'une manière que les Terriens ne connaîtraient jamais. Ils parlaient, jouaient de la musique, ils s'aimaient et, très naturellement, certains de ceux qui étaient originaires de la surface étaient ainsi initiés à l'underground. A terme, il apparut que tous les natifs de Mars se connaissaient et étaient devenus des alliés naturels.

Parmi les professeurs, on comptait de nombreux Sabishiiens issei et nisei, tout autant que de distingués visiteurs venus de tous les coins de Mars, et même de la Terre. Et les étudiants également affluaient de toutes parts dans cette cité superbe où ils pouvaient étudier, vivre et s'amuser, dans les rues, les jardins, les pavillons d'été, dans les cafés, autour des lacs et sur les grands boulevards verts, qui faisaient de Sabishii une sorte de Kyoto martienne.

Nirgal avait entrevu la ville lors d'une brève visite en compagnie de Coyote. Il l'avait jugée trop grande, trop peuplée, avec trop d'étrangers. Mais des mois plus tard, fatigué d'errer dans le

Sud avec Coyote, trop souvent seul avec lui-même, il s'était souvenu de Sabishii comme sa seule destination possible !

Il s'y était rendu et s'était installé dans une chambre sous les toits, plus petite que celle qu'il avait à Zygote, à peine assez grande pour contenir son lit. Il participa aux cours, aux courses, aux orchestres de calypso, aux groupes des cafés. Il apprit à connaître tout ce que son lutrin contenait. Et découvrit à quel point il était ignorant et provincial. Coyote lui donna des blocs de péroxyde d'hydrogène, qu'il revendait aux issei pour se procurer l'argent dont il avait besoin. Chaque journée était une aventure, presque entièrement livrée au hasard, une série de rencontres d'heure en heure, jusqu'à ce qu'il se laisse tomber n'importe où. La journée, il étudiait l'aréologie et l'ingénierie écologique. Il étayait ces disciplines qu'il avait commencé à étudier à Zygote de structures mathématiques, et découvrait dans ce travail et dans les cours d'Etsu qu'il avait hérité certains des dons de sa mère pour comprendre l'interaction de tous les composants du système. Il consacrait ses journées à ce travail extraordinaire et fascinant. Tant de vies humaines se consacraient à l'acquisition de toute cette connaissance ! Et les pouvoirs que cette connaissance leur conférait dans le monde étaient si variés !

Un soir, il pouvait coucher chez un ami, après avoir parlé durant des heures à un Bédouin de cent quarante ans de la guerre transcaucasienne. Et la nuit d'après, il pouvait se retrouver en train de jouer du steel drum ou des marimbas jusqu'à l'aube avec une vingtaine de Polynésiens et de Latino-Américains bourrés de kavajava avant d'emmener au lit une des dernières beautés de l'orchestre, des filles aussi passionnées que Jackie mais bien moins compliquées. Il pouvait aller au théâtre avec des amis le lendemain soir voir *le Roi Jean* de Shakespeare et admirer la structure en X de la pièce, la fortune de Jean allant décroissant et celle du bâtard augmentant. Et rester tremblant en observant la scène critique au centre du X, dans laquelle John ordonne la mort du jeune Arthur. Plus tard, il se promenait dans la nuit de la cité avec ses amis, ils discutaient à propos de la pièce et du rapport qu'on pouvait y voir avec le devenir de certains issei, ou les diverses forces rassemblées sur Mars, ou bien encore avec les relations entre la Terre et Mars. La nuit d'après, au terme d'une longue course dans les bassins du haut où Nirgal cherchait à découvrir autant de choses qu'il le pouvait, ils s'installaient pour dormir sous une petite tente de survie dans un des cirques élevés à l'est de Subashii. Ils mangeaient dans le crépuscule, sous les étoiles qui s'allumaient une à une dans le ciel violet, entre les fleurs alpestres qui disparaissaient dans le bassin rocheux comme au creux de la paume d'un géant.

Jour après jour, le jeu incessant de cette interaction avec les étrangers lui en apprenait au moins autant que les cours qu'il suivait. Non pas que Zygote l'eût laissé complètement ignorant : ses habitants lui avaient fait la démonstration de tant de comportements divers qu'il n'avait plus guère de surprises à attendre. En fait, et il commençait seulement à le comprendre, il avait grandi dans une sorte d'asile pour excentriques, des gens surcompressés par leurs premières dures années sur Mars.

Mais il y avait toujours des surprises, malgré tout. Les indigènes des cités du Nord, par exemple, non seulement eux mais tous ceux qui n'étaient pas originaires de Zygote, avaient moins de rapports physiques entre eux que Nirgal en avait l'habitude. Ils ne se touchaient pas, ne s'étreignaient pas, ni ne se caressaient autant que ceux de Zygote. Pas plus qu'ils ne se baignaient ensemble, quoique certains aient appris à le faire dans les bains publics de Sabishii. Et Nirgal surprenait donc tout le monde par ses attouchements. Il disait des choses étranges, il aimait tout le temps courir... Quelles qu'en soient les raisons, comme passaient les saisons et qu'il s'impliquait dans des groupes, bandes, cellules, il prenait de plus en plus conscience qu'on le remarquait, qu'il constituait le point focal, que toute une cohorte le suivait de café en café, le jour comme la nuit. Il existait bel et bien une « bande à Nirgal ». Très vite, il apprit à dévier leur attention, à y échapper. Mais, parfois, il avait conscience d'en avoir besoin.

Souvent lorsque Jackie était là.

– Encore cette Jackie ! s'exclama Art.

Ce n'était pas la première fois que Nirgal faisait allusion à elle, ni la dixième.

Nirgal acquiesça. Son pouls s'accélérait.

Jackie elle aussi était arrivée à Sabishii, peu après Nirgal. Elle s'était installée dans un appartement voisin et ils suivaient certains cours ensemble. Et dans le flot changeant de leurs pairs, il leur arrivait parfois de se faire valoir – plus particulièrement quand l'un ou l'autre cherchait à séduire.

Mais, très vite, ils avaient appris qu'ils ne pouvaient prolonger ce petit jeu, sous peine de repousser tous leurs autres partenaires. Ce qu'ils ne souhaitaient ni l'un ni l'autre. Et c'est ainsi qu'ils s'accordèrent une liberté mutuelle, sauf dans le cas où le choix du partenaire déplaisait violemment à l'autre. C'était une façon de juger le partenaire de l'autre et d'accepter leur influence réciproque. Tout cela sans échanger un mot, ce comportement rare étant le seul signe visible du pouvoir qu'ils avaient l'un sur l'autre. Ils se mêlaient tous deux à des foules de gens, ils nouaient des relations nouvelles, des amitiés nouvelles, des liaisons nouvelles. Parfois, ils ne se voyaient plus des semaines durant. Et néanmoins, au niveau le plus profond (Nirgal secoua la tête en essayant d'expliquer cela à Art) « ils s'appartenaient ».

Si l'un désirait confirmer ce lien, l'autre répondait à sa séduction en un embrasement d'excitation, et ils s'abandonnaient à la passion. Ce qui était arrivé trois fois durant les trois années de Sabishii, mais pourtant Nirgal savait grâce à ces rencontres qu'ils étaient liés – liés par leur éducation partagée et tout ce qu'ils avaient connu ensemble, certainement, mais par beaucoup plus encore. Ce qu'ils accomplissaient ensemble était différent et plus intense que tout ce qu'ils pouvaient faire avec les autres.

Avec les autres, rien n'était porteur de sens, dangereux, comme avec elle. Il avait des amis – de nombreux amis, une centaine, cinq cents. Il disait toujours oui. Il posait des questions, écoutait, et dormait rarement. Il se rendait aux meetings de cinquante organisations politiques, il était d'accord avec chacune d'elles, et passait bien des nuits à parler du destin de Mars et de la race humaine. Il y avait des gens avec qui il s'entendait mieux qu'avec d'autres. Il pouvait dialoguer avec un natif du Nord et ressentir une empathie immédiate et entamer ainsi une amitié qui pourrait durer à jamais. La plupart du temps, c'est ainsi que ça se passait. Mais parfois, il arrivait qu'il soit totalement déconcerté par telle ou telle action absolument étrangère à sa compréhension. Et alors il devait se rappeler l'éducation cloîtrée, quasi claustrophobe, qu'il avait reçue à Zygote – et qui, par bien des côtés, l'avait laissé comme innocent, pareil à un lutin élevé sous une coquille d'ormeau.

– Non, ce n'est pas Zygote qui m'a fait, dit-il à Art, tout en regardant par-dessus son épaule pour s'assurer que Coyote dormait vraiment. On ne choisit pas son enfance, ça vous arrive, et c'est tout. Mais c'est ensuite que l'on choisit. Et j'ai choisi Sabishii. Et c'est Sabishii qui a fait de moi ce que je suis.

– Peut-être, fit Art en se frottant le menton. Mais l'enfance ne s'étend pas seulement sur ces quelques années. Il faut aussi tenir compte des opinions que l'on se forme plus tard. C'est bien pour cela que nos enfances sont aussi prolongées.

Un jour à l'aube, le ciel couleur prune illumina l'aileron spectaculaire d'Acheron, au nord, dressé comme un Manhattan de roc encore vierge de gratte-ciel. Le plancher du canyon était bigarré, et le terrain brisé ressemblait à un tableau.

– Il y a beaucoup de lichens là-dedans, dit Coyote.

Sax grimpa dans le siège voisin et se pencha, le nez contre le pare-brise, guère plus éveillé qu'il ne l'avait été depuis son sauvetage.

Immédiatement sous le sommet de l'éperon d'Acheron, des fenêtres scintillaient comme un collier de diamants et, sur le plateau, on pouvait distinguer une bordure verte sous la forme éphémère d'une tente.

– On dirait que c'est à nouveau occupé! s'exclama Coyote. Sax hocha la tête.

Spencer, qui s'était penché sur leurs épaules, ajouta :

– Je me demande qui ça peut être.

– Personne, lança Art. (Ils se tournèrent tous vers lui et il continua :) J'ai entendu parler de ça durant ma période d'orientation à Sheffield. C'est un projet de Praxis. Ils ont tout reconstruit et tout est paré. Maintenant, ils attendent, c'est tout.

– Ils attendent quoi, exactement?

– Sax Russell, d'abord. Taneev, Kohl, Tokareva...

Il observa Sax un instant avec un haussement d'épaules qui était presque comme une excuse.

Sax coassa quelques sons qui pouvaient être des mots.

– Hé! fit Coyote.

Sax s'éclaircit la gorge et fit une nouvelle tentative. Ses lèvres émirent une sorte de P, suivi d'un gargouillement affreux venu du fond de sa gorge.

– P-p-o-o-o-u-u-u...

Il regarda Nirgal, comme s'il pouvait le comprendre.

– Pourquoi? suggéra Nirgal.

Sax acquiesça.

Nirgal ressentit alors comme un choc électrique, un soulagement qui se diffusa en ondes de chaleur dans ses joues. Il bondit sur ses pieds et étreignit le petit homme.

– Tu as compris!

– Eh bien, disait Art, ils ont fait un geste, en quelque sorte. C'était l'idée de Fort, le type qui a fondé Praxis. Il a dit aux gens de Sheffield : « Peut-être qu'ils vont revenir un jour » C'est ce que l'on suppose. J'ignore s'il s'est occupé ou non des détails pratiques que ça supposait.

– Ce Fort est un type étrange, dit Coyote, et Sax acquiesça une fois encore.

– C'est vrai, dit Art. Mais j'aimerais que vous puissiez le rencontrer. Il me rappelle les histoires que vous m'avez racontées à propos d'Hiroko.

– Est-ce qu'il sait que nous sommes là? demanda Spencer.

Nirgal sentit son pouls s'accélérer, mais Art ne parut pas du tout déconcerté.

– Je ne sais pas. Il le soupçonne sans doute. Il voudrait que vous soyez là, quelque part.

– Où est-ce qu'il vit? demanda Nirgal.

– Je l'ignore. (Art leur décrivit son séjour chez Fort.) Donc, je ne sais pas exactement où le trouver. Quelque part dans le Pacifique. Mais je pourrais lui transmettre un message...

Personne ne répondit.

– Oui, plus tard peut-être, conclut Art.

Sax, penché sur le pare-brise, observait en silence l'éperon, la ligne lumineuse des fenêtres des labos. Tout semblait silencieux et vide. Coyote le prit par le cou et lui demanda :

– Tu voudrais bien t'y retrouver, hein?

Sax coassa quelque chose.

Dans la plaine désertique d'Amazonis, les camps étaient rares. Ils étaient dans l'arrière-pays et ils roulaient à pleine vitesse vers le sud, nuit après nuit. Leur problème essentiel, dans cette région, était de pouvoir se cacher. En terrain plat, le patrouilleur-rocher, avec son camouflage, était aussi visible qu'une moraine échappée d'un glacier lointain, et Amazonis n'était qu'une plaine immense et vide. Le plus souvent, ils se coinçaient dans le tablier d'ejecta des quelques rares cratères qu'ils rencontraient. A l'aube, après leur repas, Sax s'exerçait quelquefois à retrouver sa voix : des mots incompréhensibles sortaient de sa gorge. Il tentait de communiquer mais échouait régulièrement. Ce qui dérangeait Nirgal plus encore que Sax qui, frustré à l'évidence, ne paraissait pas pour autant désespéré. Mais lui n'avait pas tenté de parler à Simon durant ses ultimes semaines...

Coyote et Spencer étaient heureux de ces progrès et passaient des heures à interroger Sax, à lui faire passer des tests sur le lutrin de l'IA pour essayer de cerner son problème.

– Aphasie, c'est évident, déclara Spencer. Je crains que les séances d'interrogatoire n'aient provoqué une attaque. Et certaines attaques déclenchent ce que l'on appelle une aphasie non fluide.

– Parce qu'il existe des aphasies *fluides*? s'étonna Coyote.

– Apparemment. L'aphasie non fluide désigne le cas où le sujet a des difficultés à parler, ou à trouver les mots exacts, tout en étant conscient du problème.

Sax hocha la tête, comme s'il voulait confirmer cette description.

– Dans les cas d'aphasie fluide, les sujets parlent sur de longues périodes de temps, mais ils n'ont pas conscience que ce qu'ils disent n'a pas de sens.

– Je connais un tas de gens qui souffrent de ce problème, lança Art.

Spencer fit semblant de ne pas l'avoir entendu.

– Il faut que nous emmenions Sax voir Vlad, Ursula et Michel.

– Mais c'est exactement ce que nous sommes en train de faire, dit Coyote avant de serrer le bras de Sax et de se retirer.

C'est au cours de la cinquième nuit après avoir quitté les Bogdanovistes qu'ils approchèrent de l'équateur et de la double barrière du câble de l'ascenseur abattu. Coyote avait déjà franchi la barrière dans cette région en empruntant un glacier formé par l'une des éruptions d'aquifères de 2061, dans Mangala Vallis. Pendant le désastre, l'eau et la glace s'étaient déversées dans l'ancien arroyo sur cent cinquante kilomètres, et le glacier qui s'était créé avait recouvert le câble à 152° de longitude. Coyote avait repéré un passage possible sur un plan lisse du glacier et c'est ainsi qu'il était parvenu à franchir la barrière double.

Malheureusement, en approchant du glacier de Mangala – un agglomérat allongé de glace brune couverte de gravier qui emplissait une vallée étroite – ils découvrirent que les conditions avaient changé depuis le passage de Coyote.

– Mais où est donc cette rampe? s'inquiéta-t-il. Elle était exactement à cet endroit.

Sax coassa et bougea les mains comme s'il malaxait une pâte sans quitter du regard le glacier.

Nirgal avait quelque difficulté à déchiffrer la surface du glacier : c'était comme une sorte d'image de statique visuelle, criblée de taches blanc sale, grises, noires et fauves entremêlées à tel point qu'il était dur de distinguer la taille, la forme et la distance de l'ensemble.

– Ce n'est peut-être pas le même endroit, suggéra-t-il.

– Si, dit Coyote.

– Tu en es certain?

– J'ai des repères. Tiens, en voilà un là-bas. Cette piste sur la moraine latérale. Mais après, il devrait y avoir une rampe de glace lisse et je ne vois que des murs d'icebergs. Merde! J'ai emprunté cette piste pendant dix ans.

– Tu as eu de la chance, remarqua Spencer. Ces glaciers sont plus lents que ceux de la Terre, mais ils ont quand même tendance à suivre la pente.

Coyote se contenta de grommeler. Sax coassa avant de tapoter sur le verrou de la porte intérieure. Il voulait sortir.

– Ça vaudrait peut-être mieux, murmura Coyote en se penchant sur la carte de l'écran. De toute façon, on va être obligés de passer la journée ici.

C'est ainsi que, dans la clarté qui annonçait l'aube, Sax se retrouva errant dans les moellons labourés par le passage du glacier. Il n'était qu'une petite silhouette verticale avec une lumière qui brillait sur son casque. Il évoquait une sorte de poisson des abysses en quête de nourriture. En l'observant, Nirgal sentit sa gorge se nouer et il enfila rapidement sa tenue pour rejoindre le vieil homme.

Il se perdit dans le matin gris et glacé qu'il adorait, sautant d'un rocher à l'autre, suivant plus ou moins Sax dans sa balade à travers la moraine. Dans le cône de lumière de sa lampe, Sax capturait de petits mondes mystérieux, des dunes et des blocs parsemés de plantes basses épineuses qui remplissaient les fissures et les creux. Tout était gris avec cependant, chez les plantes, des nuances diverses : olive, kaki ou brun, et des touches lumineuses et rares qui étaient autant de fleurs – elles étaient sans doute colorées sous le soleil, mais à cette heure, elles étaient encore gris clair et brillaient au milieu des feuilles duvetées. Dans son intercom, Nirgal entendit Sax se racler la gorge avant de montrer un rocher. Il s'accroupit pour l'inspecter de plus près. Entre les rochers, il découvrit ce qui pouvait ressembler à des champignons desséchés, avec des taches noires sur leurs chapeaux flétris. Ils semblaient saupoudrés d'une couche de sel. Sax coassa à la seconde où Nirgal en touchait un, mais il ne parvint pas à s'exprimer :

– R-r-r...

Ils échangèrent un regard et Nirgal dit :

– C'est OK.

Le souvenir de Simon lui revenait une fois encore.

Ils se déplacèrent jusqu'à un autre recoin de végétation. Les plantes semblaient croître dans de petites chambres extérieures, séparées par des zones de rocher sec et de sable. Sax passa une quinzaine de minutes dans chaque fellfield gelé. Il se déplaçait avec maladresse. Les plantes étaient nombreuses et variées, et ce n'est qu'après avoir visité plusieurs ravins que Nirgal commença à reconnaître certaines espèces qui réapparaissaient régulièrement. Aucune d'elles ne ressemblait aux plantes qu'il avait étudiées à Zygote, pas plus qu'à celles que l'on trouvait dans les arboretums de Sabishii. Seuls les représentants de la première génération : les lichens, les mousses et les herbes, lui semblaient familiers, comme les prés des hauts bassins de Sabishii.

Sax ne fit aucune autre tentative pour s'exprimer, mais il se servait de sa lampe de casque comme d'un doigt, et Nirgal répondait souvent en éclairant à son tour les surfaces qu'il lui désignait. Le ciel devint rosé et ils se retrouvaient maintenant dans l'ombre de la planète, avec la clarté du soleil juste au-dessus.

Sax s'exclama alors :

– Dr– !

Il braquait le faisceau de sa lampe sur une pente abrupte de gravier couverte d'un réseau de branches semblable à un filet que l'on aurait mis en place pour contenir le gravier.

– Dr– ! répéta-t-il.

– Oui, des dryades, fit Nirgal en reconnaissant les plantes.

Sax acquiesça avec enthousiasme. Le sol, autour d'eux, était couvert de plaques vert tendre de lichens. Il en montra une et proféra :

– P-pomme. Rouge. Carte. Mousse.

– Hé ! Mais c'est bien dit !

Le soleil montait et leurs ombres étaient maintenant immenses. Soudain touchées par la lumière, les petites fleurs des dryades révélèrent leurs étamines dorées au creux de leurs pétales d'ivoire.

– Dry-ades ! coassa Sax.

Les faisceaux de leurs lampes avaient été éteints par le jour. Il n'y avait plus que la lumière des fleurs dans l'aube. Nirgal capta un son sur son intercom, observa Sax et vit les larmes qui ruisselaient sur le visage du vieil homme.

Nirgal explorait les cartes et les photos de la région.

– J'ai une idée, dit-il enfin à Coyote.

Cette même nuit, ils rallièrent le cratère de Nicholson, à quatre cents kilomètres à l'ouest. Le câble, en s'abattant, avait dû s'écraser sur ce grand cratère, tout au moins lors de son premier passage autour de Mars, et Nirgal se disait qu'il devait y avoir une brèche ou une passe près de la bordure.

Et très vite, alors qu'ils traversaient la colline basse et plate qui constituait le tablier nord du cratère, ils parvinrent à la bordure érodée pour découvrir une étrange vision : une ligne noire qui traversait le fond du cratère à quarante kilomètres de là, pareille à quelque artefact abandonné par une race de géants depuis longtemps disparue.

– Le Grand Homme... commença Coyote.

– Une mèche de cheveux, suggéra Spencer.

– Ou un fil dentaire très sale, contra Art.

La paroi intérieure du cratère était nettement plus raide que le tablier extérieur, mais un grand nombre de passes s'ouvraient à eux, et ils descendirent sans problème une pente de glissement de terrain ancien avant de traverser le fond du cratère en suivant la paroi occidentale. En s'approchant du câble, ils virent qu'il émergeait d'une dépression qu'il avait creusée dans le rebord et pendait avec une certaine grâce vers le fond, comme l'amarre sectionnée d'une passerelle suspendue.

Lentement, ils passèrent dessous. Il était à près de soixante-dix mètres du fond du cratère à l'endroit où il s'était écrasé sur le rebord, et il ne touchait le fond qu'un kilomètre plus loin. Ils braquèrent les caméras du patrouilleur et observèrent avec curiosité l'image sur les écrans. Mais ils ne virent qu'un gros cylindre noir et lisse sur le fond des étoiles et ne purent que se livrer à diverses spéculations sur les phénomènes qui étaient intervenus dans les torsades de carbone pendant la chute du câble.

– Ça ne mène à rien, conclut Coyote tandis qu'ils quittaient le cratère par une pente douce de dépôt éolien. Espérons seulement qu'il existe un chemin à la prochaine passe.

Depuis le flanc sud de Nicholson, la perspective se déployait sur plusieurs kilomètres et, à mi-chemin de l'horizon, ils retrouvèrent le câble. Cette section-là était marquée d'impacts nombreux, et deux rouleaux d'ejecta s'étaient formés en parallèle. Apparemment, le câble s'était abattu ici en creusant une tranchée dans la plaine.

Ils s'en approchèrent en slalomant entre les blocs d'ejecta. Le câble était un agglomérat de gravats noirs, un grand monticule de carbone haut de cinq mètres, dressé sur la plaine comme une barrière infranchissable.

A l'est, cependant, ils découvrirent une dépression dans l'amas de carbone et, en s'en rapprochant, ils virent qu'il s'agissait d'un impact météoritique ultérieur à la chute du câble, qui l'avait fracassé en le percutant et avait projeté des vagues d'ejecta alentour, créant ainsi un nouveau cratère, petit et bas, criblé de fragments de carbone noir et de diamants projetés par la matrice qui avait été l'épine centrale spiralée du câble. Le dessin du cratère était vague et son rebord ne leur bloquait pas vraiment le passage.

– Incroyable, dit Coyote.

Sax secoua violemment la tête :

– Dei-Dei...

– Phobos, enchaîna Nirgal, et Sax acquiesça.

– Vous le pensez vraiment ? s'exclama Spencer.

Sax haussa les épaules, mais Coyote et Spencer se mirent à débattre avec enthousiasme de cette possibilité. Le cratère paraissait ovale, d'où son surnom de cratère-baignoire, ce qui impliquait un angle d'impact météoritique assez faible. Une chute de météore dans les quarante années qui avaient suivi l'effondrement du câble aurait été une coïncidence surprenante, mais les fragments de Phobos étaient tous retombés dans la zone équatoriale de la planète, et il était moins improbable qu'un fragment du satellite ait atteint le câble dans l'éclatement initial.

– Mais c'est encore très utile, commenta Coyote quand ils eurent fini de négocier leur chemin pour sortir de la zone d'ejecta.

Ils se garèrent près d'un des blocs les plus massifs, enfilèrent leurs tenues et sortirent pour explorer le site.

Il y avait des rocs bréchiformes de toutes parts, et il n'était guère évident de distinguer les fragments de météore des résidus soulevés par l'excavation du câble. Mais Spencer était un artiste dans le domaine de l'identification des cailloux, et il ramassa très vite plusieurs échantillons qui, selon lui, étaient des chondrites carbonacées d'origine exotique, vraisemblablement des fragments rocheux laissés par l'impact initial. Une analyse chimique serait nécessaire pour s'en assurer mais, dès qu'ils eurent regagné le patrouilleur, il examina les échantillons sous grossissement et leur assura qu'il était définitivement convaincu qu'ils tenaient là des débris de Phobos.

— Arkady m'a montré un fragment de ce type la première fois qu'il est descendu. (Il fit passer un morceau de roc très lourd, noir, calciné.) Il a été métamorphosé par la bréchiation. Je pense que nous tenons là ce qu'on pourrait appeler de la phobosite.

— Mais ce n'est pas le plus rare des minéraux sur Mars, commenta Coyote.

Au sud-est du cratère de Nicholson, les deux grands canyons parallèles de Medusa Fossae plongeaient sur trois cents kilomètres dans les highlands du Sud. Coyote décida d'emprunter Medusa Est, la plus large des deux fractures.

— J'adore rouler dans les canyons quand je le peux, pour essayer de découvrir des cavernes ou des surplombs. C'est comme ça que j'ai trouvé la plupart de mes caches.

— Et quand tu tombes sur un escarpement qui barre tout le plancher ? demanda Nirgal.

— Je recule. Si tu savais le nombre de marches arrière que j'ai pu faire !

Ils s'engagèrent donc dans le canyon, dont le plancher se révéla plat en grande partie, et ils le suivirent jusqu'à l'aube. Durant la nuit suivante, alors qu'ils roulaient toujours vers le sud, ils commencèrent à monter, suivant des rampes qui étaient faciles à négocier. Puis ils atteignirent un autre niveau, plus élevé et plat, et Nirgal, qui pilotait, freina soudain.

— Il y a des constructions là-bas !

Ils se retrouvèrent tous collés contre le pare-brise. A l'horizon, sous la paroi est du canyon, une petite agglomération de bâtiments en pierre blanche était visible.

Ils l'observèrent durant une demi-heure sur les moniteurs et les scopes avant que Coyote décide, en haussant les épaules :

— Pas de signe d'électricité ni de chaleur. On dirait bien qu'il n'y a personne. Allons jeter un coup d'œil.

Ils s'approchèrent des structures et s'arrêtèrent devant un bloc qui s'était détaché de la falaise. A courte distance, ils eurent confirmation que les bâtiments étaient exposés à ciel ouvert, sans la moindre tente. Ils semblaient construits dans une roche blanchâtre assez semblable au caliche des badlands du nord d'Olympus. Des formes blanches et figées étaient visibles entre les édifices, sur des plazas blanches cernées d'arbres tout aussi blancs. L'ensemble était de pierre.

– Une statue! s'exclama Spencer. Une ville de pierre!

– La Mé... Mé... coassa Sax, avant de faire sursauter ses compagnons en tambourinant furieusement sur le tableau de bord. La Mé-du-se!

Spencer, Art et Coyote éclatèrent de rire à la même seconde. Puis ils claquèrent les épaules de Sax comme s'ils voulaient le faire tomber. Enfin, ils enfilèrent leurs tenues et se dirigèrent vers la ville-statue.

Sous les étoiles, les murs blancs luisaient de façon sinistre, comme de grands savons sculptés. Il y avait vingt édifices au total, de nombreux arbres, et aussi deux cents personnes, ainsi que quelques lions, mêlés à la population en toute liberté. Et tout était en albâtre, ainsi que l'identifia Spencer. La plaza centrale semblait avoir été pétrifiée durant une matinée particulièrement active. Il y avait là un marché rural bondé, une petite foule rassemblée autour de deux joueurs d'échecs. Les pièces noires étaient d'onyx, seules dans cet univers blanc.

Un autre groupe de statues humaines admirait un jongleur, qui levait les yeux vers des balles invisibles. Plusieurs lions l'observaient, comme s'ils étaient prêts à lancer la patte si jamais le jongleur se rapprochait trop. Tous les visages des humains aussi bien que les têtes des félins étaient ronds et lisses, presque dépourvus de traits, mais chacun, cependant, exprimait une attitude.

– Observez bien la disposition circulaire des bâtiments, dit Spencer sur l'intercom. C'est de l'architecture bogdanoviste, ou ça y ressemble beaucoup.

– Mais aucun Bogdanoviste ne m'a jamais parlé de ça, dit Coyote. Et je ne pense pas qu'il y en ait jamais eu dans cette région. Personne n'est d'ailleurs jamais venu ici. C'est beaucoup trop isolé. (Il regarda autour de lui avec un curieux sourire.) Ils y ont passé du temps, en tout cas!

– C'est étrange ce que les gens sont capables de faire, ajouta Spencer.

Nirgal errait entre les bâtiments, sans écouter les commentaires des autres. Son regard allait d'un visage figé à un autre, d'une porte blanche à une fenêtre blanche, et le sang courait plus vite dans ses veines. Il avait le sentiment que le sculpteur avait conçu ce lieu pour lui parler, pour le frapper par sa vision propre. Le monde blanc de son enfance, là, dans le vert – ou bien dans le rouge... Et dans la paix de ce lieu, il n'y avait pas seulement le silence mais aussi la sérénité merveilleuse de tous ces visages, la tranquillité de leurs attitudes. Mars pouvait être ainsi. Plus question de se cacher, de s'affronter, sur ce marché où couraient des enfants et des lions inoffensifs comme des chats...

Ils firent le tour de la cité d'albâtre avant de retourner au patrouilleur et de démarrer. Un quart d'heure plus tard, Nirgal repéra une autre statue, en fait un bas-relief, dans la paroi de la falaise opposée à la cité blanche.

– C'est la Méduse elle-même, dit Spencer en souriant.

Le regard de la Gorgone était braqué droit sur la cité et les serpents de pierre de sa chevelure se perdaient dans la falaise, comme si la roche l'avait retenue juste à temps pour l'empêcher d'émerger tout entière de la planète.

– Très beau, fit Coyote. Rappelez-vous ce visage – si ce n'est pas l'autoportrait du sculpteur, c'est que je me trompe vraiment.

Il ne ralentit pas, et Nirgal observa avec curiosité la Méduse. Elle lui parut asiatique, sans doute à cause du mouvement de ses cheveux-serpents en arrière. Il essaya d'en mémoriser les traits avec le sentiment qu'il connaissait ce visage.

Ils sortirent du canyon de la Méduse avant l'aube et s'arrêtèrent pour passer le jour et définir leur prochaine route. Au-delà du cratère de Burton, qui se dressait devant eux, Memnonia Fossae découpait le terrain d'est en ouest sur des centaines de kilomètres, leur bloquant le chemin au sud. Ils devaient donc rouler vers l'ouest, en direction des cratères de Williams et d'Ejriksson, avant de pouvoir obliquer à nouveau vers le sud, vers le cratère de Columbus. Ensuite, ils devraient suivre une passe étroite dans Sirenium Fossae pour continuer encore plus loin au sud – et ainsi de suite. Ce serait une danse perpétuelle entre les cratères, les crevasses, les creux et les escarpements. Les highlands du Sud étaient extrêmement rudes comparées aux grandes étendues lisses du Nord. Art fit quelques réflexions à propos de cette différence et Coyote lança d'un air irrité :

– C'est une planète, mon vieux. On y trouve des tas de paysages.

Chaque soir, ils étaient réveillés par l'alarme réglée sur une heure avant le crépuscule, et ils passaient les derniers instants du jour à déjeuner tout en admirant le jeu des couleurs alpestres flamboyantes et des ombres sur le paysage raboteux. Ils démarraient à la nuit tombée, obligés de négocier chaque kilomètre, le pilote automatique inutilisable. Nirgal et Art faisaient équipe, la plupart du temps, et poursuivaient leurs interminables conversations. Quand les étoiles pâlissaient, et que la lumière violette et pure de l'aube pointait à l'est, ils trouvaient un endroit où le patrouilleur-rocher ne serait pas incongru – sous cette latitude, cela ne demandait qu'un moment. Il leur suffisait même parfois de s'arrêter, comme le constata Art, et ils dînaient paisiblement en regardant le soleil découper le ciel et déployer de grands champs d'ombre. Deux heures plus tard, après avoir décidé de leur route ou fait quelques pas à l'extérieur, ils masquaient le pare-brise pour dormir durant tout le jour.

Au terme d'une de leurs longues conversations à propos de leurs enfances respectives, Nirgal déclara :

– Je suppose que, jusqu'à Sabishii, je n'ai pas pris conscience que Zygote était...

– Insolite ? hasarda Coyote derrière eux. Unique ? Bizarre ? Comme Hiroko ?

Nirgal ne fut nullement surpris de constater que Coyote était éveillé. Il dormait mal, et marmonnait souvent un commentaire rêveur en écoutant les récits de Nirgal et d'Art. Ils l'ignoraient généralement, car il somnolait. Mais, cette fois, Nirgal répondit :

– Oui, Zygote est le reflet d'Hiroko, je pense. Elle est très introvertie.

– Elle ne l'était pas, autrefois.

– Cela remonte à quand ? demanda Art en faisant pivoter son siège.

– Oh, bien avant le début, dit Coyote. Aux temps préhistoriques, sur Terre.

– C'est là que vous l'avez connue ?

Coyote eut un grognement affirmatif.

Quand il parlait à Nirgal, il s'arrêtait toujours à cet endroit. Mais en cet instant, avec Art, ils semblaient tous les trois seuls au monde dans la clarté de l'écran infrarouge, et le visage émacié de Coyote affichait une expression différente de son habituelle désapprobation têtue. Art se pencha et demanda d'un ton ferme :

– Alors comment êtes-vous arrivé sur Mars ?

– Oh, Seigneur ! (Coyote roula sur le côté et posa la tête dans le creux de sa main.) C'est difficile de se souvenir d'une chose aussi lointaine. C'est un peu comme d'essayer de réciter un poème épique que l'on a mémorisé il y a longtemps.

Il les observa, et ferma les yeux comme pour retrouver les premiers vers. Art et Nirgal attendaient en silence.

– Tout ça, c'est à cause d'Hiroko, bien sûr. Nous étions amis, elle et moi. Nous avons fait connaissance très jeunes, alors que nous étions étudiants à Cambridge. En Angleterre, nous avions froid l'un et l'autre, et nous nous sommes réchauffés. C'était avant qu'elle rencontre Iwao, et bien avant qu'elle devienne la grande déesse-mère du monde. Au début, nous partagions bien des choses. A Cambridge, nous étions des étrangers, et nous avions de bons résultats. Nous avons vécu ensemble durant deux ans. C'était tout à fait comme ce que raconte Nirgal à propos de Sabishii. Et même à propos de Jackie. Quoique Hiroko...

Il ferma une fois encore les paupières, comme s'il voulait aller plus profondément dans son esprit.

– Vous êtes restés ensemble ? demanda Art.

– Non. Elle est repartie pour le Japon, et je l'ai suivie pendant quelque temps, mais quand mon père est mort, il a fallu que je retourne à Tobago. Et c'est là que les choses ont changé. Mais nous somme restés en contact, nous nous sommes revus dans des conférences scientifiques, et à chaque fois nous nous battions, ou bien nous nous jurions de nous aimer pour toujours. Ou les deux. On ne savait pas ce qu'on voulait. Et c'est alors que la sélection des Cent Premiers a commencé. Mais moi, j'étais en prison à Trinidad parce que je m'étais battu contre les lois sur les pavillons de complaisance. Et même si j'avais été libre, je n'aurais pas eu une seule chance d'être sélectionné. Je ne suis même pas certain d'avoir voulu partir. Mais Hiroko, soit qu'elle se soit rappelé nos promesses ou qu'elle ait pensé que je pourrais lui être utile, je ne le saurai jamais, m'a contacté. Et elle m'a dit que si je voulais, elle pouvait me cacher dans la ferme de l'*Arès*, et ensuite dans la colonie. Je dois reconnaître qu'elle a toujours concocté des plans audacieux.

– Et celui-ci ne vous a pas semblé dingue ? demanda Art en roulant des yeux.

– Oh, mais si ! fit Coyote en riant. Mais tous les bons plans ont toujours l'air dingues, non ?... Et à cette époque, mon avenir était plutôt bouché. Et puis, si je n'avais pas marché, je n'aurais jamais plus revu Hiroko. (Il regarda Nirgal avec un sourire pervers.) J'ai donc accepté de tenter le coup. J'étais encore en prison, mais Hiroko avait des amis assez spéciaux au Japon, et une nuit, un trio de types masqués m'a sorti de ma cellule. Tous les gardiens avaient été drogués et dormaient. Un hélicoptère nous a débarqués sur un pétrolier, et c'est comme ça que j'ai rallié le Japon. Les Japonais étaient en pleine construction de la station spatiale que les Russes et les Américains utilisaient pour assembler les éléments d'*Arès*. J'ai embarqué à bord d'un des nouveaux avions spatiaux et je me suis glissé dans l'*Arès* à la fin de la construction. On m'a planqué dans le stock de matériel destiné à la ferme qu'Hiroko avait commandé, et ensuite, ç'a été à moi de jouer. A partir de ce moment, je ne pouvais plus compter que sur mes sens, mon instinct! Jusqu'à maintenant! Ce qui veut dire que, avant que l'*Arès* ne prenne son vol, j'ai souvent souffert de la faim. Ensuite, Hiroko s'est occupée de moi. Je dormais dans un compartiment de stockage derrière la porcherie, et je me rendais invisible. C'était plus facile que vous ne pouvez le croire, parce que l'*Arès* était un grand vaisseau. Quand Hiroko a fini par avoir vraiment confiance dans l'équipe de sa ferme, elle m'a présenté, et tout est devenu encore plus facile. C'est après l'arrivée que ça s'est compliqué, dans les premières semaines. J'ai débarqué dans un atterrisseur avec les gens de la ferme, et ils m'ont trouvé une cachette dans le placard d'une des caravanes. Hiroko a fait construire les serres aussi vite que possible pour que je sorte de mon placard. C'est ce qu'elle m'a dit, du moins.

– Vous avez vraiment vécu dans un placard?

– Oui, pendant deux mois. C'était pire que la cellule de la prison. Mais plus tard, je me suis retrouvé dans la serre et j'ai commencé à rassembler les matériels dont nous aurions besoin pour survivre de notre côté. Iwao avait dissimulé le contenu de deux coffres depuis le début de l'expédition. Ensuite, nous avons monté un patrouilleur à partir de pièces détachées. Je passais la plupart de mon temps loin d'Underhill, à explorer le terrain chaotique pour tenter de trouver un endroit pour installer notre abri clandestin. En même temps, je déménageais régulièrement les choses qui allaient nous être nécessaires. J'étais à l'extérieur plus souvent que quiconque, y compris Ann. Quand l'équipe de la ferme a quitté Underhill, j'avais déjà l'habitude de passer un maximum de temps seul. J'avais le sentiment d'être seul avec le Grand Homme sur Mars. J'étais comme au Paradis. Mais non – j'étais sur Mars, rien que sur Mars. Je pense qu'alors j'ai un peu perdu l'esprit. Mais j'aimais tellement ça. Je n'arrive pas vraiment à en parler.

– Vous avez dû encaisser un énorme taux de radiations!

Coyote rit à nouveau.

– Oh, ça, oui! Entre ces expéditions à la surface et la tempête solaire dans laquelle l'*Arès* a été pris, j'ai reçu plus de rems que tous les Cent Premiers, si l'on excepte John. Peut-être que c'est ce qui est à la base de tout. En tout cas... (Il haussa les épaules en dévisageant tour à tour Nirgal et Art.) ... je suis là. Moi, le passager clandestin.

– Extraordinaire, fit Art.

Nirgal acquiesça. Jamais il n'avait réussi à tirer de son père le dixième de ce qu'ils venaient d'entendre sur son passé. Son regard allait de Coyote à Art : comment Art avait-il fait ? Et comment avait-il fait avec lui ? Car Coyote avait tenté de dire non seulement ce qui s'était passé, mais aussi ce que cela avait signifié pour lui, ce qui était bien plus difficile. Apparemment, c'était un talent que possédait Art, bien qu'il fût difficile à définir. C'était peut-être ce regard intense, ces questions franches et ouvertes, ce don de rebondir en finesse pour retourner au cœur des choses – avec la certitude que tout le monde désirait parler, retrouver le sens de son existence. Y compris les ermites secrets et étranges comme Coyote.

– Je dois dire que ça n'a pas été si difficile, disait Coyote. Le fait de se cacher n'est pas aussi difficile que la plupart des gens le croient, il faut bien comprendre ça. Ce qui est difficile, c'est d'agir tout en restant caché.

En repensant à cela, il pointa un doigt sur Nirgal :

– C'est bien pour cette raison qu'il faudra qu'on se montre pour nous battre à découvert. C'est pour ça que je t'ai envoyé à Sabishii.

– Quoi ? Mais tu m'as dit que je ne devais pas y aller ! Que ça me détruirait !

– C'est comme ça que j'ai réussi à t'y envoyer !

Ils poursuivirent ces entretiens nocturnes pendant presque toute une semaine. Ils atteignirent enfin une petite région colonisée qui entourait le mohole creusé au centre de quatre cratères : Hipparchus, Eudoxus, Ptolemaeus et Li Fan. Il y avait quelques mines d'uranium dans les tabliers de ces cratères, mais Coyote ne proposa aucune tentative de sabotage, et ils passèrent très vite le mohole ptolémaïque pour quitter la région. Bientôt, ils arrivèrent dans Thaumasia Fossae, le cinquième ou sixième grand système de fractures qu'ils rencontraient depuis le début. Art trouva cela curieux mais, ainsi que le lui expliqua Spencer, la bosse de Tharsis était entourée de tels systèmes, provoqués par sa surrection, et comme ils faisaient le tour de Tharsis, ils étaient donc forcés de les rencontrer un à un.

Thaumasia était le plus important, et la grande ville de Senzeni Na, fondée sur le quarantième degré de latitude, était proche du plus ancien mohole de la planète, le plus profond. Ils roulaient déjà depuis deux semaines, et ils avaient besoin de se ravitailler dans l'une des caches de Coyote.

Ils obliquèrent vers le sud à partir de Senzeni Na et, l'aube approchant, ils se retrouvèrent en train de circuler entre d'anciennes buttes de rocaille. Mais quand ils atteignirent le bas d'une pente de glissement de terrain qui se heurtait à un escarpement brisé, Coyote se mit à jurer. Le sol portait les traces du passage d'un patrouilleur, et ils rencontrèrent des cylindres de gaz écrasés, des boîtes de nourriture éparpillées, ainsi que des containers de carburant.

– C'était votre cache? demanda Art, ce qui provoqua une explosion de jurons.

– C'était qui? La police?

Nul ne lui répondit dans l'instant. Sax alla jusqu'aux sièges de conduite pour consulter les jauges des réserves. Coyote continuait à jurer, déchaîné. Il finit par réintégrer sa place et déclara finalement à Art:

– Ça n'était pas la police. A moins qu'ils n'aient commencé à se servir de patrouilleurs Vishniac. Bon sang, ces pillards venaient de l'underground! Sans doute une bande que je connais, dans Argyre. Je n'arrive pas à imaginer qui que ce soit d'autre capable de ça. Ces types connaissent l'emplacement de certaines de mes vieilles caches. Ils m'en veulent depuis que j'ai saboté une station minière dans les Charitums, parce qu'elle a été supprimée ensuite et qu'ils ont perdu leur principale source de ravitaillement.

– Vous devriez essayer de rester tous du même côté.

– Oh, ça va, merde!

Coyote relança les moteurs et ils repartirent.

– C'est toujours la même vieille histoire, dit-il d'un ton amer. La Résistance finit par se combattre elle-même, parce que c'est son seul espoir de gagner sur quelqu'un. Et c'est toujours comme ça. Jamais on ne peut avoir un mouvement de plus de cinq individus sans récolter au moins un putain d'imbécile.

Il continua son discours pendant un bon moment. Finalement, Sax tapota sur les jauges et Coyote lui lança d'un ton dur:

– Je sais!

Le jour s'était levé et ils durent s'arrêter entre deux des anciennes buttes. Après avoir masqué les hublots, ils s'allongèrent dans l'obscurité.

– Il y a combien de groupes de l'underground au total? demanda Art.

– Personne ne le sait, répondit Coyote.

– Vous vous fichez de moi.

Ce fut Nirgal qui enchaîna, avant que Coyote ne s'irrite.

– Il y en a environ quarante dans l'hémisphère Sud. Et leurs différends, qui ne datent pas d'hier, virent à l'aigre. Et puis, il faut compter avec les groupes durs. Les Rouges radicaux, les groupes fractionnaires de Schnelling, plus divers fondamentalistes... Ils sont tous à la source de pas mal d'ennuis.

– Mais vous ne travaillez donc pas tous pour la même cause ?

– Je l'ignore. (Nirgal se rappelait les conversations de Sabishii, qui duraient des nuits, parfois violentes, entre des étudiants qui étaient censés être des amis.) Il est possible que non.

– Vous n'en avez pas discuté ensemble ?

– Jamais de manière formelle, non.

Art affichait soudain un air surpris.

– Vous devriez le faire.

– Faire quoi ? lui demanda Nirgal.

– Convenir d'un rassemblement de tous les groupes de l'underground pour voir si vous arrivez à vous mettre d'accord sur ce que vous pouvez tenter. Pour régler vos différends... Ce genre de choses.

Il n'obtint pas de réponse, si ce n'est une grimace sceptique de la part de Coyote. Et, après un instant, Nirgal déclara :

– Mon sentiment est que ces groupes se méfient de Gamète, à cause des Cent Premiers qui s'y trouvent. Personne ne veut sacrifier son autonomie, quelle qu'elle soit, à ce refuge qui est d'ores et déjà perçu comme le plus puissant de la planète.

– Mais ils pourraient débattre de ça en se rencontrant, insista Art. Ça ferait partie du programme. Entre autres choses. Vous avez besoin de travailler ensemble, surtout si la police des transnats s'agite après ce qui s'est passé avec Sax.

Sax acquiesça. Les autres l'observèrent en silence. Quelques instants après, Art se mit à ronfler, mais Nirgal, lui, demeura éveillé durant des heures, à réfléchir à ce qu'il avait dit.

Ils se rapprochèrent de Senzeni Na poussés par l'urgence. Leurs réserves de ravitaillement tiendraient s'ils se rationnaient, et l'eau et les gaz du patrouilleur étaient recyclés avec une efficacité qui limitait les pertes. Mais ils étaient menacés d'être à court de carburant.

– Nous avons besoin de cinquante kilos de péroxyde d'azote, annonça Coyote.

Il lança le patrouilleur vers la bordure du plus grand des canyons de Thaumasia. Tout au fond, sur la muraille, ils découvrirent Senzeni Na, derrière ses immenses parois de verre et les grands arbres denses de ses arcades. Le plancher du canyon était couvert de tubes de circulation, de petites tentes, plus la grande usine du mohole. Le mohole lui-même était un trou noir géant à l'extrémité sud du complexe et des terrils qui se multipliaient vers le nord. Le mohole de Senzeni Na était réputé comme étant le plus profond de Mars. La roche, tout au fond, était presque plastique, elle devenait « de la gadoue », comme disait Coyote, à dix-huit mille mètres de profondeur, la lithosphère se trouvant à vingt-cinq mille mètres environ.

L'exploitation du mohole était presque complètement automatisée, et les habitants de la ville ne s'en approchaient que rarement. Les nombreux camions-robots qui transportaient le minerai roulaient au péroxyde d'azote et ils devraient pouvoir trouver ce qu'il leur fallait dans les entrepôts proches du mohole. Le système de sécurité datait d'avant les événements de 61 et avait été en partie conçu par John Boone lui-même. Il n'était certainement pas à l'épreuve des méthodes de Coyote, d'autant moins qu'il avait les anciens programmes de John dans son IA.

Le canyon, cependant, était exceptionnellement long, et le meilleur chemin pour atteindre le fond à partir du plateau était un sentier raide qui aboutissait à plus de dix kilomètres du mohole.

– C'est parfait, déclara Nirgal. Je vais faire ça à pied.

– Cinquante kilos ? fit Coyote.

– Je l'accompagne, dit aussitôt Art. Je ne serai peut-être pas capable de lévitation mystique, mais je sais encore courir.

Coyote réfléchit brièvement avant d'acquiescer.

– Je vais vous conduire au pied de la falaise.

A la première minute du laps de temps martien, Nirgal et Art, avec des sacs à dos vides sur leurs réservoirs d'air, se lancèrent à grandes foulées sur le plancher du canyon, au nord de Senzeni Na. Pour Nirgal, l'opération devait être simple. Ils atteignirent sans problème le complexe du mohole sous la clarté des étoiles à laquelle s'ajoutait la lumière diffuse de la ville derrière ses baies et son reflet sur la paroi de la falaise. Grâce au programme de Coyote ils neutralisèrent le verrou d'un garage et pénétrèrent dans l'entrepôt aussi rapidement que s'ils avaient eu le droit d'être là, sans déclencher la moindre alarme. Mais quand ils se retrouvèrent à l'intérieur, en train d'entasser des containers de péroxyde dans leurs sacs à dos, toutes les lumières jaillirent en même temps et les portes se refermèrent en coulissant violemment.

Immédiatement, Art se précipita vers le mur, mit une charge en place et recula. L'explosion souffla un trou important dans la paroi mince de l'entrepôt et ils se retrouvèrent dans le même instant à l'extérieur, courant vers le mur périphérique entre les draglines [1]. Des silhouettes en combinaison surgirent du tube qui

1. Engin de terrassement par raclage du terrain au moyen d'un godet traîné par une herse. (N.d.T.)

reliait le canyon à la ville. Nirgal et Art plongèrent sous une des draglines. La machine était tellement gigantesque qu'ils parvinrent à se glisser entre deux lames de chenille. Nirgal sentit son cœur battre lourdement contre le métal. Les silhouettes s'étaient précipitées à l'intérieur du hangar. Art s'élança en courant et lança une deuxième charge. Cette fois, Nirgal fut aveuglé par la déflagration et il réussit à franchir la clôture extérieure et à courir sans rien voir pendant un instant, sans même sentir les trente kilos de carburant qui dansaient sur son dos et lui enfonçaient ses réservoirs entre les épaules. Art courait devant lui. Il ne contrôlait pas bien la gravité martienne mais il n'en ralentissait pas pour autant ses foulées de géant. Tout en forçant pour le rattraper, pour prendre son rythme, Nirgal dut lutter contre le rire qui montait en lui. Il essaya de lui montrer comment utiliser ses bras, en une sorte de nage dans l'espace, plutôt que cette mécanique frénétique qui déséquilibrait trop souvent Art. Malgré la vitesse et l'obscurité, il eut bientôt l'impression que les gestes d'Art se calmaient quelque peu.

Nirgal avait maintenant pris la tête. Il essayait de trouver le parcours le plus sûr et le moins encombré de rocaille. La clarté des étoiles était suffisante pour guider sa course. Sur sa droite, Art ne ralentissait pas et lui enjoignait même d'accélérer. Ils faisaient la course, et Nirgal allait bien plus vite que s'il avait été seul. Si vite qu'il n'était plus que rythme, souffle et chaleur. Et il s'émerveillait de voir Art le suivre, lui qui n'avait jamais été formé aux disciplines de la course. C'était un animal puissant.

Ils faillirent heurter Coyote, qui venait de jaillir d'un abri derrière un rocher. Ils suivirent la piste rocailleuse qu'il avait marquée sur la paroi de la falaise et se retrouvèrent sur la crête, sous le dôme des étoiles, face aux lumières de Senzeni Na, qui était comme un grand vaisseau spatial posé sur la falaise d'en face.

De retour dans le patrouilleur, Art reprit son souffle, lentement.

– Il va falloir que... que tu m'apprennes ce... ce fameux *lunggom*, souffla-t-il à Nirgal. Parce que tu cours sacrément vite !

– Toi aussi. Je ne sais pas comment tu y arrives.

– C'est la peur. (Art secoua la tête en aspirant une autre bouffée d'air, tourné vers Coyote.) Ce genre de chose est dangereux.

– Ça n'était pas mon idée ! Si ces salopards n'avaient pas pillé mes réserves, nous n'aurions pas été obligés de faire ça.

– Oui, mais vous faites constamment ce genre de truc, non ? Et c'est dangereux. Je veux dire que vous devriez faire autre chose que des opérations de sabotage dans l'outback de cette planète. Quelque chose de plus systématique.

Il apparut très vite que les cinquante kilos de péroxyde qu'ils avaient récupérés étaient le minimum absolu pour regagner leur base. Et ils se traînèrent vers le sud en coupant tous les systèmes qui n'étaient pas indispensables. Désormais, l'intérieur du patrouilleur était sombre et plutôt froid. Mais il faisait également très froid à l'extérieur. Dans les longues nuits de l'hiver précoce du Sud, ils commencèrent à rencontrer du terrain givré et des bourrasques de neige. Les flocons de neige se fixaient sur les cristaux de glace qui se changeaient en buissons de fleurs de gel. Ils naviguaient entre ces champs cristallins et blancs qui luisaient doucement sous les étoiles et qui finirent par se fondre dans une grande couverture de neige, de givre, de gelée et de fleurs de glace. Ils la traversèrent lentement, jusqu'à ce qu'ils tombent en panne de péroxyde.

– On aurait dû en prendre plus, dit Art.

– Taisez-vous ! lança Coyote.

Ils redémarrèrent sur les batteries de secours, qui ne dureraient pas longtemps. Dans l'obscurité du patrouilleur, la blancheur du monde extérieur était devenue fantomatique. Ils ne s'adressaient que rarement la parole, si ce n'est pour discuter de la conduite. Coyote se montrait confiant : les batteries tiendraient jusqu'au bout. Mais ce serait juste, et si quoi que ce soit craquait, si l'une des roues enrobées de glace se bloquait définitivement, ils devraient terminer à pied. C'était ce que se disait Nirgal. Il faudrait courir. Mais Spencer et Sax pourraient-ils courir sur une longue distance ?

La sixième nuit qui suivit leur raid sur Senzeni Na, néanmoins, vers le terme du laps de temps martien, le sol givré devint une ligne d'un blanc pur, qui s'épaississait vers l'horizon pour devenir la calotte polaire sud.

– On dirait un gâteau de mariage, commenta Art avec un sourire.

Le patrouilleur avait commencé à ralentir : les batteries seraient bientôt épuisées. Mais Gamète n'était qu'à quelques kilomètres dans le sens des aiguilles d'une montre par rapport à la calotte. Peu après l'aube, Coyote pénétra dans un des garages extérieurs du complexe de Nadia. Ils descendirent pour terminer à pied en dérapant sur les plaques de givre, dans les ombres allongées du matin, sous le grand plafond blanc de glace sèche.

Nirgal retrouva la même impression qu'il avait toujours en revenant à Gamète : qu'il essayait d'entrer dans de vieux vêtements bien trop petits. Mais, cette fois, Art était avec lui, et ce fut comme de faire visiter une maison ancienne à un nouvel ami. Tous les jours, Nirgal l'emmenait partout, pour lui expliquer comment la ville avait été conçue, le présentant à tout le monde. A regarder les réactions d'Art, qui allaient de la stupéfaction à l'incrédulité, Nirgal en vint à se dire que l'ensemble du projet Gamète était véritablement bizarre. Le dôme de glace, les vents, les brumes, les oiseaux, le lac, le village constamment gelé, étrangement dépourvu d'ombres, avec ses constructions blanc et bleu dominées par le croissant des maisons de bambou... Oui, Gamète était un lieu absolument bizarre. Et Art était tout autant ébahi devant les issei. Il ne cessait de serrer des mains en répétant :

– Je vous ai vus en vidéo... Très heureux de vous rencontrer.

Après avoir été présenté à Vlad, Ursula, Marina et Iwao, il murmura à Nirgal :

– On se croirait dans un musée de cire.

Nirgal le présenta à Hiroko, qui se montra comme à son habitude bienveillante, renfermée, avec cette même amabilité réservée qu'elle accordait à Nirgal. La déesse-mère du monde...

Ils se trouvaient dans ses labos et, vaguement irrité, Nirgal attira Art vers les bacs d'ectogènes et lui expliqua ce dont il s'agissait. Art avait une caractéristique : ses yeux devenaient parfaitement ronds quand il était surpris, et, cette fois, ils étaient comme deux grosses billes blanc et bleu.

– On dirait des congélateurs. (Il se tourna vers Nirgal et le dévisagea de près.) On ne s'y sent pas très seul?...

Nirgal haussa les épaules en observant les hublots et en se disant qu'il avait autrefois flotté à l'intérieur, qu'il y avait rêvé et donné ses premiers coups de pied...

– Il fait très froid ici, remarqua Art quand ils ressortirent.

Il portait un épais manteau fourré et avait rabattu le capuchon sur sa tête.

– Il faut que la glace sèche reste constamment enrobée d'une couche d'eau gelée pour maintenir l'atmosphère. Alors on est toujours un peu au-dessous du seuil de congélation, mais pas plus. Pour ma part, je trouve ça agréable. Ça me semble la meilleure des températures.

– L'enfance...

– Oui.

Chaque jour ils rendaient visite à Sax qui les accueillait en coassant un « bonjour » et s'efforçait de parler. Michel passait plusieurs heures par jour avec lui.

– C'est de l'aphasie, je suis formel, leur dit-il. Vlad et Ursula lui ont fait un scanner et la lésion se situe dans la partie antérieure gauche de la zone du langage. Une aphasie non fluide que certains appellent aphasie de Broca. Il a du mal à trouver les mots, et quelquefois il croit les avoir trouvés, mais il ne prononce que des synonymes ou des antonymes, ou bien des mots tabous. Vous devriez entendre la manière dont il dit *mauvais résultats*. C'est frustrant pour lui, mais l'amélioration est plutôt sensible. Lente, cependant. Pour l'essentiel, d'autres secteurs du cerveau doivent apprendre à assumer les fonctions de la partie lésée. C'est donc là-dessus que nous travaillons. Quand ça se passe bien, c'est tellement agréable. Et il est évident que ça pourrait être pire.

Sax, qui ne les avait pas quittés du regard, acquiesça d'un air moqueur et dit :

– Je veux râler. Non : *parler*.

De tous les gens de Gamète que Nirgal présenta à Art, Nadia fut celle avec laquelle il s'entendit aussitôt. Ce fut instantané, à la grande surprise de Nirgal. Mais il en éprouva du plaisir et il observa avec tendresse sa vieille prof qui se confessait à son tour sous le véritable tir de barrage de questions d'Art. Son visage était certes fané, mais ses yeux brun clair étaient toujours aussi vifs, avec ces petites touches de vert autour des pupilles – des yeux qui rayonnaient d'intelligence et d'intérêt amical et qui brillaient aussi d'un certain amusement devant la curiosité d'Art.

Tous les trois passèrent des heures dans la chambre de Nirgal à bavarder tout en contemplant le village et le lac. Art faisait sans cesse le tour du cylindre de bambou d'une fenêtre à l'autre en effleurant des doigts les fines rainures du bois vert et lisse.

– Vous appelez vraiment ça du *bois*? demanda-t-il.

Nadia lui répondit en riant.

– Oui, j'appelle ça du bois. C'est une idée d'Hiroko d'installer des pièces d'habitation dans les bambous. Une bonne idée : l'isolation est excellente, c'est très solide, aucune charpente n'est nécessaire, et il suffit de découper une porte et des fenêtres...

– Je devine que vous auriez bien aimé avoir des bambous à Underhill, non?

– Nos espaces étaient trop réduits. Dans les arcades, peut-être. Mais, de toute façon, cette variété de bambou n'a été développée que récemment.

Elle retourna le flot des questions contre lui et l'interrogea avidement sur la Terre. Qu'est-ce qu'on utilisait comme matériaux de construction à présent? Est-ce qu'ils allaient utiliser commercialement l'énergie de fusion? Est-ce que l'ONU avait été irrémédiablement disloquée par la guerre de 61? Est-ce qu'ils allaient essayer de construire un ascenseur spatial là-bas? Quelles étaient les transnationales les plus puissantes? Est-ce qu'elles se battaient entre elles pour le pouvoir?

Il répondait aussi complètement qu'il le pouvait et, même s'il secouait parfois la tête devant l'insuffisance de certaines réponses, Nirgal apprenait beaucoup, de même que Nadia. Et tous deux éclataient souvent de rire.

Art reprenait le jeu des questions, et elle répondait sans embarras mais plus ou moins longuement. Elle expliquait par le menu ses divers projets, visiblement heureuse de décrire les nombreuses constructions dont elle était responsable dans l'hémisphère Sud. Mais quand Art l'interrogeait sur ses premières années à Underhill, à la façon directe qui était la sienne, elle se contentait de hausser les épaules, même lorsqu'il insistait à propos des détails de construction.

– Je ne me rappelle plus très bien.

– Oh, allons...

– Mais non, je vous dis la vérité. En fait, c'est un vrai problème. Quel âge avez-vous?

– Cinquante. Cinquante et un, je crois. J'ai un peu perdu le sens du temps.

– Eh bien, moi, j'ai cent vingt ans. Et ne prenez pas cet air choqué! Avec les traitements, ça n'est pas aussi vieux que ça... vous verrez! J'ai eu droit au dernier traitement il y a deux ans, et si je ne suis plus tout à fait une jeune fille, je me sens plutôt bien.

Parfaitement bien, à vrai dire. Mais je pense que le point faible c'est la mémoire . Il se pourrait que le cerveau ne soit pas en mesure de contenir autant de souvenirs. Ou alors, c'est moi qui n'essaie pas assez. Pourtant, je ne suis pas la seule à rencontrer ce problème. Chez Maya, c'est plus grave. Et tous ceux de mon âge s'en plaignent. Vlad et Ursula commencent à s'inquiéter. Je me demande pourquoi ils n'ont pas réfléchi à cela quand ils ont mis le traitement au point.

– Peut-être l'ont-ils fait, et oublié depuis.

Elle parut se surprendre elle-même en partant d'un grand fou rire.

Plus tard au dîner, après avoir reparlé des constructions de Nadia, Art lui dit :

– Vous devriez vraiment convenir d'un rassemblement général de tous les groupes de l'underground.

Maya se trouvait à leur table, et elle adressa à Art le même regard soupçonneux auquel il avait eu droit à Echus Chasma.

– Ça n'est pas possible, déclara-t-elle.

Elle semblait aller mieux que lorsqu'ils s'étaient séparés, se dit Nirgal – plus reposée, grande, gracieuse, élancée, belle. Elle semblait s'être enfin débarrassée de son sentiment de culpabilité, comme d'un manteau qu'elle n'aimait plus.

– Mais pourquoi pas ? insista Art. Ce serait tellement mieux pour vous si vous pouviez vivre en surface.

– C'est évident. Et nous pourrions fusionner avec le demi-monde, si c'était aussi simple que ça. Mais il y a d'importantes forces de police à la surface et en orbite, et la dernière fois qu'elles nous ont repérés, elles ont tenté de nous tuer aussi vite que possible. Et la façon dont ils ont traité Sax ne me pousse pas à penser que les choses aient pu changer.

– Je ne dis pas qu'elles ont changé. Mais je pense que vous pourriez prendre certaines initiatives pour vous opposer plus efficacement à la police. En vous rassemblant, par exemple, et en bâtissant un plan en commun. Ce serait utile pour vous de prendre contact avec les organisations de la surface. Ce genre de démarche...

– Nous avons déjà de tels contacts, rétorqua Maya, froidement.

Mais Nadia, elle, acquiesçait. Et des images de son séjour à Sabishii affluaient dans l'esprit de Nirgal. Une convention de l'underground...

– Les Sabishiiens viendraient certainement, dit-il. Ils font déjà des choses de ce genre régulièrement. C'est ce qu'est le demi-monde, en fait.

– Et vous devriez songer à contacter Praxis, ajouta Art. Mon ex-patron William Fort serait très intéressé par une telle réunion. Tout le staff de Praxis s'occupe d'innovations que vous apprécieriez.

– Votre *ex*-patron? demanda Maya.

– Oui, tout à fait. (Art eut un sourire franc et net.) Parce que désormais, je suis mon propre patron.

– Vous pourriez considérer aussi que vous êtes notre prisonnier.

– Mais être prisonnier d'anarchistes, c'est la même chose, non?...

Nadia et Nirgal rirent, tandis que Maya se détournait en fronçant les sourcils.

– Oui, je pense que cette idée de convention est bonne, dit Nadia. Nous laissons depuis trop longtemps Coyote s'occuper du réseau.

– Hé, je t'ai entendue! lança Coyote depuis la table voisine.

– Cette idée ne te plaît pas?

Il haussa les épaules.

– Il faut que nous fassions quelque chose, ça ne fait aucun doute. Ils savent que nous sommes quelque part dans le sous-sol, maintenant.

Un long silence s'ensuivit.

– Je pars pour le nord la semaine prochaine, déclara Nadia à Art. Vous pourriez venir avec moi si ça vous dit – et toi aussi, Nirgal. Je vais visiter pas mal de refuges, et nous pourrions leur présenter cette idée de réunion générale.

– Certainement, répondit Art, ravi.

L'esprit de Nirgal explorait à toute allure les diverses possibilités qui s'offraient à eux. Le seul fait d'être de retour à Gamète avait réveillé certaines régions endormies de son esprit, et il avait clairement la vision des deux mondes fondus en un seul, le blanc et le vert, partagés selon des dimensions différentes, repliés l'un sur l'autre – l'underground et le monde de la surface se rejoignant avec maladresse dans le demi-monde. Un monde encore flou...

La semaine suivante, Art et Nirgal partirent vers le nord avec Nadia. A cause de l'arrestation de Sax, Nadia ne voulait prendre le risque de séjourner dans aucune des villes ouvertes de la surface, et elle semblait avoir à peine confiance dans les autres refuges cachés. Sur le plan de la clandestinité, elle restait l'une des plus conservatrices parmi les anciens. Au fil des années, tout comme Coyote, elle avait construit tout un système de caches à son usage personnel. Ils allaient de l'une à l'autre pour y passer le jour dans un confort très relatif. Même avec l'hiver, ils ne pouvaient plus rouler durant le jour : la couverture de brouillard était devenue moins dense et plus réduite depuis quelques années, et maintenant elle n'était plus qu'une brume légère qui se changeait parfois en bancs de nuages bas qui tournoyaient au-dessus du terrain raboteux. Ils dévalaient une pente cahoteuse par une matinée brumeuse, dans l'aube de 10 heures, et Nadia leur expliquait qu'Ann avait identifié cette région comme la trace d'une ancienne Chasma Australe – « Selon elle, on trouve dans le coin des dizaines de fossiles du type Chasma Australe, découpés selon des angles différents durant le cycle de précession. »

Puis, la brume fut balayée et la vue se déploya soudain sur des kilomètres, jusqu'aux murailles de glace dantesques de l'entrée de l'actuelle Chasma Australe, qui brillaient dans le lointain. Un moment, ils furent exposés – puis, les nuages revinrent, très vite, et les enveloppèrent dans une blancheur opaque, comme s'ils traversaient une tempête de neige avec des flocons si fins qu'ils défiaient la pesanteur pour tourbillonner éternellement dans le ciel.

Nadia avait horreur de ce genre de situation, aussi brève fût-elle, et ils continuèrent donc de s'abriter dès que le jour se levait. Par les fenêtres minuscules des abris, ils observaient les nuages tournoyants, qui laissaient parfois filtrer la lumière en gerbes d'étincelles si intenses qu'elles agressaient le regard. Des faisceaux de soleil perçaient quelquefois la couche pour balayer les crêtes et les escarpements du terrain d'un blanc éblouissant. A un moment, toutes les ombres disparurent, et ils découvrirent un monde absolument blanc et pur dans lequel ils ne pouvaient même plus discerner la ligne d'horizon.

Certains jours, des arcs-en-ciel déversaient leurs couleurs pastel sur le blanc intense, et il leur arriva de voir un soleil brillant plein feu sur la terre, entouré d'un anneau de lumière aussi intense que lui. Et le paysage se changea alors en flaques de blanc mouvantes, rapides et poussées à la dérive dans les vents incessants. Art, émerveillé, se mit à rire. Il ne cessait de s'exclamer devant les fleurs de glace, grandes comme des buissons, garnies de pics de givre et de d'éventails de dentelle gelés, qui se fondaient les unes dans les autres jusqu'à ce que, parfois, le sol disparaisse. Et leur patrouilleur s'avançait dans des champs immenses d'épines de glace qui crépitaient sous les roues. Après de telles journées, ils appréciaient le repos des longues nuits obscures.

Les jours se succédaient, tous semblables. Nirgal prenait plaisir à ce voyage en compagnie d'Art et Nadia : ils étaient tous deux d'un tempérament calme et drôle. Art avait cinquante et un ans et Nadia en avait cent vingt, alors qu'il venait d'atteindre sa douzième année, ce qui correspondait à vingt-cinq ans terrestres, mais, malgré cette différence, ils se comportaient d'égal à égal. Nirgal pouvait en toute liberté tester sur eux ses idées : ils ne s'en moquaient pas et ne riaient jamais, même lorsque des obstacles leur apparaissaient et qu'ils devaient les lui faire remarquer. En fait leurs idées se recoupaient plutôt bien. Ils étaient, en termes martiens, des assimilationnistes verts modérés – des Boonéens, ainsi que le résumait Nadia. Ils avaient des tempéraments proches, ce que Nirgal n'avait encore jamais expérimenté avec quiconque, pas plus à Gamète qu'à Sabishii.

Nuit après nuit, il leur arrivait de s'arrêter brièvement dans tel ou tel des grands refuges du Sud. On présentait Art avant d'exposer l'idée d'une grande réunion, d'un congrès général. A Bogdanov Vishniac, il put s'extasier devant le complexe géant qui avait été créé dans les profondeurs du mohole, plus vaste que tous les autres refuges. Les yeux exorbités d'Art étaient plus éloquents qu'un discours, et Nirgal se souvint de ses impressions d'enfant quand il était venu là pour la première fois avec Coyote.

Les bogdanovistes étaient visiblement très intéressés par l'idée d'un grand meeting, mais Mikhail Yangel, le seul associé d'Arkady survivant du conflit de 61, demanda quels pourraient être les objectifs à long terme d'une telle convention.

– Reprendre la surface.

– Je vois ! s'exclama Mikhail en écarquillant les yeux. Eh bien, je peux vous dire que vous avez notre soutien ! Les gens ont peur de seulement évoquer le sujet !

Quand ils reprirent la route du nord, Nadia commenta :

– Très bien. Si les bogdanovistes soutiennent le projet d'une réunion, elle aura certainement lieu. Parce que la plupart des refuges sont Bogdanovistes ou largement sous leur influence.

Après Vishniac, ils visitèrent les refuges répartis autour du cratère Holmes, également connu comme le « cœur industriel » de l'underground. Ces colonies étaient encore une fois bogdanovistes pour la plupart, avec une foule de variations sociales, influencées par les premiers philosophes martiens, tels le prisonnier Schnelling, Hiroko, Marina ou John Boone. Les francophones utopiens de Prometheus, d'un autre côté, avaient structuré leur colonie à partir d'idées tirées de Rousseau et Nemy, en passant par Fourier et Foucault, des subtilités que Nirgal n'avait pas perçues lors de sa première visite. Ils étaient fortement influencés par les Polynésiens récemment débarqués sur Mars, et leurs vastes pièces chaudes offraient au regard des plans d'eau peu profonde et des palmiers. Art leur déclara que ça lui rappelait plus Tahiti que Paris.

A Prometheus, ils rencontrèrent Jackie Boone, qui avait été amenée là par des amis. Elle avait l'intention de se rendre directement à Gamète, mais elle préférait repartir avec Nadia plutôt que d'attendre, et Nadia était d'accord. Ils reprirent donc la route à quatre.

La franche camaraderie de la première partie du voyage se dissipa. Lorsque Jackie et Nirgal s'étaient séparés à Sabishii, leur relation était toujours aussi floue, et Nirgal était mécontent de cette irruption dans une amitié naissante entre Art et lui. La présence physique de Jackie mettait Art en émoi, à l'évidence – elle était en fait plus grande que lui, plus solidement bâtie que Nirgal, et Art ne cessait de l'observer d'une façon qu'il croyait discrète mais qui n'échappait pas aux autres, y compris Jackie, bien sûr. Nadia roulait des yeux, et elle et Jackie ne cessaient de se quereller pour des riens comme deux sœurs. Art profita d'une halte durant laquelle Nadia et Jackie s'étaient réfugiées dans un des abris secrets de Nadia pour chuchoter à Nirgal :

– On dirait Maya, non? La voix, les attitudes...

Nirgal se mit à rire.

– Dis-lui ça et elle te tuera.

– Ah... (Art coula un regard en biais vers Nirgal.) Et vous deux, vous êtes encore...?

Nirgal haussa les épaules. D'une certaine manière, c'était intéressant. Il avait suffisamment évoqué ses rapports avec Jackie pour que son aîné sache qu'il existait entre eux quelque chose de fondamental. Et Jackie ne tarderait pas à faire des avances à Art, pour l'ajouter simplement à sa liste, ainsi qu'elle le faisait avec tous les hommes qui lui plaisaient ou qu'elle considérait comme importants. Pour l'heure, elle n'avait pas encore pris la mesure de l'importance d'Art, mais quand elle l'aurait fait, elle se comporterait comme d'habitude. Mais Art, lui, que ferait-il?

Leur voyage était devenu différent avec Jackie qui ajoutait comme toujours son mouvement propre aux choses. Elle se disputait avec Nirgal et Nadia, elle se frottait à Art, en essayant de le séduire tout en le jugeant, comme si cela faisait automatiquement partie de leurs rapports. Elle enlevait sa chemise avant de partir prendre une douche, ou bien posait une main sur son bras tout en lui posant des questions sur la Terre – et puis, à d'autres moments, elle l'ignorait totalement, perdue dans des mondes qui n'appartenaient qu'à elle. C'était comme s'ils vivaient avec un grand félin dans le patrouilleur, une panthère qui pouvait venir ronronner sur vos genoux ou vous envoyer voler à travers la cabine, mais sans jamais perdre sa grâce nerveuse.

Ça, c'était Jackie. Et son rire, qui résonnait à certains propos de Nadia ou d'Art. Sa beauté. Et sa passion intense lorsqu'elle parlait de la situation sur Mars. Aussi, quand elle découvrit le but exact de leur voyage, elle s'enthousiasma immédiatement. Avec elle, la vie prenait un autre ton, ça ne faisait aucun doute. Et Art, qui la buvait des yeux quand elle se baignait, avait un sourire curieusement rusé quand elle lui prodiguait ses attentions fascinatrices, remarqua Nirgal. Il le surprit même en train de lancer un regard franchement amusé à Nadia. Même si elle lui plaisait beaucoup, même s'il aimait la regarder, il n'était pas désespérément envoûté. Cela s'expliquait probablement par l'amitié qu'il éprouvait pour Nirgal. Nirgal n'en était pas certain, mais cette idée lui plaisait, car il n'avait guère connu ça à Zygote ou Sabishii.

Pour sa part, Jackie semblait vouloir refuser à Art tout rôle dans l'organisation d'un meeting général de l'underground, comme si elle tenait à s'en occuper elle-même. Mais ils arrivèrent bientôt à un petit refuge néomarxiste dans les montagnes de Mitchel (qui n'étaient pas plus des montagnes que tout le reste des highlands du Sud, le nom remontant à l'époque de l'exploration télescopique de Mars) dont les résidents leur apprirent qu'ils étaient en relation avec la ville de Bologne, en Italie, la province indienne de Kerala – et avec les bureaux de Praxis qui s'y trouvaient. Ils eurent donc de longs entretiens avec Art qui avait à l'évidence toute leur sympathie, à tel point qu'au terme de leur séjour l'un d'eux lui déclara :

– C'est merveilleux, ce que vous faites. Vous êtes comme John Boone.

Jackie sursauta en se tournant vers Art qui secouait modestement la tête.

– Non, ce n'est pas vrai, lança-t-elle automatiquement.

Mais ensuite, elle le traita plus sérieusement. Et Nirgal ne put que s'en amuser. Pour Jackie, le seul fait de prononcer le nom de John Boone était comme un sortilège magique. Quand elle discutait des théories de Boone avec Nadia, il parvenait à comprendre un peu pourquoi elle réagissait ainsi : une grande part de ce que Boone avait voulu pour Mars était sensé et excellent. Personnellement, il avait ressenti Sabishii comme une sorte d'espace boonéen. Mais pour Jackie, cela dépassait toute réaction rationnelle – c'était en rapport avec Kasei et Esther, avec Hiroko et même Peter, avec des sentiments complexes qu'elle vivait à un niveau profond et secret.

Ils roulaient vers le nord à travers des régions encore plus accidentées que celles qu'ils avaient laissées derrière eux. Sur ce terrain volcanique, la rude splendeur des highlands du Sud était accrue par les pics anciens et anguleux d'Australis Tholus et Amphitrites Patera. Les deux volcans dominaient une région de coulées de lave. La roche noirâtre était figée en bosses étranges, en vagues et en rivières. Jadis, ces coulées s'étaient déversées à la surface en flots chauffés à blanc. Même à présent, durs, noirs, fracassés par les âges, couverts de poussière et de fleurs de glace, les liquides des origines étaient évidents.

Les restes les plus proéminents de cette lave étaient de longues arêtes basses, semblables à des queues de dragons fossilisées. Ces arêtes sinuaient à travers le sol sur de nombreux kilomètres, disparaissant souvent à l'horizon, obligeant les voyageurs à faire de longs détours. Les dorsa étaient d'anciens chenaux d'écoulement de lave. La roche dont ils étaient faits s'était révélée plus dure que la base sur laquelle ils s'étaient originellement formés. Des éons de temps avaient depuis usé le paysage, laissant ces monticules noirs en surface, un peu comme le câble de l'ascenseur spatial abattu.

L'une des dorsa, dans la région de Dorsa Brevia, abritait depuis peu un refuge caché. Aussi Nadia lança-t-elle leur patrouilleur sur une piste tourmentée entre les crêtes de lave, et ils entrèrent bientôt dans un vaste garage, au flanc de la plus grande butte qu'ils aient rencontrée. Dès qu'ils sortirent, ils furent accueillis par un petit groupe d'étrangers amicaux. Jackie avait déjà rencontré certains d'entre eux. Rien n'indiquait que les lieux fussent très différents de ceux qu'ils avaient déjà visités, aussi éprouvèrent-ils un choc en franchissant un grand sas cylindrique pour déboucher dans un espace immense qui semblait avoir été creusé dans tout le volume de l'arête. Il était a peu près cylindrique, comme un tube dégagé dans la roche sur une centaine de mètres de hauteur et trois cents de largeur. Le regard s'y perdait. Art en resta bouche bée avant de s'écrier :
– Waouh! Mais regardez-moi ça! Bon Dieu!

De nombreuses dorsa étaient creuses, leur expliquèrent leurs hôtes, et constituaient en fait de véritables tunnels de lave. Il en existait sur Terre, mais le tube dans lequel ils se trouvaient était cent fois plus grand que le plus grand des modèles terrestres. Une jeune femme du nom d'Ariadne expliqua à Art que les flots de lave, en refroidissant et en durcissant sur les bords et en surface, avaient permis à d'autres coulées chaudes de se déverser jusqu'à ce que les déjections cessent. La lave restante avait fini dans un lac de feu et laissé derrière elle ces cavernes cylindriques, parfois longues de cinquante kilomètres.

Le sol du tunnel était quasiment plat, parsemé désormais de toitures, de parcs herbus, d'étangs et de centaines de jeunes arbres en bosquets : bambous et pins. Les longues fissures de la voûte avaient été utilisées pour installer des filtres constitués de matériaux stratifiés qui renvoyaient la lumière et les ondes thermiques exactement comme le reste de la crête tout en laissant pénétrer dans le tunnel de grands rideaux de lumière couleur de miel qui faisaient que les secteurs les plus profonds demeuraient dans la pénombre légère d'un jour nuageux.

Le tunnel de Dorsa Brevia mesurait quarante kilomètres, leur apprit Ariadne tandis qu'ils descendaient un escalier, même si par endroits des bouchons de lave obstruaient la cavité.

– Bien sûr, nous n'avons pas clos l'ensemble. Nous avons plus de volume que nécessaire, surtout si nous voulons maintenir la température et le degré d'hygrométrie. Le tunnel est bouclé sur douze kilomètres, en segments séparés par des habitats étanches sous tente.

– Waouh ! fit à nouveau Art.

Nirgal était aussi impressionné que lui, et Nadia visiblement ravie. Même Vishniac ne pouvait être comparé à cet endroit.

Jackie les avait précédés et elle avait atteint le bas de l'escalier qui allait du sas du garage jusqu'à un parc.

– Chacune des colonies que vous me faites visiter, dit encore Art, me paraît la plus grande de toutes, et je me trompe toujours. Est-ce que vous pouvez me dire si la prochaine va avoir les dimensions du Bassin d'Hellas ou quelque chose de ce genre ?...

Ce fut Nadia qui lui répondit en riant :

– Celle-ci est la plus grande que je connaisse. Plus grande encore que je le pensais !

– Alors, pourquoi restez-vous tous à Gamète, qui est si petite, si froide et sombre ? Est-ce que tous les habitants des refuges ne tiendraient pas ici ?

– Nous ne souhaitons pas nous retrouver tous dans un seul endroit. Et celui-ci n'existait pas il y a seulement quelques années.

Sur le sol du tunnel, ils avaient l'impression d'être dans une forêt, sous un ciel de pierre noire entaillée de longues craquelures ébréchées. Ils suivirent le groupe de leurs hôtes jusqu'à un complexe de constructions aux murs de bois minces, avec des toitures à angle aigu relevées sur les angles. On leur présenta alors un groupe de femmes et d'hommes plus âgés, habillés de vêtements flottants et colorés, qui les invitèrent à partager leur repas.

Tout en mangeant, ils en apprirent un peu plus sur le refuge, surtout de la bouche d'Ariadne, qui s'était installée avec eux. Il avait été construit et occupé par les descendants de ceux qui avait débarqué sur Mars et qui s'étaient joints aux disparus dans les années 2050, délaissant les villes pour de petits refuges disséminés dans la région, avec le soutien des Sabishiiens. Ils avaient été profondément influencés par l'aréophanie d'Hiroko et leur société pouvait être considérée en gros comme une matriarchie. Ils avaient en fait étudié certaines sociétés matriarcales anciennes et fondé certaines de leurs coutumes sur la civilisation minoenne et les Hopis d'Amérique du Nord. C'est ainsi qu'ils adoraient une déesse qui représentait la vie sur Mars, une sorte de personnification de la *viriditas* d'Hiroko, à moins que ce ne fût une déification d'Hiroko elle-même. Les femmes dirigeaient la vie quotidienne, et elles transmettaient leur pouvoir aux plus jeunes de leurs filles. Ariadne appelait cela l'« ultimogéniture », un usage hérité des Hopis. Et, tout comme chez les Hopis, après le mariage, les hommes allaient vivre chez leur épouse.

– Est-ce que les hommes apprécient ? demanda Art, curieux.

Ariadne rit devant son expression.

– Ici, nous disons qu'il n'y a rien de tel que des femmes heureuses pour rendre les hommes heureux.

Et elle lui lança un regard qui était comme un lasso pour le capturer.

– Oui, ça me semble bien vu, dit Art.

– Nous partageons le travail – que ce soit le creusement des nouveaux tunnels, le jardinage, l'éducation des enfants... tout. Et chacun essaie d'être bon au-delà de sa spécialité, ce qui est une coutume que nous devons aux Cent Premiers, je pense, ainsi qu'aux Sabishiiens.

Art acquiesça.

– Et vous êtes combien, ici ?

– Environ quatre mille.

Il siffla, surpris. L'après-midi, la soirée, ils visitèrent plusieurs kilomètres de segments de tunnel, pour la plupart forestiers, avec un grand ruisseau qui courait sur le fond, s'élargissant parfois pour former de larges bassins. Ariadne les raccompagna jusqu'à la première salle, appelée Zakros. Un millier de personnes y étaient déjà rassemblées pour un dîner dans le grand parc. Nirgal et Art se perdirent dans la foule, discutant au hasard, se régalant de poisson poché, de pain et de salade. Les gens semblaient très réceptifs à l'idée d'un congrès de l'underground. Ils avaient déjà tenté une expérience similaire des années auparavant, mais sans grand succès – ils avaient la liste des refuges de la région – et l'une des femmes les plus âgées déclara d'un ton autoritaire qu'ils seraient heureux d'accueillir le meeting, vu l'espace immense dont ils disposaient.

– Mais ce serait splendide! s'exclama Art en regardant Ariadne.

Plus tard, Nadia approuva :

– Ça nous aiderait énormément. Beaucoup vont se montrer hostiles à l'idée de ce meeting, parce qu'ils soupçonnent les Cent Premiers de vouloir récupérer l'underground. Mais s'il a lieu ici, et que les Bogdanovistes sont derrière...

Quand Jackie vint les rejoindre et qu'elle apprit la nouvelle, elle serra Art entre ses bras.

– Oh, mais alors, ça va vraiment avoir lieu! C'est exactement ce que John Boone aurait voulu! Comme la grande réunion d'Olympus Mons [1].

1. Voir *Mars la Rouge*. (N.d.T.)

Ils quittèrent Dorsa Brevia pour reprendre la route du nord, sur le côté est du Bassin d'Hellas. Pendant les longues nuits, Jackie travaillait souvent sur l'IA de John Boone, Pauline, qu'elle avait étudiée et cataloguée. Elle revit les réflexions qu'elle avait sélectionnées à propos d'un État indépendant. Elles étaient désordonnées et floues, marquées par plus d'enthousiasme (et d'omegendorph) que de capacité d'analyse. Mais quelquefois, Boone se laissait porter, comme dans ses grands discours, et il devenait alors fascinant. Il avait un talent pour les libres associations qui conférait à ses idées une sorte de progression logique qu'elles n'avaient pas, en fait.

— Regardez comme il parle souvent des Suisses, commenta Jackie.

Elle avait soudain le ton de John, remarqua Nirgal. Elle travaillait sur Pauline depuis pas mal de temps et ses manières en avaient été affectées. Elle reflétait la voix de John autant que le style de Maya. A tel point que le passé semblait revenir.

— Il faut tout faire pour que les Suisses soient présents au congrès.

— Nous avons Jurgen ainsi que le groupe de Overhangs, dit Nadia.

— Mais ce ne sont pas vraiment des Suisses, non?...

— Ça, il faudra le leur demander. Mais si tu veux des Suisses authentiques, des fonctionnaires, il y en a un certain nombre à Burroughs, et ils nous ont constamment aidés, même si nous n'avons pas eu de contacts. Nous devons être à peu près cinquante à avoir des passeports suisses. Ils jouent un rôle important dans le demi-monde.

— Tout comme Praxis, ajouta Art.

– Oui, oui. En tout cas, il va falloir que nous parlions au groupe de Overhangs. Ils ont des contacts avec les Suisses de la surface, j'en suis certaine.

Au nord-est du volcan Hadriaca Patera, ils visitèrent une cité fondée par les soufis. La structure d'origine avait été édifiée dans la falaise du canyon, dans une sorte de style Mesa Verde high-tech – un alignement étroit de constructions qui s'inséraient dans le surplomb de la falaise au point de rupture, là où elle s'inclinait vers le plancher du canyon. Des escaliers abrupts dans des tubes de circulation descendaient la pente jusqu'à un petit garage en béton autour duquel étaient dispersées des tentes blisters et des serres. Les tentes abritaient des gens qui étaient venus là pour étudier avec les soufis. Certains venaient de refuges de l'underground, d'autres des villes du Nord. Les indigènes étaient nombreux, mais on comptait aussi quelques nouveaux venus de la Terre. Ils espéraient pouvoir construire une toiture sur l'ensemble du canyon en utilisant les matériaux récemment mis au point pour le nouvel ascenseur spatial et qui pourraient sous-tendre une tente immense. Nadia fut aussitôt entraînée dans les problèmes de construction qu'un pareil projet supposait et qu'elle annonça comme aussi variés que difficiles. Très ironiquement, l'atmosphère martienne, en se densifiant, rendait de plus en plus difficiles les projets de dômes. Car les dômes ne seraient plus renforcés par les pressions internes comme jadis. Et même si la résistance en ductilité et en charge des nouvelles configurations carbonées leur convenait largement, les points d'ancrage pour les charges envisagées seraient quasiment impossibles à trouver dans la région. Mais les ingénieurs étaient confiants : les tissus plus légers des tentes et les nouvelles techniques d'ancrage seraient utilisés au maximum, et les falaises du canyon, selon eux, étaient particulièrement solides. Ils étaient à l'extrémité supérieure de Reull Vallis, une ancienne sape qui avait taillé dans une roche ancienne et très dure. Ils allaient trouver de bons points d'ancrage un peu partout.

Ils n'avaient jamais essayé de dissimuler leurs activités aux satellites. Le refuge soufi de la mesa circulaire de Margaritifer, de même que leur principale colonie du Sud, Rumi, étaient tout aussi évidents. Mais jamais personne ne les avait persécutés de quelque manière, et ils n'avaient pas été contactés par l'Autorité transitoire. L'un des leaders, un Noir nommé Dhu el-Nun, considérait que les craintes de l'underground étaient exagérées. Nadia réfuta poliment ses arguments et quand Nirgal, intrigué, lui demanda de s'expliquer plus avant, elle le toisa, imperturbable, et dit :

– Ils pourchassent les Cent Premiers.

Il réfléchit, tout en observant les soufis qui les précédaient dans l'escalier de l'habitat principal. Ils étaient arrivés bien avant l'aube, et Dhu avait invité tout le monde à un brunch dans la falaise pour accueillir leurs visiteurs. Ils prirent tous place autour d'une grande table longue, dans une vaste salle dont la paroi extérieure avait été transformée en une baie qui dominait tout le canyon. Les soufis étaient habillés de blanc, alors que les gens venus des tentes du canyon étaient en survêtements ordinaires, de couleur rouille pour la plupart. Ils se servaient de l'eau tout en bavardant.

– Tu es sur ton *tariqat*, expliqua Dhu el-Nun à Nirgal.

C'était le chemin spirituel, expliqua-t-il. Vers la réalité. Et Nirgal hocha la tête, frappé par la justesse de la description – car la vie lui était toujours apparue ainsi.

– Tu dois savoir que la chance est avec toi, ajouta Dhu. Tu dois écouter.

Après un repas de pain, de fraises et de yaourt et un café épais comme de la boue, on écarta tables et chaises et les soufis dansèrent une *sema* en tourbillonnant, accompagnés par les chants de leurs compagnons du canyon. Les danseurs, tout en circulant entre leurs hôtes, leur posaient brièvement les mains sur les joues, en un attouchement aussi léger que l'effleurement d'une plume. Nirgal jeta un regard à Art, s'attendant à lui voir la même expression stupéfaite qu'il avait devant les divers aspects de la vie martienne mais, en fait, il souriait d'un air entendu, tout en tapotant sur la table du pouce et de l'index au rythme des chants. Quand la danse s'acheva, il se leva et récita quelque chose dans une langue étrangère. Les soufis sourirent en l'écoutant avant de l'applaudir à grand bruit.

– A Téhéran, certains de mes profs étaient des soufis, expliqua-t-il à Nirgal, Nadia et Jackie. Ils représentaient une partie importante de ce que les gens appellent la Renaissance Perse.

– Et qu'est-ce que vous venez de leur réciter? demanda Nirgal.

– Un poème farsi de Jabal al-Din Rumi, le maître des derviches tourneurs. Je n'ai pas vraiment bien retenu la version anglaise :

D'un minéral je suis mort et plante suis devenu,
De la plante je suis mort, et j'ai pris forme sensible;
De la bête je suis mort, pour prendre habit humain...
Quand au fil de mes morts j'ai moins...

« Ah, je n'arrive pas à me rappeler la suite ! Mais certains de ces soufis étaient de très bons ingénieurs, en tout cas.

– Ici, ils ont intérêt à l'être, commenta Nadia sans quitter du regard ceux avec qui elle avait parlé de la mise sous dôme du canyon.

Les soufis se révélèrent tous très enthousiastes à l'idée d'un congrès de l'underground. Comme ils le soulignèrent, leur religion était syncrétique : elle avait puisé ses éléments non seulement dans les divers types et nationalités de l'islam, mais aussi dans les religions plus anciennes d'Asie que l'islam avait rencontrées, ainsi que dans les croyances plus récentes, telles que Ba'hai. Ici, ils en étaient tous persuadés, ils avaient besoin de la même flexibilité. Mais leur concept du cadeau avait d'ores et déjà exercé son influence dans l'underground et certains de leurs théoriciens travaillaient avec Vlad et Marina sur la spécificité de l'éco-économie. Le matin allait vers sa fin, ils attendaient le lever tardif du soleil d'hiver devant la grande baie ouverte sur les ombres du canyon à l'est, et chacun, tour à tour, émit des suggestions pour le meeting à venir.

Dhu leur conseilla :

– Vous devriez parler aux Bédouins et aux autres Arabes dès que possible. Ils n'apprécieraient pas d'être parmi les derniers consultés.

Et puis, lentement, le ciel s'éclaircit, passant du prune foncé au mauve lavande. La falaise d'en face était plus basse que celle où ils se trouvaient, et ils pouvaient apercevoir le plateau sombre qui s'étendait vers l'est sur quelques kilomètres, jusqu'à une chaîne de collines qui fermait l'horizon. Les soufis désignèrent la fracture où allait se lever le soleil et commencèrent à chanter.

– Dans Elysium, il y a un autre groupe de soufis, leur expliqua Dhu. Ils explorent nos racines, entre le Mithraïsme et le zoroastrisme. Certains disent qu'il y a maintenant des mithraïstes sur Mars, qu'ils adorent le soleil, Ahura Mazda. Pour eux, la soletta est une expression d'art sacré, comme un vitrail dans une cathédrale.

Quand le ciel devint d'un rose intense et clair, les soufis se rassemblèrent autour de leurs quatre invités et les placèrent avec des gestes doux devant la fenêtre. Nirgal à côté de Jackie, avec Nadia et Art derrière eux.

– Aujourd'hui, vous êtes notre vitrail, leur annonça Dhu d'un ton paisible.

Des mains soulevèrent l'avant-bras de Nirgal jusqu'à ce que sa main touche celle de Jackie, qu'il prit. Ils échangèrent un bref regard et fixèrent de nouveau les collines à l'horizon. Art et

Nadia les avaient imités et se tenaient d'une main, en posant l'autre sur l'épaule de Nirgal et de Jackie. Les chants s'amplifièrent et les couplets en farsi s'étirèrent en voyelles longues et liquides durant plusieurs minutes. Et enfin, le soleil craqua sous l'horizon et une fontaine de lumière se déversa sur le sol avant de rejaillir vers la grande baie et sur tous ceux qui attendaient, immobiles, en plissant les paupières, les yeux emplis de larmes. Entre la soletta et l'atmosphère densifiée, le soleil était plus grand qu'il l'avait été dans le passé. C'était un ovale de bronze dont la clarté se propageait dans des couches diverses de diffusion. Les doigts de Jackie serraient maintenant très fort ceux de Nirgal et, réagissant à une impulsion soudaine, il regarda derrière eux. Et là, sur le mur blanc, il découvrit une tapisserie faite de leurs ombres, avec la clarté qui se faisait plus intense encore à la lisière de leurs silhouettes, à peine marquée par les teintes de l'arc-en-ciel, qui cernait le tout.

Ils suivirent le conseil des soufis et mirent le cap sur le mohole de Lyell, l'un des quatre moholes du soixante-dixième degré de latitude sud. Dans cette région, les Bédouins d'Égypte occidentale avaient installé un certain nombre de caravansérails, dont Nadia connaissait un des leaders. Ils avaient décidé d'essayer de le retrouver.

Les pensées de Nirgal le ramenaient aux soufis, à ce que leur influence révélait à propos de l'underground et du demi-monde. Les gens avaient quitté le monde de la surface pour tant de raisons différentes, et il était important de s'en souvenir. Tous, ils avaient tout abandonné et risqué leurs vies, mais pour des buts différents. Certains espéraient établir des sociétés radicalement nouvelles, comme à Zygote, dans Dorsa Brevia ou dans les refuges bogdanovistes. D'autres, comme les soufis, voulaient défendre les cultures anciennes qui, ils le sentaient, étaient menacées par l'assaut général qui déferlait à l'échelle du monde. Et désormais, toutes ces fractions de la résistance étaient disséminées dans les highlands du Sud, mêlées mais néanmoins encore séparées. Il n'existait aucune raison évidente pour qu'elles souhaitent faire partie d'un seul et même tout. La plupart avaient surtout essayé de se soustraire aux pouvoirs dominants : les transnationales, l'Occident, l'Amérique, le capitalisme – tous les systèmes totalitaires de la planète. Un système central était très exactement ce qu'ils avaient toujours voulu fuir. Cela n'était guère favorable au plan d'Art, et lorsque Nirgal exprima ses inquiétudes, Nadia acquiesça :

– Vous êtes américain, ce qui est un handicap pour nous. (Art loucha en entendant cela, mais elle ajouta :) Oui, mais l'Amérique a toujours été un melting pot. Ou le symbole du melting pot. Un pays où les gens pouvaient venir de partout et devenir des citoyens. Du moins en théorie. Il y a quelques leçons à en retenir.

Jackie intervint.

– Ce que Boone avait finalement conclu, c'est qu'il n'est pas possible d'inventer une société martienne à partir de zéro. Pour lui, il fallait que ce soit un mélange de tout ce que chacun pouvait apporter de meilleur. Ce qui constitue la différence entre les Boonéens et les Bogdanovistes.

– Oui, fit Nadia en plissant le front, mais je crois qu'ils avaient tort les uns et les autres. Je ne pense pas que nous puissions inventer cette société à partir de zéro, mais je ne crois pas non plus au mélange. Du moins pas avant longtemps. Dans l'intervalle, nous aurons affaire à un assortiment de cultures diverses qui devront coexister. Mais quant à savoir si une telle chose est possible...

Elle haussa les épaules.

Les problèmes qu'ils devraient affronter prirent corps durant leur visite au caravansérail des Bédouins. Les Bédouins exploitaient les mines dans le sud lointain, entre les cratères Dana et Lyell, Sisyphi Cavi et Dorsa Argentea. Ils se déplaçaient en installations de forage mobiles, selon la technique qui avait fait ses preuves sur le Grand Escarpement et qui était devenue traditionnelle : on exploitait les dépôts en surface avant de continuer plus loin. Le caravansérail n'était qu'une petite tente posée comme une oasis que les Bédouins n'utilisaient que pour les cas d'urgence ou lorsqu'ils voulaient se détendre un peu.

Ils présentaient un contraste absolu avec les soufis éthérés. Ces Arabes peu communicatifs et pragmatiques portaient des combinaisons modernes. Les hommes formaient la majorité. Les voyageurs partagèrent le repas d'un groupe dans le plus grand des patrouilleurs. Les femmes allaient et venaient par un tube de circulation pour faire le service. Jackie affichait une expression hostile qui la faisait ressembler tout à fait à Maya. Quand un jeune Arabe qui avait pris place auprès d'elle essaya d'engager la conversation, il se heurta à sa réticence. Nirgal dut réprimer un sourire. Il se tourna vers Nadia et le leader du groupe, un vieux Bédouin nommé Zeyk, celui que Nadia avait déjà rencontré.

– Ah, les soufis, dit-il d'un ton sincère. Personne ne s'en prend à eux car il est clair qu'ils sont inoffensifs. Comme des oiseaux.

En approchant de la fin du repas, Jackie se fit plus amicale avec le jeune Arabe, bien entendu, car il était d'une beauté surprenante, avec des grands yeux bruns aux cils immenses, un nez aquilin, des lèvres rouges et pleines, un menton marqué. Il se comportait avec une aisance et une assurance qui ne semblaient nullement affectées par la beauté de Jackie qui, après tout, était comparable à la sienne. Il s'appelait Antar et appartenait à une famille bédouine importante. Art, installé à l'autre extrémité de la table basse, semblait quelque peu choqué devant cette amitié rapide, mais Nirgal, après les années de Sabishii, avait deviné ce qui allait se passer bien avant Jackie, et, en quelque sorte, c'était un plaisir d'observer Jackie au travail. Le spectacle en valait la peine : elle était la fille orgueilleuse de la plus importante matriarchie depuis l'Atlantide, et Antar l'héritier orgueilleux de la patriarchie la plus extrémiste de Mars – il affichait une grâce et une désinvolture élégante tellement pures qu'il paraissait être le roi de la planète.

Le nouveau couple s'éclipsa après le repas. Nirgal cilla à peine et poursuivit sa conversation avec Nadia, Art, Zeyk, et l'épouse de Zeyk, Nazik, qui venait de les rejoindre. Zeyk et Nazik étaient des anciens sur Mars [1]. Ils avaient rencontré John Boone et Frank Chalmers avait été leur ami. Contrairement aux prévisions des soufis, ils se montraient très favorables à l'idée d'un congrès et convinrent que Dorsa Brevia serait le lieu idéal.

Zeyk chercha un instant ses mots en plissant les paupières.

— Ce dont nous avons besoin, c'est de l'égalité sans conformité, dit-il enfin avec sérieux.

Cette déclaration était tellement proche de ce que Nadia avait dit en route, que l'attention de Nirgal en fut exceptionnellement éveillée.

— Ce n'est pas facile à établir, mais il est clair que nous devons essayer, et éviter de nous battre. Je vais faire passer le mot dans toute la communauté arabe. Du moins chez les Bédouins. Je dois vous dire que certains Arabes du Nord sont très compromis avec les transnationales, plus particulièrement avec Amexx. Tous les pays arabes d'Afrique tombent sous la coupe d'Amexx, l'un après l'autre. Quelle étrange union. Mais l'argent... (Il se frotta les doigts.) Vous savez comme c'est... Mais nous contacterons nos amis. Et les soufis nous aideront. Ils deviennent les mollahs, ici, et ça ne plaît pas aux mollahs. Mais moi, j'apprécie.

D'autres choses le préoccupaient.

— Armscor s'est emparé du Groupe de la mer Noire, et c'est une combinaison particulièrement néfaste – les gens du leader-

1. Voir *Mars la Rouge*. (N.d.T.)

ship sont des Afrikaners, et la sécurité est assurée par les États membres, pour la plupart des États policiers : l'Ukraine, la Géorgie, la Moldavie, l'Azerbaïdjan, l'Arménie, la Bulgarie, la Turquie, la Roumanie... (Il les comptait sur ses doigts, en plissant le nez.) Réfléchissez un peu à l'histoire de tous ces pays ! Ils ont construit des bases sur tout le Grand Escarpement. En fait, ils forment une ceinture autour de Mars. Et ils ont des rapports très étroits avec l'Autorité transitoire. (Il secoua la tête.) Ils peuvent nous écraser.

Nadia opina, et Art, l'air surpris, lança une volée de questions à Zeyk.

– Mais vous ne vous cachez pas, remarqua-t-il à un certain moment.

– Nous disposons de refuges si nous le désirons. Et nous sommes prêts à nous battre.

– Pensez-vous que vous en arriverez là ?

– J'en suis persuadé.

Bien plus tard, après de nombreuses tasses de café épais, Zeyk, Nazik et Nadia engagèrent la conversation sur Frank Chalmers, avec des sourires tendres. Nirgal et Art les écoutaient, mais il leur était difficile de se faire une idée de cet homme, disparu bien longtemps avant la naissance de Nirgal. A dire vrai, ils étaient plutôt troublés de mesurer l'âge des issei, qui avaient connu un personnage qui, pour eux, n'existait qu'en vidéo. Finalement, Art parvint à balbutier :

– Comment... *Comment* était-il vraiment ?

Les trois autres réfléchirent.

Puis, lentement, Zeyk répondit :

– C'était un homme perpétuellement en colère. Il écoutait les Arabes, pourtant, et il nous respectait. Il a vécu un temps parmi nous et a appris notre langue, et bien peu d'Américains l'ont fait. Et nous l'aimions. Il n'était pas facile à comprendre. Toujours en colère. J'ignore pourquoi. Je suppose que cela s'expliquait par les années qu'il avait passées sur Terre. Il n'en parlait jamais. En fait, il ne parlait jamais vraiment de lui. Mais il avait en lui comme un gyroscope, un pulsar. Et son humeur était souvent sombre. Très sombre. Nous l'envoyions faire des reconnaissances, pour qu'il se calme. Ça ne marchait pas toujours très bien. Il lui arrivait de nous agresser de temps à autre, même s'il était notre invité. (Zeyk sourit à ce souvenir.) Une fois, il nous a traités d'esclavagistes, comme ça, en face, à l'heure du café.

– Esclavagistes ?

Zeyk leva la main en un geste vague.

– Il était en colère.

– Il nous a sauvés la vie, dit Nadia, plongée dans ses pensées. En 61.

Et elle leur raconta leur long périple dans Valles Marineris pendant l'inondation de l'aquifère de Compton qui avait déferlé dans le grand canyon. Comment, alors qu'ils étaient sur le point de s'en sortir, Frank avait été emporté par les flots.

– Il était à l'extérieur du patrouilleur, il essayait de nous dégager d'un rocher, et s'il n'avait pas agi aussi vite, nous aurions tous été emportés.

– Ah... fit Zeyk. Il a eu une mort heureuse.

– Je ne pense pas que ce soit exactement ce qu'il a pensé.

Les issei eurent un rire très bref et levèrent leurs tasses pour un ultime toast à leur ami disparu.

– Il me manque, dit Nadia. Je ne pensais pas que je dirais jamais ça...

Elle s'abîma dans le silence, puis leva les yeux sur Nirgal et prit conscience que la nuit était venue, qu'elle les protégeait, les cachait. Nirgal ne l'avait encore jamais entendue parler de Frank Chalmers. Un grand nombre des amis de Nadia étaient morts pendant la révolte. Comme son collègue Bogdanov, que tant d'autres suivaient toujours.

– En colère jusqu'au bout, conclut Zeyk. Oui, pour Frank, ç'a été une mort heureuse.

En quittant Lyell, ils contournèrent la calotte polaire dans le sens contraire des aiguilles d'une montre et s'arrêtèrent dans plusieurs refuges et villes sous tente pour échanger des marchandises et des informations. Christianopolis était la plus grande des cités sous tente de la région et constituait un centre commercial pour toutes les colonies du sud d'Argyre, qui étaient surtout occupées par des Rouges. Nadia leur demanda à tous de propager la nouvelle du congrès afin qu'Ann Clayborne en entende parler.

– Nous sommes censés être en liaison téléphonique, mais elle ne répond jamais.

Au sud du cratère Schmidt, ils firent étape dans une colonie de communistes de Bologne, qui avait aménagé l'intérieur d'une colline perdue dans les régions les plus désolées des highlands du Sud, très difficiles à traverser avec leurs digues et leurs escarpements dans lesquels il était impossible de rouler. Les Bolognais leur donnèrent une carte sur laquelle étaient portés les divers tunnels et ascenseurs qu'ils avaient installés dans le secteur pour faciliter le passage entre les digues et les escarpements.

– Si nous n'avions pas tout cela, nos expéditions ne seraient que d'interminables détours.

A proximité d'un des tunnels cachés, ils rencontrèrent une petite colonie de Polynésiens qui vivaient dans un court tunnel de lave où ils avaient fait pénétrer un ruisseau et installé trois îles. La digue était surmontée d'une épaisse couche de glace et de neige sur son flanc sud, mais les Polynésiens, qui étaient pour la plupart originaires de l'île de Vanuatu, maintenaient leur refuge à une température clémente, et Nirgal constata que l'atmosphère était si douce et humide qu'il avait du mal à respirer, même lorsqu'il se tenait tranquillement assis sur la plage de sable, entre un lac noir et la ligne des palmiers inclinés. En promenant son regard sur le paysage, il se dit qu'il était évident que les Polynésiens étaient de ceux qui essayaient d'édifier une société nourrie de certains des aspects archaïques légués par leurs ancêtres. Ils s'étaient révélés comme des disciples d'un gouvernement primitif dans toute l'histoire terrienne et ils se montraient très excités à l'idée de faire partager leurs études pendant le congrès, si bien que leur adhésion ne posa aucun problème.

Afin de célébrer l'idée d'un congrès prochain, ils se rassemblèrent tous pour un festin sur la plage. Art, assis entre Jackie et une beauté polynésienne du nom de Tanna, se perdit dans le ravissement : il dégustait du kava dans une noix de coco. Nirgal était étendu devant eux sur le sable, écoutant Tanna et Jackie discuter du mouvement indigène, comme l'appelait Tanna. Il ne s'agissait pas simplement de nostalgie du passé, insista-t-elle, mais plutôt d'une tentative pour inventer de nouvelles cultures qui incorporaient divers aspects des civilisations anciennes aux formes martiennes high-tech.

– L'underground lui-même est une sorte de Polynésie. De petites îles dans un grand océan de pierre. Certaines sont portées sur les cartes, d'autres pas. Et un jour, ce sera un océan véritable, et nous serons tous sur autant d'îles luxuriantes, sous le ciel.

– Je vais boire à ça, déclara Art en levant sa noix de coco.

Il était évident que la partie de la culture polynésienne qu'Art souhaitait voir intégrer était leur fameuse liberté sexuelle. Mais Jackie prenait un plaisir pervers à compliquer les choses en s'accrochant à son bras, pour le séduire ou défier Tanna. Art avait l'air heureux et préoccupé dans le même temps. Il avait dégusté très vite son kava et paraissait perdu dans un bonheur total. Nirgal faillit éclater de rire. Il lui apparaissait que certaines des jeunes femmes présentes pouvaient partager cette antique sagesse, s'il en jugeait par leurs regards. Par ailleurs, Jackie pouvait peut-être cesser de s'en prendre à Art. Peu importait : la nuit

promettait d'être longue, et le petit océan sous tunnel était aussi chaud que les bains de Zygote, autrefois. Nadia s'y ébrouait déjà avec plusieurs hommes qui devaient bien avoir le quart de son âge. Nirgal se déshabilla et entra dans l'eau.

L'hiver était déjà tellement avancé que même sous quatre-vingts degrés de latitude le soleil se levait pendant une ou deux heures aux alentours de midi. Durant ces brefs intervalles, les brouillards errants luisaient de tons pastel ou métalliques – certains jours, violets et roses, d'autres, cuivre, bronze, or. Dans toutes ces variantes, les teintes délicates étaient captées et réfléchies par le givre du sol et il semblait parfois aux voyageurs qu'ils traversaient un monde de joyaux : améthystes, rubis et saphirs.

Mais il y avait aussi des jours où le vent grondait et lançait de grandes lames de givre sur le patrouilleur, leur donnant l'impression d'avancer sous les flots. Ils profitaient des heures brèves de soleil pour nettoyer les roues du véhicule. Le soleil, alors, leur semblait un lacis d'algues jaunes perdues dans la brume. Après une nouvelle tempête, un jour, ils découvrirent que la chape de brouillard avait été balayée et que le monde, d'un horizon à l'autre, était un paysage complexe de fleurs de glace. Au nord, au-dessus du champ de diamants, il y avait un nuage haut et sombre qui se déversait dans le ciel à partir d'une source qui ne devait pas être très loin sous l'horizon.

Ils s'arrêtèrent dans un des abris de Nadia. Nirgal regarda la carte, observa encore une fois le nuage et dit :

– Je pense que ça doit être le mohole de Rayleigh. Coyote y a mis en route les robots excavateurs pendant ce premier voyage que nous avons fait ensemble. Je me demande s'il n'en serait pas sorti quelque chose...

– J'ai un petit explorateur dans le garage, dit Nadia. Tu peux le prendre pour aller jeter un coup d'œil, si tu veux. J'aimerais aller avec toi, mais il faut que je retourne à Gamète. Je dois rencontrer Ann après-demain. Apparemment, elle a entendu parler du congrès et elle veut me poser certaines questions.

Art lui dit qu'il aimerait rencontrer Ann Clayborne – il avait été impressionné par la vidéo qu'il avait vue durant le voyage vers Mars.

Jackie se tourna vers Nirgal :

– Je t'accompagne.

Ils se mirent donc d'accord pour se retrouver à Gamète. Art et Nadia repartirent dans le patrouilleur pendant que Nirgal et Jackie embarquaient dans le petit explorateur. Le grand nuage se déployait au-dessus de la glace devant eux, comme un pilier géant et dense composé de lobes gris et tourmentés qui obliquaient dans différentes directions à différents moments. Au fur et à mesure qu'ils s'en approchaient, ils acquirent la certitude qu'il montait des profondeurs de la planète silencieuse. En roulant vers le bas d'un escarpement, ils découvrirent que le sol, plus loin, ne portait plus la moindre plaque de glace, qu'il était rocailleux comme au cœur de l'été, mais plus noir, une roche d'un noir presque pur, et de la fumée sortait de longues fissures orange qui marquaient sa surface gonflée, ondulée. Et là-bas, juste derrière l'horizon, qui n'était guère qu'à six ou sept kilomètres, le grand nuage bouillonnait, comme une colonne thermique changée en nova. La fumée de gaz chaud explosait avant de retomber lourdement.

Jackie lança leur explorateur vers la crête de la colline la plus haute. De là, ils purent enfin découvrir la source du nuage. C'était bien ce que Nirgal avait soupçonné dès qu'ils l'avaient découvert : le mohole de Rayleigh était devenu une colline basse, entièrement noire à l'exception des fissures orange menaçantes. Le nuage se formait à partir d'un trou. Il était fait de fumée noire, dense, torsadée. Une langue de roc noir brut s'étirait sur la pente en direction du sud, venant vers eux avant d'obliquer sur leur droite.

Assis dans le petit véhicule, silencieux, ils virent un pan de la colline qui couvrait le mohole s'incliner, basculer et se briser. De la roche liquéfiée, orange et ardente, ruissela entre les blocs noirs dans un jaillissement d'éclaboussures jaunes qui perdirent très vite de leur éclat.

Ensuite, il n'y eut plus que la colonne de fumée tourmentée qui montait toujours dans le ciel. Par-dessus le bourdonnement du ventilateur et du moteur, ils percevaient un ronflement bas et continu, ponctué de coups sourds qui correspondaient à des explosions régulières dans la colonne de fumée. Le véhicule tremblait légèrement sur ses amortisseurs.

Nirgal était fasciné, Jackie excitée et bavarde. Elle se perdait dans de longs commentaires avant de se taire quand des blocs de lave se détachaient de la colline pour répandre de nouvelles coulées. En vue infrarouge, la colline leur apparaissait comme une émeraude entremêlée de craquelures scintillantes, et la coulée de lave qui s'avançait sur la plaine était d'un vert intense. En lumière visible, la roche liquéfiée ne redevenait noire qu'au bout d'une heure mais, en infrarouge, l'émeraude se changeait en vert foncé après dix minutes. Le vert se déversait sur le monde, songea Nirgal, et le blanc jaillissait au travers.

Ils prirent un repas léger et, après la vaisselle, Jackie attira Nirgal contre elle dans la minuscule cuisine, aussi amicale qu'elle l'avait été à New Vanuatu, les yeux brillants, un sourire au coin des lèvres. Nirgal savait reconnaître ces signes, et il retrouva leurs caresses dans le petit espace derrière les sièges de conduite, heureux de cette intimité revenue, si précieuse et si rare.

– Je suis prêt à parier qu'il doit faire chaud à l'extérieur, dit-il.

Elle tourna la tête vers lui avec de grands yeux.

Et sans un mot, ils enfilèrent leurs tenues et passèrent dans le sas. Quand l'atmosphère fut vidée, ils sortirent dans le champ de cailloux secs et rougeâtres, main dans la main. Ils contournèrent les bosses, les creux et les blocs de lave nouvelle solidifiée qui leur arrivaient aux épaules. Ils tenaient chacun un tampon isolant. Ils auraient pu se parler, mais ils restaient silencieux. Le vent soufflait parfois sur eux et, même à travers sa tenue, Nirgal décelait la température élevée. Le sol tremblait sous ses pas, et il sentait le grondement du sol au creux de son ventre. Les *boum* assourdis étaient espacés de quelques secondes, interrompus parfois par un craquement plus aigu. Il n'y avait aucun doute : ils se trouvaient en terrain dangereux. Une petite colline ronde, semblable à celle où ils avaient laissé leur véhicule, surplombait la langue de lave et, sans même s'être consultés, ils s'y dirigèrent et escaladèrent la dernière pente sans se lâcher la main, à grandes foulées.

Du sommet, ils avaient maintenant une vue ouverte sur la nouvelle coulée noire craquelée de fissures orange. Le bruit était intense. Il semblait évident que toute nouvelle éruption s'écoulerait dans le couloir opposé. Ils étaient sur une éminence, juste au bord du flot qui s'écoulait de gauche à droite. N'importe quelle poussée soudaine pouvait les emporter, mais cela ne semblait guère probable et, de toute façon, ils n'étaient pas plus en danger ici qu'ils ne l'avaient été dans leur véhicule.

Ils cessèrent de s'interroger, Jackie retira sa main de la sienne et ôta son gant. Nirgal l'imita, roulant lentement le tissu sous ses doigts jusqu'à libérer son pouce. Le gant fut soudain arraché de ses dernières phalanges. La température, estima-t-il, devait être de 278 kelvins, pas particulièrement froide. Puis une bouffée d'air tiède passa sur lui, suivie d'une vague d'air chaud, 315 peut-être, très vite suivie à son tour d'un air plus frais. A l'instant où il enleva son autre gant, il lui devint évident que la température avait augmenté et qu'elle variait avec chaque souffle de vent. Jackie avait déjà ouvert son blouson et elle l'enleva, poitrine nue. Sous le vent, elle eut un instant la chair de poule, tout comme un lac se ride sous une brise. Elle se pencha pour ôter ses bottes, supportant le poids de sa bonbonne d'air dans le creux de ses reins, les côtes saillant sous la peau. Nirgal s'avança et fit glisser son pantalon jusqu'au bas de ses fesses. Elle l'attira contre elle avant de le jeter sur le sol. Ils s'enlacèrent tout en se débattant pour mettre les coussins d'isolation sur le sol gelé. Ils achevèrent de se déshabiller, et Jackie s'offrit à lui sur le dos, son réservoir d'air coincé au-dessus de son épaule droite. Il l'étreignit : dans l'air froid, son corps était étonnamment chaud. La chaleur montait de sa peau comme d'un champ de lave et l'enveloppait en longues bouffées. Il serrait son corps doux et musculeux, et elle l'emprisonnait avec ses bras et ses jambes, étrangement tangible dans la clarté du soleil. Leurs visières s'entrechoquèrent. Dans leurs casques, ils aspiraient fébrilement pour compenser ce qu'ils perdaient par leurs épaules, leur poitrine. Un instant, ils se regardèrent les yeux dans les yeux à travers les écrans de verre qui les empêchaient de fusionner complètement l'un avec l'autre. Cette sensation était si puissante qu'elle paraissait dangereuse – et dans le même temps qu'ils heurtaient leurs visières en se fixant, ils savaient qu'ils ne pouvaient survivre qu'ainsi. Une curieuse lisière vibrait entre l'iris et la pupille des yeux de Jackie. Il fixait deux petites fenêtres noires qui s'ouvraient sur des profondeurs que jamais aucun mohole n'atteindrait : le centre de l'univers. Il dut détourner le regard. Et il se souleva pour admirer son corps svelte, adorable, mais pas aussi troublant, pourtant, que les abysses de ses yeux. Ses épaules étaient larges, son nombril parfaitement ovale et ses cuisses longues – cette fois, il ferma les paupières. Le sol tremblait sous eux, et il lui semblait qu'ainsi, pressé contre Jackie, il plongeait vers le cœur même de la planète. Il demeurait parfaitement immobile, ils étaient l'un et l'autre parfaitement immobiles, et néanmoins le monde vibrait dans un séisme doux, intense et délicieux. La roche était vivante. Ses nerfs et sa peau vibraient et chantaient, il tourna la tête vers le flot de magma, et tout fusionna.

Ils quittèrent le volcan de Rayleigh pour repartir dans le brouillard obscur. La seconde nuit, ils s'approchèrent de Gamète. Et c'est dans l'opacité grise d'un crépuscule de midi particulièrement dense qu'ils entrèrent sous la coupole de glace. Tout à coup, Jackie se pencha dans un cri, coupa l'autopilote et freina.

Nirgal fut arraché à sa somnolence et il s'accrocha à son volant tout en essayant de comprendre ce qui se passait.

La falaise du garage avait été pulvérisée, et une immense cataracte de glace brisée s'était abattue à l'emplacement du garage. A son sommet, elle était criblée d'éclats, comme sous l'effet d'une explosion.

– Oh! hurla Jackie. Ils ont tout fait sauter! Ils les ont tués!

Pour Nirgal, c'était comme s'il avait reçu un grand coup dans le ventre. Il s'étonnait que la peur puisse se changer en un effet physique. Son esprit était inerte et il avait l'impression de ne plus rien sentir – ni angoisse, ni désespoir : rien. Il leva la main et serra l'épaule de Jackie – elle tremblait – et il essaya de percer la tourmente de brume du regard.

– Il y a toujours le trou d'évacuation, dit-il. Ils n'ont pas pu être pris par surprise.

Le tunnel suivait un des bras de la calotte polaire jusqu'à Chasma Australe, où il existait un abri dans une paroi de glace.

– Mais... (Jackie déglutit avec peine.) Mais s'ils ont été surpris?

– On va aller voir jusqu'au refuge d'Australe.

Il se réinstalla au volant.

Ils roulaient à pleine allure en rebondissant sur les champs de fleurs de glace. Nirgal essayait de se concentrer uniquement sur le terrain et de ne plus penser. Il aurait voulu ne pas aller jusqu'à l'abri – pour le trouver désert et perdre dans l'instant son dernier espoir après le désastre. Il aurait voulu ne jamais arriver, continuer à rouler dans le sens des aiguilles d'une montre autour de la calotte polaire pour toujours, même si Jackie étouffait sous le collier de l'angoisse, même s'il entendait son souffle aigu et ses gémissements. Lui, il était seulement engourdi, les pensées figées. Je ne sens rien, se dit-il, intrigué. Mais des images d'Hiroko s'imposaient dans son esprit, comme si elles étaient projetées sur le pare-brise, ou bien surgissaient parfois comme des fantômes dans les nappes de brume. L'attaque avait pu venir de l'espace, ou alors des missiles avaient été lancés depuis le nord, et dans ce cas les gens de Gamète n'avaient eu aucune chance d'être alertés. Le monde vert avait été effacé de l'univers, et il ne restait que ce monde blanc, celui de la mort. Les couleurs s'étaient retirées de toute chose, comme de ce monde d'hiver, fait de brouillard gris.

Les lèvres crispées, il ne fixait plus que le paysage gelé, et conduisait avec une violence qui lui était inconnue jusqu'alors. Les heures passèrent et il luttait pour ne pas penser à Hiroko, Nadia, Art, Maya ou Dao et tous les autres : sa famille, ses amis, sa cité, sa nation, tous sous le même petit dôme. L'estomac noué, il restait rivé au volant, essayant d'éviter les bosses et les creux pour que leur course soit un peu moins brutale.

Ils durent rouler autour du pôle dans le sens des aiguilles

d'une montre sur trois cents kilomètres avant de remonter Chasma Australe sur presque toute sa longueur. Avec la fin de l'hiver, Australe se rétrécissait et était tellement encombrée par les blocs de glace qu'il n'existait plus qu'une piste unique indiquée par de petits transpondeurs directionnels très faibles. Nirgal fut obligé de ralentir mais, dans la brume sombre, ils n'avaient plus à attendre la nuit pour rouler. Et ils finirent par atteindre le muret qui indiquait le refuge. Quatorze heures s'étaient écoulées depuis leur départ de Gamète – un exploit sur ce terrain et par un temps pareil. Mais Nirgal n'avait qu'une seule idée à l'esprit : si le refuge était désert...

L'engourdissement se dissipait en lui au fur et à mesure qu'ils approchaient de l'extrémité de la faille. Si le refuge était désert... Il ne décelait aucun mouvement, aucune présence, et la peur filtrait à nouveau en lui comme le magma dans les craquelures d'une coulée de lave. Prêt à se déverser dans chacune de ses cellules...

C'est alors qu'une lumière clignota tout au bas de la paroi, et Jackie s'écria : « Ah ! », comme si une aiguille venait de la piquer. Nirgal accéléra et le petit explorateur sauta vers le mur de glace et faillit le percuter. Il freina à fond et le véhicule patina un instant avant de s'arrêter. Jackie enfila son casque d'un geste brusque et plongea vers le sas, Nirgal sur les talons. Ils durent attendre encore durant des secondes d'angoisse avant de pouvoir bondir à l'extérieur, dans une antichambre de glace. Quand la porte intérieure s'ouvrit, quatre silhouettes se ruèrent sur eux, l'arme au poing. Jackie lança un cri sur la fréquence commune et, dans la seconde qui suivit, des bras les étreignirent. Mais peut-être, se dit Nirgal, ceux qui les accueillaient ne voulaient-ils que les réconforter, et il était encore torturé par l'attente, même s'il avait entraperçu le visage de Nadia derrière une visière. Elle leva les pouces. Il eut l'impression qu'il avait retenu son souffle depuis quinze heures. Jackie pleurait de soulagement, et il aurait voulu l'imiter. Mais, sorti de sa transe, il se sentait seulement brisé, épuisé, bien au-delà des larmes. Nadia lui prit la main comme si elle sentait ce qui se passait en lui, et quand ils se retrouvèrent de l'autre côté du sas, il commença à percevoir enfin les voix qui se répondaient sur la fréquence commune.

– J'avais tellement peur : je croyais que vous étiez morts.

– Nous avons filé par le tunnel en les voyant arriver...

Dans l'abri, ils se débarrassèrent de leurs casques et se perdirent en embrassades. Art tapota le dos de Nirgal en roulant ses yeux ronds.

– Je suis tellement heureux de vous retrouver tous les deux !

Il serra Jackie contre lui avec rudesse avant de l'observer à bout de bras : elle avait le nez humide et les yeux rouges, et il hocha la tête avec une expression admirative, comme si en cet instant précis il admettait enfin qu'elle était humaine, et non pas une pure déesse féline.

Ils se dirigèrent d'un pas incertain vers le fond du refuge et Nadia leur raconta ce qui s'était passé d'un air sombre.

– On les a vus arriver et on s'est tous précipités vers le tunnel du fond avant de faire sauter les dômes et aussi tous les autres tunnels. Il est possible qu'on en ait tué un certain nombre, mais je n'en suis pas certaine – j'ignore combien d'hommes ils avaient envoyés et jusqu'où ils ont pu pénétrer. Coyote est parti sur leur piste pour essayer d'en savoir plus. Mais, de toute façon, c'est fini.

Au bout du tunnel, les chambres du refuge étaient confinées, avec des parois rudes, des sols et des plafonds constitués de panneaux d'isolation posés directement dans les cavités glaciaires. Toutes avaient été construites à partir d'une pièce centrale qui faisait fonction à la fois de cuisine et de salle à manger. Jackie serra tout le monde dans ses bras, sauf Maya, avant de terminer par Nirgal. Ils restèrent longtemps l'un contre l'autre, et Nirgal la sentit trembler contre lui tout en réalisant qu'il tremblait lui aussi : ils étaient à l'unisson. Le parcours désespéré, silencieux, effrayant qu'ils avaient vécu ensemble renforcerait désormais leurs liens, tout comme cet instant d'amour qu'ils avaient vécu sur le volcan, plus encore peut-être – c'était difficile à dire –, et il était trop las pour déchiffrer quoi que ce soit dans les émotions vagues qui se déversaient en lui. Il se dégagea de Jackie et s'assit, au bord des larmes. Hiroko vint le rejoindre et il écouta calmement le récit détaillé de ce qui s'était passé. L'attaque avait commencé avec plusieurs avions spatiaux qui s'étaient posés en formation serrée sur le plateau à côté du hangar. Les gens du hangar avaient réagi dans la confusion : ils avaient téléphoné pour donner l'alerte, mais ils avaient négligé de déclencher le système de défense de Coyote, comme s'ils l'avaient purement et simplement oublié. Coyote était écœuré, déclara Hiroko, ce que Nirgal pouvait comprendre. « Il faut toujours stopper les attaques des commandos paras dès qu'ils se posent », disait-il.

En fait, la plupart des résidents du hangar s'étaient repliés dans le dôme. Ils s'étaient tous dirigés vers le tunnel de secours et, dès qu'ils avaient passé le point d'explosion, Hiroko leur avait donné l'ordre d'utliser la défense suisse et de détruire le dôme. Kasei et Dao lui avaient immédiatement obéi et ils avaient fait sauter le dôme avec tous les hommes qui se trouvaient à l'intérieur, les ensevelissant sous des millions de tonnes de glace sèche. Les chiffres des taux de radiation semblaient indiquer que le Rickover n'avait pas fusionné, bien qu'il ait probablement été écrasé avec le reste. Coyote avait disparu dans un tunnel latéral en compagnie de Peter, par une issue d'urgence connue de lui seul, et Hiroko ignorait où ils pouvaient être.

– Mais je crois que ces avions spatiaux ont eu des problèmes, affirma-t-elle à Nirgal.

Gamète avait donc été détruite, et la coquille de Zygote aussi. Dans l'avenir, la calotte polaire finirait par se sublimer sous la nouvelle atmosphère et révélerait leurs débris aplatis, songea Nirgal. Mais, pour l'heure, leur cité était enterrée, perdue.

Et eux, ils étaient là. Ils n'avaient sauvé que quelques IA et les walkers qu'ils portaient. Ils étaient désormais en guerre avec l'Autorité transitoire (probablement), et une partie des forces qui leur avaient donné l'assaut était toujours dans les parages.

– Mais c'était qui? demanda Nirgal.

Hiroko secoua la tête.

– Nous ne le savons pas. Pour Coyote, c'était l'Autorité transitoire. Mais il existe des tas d'unités dans les forces de sécurité de l'Autorité transitoire, et il faut que nous sachions avec certitude si nous avons affaire à une nouvelle politique de l'Autorité transitoire ou s'il s'agit d'un coup de folie d'une de leurs unités.

– Mais qu'allons-nous faire? demanda Art.

Personne ne lui répondit immédiatement.

Hiroko se décida enfin.

– Il va falloir que nous demandions l'asile. Et je crois que c'est Dorsa Brevia qui a le plus d'espace disponible.

– Et le congrès? dit Art.

– Je pense qu'il est plus que jamais nécessaire, fit Hiroko.

Maya plissait le front.

– Il serait dangereux de nous rassembler. Vous en avez parlé à beaucoup de gens.

– Il le fallait, contra Hiroko. C'est justement là notre but. (Elle regarda autour d'elle, et Maya elle-même n'osa pas la contredire.) Maintenant, c'est un risque que nous devons prendre.

SEPTIÈME PARTIE

Que faut-il faire?

Les quelques grands immeubles de Sabishii avaient des façades de pierre polie qui avaient été choisies pour leurs tons inhabituels sur Mars : albâtre, jade, malachite, jaspe jaune, turquoise, onyx, lapis-lazuli. Les bâtiments moins hauts étaient en bois. Après des nuits de voyage, c'était un plaisir pour les visiteurs de déambuler au soleil dans les rues, sous les platanes et les érables rouges, de traverser des jardins de pierre pour rejoindre de vastes boulevards herbus, de suivre les canaux bordés de cyprès qui débouchaient parfois sur de grands étangs couverts de nénuphars avec des ponts en arche. Ici, on se trouvait presque sur l'équateur et l'hiver ne signifiait plus rien. Même à l'aphélie, les hibiscus et les rhododendrons fleurissaient, et les pins et les bambous s'inclinaient sous la brise douce.

Les anciens Japonais accueillirent leurs visiteurs comme de vieux et respectables amis. Les issei se vêtaient de combinaisons couleur cuivre, ils allaient pieds nus et se coiffaient en longues queues de cheval. Ils portaient tous des boucles d'oreilles et des colliers. L'un d'eux, chauve, avec une barbe blanche abondante et le visage vidé, les accompagna pour une promenade, afin qu'ils se détendent les jambes après tous les kilomètres de traversée. Il se nommait Kenji, et il avait été le premier Japonais à poser le pied sur Mars, quoique nul ne s'en souvînt.

Ils s'arrêtèrent sur le mur de la ville pour contempler les énormes blocs de rochers sculptés de formes fantastiques, en équilibre sur les crêtes des collines.

– Êtes-vous déjà allé dans Medusa Fossae ?

Kenji se contenta de sourire en secouant la tête. Les pierres kami[1] étaient comme autant de ruches, creusées de salles et d'entrepôts, leur expliqua-t-il, et, avec le labyrinthe du mohole, elles pouvaient désormais abriter beaucoup de monde, jusqu'à vingt mille personnes sur une

1. Les pierres divines. (N.d.T.)

année. Les visiteurs hochèrent la tête. Il leur semblait possible que cela devienne nécessaire.

Kenji les ramena vers la vieille cité, là où des chambres avaient été mises à leur disposition, dans le refuge originel. Les pièces, ici, étaient plus petites et plus rares que dans les complexes d'appartements destinés aux étudiants que l'on trouvait dans le nouveau centre, avec une sorte de patine qui faisait plus penser à des nids qu'à des chambres. Les issei dormaient dans certaines d'entre elles.

En parcourant ces pièces, les visiteurs n'échangèrent pas un seul regard. Le contraste entre leur histoire et celle des Sabishiiens était trop tranché. Ils examinaient le mobilier, tout à la fois troublés, déconcertés, réservés. Après le dîner, quand ils eurent ingurgité pas mal de saké, quelqu'un remarqua :

- Si seulement nous avions fait quelque chose de ce genre.

Nanao jouait de la flûte en bambou.

— Pour nous, c'était plus facile, dit Kenji. Nous sommes tous japonais. Nous avions un modèle.

— Mais ça ne ressemble guère au Japon que j'ai connu.

— Non. Mais ce n'est pas non plus le vrai Japon.

Ils prirent leurs tasses et quelques bouteilles, et escaladèrent les marches qui accédaient à un pavillon, au sommet d'une tour en bois proche de leur résidence. D'en haut, ils avaient vue sur les toits et les cimes des arbres de la ville et sur les gros rochers qui se détachaient sur le seuil du ciel noir. C'était l'heure du crépuscule : une bordure de lavande s'attardait à l'occident, mais le ciel était d'un bleu profond criblé d'étoiles. Une chaîne de lampions brillait au milieu des érables.

— Nous sommes les vrais Japonais. Ce que vous pouvez voir de nos jours à Tokyo appartient aux transnationales. Il y a un autre Japon. Nous ne pourrons jamais le retrouver, bien sûr. De toute façon, c'était une société féodale, avec des caractéristiques que nous ne pourrions pas accepter. Mais ce que nous accomplissons ici a ses racines dans cette culture d'origine. Nous essayons de trouver une nouvelle approche, de redécouvrir l'ancienne culture, ou de la réinventer, pour ce lieu nouveau.

— Kasei Nippon.

— Oui, mais pas seulement pour Mars ! Pour le Japon tout aussi bien. C'est comme si nous créions un modèle pour eux, vous comprenez ? Un exemple de ce qu'ils pourraient devenir.

Et ils continuèrent ainsi en buvant du vin de riz sous les étoiles. Nanao jouait toujours de la flûte et, quelque part dans le fond du parc, sous les lampions de papier, un rire s'éleva. Et les visiteurs, serrés les uns contre les autres, pensaient, rêvaient et buvaient à la nuit. Un moment, ils évoquèrent les refuges et tout ce qu'ils avaient en commun tout en étant différents. Ils étaient saouls.

– Ce congrès, c'est une bonne idée. (Les visiteurs hochèrent la tête, diversement convaincus.) C'est exactement ce dont nous avons besoin. Je veux dire que nous avons toujours été ensemble pour célébrer le festival de John depuis bien des années, n'est-ce pas ? Et c'était une bonne chose. Très agréable. Très importante. Nous en avions besoin, pour notre propre bien. Mais désormais, les choses changent rapidement. Nous ne pouvons plus prétendre former une cabale. Il faut que nous traitions avec tous.

Ils discutèrent un instant des détails : des participants au congrès, des mesures de sécurité, des solutions aux problèmes posés.

– Qui a attaqué l'œuf... l'œuf ?

– Une équipe de sécurité venue de Burroughs. Subarashii et Armscor ont mis sur pied ce qu'ils appellent une unité d'investigation de sabotage et ils ont eu le feu vert de l'Autorité transitoire pour leur opération. Ils vont frapper à nouveau sur le Sud, ça ne fait aucun doute. Nous avons presque trop attendu.

– Ils ont obtenu l'institution... cette information... de moi ?

– Vous devriez cesser de penser que vous êtes à ce point important.

– Ça n'a plus d'importance, désormais. C'est le retour de l'ascenseur qui a déclenché tout ça.

– Et ils en construisent un sur Terre également. Et aussi...

– Nous ferions mieux d'agir.

Et tandis que les bouteilles de saké circulaient et se vidaient, ils cessèrent de penser sérieusement pour bavarder à propos de l'année écoulée, des choses qu'ils avaient observées dans les déserts, de leurs connaissances mutuelles, et ils se racontèrent les dernières histoires drôles. Nanao revint avec un paquet de ballons qu'ils gonflèrent avant de les lancer au-dessus de la ville dans la brise de la nuit pour les voir dériver entre les arbres et les habitats anciens. Ensuite, ils respirèrent quelques bouffées de protoxyde d'azote et rirent tous ensemble. Les étoiles, à présent, étaient comme une épaisse couverture scintillante. Ils échangèrent des récits sur l'espace et la ceinture d'astéroïdes. Ils s'amusèrent à graver le bois avec leurs couteaux de poche sans arriver à rien.

– Ce congrès, dit Kenji, sera un nema-washi. Il servira à préparer le terrain.

Ils furent deux à se lever, à se balancer un instant avant de retrouver l'équilibre, pour porter enfin un toast.

– A l'année prochaine, sur Olympus.

– A l'année prochaine, sur Olympus, répondirent les autres avant de boire à leur tour.

On était en Ls 180, l'année 40 de Mars, quand ils commencèrent à affluer vers Dorsa Brevia, venant du sud, en avion, dans de petits véhicules. Au garage, un groupe d'experts de Sabishii, les Arabes des caravanes et les Rouges vérifiaient l'identité des arrivants. D'autres Rouges, ainsi que des Bogdanovistes, avaient pris position dans les bunkers de la dorsa, tout autour, armés en cas de problème. Les experts de Sabishii, néanmoins, considéraient que nul n'avait eu vent de la conférence à Burroughs, Hellas ou Sheffield, et quand ils firent part de leur opinion aux autres, on perçut une certaine détente : à l'évidence, ils avaient réussi à pénétrer au cœur des salles de réunion de l'ATONU et, vraisemblablement, dans l'ensemble du dispositif des transnationales de Mars. Ce qui était un autre avantage du demi-monde : il pouvait jouer sur les deux tableaux.

Lorsque Nadia arriva en compagnie d'Art et de Nirgal, on les accompagna jusqu'à leur logement de Zakros, le segment le plus méridional du tunnel. Nadia déposa son paquetage dans une petite chambre lambrissée avant d'aller errer dans le grand parc, puis d'explorer les autres segments vers le nord, où elle rencontra de vieux amis et des étrangers avec un sentiment d'espoir grandissant. C'était encourageant de voir tous ces gens qui grouillaient entre les pavillons et les parcs de verdure : ils venaient de tellement de groupes différents. En contemplant la foule qui s'agglutinait dans le parc du canal, elle ne parvint pas à retenir un rire joyeux.

Les Suisses de Overhangs arrivèrent la veille de la conférence. Certains prétendaient qu'ils avaient attendu cette date précise dans leurs patrouilleurs. Ils apportaient avec eux tout un ensemble de procédures et de protocoles pour le meeting. Tandis que Nadia et Art écoutaient une Suissesse leur exposer leurs plans, Art ne put s'empêcher de donner un coup de coude discret à Nadia en chuchotant :

– Nous avons créé un monstre [1].

– Non, non, fit Nadia.

Elle se sentait rassérénée rien qu'en posant le regard sur le grand parc central du tiers sud du segment que l'on appelait Lato. Le long châssis dans la voûte noire du tunnel laissait filtrer la lumière du matin dans la gigantesque salle cylindrique. C'était exactement l'averse de photons dont elle avait rêvé durant tout l'hiver. La clarté brune inondait les bambous, les pins et les cyprès qui se dressaient au-dessus des toits de tuile et frémissaient en ondes vertes.

– Nous avons besoin d'une structure, sinon ce sera la mêlée générale. Les Suisses, c'est la forme sans le fond, si vous voyez ce que je veux dire.

Il acquiesça. Il allait très vite pour elle, et elle avait même quelquefois du mal à le comprendre, parce qu'il était capable de franchir cinq ou six enjambées d'un bond en croyant qu'elle le suivait.

– Essayez de les envoyer boire du kava avec les anarchistes, marmonna-t-il avant de contourner les groupes serrés.

Et ce même soir, alors qu'elle traversait Gournia en compagnie de Maya en direction des cuisines en plein air du bord du canal, Nadia aperçut Art qui s'y employait : il traînait Mikhail et certains des Bogdanovistes durs vers une table de Suisses où Jurgen, Max, Sibilla et Priska bavardaient chaleureusement avec ceux qui les entouraient, passant d'une langue à l'autre comme des IA de traduction, mais sans jamais perdre leur accent helvète guttural.

– Art est un optimiste, remarqua Nadia.

– Art est un idiot, rétorqua Maya.

Cinq cents visiteurs étaient maintenant rassemblés dans l'immense refuge. Ils représentaient à peu près cinquante groupes différents. Le congrès devait débuter le lendemain matin et, pour cette dernière soirée, le ton des conversations avait monté, de Zakros à Falasarna. Le laps de temps martien fut un concert de chants et de cris, de youyous arabes et de yodels tyroliens, *Waltzing Matilda* répondant à *La Marseillaise*.

Nadia se leva très tôt. Elle découvrit qu'Art était déjà à l'œuvre dans le pavillon du parc de Zakros, disposant les sièges en ran-

1. Allusion au baron Frankenstein. *(N.d.T.)*

gées circulaires, dans le style bogdanoviste. Elle sentit un élancement de chagrin et de regret, comme si elle avait soudain le fantôme d'Arkady devant elle. Il aurait tellement aimé ce meeting. C'était ce qu'il avait si souvent appelé de tous ses vœux. Elle s'approcha d'Art.

– Vous êtes plutôt matinal.

– Je me suis réveillé et je n'ai pas réussi à me rendormir. (Il avait besoin de se raser.) Je suis nerveux!

Ça la fit rire.

– Art, ça va prendre des semaines, vous le savez bien.

– Oui, mais ce sont les préliminaires qui comptent.

Vers dix heures, tous les sièges étaient occupés et le pavillon, envahi par les observateurs, affichait complet. Nadia s'était installée derrière le coin des représentants de Zygote et observait l'assemblée avec curiosité. Les hommes, apparemment, étaient un peu plus nombreux que les femmes, et les indigènes plus présents que les immigrants. Pour la plupart, ils portaient des combinaisons – celles des Rouges se distinguaient par leur couleur rouille –, mais on découvrait toute une variété de tenues de cérémonie : des robes, des ensembles, des pantalons, des chemises brodées, des poitrines dénudées, des colliers, des boucles d'oreilles et autres bijoux. Pour les Bogdanovistes, la pierre de ralliement était la phobosite, noire marquée de touches d'opaline, taillée et polie.

Les Suisses se tenaient au centre de la salle, en costumes stricts et gris de banquiers. Sibilla et Priska étaient vêtues de vert sombre. Sibilla se leva pour proclamer le début du congrès, et les représentants suisses lui succédèrent pour exposer par le menu le programme qu'ils avaient mis au point, s'interrompant parfois pour répondre aux questions de l'assemblée et appelant d'éventuels commentaires à chaque changement d'orateur. Un groupe de soufis en chemises et pantalons blancs se frayaient un chemin à l'extérieur du périmètre, en distribuant des carafes d'eau et des tasses en bambou avec leurs habituels gestes gracieux de danseurs. Quand toutes les tasses furent distribuées, les délégués de chacun des groupes servirent l'eau à leurs voisins de gauche, puis tous burent ensemble. Dans la foule des spectateurs, les Vanuatuans servaient de même des tasses de café, de thé ou de kava, et Art aidait au service. Nadia sourit en le voyant circuler d'une table à l'autre comme un soufi, lentement, souplement, effleurant parfois des lèvres les tasses de kava qu'il distribuait.

Le programme suisse devait débuter par des ateliers sur les sujets et problèmes spécifiques du congrès, dans dix salles différentes de Zakros, Gournia, Lato et Malia. Tous seraient enregistrés. Les conclusions, les questions et les recommandations de ces ateliers serviraient de base pour un débat d'une journée complète durant l'un des deux meetings généraux annoncés. L'un se concentrerait plus ou moins sur les problèmes que posait l'accès à l'indépendance, l'autre sur ce qui suivrait – les moyens et les objectifs, ainsi que le définit Art en passant près de Nadia.

Lorsque les Suisses eurent achevé la description de leur programme, ils étaient tous prêts à commencer. Nul n'avait envisagé un cérémonial d'ouverture. Werner, qui avait été le dernier à prendre la parole, avait simplement rappelé au public que les premiers ateliers commenceraient dans l'heure suivante.

Mais, avant que la foule ne se disperse, Hiroko se dressa à l'arrière du groupe de Zygote et se dirigea lentement vers le centre du cercle. Elle portait une combinaison vert bambou, pas le moindre bijou – elle était grande et maigre, les cheveux blancs, peu séduisante – et pourtant tous les regards convergèrent sur elle. Et quand elle leva les mains, tous ceux qui étaient assis se levèrent. Dans le silence qui suivit, Nadia, la gorge serrée, retint son souffle. Nous devrions tout arrêter maintenant, songea-t-elle. Pas de conférence – parce que c'est ici que ça se passe, nous sommes tous ensemble pour vénérer cette seule et unique personne.

– Nous sommes les enfants de la Terre, commença Hiroko d'une voix forte. Et pourtant, nous voilà réunis dans un tunnel de lave, sur la planète Mars. Nous ne devons pas oublier l'étrangeté de ce destin. La vie, où qu'elle soit, est une énigme et un miracle précieux, mais ici, nous découvrons encore mieux son pouvoir sacré. Souvenons-nous de cela, et faisons de notre tâche un sacerdoce.

Elle ouvrit les mains, et ses proches la rejoignirent en chantonnant au centre du cercle. D'autres suivirent, jusqu'à ce que l'espace autour des Suisses soit empli d'une horde dense d'amis, de connaissances et d'étrangers.

Les ateliers se tenaient sous des belvédères disséminés dans les parcs, ou dans des salles triangulaires des bâtiments publics de la périphérie. Les Suisses avaient désigné des groupes réduits pour diriger ces ateliers, et le public avait libre choix, ce qui faisait que certaines réunions comptaient cinq auditeurs, et d'autres cinquante.

Nadia passa la première journée à errer d'un atelier à l'autre, dans les quatre segments les plus méridionaux du tunnel. Elle constata que certains faisaient comme elle, Art, par exemple, qui se montrait dans chaque atelier tour à tour et n'écoutait guère qu'une ou deux phrases avant de repartir.

Elle se retrouva dans un atelier où l'on débattait des événements de 2061. C'est sans surprise, mais avec un certain intérêt, qu'elle retrouva là Maya, Ann, Sax, Spencer, Coyote, et même Jackie Boone et Nirgal, ainsi que pas mal d'autres. La salle était comble. Les choses essentielles en premier, se dit-elle, et il y avait tant de questions qui harcelaient les gens à propos de 61 : que s'était-il passé exactement? Qu'est-ce qui avait mal tourné, et pourquoi?

Après dix minutes, Nadia sentit son enthousiasme fléchir. Les gens ne discutaient pas seulement de 2061, mais de la révolution en général, et de l'usage de la violence dans l'Histoire. Plus encore, parmi ceux qui évoquaient 61, on entendait des récriminations, des reproches amers. Et, sous le reflux des souvenirs, Nadia sentit une crampe douloureuse dans son ventre, comme jamais depuis l'échec de la révolte.

Elle regarda autour d'elle en essayant de se concentrer sur les visages, d'évacuer les fantômes qui l'envahissaient. Sax, assis à côté de Spencer, épiait tout comme un oiseau. Il acquiesça quand Spencer soutint que 2061 leur avait appris qu'ils avaient absolument besoin d'une estimation complète des forces militaires présentes dans le système martien.

– C'est une *condition prélalable et nécessaire* à la réussite de toute action, acheva-t-il.

Mais cette simple assertion de bon sens fut huée par quelqu'un qui semblait considérer que c'était là une fuite devant l'action directe – l'un des premiers sur Mars, apparemment, qui s'empressa de défendre l'écosabotage de masse et l'assaut armé généralisé des villes.

Nadia se souvint aussitôt d'une discussion avec Arkady sur ce sujet, et soudain elle ne put supporter ce qu'elle entendait et s'avança.

Après un instant, le silence revint.

– Je suis fatiguée d'entendre discuter de ce sujet en termes purement militaires, commença-t-elle. Il faut repenser tout le modèle de la révolution. Arkady n'a pas réussi à le faire en 61, et c'est bien pour ça que 61 a été un pareil fiasco sanglant. Écoutez-moi : une révolution armée ne pourrait jamais triompher sur Mars. Les systèmes vitaux sont trop vulnérables.

– Mais, coassa Sax, si la surface est habitable – si elle est *viable* – et les systèmes vitaux ne sont pas autant...

Nadia secoua la tête.

– La surface n'est pas viable, et elle ne le sera pas avant de longues années. Et même alors, il faudra repenser la révolution. Réfléchissez : même quand les révolutions ont réussi, elles ont causé tant de destruction et de haine qu'il se produit toujours un horrible choc en retour. C'est inhérent à la méthode. Si vous optez pour la violence, vous vous créez des ennemis, des ennemis qui vous résisteront éternellement. Et ce sont des hommes sans morale qui deviendront vos leaders révolutionnaires. Donc, une fois la guerre finie, ils seront au pouvoir, et probablement aussi néfastes que ceux qu'ils ont remplacés.

– Pas pour... En *Amérique* ! proféra Sax, louchant dans son effort pour trouver les mots.

– Je ne sais pas. Mais, en général, c'est ce qui s'est passé. De la violence naît la haine, et avec un choc en retour inévitable.

– Oui, intervint Nirgal, avec un regard intense qui ne différait guère de la grimace de Sax. Mais si certains attaquent les refuges et les détruisent, nous n'avons guère le choix.

– La question est de savoir qui envoie ces forces. Et qui sont ceux qui les composent. Je doute qu'ils nous en veuillent personnellement. A ce stade, ils pourraient aussi bien être avec nous que contre nous. Nous devrions nous préoccuper uniquement de leurs commandants et de ceux qui financent les opérations.

– Dé-ca-pi-ta-tion ! déclama Sax.

– Je n'aime pas ce mot. Il nous faut un terme différent.

– Une retraite obligatoire ? suggéra Maya d'un ton acide.

Dans les rires du public, Nadia lança un regard mauvais à sa vieille amie.

– Un chômage forcé, lança soudain Art, qui venait d'apparaître dans le fond de la salle.

– Un coup d'État, vous voulez dire ? fit Maya. Ce qui consisterait non pas à combattre la population de la surface mais uniquement les leaders et leurs forces de protection...

– Et peut-être leurs armées, ajouta Nirgal. Rien n'indique qu'elles aient été rappelées, ni même qu'elles soient apathiques.

– Non. Mais est-ce qu'elles se battraient sans un ordre de leurs chefs ?

– Certaines unités en seraient capables. C'est leur boulot, après tout.

– Oui, d'accord, mais elles n'ont pas d'objectif réel, dit Nadia tout en réfléchissant à toute allure. Sans qu'aucune question de nationalisme, d'ethnie ou autre soit en jeu, je ne pense pas que ces gens puissent se battre jusqu'à la mort. Ils savent qu'ils ont été appelés ici pour protéger les puissants. Il est possible qu'un certain système égalitaire se fasse jour et qu'un conflit de loyautés se manifeste.

– Les bénéfices de la retraite ! s'exclama Maya d'un ton moqueur, saluée une fois encore par les rires.

Mais Art contre-attaqua aussitôt :

– Pourquoi poser la question dans ces termes ? Si vous ne souhaitez pas concevoir la révolution comme une guerre, vous allez avoir besoin de quelque chose d'autre pour la remplacer, alors pourquoi pas l'économie ? Disons que c'est un changement dans la pratique. C'est ce que font les gens de Praxis quand ils parlent de capital humain, ou de bio-infrastructure – car ils modèlent tout en termes économiques. D'une certaine façon, c'est grotesque, mais c'est très parlant pour ceux qui considèrent l'économie comme le plus important des paradigmes. Y compris les transnationales.

– Si je comprends bien, fit Nirgal avec un rictus, nous mettons les leaders au chômage et nous accordons une augmentation aux forces de police assortie de recyclage.

– Oui, quelque chose de ce genre.

Sax secouait la tête.

– Pas les atteindre. Besoin de la force.

– Il va falloir changer les choses si nous voulons éviter un autre 61, insista Nadia. Nous devons repenser tout ça. Il existe peut-être des modèles historiques, mais pas ceux que vous avez mentionnés en tout cas. Je penserais plutôt aux révolutions de velours qui ont mis fin à l'ère soviétique, par exemple...

– Mais elles impliquaient des populations mécontentes, lança Coyote. Et elles se sont produites dans un système qui s'effondrait. Nous ne rassemblons pas les mêmes conditions. Les gens s'en sortent plutôt bien. Ils ont le sentiment d'avoir de la chance d'être ici.

– Mais Terre... des ennuis, remarqua Sax. S'effondre.

– Hum, grommela Coyote.

Il s'assit près de Sax pour poursuivre la discussion. Il était toujours frustrant de parler avec Sax, mais, grâce au travail de Michel, c'était possible. Et Nadia était toujours heureuse quand on venait bavarder avec Sax.

Autour d'eux, les débats se multipliaient. Les gens s'affrontaient à propos des théories révolutionnaires, et quand ils tentaient de revenir aux événements de 61, ils se retrouvaient confrontés à d'anciennes rancunes et au manque absolu de compréhension de ce qui s'était passé dans ces mois de cauchemar. Cela devint plus particulièrement évident quand Mikhail et certains ex-détenus de la prison de Korolyov [1] se disputèrent pour savoir qui avait assassiné les gardiens.

Sax se dressa et agita son IA au-dessus de sa tête.

– D'abord, besoin de *faits* ! Ensuite, la dialyse... *l'analyse* !

---

1. Voir *Mars la Rouge*. (N.d.T.)

– Bonne idée, fit Art, instantanément. Si le groupe ici présent peut rédiger une histoire de la guerre afin de la diffuser dans tout le congrès, ce serait très utile. On peut garder la discussion sur la méthodologie révolutionnaire pour les réunions générales, non?...

Sax acquiesça avant de se rasseoir. Certains quittèrent la salle, mais le public, dans l'ensemble, se calma et se rassembla autour de Sax et de Spencer. Pour la plupart, remarqua Nadia, il s'agissait de vétérans de la guerre, mais elle vit aussi dans leurs rangs Jackie, Nirgal et quelques indigènes. Nadia avait vu une partie du travail que Sax avait fait à propos de 61 à Burroughs, et elle espérait qu'avec le témoignage de certains vétérans, ils pourraient parvenir à une compréhension générale du conflit et de ses causes fondamentales – alors que près d'un demi-siècle s'était écoulé depuis, mais, ainsi que le lui fit remarquer Art quand elle lui en parla plus tard, ce n'était pas atypique. Il avait posé la main sur son épaule, il ne pensait plus apparemment à ce qu'il avait observé durant la matinée, durant cette première révélation de la nature indocile de l'underground.

– Ils ne sont guère d'accord sur quoi que ce soit, admit-il. Mais ça commence toujours ainsi.

Tard le lendemain, Nadia s'arrêta dans l'atelier où l'on débattait du terraforming. Elle se dit que c'était sans doute la question qui les divisait le plus, et la participation du public le reflétait parfaitement. La salle du parc de Lato était bondée et, avant le commencement de la réunion, le président de l'assemblée invita la foule à s'installer sur les pelouses du parc, au-dessus du canal.

Les Rouges de l'assistance insistaient sur le fait que le terraforming était une obstruction totale à leurs espérances. Si la surface de Mars devenait viable pour les humains, selon eux, elle représenterait une nouvelle Terre à investir. Si l'on tenait compte de l'ascenseur en construction sur Terre, les puits gravifiques seraient supprimés, une émigration de masse s'ensuivrait, et toute possibilité d'indépendance de Mars disparaîtrait du même coup.

Les gens en faveur du terraforming, les verts, qui ne formaient pas encore un véritable parti, avançaient comme argument principal qu'avec une surface viable il serait possible de vivre n'importe où, et qu'à partir de là l'underground existerait en surface, qu'il serait infiniment moins vulnérable aux attaques et moins facilement contrôlable, donc dans une meilleure position pour prendre le pouvoir.

On débattit des deux points de vue dans toutes les variations et combinaisons possibles. Ann Clayborne et Sax Russell étaient là, au centre de l'assemblée, et ils multipliaient les interventions à tel point que le public finit par se taire, dominé par l'autorité de ces deux anciens antagonistes, se contentant de les suivre dans leur affrontement.

Nadia observait cette lente collision sans joie, inquiète pour ses deux amis. Elle n'était pas la seule à être troublée. La plupart de ceux qui se trouvaient là avaient vu la vidéo d'Ann et de Sax enregistrée à Underhill, et leur histoire était bien connue – l'un des grands mythes des Cent Premiers, un mythe qui remontait à une époque où les choses étaient plus simples, où des personnalités distinctes pouvaient trouver des solutions nettes. Aujourd'hui, rien n'était simple. Autour de ces deux vieux adversaires qui se faisaient face à nouveau, une sorte d'électricité bizarre s'était formée dans l'air, un mélange de nostalgie, de tension et de *déjà vu* collectif. Et aussi un désir (mais Nadia se dit que ce n'était qu'une illusion qu'elle nourrissait) de voir ces deux-là se réconcilier enfin, pour leur propre bien et celui de tous.

Mais Ann et Sax, pour le moment, étaient là, au centre des regards. Ann avait déjà perdu cette joute, et son attitude s'en ressentait : elle était discrète, détachée, presque indifférente; l'impétueuse Ann Clayborne des célèbres vidéos n'existait plus.

– Quand la surface sera viable, disait-elle (*quand*, remarqua Nadia, et non pas *si jamais*), ils afflueront par milliards. Aussi longtemps que nous vivrons dans des refuges et des abris, la population se comptera en millions de personnes. Et c'est exactement le niveau nécessaire si nous souhaitons réussir une révolution. (Elle haussa les épaules.) Vous pourriez le faire dès aujourd'hui si vous le vouliez. Nos refuges sont cachés, et les leurs ne le sont pas. Si vous vous en emparez, ils ne pourront riposter contre personne – ils mourront, et vous prendrez le pouvoir. Le terraforming nous fera perdre cet avantage.

– Je ne veux pas être mêlée à ça ! riposta aussitôt Nadia, incapable de se contenir. Vous savez comment c'était dans les cités en 61.

Hiroko se trouvait tout au fond. Jusqu'alors, elle avait observé et écouté en silence. Elle prit la parole pour la première fois.

– Nous ne voulons pas d'une nation fondée sur le génocide.

Ann haussa les épaules.

– Tu veux une révolution sans effusion de sang, mais ce n'est pas possible.

– Mais si. Une révolution de soie. Une révolution d'aérogel. Une part intégrante de l'aréophanie. Voilà ce que je veux.

– OK. (Personne ne pouvait venir à bout d'Hiroko dans une

discussion.) Mais même dans ce cas, ce serait plus facile si la surface n'était pas viable. Ce coup dont tu parles – je veux dire, réfléchis. Si tu t'empares des centrales énergétiques des principales villes et que tu dis « C'est nous qui contrôlons tout maintenant », alors la population devra bien être d'accord par nécessité. Mais, par contre, avec des milliards de gens vivant sur une surface devenue viable, si tu en mets certains au chômage et que tu déclares que c'est toi qui diriges, ils risquent de te répondre : « Vous dirigez quoi ? » Et ils t'ignoreront.

– Ceci, avança Sax, suggère... une prise de pouvoir... pendant que la surface est non viable. Ensuite, on poursuit le processus... comme une chose indépendante.

– Ils vous voudront, dit Ann. Quand la surface s'ouvrira à eux, ils viendront vous chercher.

– Pas s'ils s'effondrent.

– Les transnationales ont le contrôle absolu, répliqua Ann. N'en doute pas un instant.

Sax observait Ann d'un regard intense, et au lieu de réfuter ses arguments, ainsi qu'il l'avait toujours fait lors de leurs anciens débats, il semblait au contraire se concentrer sur ce qu'elle disait, réfléchissant sur ses moindres propos avant de répondre avec des hésitations qui ne s'expliquaient pas seulement par ses problèmes d'élocution. Avec son visage différent, il semblait à Nadia que quelqu'un d'autre était en train de débattre devant elle. Ce n'était pas Sax mais une sorte de frère, un professeur de danse ou un ex-boxeur qui avait des troubles d'élocution et le nez cassé, qui faisait des efforts patients pour trouver les mots adéquats et n'y parvenait pas toujours.

Mais l'effet était pourtant le même.

– Le... terraforming est... irréversible, coassa-t-il. Tactiquement difficile... *techniquement* difficile... à démarrer... à *arrêter*. Égal à l'effort que l'on fait... ou que l'on ne fait pas... Et l'environnement peut être... une arme pour notre cas... notre *cause*. A tous les niveaux.

– Comment ? demandèrent plusieurs personnes dans le public, mais Sax ne se fit pas plus précis : il se concentrait toujours sur Ann, qui le dévisageait avec une expression curieuse, comme si elle était exaspérée.

– Si nous sommes en route pour la viabilité de la surface, lui dit-elle, alors Mars représente une valeur incroyable pour les transnationales. Et peut-être même leur salut, si les choses tournent mal là-bas. Ils pourront toujours débarquer ici, ils seront les propriétaires d'un nouveau monde, et au diable la

Terre ! Et si tel est le cas, nous n'aurons pas la moindre chance de nous en tirer. Tu as vu ce qui s'est passé en 61. Ils disposent de moyens militaires gigantesques et c'est comme ça qu'ils maintiendront leur pouvoir ici.

Elle haussa les épaules. Sax cilla en réfléchissant et alla même jusqu'à hocher la tête. En les observant, Nadia sentit son cœur se serrer : ils manquaient tellement de passion qu'ils semblaient avoir perdu tout intérêt. Ann, pareille à l'un de ces terrassiers basanés que l'on voyait sur les anciens daguerréotypes et Sax, avec son nouveau charme incongru, semblaient avoir à peine soixante-dix ans. Et Nadia avait du mal à admettre qu'ils avaient dépassé les cent vingt ans, qu'ils étaient d'un âge quasi inhumain... Et ils étaient si différents, en quelque sorte : abîmés, surchargés d'expérience, érodés, esquintés – en tout cas, trop dépassionnés pour s'affronter avec des mots. Et ils finirent par rester silencieux, s'observant les yeux dans les yeux, bloqués dans une dialectique presque vidée de son contenu de colère.

Mais les autres firent plus que compenser leur silence contemplatif : les plus jeunes étaient soudain déchaînés. Les Rouges considéraient le terraforming comme faisant partie d'un processus impérialiste. Comparée à eux, Ann était une modérée. Ils s'en prenaient même à Hiroko dans leur fureur.

– Ne parlez pas d'*aréoforming* ! cria une femme, mais de *terraforming*. C'est ça que vous faites : du *terraforming* ! Si vous dites aréoforming, c'est un ignoble mensonge !

Déconcertée, Hiroko observa la grande jeune femme blonde qui l'invectivait, une Walkyrie qui tempêtait.

Ce fut Jackie qui répondit.

– Nous terraformons cette planète, mais elle nous aréoforme.

– Ça aussi, c'est un mensonge !

Ann regarda Jackie d'un air sombre.

– Ton grand-père m'a dit la même chose, il y a bien longtemps. Comme tu dois le savoir. Mais j'attends toujours de savoir ce qu'*aréoforming* est censé signifier.

– C'est arrivé à tous ceux qui sont nés ici, dit Jackie, sûre d'elle.

– Comment ça ?... Tu es née sur Mars – en quoi es-tu différente ?

Jackie s'enflamma.

– Je suis comme tous les indigènes. Mars est le seul monde que je connaisse, et tout ce qui compte pour moi. J'ai été élevée dans une société faite des souches de nombreux prédécesseurs terriens fondues en une seule et unique souche martienne.

Ann haussa les épaules.

— Je ne vois pas en quoi tu es différente. Tu me rappelles Maya.

— Va te faire voir!

— Comme dirait Maya. C'est ça, ton aréoforming. Nous sommes humains, et humains nous restons, quoi qu'ait pu dire John Boone. Il a dit tellement de choses, et aucune ne s'est jamais révélée vraie.

— Pas encore. Mais le processus est lent quand il dépend de gens qui n'ont pas eu une seule idée nouvelle en un demi-siècle. (Certains, parmi les plus jeunes, s'esclaffèrent.) Et qui ont pour habitude de mêler des insultes personnelles gratuites à un débat politique.

Elle regardait Ann, calme et sereine apparemment, si l'on oubliait l'éclat de son regard, qui rappela à Nadia, une fois encore, quel était son pouvoir réel. Presque tous les indigènes présents ici étaient derrière elle, ça ne faisait pas de doute.

Hiroko s'adressa à Ann.

— Mais si nous n'avons pas changé, comment expliques-tu les Rouges? Et l'aréophanie?

— Il existe des exceptions.

Hiroko secoua la tête.

— Nous portons en nous l'esprit de ce lieu. Il a des effets profonds sur la psyché humaine. Tu es une Rouge et tu étudies le paysage. Tu ne peux pas réfuter cette vérité.

— C'est une vérité pour certains, mais pas pour tous. Nombreux sont ceux qui ne sentent pas cet esprit du lieu. Les villes se ressemblent — en fait, elles sont interchangeables dans leurs grands traits. Quand les gens débarquent dans une cité sur Mars, quelle est la différence pour eux? Aucune. Et alors ça ne les dérange pas de détruire les territoires qui s'étendent autour de la cité comme ils l'ont fait sur Terre.

— On peut leur apprendre à penser différemment.

— Non, je ne le crois pas. Vous les avez pris trop tard. Au mieux, vous pourriez leur ordonner d'agir différemment. C'est bien ce que l'on espère de votre révolution. Mais ça n'est pas être aréoformé par cette planète. Ce sera de l'endoctrinement, des camps de rééducation, n'importe quoi... De l'aréophanie fasciste.

— Non, ce sera de la persuasion. Un plaidoyer pour une cause, une argumentation par l'exemple. Toute coercition sera inutile.

— La révolution par l'aérogel, fit Ann, sarcastique. Mais l'aérogel n'est pas très efficace contre les missiles.

Plusieurs intervenants parlèrent en même temps et, un instant, le fil de la discussion fut perdu. Elle se fractionna en une centaine de mini-débats : tous voulaient dire ce qu'ils avaient tu pendant longtemps. Il était évident qu'ils pouvaient continuer ainsi des heures durant, et même pendant des jours.

Ann et Sax se rassirent. Nadia se fraya un chemin dans la foule en secouant la tête. Dans les derniers rangs, elle tomba sur Art, qui lui dit sobrement :

– Incroyable.

– Mais si, il faut le croire.

Les jours qui suivirent ressemblèrent aux premiers. Les ateliers, bons ou mauvais, s'achevaient à l'heure du dîner, que suivaient de longues soirées de discussion ou de fête. Nadia remarqua que si les vieux immigrants avaient tendance à reprendre le travail après le dîner, les jeunes indigènes considéraient les conférences comme une activité ne devant pas dépasser la journée. Les soirées devaient être consacrées aux réjouissances, et cela se passait le plus souvent autour du grand bassin tiède de Phaistos. Une fois encore, c'était une simple question de tendances, avec diverses exceptions dans l'un et l'autre camp, mais Nadia trouvait cela très intéressant.

Elle-même passait le plus clair de ses soirées dans les patios de Zakros. Elle prenait des notes sur les rencontres de la journée, bavardait çà et là, et réfléchissait. Nirgal se joignait très souvent à elle, ainsi qu'Art, quand il ne vidait pas des tasses de kava avec les adversaires de la journée ou n'allait pas faire la fête à Phaistos.

Durant la deuxième semaine, elle prit l'habitude de faire une petite promenade dans la soirée. Elle allait jusqu'au bout du tube, parfois jusqu'à Falasarna, avant de rejoindre Nirgal et Art pour le dernier échange de la journée, dans un patio situé sur un nœud de lave dans Lato. Durant leur long voyage depuis Kasei Vallis, les deux hommes étaient devenus des amis, et sous la pression du congrès, ils se comportaient désormais comme deux frères, parlant de tout, comparant leurs impressions, testant leurs théories et préparant des plans avant de les soumettre à Nadia. Elle était proche d'eux – elle était peut-être la grande sœur, ou la babushka – et un soir, alors qu'il se dirigeait en vacillant vers son lit, Art parla de « triumvirat ». Nadia, pour lui, était sans doute Pompée. Mais elle faisait de son mieux pour les influencer avec ses propres analyses, qui portaient sur la perspective la plus vaste.

Elle leur expliqua que de nombreux désaccords s'étaient fait jour parmi les groupes, et que certains étaient fondamentaux. Il y avait les partisans et les adversaires du terraforming. Il y avait les partisans et les adversaires de la violence révolutionnaire. Il y avait ceux qui avaient choisi l'underground pour maintenir leurs cultures menacées, et ceux qui avaient disparu afin de créer des structures sociales radicalement nouvelles. Il semblait de plus en plus évident aux yeux de Nadia qu'il existait également des différences marquées entre ceux qui avaient émigré de la Terre et ceux qui étaient nés sur Mars.

Il y avait donc toutes sortes de conflits, et aucune perspective d'accord évidente. Un soir, Michel Duval vint boire un verre en leur compagnie et Nadia lui décrivit le problème. Il sortit alors son IA et entreprit de tracer des diagrammes selon ce qu'il appelait « le carré sémiotique ». A partir de son schéma, ils dessinèrent une centaine de croquis différents sur les diverses dichotomies, en essayant de trouver un plan qui pourrait les aider à comprendre les oppositions et les alignements qui pouvaient exister entre elles. Ils obtinrent quelques diagrammes intéressants, mais aucune révélation aveuglante – quoiqu'un carré sémiotique complexe leur parût plus suggestif que les autres, selon Michel : violence et non-violence, terraforming et anti-terraforming composaient les quatre angles initiaux et, dans la seconde combinaison autour de ce premier carré, il localisa les Bogdanovistes, les Rouges, l'aréophanie d'Hiroko et les Musulmans avec divers autres groupes de culture conservatrice. Mais ce que cette *combinatoire* révélait en termes d'action n'était pas clair, et quand Michel s'éloigna, plongé dans ses réflexions, Nadia, Nirgal et Art haussèrent les épaules avant de revenir aux ateliers du lendemain et aux déclarations qu'ils devraient y faire.

Nadia se mit à fréquenter les réunions quotidiennes où l'on débattait d'un possible gouvernement martien. Elles étaient aussi désorganisées que les meetings sur les méthodes révolutionnaires, mais moins marquées par l'émotion et souvent plus positives. Elles avaient lieu dans un petit amphithéâtre que les Minoens avaient creusé dans un tunnel de Malia. Depuis les gradins, on pouvait découvrir les bambous, les grands pins et les toits de terre cuite du tunnel, de Zakros à Falasarna.

Le public était différent de celui des débats révolutionnaires, mais bien sûr il y avait des échanges. Il arrivait qu'un rapport émanant d'un petit atelier appelle à la discussion, et dans ce cas une large part de ceux qui y avaient participé rejoignaient les réunions les plus importantes pour avoir l'écho des effets de ce rapport. Les Suisses avaient mis sur pied des ateliers pour tous les aspects de la politique, de l'économie et de la culture en général, et les discussions touchaient un public très large.

Vlad et Marina, par exemple, envoyaient des rapports fréquents de leur atelier sur la finance, chacun plus précis que le précédent, augmentant encore leur concept évolutif de l'éco-économie.

– C'est très intéressant, dit Nadia à Nirgal et Art, ce soir-là, quand ils se retrouvèrent dans le patio. Des tas de gens critiquent le système original de Vlad et Marina, y compris les Suisses et les Bolognais, et ils en arrivent à la conclusion que le système de cadeaux que nous avons utilisé initialement dans l'underground n'est pas suffisant en lui-même, parce que son équilibre est trop difficile à gérer. Des problèmes de pénurie et d'accumulation se posent, et dès que l'on commence à définir des normes, ça revient à contraindre les gens à faire des cadeaux, ce qui est une contradiction. Coyote l'a toujours dit, et c'est pour cette raison qu'il a bâti son réseau de troc. Ils travaillent donc sur l'élaboration d'un système plus rationalisé, dans lequel les produits de base seraient distribués selon une économie de péroxyde d'hydrogène, dans laquelle le prix des choses serait calculé selon leur valeur en calories. Pour le reste, l'économie de cadeau entre en jeu selon l'étalon azote. Nous avons donc deux niveaux, le besoin et le cadeau, ou ce que les soufis nomment l'animal et l'humain, exprimés selon des normes différentes.

– Le vert et le blanc, marmonna Nirgal.

– Et ce système de dualité plaît aux soufis ? s'inquiéta Art. Nadia acquiesça.

– Aujourd'hui, après que Marina a décrit les relations entre les deux niveaux, Dhu el-Nun lui a dit : « Même les Mevlana n'auraient pas aussi bien résumé tout cela. »

– C'est un bon signe, approuva Art d'un ton enjoué.

Nadia visita d'autres ateliers, moins spécifiques et donc moins fructueux en débats. L'un d'eux, qui portait sur une possible charte des droits, se révéla bizarrement désagréable. Elle comprit très vite que le sujet avait des rapports profonds avec des préoccupations culturelles. Il était évident que certains des participants pensaient tenir là une chance de favoriser leur culture aux dépens des autres.

– Je le répète depuis Boone ! s'exclama Zeyk d'un ton sec. Toute tentative de nous imposer une échelle de valeurs équivaudrait à de l'ataturkisme. Chacun doit rester libre de suivre son chemin.

– Mais ça ne peut être vrai que jusqu'à un certain degré, protesta Ariadne. Que direz-vous si l'un des groupes ici présents revendique le droit de posséder des esclaves?

Zeyk haussa les épaules.

– Là, on dépasserait les bornes.

– Vous êtes donc d'accord pour définir une sorte de charte des droits humains?

– C'est évident, répliqua-t-il, glacial.

Mikhail prit la parole au nom des Bogdanovistes :

– Toute hiérarchie sociale est en soi une sorte d'esclavage. Chacun devrait être égal devant la loi.

– La hiérarchie est un fait naturel, dit Zeyk. Rien ne peut s'y opposer.

– Voilà qui est parler comme un bon Arabe, dit Ariadne. Mais ici, nous ne sommes pas naturels, nous sommes des Martiens. Et quand la hiérarchie conduit à l'oppression, il faut l'abolir.

– La hiérarchie des justes.

– Ou la primauté de l'égalité et de la liberté.

– Imposée si nécessaire.

– Oui!

– Une liberté imposée, fit Zeyk, d'un air écœuré, en agitant la main.

Art poussa un chariot de bouteilles.

– Nous devrions peut-être nous concentrer sur des droits réels, proposa-t-il. Revenir sur les déclarations des droits de l'homme sur Terre pour voir si elles pourraient s'adapter à notre condition.

Nadia partit jeter un coup d'œil sur quelques autres meetings. L'usage des terres, la loi sur la propriété, sur le crime, l'héritage... Les Suisses avaient fractionné la question du gouvernement en un nombre stupéfiant de sous-catégories. Ce qui irritait les anarchistes, et plus particulièrement Mikhail.

– Est-ce que nous devons *vraiment* nous occuper de tout cela? ne cessait-il de répéter. Nous devrions considérer les choses dans leur ensemble!

Nadia s'était attendue à retrouver Coyote parmi les protestataires, mais il déclara :

– Il faut discuter point par point! Même si tu ne veux pas d'État il faut quand même le définir dans le détail. Surtout quand on considère que le minimum que les plus minimalistes réclament laisse très exactement en place le système économique et policier qui leur a conféré leurs privilèges. Pour toi, ce sont des libertaires : des anarchistes qui veulent de leurs esclaves une protection policière! Non! Non, même si on veut un État minimum, il faut en débattre depuis la base.

– Mais, et la *loi d'héritage*? insista Mikhail.

– Bien sûr, pourquoi pas? C'est un sujet sensible! Je dis qu'il ne devrait pas y avoir d'héritage du tout, si l'on excepte quelques biens personnels, peut-être. Mais tout le reste devrait revenir à Mars. Car ça fait partie du cadeau, non?...

– Tout le reste? demanda Vlad avec un renouveau d'intérêt. Mais ça consisterait en quoi, exactement? Personne ne possédera la moindre parcelle de terre, d'eau, d'air, de l'infrastructure, du stock génétique, de la banque d'information... qu'est-ce que nous pourrions léguer?

Coyote haussa les épaules.

– Ta maison? Tes économies? Je veux dire : est-ce que nous n'aurons pas d'argent? Et est-ce que les gens ne spéculeront pas sur leurs épargnes quand ils le pourront?...

– Il faut venir aux séances financières, conseilla Marina à Coyote. Nous espérons étalonner la monnaie sur l'unité de péroxyde d'hydrogène et déterminer le prix des choses par leur valeur énergétique.

– Mais l'argent existera toujours, non?...

– Oui, mais nous envisageons la réversion des intérêts des comptes d'épargne, par exemple, comme ça, si on ne réutilise pas ce qu'on a gagné, ce sera dispersé dans l'atmosphère sous forme d'azote. Tu serais surpris de voir à quel point il est difficile de maintenir un solde personnel positif dans ce système.

– Mais si on y parvient?...

– Là, je suis d'accord avec toi – à la mort de quelqu'un, ses acquis reviendraient à Mars et seraient utilisés dans un but public.

En hésitant, Sax lui fit remarquer que c'était en contradiction avec la théorie de bioéthique selon laquelle les êtres humains, comme tous les animaux, étaient puissamment motivés pour subvenir aux besoins de leur propre descendance. Cette pulsion se retrouvait dans tout le règne naturel, dans toutes les sociétés humaines, et expliquait des comportements à la fois égoïstes et altruistes.

– Essayez de changer la base biologicielle... *biologique*... par un quelconque décret... Et vous irez au-devant des ennuis.

– On pourrait peut-être tolérer un héritage minimum, intervint Coyote. Suffisant pour satisfaire l'instinct animal, mais pas assez pour perpétuer une élite.

Marina et Vlad, c'était clair, trouvaient tout cela déconcertant, et ils entreprirent de taper de nouvelles formules sur les IA. Mais Mikhail, assis près de Nadia, feuilletant son programme de la journée, restait frustré.

– Ça fait *vraiment* partie d'un processus constitutionnel? lança-t-il en se perdant dans sa liste. Codes de zonage, production énergétique, *évacuation des déchets*, systèmes de transport – gestion des épidémies, lois sur la propriété, systèmes de doléance, lois sur le crime – arbitrage – *codes de santé?*

Nadia soupira.

– Je suppose que oui. Rappelle-toi tous les travaux d'Arkady sur l'architecture.

– *Programmes scolaires?* Je veux dire, j'ai déjà entendu parler de micro politique, mais tout ça est ridicule!

Art, qui passait près d'eux avec un chariot de nourriture, jeta :

– Il s'agit de nanopolitique.

– Mais non! C'est de la picopolitique! De la femtopolitique [1]!

Nadia se leva pour aider Art à pousser le chariot vers le village où se déroulaient d'autres ateliers, juste en dessous de l'amphithéâtre. Art allait toujours d'un meeting à l'autre. Il ravitaillait tout le monde mais prenait toujours quelques minutes pour surprendre une ou deux phrases du débat en cours. Il y en avait huit à dix par jour, et il arrivait quand même à tous les visiter. Chaque soir, alors que les autres passaient leur temps à faire la fête, ou à se perdre dans de longues promenades, il continuait à rejoindre Nirgal. Ils se repassaient les enregistrements du jour en vitesse légèrement accélérée : les intervenants pépiaient comme des oiseaux. Ils s'arrêtaient quelquefois pour prendre des notes ou discuter de tel ou tel point. Parfois, quand elle se levait au milieu de la nuit pour aller à la salle de bains, Nadia passait dans le salon et les découvrait endormis, affalés dans leurs fauteuils, les lèvres entrouvertes, dans la clarté de l'écran

Et, tous les matins, Art retrouvait les Suisses et relançait les choses. Nadia tenta de suivre son rythme pendant quelques jours, mais s'aperçut très vite que les ateliers du petit déjeuner étaient plutôt risqués. Le plus souvent, les gens sirotaient leur café et grignotaient des muffins et des fruits en se regardant comme des zombies : Qui êtes-vous? semblaient dire leurs yeux vitreux. Qu'est-ce que je fais ici? Où sommes-nous? Pourquoi je ne suis pas resté bien tranquillement dans mon lit?

Mais ça pouvait être aussi bien le contraire : certains matins, les gens arrivaient fraîchement sortis de la douche, en forme, après avoir pris leur café ou leur kavajava, pleins d'idées nouvelles et bien décidés à se mettre au travail pour avancer. Et quand les autres étaient dans le même état d'esprit, les choses

1. Le nano, placé devant une unité, la multiplie par 10^{-9}. Le femto la multiplie par 10^{-15}. Le pico la multiplie par 10^{-12}. *(N.d.T.)*

s'envolaient parfois. L'une des réunions sur la propriété se déroula dans cette ambiance et, pendant une heure, il leur parut qu'ils avaient surmonté tous les obstacles à la conciliation de l'individu et de la société, de l'opportunité privée et des biens communs, de l'égoïsme et de l'altruisme... Au terme de la réunion, pourtant, les notes qu'ils avaient prises semblaient aussi vagues et contradictoires que celles qui concluaient des meetings plus confus et partagés.

Art, après avoir essayé de rédiger un résumé, décida :

– C'est l'enregistrement de l'ensemble de la réunion qui devra représenter tout ça. Ce soir, je vais faire un descriptif détaillé de l'enregistrement, ou bien la transcription complète.

La majorité des meetings, cependant, n'étaient pas aussi brillants. En fait, pour la plupart, ils n'étaient que débats interminables. Un matin, Nadia tomba sur Antar, le jeune Arabe avec qui Jackie avait passé quelque temps durant leur voyage. Il était en train de dire à Vlad :

– Vous n'allez que répéter la catastrophe socialiste !

Vlad haussa les épaules.

– Ne jugez pas aussi vite cette période. Les pays socialistes ont subi l'assaut du capitalisme de l'extérieur et de la corruption de l'intérieur. Aucun système n'aurait pu survivre à cela. Nous ne devons pas jeter le bébé socialiste avec l'eau du bain stalinien, au risque de nous priver de nombreux concepts d'équité évidents. La Terre est aux mains du système qui a abattu le socialisme, et c'est clairement une hiérarchie irrationnelle et destructrice. Alors, comment l'affronter sans être écrasés ? Nous devons chercher la réponse à ce dilemme partout si nous voulons des réponses, y compris dans les systèmes que l'ordre en place a vaincus.

Art poussait un chariot vers une salle voisine, et Nadia l'accompagna.

– Bon Dieu, ce que j'aimerais que Fort soit là, marmonna Art. Je crois qu'il devrait venir. Vraiment.

Dans le meeting qui suivait, on débattait des limites de la tolérance, des choses qui ne seraient pas autorisées quel que soit le sens religieux que chacun pouvait leur donner. Et quelqu'un cria :

– Allez dire ça aux Musulmans !

Jurgen quitta la salle, l'air écœuré. Il pêcha un roulé suisse dans le chariot et suivit Nadia et Art en grignotant.

– La démocratie libérale postule que la tolérance culturelle est essentielle, mais dès qu'on s'éloigne un peu de la démocratie libérale on devient très vite intolérant.

– Et comment les Suisses comptent-ils résoudre ça ? demanda Art.

– Je ne pense pas que nous puissions y arriver.

– Bon sang, si seulement Fort était là ! répéta Art. J'ai essayé de le contacter pour lui parler de tout ça, j'ai même utilisé le réseau gouvernemental suisse, mais je n'ai pas reçu de réponse.

Le congrès se poursuivit durant près d'un mois. Le manque de sommeil et sans doute aussi l'abus de kava rendaient Nirgal et Art plus ou moins groggy et hagards. Nadia décida d'intervenir. Elle les mit au lit en leur promettant de rédiger les résumés des enregistrements qu'ils n'avaient pas encore revus. Ils s'endormirent en s'agitant et en marmonnant sur les étroites couchettes de bambou et de mousse. Une nuit, Art se redressa brusquement.

– Je perds le contenu des choses, déclara-t-il à Nadia, très sérieux, dans un demi-sommeil. Je ne vois plus que des formes.

– Vous devenez suisse, alors ? Rendormez-vous.

Il se laissa aller en arrière.

– C'était dingue de croire un seul instant que vous arriveriez à construire quelque chose tous ensemble, murmura-t-il.

– Rendormez-vous.

Oui, c'était peut-être dingue, songea-t-elle tandis qu'il se remettait à ronfler. Immobile sur le seuil, elle sentit tourner les rouages de son esprit qui lui annonçaient qu'elle ne pourrait trouver le sommeil. Elle sortit dans le parc.

L'air était doux sous les verrières criblées d'étoiles. Le tunnel qui s'étirait devant elle lui rappelait les salles de l'*Arès* en plus grand, mais avec les mêmes astuces esthétiques : les petits pavillons, les petits bocages sombres... Un jeu de construction du monde. Mais désormais, l'enjeu était un monde véritable. Au départ, les participants au congrès avaient été sous le charme, presque éblouis devant cet énorme potentiel, et certains, comme Jackie et les autres indigènes, étaient assez jeunes et irrépressibles pour continuer de se passionner. Mais pour de nombreux autres, plus âgés, les problèmes ardus commençaient à se faire jour, comme autant d'os sous la peau d'un corps amaigri. Les survivants des Cent Premiers, les vieux Japonais de Sabishii passaient des journées entières dans les débats, observant tout, réfléchissant intensément, et leurs attitudes allaient du cynisme de Maya à l'irritation anxieuse de Marina.

Nadia aperçut Coyote, en bas dans le parc, en compagnie d'une jeune femme qui le tenait par la taille. Ils s'avançaient entre les arbres d'un pas vacillant.

Et il cria soudain dans l'immense tunnel, en déployant les bras :

— Ah, amour, puissions-nous toi et moi avec le destin conspirer — Afin de saisir en son entier cette navrante nature — Ne la briserions-nous pas en mille éclats — Pour la remodeler ensuite selon les désirs du cœur [1]!

Mais bien sûr, se dit Nadia. Avec un sourire, elle regagna sa chambre.

Il existait certaines raisons d'espérer. D'abord, Hiroko persévérait, elle participait à tous les meetings, y apportait sa contribution et donnait à tous le sentiment qu'ils avaient choisi le débat le plus important du jour. Ann aussi travaillait — bien qu'elle passât son temps à tout critiquer, se dit Nadia, plus noire que jamais — de même que Spencer, Sax, Maya, Michel, Vlad, Ursula, Marina... En fait, les Cent Premiers semblaient plus unis en cette circonstance qu'ils ne l'avaient été depuis Underhill — comme si c'était leur ultime chance de redresser le cours des choses, de réparer les dommages. De faire quelque chose pour leurs amis disparus.

Et ils n'étaient pas les seuls à travailler. Au fil des meetings, les gens avaient appris à connaître ceux qui souhaitaient voir le congrès parvenir à quelque chose de tangible : ils avaient pris l'habitude de participer aux mêmes meetings, de travailler dur pour trouver des compromis et afficher des résultats sur les écrans, sous forme de recommandations et de conseils. Ils devaient tolérer les visites de ceux qui n'aimaient pas les compromis, ou qui préféraient les applaudissements aux résultats — mais ils persistaient et insistaient à chaque meeting.

Nadia se concentrait sur ces divers signes de progrès, et s'attachait à maintenir Nirgal et Art informés en permanence, tout en assumant leur repos et leur alimentation. Les visiteurs surgissaient dans leur appartement et annonçaient :

— On nous a dit de rapporter ça aux trois grands chefs.

Parmi les travailleurs assidus, beaucoup étaient intéressants. L'une des femmes de Dorsa Brevia, Charlotte, était une étudiante en droit constitutionnel qui avait un certain renom, et elle leur construisait une sorte de charpente, à la suisse, où les sujets à traiter étaient classés en ordre sans être remplis.

— Réjouissez-vous, leur déclara-t-elle un matin où ils l'avaient accueillie la mine lugubre. Un affrontement de doctrines est une réelle *opportunité*. Le congrès constitutionnel américain a été l'un

1. Extrait de la version anglaise de Edward Fitzgerald des *Rubaiyyat d'Omar Khayyam*. *(N.d.T.)*

des plus réussis et pourtant, au départ, les antagonismes y étaient très forts. La forme de gouvernement qu'ils ont bâti reflète la défiance qu'ils avaient les uns pour les autres. Les petits États sont arrivés avec la crainte d'être dominés par les plus grands, et il existe donc un Sénat où tous les États sont égaux, et une Chambre où la représentation est proportionnelle à la taille des États. Cette structure est la réponse à un problème spécifique. C'est la même chose en ce qui concerne l'équilibre des trois pouvoirs. C'est une défiance institutionnalisée de l'autorité. La Constitution suisse en est fortement marquée. Et nous pouvons réaliser cela ici.

Et ils retournèrent à la tâche : deux hommes jeunes et décidés, et une vieille femme usée. C'était étrange, songea Nadia, de constater quels étaient les leaders qui émergeaient dans de telles situations. Ce n'étaient pas forcément les plus brillants ou les mieux informés, comme Marina ou Coyote, quoique ces deux qualités fussent utiles et ces deux personnes particulièrement importantes. Mais les leaders étaient ceux que les gens écoutaient. Ceux qui avaient un magnétisme. Et dans ce rassemblement de personnalités et d'intellects brillants, le magnétisme était rare et fugace. Très puissant...

Nadia se rendit à un meeting où l'on débattait des relations Mars-Terre dans la période qui suivrait l'indépendance. Elle y trouva Coyote, à l'instant où il s'exclamait :

– Mais laissez-les tomber ! Tout ça, c'est leur faute ! Qu'ils essaient de réparer les dégâts tout seuls, s'ils y arrivent. On pourra toujours leur rendre visite en voisins. Mais si on essaie de les aider, on finira par se détruire !

La plupart des Mars-Unistes et des Rouges approuvaient avec ferveur, Kasei le premier. Il y était arrivé récemment, comme leader des Mars-Unistes, un groupe séparatiste des Rouges, dont les membres ne voulaient rien avoir à faire avec la Terre et qui prônaient le recours au sabotage, à l'écosabotage, au terrorisme, à la révolte armée – à tous les moyens nécessaires pour parvenir à leur but. C'était en fait l'une des fractions les plus intransigeantes, et Nadia ressentit une certaine tristesse en voyant Kasei épouser leur cause, et même se porter en avant.

Maya se leva.

– C'est une belle théorie, mais elle est inapplicable. C'est comme le mouvement rouge d'Ann. Il faudra bien que nous traitions avec la Terre, donc essayons de définir comment dès maintenant sans chercher d'échappatoire.

– Aussi longtemps qu'ils seront dans le chaos, nous courrons un danger, intervint Nadia. Nous devons faire notre possible pour les aider. Pour exercer notre influence dans la direction que nous souhaitons les voir prendre.

– Les deux mondes ne sont qu'un seul système! lança quelqu'un.

– Qu'est-ce que vous entendez par là? demanda Coyote. Si ce sont deux mondes différents, ils peuvent très bien constituer deux systèmes différents!

– Il y a l'échange d'information.

– Nous existons pour la Terre non pas en tant que modèle ou expérience, dit Maya. Nous sommes une expérience mentale à partir de laquelle l'humanité peut apprendre.

– Une expérience dans le réel, ajouta Nadia. Car ceci n'est plus un jeu et nous ne pouvons plus nous permettre de spéculer sur des positions théoriques attrayantes.

Tout en parlant, elle s'était tournée vers Kasei, Dao et leurs camarades. Mais elle vit qu'elle n'obtenait aucune réaction.

D'autres meetings suivirent, d'autres diatribes, puis un repas rapide, une dernière réunion avec les issei de Sabishii afin de discuter de l'utilisation du demi-monde comme tremplin pour les initiatives à venir. Et ce fut enfin la conférence de nuit avec Art et Nirgal. Mais les deux hommes étaient épuisés et elle les expédia très vite au lit.

– On reprendra tout ça au petit déjeuner.

Elle aussi était lasse, mais pas assez pour avoir sommeil. Elle se lança donc une fois encore dans une de ses promenades nocturnes, descendant le tunnel depuis Zakros. Elle avait récemment découvert une piste haute taillée dans la paroi ouest. Là, le basalte était à un angle de quarante-cinq degrés et elle pouvait apercevoir la cime des arbres, au loin, dans les parcs. Et à l'endroit précis où la piste virait vers un petit éperon de Knossos, elle découvrait le tunnel sur toute sa longueur, d'un horizon à l'autre, à peine éclairé par les luminaires nichés dans les feuillages, par les quelques fenêtres encore illuminées à cette heure et les lampions suspendus dans les pins du parc de Gournia. L'ensemble était si élégant qu'elle avait le cœur serré, parfois, en pensant à Zygote sous sa couche de glace, son air froid et sa lumière artificielle. Si seulement ils avaient connu l'existence de ces tunnels de lave...

Le fond du segment suivant, Phaistos, était occupé par un bassin allongé dans lequel se déversait le canal de Zakros. Les lampes installées dans le fond conféraient à l'eau un aspect de cristal sombre. Elle découvrit un groupe de baigneurs. Ils passaient brièvement dans l'eau illuminée avant de disparaître dans l'ombre. Comme des amphibiens, des salamandres martiennes... Il y avait longtemps, sur Terre, des animaux marins avaient rampé sur le rivage. Ils avaient dû discuter sérieusement avant d'entreprendre une telle démarche, se dit-elle, l'esprit engourdi. Quitter l'océan ou y rester. Et comment en sortir, et quand... Des rires lointains résonnaient dans le tunnel, les étoiles paraissaient crépiter en nuages denses...

Elle fit demi-tour et emprunta un escalier pour regagner le sol du tunnel avant de retourner vers Zakros, par les sentiers et les pelouses, suivant le canal, l'esprit traversé d'images entremêlées et aiguës. Elle s'allongea sur son lit et sombra aussitôt dans le sommeil. A l'aube, elle rêva de dauphins qui nageaient dans l'air.

Mais au milieu de ce rêve, elle fut éveillée brutalement par Maya, qui lui dit en russe :

– Il y a des Terriens ici. Des Américains.

– Des Terriens, répéta Nadia.

Et soudain, elle eut peur.

Elle s'habilla et sortit. C'était bien vrai : Art était là, avec un petit groupe de Terriens, des hommes et des femmes qui avaient à peu près la taille de Nadia, apparemment son âge, et qui dressaient tous la tête, encore mal assurés sur leurs pieds, observant la grande chambre cylindrique, stupéfaits. Art essayait dans le même temps de les présenter et d'expliquer leur présence, ce qui rendait difficile son élocution.

– Oui, je les ai invités, mais je ne savais pas... Hello, Nadia ! Voici mon vieux patron, William Fort...

– Quand on parle du loup... fit Nadia en tendant la main.

Il avait la poignée franche. C'était un personnage chauve au nez camus, la peau tannée et plissée, avec une expression vague et séduisante.

– Ils viennent juste d'arriver. Ce sont les Bogdanovistes qui les ont accompagnés. J'avais invité Mr Fort depuis pas mal de temps, mais il ne m'a pas répondu et je ne savais pas qu'il comptait venir. Je suis surpris mais content, bien sûr.

– C'est *vous* qui l'avez invité ? lança Maya.

– Oui, parce que, vous comprenez, il voudrait nous aider. C'est ça, pour l'essentiel...

Maya lança un regard furieux à Nadia.

– Je t'avais dit que c'était un espion, lui dit-elle en russe.

– Oui, c'est vrai, fit Nadia, avant de répondre à Fort en anglais : Bienvenue sur Mars.

– Je suis heureux d'être ici.

Et il avait l'air sincère. Son sourire était maladroit, comme s'il était trop heureux pour maîtriser sa contenance. Et ses collègues ne semblaient pas en être sûrs. Ils devaient être une douzaine. Certains souriaient, alors que d'autres paraissaient désorientés ou méfiants.

Après quelques minutes de silence gêné, Nadia précéda Fort et son petit groupe vers les quartiers d'accueil de Zakros. Quand Ariadne arriva, elle leur montra leurs chambres. Que pouvaient-ils faire d'autre?

La nouvelle s'était déjà propagée dans tout Dorsa Brevia, et les gens commençaient à affluer à Zakros, l'air hostile ou curieux – mais leurs visiteurs étaient là, ils étaient les leaders d'une des principales transnationales, apparemment seuls, et sans dispositifs traceurs, avaient assuré les Sabishiiens. Il fallait faire avec.

Nadia demanda aux Suisses de lancer une convocation générale pour un meeting à l'heure du déjeuner. Puis elle invita leurs nouveaux hôtes à se rafraîchir dans leurs chambres et à prendre la parole au cours de la réunion. Les Terriens acceptèrent d'un air reconnaissant, et les plus incertains parurent rassurés. Fort avait déjà l'air de concocter un discours.

Pendant ce temps, Art affrontait une meute de gens hostiles.

– Qu'est-ce qui a pu vous faire croire que vous pouviez prendre des décisions de ce genre pour nous? lui demanda Maya. Vous n'êtes même pas des nôtres! Vous n'êtes qu'une espèce d'espion! Vous avez fait ami-ami et puis, maintenant, vous nous poignardez dans le dos!

Art leva les mains, rouge d'embarras, et bougea les épaules comme s'il voulait éviter des coups, ou bien chercher les regards de ceux qui s'étaient groupés derrière Maya, ceux qui n'étaient venus que poussés par la curiosité.

– Nous avons besoin d'aide. Nous ne pourrons pas accomplir tout ce que nous voulons par nous-mêmes. Praxis est une transnat différente, plus proche de nous que n'importe quelle autre, je vous l'assure.

– Mais ce n'est pas à vous de nous l'assurer! contra Maya. Vous êtes notre prisonnier!

Art écarquilla les yeux et agita les mains.

– Hé, mais je ne peux pas être un prisonnier et un espion en même temps, non?...

– Vous pouvez être n'importe quel type de traître!

Jackie s'avança vers Art, le toisa avec une expression intense et sévère.

– Vous savez que cette équipe de Praxis, qu'elle le veuille ou non, pourrait bien devenir définitivement martienne, maintenant. Exactement comme vous.

Art acquiesça.

– Je leur ai expliqué que ça pouvait arriver. Il est évident que c'est sans importance pour eux. Ils ne veulent que nous aider, je l'ai dit. Ils représentent l'unique transnationale qui agit différemment des autres, et ses objectifs sont proches des nôtres. Ils sont venus ici d'eux-mêmes pour voir s'ils pouvaient être utiles. Notre situation les *intéresse*. Pourquoi vous en offenser ? C'est une vraie *occasion* qui nous est offerte.

– Voyons ce que Fort a à nous dire, proposa Nadia.

Les Suisses avaient organisé le meeting spécial dans l'amphithéâtre Malia. Dès que les délégués commencèrent à affluer, Nadia guida les nouveaux venus. En suivant le tunnel de Dorsa Brevia, ils s'étonnèrent devant ses dimensions. Art ne cessait de tourner autour du groupe, essuyant la sueur de son front, les yeux écarquillés, agité. Il fit rire Nadia. L'arrivée inopinée de Fort l'avait mise de bonne humeur; elle ne voyait pas ce qu'ils pourraient y perdre.

Elle prit place au premier rang avec le groupe de Praxis et observa Art qui précéda Fort jusqu'à l'estrade avant de le présenter à l'assistance. Fort acquiesça, prononça une phrase, puis inclina la tête et observa longuement le fond de l'amphithéâtre, réalisant qu'il n'avait pas d'amplificateur. Alors, il reprit son souffle et enchaîna, et sa voix devint celle d'un acteur vétéran, forte et assurée.

– J'aimerais avant tout remercier les gens de Subarashii qui m'ont accompagné ici.

Art grimaça, se retourna et souffla dans le creux de sa main :

– Sabishii, pas Subarashii !

– Comment ?

– Sabishii. Vous venez de dire Subarashii, qui est le nom de la transnationale. Les gens de cette colonie qui vous ont conduit jusqu'ici viennent de Sabishii. Ce qui signifie « solitaire » en japonais. Alors que Subarashii signifie « merveilleux ».

– Merveilleux, fit Fort. (Il dévisagea Art d'un air intrigué.) Merci, Randolph. Si tout est arrangé, je vais pouvoir continuer.

Il y eut des rires et Fort se lança, dans un style quelque peu incertain mais avec une voix pénétrante. Il décrivit Praxis, ses débuts et comment la société opérait désormais. Lorsqu'il expliqua les rapports de Praxis avec les autres transnationales, Nadia se dit qu'il y avait des similitudes avec les rapports qui existaient sur Mars entre l'underground et les colonies de la surface, et que

Fort faisait preuve d'un certain talent à les mettre en évidence. Elle prit conscience du silence qui s'était établi derrière elle et en conclut que Fort se débrouillait plutôt bien pour capter l'intérêt du public. Mais quand il parla d'écocapitalisme, considérant la Terre comme une planète pleine et Mars comme un monde encore vide, trois ou quatre représentants des Rouges se levèrent d'un bond.

– Qu'est-ce que vous voulez dire par là ? demanda l'un.

Nadia surprit Art en train de crisper les mains entre ses cuisses, et elle comprit très vite pourquoi : la réponse de Fort fut longue et étrange. Il décrivit ce qu'il nommait l'écocapitalisme dalyiste, dans lequel on faisait référence à la nature comme étant la bio-infrastructure, les gens étant le capital humain. En se retournant, Nadia vit plusieurs personnes froncer les sourcils. Vlad et Marina étaient tête contre tête, et Marina tapait sur son poignet. Soudain, Art se redressa et interrompit Fort pour lui demander ce que faisait Praxis dans l'immédiat et comment il envisageait le rôle de Praxis sur Mars.

Fort regarda Art comme s'il ne le reconnaissait pas.

– Nous travaillons avec la Cour mondiale. L'ONU ne s'est jamais remise de 2061, et on la considère comme un produit de la Seconde Guerre mondiale, tout comme la Société des Nations était un produit de la Première Guerre mondiale. Nous avons donc perdu le meilleur arbitre des disputes internationales, et entre-temps les conflits se sont multipliés, certains étant particulièrement graves. Ces conflits, de plus en plus nombreux, ont été portés devant la Cour mondiale par l'une ou l'autre des parties, et Praxis a mis sur pied une organisation des Amis de la Cour, qui essaie d'assister la Cour par tous les moyens possibles. Nous nous plions à ses règles, nous la finançons, nous fournissons du personnel tout en essayant de travailler sur les techniques d'arbitrage, et tout le reste. Nous avons participé à la mise en place d'une nouvelle technique qui veut que si deux entités internationales, quelles qu'elles soient, sont en désaccord et décident de se soumettre à notre arbitrage, elles s'ouvrent à un programme probatoire d'une année avec la Cour mondiale, dont les arbitres essaient de trouver un moyen d'action satisfaisant les deux parties. Au terme de cette année, la Cour mondiale règle tous les problèmes urgents et, en cas d'accord, un traité est signé, et nous essayons de parvenir à un traité par tous les moyens. L'Inde a été concernée et a appliqué le programme avec les Sikhs du Pendjab. Jusque-là, ça fonctionne. D'autres cas se sont révélés plus ardus, mais l'expérience, chaque fois, a été instructive. Le concept de semi-autonomie a retenu l'attention de nombreuses nations. A Praxis, nous croyons que les nations n'ont jamais été vraiment souveraines, mais toujours en semi-autonomie par rapport au reste du monde. Les métanationales sont semi-autonomes, de même que les individus, ou la culture par rapport à l'économie. Les valeurs sont semi-autonomes par rapport aux prix... Une nouvelle branche des maths essaie actuellement de décrire la semi-autonomie en termes logiques formels.

Vlad, Marina et Coyote essayaient d'écouter le discours de Fort tout en conférant et en prenant des notes sur le vif. Nadia se leva et adressa un signe à Fort.

— Est-ce que les autres transnationales soutiennent également la Cour mondiale ?

— Non. Les métanationales l'évitent, et elles utilisent l'ONU comme tampon à estampiller. Je crains qu'elles ne croient encore au mythe de la souveraineté.

— Mais pourtant, ce système semble ne fonctionner que si les deux parties y adhèrent.

— Oui. Tout ce que je puis vous dire, c'est que Praxis s'y intéresse de près et que nous tentons de construire des passerelles entre la Cour mondiale et toutes les puissances terrestres.

— Pourquoi ?

Fort leva les mains, en un geste qui rappelait Art.

— Le capitalisme ne fonctionne que s'il y a croissance. Mais la croissance n'est plus vraiment ce qu'elle était, vous comprenez. Nous avons besoin de croître vers l'intérieur, de recompliquer.

Jackie se leva.

— Vous, sur Mars, vous croîtriez selon le style capitaliste classique, non ?

— Oui, je le suppose.

— Alors c'est peut-être tout ce que vous attendez de nous ? Un nouveau marché ? Ce monde vide dont vous parliez ?...

— Eh bien, à Praxis, nous en sommes venus à considérer que le marché n'est qu'une petite part de la communauté. Et c'est l'ensemble qui nous intéresse.

— Alors qu'est-ce que vous nous voulez ? cria quelqu'un, au fond de la salle.

Fort sourit.

— Nous voulons observer.

La réunion s'acheva un instant après, et les sessions de l'après-midi reprirent. Bien sûr, l'arrivée du groupe de Praxis domina la plupart des discussions. Malheureusement pour Art, il devint très vite évident, au fur et à mesure qu'ils revoyaient les enregistrements, que Fort et son équipe avaient été un élément plus séparateur qu'unificateur au sein du congrès. La majorité n'entendait pas tolérer une transnationale terrienne comme membre du congrès, point final. Coyote déclara à Art :

– Ne me parlez pas des différences de Praxis par rapport aux autres. L'esquive est trop connue. Si les riches agissaient de façon décente, ce système serait parfait... mon œil ! Le système détermine tout, et c'est lui qui doit changer.

– Mais c'est de cela que Fort parle, protesta Art.

Mais Fort était son propre ennemi, avec son habitude d'employer des termes économiques classiques pour décrire ses idées nouvelles. Les seuls à se montrer intéressés par cette approche étaient Vlad et Marina. Pour les Bogdanovistes, les Rouges et les Mars-Unistes – pour la majorité des indigènes et la plupart des immigrants – c'était à nouveau le vieil affairisme terrien dont ils ne voulaient plus entendre parler. Pas question de traiter avec une transnat ! s'exclamait Kasei sur une des bandes, sous les applaudissements. Pas question de pactiser avec la Terre ! Fort dépassait les bornes ! La seule et unique question était de savoir si on allait les autoriser, lui et son groupe, à repartir librement. Certains inclinaient à penser que, tout comme Art, ils étaient désormais prisonniers de l'underground.

Jackie, pourtant, avait pris une position boonéenne durant cette réunion : tout devait être utile à la cause. Et elle méprisait ceux qui rejetaient Fort par principe.

– Dès lors que vous retenez nos visiteurs en otages, lança-t-elle d'un ton âpre à son père, pourquoi ne pas vous en servir ? Pourquoi ne pas discuter avec eux ?

Même dans le groupe le plus hostile, certains étaient partisans de cette proposition, pour telle ou telle raison. Il en résulta donc un nouveau clivage qui vint s'ajouter aux autres : isolationnistes contre bi-mondistes.

Dans les quelques jours suivants, Fort traita la controverse qui s'était développée autour de lui en l'ignorant, à tel point que Nadia acquit le sentiment qu'il n'en avait sincèrement pas conscience. Les Suisses lui demandèrent de conduire un atelier sur la situation actuelle de la Terre. Tous les débats firent salle comble : Fort et ses compagnons répondaient sans réserve à toutes les questions. Fort semblait satisfait de ce qu'on lui disait à propos de Mars, sans toutefois prendre position. Il s'en tenait à la Terre et à ses descriptions.

– Les transnationales se sont effondrées et ne subsistent qu'une vingtaine des plus importantes, dit-il en réponse à une question. Toutes ont passé des accords contractuels de développement avec plusieurs gouvernements nationaux. Nous les appelons désormais les métanationales. Les plus puissantes sont Subarashii, Mitsubishi, Consolidated, Amexx, Armscor, Mahjari et Praxis. Les dix ou quinze autres sont également très importantes, et les suivantes sont de la dimension des simples transnats, mais elles sont en cours d'absorption rapide au sein des métanats. Les grandes métanats sont maintenant les pouvoirs majeurs sur Terre, du fait qu'elles contrôlent le Fonds monétaire international, la Banque mondiale, le Groupe des Onze et tous les pays clients.

Sax lui demanda de définir plus en détail ce qu'était une métanationale.

– Il y a une décennie de cela, Praxis a été appelé par le Sri Lanka, qui nous demandait de jouer le rôle d'arbitre sur le plan de l'économie et du travail entre les Tamouls et les Cinghalais. Nous avons accepté et les résultats ont été satisfaisants mais, pendant toute la durée de cet arrangement, il est apparu clairement que nos rapports avec un gouvernement national constituaient une chose nouvelle. Et cela n'a pas échappé à certains cercles. Puis, il y a quelques années, Amexx a eu un désaccord avec le Groupe des Onze auquel elle a enlevé tous ses actifs pour les replacer aux Philippines. L'inégalité entre les Philippines et Amexx, en produit brut annuel, fut estimée à un contre cent, et cette situation fit qu'Amexx s'empara du pays. Elle fut ainsi vraiment la première métanationale. Mais la nouveauté du phénomène n'apparut réellement que lorsque Subarashii concentra toutes ses opérations au Brésil. Il devint évident que tout ça était neuf et n'avait plus rien à voir avec les anciens rapports sous pavillons de complaisance. Une métanationale, expliqua Fort, prend le contrôle de l'endettement et de l'économie interne de ses pays clients, tout comme l'ONU l'avait fait pour le Cambodge, ou Praxis avec le Sri Lanka, mais de façon bien plus large. Selon ces arrangements, le gouvernement client devient l'agence exécutoire de la politique économique de la métanationale. Généralement, on applique ce que l'on appelle des mesures d'austérité, mais tous les fonctionnaires sont beaucoup mieux payés qu'auparavant, y compris l'armée, la police et les services de renseignement. A ce stade, le pays est acheté. Et chacune des métanationales a les moyens d'acheter plusieurs pays. Amexx a ce type de relations avec les Philippines, les pays d'Afrique du Nord, le Portugal, le Venezuela, plus cinq ou six autres pays plus petits.

– Et c'est ce qu'a fait Praxis également? demanda Marina.

Fort secoua la tête.

– En un certain sens, oui, mais nous avons essayé d'établir des relations de nature différente. Nous avons traité avec des pays assez forts pour mieux équilibrer le partenariat. En particulier avec l'Inde, la Chine et l'Indonésie. Ces trois pays ont été désavantagés par le traité de 2057 sur Mars, aussi nous ont-ils encouragés à venir ici pour faire des enquêtes comme celle-ci. Nous avons également entamé des négociations avec certains autres pays encore libres. Mais nous ne nous y sommes pas encore installés et nous n'avons pas fait de tentative pour leur dicter une politique économique. Nous avons essayé de nous en tenir à notre version du format transnational, mais à l'échelle des métanats. Nous espérons ainsi fonctionner avec ces pays comme une alternative au métanationalisme. Un recours, avec la Cour mondiale, la Suisse, ainsi que quelques autres entités qui échappent à l'ordre métanational.

– Praxis est *différent*, dit Art.

– Mais le système reste le système, remarqua Coyote du fond de la salle.

Fort haussa les épaules.

– C'est nous qui créons le système, je pense.

Coyote se contenta de secouer la tête.

– Il va falloir nous en accorder... nous en *accommoder,* dit Sax.

Et il se mit à interroger Fort. Ses questions étaient hachées, entrecoupées de fautes, et sa voix coassante – mais Fort ignora tout cela et lui répondit avec un grand souci du détail, à tel point que trois débats consécutifs furent de longues interviews de Fort par Sax, au cours desquels ils en apprirent tous beaucoup plus sur les autres métanationales, leurs leaders, leurs structures internes, leurs pays clients, leurs attitudes les unes envers les autres, et leur histoire, plus particulièrement le rôle tenu par les organisations antérieures dans le chaos qui avait entouré les événements de 2061.

– Pourquoi avoir riposté en cassant les hommes... non, je veux dire les *dômes*?

Fort n'était pas expert en détails historiques, et il soupira plusieurs fois devant les défaillances de sa mémoire. Mais le récit qu'il fit de la situation terrienne actuelle fut le plus complet qu'ils aient jamais entendu, ce qui les aida à clarifier les questions qu'ils s'étaient posées sur les activités des métanationales sur Mars. Elles se servaient de l'Autorité transitoire comme d'un médiateur dans leurs désaccords. Elles n'étaient pas d'accord, par exemple, sur le partage des territoires. Elles laissaient le demi-monde en paix car elles considéraient que ses côtés clandestins étaient négligeables et facilement contrôlables. Et ainsi de suite. Nadia aurait embrassé Sax – et elle finit par le faire – avant d'embrasser tour à tour Spencer et Michel pour leur soutien. Car si Sax dominait ses difficultés d'élocution, il devenait parfois rouge de frustration et cognait furieusement la table du poing. Vers la fin d'un débat, il demanda à Fort :

– Qu'est-ce que Praxis attend de morse – (BANG !) – de Mars ?

– Nous pensons que ce qui se passe ici aura des répercussions sur Terre. A ce stade, nous avons noté la montée d'éléments progressistes dont les plus importants sont la Chine, Praxis et la Suisse. Ensuite, nous avons des dizaines d'éléments plus mineurs et moins puissants. La direction que va prendre l'Inde dans une telle situation est un facteur critique. La plupart des métanats la considèrent comme une cuve de développement. Elles entendent par là que quoi qu'on y déverse, rien ne changera vraiment. Nous ne sommes pas d'accord. Et nous pensons que Mars également est un facteur critique, de façon différente, en tant que puissance émergente. Nous voulions donc trouver quels étaient les éléments progressifs présents ici, comprenez-vous, et leur montrer ce que nous faisons. Et entendre ce que vous en pensez.

– Intéressant, dit Sax.

Les choses étaient dites. Mais nombreux étaient ceux qui opposaient une résistance d'acier à l'idée de traiter avec une métanationale terrienne. Et entre-temps les débats sur les autres sujets avaient été interrompus, et les arguments se polarisaient avec le temps.

Quand ils se retrouvèrent dans le patio ce soir-là, Nadia secoua la tête, étonnée par la capacité des gens à ignorer ce qu'ils ont en commun, à s'affronter avec acharnement sur les petites différences qui les séparent. Elle s'en ouvrit à Art et Nirgal :

– Peut-être que le monde est simplement trop complexe pour que n'importe quel plan puisse fonctionner. Peut-être que nous ne devrions plus essayer de plan global mais juste quelque chose qui nous convienne. En espérant que Mars s'en sortira en utilisant plusieurs systèmes différents.

– Je ne crois pas que ça marche non plus, dit Art.

– Mais qu'est-ce qui marchera ?

Il haussa les épaules.

– Je ne sais pas encore.

Et lui et Nirgal se repassèrent les bandes, à la poursuite de ce qui, pour Nadia, était un mirage qui reculait sans fin.

Elle alla se coucher. S'il s'agissait d'un projet de construction, songea-t-elle au seuil du sommeil, elle le ficherait en l'air et recommencerait tout.

L'image hypnagogique d'un immeuble en train de s'effondrer l'éveilla brusquement. Après un instant, en soupirant, elle renonça à dormir et partit dans la nuit pour une nouvelle promenade. Art et Nirgal s'étaient endormis devant les lecteurs, la tête sur la table, sous la lueur clignotante de l'écran. Au-dehors, l'air soufflait vers le nord à travers les portes de Gournia, et elle suivit le souffle en prenant la piste du haut. Parmi les cliquetis des bambous, sous les étoiles... Des rires légers montaient du bassin de Phaistos.

Les lampes du fond étaient allumées, et les baigneurs étaient nombreux. Mais à présent, de l'autre côté du tunnel, à peu près à sa hauteur, il y avait une plate-forme éclairée où huit personnes se tenaient serrées. Un homme était en train de monter sur une espèce de planche en position accroupie. Il s'élança de la plate-forme en se cramponnant au devant de la planche qui, apparemment, ne rencontrait qu'une faible friction. Nu, ses cheveux mouillés lui fouettant le dos, il dévala la paroi incurvée du tunnel en accélérant, jusqu'à ce qu'il jaillisse sur une saillie et vole vers le bassin en décrivant un tonneau, avant de tomber dans l'eau dans un grand jaillissement. Il poussa un cri de triomphe auquel répondirent les hourras des autres.

Nadia descendit pour mieux voir. Quelqu'un d'autre remontait la planche vers la plate-forme, et le plongeur, à présent, se retournait dans l'eau en rejetant ses cheveux en arrière. Nadia ne le reconnut que lorsqu'il fut près du bord, dans la lumière : c'était William Fort.

Elle se déshabilla et entra dans l'eau. Elle était chaude, sans doute à la température du corps ou un peu plus. En poussant un cri, une femme arrivait du haut, comme un surfeur porté par une grande vague de lave.

— Comme ça, ça a l'air dangereux, disait Fort à l'un de ses collègues, mais sous cette gravité, on y arrive bien.

La plongeuse se lança vers le bassin en un parfait plongeon de cygne et revint à la surface sous les applaudissements. Une autre femme avait déjà récupéré la planche et remontait vers la plate-forme.

Fort reconnut Nadia et la salua d'un signe de tête. L'eau lui arrivait à la taille. Il avait des muscles noueux sous sa peau parcheminée. Sur son visage, elle lut le même plaisir vague qu'il affichait durant les débats.

— Vous voulez essayer? lui demanda-t-il.

411

– Plus tard, peut-être, dit-elle en tâchant d'identifier les gens qui étaient là et à quels partis ils appartenaient.

Quand elle prit conscience de ce qu'elle faisait, elle eut un reniflement de mépris. Elle se dégoûtait soudain, la perversité de la politique la dégoûtait – elle pouvait vous infecter très vite.

Elle eut quand même le temps de remarquer que ceux qui s'ébattaient dans le bassin étaient pour la plupart de jeunes indigènes venus de Zygote, de Sabishii, de Vanuatu, de Dorsa Brevia, du mohole de Vishniac ou de Christianopolis. Rares étaient ceux qui intervenaient dans les débats et Nadia n'était pas en mesure d'évaluer leur éventuel pouvoir. Le fait qu'ils fussent ensemble ici, à cette heure de la nuit, n'avait sans doute pas de signification conséquente – ils étaient nus dans l'eau tiède et s'amusaient. Nombreux étaient ceux qui venaient d'endroits où les bains publics étaient chose commune, et ils avaient l'habitude de s'ébrouer avec d'autres.

Une nouvelle surfeuse dévalait la paroi du tunnel en criant. Elle plongea dans le bassin et les autres se précipitèrent sur elle comme des requins. Nadia se laissa glisser sous la surface : l'eau était légèrement salée. En ouvrant les yeux, elle découvrit des bulles de cristal qui explosaient de tous côtés, des corps souples qui ondulaient comme des dauphins sur le fond sombre. Une vision d'ailleurs...

Elle regagna la rive et essora ses cheveux. Fort se tenait au milieu des jeunes, pareil à une sorte de Neptune décrépit, les observant avec son expression bizarre de curiosité tranquille. Peut-être, songea Nadia, ces jeunes indigènes représentaient-ils la nouvelle société martienne dont parlait John Boone, ils se développaient et occupaient peu à peu leur place sans que leurs aînés s'en rendent compte. La transmission d'informations entre les générations comportait toujours une large part d'erreur, et l'évolution se passait toujours ainsi. Même si les gens s'étaient installés sous le sol de Mars pour des raisons variées, même s'ils constituaient l'*underground*, ils semblaient tous converger ici, dans un genre de vie qui avait certains aspects paléolithiques. Au-delà de leurs différences, ils régressaient peut-être vers quelque ancienne culture primitive, ou alors ils progressaient vers une synthèse nouvelle – peu importait laquelle – ou les deux à la fois. Il était possible qu'un lien se noue ici.

C'était du moins ce qu'elle semblait déchiffrer dans l'expression de tranquille plaisir de Fort à l'instant où Jackie Boone, dans toute sa gloire de Walkyrie, s'élançait sur la paroi de lave et jaillissait dans les airs comme une femme-canon.

Le programme défini par les Suisses parvint à son terme. Très vite, les organisateurs demandèrent un repos de trois jours qui devait être suivi par une assemblée générale.

Art et Nirgal passèrent leurs journées dans leur petite salle de conférences, à revoir les vidéos pendant des heures, à discuter sans fin en tapant sur les claviers de leurs IA avec une frénésie imprégnée de désespoir. Nadia les laissait faire et n'intervenait que sur leurs désaccords ou pour rédiger les parties qu'ils estimaient trop difficiles. Souvent, elle en trouvait un assoupi dans son fauteuil et l'autre les yeux fascinés par l'écran.

– Regardez, qu'est-ce que vous dites de ça?...

Nadia regardait docilement l'écran et émettait quelques commentaires tout en leur posant une assiette sous le nez, ce qui avait en général pour effet de réveiller celui qui s'était endormi.

– Oui... Ça me paraît prometteur. On s'y remet.

C'est ainsi qu'au matin de l'assemblée générale, Art, Nirgal et Nadia s'avancèrent ensemble sur l'estrade, Art portant son IA. Il se dressa de toute sa hauteur pour observer l'assistance, comme surpris par son importance, et, après une longue pause, il déclara :

– Nous sommes en vérité d'accord sur de nombreuses choses.

Il fut accueilli par des rires. Mais il leva son IA comme Moïse brandissant les Tables de la Loi et lut à haute voix ce qui était inscrit sur l'écran :

– Règles d'édification d'un gouvernement martien!

Il lança un bref regard au public et tous se turent.

– Un. La société martienne sera composée de nombreuses cultures différentes. Mieux vaut la considérer comme un monde plutôt qu'une nation. Les libertés de religion et d'usages culturels devront être garanties. Nulle culture ou groupe de cultures ne devra être en mesure de dominer les autres.

« Deux. Dans cette structure de diversité, il faudra continuer de garantir que tous les individus ont sur Mars des droits inaliénables, y compris les moyens fondamentaux d'existence, le droit aux soins, à l'éducation et à l'égalité devant la loi.

« Trois. La terre, l'air et l'eau de Mars sont sous l'intendance commune de la famille humaine et ne sauraient appartenir à aucun individu ou groupe.

« Quatre. Les fruits du labeur de tout individu lui appartiennent et ne sauraient être appropriés par tout autre individu ou groupe d'individus. Dans le même temps, le labeur humain sur Mars fait partie d'une entreprise commune, pour le bien commun. Le système économique martien doit refléter ces deux

faits et maintenir l'équilibre entre l'intérêt personnel et les intérêts de la société environnante.

« Cinq. L'ordre métanational qui régit la Terre est actuellement incapable d'incorporer les deux principes qui précèdent et
ne peut s'appliquer ici. A la place, nous devons mettre en place
une économie fondée sur la science écologique. Le but de
l'économie martienne n'est pas un " développement soutenable ", mais une prospérité soutenable par la biosphère tout
entière.

« Six. Le paysage martien lui-même a certains " droits d'existence " qu'il faut respecter. L'objectif des altérations de notre
environnement doit être par conséquent minimaliste et écopoé-
tique afin de refléter les valeurs de l'aréophanie. Nous suggérons
que l'objectif des altérations environnementales doit se limiter à
la portion de Mars située au-dessous des quatre mille mètres de
viabilité humaine. Ce qui se trouve au-dessus, qui constitue
trente pour cent de la planète, sera préservé dans des conditions
similaires aux origines pour constituer autant de zones sauvages
naturelles.

« Sept. Le peuplement de Mars est un processus historique
unique, en ceci qu'il constitue la première implantation de
l'humanité sur une autre planète. En tant que tel, il doit être
conduit dans un esprit de révérence pour cette planète et la
rareté de la vie dans l'univers. Ce que nous faisons ici détermi-
nera autant de précédents pour l'installation des humains dans le
système solaire et suggérera également des modèles pour les rapports à venir entre l'humanité et l'environnement terrestre. Ainsi,
Mars occupe une place spéciale dans l'histoire, ce dont nous
devrons nous souvenir quand nous prendrons les décisions
nécessaires concernant la vie ici.

Art reposa son IA à côté de lui et observa l'assistance. Elle était
silencieuse. Tous les regards étaient braqués sur lui.

– Bien, dit-il avant de s'éclaircir la gorge et de désigner Nirgal,
qui se leva à son tour.

– Voilà tout ce que nous avons pu retenir des ateliers et qui
semble appeler l'agrément de tous. Il y a bien d'autres choses qui
nous ont paru dignes d'être acceptées par la majorité des groupes
présents, mais pas par l'ensemble. Nous avons dressé une liste de
ces points de consensus partiel et nous allons vous les soumettre.
Nous avons le sentiment profond que si nous parvenons à nous
séparer avec ne serait-ce qu'une sorte de document général sur
lequel nous serions tous d'accord, nous aurions accompli quelque chose de significatif. La tendance dans des congrès tels que
celui-ci est de rendre chacun de plus en plus sensible aux dif-

férences qui nous divisent, et je crois que dans notre situation cette tendance est exagérée, parce qu'à ce stade un gouvernement martien demeure une sorte d'exercice théorique. Mais lorsqu'il deviendra un problème pratique – quand nous devrons agir – alors il nous faudra bien trouver un terrain d'entente, et un document tel que celui-ci nous y aidera.

« Nous avons un grand nombre de notes spécifiques pour les points essentiels de ce document. Nous en avons discuté avec Jurgen et Priska, et ils nous ont suggéré de mettre sur pied une semaine de rencontres avec un jour entièrement consacré à chacun des points principaux, afin que tous puissent exprimer leurs commentaires et leurs suggestions. Au terme de ces journées, nous verrons ce qu'il nous en reste.

Il y eut quelques rires. Mais la plupart acquiesçaient en silence.

– Pourquoi ne pas commencer par notre indépendance? lança Coyote depuis le fond.

– Nous ne sommes pas parvenus à trouver des points similaires pour ça, dit Art. Mais on peut toujours prévoir un atelier pour essayer d'y arriver.

– *Peut-être*! insista Coyote. Nous sommes tous d'accord pour que les choses et le monde soient justes. Et le moyen d'y parvenir reste *toujours* le vrai problème!

– Eh bien... Oui et non. Ce que nous avons ici va au-delà du simple vœu de voir les choses devenir plus justes. Quant aux méthodes à appliquer, si nous nous y remettons avec ces objectifs à l'esprit, peut-être que les choses se suggéreront d'elles-mêmes. Je veux dire : y a-t-il un moyen plus sûr d'atteindre nos objectifs plus sûrement? Quels moyens ces fins impliquent-elles? (Il promena son regard sur l'assistance, haussa les épaules et reprit :) Écoutez, nous avons essayé de rédiger une compilation de ce que vous tous avez exprimé, donc s'il y manque des suggestions spécifiques concernant les moyens d'accéder à l'indépendance, c'est peut-être parce que vous vous êtes arrêtés au niveau des philosophies générales d'action à mettre en œuvre, sur le plan où vous êtes pour la plupart en désaccord. La seule proposition que je puisse suggérer est d'essayer d'identifier les diverses forces en présence sur cette planète et d'évaluer leur possible résistance à l'indépendance, puis de façonner vos actions pour contrer cette résistance. Nadia parlait de revoir le concept de toute la méthodologie révolutionnaire, et certains ont suggéré des modèles économiques, une sorte de concept de rachat d'intérêts contrebalancé, quelque chose de ce genre. Mais quand j'ai réfléchi à cette notion de réaction façonnée, cela m'a rappelé la gestion intégrée des fléaux, voyez-vous... ce système que l'on rencontre dans l'agriculture où des méthodes variées sont appliquées à divers degrés dans la lutte contre les fléaux, en fonction de leur nature.

Le public rit, mais il ne parut pas s'en apercevoir. Il semblait décontenancé par le manque d'enthousiasme qui avait suivi la lecture du document général. Déçu. Quant à Nirgal, il semblait furieux.

– Que diriez-vous d'applaudir nos amis, lança Nadia, qui ont réussi à tirer la synthèse de tout ce qui s'est dit?

Il y eut des acclamations. Quelques hourras. Un instant, on aurait pu croire à une montée de l'enthousiasme. Mais cela cessa très vite, et la foule s'écoula au-dehors en bavardant. Déjà avec âpreté.

Les débats se poursuivirent donc. Ils s'articulaient à présent autour du document rédigé par Art et Nirgal. En repassant les bandes, Nadia vit que les accords se concentraient en nombre appréciable sur tous les points excepté le numéro six, concernant le niveau du terraforming. La majorité des Rouges ne voulait pas entendre parler du concept de viabilité à basse altitude, en arguant du fait que la plus grande partie de la surface planétaire se trouvait en dessous du contour des quatre mille mètres, et que les terres en altitude seraient sévèrement contaminées si les niveaux inférieurs devenaient viables. Ils menaçaient de bloquer les opérations industrielles de terraforming en cours, pour revenir aux méthodes biologiques les plus lentes auxquelles le modèle radical d'écopoésis faisait appel. Certains défendaient le développement d'une atmosphère ténue de CO_2, qui autoriserait la vie végétale mais pas la vie animale, ce qui correspondrait plus naturellement au passé de Mars. D'autres étaient partisans de laisser la surface aussi semblable que possible à celle qu'ils avaient trouvée à leur arrivée, en maintenant une population très réduite dans des vallées sous tentes. Ils s'en prenaient avec fureur à la destruction rapide de la surface par le terraforming industriel, condamnant tout particulièrement l'inondation de Vastitas Borealis et la fonte des glaces sous la soletta et la loupe orbitale.

Mais au fil des jours, il devint de plus en plus évident que c'était là le seul point du projet de déclaration qui était sérieusement contesté, alors que tous les autres faisaient uniquement l'objet de rectifications dans le détail. Nombreux étaient ceux qui exprimaient leur surprise et leur satisfaction devant ce consensus, et plus d'une fois Nirgal s'exclama avec irritation :

– Pourquoi sont-ils surpris? Ce n'est pas nous qui avons rédigé ça, nous n'avons fait que relever ce qu'ils avaient tous dit.

Les gens qui l'entendaient acquiesçaient, intéressés, avant de retourner dans les meetings pour travailler une fois encore sur les détails. Mais Nadia avait le sentiment que l'accord se faisait jour de tous côtés, arraché au chaos par l'affirmation d'Art et de Nirgal. De nombreuses sessions, cette même semaine, s'achevèrent en une sorte de consensus politique : les aspects variés d'un État se soudant enfin dans la forme que la majorité des parties acceptaient.

Mais la discussion sur les méthodes n'en devint que plus véhémente. Elle n'en finissait pas : Nadia contre Coyote, Kasei, les Rouges, les Mars-Unistes et la plupart des Bogdanovistes.

– Vous n'obtiendrez jamais ce que nous voulons par le meurtre!

– Ils n'abandonneront jamais cette planète! Le pouvoir politique commence au bout du fusil!

Une nuit, après l'une de ces corridas, ils se retrouvèrent très nombreux dans le bassin de Phaistos pour essayer de se détendre. Sax était assis sur une saillie de lave, dans l'eau, et secouait la tête.

– C'est le problème classique de la pénitence... non... de la *violence*. Radical, libéral... Qui n'ont jamais réussi à se mettre d'accord.

Art se laissa couler et remonta en crachotant. Fatigué, irrité, il dit :

– Pourquoi ne pas intégrer la gestion des fléaux? Et l'idée du retrait mandatoire?

– Le chômage obligatoire, rectifia Nadia.

– La décapitation, ajouta Maya.

– N'importe quoi! lança Art en les aspergeant. La révolution de velours. La révolution de soie.

– D'aérogel, dit Sax. C'est léger, résistant, invisible.

– Ça vaut le coup d'essayer! dit Art.

Ann secoua la tête.

– Ça ne marchera jamais.

– Ça serait mieux qu'un autre 61, remarqua Nadia.

– Mieux si nous nous mettons d'accord sur un plein... un *plan*, dit Sax.

– Mais nous ne pouvons pas, se plaignit Maya.

– Le front est large, insista Art. Allons-y et voyons ce qui marche le mieux.

Sax, Nadia et Maya secouèrent en même temps la tête. En les regardant, Ann éclata brusquement de rire. Et ils se retrouvèrent assis ensemble dans l'eau, à rire sans vraiment savoir pourquoi.

Le dernier grand meeting eut lieu à la fin de l'après-midi, dans le parc de Zakros où tout avait commencé. L'ambiance était bizarrement confuse, jugea Nadia, car nombreux étaient ceux qui acceptaient à contrecœur la Déclaration de Dorsa Brevia, bien plus longue que le projet initial d'Art et Nirgal. Chacun des points fut énoncé à haute voix par Priska, et acclamé par vote consensuel. Mais certains groupes acclamèrent plus fort que d'autres sur divers points, et quand la lecture fut achevée, l'ovation générale fut brève et de pure forme. Nul ne pouvait se réjouir de cela, et Art et Nirgal paraissaient épuisés.

Un moment, chacun resta immobile et silencieux. Personne ne savait ce qu'il convenait de faire ensuite. Le désaccord sur la question des méthodes semblait s'étendre jusqu'à l'attitude à assumer en cet instant. Que faire? Est-ce qu'ils devaient simplement retourner chez eux? Avaient-ils tous un chez-soi? Le moment se prolongea dans le malaise, il devint presque douloureux (comme ils auraient eu besoin de John Boone!), à tel point que Nadia fut soulagée en entendant un cri, quelque part – qui sembla briser un sortilège. Elle leva les yeux. Des doigts se tendaient.

Et là-bas, tout en haut de la muraille noire du tunnel, il y avait une femme verte. Elle était dévêtue. Sa peau verte luisait sous le rai de lumière qui filtrait d'une baie – elle avait les cheveux gris, elle était pieds nus, sans le moindre bijou. Complètement nue sous la couche de teinture verte. Et ce qui était si commun dans le bassin, la nuit, devenait dangereusement provocant sous la lumière du jour. C'était un choc pour tous les sens, un défi à la notion de congrès politique qui leur était, à tous, devenue familière.

Hiroko. Elle commença à descendre les marches d'un pas mesuré. Ariadne, Charlotte et plusieurs autres Minoennes l'attendaient en bas, en compagnie des plus fervents adeptes d'Hiroko: Iwao, Rya, Evgenia, Michel et tous les autres venus de la colonie cachée. Et, tandis qu'Hiroko descendait, ils se mirent à chanter. Ils la couvrirent de guirlandes de fleurs rouges. Un rite de fertilité, songea Nadia. Qui venait tout droit du fond paléolithique de leurs esprits pour se fondre dans l'aréophanie d'Hiroko.

Et lorsqu'elle quitta les marches, ils la suivirent en psalmodiant les noms de Mars: « Al-Qahira, Arès, Auqakuh, Bahram... » Et ainsi de suite, dans un grand mélange de syllabes archaïques ou revenait souvent « ka... ka... ka... »

Elle les précéda sur le sentier, entre les arbres. Ils traversèrent la pelouse et rejoignirent l'assistance dans le parc. Hiroko passa au milieu de la foule avec une expression solennelle, lointaine, sur son visage vert. Ils furent nombreux à se lever sur son passage. Jackie Boone se joignit au cortège, et sa grand-mère verte lui prit la main. Elles marchaient maintenant côte à côte : la vieille matriarche, haute, fière, marquée par le temps, noueuse comme un arbre, verte comme ses feuilles. Jackie, plus grande encore, jeune et gracieuse comme une danseuse, ses longs cheveux noirs flottant jusqu'à ses reins. Un bruissement courut alors dans la foule, comme un soupir, et quand le cortège descendit le chemin central qui accédait au canal, certains se levèrent et suivirent, escortés des soufis qui formèrent une tresse autour d'eux, tout en dansant.

– Ana el-Haqq, ana Al-Qahira, ana el-Haqq, ana Al-Qahira...

Bientôt, ils furent un millier à suivre le cortège, dans les chants des soufis ou les psalmodies de l'aréophanie, ou bien encore dans le silence.

Nadia, heureuse, tenait Nirgal et Art par la main. Ils étaient des animaux, après tout, quelle que fût la vie qu'ils avaient choisie. Elle éprouvait une sorte d'adoration, une émotion qu'elle avait rarement connue – l'adoration pour la divinité de la vie, qui revêtait de si belles formes.

Au bord du bassin, Jackie enleva sa combinaison rouille et, avec Hiroko, elle entra dans l'eau jusqu'aux chevilles. Elles étaient face à face et levaient très haut leurs mains jointes. Les autres Minoennes se joignirent à ce pont. Vieilles ou jeunes, vertes ou roses...

Ceux des colonies cachées furent les premiers à passer sous le pont, et parmi eux Maya, main dans la main avec Michel. Et ensuite beaucoup d'autres suivirent et passèrent sous le pont de la mère, en un rite qui semblait remonter à des millions d'années, un cérémonial codé dans leurs gènes et qu'ils semblaient avoir pratiqué toute leur vie. Les soufis passèrent en dansant sous les mains jointes avec leurs grandes robes bouffantes, ce qui inspira tous les autres, qui restèrent habillés pour se lancer dans l'eau entre les femmes nues. Zeyk et Nazik les conduisaient en psalmodiant « Ana Al-Qahira, ana el-Haqq, ana Al-Qahira, ana el-Haqq », pareils à des Hindous dans le Gange, à des Baptistes dans le Jourdain. A la fin, ils furent quelques-uns à se déshabiller, mais tous se retrouvèrent dans l'eau. Et tous se dévisageaient dans cette renaissance soudaine et instinctive, la conscience éclaircie, tapant sur la surface de l'eau, parfois, pour accompagner en rythme les chants et les psalmodies... Et Nadia n'en finissait pas de redécouvrir la beauté de tous ces humains.

La nudité, songea-t-elle, était dangereuse pour l'ordre social, en ce qu'elle révélait trop la réalité. Ils étaient tous là avec leurs imperfections, leurs caractères sexuels et les marques de leur mortalité – mais ce qui dominait avant tout, c'était leur étonnante beauté dans la clarté sourde du tunnel, à cette heure du crépuscule, une beauté incroyable, incompréhensible. Sans réponse. Leur peau avait les reflets rouges du soleil déclinant, mais pas assez, apparemment, pour certains des Rouges qui se teintaient le corps pour répondre à Hiroko. Une baignade politique! se dit Nadia. Et, en fait, toutes les couleurs se mêlaient dans l'eau qui, très vite, devenait brunâtre.

Maya s'était mise à nager sur les hauts-fonds et vint heurter Nadia avant de s'accrocher impétueusement à elle.

– Hiroko est géniale! lui lança-t-elle en russe. Folle peut-être, mais géniale.

– La déesse-mère du monde, répliqua Nadia avant de s'élancer dans l'eau tiède vers quelques-uns des Cent Premiers et des issei de Sabishii.

Ann et Sax étaient là, côte à côte : Ann grande et élancée, Sax trapu et rond, exactement comme aux premiers jours des bains d'Underhill, quand ils se perdaient dans de longues discussions, le visage de Sax renfrogné par la concentration. Nadia éclata de rire en les voyant et les aspergea à grands gestes.

Fort nagea jusqu'à elle.

– J'aurais dû mener toute la conférence comme ça! dit-il. Ooh! Il y en a un qui va nous tomber dessus!

Un surfeur qui dévalait la paroi du tunnel venait de s'éjecter et plongea au milieu du bassin.

– Écoutez, ajouta Fort, il faut que je rentre si je veux être utile. Et puis j'ai aussi une arrière-arrière-arrière-petite-fille qui se marie dans quatre mois.

– Et vous pourrez rentrer aussi vite que ça? s'étonna Spencer.

– Oui, j'ai un vaisseau rapide.

Une des filiales spatiales de Praxis construisait des fusées qui utilisaient une version modifiée du système de propulsion Dyson pour accélérer et décélérer durant le vol, ce qui autorisait une trajectoire directe entre les deux planètes.

– Le style directorial, commenta Spencer.

– Tous ceux qui ont besoin de se déplacer d'urgence peuvent l'emprunter à Praxis. Tenez : si vous avez envie de visiter la Terre, rien que pour voir quelles sont les conditions, en exclusivité...

Quelques sourcils se levèrent, mais personne ne releva la proposition. Et il n'était plus question de retenir William Fort comme prisonnier.

A présent, tous les baigneurs dérivaient comme des méduses, se laissant porter par l'eau, apaisés par la tiédeur, le vin et le kava que l'on distribuait à la ronde dans des tasses de bambou, et le sentiment d'avoir achevé ce qu'ils étaient venus accomplir. Ça n'était pas parfait, disaient-ils – certainement pas – mais c'était déjà quelque chose, surtout dans les points trois et quatre. A vrai dire, c'était un commencement, un vrai. Et ils s'en souviendraient tous.

– Mais ça, dit quelqu'un qui était assis près du bord, c'est de la religion. Et j'adore tous ces beaux corps, mais mélanger l'État et la religion, c'est dangereux...

Nadia et Maya avaient gagné les eaux plus profondes, bras dessus bras dessous, bavardant avec tous ceux qu'elles connaissaient. Un groupe de jeunes de Zygote, avec Rachel, Tiu, Frantz et Steve et tous les autres, les aperçut :

– Hé, les sorcières !

Ils se précipitèrent sur elles pour les serrer dans leurs bras et les couvrir de baisers. Ça, songea Nadia, c'est la réalité kinétique, la réalité somatique, haptique – le pouvoir du toucher, et, oh ! Son doigt fantôme pulsait de vie, ce qui ne lui était pas arrivé depuis des siècles [1]...

Les ectogènes de Zygote les suivirent, et ils rencontrèrent Art, qui se trouvait en compagnie de Nirgal et de quelques autres hommes, tous attirés par la présence magnétique de Jackie qui se tenait à côté d'Hiroko, désormais à demi verte, ses longs cheveux mouillés épars sur ses épaules. Elle riait en rejetant la tête en arrière, et la clarté du crépuscule lui conférait une espèce de puissance hyperréelle, héraldique. Art, quant à lui, était rayonnant de bonheur, et lorsque Nadia l'étreignit, il passa un bras sur son épaule. Il était désormais son ami : une réalité somatique solide.

– C'était bien joué, lui dit Maya. C'est exactement ce que John Boone aurait fait.

– Mais non, contra automatiquement Jackie.

– Je l'ai connu, insista Maya en lui décochant un regard acéré. Pas toi. Et je répète que c'est ce qu'il aurait fait.

Elles s'affrontaient : l'ancienne beauté aux cheveux blancs et la jeune beauté aux cheveux noirs – et Nadia découvrit dans cette scène quelque chose de primaire, de primitif... Elle aurait tant voulu dire aux jeunes demi-frères et demi-sœurs de Jackie, qui étaient derrière elle : « Voilà les deux vraies sorcières ! »

Mais ils le savaient déjà, certainement.

– Personne ne ressemblera jamais à John, dit-elle pour briser

1. Voir *Mars la Rouge*. (N.d.T.)

le sortilège. (Elle serra la taille d'Art.) Mais quand même, c'était réussi.

Kasei accourut vers eux en s'ébrouant. Jusqu'alors, il avait gardé le silence, et Nadia était quelque peu intriguée : lui dont le père était célèbre, autant que la mère, autant que sa fille... Lui dont le pouvoir grandissait parmi les Rouges et les Mars-Unistes, qui constituaient une sorte de mouvement séparatiste, à la limite, ainsi que le congrès l'avait révélé. Oui, il était vraiment difficile de savoir ce que Kasei pensait de son existence. Il lança à Jackie un regard trop complexe pour être déchiffrable – marqué d'orgueil, de jalousie, de reproche – et déclara :

– Nous aurions besoin de John Boone en ce moment.

Son père – le premier homme sur Mars –, son John adoré, qui aimait tant nager la brasse papillon à Underhill, durant des après-midi qui ressemblaient à celui-ci, à cette seule différence que ç'avait été leur lot quotidien, pendant plus d'une année...

– Et aussi Arkady et Frank, dit Nadia, dans l'espoir de désamorcer la dispute.

– Nous pouvons aisément nous passer de Frank Chalmers, coupa Kasei d'un ton amer.

– Pourquoi donc? s'écria Maya. Ce serait vraiment une chance de l'avoir avec nous en ce moment! Il saurait comment manipuler Fort, Praxis, les Suisses, les Rouges et tous les Verts, tous... Oui, ils nous seraient tellement utiles maintenant : Frank, Arkady et John – tous les trois.

Ses lèvres avaient pris un pli sévère et elle défia Jackie et Kasei du regard, comme si elle leur intimait l'ordre de se taire. Puis elle détourna les yeux.

– C'est bien pour ça que nous devons éviter un autre 61, conclut Nadia.

– Nous l'éviterons, l'assura Art avant de la serrer contre lui.

Elle secoua tristement la tête : les bons moments passaient tellement vite.

– Nous n'avons pas le choix. Tout cela ne dépend pas vraiment de nous. Nous verrons bien.

– Cette fois, ce sera différent, insista Kasei.

– On verra bien.

HUITIÈME PARTIE

Ingénierie sociale

Où êtes-vous né?

A Denver.

Et où avez-vous été élevé?

Rock. Boulder.

Quel genre d'enfant étiez-vous?

Je ne sais pas.

Donnez-moi vos impressions.

Je voulais savoir pourquoi.

Vous étiez curieux?

Très curieux.

Vous vous amusiez avec des jeux scientifiques?

Tous.

Et vos amis?

Je ne m'en souviens pas.

Essayez de dire n'importe quoi.

Je ne pense pas que j'aie eu beaucoup d'amis.

Etiez-vous ambidextre dans votre enfance?

Je ne m'en souviens pas.

Pensez à vos expériences scientifiques. Vous serviez-vous de vos deux mains dans ce cas?

Je crois que cela a souvent été nécessaire.

Vous écriviez avec votre main droite?

Je le fais actuellement. Je... Je le faisais alors. Oui. Quand j'étais enfant.

Et vous faisiez quelque chose avec votre main gauche? Vous vous brossiez les dents, vous vous peigniez, vous mangiez, vous montriez les choses, lanciez des ballons?

Je faisais tout ça avec ma main droite. Est-ce que ça aurait été important si je ne l'avais pas fait?

425

Eh bien, voyez-vous, dans les cas d'aphasie, les vrais droitiers se conforment tous assez bien à un certain profil. Les activités sont localisées, ou, pour mieux dire cela, coordonnées dans certains secteurs du cerveau. Quand nous déterminons précisément les problèmes que vit l'aphasique, nous arrivons à localiser plutôt bien les lésions de son cerveau. Et vice versa. Ce schéma ne se présente pas avec les gauchers et les ambidextres. On peut dire que le cerveau des gauchers et des ambidextres est organisé de façon légèrement différente.

Vous savez que la plupart des enfants ectogènes d'Hiroko sont gauchers.

Oui, je le sais. Je lui en ai parlé, mais elle prétend ne pas savoir pourquoi. Elle dit que c'est peut-être dû au fait qu'ils sont nés sur Mars.

Vous trouvez cela plausible?

Eh bien... On comprend encore très mal les problèmes de dextralité, de toute manière, ainsi que les effets de la gravité allégée... Ça prendra des siècles, non?...

Je suppose que oui.

Cette idée ne vous plaît pas, n'est-ce pas?

J'aimerais mieux obtenir des réponses.

Et si toutes vos questions avaient reçu des réponses? Vous seriez satisfait?

J'ai du mal à imaginer une telle... situation. Un faible pourcentage de mes questions reçoivent des réponses.

Mais c'est une idée merveilleuse, n'êtes-vous pas d'accord?

Non. Ce ne serait pas scientifique d'être d'accord sur ce point.

Vous concevez la science comme rien de plus que des réponses à des questions?

Comme un système destiné à générer des réponses.

Et quel en est le but?

... Savoir.

Et que ferez-vous de votre savoir?

... J'en apprendrai plus.

Mais pourquoi?

Je ne sais pas. C'est ainsi que je suis.

Certaines de vos questions ne devraient-elles pas être orientées dans ce sens : découvrir pourquoi vous êtes ainsi?

Je ne pense pas que l'on puisse trouver de bonnes réponses à des questions sur... la nature humaine. Il vaut mieux la considérer comme une boîte noire. On ne peut pas lui appliquer de méthode scientifique. Pas assez bien, en tout cas, pour être sûr de vos réponses.

En psychologie, nous croyons avoir identifié une pathologie particulière dans laquelle une personne a besoin de tout savoir parce qu'elle a peur de ne pas savoir. Cette pathologie, nous la nommons mono-

causotaxophilie, selon le terme de Pöppel : l'attrait pour des causes simples qui expliquent tout. Qui peut se transformer en peur de manquer de causes. Car le manque peut être dangereux. La recherche de la connaissance devient primitivement défensive, en ceci qu'elle est un moyen de nier la peur alors que l'on est vraiment effrayé. Au pire, ça n'est même pas la recherche de la connaissance, parce que lorsque les réponses arrivent, elles cessent d'être intéressantes, puisqu'elles ne sont plus dangereuses. Donc, la réalité elle-même n'a plus d'importance pour le sujet.

Tout le monde essaie d'éviter le danger. Mais les motivations sont toujours multiples. Et différentes d'une action à l'autre. D'un moment à un autre. N'importe quel schéma est l'objet de... la spéculation de l'observateur.

La psychologie est une science dans laquelle l'observateur devient intimement impliqué dans le sujet de l'observation.

C'est une des raisons pour lesquelles je ne crois pas que ce soit une science.

Mais c'est une science, ça ne fait pas de doute. L'un de ses dogmes est : si vous voulez en savoir plus, aimez davantage. Tous les astronomes aiment les étoiles. Sinon, pourquoi les étudier ?

Parce qu'elles sont des mystères.

Qu'est-ce que vous aimez ?

La vérité.

La vérité n'est pas une très bonne maîtresse.

Je ne cherche pas l'amour.

En êtes-vous sûr ?

Pas plus sûr que n'importe qui lorsqu'il pense aux... motivations.

Vous reconnaissez que nous avons des motivations ?

Oui. Mais la science ne peut pas les expliquer.

Donc elles sont une part du Grand Inexplicable.

Oui.

Et vous concentrez donc votre attention sur d'autres choses.

Oui.

Mais les motivations sont toujours là.

Oh oui.

Que lisiez-vous dans votre jeunesse ?

Toutes sortes de choses.

Vous aviez quelques livres préférés ?

Sherlock Holmes. *D'autres romans policiers aussi.* La Machine pensante. Le Dr Thorndyke.

Vos parents vous punissaient-ils si vous étiez pénible ?

Je ne crois pas. Ils n'aimaient pas que je leur crée des problèmes. Mais je pense qu'ils étaient tout simplement comme les autres à ce sujet.

Est-ce que vous les avez jamais vus en crise?

Je ne m'en souviens pas.

Vous ne les avez jamais vus pleurer, ou crier?

Je ne les ai jamais entendus crier. Mais je crois que maman pleurait quelquefois.

Vous saviez pourquoi?

Non.

Vous vous demandiez pourquoi?

Je ne me souviens pas. Est-ce que ce serait important si je m'en souvenais?

Que voulez-vous dire?

Je veux dire, si j'avais eu tel passé. J'aurais pu devenir n'importe quelle personne. Ça dépendait de ma réaction aux... aux événements. Et si j'avais eu tel autre passé, les mêmes variations auraient suivi. Donc, votre questionnaire est inutile. Du fait qu'il n'a pas de rigueur explicative. C'est une imitation de la méthode scientifique.

Je considère votre conception de la science comme parcimonieuse et réductrice, comme vos activités scientifiques. Vous dites pour l'essentiel que nous ne devrions pas étudier l'esprit humain car il est trop complexe pour que cette étude soit facile. Ceci n'est guère courageux de votre part. L'univers extérieur est tout aussi complexe, mais vous ne nous conseillez pas de nous en détourner. Alors, pourquoi cette attitude envers l'univers intérieur?

Vous ne pouvez pas isoler les facteurs, vous ne pouvez pas répéter les conditions, vous ne pouvez pas mettre au point des expériences contrôlées, vous ne pouvez pas émettre des hypothèses falsifiables. L'ensemble de l'appareil scientifique ne vous est pas accessible.

Pensez un peu aux premiers scientifiques.

Les Grecs?

Avant eux. La préhistoire n'était pas seulement la ronde des saisons, sans forme ni temps, comprenez-vous. Nous avons tendance à croire que ces gens ressemblaient à nos propres esprits inconscients, mais ils n'étaient pas ainsi. Pendant cent mille ans au moins, nous avons été aussi intellectuels que nous le sommes maintenant. Et chaque âge a eu ses grands savants, qui ont tous travaillé dans le contexte de leur temps, comme nous le faisons. Pour les plus anciens, il n'existait guère d'explications à quoi que ce fût – la nature était un tout aussi complexe et mystérieux que le sont nos propres esprits pour nous aujourd'hui, mais qu'y pouvaient-ils? Ils devaient bien commencer quelque part, hein? Voilà ce que vous devez vous rappeler. Et il a fallu des milliers d'années pour apprendre les plantes, les animaux, l'usage du feu, les roches, les haches, l'arc et la flèche, le refuge, les habits. Puis, la poterie, l'agriculture, la métallurgie. Et tout cela si lentement, au prix de tant d'efforts. Tout cela transmis par l'enseignement oral, d'un savant à un autre. Et tout ce temps, il y eut des gens, sans aucun doute, pour dire que tout ça était trop complexe pour qu'on fût certain de quoi que ce soit. Pourquoi essayer après tout? A propos de cette situation, Galilée a déclaré : « Les anciens avaient de bonnes raisons de considérer les premiers savants comme des dieux, parce que les esprits communs étaient tellement peu curieux. Les petits indices qui ont précédé les grandes inventions relevaient d'un esprit surhumain et non pas trivial. » Surhumain! Ou, plus simplement, ce qu'il y a de meilleur en nous, les esprits les plus aventureux de chaque génération. Les scientifiques. Et en quelques millénaires, nous avons façonné un modèle du monde, un paradigme très précis et puissant. Non?...

Mais est-ce que nous n'avons pas fait autant d'efforts durant toutes ces années – avec si peu de succès – pour nous comprendre nous-mêmes?

Disons que oui. Peut-être cela prendra-t-il plus de temps. Mais réfléchissez : nous avons fait pas mal de progrès dans ce domaine. Et ce n'est pas récent. Rien que par l'observation, les Grecs ont découvert nos quatre tempéraments, et ce n'est que très récemment que nous en avons suffisamment appris sur le cerveau pour dire quelle était la base neurologique du phénomène.

Vous croyez aux quatre tempéraments?

Oh, oui. Et si on le souhaite, on peut les confirmer par expérience. De même que tant de choses concernant l'esprit humain. Peut-être qu'il ne s'agit pas là de physique, et qu'il n'en sera jamais question. Il se peut que nous soyons simplement plus complexes et imprévisibles que l'univers.

Ça me paraît peu probable. Nous sommes faits d'atomes, après tout.

Mais animés! Nous sommes mus par la force verte, nous avons un esprit : le Grand Inexplicable!

Des réactions chimiques...

Mais pourquoi la vie? Elle est plus que de simples réactions. Il existe une pulsion vers la complexité qui s'oppose directement aux lois physiques sur l'entropie. Pourquoi est-ce donc ainsi?

Je ne sais pas.

Pourquoi cela vous déplaît-il tant quand vous ne pouvez pas dire pourquoi?

Je ne sais pas.

Le mystère de la vie est une chose sainte. C'est notre liberté. Nous nous sommes expulsés de la réalité, nous existons désormais dans une sorte de liberté divine, et le mystère en est partie intégrante.

Non. Nous sommes une réalité physique. Des atomes qui tournent. Déterminés sur la plupart des échelles, aléatoires sur d'autres.

Bien. Nous sommes en désaccord. Mais, quoi qu'il en soit, le boulot d'un scientifique est de tout explorer. Quelles que soient les difficultés!

429

De rester ouvert, d'accepter l'ambiguïté. D'essayer de fusionner avec l'objet de la connaissance. D'admettre que des valeurs percent dans l'ensemble de l'entreprise. De l'aimer. De travailler afin de découvrir les valeurs selon lesquelles nous devrions vivre. De travailler pour livrer ces valeurs au monde. D'explorer... et bien plus : de créer!

Il faudra que j'y réfléchisse.

L'observation n'est jamais suffisante. Et puis, ça n'était plus leur expérience. Desmond arriva à Dorsa Brevia et Sax vint le retrouver.

– Peter vole toujours?

– Mais oui. Si c'est ce que tu veux dire, il passe pas mal de temps dans l'espace.

– Oui, c'est ça. Est-ce que tu peux me mettre en contact avec lui?

– Bien sûr que je le peux. (Le visage parcheminé de Desmond était perplexe.) Tu t'exprimes de mieux en mieux, Sax. Qu'est-ce qu'ils t'ont fait?...

– Des traitements gérontologiques. Et aussi des hormones de croissance, L–dopamine, sérotonine, et d'autres produits. Des trucs extraits des étoiles de mer.

– Ils t'ont fait pousser un nouveau cerveau, hein?

– Oui. En partie, en tout cas. Ils m'ont aussi fait des stimuli synaptiques synergiques. Et j'ai énormément parlé avec Michel.

Oh, oh!

– Mais je suis encore moi.

Le rire de Desmond fut presque animal.

– Je le vois. Écoute, je vais repartir d'ici deux jours, et je te conduirai à l'aéroport de Peter.

– Merci.

On lui avait fait pousser un nouveau cerveau. Ça n'était pas une façon de dire très précise. La lésion était circonscrite au tiers postérieur de la convolution frontale inférieure. Les tissus étaient morts à la suite de l'interruption de la stimulation focalisée par ultra-sons de la zone mémorielle du langage au cours de l'interrogatoire. Une attaque. Une aphasie de Broca. Des difficultés avec le dispositif moteur du langage, peu de mélodie, des difficultés dans l'amorce des articulations, réduction à la télégrammèse, surtout des noms et les formes simplifiées des verbes. Toute une batterie de tests détermina que la majorité des autres fonctions cognitives étaient intactes. Il n'en était pas si sûr. Il comprenait les gens quand ils lui parlaient, il pensait toujours de la même façon, pour autant qu'il sût, et il n'avait pas de problèmes dans les tests non linguistiques, comme de spatialité. Mais lorsqu'il tentait de parler, c'était soudain la trahison – dans sa bouche et son esprit. Les choses perdaient leur nom. C'était étrange, car même sans nom elles restaient des choses. Il pouvait les voir et y penser en termes de formes différentes, ou de nombres. De formules de description. Combinaisons variées de sections coniques ou les six surfaces de révolution symétrique autour d'un axe, le plan, la sphère, le cylindre, la caténoïde, l'onduloïde et le nodoïde. Les formes sans les noms, mais ces formes seules étaient comme des noms. La spatialisation du langage. Pourtant il s'avéra que se souvenir sans mots était difficile. Il fallait emprunter une méthode, la méthode du palais de la mémoire, en commençant par le spatial. Un espace de l'esprit fut établi pour ressembler à l'intérieur des labos du Belvédère d'Echus, dont il se souvenait suffisamment bien pour les reparcourir en esprit, avec ou sans noms. Et à chaque place il y avait un objet. Ou à une autre place. Sur un comptoir : tous les labos d'Acheron. Sur le réfrigérateur : Boulder, Colorado. Et ainsi, il se rappelait toutes les formes auxquelles il pensait par rapport à leur situation dans son labo mental.

Et ensuite, parfois, le nom lui revenait. Mais quand il le connaissait et tentait de le prononcer, il était très possible que ce fût un mauvais nom qui sorte de sa bouche. Il avait toujours eu cette tendance. Après des réflexions intenses, quand tout était clair en lui, il avait souvent peiné à traduire ses pensées au niveau du langage, ce qui s'adaptait mal à la forme de pensée qu'il développait. Donc avait été ardu. Mais ça ne ressemblait en rien à cela, cette saisie interrompue, erratique, traîtresse des mots, dans laquelle il échouait, ou qui le trompait. C'était totalement frustrant. Douloureux. Quoique certainement préférable encore à l'aphasie de Wernicke dans laquelle on parle avec volubilité sans avoir conscience que les phrases que l'on débite n'ont pas de sens. Tout comme il avait eu une tendance à perdre les mots qui désignaient les choses, il existait des gens qui développaient une tendance wernickienne sans avoir l'excuse de lésions cérébrales. Comme Art l'avait remarqué. Et Sax se disait qu'il préférait son problème.

Ursula et Vlad étaient venus lui rendre visite.

– L'aphasie est différente pour chaque cas, lui dit Ursula. Il existe des formes, des groupes de symptômes qui correspondent à certains schémas de lésion pour les adultes droitiers. Mais, pour les esprits exceptionnels, il existe de nombreux cas particuliers. Nous savons déjà que tes fonctions cognitives sont restées à un très haut degré pour quelqu'un qui présente les difficultés d'élocution que tu as. Il est probable qu'une grande part de ton activité mentale vouée aux maths et à la physique n'utilisait pas le langage.

– C'est juste.

– Et s'il s'est agi d'une pensée géométrique plutôt qu'analytique, elle s'est probablement située dans l'hémisphère droit de ton cerveau. Et c'est lui qui a été épargné.

Sax acquiesça, peu certain de pouvoir parler.

– C'est ainsi que les perspectives de guérison varient largement. Mais il y a presque toujours une amélioration. Les enfants, en particulier, sont très adaptables. Lorsqu'ils sont atteints à la tête, même une lésion circonscrite peut poser des problèmes sérieux, mais ils s'en remettent presque toujours. On peut amputer un hémisphère complet du cerveau sur un enfant si le problème le nécessite, et alors l'autre hémisphère réapprendra toutes les fonctions. Cela s'explique par le taux de croissance incroyable du cerveau chez l'enfant. Pour l'adulte, c'est différent. La spécification s'est installée, et les lésions circonscrites causent un dommage spécifique limité. Mais quand un talent a été détruit dans un cerveau mature, toute amélioration notable est rare.

– Le tri. Le traitement.

– Exact. Mais vois-tu, le cerveau est précisément l'une des zones que le traitement gériatrique a le plus de mal à pénétrer. Mais nous y avons quand même travaillé. Nous avons conçu un ensemble de stimuli que l'on utilise conjointement avec le traitement quand nous avons affaire à des dommages au cerveau. Cela pourrait devenir une phase régulière du traitement, si les essais continuent à être satisfaisants. Cette injection augmente la plasticité du cerveau en stimulant la croissance de l'axone [1] et de l'épine dendritique, ainsi que la sensibilité des synapses de Hebb. Le corps calleux y est très sensible, ainsi que l'hémisphère opposé à la partie lésée. L'apprentissage peut construire de nouveaux réseaux neuraux.

– Faites-le, dit Sax.

1. Prolongement du neurone suivi par l'influx nerveux. (N.d.T.)

La destruction est la création. Redevenir petit enfant. Le langage est espace, une sorte de notation mathématique, des emplacements géométriques dans le palais de la mémoire. Lecture. Cartes. Codes, substitutions, noms secrets des choses. L'irruption flamboyante d'un mot. La joie de bavarder. La longueur d'onde de chaque couleur, par le nombre. Ce sable est orange, rouille, blond, jaune, sienne, ombre, ombre brûlée, ocre. Ce ciel est céruléen, cobalt, lavande, mauve, violet, bleu de Prusse, indigo, aubergine, bleu nuit. Il suffit de regarder les palettes de couleurs avec des mots : la riche intensité des couleurs, les sons des mots – il voulait plus encore. Un nom pour chaque longueur d'onde du spectre visible. Pourquoi pas ? Pourquoi être si pingre ? La longueur d'onde de .59 est tellement plus bleue que la .6, et la .61 est tellement plus rouge... Ils avaient besoin de plus de mots pour les pourpres, tout comme les Eskimos avaient besoin de plus de mots pour désigner la neige. Les gens se servaient toujours de cet exemple : les Eskimos en avaient une vingtaine. Mais les scientifiques, eux, avaient plus de trois cents mots pour neige, et qui avait jamais reconnu que les scientifiques accordaient de l'attention au monde environnant ? Ressemblance. Il n'y a pas deux flocons de neige identiques. Bla, bla... Bière, bar, branque, bombe, boum. Bah... Cet endroit où mon bras se plie est mon coude ! Mars ressemble à une citrouille ! L'air est froid. Et empoisonné par le gaz carbonique.

Il y avait certaines parties de son discours intérieur qui étaient entièrement composées de vieux clichés, qui venaient sans doute de ce que Michel appelait le « surappris » d'activités de son passé, qui avait tellement imprégné son esprit qu'il avait survécu aux dommages. Design net, bonnes données, parts par milliard, mauvais résultats. Et puis, coupant au travers de ces formulations rassurantes, comme entièrement séparées du langage, il y avait les perceptions nouvelles, et les phrases nouvelles qui se reformaient à tâtons pour les exprimer. Le discours était toujours le bienvenu, qu'il vienne d'un domaine ou de l'autre. L'exaltation joyeuse de la normalité. Qu'il avait trouvée tellement normale. Michel venait parler avec lui tous les jours. Il l'aidait à construire son nouveau cerveau. Pour un homme de science, Michel entretenait des certitudes très inquiétantes. Les quatre éléments, les quatre tempéraments, des formulations alchimiques de toutes sortes, des positions philosophiques qui se présentaient comme de la science...

– Tu ne m'as pas demandé si je pouvais changer le plomb en or ?

— Je ne le pense pas.

— Michel, pourquoi passes-tu tout ce temps à me parler?

— J'aime bien parler avec toi, Sax. Tu dis quelque chose de neuf tous les jours.

— J'aime bien lancer des choses de la main gauche.

— Je l'ai constaté. Il est possible que tu finisses par être gaucher. Ou ambidextre, parce que ton cerveau gauche est tellement fort qu'il ne laissera pas grand-chose derrière lui, même si la lésion a été importante.

— Mars ressemble à une boule de fer avec de vieilles planétésimales.

Avec Desmond, il vola jusqu'au refuge des Rouges, dans le cratère de Wallace, où Peter séjournait fréquemment. Et il était bien là. Peter le fils de Mars, toujours aussi grand, vif et fort, gracieux, amical quoique impersonnel, distant, absorbé dans son travail et dans sa vie propre. Comme Simon. Sax lui dit ce qu'il voulait faire, et pourquoi. Il trébuchait encore parfois dans son discours. Mais c'était tellement mieux qu'auparavant qu'il ne s'en troublait plus. Il fallait forger les mots! C'était comme de parler une langue étrangère. Pour lui, tous les langages étaient étrangers, désormais. Excepté son idiolecte [1] des formes. Mais ce n'était pas une aggravation — bien au contraire, c'était un réel soulagement que de s'en tirer aussi bien. De voir le brouillard se dissiper devant les mots, de retrouver les connexions à l'intérieur de sa bouche. Même de cette façon nouvelle et hasardeuse. Une chance d'apprendre. Parfois, cette nouvelle façon lui plaisait. La réalité d'un individu peut vraiment dépendre de son paradigme scientifique, mais en définitive, elle dépend surtout de la structure de son cerveau. Si vous changez ça, vos paradigmes peuvent très bien suivre. On ne peut pas lutter contre le progrès. Ni contre une différenciation progressive.

— Est-ce que tu comprends?

— Oh, oui, je comprends, dit Peter avec un large sourire. Je pense que c'est une très bonne idée. Très importante. Il va me falloir quelques jours pour préparer l'avion.

Ann les rejoignit. Elle avait l'air vieillie et fatiguée. Elle salua à peine Sax : sa vieille antipathie était plus forte que jamais. Et il ne sut quoi lui dire. Est-ce qu'il y avait un nouveau problème?

Il décida d'attendre jusqu'à ce que Peter lui ait parlé et de voir si cela faisait une différence. Il attendit. Maintenant, quand il ne parlait pas, personne ne le dérangeait. Des avantages se faisaient jour de tous côtés.

---

1. Ensemble des particularités langagières propres à un individu. (N.d.T.)

Ann revint après un entretien avec Peter pour se joindre à un repas avec les autres Rouges dans leur petite salle commune, et là elle l'observa avec curiosité. Elle le cherchait par-dessus les têtes, comme si elle inspectait une nouvelle colline du paysage martien. Son regard était intense et objectif. Évaluateur. Une modification de statut dans un système dynamique est un point de données qui suggère une théorie. Soutien ou animosité. Qu'est-ce que tu es? Pourquoi fais-tu ça?

Il affronta son regard calmement, essayant de l'arrêter, de le renvoyer. Oui, je suis encore Sax. J'ai changé. Et toi, qui es-tu? Pourquoi n'as-tu pas changé? Pourquoi me regarder encore comme ça? J'ai eu un accident. L'individu pré-morbide n'est plus là, plus vraiment. J'ai subi un traitement expérimental, je me sens bien, je ne suis pas l'homme que tu as connu. Et pourquoi tu n'as pas changé?

Si suffisamment de points de données troublent la théorie elle peut se révéler fausse. Si elle était basique, il se peut que le paradigme doive changer.

Elle s'assit à la table. Il était douteux qu'elle ait pu lire ses pensées aussi finement. Mais néanmoins, ç'avait été un tel plaisir que de rencontrer son regard!

Il s'installa dans le petit cockpit avec Peter et, juste après le laps de temps martien, ils roulèrent sur la piste de rocher, accélérèrent presque aussitôt et grimpèrent vers le ciel noir, dans les vibrations du grand avion spatial aérodynamique. Sax se laissa aller en arrière, écrasé dans son siège, et attendit patiemment que l'avion atteigne le haut de la grande courbe asymptotique, ralentisse en se redressant doucement, jusqu'à ce qu'il se retrouve dans la douceur de la haute stratosphère et que la transition s'opère de l'avion à la fusée, au niveau le plus ténu, à cent mille mètres d'altitude, là où les gaz du cocktail de Russell étaient annihilés jour après jour par le rayonnement UV. Le placage de l'appareil était maintenant porté au rouge. A travers le filtre du cockpit, il avait la couleur du soleil au crépuscule. Il affectait sans doute leur vision nocturne. Tout en bas, la planète était obscure. Seules les traces claires des glaciers du Bassin d'Hellas étaient visibles sous la clarté des étoiles. Ils prirent encore de l'altitude en une spirale qui allait s'élargissant. L'espace était un dôme énorme et opaque rempli d'étoiles. Le ciel de nuit de Mars. Ils montaient toujours. La fusée était à présent d'un jaune translucide, intense, hallucinatoire. La dernière création de Vishniac, conçue partiellement par Spencer. Elle était en matériaux composites intermétalliques, principalement du gamma titanium aluminium, restructuré en une tapisserie de nodoïdes et caténoïdes semblables à des yeux et des crochets, qui entraient en vibration folle avec l'élévation de la chaleur. Eh oui! voilà ce qu'on pouvait construire! Des avions air-espace. On sort dans sa cour et on s'envole pour Mars dans une boîte de conserve.

Sax décrivit à Peter ce qu'il comptait faire. Et Peter rit.

– Tu penses que Vishniac peut y arriver?

– Oh oui!

– Ça va poser des problèmes de design.

– Je sais, je sais. Mais ils vont les résoudre. Ce que je veux dire, c'est qu'il n'y a pas besoin d'être un expert en fusées pour être expert en fusées.

– Absolument vrai.

Peter se mit à chantonner pour passer le temps. Sax se joignait à lui quand les paroles lui revenaient.

« *Sixteen tons, and what do I get? Another day older and deeper in debt* [1]. »

Peter raconta comment il s'était échappé de l'ascenseur spatial dans sa chute. Ce qu'il avait éprouvé en dérivant dans l'espace en combinaison AEV [2]. Seul pendant deux jours.

– Je crois que j'y ai pris goût, c'est tout. Je sais que ça paraît étrange.

– Je comprends.

Les formes, là-haut, étaient tellement pures et grandes. Et leurs couleurs.

– Qu'est-ce que ça fait de recommencer à parler?

– Il faut que je me concentre pour y arriver. Et que je réfléchisse très dur. Des choses me surprennent tout le temps. Celles que j'avais apprises et oubliées. Celles que je n'ai jamais apprises. Et aussi celles que j'avais apprises juste avant les lésions. D'ordinaire, cette période est occultée. Mais elle était tellement importante. Quand je travaillais près du glacier. Il faut que je parle de ça à ta mère. Ça n'est pas comme elle le pense. Tu vois, la terre. Et toutes ces nouvelles plantes. Le soleil jaune comme un papillon. Il ne faut pas que...

– Tu dois lui en parler.

– Elle ne m'aime pas.

– Parle-lui dès que nous serons revenus.

L'altimètre indiquait qu'ils étaient à deux cent cinquante kilomètres de la surface. L'avion escaladait le ciel vers Cassiopée.

---

1. Ballade de Tennessee Ernie Ford sur les mineurs américains, au début des années 50. (« Seize tonnes, et qu'est-ce que j'ai? Un autre jour de plus et encore plus de dettes. ») Reprise par de nombreux autres chanteurs et groupes, dont les Platters, le Golden Gate Quartet, etc. *(N.d.T.)*
2. Activité extra-véhiculaire. *(N.d.T.)*

Chaque étoile était d'une teinte différente, distincte des autres. Il en discernait au moins cinquante. En dessous, à la lisière est du disque noir qu'était la planète, le terminateur apparut, zébré d'ocre sableux et d'ombre dense. Le mince croissant de lumière lui donna soudain la perception claire du disque comme d'un grand sphéroïde. Une boule lancée entre les étoiles de la galaxie. L'énorme masse continentale d'Elysium montait sur l'horizon, parfaitement dessinée par les ombres horizontales. Les deux hommes contemplaient la planète au-delà de la longue dorsale. Hecates Tholus était à demi caché par le cône d'Elysium Mons, et Albor Tholus apparaissait plus loin sur le côté.

– La voilà! fit Peter en pointant le doigt.

Au-dessus d'eux, à l'est, le bord oriental de la loupe aérienne était d'argent pur dans la lumière du matin. Le reste était encore dans l'ombre de la planète.

– On est assez près? demanda Sax.

– Presque.

Sax regarda à nouveau le croissant qui s'épaississait. Tout en bas, sur le flanc obscur des highlands accidentées d'Hesperia, un nuage de fumée montait et s'enflait juste au-delà du terminateur, dans le premier éclat du soleil. Même à l'altitude à laquelle ils volaient, ils étaient encore dans ce nuage, dans la partie invisible de la colonne. La loupe elle-même glissait sur ce courant thermique, en se servant de sa poussée et de la pression du soleil pour maintenir sa position au-dessus de la zone incendiée.

A présent, la loupe entière était visible, pareille à un immense parachute argenté dépourvu de sustentes, marquée par endroits de mauve ou de bleu ciel. Cette coupe était une section de sphère de mille kilomètres de diamètre, dont le centre culminait à cinquante mille mètres. Et qui tournait dans le ciel comme un frisbee. Au sommet, un trou laissait pénétrer le soleil. Partout ailleurs, les bandes de miroirs circulaires de la coupe reflétaient la lumière du soleil et de la soletta, la dirigeaient vers le bas et la concentraient sur un point mouvant de la surface, développant une température qui faisait fondre le basalte. Les miroirs pouvaient produire 900 kelvins, et la roche en fusion atteignait cinq mille degrés. Libérant les gaz volatils.

Tandis qu'il observait la loupe géante, une image apparut dans l'esprit de Sax. Celle d'une loupe qu'il avait tenue entre ses doigts il y avait si longtemps, et qui enflammait une poignée d'herbes sèches et une branche de pin. De la fumée, une flamme, du feu. Les rayons concentrés du soleil. L'assaut des photons.

– Est-ce qu'on n'est pas suffisamment près? On dirait qu'elle est juste au-dessus de nous.

– Non. On est encore loin du bord. On n'a pas intérêt à se risquer sous ce machin, quoique je suppose qu'il faudrait que la lumière se focalise sur nous pour que nous soyons grillés. De toute façon, elle se déplace à mille kilomètres à l'heure au-dessus de la zone brûlée.

– Comme les jets quand j'étais jeune.

– Hum... (Des voyants verts clignotèrent sur les consoles.) OK. On y va.

Peter tira le manche vers lui et l'avion se dressa pour monter droit vers la loupe, qui était encore à cent mille mètres au-dessus d'eux, et plus à l'ouest. Il enfonça un bouton et, dans la même seconde, l'avion fut secoué : une batterie de missiles était apparue sous ses ailes courtes. Instantanément, ils s'embrasèrent et filèrent droit sur la loupe. Un essaim d'épingles de feu jaune contre un colossal OVNI d'argent. Les missiles se perdirent très vite dans la lumière. Sax attendit, les lèvres plissées, s'efforçant de garder les yeux ouverts sans battre des paupières.

Le rebord de la loupe commença à s'effilocher. La chose était fragile, ce n'était après tout qu'une vaste coupe faite de bandes de voiles solaires. Elle se défaisait avec une rapidité surprenante. Elle s'enroulait sur elle-même tout en basculant vers le bas, droit en avant, laissant derrière elle de longs tourbillons, comme des dizaines de cerfs-volants désemparés qui tombaient ensemble. Mais il s'agissait en fait d'un milliard et demi de kilos de voiles solaires qui se déchiraient et s'étiraient dans leur longue trajectoire, qui paraissait lente uniquement à cause des dimensions de la chose. En fait, la masse totale se déplaçait encore à une vitesse supérieure à la vélocité terminale. Et une grande partie se consumerait avant de s'abîmer à la surface en une pluie de silice.

Peter se détourna pour observer la chute de la loupe détruite, se maintenant loin à l'est. Dans le ciel à présent mauve, la gigantesque masse s'embrasa et plongea comme une comète dorée à la queue d'argent, droit vers le sol fauve.

– Bien visé, commenta Sax.

De retour au cratère de Wallace, ils furent accueillis comme des héros. Peter protesta :

– C'était l'idée de Sax. Le vol lui-même n'a pas posé de problème. En dehors du tir de missiles, c'était comme une simple reconnaissance. Je ne comprends pas comment nous n'y avons pas pensé avant.

– Ils vont en installer une autre sur orbite, déclara Ann en dévisageant Sax avec une expression très curieuse.

– Mais elles sont tellement vulnérables, répliqua Peter.

– Des missiles sol-espace, dit Sax, qui se sentait soudain nerveux. Est-ce qu'on pourrait faire l'invention... *l'inventaire* de tous les objets en orbite?

– Mais c'est déjà fait. Nous ne les avons pas tous identifiés, mais la plupart sont évidents.

– J'aimerais voir cette liste.

– J'aimerais te parler, dit Ann d'un air sombre.

Tous les autres quittèrent la pièce, en haussant les sourcils comme une bande d'Art Randolph.

Sax s'assit dans une chaise en bambou. La pièce était petite, sans fenêtre. Il avait l'impression de se retrouver dans un des caveaux d'Underhill, tout au commencement. La forme était correcte. De même que les textures. La brique était un produit si sûr. Ann s'assit en face de lui et se pencha pour le dévisager de près. Elle semblait plus âgée. La leader des Rouges, acclamée, décharnée, illuminée. Il sourit:

– Est-ce que tu n'aurais pas besoin d'un traitement géronto? dit-il, et ils furent tous les deux aussi surpris l'un que l'autre.

Ann ignora cette impertinence, cependant.

– Pourquoi voulais-tu abattre cette loupe? demanda-t-elle, le regard pénétrant.

– Parce que je ne l'aimais pas.

– Ça, je le sais. Mais pourquoi?

– Elle n'était pas nécessaire. Les choses se réchauffent suffisamment vite comme ça. Il n'y a aucune raison d'accélérer. Nous n'avons même pas besoin de beaucoup plus de chaleur. Et puis, elle libérait des quantités de gaz carbonique. Ce sera difficile de l'évacuer. Il était bien pris dans la roche – et c'est difficile d'extraire le CO_2 des carbonates. Pour autant qu'on ne fasse pas fondre la roche, il y demeure. (Il secoua la tête.) C'était stupide. Ils n'ont fait ça que parce qu'ils le pouvaient. Des canaux. Je ne crois pas aux canaux.

– Donc, pour toi, ça n'était pas la bonne technique de terraforming.

– Juste. (Il soutint paisiblement son regard.) Je crois au terraforming tel que nous l'avons défini à Dorsa Brevia. Toi aussi, tu étais d'accord. Pour autant que je m'en souvienne.

Elle secoua la tête.

– Non? Mais les Rouges, eux, ils ont signé?...

Elle acquiesça.

– Eh bien... pour moi, c'est la bonne solution. Je te l'ai déjà dit. Surface viable jusqu'à une certaine altitude. Et au-dessus, une atmosphère ténue et froide. Il faut procéder lentement. C'est ça, l'ecopoésis. Aucune de leurs nouvelles méthodes industrielles lourdes ne me plaît. Je veux bien accepter un peu d'azote importé de Titan. Mais rien du reste.

– Et les océans ?

– Je ne sais pas. Tu vois ce qui se passe sans pompage ?

– Et la soletta ?

– Je ne sais pas non plus. Le surplus d'insolation permet de diminuer le recours aux gaz industriels. Ou d'autres méthodes. Mais... nous aurions pu nous en passer. Je pense que les miroirs de l'aube étaient suffisants.

– Mais tout cela ne dépend plus de toi désormais.

– Non.

Ils restèrent silencieux un moment. Ann semblait réfléchir intensément. Sax observait son visage parcheminé en se demandant depuis combien de temps elle n'avait pas eu de traitement. Ursula le conseillait tous les quarante ans minimum.

– J'avais tort, dit-il enfin.

Il essaya de suivre le cheminement de sa pensée. C'était une question de formes, de géométries, d'élégance mathématique. Le chaos de recombinaison en cascade. La beauté est la création d'un étrange aimant.

– Nous aurions dû attendre avant de démarrer. Quelques décennies, pour étudier l'état primitif. Nous aurions appris comment procéder. Je ne pensais pas que les choses changeraient aussi vite. Mon idée originale était plus proche de l'écopoésis.

Elle plissa les lèvres.

– Mais maintenant il est trop tard.

– Oui. Je suis désolé. (Il ouvrit la main et examina sa paume. Toutes les lignes étaient là, identiques.) Tu devrais refaire le traitement.

– Je ne le suis plus.

– Oh, Ann... Ne dis pas ça. Est-ce que Peter le sait ? Nous avons besoin de toi. Je veux dire... nous avons besoin de toi.

Elle se leva sans un mot et sortit.

Le projet suivant de Sax était plus complexe. Si Peter était confiant, ceux de Vishniac étaient réservés. Sax s'expliqua du mieux qu'il pouvait. Avec l'aide de Peter. Et les objections des autres ne furent plus que des détails pratiques. Trop important ? Engagez plus de Bogdanovistes. Impossible de faire ça discrètement ? Vous n'avez qu'à couper le réseau de surveillance. La science, c'est la création, leur déclara Sax. Ça, ça n'est pas de la science, mais de l'ingénierie, le contra Peter. Mikhail acquiesça, mais il aimait cet aspect-là. L'écosabotage : une branche de l'ingénierie écologique. Très difficile à mettre en place. Il n'y a a qu'à engager les Suisses, dit Sax. Ou les mettre au courant. De toute façon, la surveillance, ils n'aiment pas ça. Prévenez Praxis.

Les choses commençaient à prendre forme. Mais il leur fallut attendre encore longtemps avant de redécoller à bord d'un avion spatial. Cette fois, ils montèrent au-dessus de la stratosphère, puis plus haut encore. A vingt mille kilomètres au-dessus, ils se retrouvèrent à proximité de Deimos. En orbite de rendez-vous.

La gravité de la petite lune était si faible que la manœuvre ressembla plus à un amarrage qu'à un apontage. Jackie Boone, qui avait participé au projet, surtout pour rester près de Peter, pilotait l'avion. Durant l'approche, Sax eut une vue parfaite de Deimos. La surface noire était couverte d'une fine couche de régolite poussiéreux – tous les cratères étaient presque enfouis et leurs rebords n'apparaissaient que comme des ondulations. Deimos était oblongue, irrégulière, composée de plusieurs facettes arrondies. C'était quasiment un ellipsoïde triaxial, se dit Sax. Près du centre du cratère Voltaire, il découvrit un antique atterrisseur robot, les patins enfoncés dans le sol, ses nacelles et ses entretoises de cuivre ternies par la poussière.

Ils avaient décidé de se poser sur l'une des crêtes qui séparaient deux facettes, là où la roche à nu émergeait de la couverture de poussière. Les crêtes étaient d'anciennes cicatrices de spallation [1], où des impacts avaient arraché des fragments de la petite lune. Jackie les posa en douceur sur une crête située à l'ouest des cratères Voltaire et Swift. L'évolution orbitale de Deimos était fixée par les courants de marée, comme ç'avait été le cas de Phobos (ce qui était pratique pour leur projet), et le point submartien servait de degré zéro à la fois pour la longitude et la latitude, ce qui était très sensé. La crête où ils allaient aborder était située près de l'équateur, à 90° de longitude. A dix kilomètres de marche du point sub-martien.

Durant leur approche, la rebord de Voltaire disparut sous l'horizon noir et courbe. Dès qu'ils déclenchèrent les fusées, la poussière s'éleva. La couche n'était heureusement épaisse que de quelques centimètres sur la roche. De la chondrite carbonacée vieille de cinq milliards d'années. Ils se posèrent avec un bruit sourd, rebondirent et glissèrent lentement. Sax pouvait sentir le plancher, mais le contact était à peine perceptible : il ne devait plus peser que deux kilos tout au plus.

D'autres fusées se posèrent à leur tour sur la crête, de chaque côté, soulevant des gerbes de poussière dans le vide où elles dérivèrent avant de retomber. Tous les appareils rebondirent avant

---

1. Éclatement en particules du noyau d'un atome sous l'effet d'un bombardement intense de corpuscules. (*N.d.T.*)

de glisser dans la poussière. En moins d'une demi-heure, il y en eut huit sur la crête, formant une file entre les deux horizons. Le spectacle était étrange : les coques arrondies luisaient comme de la chitine sous la clarté chirurgicale du soleil à nu, dans le vide de l'espace qui rétrécissait les distances en soulignant les formes. Une image venue d'un rêve.

Chaque avion spatial avait embarqué un composant du système. Des robots de forage, des robots broyeurs et des perceurs de tunnel. Ils devaient aménager des galeries de vidange pour l'eau des veines de glace qu'ils allaient faire fondre. Une usine de traitement pour séparer l'eau lourde, qui représentait un six-millième de l'eau ordinaire. Une autre usine destinée à extraire le deutérium de l'eau lourde. Un petit tokamak [1] qui devait fonctionner en réaction de fusion deutérium-deutérium. Enfin, des fusées de manœuvre qui se trouvaient surtout à bord des appareils qui s'étaient posés sur les autres faces de la petite lune.

Les techniciens bogdanovistes qui avaient accompagné le matériel se chargeaient de la majeure partie du travail d'installation. Sax s'introduisit dans une combinaison pressurisée, franchit le sas et débarqua sur la surface de Deimos. Il voulait vérifier que l'avion qui avait chargé les fusées de manœuvre destinées à la région Swift-Voltaire s'était bien posé.

Les grandes bottes chauffantes de la combinaison étaient lestées, et il en était heureux : la vitesse de fuite gravifique, ici, excédait à peine vingt-cinq kilomètres par heure, ce qui voulait dire qu'il suffisait d'un grand bond pour échapper à l'attraction de Deimos. Il était difficile de conserver son équilibre. A chaque pas, il soulevait un nuage dense de poussière noire qui montait jusqu'à ses hanches avant de retomber très lentement au sol. Il vit des rochers éparpillés sur la couche de poussière, surtout dans les petites poches creusées par le souffle de leurs fusées. L'ejecta avait sans doute fait plusieurs fois le tour de Deimos après l'impact. Il ramassa une pierre. Une balle de base ball noire. Envoie-la à la bonne vitesse, fais demi-tour, attends qu'elle fasse le tour du monde, rattrape-la à hauteur de poitrine. Un nouveau sport.

L'horizon n'était qu'à quelques centaines de mètres et se modifiait à chaque pas – des cratères, des crêtes de spallation, des rocailles nichées dans la couche de poussière. Il observa les gens debout sur la crête, entre les avions. Ils avaient tous un angle différent du sien, ils semblaient penchés alors qu'ils étaient droits. Comme dans *Le Petit Prince*. La vue était d'une netteté

1. Réacteur nucléaire de petite taille dans lequel un plasma chauffé est confiné par des champs électriques et magnétiques. *(N.d.T.)*

surprenante. Il observa les empreintes de ses bottes. Les nuages de poussière en suspension allaient décroissant en direction de la crête.

Peter sortit du sas et vint à sa rencontre, suivi de Jackie. Peter était le seul homme qui eût jamais vraiment attiré Jackie. Elle tournait autour de l'objet de son amour, en une orbite désespérée. Et Peter, selon Sax, était bien le seul homme qui n'eût jamais répondu aux avances amoureuses de Jackie. Perversité du cœur. Tout comme l'attrait que lui, Sax, avait éprouvé pour Phyllis, cette femme qu'il n'avait jamais supportée. De même que son désir d'être approuvé par Ann, alors même qu'il jugeait folles ses conceptions. Alors même qu'elle le haïssait. Mais il y avait sans doute un fond de rationnel dans tout cela. Si quelqu'un tourne autour de vous, il faut s'interroger sur son jugement. Ou quelque chose de ce genre.

Pour l'heure, Jackie suivait Peter à la trace. Malgré leurs visières, Sax devinait à ses gestes qu'elle lui parlait, qu'elle essayait de le séduire. Il passa sur la fréquence commune et surgit dans leur conversation.

– ... pourquoi on les a baptisés Voltaire et Swift, disait Jackie.

– Parce que l'un et l'autre avaient prédit l'existence des lunes de Mars. Dans des livres qu'ils avaient écrits un siècle avant que quiconque observe réellement les lunes de Mars. Dans *Les Voyages de Gulliver*, Swift donne même leur distance par rapport à la planète et leurs rotations. Il n'était pas tombé loin.

– Tu plaisantes !

– Mais non.

– Mais comment il a pu faire ça ?

– Je l'ignore. Un coup de chance, je pense.

Sax s'éclaircit la gorge et dit :

– Une séquence.

– Quoi ? firent-ils ensemble.

– Vénus n'a pas de lune, la Terre en a une et Jupiter quatre. Donc Mars devait en avoir deux. Comme on ne pouvait pas les distinguer au télescope, elles devaient être petites, probablement. Et très proches de la planète. Donc, elles tournaient très vite.

Peter répondit en riant :

– Swift devait être un type très malin.

– Ou celui qui l'a renseigné. Mais ça reste une question de chance. La séquence étant une coïncidence.

Ils s'arrêtèrent sur une nouvelle crête de spallation. De là, ils pouvaient apercevoir le cratère Swift, au ras de l'horizon. Un petit avion-fusée gris était posé sur la poussière noire. A cette distance, c'était comme un mirage. Mars occupait presque tout

le ciel, orange et vaste. La nuit s'avançait sur le croissant oriental. Ils étaient juste sous Isidis. Même si Sax ne parvenait pas à
distinguer Burroughs, il repéra les grandes taches blanches des
plaines du nord. Là, les glaciers avaient fusionné pour former des
lacs de glace, avant-coureurs d'une future mer de glace. Oceanus
Borealis. Une couche de nuages ondulée dérivait au-dessus du
sol, et lui rappela soudain la Terre, telle qu'ils l'avaient vue
depuis l'*Arès*. Un front froid descendait de Syrtis Major. Et la
formation nuageuse était exactement ce qu'elle aurait été sur
Terre dans les mêmes conditions. Condensation cyclique d'agré-
gats lobaires.

Il quitta la crête pour retourner vers les avions. Les lourdes
bottes lui avaient permis de rester debout, mais à présent il avait
les chevilles douloureuses. C'était comme s'il avait marché au
fond de l'océan. L'océan Univers. Il se courba vers la poussière.
Il enfonça ses doigts jusqu'à dix, vingt centimètres, mais la
couche pouvait aussi bien faire cinq, dix mètres, peut-être plus.
Les nuages qu'il soulevait à chaque pas retombaient en une
minute à peu près. Le régolite était si fin qu'il aurait pu rester en
suspens indéfiniment dans n'importe quelle atmosphère. Mais
dans le vide de l'espace, les particules retombaient normalement,
comme toute chose. De l'ejecta sous une gravité proche du zéro.
D'un coup de pied, on pouvait envoyer de la poussière dans
l'espace. Franchissant une autre crête, il se retrouva brusquement sur la plaine en pente, de l'autre côté de la facette. Il était
évident que la petite lune de Mars était façonnée comme un outil
du paléolithique, dont les facettes avaient été taillées par des
coups anciens. Un ellipsoïde triaxial. Curieux que son orbite fût
à ce point circulaire, l'une des plus parfaites du système solaire.
Ce n'était pas vraiment ce que l'on pouvait attendre, que Deimos fût un astéroïde capturé ou un ejecta arraché à Mars lors
d'un important impact météoritique. Pour laisser quoi? Un très
ancien prisonnier sur orbite. Avec d'autres corps sur d'autres
orbites, qui régularisaient son mouvement. Cassure. Cassure.
Spallation. Le mot était tellement beau. Dans l'océan de
l'espace, des rocs s'affrontaient, se heurtaient. Des fragments
arrachés volaient au loin. Jusqu'à retomber sur la planète ou se
perdre dans les profondeurs du vide. Sauf deux. Sur des milliards. Bombe lunaire. Stand de tir. Ils tournaient juste un peu
plus vite que Mars, si bien que de n'importe quel point de la surface on pouvait les voir dans le ciel durant soixante heures d'affi-
lée. Pratique. Ce qui est connu est plus dangereux que
l'inconnu. Peu importait ce que pouvait en dire Michel. Sax fou-
lait la roche vierge d'une lune vierge, l'esprit vierge. Le Petit

Prince. Les avions dressés sur l'horizon paraissaient absurdes. Des insectes surgis d'un rêve, chitineux, articulés, colorés, minuscules sous le noir étoilé de l'espace, le fond de poussière. Il remonta dans le sas.

Plusieurs mois après, alors qu'il se trouvait seul dans Echus Chasma, les robots de Deimos ayant achevé la construction, le démarreur au deutérium déclencha le moteur de propulsion. Mille tonnes de fragments de roche éclatée furent éjectées à chaque seconde, à une vitesse de deux cents kilomètres par seconde. Ils fuyaient dans le plan orbital, selon la tangente de l'orbite. Au bout de quatre mois, quand la moitié environ de la masse de Deimos aurait été ainsi expulsée, le moteur serait coupé. La petite lune se trouverait exactement à 614 287 kilomètres de Mars, selon les calculs de Sax. Elle échapperait alors totalement à l'influence de la planète pour redevenir un astéroïde libre.

Dans le ciel nocturne, elle apparaissait comme une pomme de terre grisâtre, moins lumineuse que la Terre ou Vénus, si l'on oubliait la comète qui jaillissait de ses flancs. Une vision spectaculaire. La nouvelle allait se propager sur les deux mondes. Scandaleux! Il y aurait des controverses au sein même de la Résistance, où il y avait toujours deux factions. Hiroko allait très vite s'en lasser et repartir pour son territoire, il le sentait. Il voyait comment les choses allaient se passer. Oui, non, quoi, où? Qui a fait cela? Pourquoi?

Ann l'appela. Sur son bloc de poignet, elle avait l'air furieuse.

– C'était une parfaite plate-forme de tir, lui dit Sax. Ils auraient pu la transformer en base militaire, comme Phobos. Nous aurions été sans défense.

– Alors tu n'as fait ça que sur la simple supposition qu'on pourrait en faire une base militaire?

– Si Arkady et son équipe ne s'étaient pas occupés de Phobos sur une simple supposition, nous n'aurions pas pu nous en tirer. Nous aurions tous été tués. En tout cas, les Suisses ont entendu dire que ça allait venir.

Elle secouait la tête en le dévisageant comme s'il était fou. Un saboteur dément. L'hôpital se moquant de la charité, se dit-il. Il la regarda droit dans les yeux. Quand elle coupa la communication, il haussa les épaules et appela les Bogdanovistes.

– Les Rouges ont un... un catalogue de tous les objets en orbite autour de Mars. Nous allons avoir besoin d'un système de lancement surface-espace. Spencer nous aidera. Il y a les silos de l'équateur. Les moholes désactivés. Vous me comprenez?

Oui, dirent-ils. Pas besoin d'être un expert scientifique en fusées. Et si ça recommençait, on ne les frapperait plus depuis l'espace.

Quelque temps après, mais il n'avait pas mesuré le temps, Peter apparut sur le petit moniteur du patrouilleur-rocher que Sax avait emprunté à Desmond.

– Sax, je suis en contact avec quelques amis qui travaillent sur l'ascenseur, et avec l'accélération de Deimos, les périodes d'oscillation d'esquive du câble ont été déréglées. Il semble que lors du prochain passage orbital, Deimos pourrait entrer en collision avec l'ascenseur, mais mes amis ne parviennent pas à obtenir une réponse de l'IA de navigation du câble. Apparemment, les circuits de protection ont été renforcés en prévention du sabotage, et ils n'arrivent pas à faire entrer le concept d'un changement de vitesse de Deimos. Est-ce que tu aurais des suggestions ?

– L'IA peut se débrouiller.

– Quoi ?

– Introduisez les données de Deimos. Elle doit au moins accepter ça, de toute façon. Et elle est programmée pour éviter la collision. Dirigez son attention sur ces données. Expliquez ce qui s'est passé. Faites-lui confiance.

– Lui faire confiance ?

– Oui, parlez-lui.

– On essaie, Sax. Mais le programme antisabotage est réellement effince.

– Elle calcule les oscillations pour éviter Deimos. Aussi longtemps que ça demeurera dans ses fonctions, ça ira pour vous. Donnez-lui les nouvelles données.

– OK. On va essayer.

La nuit était venue et Sax sortit. Il erra dans l'ombre, sous la gigantesque falaise du Grand Escarpement, dans la région immédiatement au nord de l'endroit où Kasei Vallis brisait la paroi. En japonais *sei* signifie étoile, et *ka*, feu. Étoile de feu. C'était la même chose en chinois, *huo* étant la syllabe que les Japonais prononcent *ka*, *hsing* étant *sei*. Mot chinois pour étoile de feu qui brûle dans le ciel : Huo Hsing. On prétendait que Ka était le nom que les petits hommes rouges donnaient à leur planète. Nous vivons sur le feu. Sax semait des petites graines dures dans le sable, juste sous la surface de la faille. Bois de fer épineux. Johnny Fireseed. Un bip sur son bloc de poignet. Il commuta la voix sur son intercom tout en continuant à semer les petites noix en évitant soigneusement de marcher sur les laîches et autres pousses qui couvraient le sol comme autant de coussins de poils noirs.

Peter avait un ton excité.

– Sax, Deimos arrive sur eux, maintenant, et il semble que leur IA ait pris en compte le fait qu'elle n'est pas sur son orbite habituelle. Ils disent qu'elle a ruminé le problème. Dans leur secteur, les fusées de correction d'attitude se sont déclenchées un peu plus tôt, et on espère vraiment que c'est tout le système qui réagit.

– Est-ce que vous pouvez calculer l'oscillation ?

– Oui, mais l'IA est récalcitrante. C'est une saloperie de machine bornée – les programmes de sécurité sont étanches. Il n'y a que par des calculs indépendants qu'on peut se rendre compte que ça va passer tout juste.

Sax se redressa et tapa quelques données sur son bloc. La période orbitale de Deimos avait démarré à 109 077 secondes. Le moteur de poussée : environ un million de secondes, durant lesquelles il avait accéléré la petite lune d'un taux sensible, mais en élargissant aussi le rayon de son orbite... Il continua à tapoter sur son bloc dans le silence absolu. Habituellement, quand Deimos passait à proximité du câble de l'ascenseur, il se trouvait à l'extension maximale de son oscillation dans ce secteur, à quelque cinquante kilomètres de distance, suffisamment loin pour que la perturbation gravitationnelle soit prise en compte dans l'ajustement des fusées du câble. Cette fois, l'accélération et le déplacement vers l'extérieur de Deimos annuleraient tout le timing. Le câble se rapprocherait en fait du plan orbital de Deimos. La solution était par conséquent de ralentir l'oscillation de Clarke et de la réajuster pour toute la longueur du câble. Un travail compliqué. Guère étonnant que l'IA n'ait pas été en mesure de montrer en détail ce qu'elle faisait. Il était probable qu'elle était entrée en contact avec d'autres IA pour améliorer ses capacités de calcul. Les formes de cette situation : Mars, le câble, Clarke, Deimos, étaient vraiment magnifiques.

– OK. Elle arrive, annonça Peter.

– Est-ce que tes amis sont au niveau orbital ? demanda Sax, surpris.

– Ils sont en dessous, à deux cents kilomètres environ, mais leur cabine monte. Ils m'ont relié à leurs caméras, et... Oui, je la vois... Oui ! Waouh, Sax ! Elle a dû louper le câble de trois kilomètres, pas plus ! Elle est passée comme un éclair sur mon écran !

– Et la queue d'ejecta du moteur ?...

– Je vais demander... Oui, ils l'ont passée. Pas de dommages à signaler.

448

– Bien.

Sax coupa la communication. Encore quelques passages et Deimos serait au-dessus de Clarke, et le câble n'aurait plus à l'esquiver. Entre-temps, et pour autant que l'IA de navigation croie au danger, comme maintenant, tout irait bien.

Sax était partagé à ce propos. Desmond avait dit qu'il serait heureux de voir retomber le câble. Mais peu nombreux étaient ceux qui étaient d'accord avec lui. Sax avait décidé d'éviter toute action unilatérale dans cette affaire, puisqu'il n'avait aucune certitude quant à ce lien avec la Terre. Mieux valait limiter ses actions unilatérales aux choses dont il était certain. C'est pourquoi, se penchant en avant, il planta une nouvelle graine.

NEUVIÈME PARTIE

L'impulsion du moment

Habiter un pays nouveau est toujours un défi. Dès qu'ils eurent mis sous tente Nirgal Vallis, Séparation de l'Atmosphère installa certains de ses plus grands aérateurs mésocosmiques, et bientôt la tente fut sous une atmosphère de 500 millibars composée d'un mélange azote-oxygène-argon qui avait été pris et filtré dans l'air ambiant, à 240 millibars. Et les colons commencèrent à affluer. Ils venaient du Caire et de Senzeni Na, de tous les points des deux mondes.

Au début, les gens vécurent dans des caravanes, près de petites serres mobiles. Ils travaillèrent la terre du canyon avec des charrues et des bactéries, et ils utilisèrent les serres pour faire lever les pousses, les arbres et les bambous qui leur serviraient plus tard à construire leurs maisons, et les plantes du désert qui pousseraient autour des fermes. Les argiles de smectite du plancher du canyon constituaient une excellente base, même s'ils devaient y apporter le biote, l'azote, le potassium – mais le phosphore, lui, ne manquait pas, et ils disposaient de plus de sels qu'ils n'en avaient besoin, comme d'habitude.

Ils passèrent ainsi les premières semaines à amender le sol, à faire des semis sous serres et à planter des espèces halophytes résistantes propres au désert. Ils faisaient commerce dans toute la vallée, et de petits marchés apparurent presque dès leur arrivée. Des pistes reliaient les fermes, et une route suivait le centre de la vallée, parallèlement à la rivière. Il n'y avait pas d'aquifère en haut de Nirgal Vallis, et c'était un pipeline de Marineris qui amenait l'eau nécessaire à l'alimentation d'un petit ruisseau. L'eau était captée à la Porte d'Uzboï et renvoyée vers le haut de la vallée sous tente.

Les fermes faisaient chacune un demi-hectare, et chacun essayait de tirer sa subsistance de cet espace. Nombreux étaient ceux qui divisaient leur terrain en six champs miniatures, ce qui permettait une rotation culture/pâturage à chaque saison. Ils avaient tous leurs propres théories agricoles et d'amendement du terrain. Une majorité développait des cultures de rapport immédiat, d'arbres fruitiers, nucifères ou de bois de construction. Beaucoup élevaient des poulets, quelques-uns des chèvres, des moutons, des vaches et des cochons. Les vaches étaient de race naine, à peine plus grandes que les cochons.

Ils essayaient d'installer les fermes près du cours d'eau, pour maintenir les terrains du haut, plus rudes, à l'état sauvage. Ils introduisirent des espèces animales des déserts du Sud-Ouest américain. Des lézards, des tortues et des lièvres se montraient un peu partout, des coyotes, des chats sauvages et des faucons commençaient à attaquer les poulets et les moutons. Ils furent menacés par une surpopulation de lézards alligators, puis de crapauds. La population se stabilisa lentement, mais les fluctuations étaient fréquentes. Les plantes se propageaient maintenant d'elles-mêmes. La vie semblait être née naturellement dans le canyon. Mais les murailles de rocher rouge se dressaient, immuables et ravinées, au-dessus du petit monde irrigué.

Le samedi était jour de marché et les gens affluaient vers les hameaux, entassés dans des pick-ups. Un matin du début de l'hiver 42, ils se rassemblèrent à Playa Blanca, sous un ciel lourd de nuages sombres, pour vendre des légumes tardifs, des produits laitiers et des œufs.

« Vous savez comment reconnaître les œufs qui ont un poussin dedans ? Vous les mettez tous ensemble dans une bassine pleine d'eau et vous attendez que la surface soit absolument calme. Les œufs qui tremblent un tout petit peu sont ceux qui ont un poussin dedans. Vous n'avez plus qu'à les remettre sous les poules et manger les autres. »

« Un mètre-cube de péroxyde d'hydrogène, c'est comme douze cents kilowatt heures ! En plus, ça pèse une tonne et demie. Impossible que vous ayez besoin de tout ça. »

« Nous travaillons avec le Centro de Educacion y Tecnologia du Chili. Ils ont fait un boulot superbe sur la rotation. Incroyable. Venez donc voir. »

« Nous avons aussi des abeilles. »

« Maja est népalais, Bahram est farsi, Mawrth est gallois. Oui, je sais que j'ai l'air de bafouiller, mais c'est parce que je ne prononce pas bien. Le gallois, c'est toujours bizarre. Mawrth, ça doit donner Moth, ou Mort, ou Mars. »

Puis, la nouvelle se répandit dans tout le marché :

« Nirgal est ici ! Nirgal est ici ! Il va prononcer un discours au pavillon… »

Nirgal était bel et bien arrivé. Il précédait d'un pas rapide une foule de plus en plus dense, saluant ses vieux amis et serrant toutes les mains qui se tendaient vers lui. Tous voulaient le suivre. Ils se bousculèrent dans le pavillon et sur le terrain de volley-ball, à l'extrémité ouest du marché. Des cris d'enthousiasme montèrent de la foule frénétique.

454

Nirgal s'installa sur un banc et leur parla de leur vallée, des autres régions sous tente qui s'étaient créées sur Mars et de ce que tout cela signifiait. Mais, à l'instant précis où il passait à la situation des deux mondes, la tempête éclata. Les premiers éclairs éteignirent les barres luminescentes et, en succession rapide, ils eurent droit à la pluie, à la neige, à la grêle, puis à la boue.

La tente s'érigeait au-dessus de la vallée en pente aiguë, comme le clocher d'une église, et la pluie ruisselait instantanément vers le bas, tandis que la poussière et les graviers étaient repoussés par la charge statique du revêtement piézo-électrique externe. La neige glissait avant de s'agglomérer dans le bas, où elle formait des talus qui étaient presque aussitôt soufflés par des chasse-neige robotisés géants pourvus de longues extensions en tenaille. Dès qu'une tempête de neige éclatait, les machines patrouillaient la route du canyon de haut en bas. Mais avec la boue, le problème était différent. Mêlée à la neige, elle formait des congères dures comme du béton juste au-dessus de la base de la tente et, sous leur poids, la tente pouvait craquer – on avait connu une fois cette catastrophe dans le Nord.

Quand la tempête devint réellement affreuse, la lumière du canyon prenant la couleur d'une branche pourrie, Nirgal déclara :

– On ferait mieux de grimper là-haut.

Ils s'empilèrent tous dans leurs pick-ups et leurs camions pour foncer vers l'ascenseur le plus proche qui desservait la muraille du canyon, du fond jusqu'au niveau supérieur. Là, les gens qui savaient piloter les chasse-neige les conduisaient manuellement, et les grands manchons soufflaient de la vapeur sur les coulées de neige afin de dégager la tente. Ils s'y mirent tous et sortirent les carts à vapeur. Nirgal se joignit à eux, comme s'il se jetait dans une partie de rugby. Très vite, ils s'enfoncèrent jusqu'aux cuisses dans les tourbillons de boue, sous le vent qui soufflait à plus de cent kilomètres par heure, et les nuages noirs et bas qui ne cessaient de cracher d'autres salves de boue. Ils dégageaient, entassaient et poussaient la boue, avançant vers l'est avec le vent, pour aller la déverser dans Uzboï Vallis, qui n'était pas couverte.

Quand la tempête s'apaisa, la tente était intacte, mais le sol alentour, de part et d'autre de Nirgal Vallis, était couvert de boue gelée, et les équipes d'intervention étaient trempées. Ils s'entassèrent dans les ascenseurs et descendirent vers le plancher du canyon, épuisés, glacés. Quand ils sortirent des cabines, ils se regardèrent : ils étaient entièrement noirs, du casque aux bottes. Nirgal enleva son casque et éclata d'un rire irrépressible en jetant de la boue sur ses voisins. Et la bagarre commença. La plupart jugèrent prudent de garder leur casque. La scène était étrange : des gens se battaient à grandes poignées de boue dans l'ombre du canyon, à l'aveuglette, avant de plonger dans la rivière sans cesser de s'agiter et de se battre.

Maya Katarina Toitovna se réveilla de méchante humeur, au milieu d'un rêve dérangeant qu'elle oublia délibérément en sautant du lit. Tout comme elle oublia de tirer la chasse en sortant des toilettes. Les rêves étaient dangereux. Elle s'habilla en tournant le dos au petit miroir du lavabo, et descendit vers la salle commune. Tout Sabishii avait été construit dans le double style nippo-martien. Les alentours, avec leurs pelouses semées de rochers roses et leurs pins, avaient des allures de jardin zen. Il en émanait une beauté épurée qui déplaisait à Maya. C'était comme une sorte de reproche aux rides de son visage. Elle faisait tout ce qu'elle pouvait afin d'ignorer ce paysage en se concentrant sur son petit déjeuner. L'ennui mortel des obligations quotidiennes. A une table voisine, Vlad, Ursula et Marina déjeunaient avec un groupe d'issei. Les Sabishiiens avaient tous le crâne rasé et, dans leurs combinaisons de travail, ils ressemblaient à des moines bouddhistes. L'un d'eux alluma un petit écran disposé sur la table et un programme d'infos terriennes annonça l'émission d'une métanationale de Moscou qui semblait avoir le même rapport avec la réalité que la *Pravda* autrefois. Certaines choses ne changeaient jamais. Le programme était en anglais. Le présentateur s'exprimait mieux qu'elle, même après toutes ces années.

« Et maintenant les dernières nouvelles de cette journée du 5 août 2114. »

Maya se raidit sur son siège. A Sabishii, on était le Ls 246, tout près du périhélie – le quatrième jour du 2 novembre –, les journées raccourcissaient, et les nuits, en cette quarante-quatrième année de Mars, étaient clémentes. Maya avait oublié le calendrier terrien depuis des années. Mais là-bas, c'était le jour de son anniversaire. Elle avait – elle dut calculer – cent trente ans.

Avec une sensation de malaise, elle plissa le front et jeta le bagel [1] qu'elle avait commencé à grignoter dans son assiette. Des pensées jaillirent dans sa tête comme une bande d'oiseaux s'envolant d'un arbre – elle ne parvenait pas à les suivre. C'était comme si elle avait l'esprit vide. Cet âge était atrocement anormal ! Qu'est-ce que ça signifiait ? Pourquoi les autres avaient-ils mis les informations à ce moment précis ?

Elle ne toucha plus à son bagel, qui lui semblait avoir une apparence menaçante. Elle se leva et sortit dans la lumière d'automne. Elle descendit le ravissant boulevard principal du vieux quartier, entre le gazon et les érables rouges dont l'un accrochait la lumière éparse du soleil dans une gerbe écarlate. De l'autre côté de la plaza, elle aperçut Yeli Zudov : il jouait aux quilles avec une enfant, sans doute l'arrière-arrière-petite-fille de Mary Dunkel. Les Cent Premiers étaient maintenant nombreux à Sabishii, qui fonctionnait particulièrement bien en tant que ville du demi-monde : ils avaient trouvé leur place dans l'économie locale, ils habitaient le vieux quartier sous de fausses identités, avec des passeports suisses – le tout en parfaite sécurité, ce qui leur permettait de retrouver une vie nouvelle à la surface de Mars. Et sans faire appel à la chirurgie esthétique qui avait tellement changé Sax. L'âge seul s'était livré à une opération chirurgicale sur eux : ils étaient méconnaissables. Maya pouvait se promener dans les rues de la ville sans craindre d'être reconnue : elle n'était qu'une vieille comme tant d'autres. Et si la police de l'Autorité transitoire l'arrêtait, elle ne serait que Ludmilla Novosibirskaya. Mais, à dire vrai, personne ne risquait plus de l'arrêter.

Elle se perdit dans la ville, en essayant d'échapper à elle-même. Depuis l'extrémité nord de la tente, elle contempla l'amas gigantesque de rocaille qui avait été arrachée au mohole de Sabishii. Il formait une longue colline sinueuse qui s'abaissait vers l'horizon, à travers les grands bassins de krummholz de Tyr rhena. Les Sabishiiens l'avaient façonnée afin que vue du ciel elle ressemble à un dragon qui tenait les tentes de la ville entre ses serres. Une faille d'ombre marquait l'endroit où une serre de la patte gauche saillait entre les écailles de la créature. Le soleil du matin était aussi brillant que l'œil d'argent du dragon, qui semblait les fixer par-dessus son épaule.

Le bloc de poignet de Maya bippa et, irritée, elle accepta l'appel. C'était Marina.

---

1. Viennoiserie d'origine juive souvent relevée aux oignons, à l'ail, au pavot, etc. (N.d.T)

– Saxifrage est arrivé, lui dit-elle. Nous devons nous rencontrer dans le jardin de pierre ouest dans une heure.

– J'y serai, dit Maya avant de couper la communication.

La journée promettait ! Elle erra longtemps sur le périmètre ouest de la ville, déprimée, absente. Cent trente ans. Il y avait des Abkhasiens de Géorgie, sur les bords de la mer Noire, qui avaient vécu jusqu'à cet âge sans traitement gériatrique. Et ils continuaient probablement à s'en passer – le traitement n'avait été distribué qu'avec parcimonie sur Terre, selon les courbes de valeur monétaire et de pouvoir, et les Abkhasiens, de tout temps, avaient été pauvres. Heureux et pauvres. Elle essaya de se rappeler la vie en Géorgie, dans cette région où le Caucase rencontrait la mer Noire. La ville s'appelait Sukhumi. Elle avait dû la visiter dans sa jeunesse avec son père qui était géorgien. Mais aucune image ne lui venait à l'esprit, pas le moindre fragment. En fait, elle se rappelait à peine la Terre – Moscou, Baïkonour, la vue depuis *Novy Mir*. Rien. Elle retrouva le visage de sa mère. Elle riait d'un air sombre par-dessus la table, en faisant la cuisine ou en repassant. Maya savait que ces souvenirs étaient authentiques, parce qu'elle avait parfois répété les mots surgis de sa mémoire, quand elle avait du chagrin. Mais quant aux images vraies... Sa mère était morte dix ans seulement avant que le traitement soit disponible. Si elle en avait bénéficié, elle aurait eu cent cinquante ans aujourd'hui, ce qui n'avait rien de déraisonnable. L'âge extrême avait été porté à cent soixante-dix ans, et il ne cessait d'augmenter. Ceux qui avaient reçu le traitement gériatrique mouraient d'accidents, de maladies rares ou d'erreurs médicales. De meurtre ou de suicide.

Elle atteignit les jardins de pierre sans même avoir vu les rues étroites de la vieille ville. C'était comme ça que les vieux finissaient : en oubliant les événements récents, parce qu'ils ne les avaient pas vus en premier lieu. Le souvenir se perdait avant même de se former, parce que l'esprit se focalisait trop sur le passé.

Vlad, Ursula, Marina et Sax étaient assis sur un banc du parc, en face des premiers bâtiments de Sabishii, encore en usage mais surtout fréquentés par les canards et les oies. L'étang et son pont, les berges de bambous et de rocaille sortaient tout droit d'une gravure sur bois ou d'une peinture sur soie : un cliché. Au-delà de la tente, le grand nuage blanc thermique du mohole se gonflait dans le ciel, plus dense que jamais. Le trou était plus profond de jour en jour et l'atmosphère plus humide.

Elle s'assit en face de ses vieux compagnons et les observa d'un air sombre. De vieux bonshommes, de vieilles mémères à la peau tachetée et ridée. Ils étaient presque comme des étrangers, des gens qu'elle n'avait encore jamais rencontrés. Mais elle connaissait bien le regard couvert et provocant de Marina, et le petit sourire de Vlad – guère surprenant chez un homme qui avait vécu conjointement avec deux femmes durant quatre-vingts ans, apparemment en harmonie et dans la plus parfaite intimité. Certains disaient que Marina et Ursula étaient un couple de lesbiennes, et Vlad une espèce de compagnon, d'animal domestique. Mais nul ne pouvait en être certain. Ursula elle aussi avait l'air heureuse, comme toujours. La tante préférée de tous. Oui... en se concentrant un peu, on pouvait les voir. Seul Sax semblait totalement différent : l'air vif, avec son nez cassé qu'il ne s'était pas encore fait redresser. Au milieu de son nouveau visage séduisant, il se dressait comme une accusation, comme si c'était elle qui lui avait fait tout ce mal, et non pas Phyllis. Il ne la regardait pas, il observait les canards avec une expression douce, comme s'il les étudiait. Le savant en plein travail. Si ce n'est qu'il était désormais un savant fou, qui détruisait tous leurs plans et qui échappait à tout discours rationnel.

Maya plissa les lèvres et se tourna vers Vlad.

– Subarashii et Amexx sont en train d'augmenter les effectifs des troupes de l'Autorité transitoire, dit-il. On a reçu un message d'Hiroko. Ils ont regroupé cette unité qui a attaqué Zygote en une sorte de corps expéditionnaire. Il se dirige actuellement vers le sud, entre Argyre et Hellas. Ils ne semblent pas savoir où se trouvent la plupart des refuges, mais ils ratissent tous les coins possibles l'un après l'autre. Ils ont investi Christianopolis et en ont fait leur base opérationnelle. Ils sont environ cinq cents, avec un armement lourd et une couverture orbitale. Hiroko dit qu'elle a du mal à empêcher Coyote, Kasei et Dao de prendre la tête des guérilleros mars-unistes pour les attaquer. Si les troupes s'en prennent à d'autres refuges, les radicaux vont certainement appeler à la contre-attaque.

C'est-à-dire, les jeunes excités de Zygote, songea Maya, amèrement. Ils ne les avaient pas réellement éduqués, tous les ectogènes et la génération sansei – ils avaient maintenant la quarantaine et une furieuse envie de se battre. Peter, Kasei et le reste de la génération nisei approchaient des soixante-dix ans, et si les choses avaient suivi un cours normal, ils auraient été depuis longtemps les leaders de ce monde. Mais ils vivaient encore dans l'ombre de leurs parents, qui avaient oublié de mourir. Que ressentaient-ils ? Comment pouvaient-ils agir ? Certains d'entre eux, peut-être, se disaient qu'une seconde révolution leur donnerait enfin leur chance. Et c'était sans doute l'unique solution. Après tout, la révolution était le domaine des jeunes.

Et les vieillards restaient assis à regarder les canards sur l'étang. Groupe sombre et sans âme.

– Que sont devenus les Chrétiens ? demanda Maya.

– Quelques-uns sont partis pour Hiranyagarbha, mais les autres sont restés.

Si les forces de l'Autorité transitoire s'emparaient des territoires du Sud, l'underground avait sans doute infiltré les villes. Mais dans quel but ? Ils étaient trop dispersés pour parvenir à secouer l'ordre des deux mondes, régi par la Terre. Soudain, Maya eut le sentiment que l'ensemble de leur projet d'indépendance n'était plus qu'un rêve, une fantaisie qui consolait les survivants décrépits d'une cause perdue.

– Tu sais pourquoi cette escalade s'est produite ? lança-t-elle en foudroyant Sax du regard. C'est parce qu'il y a eu tous ces énormes sabotages.

Sax ne parut pas l'avoir entendue.

– Quel dommage que nous ne nous soyons pas mis d'accord sur une forme d'action commune à Dorsa Brevia, dit Vlad.

– Dorsa Brevia, répéta Maya d'un ton méprisant.

– C'était une bonne idée, intervint Marina.

– Peut-être. Mais sans un plan d'action sur lequel tout le monde aurait été d'accord, cette Constitution n'était... (Maya agita la main.) ... qu'un château de sable. Un jeu.

– La notion de base était que chaque groupe devait faire ce qu'il jugerait préférable, dit Vlad.

– Ça, c'était la notion de 61, protesta Maya. Et maintenant, si jamais Coyote et les radicaux se lancent dans une guérilla, nous allons nous retrouver comme en 61.

– Qu'est-ce que tu penses que nous devrions faire ? demanda Ursula avec curiosité.

– Nous devons nous en occuper nous-mêmes ! *Nous* mettons un plan sur pied, *nous* décidons de ce qu'il faut faire. Nous le transmettons à l'underground. Si nous n'assumons pas les responsabilités cette fois, alors tout ce qui suivra sera notre faute. Nous sommes les Cent Premiers, les seuls à avoir assez d'autorité pour tout déclencher. Les Sabishiiens nous aideront, et les Bogdanovistes suivront.

– Nous aurons également besoin de Praxis, dit Vlad. Et des Suisses.

– Praxis veut nous aider, insista Marina. Mais que vont dire les radicaux ?

– Il va falloir utiliser la force, fit Maya. On va leur couper le ravitaillement, disperser leurs membres...

– Ça va nous conduire à la guerre civile, protesta Ursula.

– Mais il faut bien les arrêter ! S'ils déclenchent une révolution trop tôt et que les métanationales nous tombent dessus avant que nous soyons prêts, nous sommes condamnés. Toutes ces attaques sans coordination doivent cesser. Elles ne servent à rien, elles ne font qu'accroître les niveaux de sécurité et nous rendre les choses plus difficiles encore. Des actions comme faire sauter Deimos de son orbite leur donnent seulement conscience de notre présence sans que ce soit vraiment efficace...

Sax, qui ne quittait pas les canards des yeux, déclara de sa voix étrangement musicale :

– Il existe actuellement cent quatorze vaisseaux de transit Terre-Mars. Quarante-sept objets en termite... en *orbite* autour de Mars. La nouvelle Clarke est une station spatiale défendue à cent pour cent. Deimos aurait eu la même fonction. Une base militaire. Une plate-forme de tir.

– C'était une lune vide, dit Maya. Quant à ces véhicules en orbite, il faudra nous en occuper en temps voulu.

Une fois encore, il ne sembla pas l'avoir entendue. Il cilla à peine, sans quitter les canards du regard, se détournant parfois brièvement pour observer Marina.

– Ça doit être une question de décapitation, fit-elle. Comme l'ont dit Nadia, Nirgal et Art à Dorsa Brevia.

– Reste à voir si nous saurons trouver le cou, dit Vlad, sèchement.

Maya sentait sa colère envers Sax monter de minute en minute.

– Nous devrions prendre chacune des villes principales et organiser la population pour une résistance unifiée. Je veux retourner à Hellas.

– Nadia et Art sont dans Fossa Sud, dit Marina. Mais si nous voulons que cela fonctionne, nous allons avoir besoin de tous les Cent Premiers.

– Les *Trente-Neuf* Premiers, rectifia Sax.

– Nous aurons besoin d'Hiroko, fit Vlad, et c'est par elle que nous pourrons ramener Coyote à la raison.

– Personne n'y parviendra, dit Marina. Mais, oui, nous avons besoin d'Hiroko. Je vais aller à Dorsa Brevia pour lui parler, et nous essaierons de contrôler le Sud.

– Sax ? demanda Vlad.

Sax, arraché à sa rêverie, se tourna vers lui en clignant des yeux. Mais il n'eut pas un regard pour Maya.

– Gestion intégrée des épiphyties. On fait pousser des plantes plus résistantes au milieu des herbes. Et elles les chassent. Je vais prendre Burroughs.

Maya, furieuse devant le mépris de Sax, se leva et partit faire le tour de l'étang. Elle s'arrêta sur l'autre berge, les mains crispées sur une rambarde. Elle leva les yeux vers ses vieux camarades. De là, ils évoquaient des retraités qui radotaient sur un banc à propos de la qualité de la cuisine, du temps, des canards et du dernier tournoi d'échecs. Elle maudit Sax. Est-ce qu'il allait éternellement lui reprocher Phyllis, cette atroce femme?...

Et soudain, elle entendit leurs voix. Aussi claires que ténues. Derrière elle, il y avait une paroi de céramique, qui faisait presque le tour complet de l'étang. Apparemment, elle constituait une sorte de galerie d'écho et elle entendait les voix des autres une fraction de seconde après qu'ils eurent bougé les lèvres.

– Quel dommage qu'Arkady n'ait pas survécu, venait de dire Vlad. Les Bogdanovistes seraient plus faciles à contrôler.

– Oui, fit Ursula. Lui et John. Et Frank.

– Frank, fit Marina avec mépris. S'il n'avait pas assassiné John, rien de tout cela ne serait arrivé.

Maya tressaillit et serra la rambarde un peu plus fort en se redressant.

– *Quoi?* hurla-t-elle sans même réfléchir.

Là-bas, les autres sursautèrent et la regardèrent. Elle lâcha la rambarde et revint vers eux en courant, en trébuchant par deux fois.

– Qu'est-ce que tu veux dire? cria-t-elle à Marina en s'approchant d'eux.

Vlad et Ursula vinrent à sa rencontre. Marina, elle, demeura assise, l'air renfrogné, distante. Vlad écarta les bras et Maya l'évita pour se précipiter sur Marina.

– Qu'est-ce que tu avais en tête, hein, en disant ces choses abominables? (Soudain, sa gorge était nouée par le chagrin.) Pourquoi? Pourquoi? Ce sont des Arabes qui ont tué John, tout le monde sait ça!

Marina fit une grimace et baissa la tête.

– Alors?... insista Maya.

– C'était une façon de parler, dit Vlad, derrière elle. Frank s'efforçait de saper le travail de John à cette époque, et tu sais que c'est vrai. Certains disent qu'il a monté la Fraternité musulmane contre John, c'est tout...

– Pff! On en a tous discuté. Ça n'a pas de sens!

C'est à cet instant qu'elle remarqua que Sax la regardait. Droit en face, avec une expression particulière, froide et quasiment indéchiffrable: il y avait dans ses yeux une lueur d'accusation, de vengeance, ou bien quoi?... Elle avait vociféré en russe et les autres lui avaient répondu de même, et elle ne pensait pas que Sax connût le russe. Peut-être était-il seulement curieux de savoir ce qui les perturbait à ce point. Mais il y avait une telle antipathie dans son regard – comme s'il confirmait ce que Marina avait dit, l'enfonçant en elle comme un poignard !

Alors, elle se détourna et s'enfuit en courant.

Elle se retrouva devant la porte de sa chambre sans se souvenir d'avoir traversé tout Sabishii et se précipita à l'intérieur comme dans les bras de sa mère. Mais à quelques pas du lit, dans l'élégance des lambris, elle se redressa sous le choc du souvenir : celui d'une autre chambre, qui de matrice était devenue tombe, dans laquelle elle avait été piégée, toujours sous l'effet de la peur et de la colère... Pas de réponses, pas d'échappatoire, aucun moyen de fuite... Elle se pencha sur le lavabo et, cette fois, en affrontant le petit miroir, elle vit son visage, comme un portrait encadré – hagard, vieilli, avec des yeux cernés de rouge, comme ceux d'un lézard. Une image à vomir. C'était ça, très exactement : cet instant où elle avait surpris le passager clandestin de l'*Arès*, ce visage entrevu à travers un bocal de culture d'algues. Coyote. Une réalité, et non pas une hallucination.

Il pouvait en être ainsi de ce qu'elle avait appris à propos de Frank et de John.

Elle tenta de se rappeler. Elle lutta de toute sa volonté pour retrouver Frank Chalmers, qui il était vraiment. Cette nuit-là, à Nicosia, elle lui avait parlé. Leur rencontre avait été maladroite, tendue. Frank se comportait toujours comme s'il était agressé, rejeté... Ils s'étaient retrouvés ensemble, tous les deux, alors que John était inconscient, qu'on l'avait emporté jusqu'à la ferme, où il était mort. Jamais Frank n'aurait pu...

Mais bien sûr, il y avait toujours des mercenaires. Des gens que l'on pouvait payer pour frapper pour vous. Ce n'était pas tant que les Arabes aient pu être intéressés par l'argent – ils préféraient être payés par l'honneur, ou par une sorte de *quiproquo*, le genre de valeur courante que Frank distribuait comme autant de billets...

Mais elle se rappelait tellement peu ces quelques années, des éléments *spécifiques*. Quand elle se concentrait sur cette période, quand elle s'efforçait de se *souvenir*, de retrouver ces moments, elle était effrayée d'en voir émerger si peu. Des parcelles, des traces, des éclats qui subsistaient d'une civilisation entière. Elle se rappelait que, dans sa fureur, elle avait cassé une tasse de café sur une table, et que l'anse était restée sur la nappe. Comme un bagel à demi grignoté. Mais cela s'était passé où et quand ? Et avec qui? Elle n'était sûre de rien. Et un cri s'échappa de sa gorge :

– Ahhh!

Le visage antédiluvien qu'elle avait devant elle l'écœurait, avec son expression de douleur pathétique, reptilienne. Il était tellement *laid*. Autrefois, elle avait été belle, elle en avait été vaniteuse, elle s'en était servi comme d'un scalpel. Et maintenant... Ses cheveux, avec les ans, étaient passés du blanc pur au gris terne. Leur structure avait sans doute changé lors du dernier traitement. Et ils s'éclaircissaient, mon Dieu! en certains endroits. C'était répugnant. Elle avait été belle, jadis. Elle avait eu un visage royal, voluptueux... et à présent... Comme si la baronne Blixen, qui avait été si belle dans sa jeunesse, était devenue la sorcière syphilitique Isak Dinesen, pour vivre des siècles durant, comme une goule ou un zombie... Elle n'avait plus que le corps d'un lézard usé vieux de cent trente ans. Joyeux anniversaire, joyeux anniversaire, lézard!...

Elle revint au lavabo et ouvrit l'armoire à pharmacie. Elle trouva les ciseaux de manucure sur l'étagère du haut. Quelque part sur Mars, on fabriquait des ciseaux de manucure, en magnésium, sans doute. Elle s'en empara, tira sur une mèche de cheveux, et la coupa à ras. Les lames étaient émoussées, mais en tirant assez fort elle y arrivait. Elle faisait attention à ne pas se blesser le cuir chevelu car ce qu'il lui restait de fierté ne pourrait le supporter. La corvée fut longue, douloureuse et pénible. Mais Maya y trouva un certain réconfort, une certaine détente, à se montrer aussi méthodique dans la destruction.

Sa coupe initiale était hirsute et avait besoin d'être rectifiée, ce qui lui prit encore pas mal de temps. Une heure exactement. Mais elle n'arrivait pas à égaliser la longueur de ses cheveux. Finalement, elle prit le rasoir dans la douche et termina avec un rouleau de papier hygiénique pour éponger les coupures qui saignaient abondamment, ignorant les anciennes cicatrices qui réapparaissaient, les creux et les bosses affreux de son crâne dénudé. C'était difficile de faire ça en évitant de regarder le monstrueux visage couvert de rides qu'il y avait sur le devant de ce crâne.

Quand ce fut fini, elle contempla sans pitié le monstre dans le miroir – androgyne, usé, dément. L'aigle devenu vautour : la tête chauve, le cou décharné, les petits yeux étrécis, le nez crochu, la bouche petite et sans lèvres à la moue hostile. Et elle fixa longtemps, très longtemps ce visage hideux, ne se souvenant plus de rien à propos de Maya Toitovna. Elle était gelée dans le présent, étrangère à tout.

On frappa à la porte et elle sursauta, soudain libérée. Elle hésita, brusquement honteuse, et même effrayée. Ce fut comme si une autre partie d'elle-même coassait :

– Entrez.

La porte s'ouvrit. C'était Michel. Il s'arrêta sur le seuil.

– Eh bien ?... fit-elle en le regardant avec le sentiment d'être nue.

Il pencha la tête avec un sourire fallacieux.

– Toujours aussi belle.

Elle ne put s'empêcher de rire. Puis, assise sur son lit, elle se mit à pleurer en reniflant.

– Parfois, dit-elle en s'essuyant les yeux, parfois j'en viens à souhaiter de ne plus être Toitovna. Je suis tellement lasse. Tellement lasse de tout ce que j'ai fait.

Michel s'assit près d'elle.

– Jusqu'au bout, nous sommes soudés à nous-mêmes. C'est le prix que nous devons payer pour continuer à penser. Mais qu'est-ce que tu préférerais, être au bagne ou bien idiote ?

Elle secoua la tête.

– J'étais dans le parc avec Vlad, Ursula, Marina, et Sax qui me déteste. Je les ai regardés. Je me suis dit qu'il fallait que nous fassions quelque chose, vraiment, mais je me suis souvenue de tout – j'ai essayé de me souvenir – j'oublie tant de choses... Brusquement, nous semblions tous tellement détériorés.

– Il s'est passé beaucoup de choses.

Il posa une main sur les siennes.

– Est-ce que tu as du mal à te souvenir ? demanda Maya avec un frisson en serrant ses doigts, comme si elle s'accrochait à une bouée. Parfois, j'ai tellement peur de tout oublier. Ce qui veut dire que j'aimerais mieux me trouver au bagne plutôt qu'idiote, pour répondre à ta question. Si on oublie, on est libéré du passé, mais rien ne signifie plus rien. Alors, il n'y a plus moyen de fuir... (Elle se remit à pleurer.)... que l'on se souvienne ou que l'on oublie, la souffrance reste la même.

– Les problèmes de mémoire sont très communs à nos âges. Surtout à moyenne distance, si je puis dire. Certains exercices permettent d'améliorer cela.

– La mémoire n'est pas un muscle.

– Je sais. Mais le pouvoir de mémorisation semble s'améliorer avec l'usage. Apparemment, le simple fait de se rappeler renforce les souvenirs eux-mêmes. Et quand on y réfléchit bien, ça tient debout. Les synapses sont renforcés ou remplacés... Ce genre de chose...

– Mais alors, si l'on ne peut pas affronter ce dont on se souvient... Oh, Michel! (Elle inspira dans un frémissement.) Ils disent... Marina dit que Frank a assassiné John. Elle l'a dit aux autres alors qu'elle pensait que je ne pouvais pas entendre, comme si c'était une vérité connue de tous! (Elle lui serra l'épaule, comme si elle voulait lui arracher une vérité qu'il cachait.) Michel, dis-moi la vérité! C'est ce que vous pensez tous?...

Il secoua la tête.

— Personne ne sait ce qui s'est réellement passé.

— J'étais là! J'étais à Nicosia, cette nuit-là, pas eux! J'étais avec Frank quand c'est arrivé! Il ne savait rien de ce qui s'était passé, je le jure!

Il plissa les yeux, indécis, et elle lui lança:

— Ne me regarde pas comme ça!

— Mais non, Maya. Il faut que je te dise tout ce que j'ai entendu, et j'essaie moi-même de me souvenir. Toutes sortes de rumeurs ont circulé — toutes sortes! — à propos de ce qui s'est passé cette nuit-là. Il est exact que, d'une certaine façon, Frank a été compromis. Du moins, il était en relation avec les Saoudiens qui ont tué John. Il avait rencontré celui qui est mort le lendemain, etc.

Maya se mit à pleurer plus violemment, les mains crispées sur le ventre, le visage rivé à l'épaule de Michel.

— Je ne peux pas le supporter. Si je ne sais pas ce qui s'est passé... comment me souvenir? Comment penser à eux?

Il la prit dans ses bras, la serra très fort.

— Oh, Maya...

Longtemps après, elle se redressa, gagna le lavabo pour se passer de l'eau froide sur le visage en évitant soigneusement de rencontrer son reflet dans le miroir. Elle retourna jusqu'à son lit et se rassit, terrassée, une fatigue noire au creux de chacun de ses muscles.

Michel lui prit à nouveau la main.

— Je me demande si cela ne te ferait pas du bien de savoir. Ou du moins, d'en apprendre autant que possible. D'enquêter, tu vois. De lire ce qu'on a écrit au sujet de John et de Frank. Parce qu'il existe des livres sur eux, à présent, bien sûr. Tu devrais poser des questions à ceux qui se trouvaient à Nicosia, en particulier aux Arabes qui ont vu Selim el-Hayil avant sa mort. Ce genre de chose. Ça te redonnerait une sorte de contrôle sur toi-même, tu comprends. Ça ne serait pas exactement se souvenir de tout, mais ça ne serait pas oublier non plus. Aussi étrange que cela puisse paraître, ce n'est pas la seule alternative. Nous devons assumer notre passé, comprends-tu? Il faut que nous en fassions une part de ce que nous sommes devenus par un acte simple d'imagination. Un acte créatif, actif. Et non pas un simple processus. Mais je te connais, et tu es toujours meilleure quand tu es active, quand tu disposes d'un petit peu de contrôle.

– Je ne sais pas si j'en serai capable. Mais je ne peux pas supporter de ne pas savoir. En même temps, j'ai peur de savoir. Je ne veux pas savoir. Surtout si c'est vrai.

– Essaie de voir ce que tu éprouves, suggéra Michel. Essaie vraiment. Étant donné que les deux choix sont aussi douloureux l'un que l'autre, il est possible que tu préfères l'action.

– Bien.

Elle renifla et promena son regard autour de la chambre. De l'autre côté du miroir, un meurtrier armé d'une hache la dévisageait.

– Mon Dieu! Je suis tellement *laide*! s'écria-t-elle, au bord de la nausée.

Michel se leva, s'approcha du miroir.

– Il existe un phénomène que nous appelons désordre dysmorphique du corps. C'est en rapport avec d'autres désordres de type obsessionnel-compulsif. Avec un état dépressif. J'ai remarqué ces signes chez toi depuis quelque temps.

– C'est aujourd'hui mon anniversaire.

– Mmm... Oui, c'est curable.

– Les anniversaires?

– Le désordre dysmorphique corporel.

– Je ne veux pas prendre de drogues.

Il jeta une serviette sur le miroir avant de se retourner vers elle.

– Que veux-tu dire? Il peut s'agir d'un simple manque de sérotonine. Une insuffisance biochimique. Une maladie passagère. Pas de quoi avoir honte. Nous prenons tous des drogues. La clomipramine serait très utile dans ton cas.

– Je vais y réfléchir.

– Et plus de miroir.

– Je ne suis plus une enfant! gronda-t-elle. Je sais à quoi je ressemble!

Elle bondit du lit et arracha la serviette du miroir. Comme un vautour reptilien fou, un ptérodactyle féroce – c'était assez impressionnant, en fait.

Il haussa les épaules avec un petit sourire. Elle aurait voulu l'embrasser en cet instant, ou lui cogner dessus. Il aimait tellement les lézards.

Elle secoua la tête pour essayer de s'éclaircir les idées.

– Bien. De l'action, tu as dit. Je préfère sans doute ça à l'alternative. vu la situation dans laquelle nous sommes. (Elle lui révéla les informations qu'ils avaient reçues du Sud et les propositions qu'elle avait faites aux autres.) Ils me mettent vraiment en colère. Ils attendent que le désastre leur retombe dessus, c'est tout. Tous sauf Sax, qui fait n'importe quoi avec ses sabotages, sans consulter personne, sauf ces imbéciles... Il faut que nous travaillions en *coordination*!

— Très bien, fit Michel d'un ton enthousiaste. Je suis d'accord. On en a besoin.

Elle le scruta.

— Est-ce que tu serais prêt à m'accompagner jusqu'au Bassin d'Hellas?

Il sourit. Avec un plaisir authentique et pur. Il était ravi qu'elle lui ait demandé cela! Elle sentit son cœur frémir.

— Mais oui. J'ai du boulot à terminer ici, mais ça peut aller très vite. Quelques semaines, c'est tout.

Il lui souriait encore. Il l'aimait, elle le voyait : non pas seulement en tant qu'ami ou psychanalyste, mais en tant qu'homme, en tant qu'amant. Pourtant, il gardait en lui une certaine distance, la distance de Michel, un reste du psychothérapeute qu'il était. Et elle pouvait continuer à respirer, ainsi. Tout en se sentant aimée. Tout en ayant un ami.

— Ainsi, tu peux encore supporter d'être avec moi, même avec l'image que je présente aujourd'hui...

— Oh, Maya...(Il rit.) Oui, tu es encore belle, si tu veux que je te le dise. Mais tu le sais, Dieu merci. (Il la serra entre ses bras avant de reculer.) C'est un petit peu austère. Mais ça ira.

— Et personne ne me reconnaîtra.

— Aucun de ceux qui ne te connaissent pas. (Il se leva.) Viens. Est-ce que tu as faim?

— Oui. Donne-moi le temps de me changer.

Il s'assit sur le lit en l'observant. En s'imprégnant d'elle, vieux bouc qu'il était. Son corps avait encore un aspect humain, ce qui était extraordinaire, très féminin, même à cet âge ridiculement posthume. Si elle s'était avancée sur lui en lui offrant ses seins, il se dit qu'il les aurait sucés comme un enfant. Elle s'habillait, son esprit se réveillait, il montait du fond. C'était le meilleur moment de l'onde sinusoïdale, pareil au solstice d'hiver du paléolithique, cet instant de soulagement où l'on sait avec certitude que le soleil reviendra un jour.

— C'est très bien, dit Michel. Maya, nous avons besoin de toi pour diriger, tu le sais. Tu as l'autorité qui convient. L'autorité naturelle. Et c'est une bonne chose que de répartir les tâches pour que tu te concentres sur Hellas. C'est un excellent plan. Mais tu sais : il te faudra bien plus que de la colère.

Elle enfila un sweater (sensation bizarre, avec son cuir chevelu tout nu), et le contempla, surprise. Il leva un doigt en signe d'avertissement.

– Ta colère sera utile, mais elle ne représente pas l'essentiel. Frank n'était fait que de colère, tu te rappelles? Et tu sais où ça l'a conduit. Non seulement tu vas devoir te battre contre ce que tu hais, mais aussi pour ce que tu aimes, comprends-tu? Donc, il va falloir que tu découvres ce que tu aimes. Il faudra que tu t'en souviennes, ou que tu crées...

– Oui, oui, fit-elle, soudain agacée. Je t'aime, mais tais-toi, maintenant. (Elle redressa le menton.) Allons manger.

Le train qui allait de Sabishii jusqu'à la piste principale Burroughs-Hellas ne comportait qu'une petite locomotive et trois wagons de voyageurs, tous à demi pleins. Maya alla s'installer dans le tout dernier, au fond. Les gens levèrent le regard sur elle, mais très brièvement. Aucun d'eux ne parut s'offusquer de son crâne rasé. Après tout, les femmes vautours étaient nombreuses sur Mars, et ici même, dans ce train. Elles portaient des combinaisons de travail de couleur rouille, cobalt ou vert pâle, elles étaient toutes vieilles et ravagées par les UV. Les anciens de Mars constituaient une espèce de cliché depuis les tout premiers âges : ils avaient tout vu et ils étaient toujours prêts à vous arracher des larmes avec leurs récits de tempêtes de poussière et de sas bloqués.

C'était aussi bien. Elle préférait ça plutôt que de voir les gens s'agiter sur son passage en s'exclamant : « Voilà Toitovna ! » Pourtant, elle se sentait laide, reléguée. Ce qui était stupide. Elle avait besoin qu'on l'oublie. Et sa laideur lui était utile : le monde a tendance à oublier la laideur. Très efficace.

Elle se tassa dans son siège tout en regardant vers l'avant. Apparemment, un contingent de touristes japonais venus de la Terre avait débarqué à Sabishii. Ils étaient tous entassés sur les sièges avant et bavardaient en contemplant le paysage avec leurs lunettes vidéo, enregistrant la moindre seconde de leur balade, des enregistrements que personne ne regarderait jamais.

Le train démarra lentement et ils s'éloignèrent de Sabishii, qui était encore une petite ville sous tente installée entre les collines. Mais le terrain en mamelons qui s'étendait entre la ville et la piste principale offrait le spectacle de rochers pointus gravés et de petits refuges creusés dans les falaises. Toutes les parois orientées vers le nord étaient encore incrustées de la neige des premières tempêtes automnales, et les mares gelées leur renvoyaient les éclairs du soleil. Les bosquets sombres et ras étaient tous dérivés des anciens plants venus d'Hokkaido et donnaient au paysage un aspect épineux, noir et vert : une collection de jardins bonsaï, chacun d'eux constituant une île sur la mer chaotique de rochers brisés.

Naturellement, les touristes japonais trouvaient cette vision enchanteresse. Il était également possible qu'ils soient de nouveaux immigrants installés à Burroughs et qu'ils visitent Sabishii, le premier site de débarquement japonais sur Mars. Comme s'ils venaient de Tokyo pour découvrir Kyoto. A moins qu'ils fussent natifs de Mars et n'aient jamais vu le Japon. Elle ne le saurait avec certitude que lorsqu'elle les verrait marcher. Mais cela, après tout, n'avait guère d'importance.

La piste passait immédiatement au nord du cratère Jarry-Desloges qui, de l'extérieur, n'était qu'une large colline aplatie. Le tablier était un grand éventail de débris enneigés, semé d'arbres rampants et d'un tapis bigarré de lichens vert foncé et colorés, de bruyères et de fleurs alpestres. Chaque espèce avait sa signature en couleurs, et le champ tout entier était jonché de blocs de roc qui étaient retombés du ciel lors de la formation du cratère. Ce qui donnait l'impression d'un champ de rocaille rouge qui aurait été inondé du dessous par une marée arc-en-ciel.

Maya, tout en laissant ses yeux errer sur la colline, se sentait quelque peu abasourdie. De la neige, des lichens, de la bruyère, des conifères : elle savait que les choses avaient changé sur ce monde pendant qu'elle se cachait sous la calotte polaire — qu'avant, tout avait été différent, qu'elle avait vécu dans un univers de rocher et éprouvé tous les événements intenses qui s'étaient produits durant ces années-là, que son cœur avait été écrasé jusqu'à l'état de stishovite [1] sous leur impact. Mais c'était si dur de retrouver tout ça. De se souvenir de ce qu'il y avait eu auparavant, de ressentir quoi que ce soit si elle venait à se rappeler. Elle se laissa aller en arrière, ferma les yeux en essayant de se relaxer, de s'abandonner à ce qui pouvait survenir...

... Ce n'était pas tant le souvenir spécifique d'un événement spécifique qu'une sorte de composite : Frank Chalmers, dénonçant avec colère, fulminant, raillant. Michel avait raison : Frank avait été un homme coléreux. Mais il n'avait pas été que cela. Plus que n'importe qui, sans doute, elle le savait... elle l'avait vu

---

1. Sillicate cristallin particulièrement dense. Du nom de son découvreur soviétique. (N.d.T.)

en paix ou, sinon en paix, heureux, peut-être. Quelque chose de proche, en tout cas. Il avait eu peur d'elle, il avait fait preuve de sollicitude, il avait été amoureux d'elle – elle avait connu cela. Il avait hurlé aussi, déchaîné par ses petites tromperies, ou par rien. Elle avait tout connu de lui. Parce qu'il l'avait aimée.

Mais comment était-il, *vraiment*? Ou plutôt, pourquoi avait-il été comme ça? Était-il possible d'expliquer pourquoi on était ce qu'on était? Elle avait connu si peu de choses à son propos avant qu'ils se rencontrent : il avait vécu une vie entière en Amérique, et elle n'avait rien vu de cette période. L'homme robuste et sombre qu'elle avait rencontré dans l'Antarctique – même cet homme, elle l'avait presque perdu, il avait été recouvert par tout ce qui était arrivé sur l'*Arès*, et sur Mars, ensuite. Avant cela, il n'y avait rien, ou presque. Il avait dirigé la NASA, fait décoller le projet Mars, sans doute avec le même style corrosif qu'il avait montré par la suite. Il avait été brièvement marié, elle croyait du moins s'en souvenir. A quoi donc avait pu ressembler ce mariage? Pauvre femme. Elle sourit. Mais elle entendit à nouveau la voix de Marina : « Si Frank n'avait pas assassiné John... » Et elle frissonna. Elle regarda le lutrin posé sur ses genoux. Les Japonais chantaient en chœur une chanson à boire, apparemment, tout en faisant circuler une fiasque. Ils avaient laissé le cratère Jarry-Desloges derrière eux et abordaient à présent la bordure nord de la cuvette de Iapygia, une dépression ovale qui ouvrait une nouvelle perspective jusqu'à l'horizon. Iapygia était saturée de cratères et, à l'intérieur de chaque anneau, on trouvait des écosystèmes séparés. C'était comme de contempler la vitrine d'un fleuriste après une explosion, avec des paniers répandus un peu partout, fracassés ici un panier de tapisserie jaune, là de palimpseste rose, de tapis persans verts, blanchâtres, bleuâtres...

Elle tapa sur son lutrin : *Chalmers*.

La bibliographie était énorme : articles, interviews, livres, vidéos. Une collection complète de ses communiqués à la Terre, une autre de ses commentaires : diplomatiques, historiques, biographiques, psychologiques, psychobiographiques – des anecdotes, des histoires, des comédies, des tragédies dans tous les médias. Y compris un opéra. Ce qui signifiait que, quelque part sur Terre, une méchante colorature continuait à chanter les pensées de Frank.

Maya éteignit son lutrin, écœurée. Elle inspira à fond pendant quelques minutes avant de le rallumer et de rappeler le dossier de Frank. Elle ne supportait pas les séquences vidéo ni les photos. Elle sélectionna les biographies les plus succinctes prises dans des magazines populaires, en prit une au hasard et se mit à lire.

Il était né à Savannah, Géorgie, en 1976, et avait grandi à Jacksonville, en Floride. Ses parents avaient divorcé alors qu'il avait sept ans et, par la suite, il avait surtout vécu avec son père, dans une résidence de Jacksonville Beach, une construction de plan courant en stuc datant des années 1940, derrière une vieille promenade de bord de mer avec ses boutiques à hamburgers et à crevettes. Il lui était arrivé d'habiter chez son oncle et sa tante, près du centre ville, dominé par les grands buildings des compagnies d'assurances. Il avait huit ans quand sa mère était partie pour l'Iowa. Son père s'était inscrit aux Alcooliques anonymes par trois fois. Au collège, Frank était le président de sa classe, le capitaine de l'équipe de football, où il jouait au centre, et de l'équipe de base-ball, dont il était le receveur. Il dirigeait aussi un projet destiné à débarrasser la rivière Saint-John des jacinthes d'eau qui proliféraient. « *Son article dans le bulletin annuel de dernière année est interminable, du genre qui vous fait soupçonner que quelque chose n'est pas clair!* » Il était entré tout droit à Harvard, où il avait obtenu une bourse. L'année suivante, il avait été transféré au MIT [1], où il avait décroché ses licences en ingénierie et en astronomie. Quatre années durant, il avait vécu seul dans une chambre, au-dessus d'un garage, à Cambridge, et il ne subsistait que de rares informations de cette période de son existence. Rares étaient ceux qui l'avaient connu. « *Il a traversé Boston comme un fantôme!* »

A sa sortie de l'université, il avait pris un emploi dans le National Service Corps, à Fort Walton Beach, en Floride, et c'était à partir de là qu'il avait été projeté sur la scène nationale. Il avait été à la tête d'un des programmes de génie civil les plus réussis du NSC : un projet de construction de logements destinés aux immigrants caraïbes qui débarquaient à Pensacola. Des milliers de gens l'avaient connu alors, du moins au niveau professionnel. « *Ils sont tous d'accord : c'était un leader charismatique, qui se dévouait à la cause des immigrants, qui travaillait sans relâche pour leur intégration dans la société américaine.* » Durant ces années-là, il avait épousé la jolie Priscilla Jones, fille d'une famille très en vue de Pensacola. On commençait à lui prédire une carrière politique. « *Il était au sommet du monde!* » Le programme du NSC fut achevé en 2004 et, en 2005, il rejoignit les astronautes à Huntsville, Alabama. Son mariage fut brisé cette même année. C'est en 2007 qu'il devint officiellement astronaute et il assuma très vite un poste dans « *l'administration de vol* ». Il fit l'un de ses plus longs séjours dans l'espace : six semaines à bord de la station améri-

---

1. Le Massachusetts Institute of Technology. *(N.d.T.)*

caine, seul avec l'étoile montante, son collègue John Boone. Il avait été nommé à la tête de la NASA en 2015, alors que Boone était promu commandant de la station. C'est ensemble qu'ils avaient monté le projet « *Apollo Mars* » avec le gouvernement et, après le débarquement de John Boone en 2020, ils avaient tous deux rejoints les Cent Premiers, et ils étaient partis pour Mars en 2027.

Maya restait fascinée par les caractères romains, noirs et nets. Les articles étaient brefs, sommaires, et avec leurs allusions et leurs points d'exclamation ils avaient une certaine valeur suggestive, ça ne faisait pas de doute. Un enfant sans mère dont le père buvait, un jeune homme idéaliste et travailleur qui montait dans l'existence, mais qui perdait son job et brisait son mariage la même année. 2005 méritait d'être exploré par le détail. Après ça, Frank lui apparaissait plutôt clairement. Astronaute à la NASA toujours à lutter pour obtenir plus de temps d'espace, à grimper dans l'administration pour acquérir le pouvoir de partir plus souvent... Dans cette période, les brèves descriptions de Frank correspondaient davantage à l'homme qu'elle avait connu. Mais quant à ses années d'enfance, de jeunesse, elles étaient difficiles à imaginer : il était dur de concevoir le Frank de ce temps-là.

Elle appela de nouveau l'index et parcourut la liste des entrées biographiques. Elle repéra un article : *Promesses brisées : Frank Chalmers et le NSC*. Elle tapa le code et le texte apparut. Elle le déroula jusqu'à lire son nom.

Tout comme bien des gens qui affrontent des problèmes fondamentaux dans leur vie, Chalmers, durant ses années de Floride, remplit ses journées par une activité incessante. S'il n'avait pas un instant pour se reposer, du matin au soir, il n'avait donc pas un instant pour penser. Cette stratégie lui avait toujours réussi depuis ses années de collège, quand, en plus des cours, il avait consacré près de vingt heures par semaine à un programme d'aphabétisation dans la région de Jacksonville Beach. A Boston, ses responsabilités universitaires avaient fait de lui ce qu'un de ses collègues a défini comme « un homme invisible », et nous en savons moins sur cette période de sa vie que sur toute autre. Pendant sa première année à Boston, il n'avait pas d'adresse, rien qu'une boîte postale, et certains témoignages rapportent qu'il vécut principalement dans sa voiture durant ce premier hiver. Il dormait sur la banquette arrière et utilisait les douches du gymnase du campus. Il ne retrouva une adresse que lorsqu'il eut réussi à se faire transférer au MIT...

Maya tapa « avance rapide ».

Le programme de génie civil du NSC marqua son retour aux fonctions sociales qui avaient comblé tant d'heures de sa période Jacksonville. La côte de Pensacola, au début du vingt et unième siècle, était l'un des lieux les plus déshérités d'Amérique, avec l'immigration caraïbe, la fermeture des bases militaires et le passage du cyclone Dale qui s'étaient combinés pour provoquer une misère noire. Un ancien employé du NSC a pu dire : « C'était comme si on travaillait en Afrique. » C'est durant les trois années qu'il passa à Pensacola que Chalmers prend pour nous sa dimension sociale véritable. Il réussit à rassembler des fonds pour lancer de nouveaux chantiers dont l'impact fut énorme sur tout le littoral et sauva des milliers de gens qui vivaient dans des abris de fortune après le passage de Dale. Le Fonds d'aide fédérale à la construction et à la formation dans les métiers de la construction avait pour but d'apprendre aux gens à construire leurs logements et à mettre à profit plus tard, et ailleurs, leur nouvelle formation. Ces programmes furent accueillis avec enthousiasme parmi les déshérités, mais très mal considérés par l'industrie locale du bâtiment, qui ressentit cette intervention fédérale comme une nouvelle intrusion du gouvernement dans les affaires privées, l'accusant de s'en prendre à son gagne-pain. Chalmers dut donc faire face à une campagne de controverses et, dans ces premières années du nouveau siècle, il se manifesta souvent dans les médias de la région pour défendre avec enthousiasme son programme, qu'il présentait comme faisant partie d'un immense effort populaire d'action sociale. A la demande du Fort Walton Beach Journal, *il écrivit dans un éditorial : « La solution évidente au marasme dans lequel nous sommes est d'employer toutes nos énergies à résoudre ce problème et à y travailler de manière systématique. Nous avons besoin de construire des écoles pour apprendre à lire à nos enfants, pour qu'ils deviennent des médecins qui nous guériront, des avocats qui nous défendront, afin que le partage soit équitable. Nous avons besoin de bâtir nos maisons et nos fermes, et de nous nourrir par nos propres moyens. » Il réussit à communiquer son enthousiasme à la plupart de ceux qui avaient été engagés par la branche locale du NSC. Les résultats obtenus à Pensacola et à Fort Walton Beach lui valurent des subventions plus importantes de Washington, ainsi que des primes des sociétés participantes. Au point culminant du programme, en 2004, le NSC de Pensacola Coast employait vingt mille personnes et était l'un des facteurs essentiels de ce que l'on appela « la Renaissance du Golfe ». Le mariage de Chalmers avec Priscilla Jones, fille d'une vieille famille fortunée de Panama City, parut être alors le symbole de cette nouvelle synthèse de la pauvreté et des privilèges en Floride, et le couple fut très en vue dans la société de la côte pendant deux ans.*

L'accession au pouvoir de l'administration Ellis en 2004 mit un terme à cette période. Cette élection marqua l'un des grands revers de l'équilibre politique américain : l'ère progressiste des années 90 cédait devant ce que l'on décrivit comme une réaction de la classe moyenne contre l'immigration massive du début du siècle, phénomène que l'on accusait ouvertement d'être responsable de la croissance zéro.

La dissolution brutale du NSC fut l'une des premières décisions de l'administration Ellis. Chalmers passa deux mois à Washington à témoigner devant les sous-comités de la Chambre et du Sénat pour tenter de soutenir le vote d'un amendement destiné à relancer le programme. Il joua un rôle déterminant dans la rédaction de cet amendement, l'Acte de Nakamura, mais deux sénateurs démocrates de Floride et un représentant du Congrès du district de Pensacola refusèrent de le voter, et le Congrès ne fut pas en mesure de s'opposer au veto. Le programme, selon la nouvelle administration, « menaçait les valeurs du marché », et on y mit un terme. L'inculpation et l'arrestation de dix-neuf représentants du Congrès (y compris celui de Pensacola) pour trafic d'influence dans le secteur de la construction n'intervinrent que huit ans plus tard. Mais le NSC, alors, était mort et ses vétérans dispersés. Le président Ellis devait déclarer : « Le NSC a atteint ses objectifs dans la période où il était nécessaire. Mais maintenant, son temps est passé. »

Pour Frank Chalmers, ce fut l'heure de la rupture. Il se retira de la vie publique. Lui et Priscilla déménagèrent pour Huntsville, et leur union n'y survécut pas. Priscilla se remaria très vite avec un ami de sa famille qu'elle avait connu avant l'arrivée de Chalmers. A Washington, Chalmers s'installa dans une existence austère dans laquelle la NASA paraissait être son unique sujet d'intérêt. Il était connu pour ses journées de dix-huit heures et la part énorme qu'il avait dans les succès de la NASA. Ce qui le rendit célèbre à l'échelle nationale, mais personne, à la NASA ou dans les sphères de Washington, ne pouvait prétendre le connaître vraiment. Ses programmes surchargés et ses longues heures de travail lui servaient à nouveau de masque. Un masque derrière lequel l'artisan social idéaliste du Golfe disparut pour de bon.

Une brusque agitation à l'avant du wagon obligea Maya à lever les yeux. Les Japonais venaient tous de se lever en même temps et descendaient leurs bagages. Il était évident maintenant qu'ils étaient originaires de Burroughs : la plupart mesuraient près de deux mètres. Dégingandés, riant de toutes leurs dents, avec les mêmes cheveux drus noirs et brillants. Que ce fût à cause de la gravité, de l'alimentation, de n'importe quoi, les gens, sur Mars, devenaient plus grands. Ces Japonais rappelaient à Maya les ectogènes de Zygote, ces gamins bizarres qui avaient poussé comme des herbes folles... Et qui étaient à présent dispersés sur toute la planète, ayant oublié leur petit monde originel, comme tant d'autres avant eux.

Elle grimaça et, obéissant à une brusque impulsion, elle tapa sur son lutrin pour appeler des illustrations. Une photo de Frank à vingt-trois ans, alors qu'il commençait à travailler pour le NSC : un jeune homme brun au sourire assuré, qui semblait regarder le monde avant de l'invectiver, pour lui apprendre ce qu'il ignorait encore. Si jeune ! Si jeune et confiant. Au premier regard, Maya mit cela sur le compte de l'innocence de la jeunesse, mais en fait le visage ne semblait pas innocent. Il n'avait pas eu une enfance innocente. C'était un battant, qui avait su trouver sa méthode, et qui gagnait. Une force difficile à vaincre. C'était ce que semblait dire son sourire.

Mais si tu shootes sur le monde, tu te casses le pied. Comme on disait dans le Kamchatka, se souvint Maya.

Le train ralentit et s'arrêta doucement. Ils étaient à la gare de Fournier, où la ligne de Sabishii rejoignait la grande piste Burroughs-Hellas.

Les Japonais descendirent, Maya éteignit son lutrin et leur emboîta le pas. La gare était une simple petite tente, au sud du cratère Fournier : un simple dôme en T sous lequel couraient les lignes et les quais. Toute une foule se pressait sur les trois niveaux de la gare : des groupes et des gens seuls, pour la plupart en combinaison de travail. Mais Maya en remarqua certains en costume ou en uniforme de telle ou telle métanationale, ou en tenue de vacances négligée, c'est-à-dire en pantalon flottant, blouse et mocassins.

Maya trouva le spectacle un peu alarmant : il y avait trop de gens ici, et elle se perdit d'un pas incertain entre les kiosques et les cafés qui s'alignaient au long des quais. Personne ne s'arrêta au passage de ce vieil androgyne chauve. Elle circulait entre tous ces étrangers et sentait la caresse de la brise artificielle sur son cuir chevelu. Elle prit place au début de la queue pour le prochain train en direction du sud, et la photo du lutrin ne cessait de tourner dans son esprit. Il était si jeune ! Est-ce qu'ils avaient tous été aussi jeunes ?...

A une heure, le train arriva du nord en sifflant et s'arrêta devant le quai. Des gardes de la sécurité surgirent de leur poste, près des cafés, et sous leur regard morose, elle posa son poignet sur un vérificateur portable avant de monter dans une voiture. Une nouvelle procédure, très simple. Mais, en s'asseyant, elle sentit les battements accélérés de son cœur. A l'évidence, les Sabishiiens, avec l'aide des Suisses, avaient réussi à circonvenir le nouveau système de l'Autorité, et la puce de son bloc-poignet contenait à présent des informations différentes de celles de 61. Mais elle ne se fiait pas à ce monde de sécurité et de cryptographie, et même si l'alarme n'avait pas sonné dans un système qui n'hésiterait pas à la traquer le moment venu, elle avait quelques raisons d'avoir peur – elle était Maya Toitovna, l'une des femmes les plus célèbres de l'histoire, l'une des criminelles les plus recherchées sur Mars. Et les passagers avaient levé les yeux sur elle quand elle avait descendu la travée centrale, nue sous sa combinaison de coton bleu.

Nue mais invisible, parce que irregardable. Et la vérité, c'était qu'au moins la moitié des passagers semblaient aussi vieux qu'elle : des vétérans martiens qui paraissaient soixante-dix ans mais qui pouvaient en avoir deux fois plus, usés, ridés, les cheveux gris ou chauves, irradiés, dispersés entre les jeunes indigènes de la planète comme des feuilles d'automne sur un gazon frais. Et elle crut remarquer parmi eux Spencer Jackson. En jetant son bagage avec les autres, elle porta son regard à trois rangées de là. Le crâne dénudé du personnage ne lui apprenait pas grand-chose, mais elle était presque certaine que c'était bien Jackson. Sale coup. Par principe, les Cent Premiers (désormais les Trente-Neuf Premiers) s'arrangeaient pour ne pas voyager ensemble. Mais il existait toujours un risque qu'ils se rencontrent par hasard.

Elle s'était installée près de la fenêtre et se demandait ce qu'il faisait. La dernière fois qu'elle avait entendu parler de Spencer, lui et Sax formaient une équipe technologique dans le mohole de Vishniac. Ils mettaient au point des armes nouvelles à propos desquelles ils étaient très discrets, du moins selon Vlad. Donc, il faisait partie de la bande de hors-la-loi cinglés que Sax avait rassemblée pour ses opérations d'écosabotage. Plus ou moins, en tout cas. Ça ne lui ressemblait pas, et elle se demanda s'il n'était pas cette influence modératrice qu'ils avaient tous remarquée dans les dernières activités de Sax. Est-ce qu'il se rendait à Hellas, ou bien regagnait-il les refuges du Sud? Ça... elle devrait attendre Hellas pour le découvrir, vu que le protocole exigeait qu'ils s'ignorent jusqu'à ce qu'ils se retrouvent en privé.

Donc, elle ignora Spencer, si c'était bien lui, de même que les autres passagers. La place voisine était libre. En face d'elle, Maya avait deux quinquagénaires en costume. Des émigrants, apparemment, tout comme les deux autres qui étaient installés de l'autre côté de la travée. Tandis que le train quittait la gare, ils se mirent à discuter d'un jeu auquel ils avaient participé.

« Il a fait un coup d'un mile! Il a eu de la chance de retrouver sa balle ! » Vraisemblablement, il s'agissait de golf. Des Américains, probablement. Des cadres de métanationales qui allaient en inspection sur les sites d'Hellas, mais qui n'en dirent pas plus. Maya reprit son lutrin et mit son casque d'écoute. Elle appela la *Novy Pravda* et regarda les minuscules images émises depuis Moscou. Elle avait du mal à se concentrer sur les voix, qui avaient un effet soporifique. Le train filait vers le sud. Le commentateur déplorait le développement du conflit entre Armscor et Subarashii à propos des clauses du plan de développement sibérien. Des larmes de crocodiles étant donné que le gouvernement russe espérait depuis des années voir les deux géants s'affronter afin de créer une situation d'enchère pour les champs pétrolifères, ce qui était préférable à un front métanational uni qui dicterait ses propres clauses et braderait les gisements pour rien. Il était d'ailleurs surprenant que ces deux métanats aient contrevenu à la règle. Maya n'osait pas espérer que cette situation persiste. Les métanats avaient tout intérêt à souder leurs efforts pour disposer des ressources sans avoir à combattre. Si elles se querellaient, le fragile équilibre du pouvoir pourrait céder et retomber sur elles, une éventualité dont elles avaient certainement conscience.

Vaguement somnolente, elle se laissa aller sur l'appuie-tête en regardant défiler le paysage. Ils descendaient vers le fond de la cuvette de Iapygia, et la vue se déployait vers le sud-ouest. Elle lui rappelait la limite de la taïga sur la toundra sibérienne qu'elle avait entrevue aux infos de Moscou – une pente fendue par le gel, couverte de rochers pris dans la neige et la glace, marqués de lichens et de mousses amorphes dans les tons olive et kaki, de cactées corail et d'arbustes nains réfugiés dans les moindres creux. Une vallée au fond plat était tapissée de pingos qui évoquaient une poussée d'acné, tachetés de boue. Maya s'endormit un instant.

Elle s'éveilla avec, dans l'esprit, le visage de Frank à vingt-trois ans. Elle eut une pensée floue pour ce qu'elle avait lu à son sujet, essayant de recoller les fragments pour avoir une image. Le père : qu'est-ce qui avait pu le pousser à s'inscrire aux Alcooliques anonymes trois fois pour les quitter deux fois (ou bien était-ce trois ?...). Cela sonnait mal. Et ensuite, comme en réponse à sa question, elle pensa au Frank intoxiqué par le travail qu'elle avait connu, même si le travail semblait un idéal peu Frank Chalmersiste. Le Frank qu'elle avait connu ne croyait pas à la justice sociale. Politiquement, c'était un pessimiste, engagé dans une perpétuelle action d'arrière-garde pour empêcher le pire de s'aggraver encore. Une carrière vouée à limiter les dégâts – et, selon certains, à se pousser dans le monde. Sans doute vrai. Bien qu'elle ait toujours pensé qu'il ne visait le pouvoir que pour mieux limiter les dégâts. Mais il était impossible de distinguer une motivation de l'autre, tant elles étaient mêlées, comme les rochers et la mousse dans la cuvette. Le pouvoir avait bien des facettes.

Si seulement Frank n'avait pas assassiné John... Elle regarda son lutrin, le ralluma, et tapa le nom de John. La bibliographie était interminable. Elle vérifia le nombre d'entrées : 5 146. Et encore s'agissait-il d'une sélection. Frank n'avait eu droit qu'à quelques centaines tout au plus. Elle passa en mode indexé et appela « Mort de... ».

Des centaines d'entrées ! Avec une sensation de froid, en sueur soudain, elle parcourut très vite la liste. La connexion de Berne, la Fraternité musulmane, Mars-Un, l'AMONU, Frank, elle-même, Helmut Bronski, Sax, Samantha. Au titre seul, elle sut que toutes les théories sur sa mort étaient prises en compte. Bien entendu. La théorie de la conspiration était très populaire, sur le moment et pour toujours. Les gens voulaient tellement que ce genre de catastrophe aille au-delà d'un simple acte de folie et qu'on lâche les chiens.

Elle fut tellement écœurée en voyant son nom sur la liste qu'elle faillit quitter le dossier. Mais, une fois encore, est-ce que ça n'était pas l'effet de la peur ? Elle ouvrit l'une des biographies de la presse populaire et découvrit une photo de John. Elle sentit l'ancien chagrin qui l'effleurait, ne laissant qu'une sorte de désolation sèche, sans émotion. Elle cliqua sur le chapitre final.

La mort de John Boone et les émeutes qui suivirent l'inauguration de Nicosia furent les signes avant-coureurs des tensions de la société martienne, qui devaient aboutir à l'explosion de 2061. Il y avait déjà sur Mars un grand nombre de techniciens de la construction et d'ingénieurs de bas niveau arabes, qui vivaient dans des conditions précaires, à proximité de groupes ethniques avec lesquels ils avaient toujours eu des différends historiques. Également dans le voisinage du personnel administratif qui disposait de meilleurs logements et de privilèges quant aux déplacements en surface. Un mélange volatil composé de plusieurs groupes était descendu à Nicosia pour la circonstance et, durant plusieurs jours, la cité fut bondée.

Clic-clic.

Néanmoins, les raisons de cette violence extrême n'ont, à mon sens, jamais été expliquées de façon satisfaisante. La théorie de Jensen, qui

480

veut que le conflit interarabe, envenimé par la guerre de libération du Liban contre la Syrie, ait été le détonateur des émeutes de Nicosia, est acceptée par un grand nombre. Et il est certain que des éléments radicaux des mouvements Ahad et Fatah de la Fraternité musulmane étaient sur place cette nuit-là et que, dans certains secteurs, on les a vus se battre entre eux. Mais on a rapporté des agressions musulmanes contre la communauté suisse, et quelquefois des Suisses contre les Arabes ou autres ethnies. Le niveau élevé de violence aveugle est très difficilement explicable par le seul conflit arabe.

Les témoignages officiels de presque toutes les personnes présentes à Nicosia cette nuit-là laissent planer un mystère sur l'origine de ce conflit. Un certain nombre de positions suggéreraient la présence d'un agent provocateur [1] *qui ne fut jamais identifié.*

Clic-clic.

A minuit, au début du laps de temps martien, Saxifrage Russell se trouvait dans un café du centre, Samantha Hoyle faisait le tour du mur d'enceinte, et Frank Chalmers et Maya Toitovna s'étaient rencontrés dans le parc ouest, où les discours avaient été prononcés quelques heures auparavant. Les bagarres avaient déjà commencé dans la médina. John Boone descendit le boulevard central pour enquêter sur les raisons de ces troubles, de même que Sax Russell, parti dans une autre direction. Dix minutes plus tard environ, Boone fut assailli par un groupe de trois à six hommes, que certains témoins identifièrent comme étant des « Arabes », contrairement à d'autres. Il fut jeté à terre et emporté dans la médina avant que quiconque puisse s'y opposer. La recherche qu'organisa Russell, qui avait été témoin de l'agression, ne donna aucune trace de Boone. Ce n'est qu'à 12 h 27 qu'une équipe plus importante le retrouva dans la ferme de la ville. De là, il fut conduit jusqu'à l'hôpital le plus proche, sur le boulevard des Cyprès. Russell, Chalmers et Toitovna étaient du groupe...

Une fois encore, une certaine agitation arracha Maya à sa lecture. Elle avait la peau moite et frissonnait un peu. Certains souvenirs ne s'effaçaient jamais vraiment, quoi qu'on fasse : elle se rappelait parfaitement les éclats de verre, la silhouette dans l'herbe, le regard perplexe de Frank, et l'expression intriguée et tellement différente sur le visage de John.

Des agents de l'Autorité descendaient lentement la travée centrale, vérifiant les identités, les autorisations de déplacement... Deux autres étaient en poste au fond de la voiture.

Maya éteignit son lutrin. Elle surveillait les trois policiers. Son

1. En français dans le texte. *(N.d.T.)*

481

pouls s'était brusquement accéléré. Ce genre de contrôle était nouveau. Elle n'y avait jamais assisté, et il semblait bien que ses voisins étaient dans le même cas. Toutes les conversations s'étaient tues, tous les regards étaient braqués sur les policiers. N'importe qui pouvait voyager sous une fausse identité et une sorte de solidarité s'était soudain installée entre eux. Personne n'essayait de surprendre celui qui avait pâli.

Il était évident que les trois agents étaient conscients de cette réaction et ils ne semblaient pas accorder une véritable attention à ceux qu'ils contrôlaient. Ils plaisantaient entre eux sur les restaurants d'Odessa en progressant rapidement d'une rangée à l'autre, faisant simplement signe aux gens de présenter leur bloc-poignet au petit lecteur avant de consulter les résultats et de les comparer aux photos officielles.

Ils arrivèrent à la hauteur de Spencer, et Maya sentit son cœur battre encore plus vite. Spencer (s'il s'agissait bien de lui) leva tranquillement la main, sans quitter des yeux, apparemment, le siège d'en face. Soudain, Maya le reconnut : dans le dessin des veines de sa main, les taches de vieillesse. C'était bien Spencer Jackson, aucun doute. Elle le connaissait par cœur. Il répondait à une question à voix basse. Le policier qui tenait l'identificateur vocal-visuel le promena rapidement devant le visage de Spencer, et ils attendirent. Ils eurent enfin le résultat sur l'écran et s'avancèrent. Ils n'étaient plus qu'à deux rangées de Maya. Même les hommes d'affaires exubérants étaient silencieux, impressionnés : ils haussaient les sourcils en échangeant des grimaces sardoniques devant ces mesures de contrôle qui leur paraissaient grotesques. Et qui ne leur plaisaient guère. L'Autorité avait commis une faute. Ce qui redonna un peu de courage à Maya, qui se tourna vers le paysage. Ils escaladaient la pente sud de la cuvette, de niveau en niveau, selon un angle très faible, entre les collines basses, sans accélérer, comme portés par un tapis volant, survolant le parterre magique du paysage.

Les policiers se penchèrent vers elle. Celui qui était le plus proche portait sur son uniforme rouille un ceinturon auquel étaient accrochés divers instruments, dont un paralyseur.

– Identité, s'il vous plaît.

Il portait un badge d'identification, avec photo et dosimètre, et l'insigne « Autorité transitoire des Nations unies ». C'était un jeune immigrant d'environ vingt-cinq ans, au visage mince, quoiqu'il parût plus fatigué que sur sa photo d'identité. Il se tourna vers la femme qui se trouvait derrière lui.

– J'aime beaucoup le veau au parmesan qu'ils font, dit-il.

Maya sentit le contact tiède du lecteur sur son poignet. La

femme l'observait attentivement. Maya l'ignora et se contenta de regarder son poignet. Elle aurait tellement aimé avoir une arme. Puis elle se tourna vers l'œil de l'identificateur vocal-visuel.

– Quelle est votre destination? demanda le jeune policier.

– Odessa.

Le silence s'établit durant un instant.

Puis un bip aigu.

– Bon séjour.

Ils s'éloignèrent.

Maya lutta pour retrouver son souffle. Les lecteurs de poignet prenaient en même temps votre pouls, et s'il dépassait cent dix, ils l'inscrivaient sur l'applicateur. En un sens, c'était un détecteur de mensonge. Apparemment, elle était restée au-dessous de la limite. Mais sa voix et ses rétines n'avaient pas changé. Son passeport suisse devait être particulièrement solide pour tromper les lecteurs, du moins dans ce dispositif de sécurité. Est-ce que les Suisses en étaient seuls responsables, ou bien les Sabishiiens, ou encore Coyote, Sax, ou quelque force qu'elle ignorait?... Ou bien avait-elle été repérée mais non arrêtée pour qu'on la suive et en apprenne plus sur les Cent en fuite? L'idée semblait tout aussi possible que celle de circonvenir les grandes banques de données.

Mais pour le moment, on la laissait tranquille. Les policiers étaient partis. Elle tapota sur son lutrin et, sans vraiment réfléchir, elle rappela l'article qu'elle avait commencé à lire. Michel avait raison : en se plongeant là-dedans, elle se sentait dure, résistante. Toutes ces théories expliquaient la mort de John Boone. Il avait été assassiné, et voilà qu'elle était contrôlée par la police alors qu'elle voyageait sur Mars dans un train ordinaire. Difficile de ne pas penser qu'il y avait là une relation de cause à effet. Si John avait vécu, les choses seraient différentes.

Cette nuit-là, pratiquement tous les habitants de Nicosia ont été accusés d'avoir participé au meurtre, et évidemment les principaux acteurs : Russell et Hoyle, sur la base de leurs désaccords absolus sur la politique des Mars-Unistes; Toitovna, pour une querelle d'amoureux; et tous les groupes ethniques ou nationaux de Nicosia à cause de querelles politiques, réelles ou imaginaires. Mais il est certain qu'au fil des années le suspect numéro un est devenu Frank Chalmers. Bien qu'il ait été remarqué en compagnie de Toitovna au moment de l'attentat (ce qui, selon certaines théories, désigne Toitovna comme un instrument ou une complice), ses accointances avec les Égyptiens et les Saoudiens se trouvant à Nicosia cette nuit-là ainsi que ses conflits perpétuels avec Boone le désignent comme le responsable essentiel du meurtre. Il n'y a quasiment personne pour nier que Selim el-Hayil ait été le leader des trois Arabes qui ont avoué avant leur assassinat/ suicide. Mais cela ne fait qu'ajouter au dossier de Chalmers, qui avait des rapports étroits avec el-Hayil. Des rapports confidentiels et autres documents font tous état de la présence du « passager clandestin » à Nicosia, qui aurait surpris Chalmers et el-Hayil en grande conversation cette nuit-là. Étant donné que le « passager clandestin » est un mécanisme mythique par lequel les gens transmettent leur perception anonyme du Martien commun, il est possible que ces rapports émanent de personnes qui ne tenaient pas à être identifiées comme témoins.

Quant aux faits réels, nous pouvons seulement dire qu'el-Hayil était dans la phase ultime d'un paroxysme fatal lorsqu'il fit irruption dans l'hôtel qu'occupaient les Égyptiens, pour confesser le meurtre de Boone, en affirmant qu'il en avait été l'instigateur, mais qu'il avait été aidé par Rashid Abou et Buland Besseisso, de la faction Ahad. Zeyk Al-Haj transmit les enregistrements de cette confession à la police de l'AMONU dès le lendemain. Les cadavres d'Abou et Besseisso furent retrouvés plus tard dans l'après-midi, dans une chambre de la médina. Ils avaient été empoisonnés par des coagulants qu'ils s'étaient administrés eux-mêmes. Les véritables meurtriers de Boone étaient donc morts. Pourquoi ont-ils commis cet acte, et avec qui, nous ne le saurons jamais vraiment. Ce n'est pas la première fois qu'une telle situation se présente, et sans doute pas la dernière. Car l'histoire, hélas, est aussi imparfaite que la mémoire humaine, et nous dissimulons autant que nous découvrons.

En faisant défiler les notes de bas de page, Maya fut frappée par l'ampleur du sujet, dont des historiens, des professeurs et des fanas de la conspiration de tous bords avaient débattu. Avec un frisson de dégoût, elle éteignit le lutrin, se tourna vers la fenêtre et ferma les yeux, serrant les paupières, pour essayer de retrouver le Frank et le John qu'elle avait connus. Durant des années, elle avait rarement pensé à John, car son chagrin était trop intense. De façon différente, elle s'était refusée à penser à Frank. Mais aujourd'hui, elle aurait voulu qu'ils soient là. Le chagrin était devenu un fantôme de chagrin, et elle voulait qu'ils reviennent, elle en avait besoin pour survivre. Elle devait savoir.

Le « mythique » passager clandestin... Elle serra les dents, retrouvant la frayeur hallucinatoire qu'elle avait éprouvée en le découvrant la première fois, avec son visage brun déformé par le reflet dans le verre, et ses yeux immenses... Savait-il quelque chose ? S'était-il vraiment trouvé à Nicosia ? Desmond Hawkins était un homme étrange. Jamais elle n'avait réussi à lui parler vraiment. Difficile de savoir si elle en serait capable, maintenant qu'elle en avait besoin. Elle en doutait.

Que se passe-t-il? avait-elle demandé à Frank en entendant les cris.

Il avait haussé les épaules. Une bagarre. L'impulsion du moment sans doute. Où avait-elle déjà entendu dire ça? Il avait détourné la tête, comme s'il ne pouvait soutenir son regard. Comme s'il en avait déjà trop dit.

Les chaînes de montagnes qui entouraient le Bassin d'Hellas s'élargissaient dans le croissant ouest appelé Hellespontus Montes, qui était le massif martien rappelant le plus les montagnes de la Terre. Au nord, là où la piste de Sabishii et Burroughs traversait le bassin, la chaîne se rétrécissait et perdait de l'altitude pour ressembler à un simple plissement irrégulier du terrain, comme si le sol s'était soulevé vers le nord en vagues concentriques. La piste descendait la pente des collines et, fréquemment, elle se réorientait sur de longues rampes douces entre les éboulis. A chaque tournant, ils ralentissaient considérablement et, durant plusieurs minutes, Maya pouvait contempler la vague de basalte nu qu'ils dévalaient, ou la vaste perspective du nord-ouest d'Hellas, qui était encore à trois mille mètres en contrebas : une grande plaine ocre, olive et kaki, qui devenait à l'horizon un amas blanc sale où des facettes clignotaient parfois comme des miroirs brisés. C'était le glacier qui dominait Low Point, encore largement solide, même s'il fondait lentement d'année en année, avec des mares en surface, et des nappes d'eau plus profondes vers le bas – des bassins grouillants de vie, qui se déversaient parfois sur la glace ou sur les terres adjacentes, car ce lobe de glace croissait rapidement. On pompait l'eau des aquifères situés sous les montagnes pour la canaliser vers le fond du bassin. La profonde dépression, dans la partie nord-ouest, qui correspondait à l'endroit où Low Point et le mohole s'étaient trouvés, était désormais le centre de cette mer nouvelle, et un autre lobe se déployait vers l'est, submergeant tout ce qui se trouvait sous le contour – 3 000, se lovant autour du bassin depuis le nord-est, vers Terby, jusqu'à l'ouest, sous Hellespontus. Il mesurait mille kilomètres et, sous Low Point, au maximum de sa largeur, il atteignait trois cents kilomètres. Il était situé au point le plus bas de Mars. Ce qui était prometteur, comme l'avait souligné Maya dès qu'ils avaient débarqué.

La ville d'Odessa avait été construite très haut sur la pente nord du bassin, au point – 1 000. Ils prévoyaient d'y stabiliser le niveau de la mer. Donc, c'était un port qui attendait l'arrivée de l'eau. Et si l'on gardait cela à l'esprit, la partie sud de la ville était un long débarcadère, ou encore une promenade, une corniche de pelouses qui bordait la périphérie de la tente, amarrée au seuil de la falaise, au-dessus de la région déserte. Alors que le train approchait de la falaise, Odessa apparut comme une demi-ville dont la partie sud avait été détachée, effacée.

Le train entra en gare et la vue fut soudain occultée. Maya prit son bagage et descendit la travée à la suite de Spencer. Ils n'échangèrent pas un regard mais, dès qu'ils quittèrent la gare, ils rejoignirent un groupe à un arrêt de tramway, montèrent ensemble dans la même petite voiture bleue. Le tram suivait le parc qui bordait la falaise. Et à l'ouest de la ville, ils descendirent au même arrêt.

Là, au-dessus d'un marché en plein air à l'ombre des platanes, se dressait un complexe à trois étages, entouré d'un mur, avec une cour où poussaient de jeunes cyprès. Les étages étaient décalés et les balcons se faisaient plus larges au sommet, avec des plantes en pots et des bacs de fleurs accrochés à la rambarde. Tout en grimpant les escaliers qui accédaient à la cour, Maya se souvint des arcades enterrées de Nadia. Mais ici l'immeuble, dans la lumière du soleil qui filtrait entre les platanes, avec ses murs blancs et ses volets bleus, avait des allures méditerranéennes, à moins qu'il ne lui rappelle la mer Noire : Odessa, justement, avec ses résidences de luxe. A l'entrée de la cour, elle se retourna vers le marché et les platanes : le soleil s'abaissait vers les montagnes d'Hellespontus, vers le glacier qui réfléchissait ses derniers rayons en éclats jaune tournesol.

Elle suivit Spencer à travers le jardin, se présenta à sa suite au concierge, prit ses clés et gagna l'appartement qui lui avait été attribué. L'immeuble appartenait à Praxis. Certains appartements servaient de refuges, comme le sien et sans doute celui de Spencer. Ils entrèrent ensemble dans l'ascenseur et gagnèrent le troisième sans échanger un mot. L'appartement de Maya était à quatre portes de distance de celui de Spencer. Elle entra. Les deux pièces étaient spacieuses, avec un coin cuisine, une salle de bains et un balcon vide. Depuis la cuisine, on avait vue sur le balcon et le glacier, à l'horizon.

Elle posa son sac sur le lit avant de ressortir et de descendre vers le marché pour y trouver de quoi dîner. Elle circula entre les éventaires et les ombrelles, puis s'installa sur un banc, près de la pelouse qui bordait la corniche. Elle grignota des souvlakia en buvant du retsina. Elle observait la foule de cette fin d'après-midi qui s'écoulait sur la promenade. Le point le plus proche de la mer de glace devait être à soixante kilomètres et à cette heure la région orientale se trouvait dans l'ombre d'Hellespontus et le ciel allait du bleu profond au rose intense des cimes.

Spencer s'assit à côté d'elle.

– La vue est splendide, fit-il.

Elle hocha la tête en continuant à grignoter. Elle lui présenta la bouteille de retsina.

– Non, merci.

– Tu travailles sur quoi? demanda-t-elle.

– Des matériaux pour Sax. Des biocéramiques, entre autres.

– Pour Biotique?

– Non, une compagnie sœur. Elle Crée des Coquillages.

– Quoi?

– C'est son nom. Une division de Praxis.

– A propos de praxis...

Elle le regarda.

– Oui. Sax a un besoin urgent de ces pièces.

– Pour des armes?

– Oui.

Elle secoua la tête.

– Est-ce que tu ne pourrais pas le tenir un petit moment en laisse?

– Je peux toujours essayer.

Ils regardèrent la lumière refluer du ciel vers l'ouest. Derrière eux, les lampes s'allumèrent en réponse entre les platanes et l'air se fit plus froid. Maya était heureuse d'avoir ce vieil ami assis près d'elle dans un silence paisible. Le comportement qu'il avait à son égard était un tel contraste par rapport à Sax. Son amitié silencieuse était comme une excuse après les reproches qu'il lui avait lancés, après Kasei Vallis. Et son pardon, pour le meurtre de Phyllis. Elle lui en était reconnaissante. Il était de toute façon de la famille première, essentielle, et il était précieux dans cette période où ils allaient entamer un autre mouvement. Un nouveau départ, une nouvelle ville, une nouvelle vie – combien étaient-ils encore?

– Est-ce que tu connaissais très bien Frank?

– Pas vraiment. Pas aussi bien que toi et John.

– Est-ce que tu penses... est-ce que tu penses qu'il a pu être mêlé au meurtre de John?

Il continuait à admirer le champ de glace bleue sur l'horizon noir. Finalement, il prit la bouteille de retsina et but une gorgée avant de se tourner vers elle.

– Est-ce que cela a encore vraiment de l'importance?

Elle avait passé la plupart des premières années à travailler dans le Bassin d'Hellas, gaspillant surtout son temps sur le secteur abandonné de Low Point, désormais enfoui à jamais sous la glace. Une image qui convenait à cette partie de son passé, se dit-elle. Mais elle avait circulé sans cesse de tous côtés dans le bassin pendant ces années-là, convaincue que son bas niveau en faisait le site idéal pour édifier la première colonie. A présent, même si Low Point était englouti, elle connaissait par cœur cette région de Mars. Le niveau à – 1 000 était maintenant construit en divers endroits, tout autour du bassin ; et elle avait été de ceux qui avaient exploré les terrasses et les canyons latéraux dans lesquels des cités avaient été construites. Elle avait encore des données à ce sujet dans son IA. A présent qu'elle était devenue Ludmilla Novosibirskaya, elle pouvait s'en servir.

Elle appartenait au conseil d'administration de la compagnie d'hydrologie qui inondait le bassin. L'équipe faisait partie d'un conglomérat de diverses compagnies rassemblées pour le développement de la région d'Hellas. Entre autres, les sociétés pétrolières du Groupe économique de la mer Noire, la société russe qui avait tenté de ressusciter la mer Caspienne et la mer d'Aral, et celle de Maya, Deep Waters, qui appartenait à Praxis. La coordination des opérations hydrologiques de la région faisait partie de ses responsabilités, et elle allait donc se retrouver au cœur du projet Hellas, tout comme au bon vieux temps, quand elle en avait été la force motrice. Cette situation la satisfaisait par divers aspects. Certains étaient étranges – par exemple, la ville de Low Point (un site mal choisi, elle devait l'admettre) se trouvait maintenant engloutie dans des eaux de plus en plus profondes. Par ailleurs, c'était bien : noyons le passé, noyons le passé...

Elle avait donc un emploi, un appartement, qu'elle remplit de meubles d'occasion, d'ustensiles de cuisine et de plantes vertes. Et Odessa se révéla une ville agréable. Elle était toute de pierre jaune et de tuiles brunes, située sur cette partie de la pente, au-dessus du bassin, qui se recourbait un peu plus vers l'intérieur, de telle façon que chaque point de vue ouvrait sur le centre du quai et sur l'étendue du bassin, vers le sud. Les quartiers du bas étaient dévolus aux affaires, aux boutiques et aux parcs, les plus hauts aux résidences et aux jardins en terrasses. Odessa était juste au-dessus du trentième degré de latitude sud, et Maya était passée ainsi de l'automne au printemps. Le grand soleil faisait rutiler les rues en escaliers de la ville haute, la neige hivernale de la mer de glace fondait, et les pics des montagnes d'Hellespontus étaient plus nets que jamais à l'horizon ouest. Oui, Odessa était une charmante petite ville.

Environ un mois après son installation, Michel arriva de Sabishii et investit l'appartement d'à côté. Il lui suggéra d'installer une porte de communication entre leurs deux livings. Ensuite, ils profitèrent des deux appartements comme d'un seul dans une domesticité conjugale que Maya n'avait jamais connue, une normalité qu'elle trouva apaisante. Elle n'aimait pas Michel passionnément, mais c'était un bon ami, un bon amant, un bon thérapeute. Et puis, c'était comme d'avoir un point d'ancrage à l'intérieur d'elle-même, qui lui évitait de se perdre dans sa ferveur hydrologique ou révolutionnaire, tout autant que de s'abîmer dans les affreux abysses du désespoir politique ou de la répugnance personnelle. Elle détestait cette onde sinusoïdale de ses humeurs et elle appréciait tout ce que Michel lui apportait pour en réduire l'amplitude. L'absence de miroirs dans les deux appartements l'aidait autant que la clomipramine à atténuer ce cycle. Mais les reflets incertains dans les pots vernissés et les fenêtres dans la nuit lui confirmaient les mauvaises nouvelles qu'elle voulait ignorer. Autant qu'elle le pouvait.

Avec Spencer au bout du couloir, l'immeuble avait un accent d'Underhill, renforcé parfois par les visiteurs venus de l'extérieur et qui utilisaient leurs appartements comme des refuges. Dès que d'autres Cent Premiers arrivaient, ils partaient en promenade sur le quai, au bord de la mer sans eau, ils admiraient l'horizon de glace tout en échangeant les dernières nouvelles comme des gens ordinaires. Les Mars-Unistes, sous la férule de Kasei et Dao, devenaient de plus en plus radicaux. Peter travaillait sur l'ascenseur, comme un papillon de nuit qui aurait retrouvé sa lune favorite. Sax avait mis un terme à sa campagne d'écosabotage pour le moment, Dieu merci, et se concentrait sur les travaux industriels du mohole de Vishniac, où l'on construisait des missiles surface-espace et autres engins. Maya secoua la tête en apprenant cela : l'effort militaire ne leur apporterait rien de bon, et sur ce point elle était d'accord avec Nadia, Nirgal et Art. Ils avaient besoin d'autre chose, d'un élément qu'elle n'arrivait pas encore à visualiser. Cette faille dans ses pensées était un des éléments qui la relançaient dans l'onde sinusoïdale de ses humeurs sombres, qui la mettaient en colère.

Son travail de coordinatrice du projet d'inondation du bassin commençait à devenir intéressant. Elle se rendait aux bureaux en tramway ou à pied dans le centre ville et consacrait des heures à traiter tous les rapports expédiés par les équipes de forage et d'hydroscopie – bourrés d'estimations euphoriques sur les quantités d'eau qu'ils seraient en mesure de déverser dans le bassin, accompagnés bien sûr de demandes pour des renforts en matériel et en personnel. Mis bout à bout, cela dépassait largement les possibilités de Deep Waters. Il était difficile de juger ces requêtes depuis les bureaux : son équipe technique se contentait de rouler les yeux, de hausser les épaules. « C'est comme être juge dans un tournoi de menteurs », dit un de ses assistants.

Puis, d'autres rapports arrivaient de tous les lotissements en construction, et bien sûr tous ceux qui travaillaient sur ces chantiers n'appartenaient pas au Groupe de la mer Noire, ni aux métanats associées. La plupart étaient non identifiés – l'une des équipes hydrologiques avait repéré la présence d'une tente sans existence officielle, et lui laissait le soin de débrouiller l'histoire. Les deux principaux projets d'aménagement du canyon, dans Harmakhis Vallis et le système de Dao-Reull, révélaient une population nettement plus nombreuse que dans les documents officiels – des gens qui devaient donc avoir de fausses identités, comme elle, ou échapper complètement au réseau. Ce qui était vraiment très intéressant.

L'année d'avant, on avait construit une piste circulaire autour d'Hellas. L'entreprise avait été difficile, car la bordure du bassin était éclatée par endroits en fissures et en arêtes, avec de nombreux cratères de rentrée d'ejecta. Mais elle avait quand même été achevée, et Maya décida de partir en voyage pour inspecter personnellement les sites de Deep Waters et les nouvelles colonies afin de satisfaire sa curiosité.

Elle se fit accompagner d'une aréologue, une jeune femme, Diana, qui lui avait adressé des rapports de l'est du bassin. Ses rapports étaient concis et sans originalité, mais Maya avait appris par Michel qu'elle était la fille du fils d'Esther, Paul.

Esther avait eu Paul peu après avoir quitté Zygote et, pour autant qu'elle le sût, Esther n'avait jamais révélé à personne qui était le père de Paul. Ça pouvait être le mari d'Esther, Kasei, auquel cas Diana était la nièce de Jackie, et l'arrière-petite-fille de John et Hiroko – ou alors, s'il s'agissait de Peter, et ils étaient nombreux à le penser, elle était la demi-nièce de Jackie, et l'arrière-petite-fille d'Ann et Simon. De toute manière, Maya était intriguée, et puis, la jeune femme appartenait aux *yonsei,* la quatrième génération sur Mars, et quel que fût son père, elle l'intéressait.

Mais elle était intéressante par elle-même, comme le découvrit Maya en la rencontrant dans les bureaux d'Odessa quelques jours avant leur voyage – elle était grande (plus de deux mètres, et néanmoins bien faite et musculeuse), avec une grâce fluide, des pommettes marquées d'Asiatique. Elle semblait faire partie d'une nouvelle race et elle serait l'accompagnatrice de Maya dans ce nouveau coin du monde.

Il apparut que Diana était complètement obsédée par le Bassin d'Hellas et ses eaux cachées. Elle pouvait en parler des heures durant, avec un tel luxe de détails que Maya finit par acquérir la conviction que le mystère de la paternité était résolu : il n'y avait qu'Ann Clayborne pour être aussi marsomane, et elle en conclut que Paul avait dû être logiquement engendré par Peter. Dans le train, assise à côté de la jeune femme, elle l'observait quand elle ne s'absorbait pas dans le paysage de la pente nord abrupte, elle lui posait des questions, remarqua le mouvement nerveux de ses genoux sur le siège d'en face. Désormais, les sièges des trains n'étaient plus à la taille des indigènes.

Ce qui fascinait avant tout Diana, c'était que le Bassin d'Hellas s'était révélé entouré de nappes d'eau souterraines plus nombreuses que dans tous les modèles d'aréologie. Cette découverte, faite sur le site durant la dernière décennie, avait inspiré le projet en cours, et la mer hypothétique n'était plus seulement une belle idée mais une possibilité tangible. Ce qui avait eu pour effet d'obliger les aréologues à revoir leurs modèles théoriques de l'histoire ancienne de la planète, et d'amener une exploration nouvelle des autres grands bassins d'impact. Des reconnaissances étaient en cours sur Charitum et Nereidum Montes, autour d'Argyre, de même que dans les collines qui entouraient le sud d'Isidis.

Autour d'Hellas, on était sur le point de terminer l'inventaire. On avait trouvé environ trente millions de mètres cubes, en tout, mais certains clamaient que c'était loin d'être fini.

– Est-il possible de savoir quand ils auront vraiment terminé ?

demanda Maya, en pensant à toutes les demandes qui submergeaient son bureau.

Diana haussa les épaules.

– Il ne leur a pas fallu longtemps pour tout sonder.

– Mais le sol du bassin lui-même ? En l'inondant, est-ce que nous n'allons pas nous couper de tous les moyens de découvrir d'autres aquifères souterrains ?...

– Non.

Elle expliqua à Maya qu'il n'y avait pratiquement aucune trace d'eau dans le sous-sol du bassin. Il avait subi un effet de dessiccation après l'impact initial, et il consistait surtout en une couche de sédiment éolien de mille mètres environ, supportée par un lit dur de roche bréchiforme qui s'était formée sous les pressions aussi brèves que formidables de l'impact. Ces mêmes pressions qui avaient provoqué les fractures profondes de la bordure, fractures qui avaient permis le dégagement anormalement massif de gaz de l'intérieur de Mars. Les gaz s'étaient infiltrés vers la surface avant de refroidir, et l'eau qu'ils contenaient avait formé des aquifères quand elle ne s'était pas déversée dans de nombreuses zones de permafrost à haute saturation.

– Ça, c'était un impact ! commenta Maya.

– Oui, énorme.

Diana ajouta qu'en règle générale les impacteurs avaient à peu près le dixième de la taille des cratères ou des bassins qu'ils formaient. Donc, le planétésimal d'impact, dans le cas d'Hellas, était sans doute un corps d'environ deux cents kilomètres de diamètre, qui avait percuté une région hautement cratérisée. Les traces témoins semblaient indiquer qu'il s'agissait d'un astéroïde ordinaire composé surtout de chondrite carbonacée, avec des quantités importantes d'eau et de fer. Sa vitesse, à l'instant de l'impact, avait dû être de soixante-douze mille kilomètres par heure. Il avait percuté le sol sous un angle légèrement oriental, ce qui expliquait les régions ravagées, à l'est d'Hellas, de même que les hauts plissements concentriques et réguliers d'Hellespontus Montes, à l'ouest.

Diana expliqua une autre méthode empirique qui éveilla chez Maya une association d'idées avec l'histoire humaine : plus l'impacteur était important, moins il en survivait à l'impact. Ainsi, celui d'Hellas s'était vaporisé jusqu'à la moindre miette dans le choc cataclysmique – mais il y avait sous le cratère de Gledhill un petit bolide gravifique dans lequel certains aréologues avaient reconnu, presque à coup sûr, les restes du planétésimal. Et même s'il représentait un dix-millième de l'astéroïde, ils prétendaient qu'ils en tireraient des ressources inépuisables en fer et en nickel si on se donnait la peine de commencer les forages.

– Est-ce que c'est faisable ? demanda Maya.

– Pas réellement. Exploiter les astéroïdes coûte moins cher.

Ce qu'ils faisaient déjà, se dit Maya, avec amertume. C'était ce que signifiaient les sentences d'emprisonnement sous le régime de l'Autorité transitoire : des années dans la ceinture des astéroïdes, à piloter les vaisseaux-miniers et les robots à rayon d'action strictement limité. Efficace, disait l'Autorité transitoire. Tous ces bagnes étaient à la fois lointains et hautement productifs.

Mais Diana, elle, pensait toujours à la naissance formidable du bassin. L'impact avait eu lieu trois milliards et demi d'années auparavant, alors que la lithosphère de la planète était plus mince, et l'intérieur plus chaud. Il était difficile d'imaginer les énergies libérées sous le choc initial : le total de l'énergie produite par l'humanité ne pouvait leur être comparé. L'activité volcanique résultante avait donc été considérable. Les anciens volcans, autour d'Hellas, étaient nombreux, et ils étaient apparus juste après l'impact, y compris Australis Tholus au sud-ouest, Amphitrites Patera au sud, et Hadriaca Patera et Tyrrhena Patera au nord-est. A proximité de toutes ces régions volcaniques, on avait trouvé des aquifères. Remplis durant les milliards d'années qui avaient suivi l'impact par les dégazements associés à l'action volcanique.

Deux de ces aquifères avaient éclaté en surface dans les âges anciens. Ils avaient laissé sur la pente orientale du bassin deux vallées d'érosion sinueuses : Harmakhis Vallis, qui se formait sur le versant plissé d'Hadriaca Patera, et plus loin vers le sud, deux vallées accouplées que l'on appelait le système de Dao-Reull, qui s'étendait sur un bon millier de kilomètres. Les aquifères, en haut de ces vallées, s'étaient remplis au fil des éons depuis leur éclatement. A présent, des équipes de construction importantes avaient mis sous tente Harmakhis et travaillaient sur Dao-Reull. L'eau des aquifères était captée et dirigée vers les longs canyons fermés, pour resurgir sur le plancher du bassin. Maya était très intéressée par ces apports de surface habitable aussi immenses que nouveaux, et Diana, qui les connaissait bien, allait l'emmener rendre visite à certains de ses amis d'Harmakhis.

Durant cette première journée, le train glissa tout au long de la bordure nord d'Hellas et la mer de glace ne quitta pas le panorama. Elles passèrent une petite ville à flanc de colline appelée Sébastopol, dont les murs de pierre étaient d'un jaune florentin dans le soleil d'après-midi, avant d'atteindre Hell's Gate, en bas

493

d'Harmakhis Vallis. La fin de l'après-midi s'avançait quand elles descendirent et quittèrent la gare, pour découvrir une nouvelle ville sous tente, immense, sous un pont suspendu tout aussi immense. La piste du train le franchissait, au-dessus de la bouche du canyon, avant de continuer. Et les tours qui la supportaient étaient à dix kilomètres de distance l'une de l'autre. Du bord du canyon, près du pont, où se trouvait la gare, elles purent contempler le débouché sur le plancher du bassin, sous une treille de nuages pimpants, ocellés par le soleil déclinant. En se retournant, elles découvrirent le monde étroit et abrupt du canyon lui-même. Elles s'engagèrent dans l'escalier tourmenté d'une ruelle qui descendait vers la ville. La tente n'était qu'une brume d'un rouge particulier déployée sur le ciel du crépuscule approchant : une couche de particules s'était accumulée sur le tissu.

– Demain, déclara Diana, nous remonterons par la route de la corniche, et nous aurons une vue générale. Ensuite, nous redescendrons vers le plancher, et comme ça, vous pourrez découvrir à quoi ça ressemble.

Elles durent descendre plus de sept cents marches avant de rejoindre le centre d'Hell's Gate, où elles dînèrent. Ensuite, elles gagnèrent les bureaux de Deep Waters, situés dans la muraille, immédiatement sous le pont. Elles passèrent la nuit dans les chambres qui leur avaient été réservées. Le lendemain matin, elles se rendirent dans un garage proche de la piste et empruntèrent un des petits patrouilleurs de la compagnie.

Diana prit le volant. Elles roulèrent vers le nord-est, en suivant le haut du canyon sur une route parallèle à l'énorme base de béton de la tente. Même si le tissu était diaphane, quasi invisible, les dimensions de la tente avaient représenté un poids énorme pour l'ancrage. La maçonnerie leur cachait la vue vers le bas du canyon et, dès qu'elles atteignirent le premier belvédère, Maya put enfin le découvrir. Diana gara le patrouilleur sur un petit parking situé sur les fondations, elles mirent leurs casques et escaladèrent des marches en bois qui semblaient se perdre dans le ciel, même si, en y regardant de plus près, on découvrait la poutre d'aérogel qui soutenait l'escalier, ainsi que les couches de tissu de la tente qui se déployaient plus loin encore, vers d'autres poutres qu'elles ne pouvaient apercevoir. Tout en haut, une petite plate-forme à balustrade leur offrit une perspective de plusieurs kilomètres, en amont comme en aval.

Et il y avait vraiment un torrent tout au fond d'Harmakhis Vallis. Le plancher était tacheté de vert. Toute une gamme de verts. Maya identifia des tamarins, des pins d'Aspen, des cyprès, des sycomores, des peupliers des marais, des chênes nains, des bambous des neiges, des sauges – et puis, sur les talus pentus et rocailleux, au pied de la falaise, d'autres variétés d'arbustes et de plantes rampantes, et aussi, bien sûr, des mousses et des lichens. Et, tout au fond de ce ravissant arboretum, un torrent.

Non pas un torrent d'eau bleue avec des rapides et des cascades blanches. L'eau, dans les sections les plus lentes, restait opaque, couleur de rouille. Dans les rapides et les cascades, elle se couvrait d'écume rose vif. Des tons classiques du paysage martien, commenta Diana, qui s'expliquaient par les particules en suspens dans l'eau, et aussi par la couleur reflétée du ciel, qui était ce matin-là d'un mauve brumeux, lavande en se rapprochant du soleil voilé, qui lui était jaune comme l'iris d'un œil de tigre.

Mais peu importait la couleur de l'eau – c'était un torrent qui courait, de l'eau vive, dans une vallée de drainage évidente, tranquille par endroits, turbulent à d'autres, avec des bancs de gravier, de sable, des goulots, des îlots, un grand bras mort profond, d'autres rapides, et loin en amont quelques chutes. Sous la plus élevée, Maya vit que l'écume était blanche, larguant des flocons dans le courant, qui se dispersaient sur les rochers ou s'accrochaient aux berges.

– La rivière d'Harmakhis, annonça Diana. Appelée également le Rubis par les gens qui habitent en bas.

– Combien sont-ils?

– Quelques milliers. Ils habitent pour la plupart tout près de Hell's Gate. Plus en amont, il y a des fermes et tout ça. Et bien sûr, la station de l'aquifère, en haut du canyon. Ils sont quelques centaines à y travailler.

– Est-ce que c'est l'un des plus grands aquifères de Mars?

– Oui. Au moins trois millions de mètres cubes. On le pompe au débit d'écoulement... mais vous le voyez. Disons cent mille mètres cubes par an

– Ce qui veut dire que, dans trente ans, il n'y aura plus de rivière.

– Exact. Ou ils pourraient repomper une partie de l'eau pour la remonter plus tard. Ou bien, qui sait, l'atmosphère peut devenir assez humide pour que les pentes d'Hadriaca reçoivent suffisamment de neige pour alimenter un cours d'eau. Avec les saisons, il pourrait fluctuer, mais tous les cours d'eau font cela, n'est-ce pas?...

Maya était encore penchée vers le bas. Le torrent lui rappelait sa jeunesse, un autre torrent... Le haut cours du Rioni, en Géorgie?... Le Colorado, qu'elle avait vu une fois en visitant l'Amérique?... Ses souvenirs étaient confus. Comme toute sa vie.

– C'est beau. Et aussi...

Elle secoua la tête : elle n'avait jamais découvert une vue semblable. Elle semblait échapper au temps, comme si elle avait entrevu l'avenir lointain.

– Bon, on va remonter la route pour aller voir Hadriaca.

Maya acquiesça et elles retournèrent au patrouilleur. De temps en temps, tandis qu'elles montaient, la pente s'accentuait et elles dominaient alors les fondations de la tente. Elles retrouvaient une perspective sur le plancher du canyon. Maya constata que le torrent continuait à couler au milieu des rochers et de la végétation. Mais Diana ne ralentissait pas et aucune habitation n'était en vue.

A l'extrémité supérieure de la tente, un bloc de béton apparut : une centrale physique qui abritait les mécanismes de retraitement des gaz et la station de pompage. Une forêt d'éoliennes se dressait sur la pente nord, toutes tournées vers l'ouest, en rotation lente. Au-dessus, le long cône d'Hadriaca Patera, un volcan dont les pentes étaient marquées de façon inhabituelle par un réseau dense de sillons de coulée, les laves plus récentes recouvrant celles des premiers âges. A présent, la neige s'était incrustée dans ces canaux, mais les arêtes de roche noire restaient à nu, balayées par les vents puissants des tempêtes. Le résultat était un gigantesque cône noir pointé vers le ciel tourmenté, festonné de centaines de rubans blancs.

– Très beau, dit Maya. Est-ce qu'on peut le voir du fond du canyon ?

– Non. Mais la plupart des gens travaillent sur la bordure, ou bien à la centrale ou à la station. Ils peuvent donc profiter de la vue tous les jours.

– Mais... ces colons, qui sont-ils ?

– On va les voir.

Maya hocha la tête. Elle appréciait le style de Diana, qui lui rappelait un peu Ann. Les sansei et les yonsei lui échappaient, ils lui semblaient tous étranges, mais Diana beaucoup moins que d'autres – elle était peut-être un peu secrète mais, comparée à ses contemporains plus exotiques et aux gamins de Zygote, sa normalité était bienvenue.

Tandis qu'elle l'observait en se faisant ces réflexions, Diana s'engagea dans le canyon, suivant une route abrupte qui dévalait un ancien talus géant, près du fond d'Harmakhis. C'était là que le premier aquifère avait jailli, mais le terrain était très faiblement chaotique. Maya remarqua surtout des talus titaniesques, définitivement installés selon leur angle de repos.

Le plancher du canyon lui-même était essentiellement plat et sans faille. Ils l'atteignirent bientôt, et s'engagèrent sur une piste de régolite et de fixatif qui longeait par instants le torrent. Au bout d'une heure, elles passèrent devant un pré vert, inscrit dans le creux d'un large bras mort. Au centre, dans un bosquet de pins d'Aspen et de pins pignons, Maya découvrit un groupe de maisons basses aux toitures de shingle. Un filet de fumée montait d'une cheminée solitaire.

Un corral, une pâture, un jardin, une grange, des ruches. Maya s'émerveilla de découvrir une pareille beauté dans sa plénitude archaïque, détachée du grand plateau désertique et rouge – détachée de tout, en fait, y compris de l'histoire et du temps. Un mésocosme. Que pensaient les gens d'ici de la Terre et de Mars, et de tous les ennuis de l'époque? Pourquoi devraient-ils s'en préoccuper?

Diana arrêta le patrouilleur. Déjà, plusieurs personnes venaient d'apparaître et traversaient le pré. La pression de l'air était de 500 millibars, ce qui aidait à soutenir la tente, si l'on faisait la différence avec l'atmosphère extérieure qui devait se situer à 250 millibars. Maya ouvrit donc la porte sans enfiler son casque, avec l'impression d'être nue, mal à l'aise.

Les colons qu'elle avait devant elle étaient jeunes. Il se révéla qu'ils étaient descendus dans le canyon de Burroughs et d'Elysium. Oui, confirmèrent-ils, des Terriens vivaient dans la vallée. Ils n'étaient pas nombreux, mais certains étaient arrivés là par le biais d'un programme de Praxis qui avait permis à des gens d'émigrer depuis les plus petits pays. Ici même, dans la vallée, on avait récemment accueilli des Grecs, des Suisses et des Navajos. Il y avait aussi une colonie russe près de Hell's Gate. On parlait toutes sortes de langues dans la vallée, mais l'anglais restait la *lingua franca*, et la première langue de tous les indigènes. Quant à leurs accents, Maya en ignorait certains : ils faisaient des fautes de grammaire bizarres, du moins pour elle. Par exemple, tous les verbes, après le premier, étaient au présent : « On a descendu le courant et on voit des Suisses qui travaillent sur la rivière. Ils stabilisent les berges par endroits, avec des plantes et des rochers. Ils disent que dans quelques années le lit est suffisamment plein pour que l'eau s'éclaircisse. »

– Mais elle aura encore la couleur des falaises et du ciel, remarqua Maya.

– Oui, bien sûr. Mais une eau claire, ça vaut mieux qu'une eau boueuse.

– Comment pouvez-vous le savoir?

Ils plissèrent le front.

– Rien qu'en la regardant dans le creux de sa main, non?...

Maya sourit.

– C'est merveilleux de voir tout cet espace où vous vivez. C'est incroyable ce qu'on peut mettre sous tente de nos jours, hein?

Ils haussèrent les épaules, comme s'ils n'avaient jamais envisagé les choses sous cet aspect.

– En fait, dit l'un d'eux, on attend le jour où on sera débarrassés de la tente. Le vent nous manque. Et aussi la pluie.

– Mais comment pouvez-vous le savoir?

Ils savaient.

Elles reprirent la route et passèrent devant d'autres villages. Des fermes isolées. Un pré où broutaient des moutons. Des vignes. Des vergers. Des cultures. De grandes serres qui brillaient sous le soleil comme les laboratoires. Une fois, un coyote surgit et traversa la route immédiatement devant le patrouilleur. Puis, dans la prairie d'un talus, Diana repéra un ours brun et, plus loin, quelques moutons de Dall. Dans les petits villages, les gens faisaient commerce de vivres et d'outils sur les marchés ouverts, en bavardant des événements de la journée. Ils ne captaient pas les infos en provenance de la Terre et ils semblaient d'une étonnante ignorance à ce propos. A l'exception d'une petite communauté russe, dont les habitants s'exprimaient dans un russe métissé. Ce qui n'empêcha pas Maya d'avoir les larmes aux yeux. Ils lui dirent que tout s'en allait à la dérive sur Terre. Comme d'habitude. Et tous ces gens étaient heureux de vivre là, dans le canyon.

Elles s'arrêtèrent dans un marché à l'heure de la cohue, et là, dans la foule, elles tombèrent sur Nirgal. Il croquait une pomme en devisant avec un villageois. En voyant Maya descendre du patrouilleur, il se précipita vers elle pour la serrer dans ses bras.

– Maya, mais qu'est-ce que tu fais ici?

– Je viens d'Odessa. Je te présente Diana, la fille de Paul. Et que fais-tu ici?

– Oh, je visite la vallée. Ils ont quelques problèmes de sol et je vais essayer de les aider.

– Raconte-moi.

Nirgal était ingénieur en écologie et il semblait avoir hérité de certains talents d'Hiroko. Le mésocosme de la vallée était relativement nouveau. Ils semaient encore, d'un bout à l'autre, et bien que le sol ait été préparé depuis des années avec des bactéries, la déficience en azote et potassium empêchait la croissance de nombreuses plantes. Nirgal leur en parla en faisant le tour du marché. Il leur montra les légumes et les fruits du terroir et ceux qui étaient importés, en définissant l'économie locale.

– Alors, ils ne sont pas vraiment en autarcie? demanda Maya.

– Non, non. Et ce n'est pas pour demain. Mais ils produisent une bonne part de leur alimentation, ils échangent certaines productions, ou alors ils les donnent.

Apparemment, il s'occupait aussi d'éco-économie. Et il s'était déjà fait des amis, des gens qui venaient l'embrasser. Et Maya, qu'il tenait par les épaules, se retrouva dans ces étreintes, et elle fut présentée à tous les villageois l'un après l'autre. Tous semblaient tellement ravis de retrouver Nirgal. Il les connaissait par leurs noms, il leur demandait s'ils allaient bien et continuait de leur poser des questions tout en circulant entre les étals de pains et de légumes, les sacs d'orge et d'engrais, les paniers de cerises et de prunes. Tout un groupe s'était agglutiné autour d'eux et ils terminèrent à la terrasse d'une taverne, devant de longues tables en pin. Nirgal s'accrocha à Maya pendant toute la fin de cet après-midi. Elle observait tous ces jeunes visages autour d'elle, heureuse et détendue. Elle constatait à quel point Nirgal ressemblait à John – au milieu de tous ces gens chaleureux avec lui autant qu'entre eux. La moindre circonstance avec Nirgal devenait un festival, grâce à son charme. Ils se versaient de grands verres et Maya eut droit à un festin énorme, « Tout vient d'ici, tout vient d'ici ». Et ils se parlaient en un anglais martien rapide, se rapportaient les échos et se racontaient leurs rêves. Bien sûr, Nirgal était spécial, tout autant qu'Hiroko, et néanmoins normal, en même temps. Diana, par exemple, était tout simplement rivée à son côté, et il semblait bien qu'un grand nombre de jeunes femmes lui enviaient sa place, ou celle de Maya. Elle se dit que ç'aurait été possible dans le passé. Mais il y avait quand même certains avantages à être une vieille baboushka. Elle pouvait materner Nirgal sans honte : sa seule réponse était un sourire. Oui, il y avait décidément quelque chose de charismatique en lui : son maxillaire étroit, sa bouche mobile, large et rieuse, ses grands yeux bruns à peine asiatiques, ses sourcils épais, ses cheveux noirs indisciplinés, son corps souple, même s'il n'était pas aussi grand que les autres. Il n'avait rien d'exceptionnel, mais ses manières comptaient avant tout : il se montrait à la fois amical, curieux et facilement rieur.

Cette même nuit, alors qu'ils se promenaient au bord de la rivière, près du village, elle lui demanda :

– Et la politique? Qu'est-ce que tu leur racontes?

– Je me sers du document de Dorsa Brevia. Je considère que nous devrions l'appliquer immédiatement, dans nos vies quotidiennes. La plupart des gens de cette vallée ont quitté le réseau officiel, tu sais, et ils vivent dans une économie alternative.

– Je l'ai remarqué. C'est d'ailleurs une des choses qui m'ont attirée ici.

– D'accord. Donc, tu sais ce qui se passe. Et ça plaît aux sansei et aux yonsei. Ils pensent que c'est un système d'origine locale.

– La question, c'est de savoir ce que l'ATONU en pense.

– Mais qu'est-ce qu'ils peuvent faire ? Je ne crois pas que ça les inquiète, pour autant que je sache.

Nirgal était constamment en voyage, réalisa-t-elle, et il en avait vu plus qu'elle.

– Nous sommes très difficiles à voir, et nous ne présentons aucun défi face à eux. Donc, ils ne s'inquiètent pas de notre présence. Ils ne savent même pas à quel point nous nous sommes répandus dans le canyon.

Elle secoua la tête d'un air dubitatif. Ils étaient assis sur la berge, face au torrent qui gargouillait dans des bassins, mauve sous la clarté des étoiles.

– L'eau est tellement boueuse ! dit Nirgal.

– Quel nom vous vous donnez ?

– Tu veux dire quoi, par là ?

– Vous constituez une sorte de parti politique, Nirgal, ou bien un mouvement social. Il faut bien que vous ayez un nom.

– Oh... Eh bien, certains disent que nous sommes des Boonéens, ou une espèce de mouvement mars-uniste. Mais je ne crois pas que ce soit exact. Moi-même, je n'ai pas de nom qui me vienne. Ka, peut-être. Ou bien Mars Libre. C'est ce que nous disons en guise de bienvenue. Un verbe, un nom, n'importe quoi. Mars Libre.

– Hum, fit Maya.

Elle sentait le bras de Nirgal autour de sa taille, et la caresse humide et glacée du vent sur sa joue. Une économie alternative, fonctionnant sans les règles de la loi, c'était mystérieux mais dangereux. Cela pouvait devenir une économie noire gérée par des gangsters, et ces petits villages d'idéalistes ne pourraient pas faire grand-chose. Elle considérait que cette solution, face à l'Autorité transitoire, était illusoire.

Mais quand elle lui fit part de ses réserves, Nirgal acquiesça.

– Je ne considère pas cet état de chose comme le degré ultime. Mais je crois que ça nous est utile. C'est ce que nous sommes capables de faire dans l'instant. Et quand le moment sera venu...

Maya hocha la tête dans l'obscurité. C'était un autre Croissant de la Crèche, pensa-t-elle soudain. Ils retournèrent au village, où la fête se poursuivait. Là, cinq jeunes femmes se mirent à tourner autour de Nirgal, chacune tentant d'être la dernière à se retrouver avec lui plus tard. Avec un soupir et un rire qu'elle réprima à peine (si elle avait encore été jeune, elles n'auraient pas eu une chance), Maya les quitta pour aller se coucher.

Elles avaient laissé le village derrière elles depuis deux jours et suivaient encore le cours de la rivière quand, à quarante kilomètres de Hell's Gate, elles abordèrent une courbe et découvrirent la ville dans toute sa longueur, jusqu'aux tours du pont suspendu de la piste. C'était comme un paysage surgi d'un autre monde, songea Maya. Avec une technologie totalement différente. Les tours mesuraient six cents mètres et dix kilomètres les séparaient – le pont était vraiment immense et réduisait les dimensions de Hell's Gate. Elles perdirent la ville de vue pendant l'heure qui suivit pour la retrouver sur la bordure du cratère. Les immeubles s'étageaient sur les pentes abruptes, évoquant les villages spectaculaires que l'on trouve sur le littoral, en Espagne ou au Portugal – mais tous dans l'ombre du pont énorme. Énorme, oui – et pourtant, il y avait des ouvrages deux fois plus grands que celui-là dans Chryse, et avec l'évolution des nouveaux matériaux, la fin n'était pas en vue. La résistance du filin de nanotubes de carbone dont était fait le câble de l'ascenseur spatial dépassait de loin les charges prévues. Avec ça, on pouvait lancer des ponts au gré de son imagination. Certains parlaient de bâtir un ouvrage par-dessus Valles Marineris, et des plaisanteries évoquaient la construction d'un funiculaire qui relierait les principaux volcans de Tharsis, afin d'éviter les quinze kilomètres de pente verticale entre les trois pics.

De retour à Hell's Gate, Maya et Diana restituèrent le patrouilleur au garage et s'offrirent un grand dîner dans un restaurant situé à mi-pente, juste au-dessous du pont. Diana voulait rendre visite à des amis, et Maya la quitta pour regagner les bureaux de Deep Waters et sa chambre. Mais au-delà des portes de verre, au dessous du balcon, le vaste pont se tendait sur le fond des étoiles et, en se rappelant le canyon d'Harmakhis et les gens qu'elle y avait rencontrés, le cône noir d'Hadriaca festonné de neige, elle ne réussit pas à trouver le sommeil. Alors, elle sortit sur le balcon et se recroquevilla dans un fauteuil, sous une couverture. Elle resta là durant une grande partie de la nuit, à contempler le dessous du pont géant en pensant à Nirgal, aux jeunes indigènes et à tout ce qu'ils représentaient.

Le lendemain matin, elles étaient censées prendre le train d'Hellas, mais Maya demanda à Diana de l'emmener visiter le fond du bassin, pour voir, de ses yeux, ce que devenait l'eau de la rivière d'Harmakhis. Diana ne se fit pas prier.

Tout en bas de la ville, la rivière se déversait dans un étroit réservoir, maintenu par un solide barrage de béton, juste à côté de la paroi de la tente. A l'extérieur, elle était drainée à travers le bassin par une grosse canalisation isolée, soutenue par des pylones hauts de trois mètres. La canalisation descendait la pente douce de l'est du bassin, et elles la suivirent à bord d'un patrouilleur, jusqu'à ce que les falaises crevassées de Hell's Gate disparaissent entre les dunes derrière elles. Une heure après, les grandes tours du pont étaient encore visibles à l'horizon.

Quelques kilomètres plus loin, la canalisation débouchait sur une plaine rougeâtre de glace craquelée – une sorte de glacier, si l'on ne tenait pas compte du fait qu'il se perdait en éventail sur toute l'étendue de la plaine, aussi loin que pouvait porter le regard. En fait, elles étaient devant le rivage de la mer nouvelle, ou du moins d'un de ses lobes, gelé sur place. Et la canalisation, au-delà, surplombait la glace avant d'y plonger et de disparaître, à deux kilomètres du rivage.

Un petit cratère presque submergé apparaissait dans le champ de glace comme une double péninsule, et Diana suivit les traces qui conduisaient à la bordure. Elles roulèrent aussi loin que le permettait la glace. Le monde visible, devant elles, était totalement gelé, mais en se retournant, elles retrouvèrent la pente de sable d'Hellas.

Maya prit des jumelles et découvrit à l'horizon ce qui devait être la lisière nord du lobe de glace, à l'endroit où il cédait la place à une succession de dunes. Elle put observer la chute d'un pan de glace, qui s'effondra comme un glacier du Groenland dans la mer. Mais là, il tombait dans le sable pour se fracasser en centaines de shrapnels blancs. L'eau qui se répandit était aussi sombre que la rivière Rubis. Le flot soulevait de la poussière que le vent emportait vers le sud. Les bords de ce nouveau cours blanchissaient rapidement mais, aux yeux de Maya, cela n'évoquait en rien la vitesse terrifiante à laquelle les flots avaient gelé dans Marineris en 61. L'eau restait fluide au fil des minutes, alors même qu'elle courait à ciel ouvert ! Oui, le monde était devenu plus chaud, et l'atmosphère plus dense. On atteignait 260 millibars dans le bassin, et la température était de 271 K. Une belle journée ! Maya ne quittait pas du regard la surface du lobe glaciaire. Elle releva la présence de plaques miroitantes d'eau de fonte qui s'était débarrassée de ses impuretés avant de geler à nouveau.

– Les choses changent, dit-elle, sans s'adresser vraiment à Diana.

Et Diana ne fit pas de commentaire.

Le cours d'eau sombre finit par blanchir et se figer.

– Il continue ailleurs, maintenant, dit Diana. Ça marche comme la sédimentation dans le delta d'un fleuve. Le chenal principal de ce lobe est en fait situé plus au sud.

– Je suis heureuse d'avoir vu ça. Rentrons.

Elles rebroussèrent chemin vers Hell's Gate et, le soir, elles dînèrent à nouveau toutes les deux, dans le même restaurant, sous le grand pont. Maya posa une foule de questions à propos de Paul, Esther, Kasei, Nirgal, Rachel, Emily et Reull et tous les autres rejetons d'Hiroko, de leurs enfants et de leurs petits-enfants. Qu'est-ce qu'ils faisaient? Qu'avaient-ils l'intention de faire? Est-ce que Nirgal avait des partisans?

– Oh oui, bien sûr. Vous avez vu comment ça se passe. Il voyage constamment, et il y a tout un réseau d'indigènes dans les cités du Nord pour l'accueillir. Des amis, des amis d'amis, etc.

– Et vous pensez que ces gens-là soutiendront...

– Une autre révolution?

– Je voulais dire : un mouvement d'indépendance.

– Quel que soit le nom qu'on lui donne, ils le soutiendront. Ils soutiendront Nirgal. Pour eux, la Terre est comme un cauchemar, un cauchemar qui cherche à nous aspirer. Et ils ne veulent pas de ça.

– Ils? insista Maya en souriant.

– Oh, moi non plus. (Diana lui renvoya son sourire.) Je voulais dire nous.

Tandis qu'elles faisaient le tour d'Hellas dans le sens des aiguilles d'une montre, Maya eut l'occasion de se rappeler cette conversation. Un consortium d'Elysium, sans aucune connexion que Maya ait réussi à découvrir avec une métanat ou l'ATONU, venait d'achever la mise sous tente des vallées de Dao-Reull en appliquant les mêmes techniques que pour Harmakhis. Désormais, dans les deux canyons jumeaux, des centaines de gens s'étaient installés. Ils mettaient en place des aérateurs, travaillaient le sol, semaient et plantaient la biosphère naissante du mésocosme. Leurs serres et leurs usines pourvoyaient à la majeure partie de leurs besoins pour ce travail, et ils extrayaient les gaz et les métaux des badlands d'Hesperia, à l'est, pour les ramener à l'embouchure de Dao Vallis dans une ville que l'on appelait Sukhumi. Ils disposaient des programmes de démarrage, des semences, et ils ne semblaient guère se préoccuper de l'Autorité transitoire. Ils ne lui avaient pas demandé d'autorisation avant de se lancer dans ce projet, et ils manifestaient une hostilité évidente à l'égard des fonctionnaires du Groupe de la mer Noire, qui représentaient les métanationales terriennes.

Ils étaient avides de ressources humaines, néanmoins, et c'est avec joie qu'ils accueillaient les techniciens ou les généralistes venus de Deep Waters, ainsi que tous les équipements possibles. Pratiquement tous les groupes que Maya approcha dans la région de Dao-Reull lui demandèrent de l'aide. La plupart étaient de jeunes indigènes. Ils semblaient considérer qu'ils avaient autant droit à l'équipement que tous les autres, même s'ils n'étaient pas affiliés à Deep Waters ni à une autre société.

Et dans tout le sud de Dao-Reull, dans les collines d'ejecta déchiquetées situées derrière la bordure du bassin, des équipes d'hydrologues cherchaient des aquifères. Tout comme dans les canyons sous tente, ces hommes étaient nés sur Mars, et en majorité après 61. Ils étaient différents, profondément différents, partageant des intérêts et des enthousiasmes parfaitement incommunicables, comme si la dérive génétique ou la sélection explosive avaient produit une distribution bimodale, si bien que les représentants de l'ancien *Homo sapiens* cohabitaient désormais sur cette planète avec le nouvel *Homo ares,* une créature de grande taille, élancée, gracieuse, absolument à l'aise sur ce monde. Les *Homo ares* conversaient entre eux, profondément concentrés dans leur travail qui transformerait en mer le Bassin d'Hellas.

Ce projet gigantesque était pour eux un travail tout à fait normal. Maya et Diana firent halte en route et continuèrent en compagnie de quelques amis de Diana sur les crêtes de Zea Dorsa, qui suivait le quart sud-est du fond du bassin. Désormais, la plupart des dorsa étaient des péninsules à demi recouvertes par un nouveau lobe glaciaire. Maya observait les glaciers crevassés de part et d'autre en essayant d'imaginer l'époque où la surface de la mer d'Hellas se situerait en fait à plusieurs centaines de mètres plus haut. Alors, ces vieilles crêtes faillées de basalte ne seraient plus que des bips de sonar pour les bateaux, elles abriteraient des étoiles de mer, des crevettes, des krills et de multiples variétés de bactéries produites par la bio-ingénierie. Ces temps n'étaient plus très lointains, et cette idée était pourtant stupéfiante. Mais Diana et ses amis, et particulièrement ceux dont les ancêtres étaient turcs ou grecs – tous ces jeunes sourciers martiens ne s'émerveillaient pas devant cet avenir imminent, pas plus que devant l'énormité de leur projet. C'était leur travail, leur vie. Ils créaient des océans. Ils construisaient des ponts qui donnaient des proportions de jouet au Golden Gate. Ils ne s'attardaient même pas sur ces crêtes de dorsa qui disparaîtraient bientôt : ils parlaient de leurs amis de Sukhumi, de toutes sortes de choses.

– C'est une entreprise prodigieuse! leur dit Maya d'un ton net. C'est bien au-delà de tout ce dont les hommes ont jamais été capables! Cette mer va être aussi grande que les Caraïbes! Jamais aucun projet de cette envergure n'a existé sur Terre – aucun!

Une jeune femme au visage ovale charmant, à la peau superbe, lui répondit :

– Mais je me fous de la Terre.

La nouvelle piste virait en direction de la bordure sud et franchissait en transversale les chaînes abruptes et les ravins d'Axius Valles. Ces plissements allaient des collines raboteuses de la bordure jusqu'au bassin, et la piste du viaduc passait alors sur de grandes arches et pénétrait dans des failles profondes ou des tunnels. Le train que Maya et Diana avaient pris après Zea Dorsa dépendait d'une ligne privée qui appartenait à leur bureau d'Odessa, et Maya put donc demander un arrêt régulier dans les petites gares afin de rencontrer les équipes d'hydrologie et de construction. C'est ainsi qu'elles parlèrent à des immigrants terriens, pour Maya plus compréhensibles que les heureux indigènes – car ces gens étaient de taille normale, ils vacillaient parfois en marchant et regardaient autour d'eux avec surprise et enthousiasme, quand ils n'avaient pas l'air abattu, quand ils ne se plaignaient pas, conscients en tout cas de l'étrangeté de cette entreprise. Ils précédèrent Maya dans un tunnel creusé dans la montagne, qui se révéla être un couloir d'écoulement de lave qui descendait d'Amphitrites Patera. Il était cylindrique, aussi large que celui de Dorsa Brevia, mais s'inclinait à angle aigu. Les ingénieurs y pompaient l'eau de l'aquifère d'Amphitrites et l'utilisaient comme une canalisation naturelle vers le plancher du bassin. Maya suivit les hydrologistes souriants jusqu'à une galerie d'observation taillée dans la lave. Elle découvrit l'eau noire qui se ruait vers le fond à deux cents mètres cubes par seconde dans un grondement qui renvoyait des échos dans tout le cylindre de basalte.

– Est-ce que ça n'est pas formidable? demanda l'un des Terriens.

Elle acquiesça, heureuse de retrouver des gens dont elle pouvait partager les réactions.

– C'est comme un super drainage, non?...

Mais quand Maya revint au train, les jeunes Martiens répondirent à ses exclamations : Oui, la canalisation dans la lave était géante, et si elle n'avait pas été là, la société n'aurait pas fait l'économie de tuyaux, utiles pour d'autres opérations se déroulant en terrain moins favorable, n'est-ce pas ? Ensuite, ils repartirent dans une discussion à propos d'un détail du bassin qu'elle ne pouvait voir.

Le train suivait l'arc sud-ouest du bassin et la piste s'orientait maintenant au nord. Elle franchit quatre ou cinq canalisations importantes qui serpentaient dans les hauts canyons d'Hellespontus Montes, sur la gauche : des arêtes de roc dentelées pareilles à celles du Nevada ou de l'Afghanistan, avec de la neige à leur cime. A droite, elles découvrirent sur le plancher du bassin des couches de glace brisée et sale, souvent marquées de plaques blanches dues à des écoulements récents. On construisait au sommet des collines, à proximité de la piste. Les petites villes sous tente semblaient tout droit sorties de la Renaissance toscane.
— Le bas de ces collines sera bientôt un endroit très à la mode, remarqua Maya. Elles vont se retrouver entre les montagnes et la mer, et certains débouchés de ces canyons devraient devenir de petits ports.
Diana acquiesça.
— Hisse et ho !
Elles abordèrent la dernière courbe du circuit. Ici, la piste devait franchir le glacier Niesten, une formation glaciaire laissée par l'éruption qui avait englouti Low Point en 61. Ce qui n'était pas facile, car dans sa partie la plus étroite le glacier mesurait trente-cinq kilomètres, et personne n'avait encore trouvé le temps et l'équipement nécessaires pour y construire un pont suspendu. On avait planté des pylones dans la glace avant de les ancrer dans le lit de roc. Ces pylones étaient équipés de proues comme des brise-glace face à l'amont, et on avait installé côté aval une sorte de pont flottant sur le glacier avec des tampons sophistiqués qui se dilataient ou se contractaient selon le niveau de la glace.
Le train avait ralenti pour franchir le pont flottant, et au passage Maya regarda vers l'amont. Tout en haut, le glacier tombait entre deux grands pics pareils à des crocs, tout près du cratère Niesten. Des rebelles que l'on n'avait jamais identifiés avaient fait sauter l'aquifère de Niesten avec une bombe thermonucléaire, déclenchant ainsi l'une des cinq ou six éruptions d'eau les plus importantes de 61. Presque aussi importante que celle qui avait déferlé dans les canyons de Marineris. La glace, en profondeur, était encore un peu radioactive. Mais, sous le pont, elle était immobile. La terrible inondation n'avait laissé qu'un champ de blocs de glace extraordinairement fracturés. Diana fit une

réflexion au sujet des grimpeurs qui aimaient escalader les cascades de glace par pur plaisir. Maya en eut un frisson de dégoût. Les gens étaient vraiment dingues. Elle pensa à Frank, qui avait été emporté dans les flots de Marineris, et elle jura à voix haute.

– Vous n'êtes pas d'accord? demanda Diana.

Elle jura une seconde fois.

Une canalisation isolée dévalait le centre de la pente de glace, passait sous le pont et rejoignait Low Point. On pompait toujours le fond de l'aquifère saboté. Maya avait supervisé la construction de Low Point, tout comme Nadia celle d'Underhill. Elle y avait vécu durant des années, avec un ingénieur dont le nom ne lui revenait pas. Et voilà qu'on pompait l'eau qui subsistait de l'aquifère de Niesten pour l'ajouter à celle qui avait englouti la ville. La grande inondation de 61 était réduite à une canalisation qui régulait le débit de l'eau.

Un violent maelström d'émotions s'était déclenché en elle, provoqué par tout ce qu'elle avait vu durant leur circuit, par tout ce qui s'était passé et qui allait encore se passer... Dans son esprit aussi, il y avait des inondations! Dans tout son être! Si seulement elle pouvait faire avec ses pensées ce qu'ils avaient réussi sur cet aquifère – si elle parvenait à les drainer, à les contrôler jusqu'à ce qu'elles deviennent plus saines. Mais les pressions hydrostatiques étaient tellement intenses, et les éruptions, quand elles survenaient, tellement terribles. Aucune canalisation n'en viendrait à bout.

– Les choses sont en train de changer, dit-elle à Michel et Spencer. Je ne pense pas que nous puissions vraiment encore les comprendre.

A Odessa, elle s'était réinstallée dans son existence, heureuse d'être de retour mais aussi troublée, curieuse, voyant tout sous un angle neuf. Sur le mur, au-dessus de son bureau, elle avait un dessin de Spencer. Il représentait un alchimiste jetant un gros volume dans une mer turbulente. Au-dessous, il avait écrit : « Je vais noyer mon livre. »

Elle quittait son appartement très tôt chaque matin, et descendait la corniche jusqu'aux bureaux de Deep Waters, près du quai à sec, non loin d'une autre firme de Praxis qui s'appelait Séparation de l'Atmosphère. Elle travaillait à la direction de l'équipe de synthèse et à la coordination des unités de terrain, se concentrant désormais sur les petites opérations mobiles qui progressaient sur le plancher du bassin pour des plans de réorganisation de la glace et des extractions minières de dernière minute. Occasionnellement, elle s'occupait du design de ces petits hameaux ambulants. Elle appréciait ce retour à l'ergonomie, son talent le plus ancien si elle exceptait la cosmonautique. Un jour où elle travaillait sur la conception des placards des chambres, elle observa son croquis avec un sentiment de déjà vu, en se demandant soudain si elle n'avait pas déjà fait ce même travail, à quelque moment de son passé. Elle se demanda aussi pourquoi ce talent restait si vif dans sa mémoire, alors que la connaissance était si fragile. Aussi loin qu'elle se souvînt, elle ne retrouvait pas trace de l'éducation à l'origine de cette maîtrise de l'ergonomie qui lui restait néanmoins, après toutes ces décennies écoulées depuis qu'elle ne l'avait plus exercée.

Mais l'esprit était étrange. Certains jours, ce sentiment de déjà vu se rapprochait d'elle, il devenait palpable, et elle était certaine d'avoir vécu auparavant chaque événement de la journée. Plus cela persistait, plus c'était dérangeant, avait-elle découvert. Le monde devenait une prison effrayante et nette, dans laquelle elle n'était qu'une créature du destin, un mécanisme automatique incapable de faire un seul geste qu'elle n'avait pas déjà fait dans quelque passé oublié. Une fois, cela persista durant une semaine, et elle fut presque paralysée. Jamais encore le sens de la vie ne l'avait submergée avec une telle hostilité, jamais. Michel s'en inquiétait beaucoup, et il lui assurait qu'elle souffrait sans doute de la manifestation mentale d'un problème physique. En cela, elle le croyait plus ou moins, mais comme tout ce qu'il lui prescrivait n'avait aucun effet apaisant, ça ne l'aidait guère. Elle ne pouvait que supporter ce qui lui arrivait, avec l'espoir que cette impression passerait.

Lorsqu'elle passait, elle faisait de son mieux pour l'oublier. Et quand elle revenait, elle s'en plaignait à Michel.

– Oh, mon Dieu, je le sens à nouveau.

Et Michel rétorquait :

– Est-ce que ça ne n'est pas déjà arrivé ?

Ils en riaient ensemble et elle faisait son possible pour vivre avec. Elle plongeait dans le travail, montait des plans pour les équipes d'hydrologie, définissait leurs missions selon les rapports des aréographes de la bordure, et se laissait submerger sous les résultats. C'était intéressant, et même excitant, comme une espèce de gigantesque chasse au trésor, qui nécessitait un enrichissement continu des connaissances aréographiques, dans les habitudes secrètes de l'eau souterraine. Ce qui l'aidait à supporter le déjà vu, et, au bout d'un certain temps, ce ne fut plus qu'une des impressions bizarres qui affectaient son esprit, pire que les poussées d'enthousiame passionné, mais préférable aux dépressions ou à ces moments où, plutôt que de sentir que quelque chose s'était déjà produit, elle était gagnée par le sentiment que rien de tel ne s'était jamais passé, même s'il ne s'agissait de rien de plus original que de sauter dans un tram. Du jamais vu, d'après Michel. C'était pour lui, apparemment, très dangereux. Mais il n'y avait rien à y faire. Parfois, cela ne l'aidait pas de vivre avec quelqu'un qui s'était spécialisé dans les problèmes psychologiques. Pour qui on risquait de n'être rien de plus qu'un cas particulièrement intéressant. Il faudrait plusieurs pseudonymes pour la décrire, se disait-elle.

En tout cas, quand elle avait de la chance et se sentait mieux, elle travaillait de manière complètement concentrée, et quittait les bureaux entre quatre et sept heures, fatiguée et satisfaite. Elle rentrait chez elle dans cette clarté particulière des fins d'après-midi d'Odessa : toute la ville se trouvait dans l'ombre d'Helles-pontus, mais le ciel avait encore une luminosité et une couleur intenses, et les nuages qui flottaient vers l'est brillaient au-dessus de la glace, enveloppant toute chose d'un reflet ardent, avec des tons infinis qui allaient du bleu au rouge et changeaient chaque jour, à chaque heure. Elle errait paresseusement sous les arbres du parc avant de passer le portail de l'immeuble de Praxis et de remonter jusqu'à son appartement pour dîner avec Michel, qui, généralement, sortait d'une longue journée passée à traiter le mal du pays des Terriens récemment immigrés, ou des anciens qui se plaignaient de problèmes comparables à celui de Maya – déjà vu, perte de mémoire, anomie, odeurs fantômes : autant de pro-blèmes gérontologiques bizarres que l'on avait rarement ren-contrés chez les humains à l'existence plus brève. Ce qui sem-blait indiquer de façon menaçante que les traitements de longévité ne pénétraient pas aussi bien le cerveau qu'il eût été nécessaire.

Rares étaient les sansei ou les yonsei qui venaient le consulter, et il s'en montrait surpris.

– C'est sans doute un bon signe quant à la vie sur Mars à long terme, lui dit-il un soir en remontant de son bureau après une journée particulièrement calme.

Elle haussa les épaules.

– Ils peuvent être dingues sans le savoir. Pendant que je faisais le tour du bassin, je me suis dit que c'était bien possible.

– Tu veux dire dingues ou seulement différents ?

– Je ne sais pas. Ils semblent ne pas avoir conscience de ce qu'ils font.

– Chaque génération est sa propre société secrète. Ceux-ci sont ce que tu pourrais appeler des aréurgiens. C'est leur nature d'opérer la planète. Il faut le leur reconnaître.

D'habitude, quand elle regagnait l'appartement, elle y retrou-vait les parfums de la cuisine provençale à laquelle Michel s'essayait, et il y avait toujours une bouteille de vin rouge débou-chée sur la table. Durant la plus grande partie de l'année, ils mangeaient dehors, sur le balcon, et Spencer se joignait à eux quand il était en ville, de même que leurs fréquents visiteurs. Tout au long du dîner, ils parlaient des événements de la jour-née, des informations venues de toute la planète et de la Terre.

Ainsi, Maya vivait les journées ordinaires d'une vie ordinaire : *la vie quotidienne* [1], et Michel la partageait avec son sourire rusé.

1. En français dans le texte. *(N.d.T.)*

Un homme chauve, avec un visage agréable, gaulois, ironique, le caractère facile, toujours objectif. La lumière du soir se concentrait dans l'ultime bande de ciel au-dessus des pics déchiquetés d'Hellespontus, dans des tons brillants de rose et d'argent, des violets et des indigos, des noirs d'encre. Et leurs voix se faisaient plus douces à cette heure tardive du crépuscule que Michel appelait *entre chien et loup* [1]. Ensuite, ils débarrassaient les couverts, retournaient à l'intérieur et faisaient la vaisselle – tout était habituel et connu, tout dépendait profondément de ce déjà vu selon lequel ils se déterminaient et qui les rendait heureux.

Certains soirs, Spencer l'emmenait à un meeting, généralement dans l'une des communautés de la ville haute. Elles étaient plus ou moins en liaison avec Mars-Un, mais les gens qui venaient aux meetings ne ressemblaient guère aux Mars-Unistes radicaux qui avaient accompagné Kasei au congrès de Dorsa Brevia – ils étaient plutôt comme les amis de Nirgal, dans Harmakhis, plus jeunes, moins dogmatiques, plus concentrés, plus heureux. A chaque réunion, Maya était troublée, même si elle avait envie de les rencontrer, et le jour du meeting, elle devenait nerveuse et impatiente. Après dîner, un petit groupe d'amis de Spencer les rejoignaient, et ils l'accompagnaient à travers la ville. Ils prenaient des trams, puis finissaient à pied jusqu'aux hauteurs d'Odessa, où se trouvaient les appartements les plus surpeuplés.

Là, on trouvait des immeubles entiers qui étaient devenus des places fortes parallèles, dans lesquels les locataires payaient leur loyer, travaillaient dans le centre ville, tout en échappant à l'économie officielle. Ils faisaient de la culture dans des serres et sur les toits et les terrasses, ils programmaient et construisaient, fabriquaient des instruments et des outils agricoles qu'ils vendaient ou échangeaient. Leurs meetings avaient lieu dans les salles communes, ou dans les petits parcs et les jardins de la ville haute, sous les arbres. Parfois, des groupes de Rouges venaient les rejoindre.

Maya commençait en leur demandant de se présenter, et elle en apprit un peu plus sur eux : la plupart avaient entre vingt et quarante ans, ils étaient nés à Burroughs, dans Elysium ou Tharsis, ou dans les camps d'Acidalia ou du Grand Escarpement. Il y avait aussi un petit pourcentage régulier de vétérans et quelques immigrants récents, souvent originaires de Russie, ce qui séduisait Maya. Ils étaient agronomes, ingénieurs écologistes, ouvriers en construction, techniciens, technocrates, employés municipaux, agents de service. De plus en plus, ils travaillaient à déve-

---

1. En français dans le texte. (*N.d.T.*)

lopper leur économie parallèle. Leurs immeubles communautaires avaient d'abord ressemblé à des clapiers composés d'appartements d'une seule pièce, avec une unique salle de bains au fond du couloir. Chaque jour, ils descendaient à pied ou en tram vers la ville basse, au-delà des résidences-forteresses bâties sur la corniche, occupées par les cadres des métanats en visite. (Ils avaient apprécié que tous les employés de Praxis vivent dans des appartements semblables aux leurs.) Tous avaient reçu le traitement, ce qu'ils considéraient comme normal – ils étaient choqués quand ils apprenaient que le traitement était devenu un instrument de contrôle du pouvoir sur Terre, ce qui ne faisait qu'ajouter, pour eux, à la panoplie des maux terriens. Ils étaient tous en excellente santé, ne connaissaient guère les maladies, encore moins les cliniques. Ils utilisaient un traitement très populaire qui consistait à sortir à l'extérieur de la tente en combinaison et à inspirer une grande bouffée d'air. C'était réputé guérir toutes les maladies. Ils étaient grands et forts. Et Maya reconnut une nuit l'étincelle qu'il y avait dans leur regard : c'était la même que celle qu'elle avait lue dans les yeux du jeune Frank Chalmers, sur cette photo qu'elle avait vue sur son lutrin – le même idéalisme, cette frange de colère, cette certitude que les choses n'étaient pas justes, cette confiance dans leur pouvoir de les redresser. Des jeunes, songea-t-elle. La composante naturelle de la révolution.

Et ils se rassemblaient dans leurs petites salles communes pour débattre des problèmes de l'heure, fatigués mais heureux. Pour eux, ces soirées faisaient partie de leur vie sociale. Il était important de le comprendre. Maya, souvent, s'installait sur une table au centre de la pièce, si possible, et disait :

– Je m'appelle Toitovna. Je suis ici depuis le début.

Et elle leur parlait – elle racontait leur vie à Underhill –, en s'efforçant de se souvenir, jusqu'à devenir insistante comme l'Histoire elle-même, essayant de leur expliquer pourquoi les choses étaient comme ça sur Mars.

– Écoutez : on ne peut jamais revenir en arrière !

Les changements physiologiques leur avaient barré à tout jamais le chemin de la Terre, qu'ils fussent immigrants ou indigènes, mais plus particulièrement les indigènes. Ils étaient désormais des Martiens, quoi qu'il advienne. Ils avaient besoin de former un État indépendant, peut-être souverain, en tout cas au moins semi-autonome. La semi-autonomie suffirait peut-être, étant donné les réalités des deux mondes. A elle seule, elle justifierait l'appellation Mars Libre. Dans l'état actuel des choses, ils n'étaient guère plus qu'une propriété et n'avaient pas de pouvoir réel sur leurs vies. Les décisions étaient prises pour eux à cent millions de kilomètres de là. On découpait leur monde en copeaux de métal qui étaient expédiés dans l'espace. C'était un gâchis qui ne bénéficiait à personne, sauf à la petite élite des métanationales qui régnait sur les deux mondes comme sur deux fiefs féodaux. Ils avaient terriblement besoin de leur liberté – pas tant pour échapper à l'atroce situation qui était celle de la Terre, mais plutôt pour exercer une influence réelle sur ce qui s'y passait. Sinon, ils ne pourraient qu'assister à la catastrophe en témoins impuissants. Avant d'être aspirés par le maelström à la suite des premières victimes. C'était intolérable et ils devaient passer à l'action.

Les groupes des communautés étaient très réceptifs à ce message, tout comme les Mars-Unistes, plus traditionnels, ainsi que les Bogdanovistes urbains et même certains des Rouges. Pour tous, à chaque meeting, Maya soulignait l'importance de la coordination.

– La révolution ne supporte pas l'anarchie ! Si nous essayions de remplir Hellas chacun de notre côté, nous pourrions ruiner mutuellement notre travail, et même submerger le contour – 1 000 et détruire ce pourquoi nous avons travaillé. Ce sera la même chose pour les actions que nous devons entreprendre. Il va falloir travailler ensemble. Ce que nous n'avons pas fait en 61, où il y a eu interférence plutôt que synergie, vous comprenez ? C'était stupide. Cette fois, ce sera ensemble.

Racontez ça aux Rouges, répliquaient les Bogdanovistes. Maya, alors, les foudroyait du regard :

– C'est à *vous* que je parle en ce moment. Vous ne voulez pas savoir ce que je leur ai dit *à eux*.

Ce qui les faisait rire, et ils se détendaient en imaginant Maya en train d'admonester les autres. Ils l'appelaient la Veuve Noire – la sorcière qui était capable de leur jeter des sorts, la Médée qui était capable de les tuer. Cela jouait un rôle important dans l'emprise qu'elle avait sur eux, et elle devait montrer les crocs de temps à autre. Elle leur posait des questions dures, et même s'ils étaient généralement d'une naïveté désespérante, ils avaient parfois des réponses convaincantes, surtout quand ils parlaient de Mars elle-même. Certains collectaient des informations en quantités impressionnantes : des inventaires des arsenaux des métanats, des dispositifs de contrôle des aéroports, des plans de centres de communications, des listes et des programmes de localisation pour les satellites et les engins spatiaux, des réseaux informatiques, des bases de données. Quelquefois, en les écoutant, elle se disait que tout était possible. Ils étaient jeunes, pleins d'assurance, étonnamment ignorants dans de nombreux domaines, mais ils avaient une vitalité animale, ils avaient la santé et l'énergie. Et après tout, ils étaient adultes, et en les observant, Maya en venait à se dire parfois que la fameuse expérience de l'âge dont on parlait tant n'était qu'une question de blessures et de cicatrices – les jeunes esprits comparés aux esprits anciens étaient peut-être comme les corps : plus forts, plus vifs, moins déformés par les dommages.

Elle gardait cela à l'esprit, même quand elle leur parlait avec une sévérité égale à celle dont elle avait fait preuve avec les gamins de Zygote. Après les leçons, elle se mêlait à eux et parlait, parlait sans arrêt. Ils partageaient leur repas avec elle et elle écoutait leurs histoires. Une heure plus tard, Spencer annonçait qu'elle devait repartir. Elle était censée être venue d'une autre ville – mais comme elle avait reconnu certains visages dans les rues d'Odessa, elle avait dû être reconnue elle aussi, et ils savaient au moins qu'elle passait beaucoup de temps dans leur ville. Spencer et ses amis la raccompagnaient en suivant un itinéraire très compliqué, afin d'être certains qu'on ne les suivait pas. Ils se dispersaient dans les escaliers de la ville haute avant de rallier le quartier ouest et l'immeuble de Praxis. Là, ils se glissaient par le portail et la porte se refermait sur eux avec un bang sonore, rappelant à Maya que le double appartement ensoleillé qu'elle partageait avec Michel était avant tout un abri.

Un soir, après une rencontre tendue avec un groupe de jeunes ingénieurs et aréologues, tout en en parlant à Michel, elle pianota machinalement sur son lutrin, retrouva la photo du jeune Frank et en sortit une copie sur imprimante. La photo venait d'un quotidien de l'époque, elle était en noir et blanc, avec du grain. Elle la colla sur le placard, à gauche de l'évier de la cuisine. Elle se sentait bizarre, tourmentée.

Michel leva les yeux de son IA et acquiesça en voyant la photo.

– C'est extraordinaire, tout ce qu'on peut lire sur un visage.

– Ça n'est pas ce que pensait Frank.

– Il avait seulement peur que les autres le puissent.

– Hum, grommela Maya.

Elle n'arrivait pas à se souvenir. Elle se rappelait plutôt les visages des gens qu'elle avait eus en face d'elle plus tôt dans la soirée. C'était vrai, se dit-elle, qu'ils lui avaient tout révélé : comme autant de masques qui exprimaient au plus près ce qu'avaient dit ceux qui les portaient. Les métanats ont perdu tout contrôle. Elles bousillent tout. Elles sont égoïstes, et ne visent que leurs intérêts. Le métanationalisme est une nouvelle forme de nationalisme sans le sens du foyer. C'est le patriotisme de l'argent, une sorte de maladie. Les gens n'en souffrent pas encore ici, mais ils en souffrent sur Terre. Et si rien ne change, ça se propagera ici. Ils vont nous infester.

Tout cela dit avec ce regard qu'avait l'homme de la photo, cette confiance entendue et légitime. Susceptible de se muer en cynisme, il n'y avait aucun doute. Frank en était la preuve. Il était possible de briser cette ferveur, ou encore de la perdre. Ils devraient agir avant que cela n'arrive. Pas trop tôt, pas trop tard. Le timing serait essentiel. S'ils le calculaient correctement...

Elle se trouvait dans son bureau quand les nouvelles arrivèrent d'Hellespontus. On avait découvert un nouvel aquifère, très profond par rapport aux autres, très éloigné du bassin, et très important. Diana en avait déduit que les premiers âges glaciaires de la chaîne d'Hellespontus s'étaient portés sur l'ouest pour finir dans le sous-sol – douze millions de mètres cubes, plus que dans n'importe quel aquifère de la planète. On avait déjà localisé quatre-vingts pour cent de l'eau nécessaire pour remplir le bassin au contour – 1 000 ; ce nouvel aquifère portait le total à cent vingt pour cent.

Ces nouvelles étaient stupéfiantes, et tout le groupe du quartier général se rassembla dans le bureau de Maya pour discuter et spéculer sur les grandes cartes. Les aréographes dessinaient déjà le tracé des canalisations dans les montagnes et débattaient des mérites des différents modèles. La mer de Low Point, surnommée « l'étang » dans les bureaux, était déjà riche d'une robuste communauté biotique développée à partir de la chaîne alimentaire du krill d'Antarctique, et le fond était réchauffé par le mohole. L'accroissement de la pression atmosphérique et l'augmentation des températures impliquaient de plus en plus de fonte en surface. Les icebergs allaient s'effondrer et se briser, exposant de nouvelles surfaces. Tout allait se réchauffer encore plus rapidement sous l'effet de la friction et du soleil, jusqu'à former un pack glaciaire, puis une mer de glace en débâcle. A ce stade, l'eau nouvelle pompée, correctement orientée afin de renforcer les forces de Coriolis [1], déclencherait un courant dans le sens inverse des aiguilles d'une montre.

Ils se perdirent en discussions en s'éloignant peu à peu du sujet essentiel, mais décidèrent de fêter l'événement par un bon déjeuner. Ils éprouvèrent presque un choc en retrouvant la corniche dressée au-dessus de la plaine rocailleuse du bassin à sec. Mais, aujourd'hui, ils avaient décidé de ne pas se laisser abattre

---

1. Suscitées par la rotation d'une planète, mises en évidence par le physicien français Gaspard de Coriolis qui, le premier, définit les lois de la cinétique. (N.d.T.)

par le présent. Ils se mirent tous à la vodka et désertèrent pour la plupart le reste de l'après-midi.

Aussi, quand Maya regagna son appartement, elle n'était vraiment pas en forme pour affronter Kasei, Jackie, Antar, Art, Dao, Rachel, Emily, Frantz et plusieurs de leurs amis, rassemblés dans le living. Ils étaient en route pour Sabishii, où ils devaient retrouver certains de leurs amis de Dorsa Brevia, avant de rallier Burroughs où ils travailleraient plusieurs mois durant. Ils lui adressèrent les félicitations d'usage pour la découverte du nouvel aquifère. Ils n'étaient pas vraiment passionnés, si l'on exceptait Art. Leur soudaine irruption ajoutée à cela la mit en colère. La vodka fit le reste, ainsi que l'excitation de Jackie, qui ne cessait de caresser son fier Antar (le chevalier invincible de la saga préislamique, ainsi qu'il l'avait expliqué une fois, avec orgueil) et l'austère Dao – l'un et l'autre domptés par ses caresses, se souciant peu de savoir duquel elle s'occupait, ou même si elle jouait avec Frantz. Maya l'ignora. Qui pouvait savoir de quelles perversions les ectogènes étaient capables, eux qui avaient été élevés comme une portée de chats ? Et voilà qu'ils étaient des vagabonds, des gitans, des radicaux, des révolutionnaires, n'importe quoi – tous comme Nirgal, à cette différence près que Nirgal avait une profession, un plan, alors que cette bande... Bon, elle décida de suspendre son jugement. Mais elle avait des doutes.

Elle s'entretint avec Kasei, qui d'ordinaire était plus sérieux que les jeunes ectogènes ; avec ses cheveux gris d'homme mûr, il avait un visage qui n'était pas sans rappeler celui de John, mais pas dans son expression ; il montrait sa dent de pierre en épiant d'un œil noir le comportement de sa fille. Malheureusement, il bouillonnait de plans pour effacer de la surface de Mars le complexe de sécurité de Kasei Vallis. A l'évidence, le fait d'avoir installé Korolyov dans la vallée qui portait son nom était une sorte d'affront personnel, et les dégâts causés au complexe pendant leur raid pour sauver Sax n'avaient pas été suffisants pour l'apaiser – en fait, cela l'avait plutôt mis en appétit. Kasei était un homme sombre et coléreux – ce qui lui venait peut-être de John, même s'il ne tenait guère de John ou d'Hiroko, ce que Maya trouvait sympathique. Mais son plan pour la destruction du complexe de Kasei Vallis était une erreur. Apparemment, il avait travaillé avec Coyote sur un plan de décryptage qui leur avait permis de faire sauter tous les codes de verrouillage du complexe, et maintenant il prévoyait de déclencher une tempête et de boucler tous les résidents dans des patrouilleurs pour les lancer vers Sheffield avant de faire sauter les bâtiments de la vallée.

Ça pouvait marcher ou non, mais ce serait une déclaration de guerre, une sérieuse brèche dans l'esquisse de stratégie à laquelle ils s'étaient tenus depuis que Spencer avait réussi à empêcher Sax de faire sauter tout ce qui tournait dans le ciel. Cette stratégie consistait simplement à disparaître de la face de Mars – sans représailles, sans sabotage, chacun dans le premier refuge venu... Ann elle-même semblait respecter ce plan. Maya le rappela à Kasei tout en le félicitant pour son idée et en l'encourageant à l'appliquer dès que le moment opportun se présenterait.

– Mais nous ne serons pas forcément en mesure de faire sauter les codes à cette date, protesta Kasei. C'est une occasion qui ne se représentera pas. Et après ce que Sax et Peter ont fait de Deimos et de la loupe aérienne, ils savent que nous sommes là. Ils pensent même que nous sommes encore plus nombreux!

– Mais ils ne le savent pas vraiment! Et nous voulons conserver ce sens du mystère, cette invisibilité. L'invisible est invincible, comme le dit Hiroko. Mais rappelle-toi à quel point ils ont renforcé leur sécurité après que Sax a fait ses coups. S'ils perdent Kasei Vallis, ils mettront en place des forces plus importantes. Ce qui nous rendra la victoire encore plus difficile à terme.

Il secoua la tête avec obstination. Jackie les interrompit en lançant d'un ton enjoué :

– Ne t'en fais pas, Maya, nous savons ce que nous faisons.

– Ça, vous pouvez en être fiers! Mais la question se pose : est-ce que nous en sommes fiers, nous? A moins que tu sois la princesse de Mars, maintenant?

– C'est Nadia, la princesse de Mars, rétorqua Jackie.

Et elle passa dans la kitchenette, suivie par le regard hostile de Maya, qui remarqua qu'Art l'observait avec curiosité. Il ne cilla pas quand elle le fixa, et elle traversa la pièce jusqu'à sa chambre pour aller se changer. Michel était là, occupé à ranger pour faire de la place à ceux qui allaient dormir par terre. La soirée risquait d'être particulièrement irritante.

Le lendemain matin, elle se leva très tôt pour aller à la salle de bains. Elle avait la gueule de bois. Art était déjà debout, entre les corps endormis, et il lui proposa :

– Vous voulez qu'on aille prendre un petit déjeuner dehors?

Elle accepta. Dès qu'elle fut habillée, ils descendirent jusqu'au parc et suivirent la corniche qui avait des couleurs éclatantes sous les rayons bas du soleil levant. Ils s'installèrent à la terrasse d'un café qui venait de s'ouvrir sur la rue. Sur le mur blanc coloré par l'aube, on avait inscrit un slogan au pochoir. Il était petit, propre, net, d'un rouge vif :

ON NE PEUT JAMAIS REVENIR EN ARRIÈRE

– Mon Dieu! s'exclama Maya.

– Quoi?

Elle désignait le graffiti.

– Oh, oui... On le retrouve dans tout Sheffield et Burroughs depuis quelques jours. C'est parlant, non?...

– *Ka wow.*

Ils étaient devant une petite table ronde, dans l'air glacé, et mangèrent des pâtisseries en buvant du café turc. A l'horizon, la glace scintillait comme une nappe de diamants, révélant des mouvements en profondeur.

– Quelle vue fantastique! soupira Art.

Elle se tourna vers lui, séduite par cette réaction. Tout comme Michel, le Terrien était un optimiste, mais il se montrait plus discret, plus naturel. Pour Michel, c'était un principe, pour lui, une question de tempérament. Elle l'avait toujours considéré comme un espion, depuis le premier instant où il avait surgi de façon trop commode dans leur existence : l'espion de William Fort, de Praxis, et peut-être aussi de l'Autorité transitoire et aussi d'autres. Mais il était parmi eux depuis tellement longtemps – il était un ami proche de Nirgal, de Jackie, de Nadia... Et ils travaillaient ensemble pour Praxis, désormais. Ils en étaient dépendants pour le ravitaillement, la protection et les informations en provenance de la Terre. Et Maya n'était plus certaine de rien – elle ne savait plus si Art était un espion, ou alors ce qu'était un espion en pareil cas.

– Il faut que vous les empêchiez d'attaquer Kasei Vallis, lui dit-elle.

– Je ne crois pas qu'ils attendent ma permission.

– Vous savez très bien ce que je veux dire. Vous pouvez arriver à les dissuader.

Art avait l'air surpris.

– Mais si j'étais si persuasif que ça, nous serions déjà libres.

– Vous savez ce que je veux dire.

– Eh bien... Je suppose qu'ils ont peur de ne pas pouvoir faire sauter les codes une seconde fois. Mais Coyote me semble très sûr d'avoir le protocole d'accès. Et c'est Sax qui l'a aidé.

– Il n'y a qu'à leur dire ça.

– Pour ce que ça vaut. Ils vous écouteront plus que moi.

– Exact.

– Et si on faisait un concours : qui Jackie écoute-t-elle le moins?

Elle partit d'un grand rire.

– Là, tout le monde pourrait gagner.

Art sourit.

– Vous devriez glisser ces conseils dans le programme de Pauline, en lui faisant imiter la voix de Boone.

Maya riait toujours.

– Bonne idée!

Ils discutèrent du projet d'Hellas, et Maya décrivit l'exploitation future du nouvel aquifère. Art avait eu un contact avec Fort, et il lui rapporta les complexités de la dernière décision de la Cour mondiale, dont Maya n'avait pas entendu parler. Praxis avait déposé une plainte contre Consolidated pour avoir tenté de lancer un ascenseur spatial de Colombie, à proximité du site en Équateur choisi par Praxis, ce qui menacerait l'un et l'autre site. La Cour s'était prononcée en faveur de Praxis, mais Consolidated avait ignoré sa décision et avait persisté en construisant une base dans son nouveau pays client. Elle était déjà prête à y faire arriver son nouveau câble. Les autres métanats se réjouissaient de voir la Cour mondiale défiée et soutenaient Consolidated autant que possible, ce qui mettait Praxis en difficulté.

Maya demanda :

– Mais toutes ces métanationales passent leur temps à se quereller?...

– C'est exact.

– Ce qu'il faudrait faire, c'est inciter certaines à se battre.

Art haussa les sourcils.

– Voilà un plan dangereux !

– Pour qui?

– Pour la Terre.

– Mais je me fous de la Terre, dit Maya en savourant chaque mot.

– Comme les autres, dit Art d'un ton douloureux, et elle rit à nouveau.

Heureusement, la bande de Jackie repartit assez vite pour Sabishii. Maya décida de se rendre sur le site du nouvel aquifère. Elle prit un train qui faisait le tour du bassin à contresens. Elle franchit le glacier Niesten et descendit la grande pente occidentale, avant de passer la ville de Montepulciano, au cœur des collines. Elle descendit dans une gare minuscule appelée Yaonisplatz. De là, elle prit un petit patrouilleur et s'engagea sur une route qui suivait une vallée, dans les montagnes accidentées d'Hellespontus.

Ça n'était qu'une piste grossièrement taillée dans le régolite, maintenue par un fixatif, jalonnée par des transpondeurs et encombrée, dans les endroits à l'ombre, par des congères de neige sale d'été. Le paysage était étrange. Vu depuis l'espace, Hellespontus avait une certaine cohérence visuelle et aréomorphologique, l'ejecta s'étant déversé depuis le bassin en anneaux concentriques. Mais, sur le terrain, ces anneaux étaient presque indiscernables. Il n'en restait que des entassements épars de rocs qui étaient tombés du ciel en une pluie chaotique. Les pressions fantastiques suscitées par l'impact avaient provoqué toutes sortes de métamorphoses bizarres, la plus courante étant des cônes d'éclatement géants : des blocs coniques fracturés par l'impact. Certains avaient des fissures béantes où un véhicule pouvait passer, alors que d'autres n'étaient que de simples cailloux avec des entailles microscopiques qui couvraient chaque centimètre carré de leur surface, comme dans une porcelaine ancienne.

En traversant ce paysage fracturé, Maya éprouva une peur vague devant les pierres *kami* : des cônes d'éclatement qui étaient retombés sur leur pointe pour rester en équilibre. D'autres, dont la partie inférieure plus tendre avait été érodée, étaient devenus autant d'immenses menhirs, plantés dans le sol comme des rangées de crocs. Des colonnes lingam, pareilles à celle que l'on surnommait la Bite du Grand Homme. Des strates en piles folles, dont la plus importante était appelée la Vaisselle dans l'Évier. De grandes murailles de basalte en colonnes, disposées en hexagones. D'autres murs encore, lisses et luisants comme des plaques géantes de jaspe.

L'anneau d'ejecta le plus extérieur était le seul à ressembler à une chaîne de montagnes conventionnelle. Dans la lumière d'après-midi, il faisait songer à l'Hindou Kouch, énorme et dénudé sous les bancs rapides des nuages. La route le franchissait par un col élevé, entre deux pics massifs. Tout en haut, Maya arrêta son véhicule dans le vent violent et, se retournant, elle ne découvrit que les montagnes déchiquetées – des pics et des crêtes bigarrés, avec les ombres des nuages qui jouaient sur la neige et, çà et là, un cratère circulaire qui conférait aux choses un aspect définitivement étranger.

Plus loin, la pente plongeait vers Noachis Planum, semée de cratères. Maya découvrit un camp de patrouilleurs miniers rassemblés en cercle, comme un convoi de chariots de l'Ouest d'autrefois. La descente fut cahoteuse et difficile, et elle n'atteignit son but qu'à la fin de l'après-midi. Elle fut accueillie par un petit contingent de ses vieux amis bédouins, plus Nadia, qui était venue s'enquérir du forage sur le nouvel aquifère. Ils se montraient tous très impressionnés.

– Il s'étend au-delà du cratère Proctor et probablement jusqu'à Kaiser, dit Nadia. Il semble qu'il aille très loin vers le sud, et on dirait bien qu'il jouxte l'aquifère d'Australis Tholus. Est-ce que vous aviez défini ses limites nord ?

– Je le crois, dit Maya en se mettant à pianoter sur son bloc de poignet.

Ils dînèrent tôt, en parlant de l'eau, ne s'interrompant que pour échanger les dernières nouvelles. Ensuite, ils se regroupèrent dans le patrouilleur de Zeyk et Nazik et dégustèrent le sorbet que Zeyk faisait circuler, les yeux fixés sur le petit brasier dans lequel il avait fait griller le chiche-kebab. Inévitablement, ils en vinrent à évoquer la situation présente, et Maya leur répéta ce qu'elle avait déclaré à Art – qu'ils devaient fomenter le trouble entre les métanationales terriennes, s'ils le pouvaient.

– Ce qui signifie une guerre mondiale, remarqua Nadia d'un ton sec. Et si la situation reste la même, ce sera la pire que la Terre ait connue. (Elle secoua la tête.) Il doit y avoir un meilleur moyen.

– D'abord, nous n'aurons pas besoin de nous en mêler, dit Zeyk. Ils sont déjà pris dans la spirale.

– Tu le crois vraiment? fit Nadia. Eh bien... si ça arrive, nous aurons une chance de réussir notre coup ici, je pense.

Zeyk secoua la tête.

– C'est leur issue de secours. Il faudra beaucoup de coercition pour obliger les puissants à abandonner un endroit comme celui-ci.

– Il y a différentes sortes de coercition. Sur une planète dont la surface est encore inhabitable, nous pourrions en trouver certaines qui nous éviteraient d'avoir à abattre des gens. Il faudrait élaborer toute une nouvelle technologie pour mener la guerre. J'en ai parlé avec Sax et il est d'accord.

Maya fit la moue et Zeyk sourit.

– Sa façon de penser ressemble à l'ancienne, pour autant que je sache! Descendre cette loupe aérienne – ça nous a beaucoup plu! Quant à faire sauter Deimos de son orbite, eh bien... Mais je comprends son point de vue, en partie. Quand les missiles de croisière seront lancés...

– Il faut faire le nécessaire pour ne pas en arriver là.

Nadia avait cette expression entêtée qu'elle prenait quand elle tenait dur comme fer à ses idées, et Maya la dévisagea avec surprise. Nadia, stratège révolutionnaire : elle n'aurait pas cru ça possible. Mais elle pensait sans aucun doute à protéger ses projets de construction. Ou à un projet de construction dans un milieu différent.

– Il faudrait en parler aux communautés d'Odessa, lui suggéra Maya. Dans l'ensemble, ils suivent Nirgal.

Nadia acquiesça et tendit un pique-feu miniature pour repousser une braise vers le centre de l'âtre. Ce feu était un spectacle rare sur Mars, mais Zeyk aimait suffisamment les feux pour assumer la dépense et le travail. Des rubans de cendres flottaient sur les braises orange comme Mars. Zeyk et Nazik parlaient à voix feutrée, décrivant la situation des Arabes sur la planète, qui était toujours aussi complexe. Les radicaux étaient presque tous dans des caravanes. Ils prospectaient l'eau et les métaux sur les sites aréothermiques. Ils affichaient une allure innocente et ne faisaient jamais rien qui pût révéler qu'ils ne dépendaient pas de l'ordre métanational. Mais ils étaient prêts, ils attendaient tous de passer aux actes.

Nadia partit se coucher et Maya demanda d'un ton hésitant :

– Parlez-moi de Chalmers.

Zeyk la fixa, impassible et calme.

– Qu'est-ce que tu veux savoir?

– Je veux savoir comment il a été impliqué dans le meurtre de Boone.

Il plissa les yeux, mal à l'aise.

– Cette nuit-là, à Nicosia, tout était compliqué. Les Arabes ne cessent d'en parler. Ça finit par devenir lassant.

– Et que disent-ils ?

Zeyk regarda Nazik, qui dit :

– Le problème, c'est qu'ils disent tous quelque chose de différent. Personne ne sait ce qui s'est vraiment passé.

– Mais vous y étiez. Vous y avez assisté en partie. Dites-moi d'abord ce que vous avez vu.

Zeyk, alors, ferma les yeux et hocha la tête.

– Très bien. (Il prit son souffle et se prépara. Solennellement, comme s'il témoignait, il commença :) Après les discours que tu avais prononcés, nous étions réunis dans la Meshab Hajr el-kra. Les gens étaient en colère contre Boone à cause d'une rumeur selon laquelle il avait arrêté la construction d'une mosquée sur Phobos, et son discours n'avait rien arrangé. Nous n'avons jamais aimé cette nouvelle société martienne dont il parlait. Pour nous, ça n'était qu'une nouvelle pseudo-démocratie à l'occidentale. Ça nous est devenu encore plus évident dans les années qui ont suivi. Lorsque Frank est arrivé, nous étions en train de grogner. Je dois dire que ce fut encourageant de le voir arriver dans ce moment-là. Il nous semblait qu'il était le seul à avoir une chance de s'opposer à Boone. Nous nous sommes donc tournés vers lui, et il nous a encouragés – à sa façon subtile, il s'opposait à Boone, il faisait des plaisanteries qui nous rendaient encore plus furieux tout en le faisant apparaître, lui, comme le seul bastion dressé face à Boone. Je dois dire que cela m'irritait de voir Frank exciter un peu plus encore les jeunes. Selim el-Hayil et plusieurs de ses amis de la faction Ahad étaient là, et ils étaient remontés non seulement contre Boone mais contre ceux du Fatah. Tu sais, le Fatah et Ahad divergeaient sur de nombreux points – nationalisme contre panarabisme, les relations avec l'Occident, l'attitude envers les soufis... C'était une division fondamentale pour cette jeune génération de la Fraternité.

– Sunnites contre Chiites ? demanda Maya.

– Non. Conservateurs contre libéraux. Les libéraux plutôt séculiers, et les conservateurs religieux, qu'ils soient sunnites ou chiites. Et el-Hayil était un leader des Ahad conservateurs. Il était dans la caravane avec laquelle Frank avait voyagé cette même année. Ils avaient souvent discuté, et Frank lui avait posé des tas de questions, il l'avait sondé, comme il savait le faire, jusqu'à ce qu'il sente qu'il vous comprenait, ou du moins qu'il comprenait votre point de vue.

Maya hocha la tête, d'accord avec cette description.

— Donc, Frank le connaissait bien, et el-Hayil a failli dire quelque chose cette nuit-là, mais Frank l'a regardé et il s'est abstenu. Je l'ai vu. Puis Frank est parti et el-Hayil nous a quittés immédiatement après.

Zeyk fit une pause pour boire une gorgée de café et réfléchir.

— Je ne les ai revus ni l'un ni l'autre durant les deux heures qui ont suivi. Tout a commencé à mal tourner bien avant que Boone soit tué. Quelqu'un gravait des slogans sur les murs de la médina, et les Ahad croyaient que c'était les Fatah. Quelques Ahad ont attaqué un groupe de Fatah. Ensuite, il y a eu des bagarres dans toute la ville, et même des équipes de construction américaines ont été attaquées. Il se passait quelque chose. On se battait de tous les côtés. Comme si tout le monde était devenu fou.

Maya acquiesça.

— Ça, je m'en souviens.

— Bon, et c'est alors que nous avons entendu dire que Boone avait disparu, et nous sommes descendus jusqu'à la Porte de Syrie pour vérifier les codes de verrouillage au cas où il serait sorti par là. Nous avons découvert que quelqu'un était effectivement sorti et n'était pas revenu, et on s'était mis en route quand nous avons appris la nouvelle. On n'a pas pu y croire. Nous sommes revenus dans la médina. Ils étaient tous rassemblés là, et on nous a dit que c'était bien vrai. J'ai mis une demi-heure à rejoindre l'hôpital à travers la foule et je l'ai vu. Tu étais là.

— Je ne m'en souviens pas.

— Mais si, tu étais là, mais Frank était déjà reparti. Donc, j'ai vu John Boone, et quand j'ai retrouvé les autres, je leur ai dit que c'était vrai. Même les Ahad ont été choqués, j'en suis certain : Nasir, Ageyl, Abdullah...

— Oui, confirma Nazik.

— Mais el-Hayil, Rashid Abou et Buland Besseisso n'étaient pas avec nous. Nous étions de retour à la résidence, en face de la Meshab Hajr el-kra, quand on a frappé à la porte, très fort, et quand nous avons ouvert, el-Hayil est tombé dans la pièce. Il était déjà malade, en sueur, et il voulait vomir. Sa peau était rouge, couverte de plaques. Sa gorge était gonflée et il avait du mal à parler. Nous l'avons emmené jusqu'à la salle de bains et obligé à vomir. Nous avons appelé Youssouf et nous étions en train d'essayer de transporter Selim jusqu'à la clinique de notre caravane, quand il nous a arrêtés. « Ils m'ont tué », a-t-il dit. Nous lui avons demandé ce qu'il entendait par là, et il a ajouté : « Chalmers. »

– Il a dit ça?

– Je lui ai demandé : « Qui a fait ça? » et il m'a dit : « Chalmers. »

– Mais il y a autre chose, ajouta Nazik.

Zeyk approuva.

– Je lui ai demandé encore : « Que veux-tu dire? » et il m'a répondu : « Chalmers m'a tué. Chalmers et Boone. » Il crachait chaque mot. Il a dit aussi : « On avait projeté de tuer Boone. » En entendant ça, Nazik et moi nous avons grondé, et Selim m'a pris le bras. (Zeyk referma les mains sur un bras invisible.) « *Il allait nous chasser de Mars.* » Il a dit cela sur un ton que je n'oublierai jamais. Il le croyait vraiment. Il croyait que Boone voulait nous chasser de Mars.

Il secoua la tête, encore incrédule.

– Et qu'est-il arrivé ensuite?

– Il... (Zeyk ouvrit les mains.) Il a eu une convulsion. Elle lui a d'abord pris la gorge, puis tous les muscles. (Il serra à nouveau les poings.) Il s'est convulsé et il s'est arrêté de respirer. Nous avons tenté de l'obliger à respirer encore, mais ça n'a rien fait. Nous ne savions pas quoi faire : une trachéotomie? La respiration artificielle? Des antihistaminiques? (Il haussa les épaules.) Il est mort dans mes bras.

Un long silence suivit. Maya observait Zeyk plongé dans ses souvenirs. Un demi-siècle s'était écoulé depuis cette nuit de Nicosia, et Zeyk était déjà vieux en ce temps-là.

– Je suis surprise de constater à quel point tu te souviens des choses, dit-elle. Ma propre mémoire, même en ce qui concerne des nuits comme celle-là...

– Je me souviens de tout, fit-il d'un air morose.

– Son problème est le contraire de celui de tous les autres, fit Nazik en fixant son époux. Il se rappelle trop. Il ne dort pas bien.

Mmfff, fit Maya. Et à propos des deux autres?...

Zeyk plissa les lèvres.

– Je ne peux rien dire de certain. Nazik et moi, nous avons passé le reste de la nuit à discuter au sujet de Selim. Il y avait un différend à propos de la façon dont nous pouvions nous débarrasser de son corps. Est-ce qu'il fallait l'emporter jusqu'à la caravane et dissimuler ce qui s'était passé, ou faire appel tout de suite aux autorités?

Ou bien encore livrer aux autorités un assassin solitaire et mort, songea Maya, en guettant l'expression fermée de Zeyk. Sans doute avaient-ils discuté de ça aussi, cette nuit-là. Il ne racontait plus les événements de la même façon.

– Je ne sais pas vraiment ce qui leur est arrivé. Je ne l'ai jamais découvert. Il y avait de nombreux Fatah et Ahad en ville, cette nuit-là, et Youssouf a entendu Selim. Ça pouvait être aussi bien leurs ennemis, leurs amis, ou eux-mêmes. Ils sont morts plus tard dans la nuit, dans une chambre de la médina. Des coagulants.

Zeyk eut un frisson.

Un autre silence. Il soupira et remplit sa tasse. Nazik et Maya refusèrent.

– Mais tu vois, reprit-il, ça n'est que le début. Seulement ce que nous avons vu, ce dont nous pouvons être sûrs. Et après ça... Pfft! (Il grimaça.) Les discussions, les hypothèses, les théories sur des conspirations de tout genre. Comme d'habitude, n'est-ce pas? Il n'est plus question de parler simplement d'assassinat. Depuis les Kennedy, ça entraîne un nombre effarant de scénarios qui expliquent les mêmes faits de cent façons différentes. C'est ça, le grand plaisir de la théorie de la conspiration : pas d'explication, mais des histoires. C'est comme Shéhérazade.

– Et tu n'en crois aucune? demanda Maya, avec un soudain sentiment de désespoir.

– Non. Les Ahad et les Fatah étaient en conflit, je le sais. Frank et Selim, d'une certaine façon, étaient en relation. L'influence que cela a pu avoir dans Nicosia, je l'ignore, à supposer qu'il y en ait eu une... (Il souffla lentement.) Je ne sais pas, et je ne vois pas comment quiconque pourrait savoir. Le passé... Qu'Allah me pardonne, mais le passé semble une sorte de démon qui me torture chaque nuit.

– Je suis désolée, dit Maya en se levant.

La petite pièce lumineuse lui semblait soudain exiguë, étouffante. Elle surprit quelques étoiles par la fenêtre et ajouta :

– Je vais aller faire un tour.

Ils acquiescèrent et Nazik l'aida à mettre son casque.

– Ne reste pas dehors trop longtemps.

Le ciel déployait son tapis habituel et spectaculaire d'étoiles, au-dessus d'une étroite bande mauve qui persistait à l'horizon. Les montagnes d'Hellespontus étaient au fond, à l'est, la neige des pics passant du rose profond à l'indigo, plus haut, avec des tons si purs que la ligne de transition paraissait vibrer.

Maya se dirigea lentement vers un affleurement distant d'environ un kilomètre. Elle discernait de la végétation dans les craquelures, à la base, des lichens ou des mousses rampantes dont les tons verts étaient maintenant noirs. Elle escalada les rochers là où elle le pouvait. Les plantes avaient déjà suffisamment de mal à pousser sur Mars sans qu'on les écrase. Toutes ces choses étaient vivantes. L'air glacé du crépuscule s'infiltrait en elle mais elle finit par sentir le X des filaments de chauffage de son pantalon sur ses genoux en marchant. Elle trébucha et cligna des paupières pour s'éclaircir la vue. Les étoiles étaient devenues floues. Quelque part au nord, dans Aureum Chaos, le corps de Frank Chalmers reposait dans une couche de sédiments et de glace, enfermé dans son walker comme dans un cercueil. Il avait été tué en les sauvant, en luttant pour qu'ils ne soient pas emportés par le flot. Mais il aurait nié cette description de tout son cœur. Un simple accident de timing, aurait-il dit, rien de plus. Dû au fait d'avoir plus d'énergie que n'importe qui, une énergie alimentée par sa colère – sa colère envers elle, envers John, l'AMONU et toutes les puissances de la Terre. Envers sa femme. Son père. Sa mère et lui-même. Envers tout. L'homme en colère. Le plus en colère qui ait jamais vécu. Son amant. Le meurtrier de son autre amant, l'amour de sa vie, John Boone, qui aurait pu les sauver tous. Qui aurait été son éternel compagnon.

Et elle les avait dressés l'un contre l'autre.

A présent, le ciel était totalement noir, avec un simple trait violet à l'ouest. Elle avait refoulé ses larmes en même temps que ses sentiments. Il ne restait que ce monde obscur, cette trace violine, amère, comme une plaie sanglante au fond de la nuit.

Il y a certaines choses que tu dois oublier. *Shikata ga nai.*

De retour à Odessa, Maya fit la seule chose possible avec ce qu'elle avait appris : elle oublia et se relança dans le projet Hellas, passant de longues heures dans son bureau à examiner les rapports et à envoyer des équipes sur les différents sites de forage et de construction. Avec la découverte de l'aquifère occidental, les expéditions d'hydrologie avaient perdu de leur urgence, et l'effort se portait sur la captation, le drainage des aquifères existants et la construction de l'infrastructure des installations de la bordure. Les équipes de forage suivaient les équipes de prospection, et les poseurs de canalisations leur succédaient, avec les installateurs de tentes. Tous prenaient la piste et remontaient le canyon de Reull, au-dessus de Dao, là où la muraille était particulièrement ravinée. De nouveaux immigrants débarquaient dans le port spatial qui avait été construit entre Dao et Harmakhis. Ils s'installaient tous dans les hauts d'Harmakhis : ils devaient participer à la transformation de Dao-Reull et à l'installation des nouvelles cités sous tentes de la bordure. C'était une immense opération logistique qui correspondait presque trait pour trait au vieux rêve de Maya : le développement d'Hellas. Mais à présent qu'il s'agissait d'une réalité, elle se sentait irritée, dérangée. Elle n'était plus vraiment certaine de ce qu'elle voulait pour Hellas, ou pour Mars, ou même pour elle. Souvent, elle se trouvait sous l'emprise de ses changements d'humeur qui, dans les mois suivant sa visite à Zeyk et Nazik (bien qu'elle ne fît pas la corrélation), étaient devenus particulièrement violents, passant en une oscillation variable de l'excitation au désespoir, avec une période d'équinoxe qui était gâchée par la certitude qu'elle allait remonter ou redescendre.

Elle se montrait souvent dure avec Michel, ces derniers mois. Son calme l'agaçait fréquemment, il semblait tellement en paix avec lui-même, suivant le cours paisible de sa vie comme si les années qu'il avait passées avec Hiroko lui avaient apporté la réponse à toutes ses questions.

– C'est ta faute, lui dit-elle, l'agressant pour éprouver sa réaction. Quand j'avais le plus besoin de toi, tu n'étais pas là. Tu ne faisais pas ton métier.

Michel l'ignorait et il cherchait à l'apaiser jusqu'à la mettre en colère. Il n'était plus son psychothérapeute, maintenant, mais son amant, et quand on ne parvient plus à mettre son amant en colère, est-ce qu'il l'est encore vraiment? Elle voyait dans quel terrible étau on se trouvait quand son amant était aussi son thérapeute – comment ce regard objectif et cette voix apaisante pouvaient être vus comme un moyen de distanciation toute professionnelle. Un homme qui faisait son métier – c'était intolérable d'être jugée par un tel regard, comme s'il se trouvait d'une certaine façon au-dessus de tout, comme s'il n'avait pas de problèmes, pas d'émotions qu'il ne puisse maîtriser. Elle devait réfuter cela. Et puis (oubliant d'oublier) :

– Je les ai tués tous les deux! Je me suis jouée d'eux, je les ai dressés l'un contre l'autre pour accroître mon pouvoir. Je l'ai fait exprès *et tu n'étais pas là!* C'est aussi ta faute!

Il marmonna, il commençait à s'inquiéter parce qu'il devinait ce qui approchait : c'était comme l'une de ces tempêtes qui soufflaient souvent d'Hellespontus. Elle rit et le gifla avec violence. Il recula et elle hurla :

– Viens, espèce de lâche! Défends-toi!

Jusqu'à ce qu'il sorte sur le balcon et maintienne la porte fermée avec le talon, se tournant vers les arbres du parc et jurant en français tandis qu'elle tambourinait contre le battant. Il lui arriva même une fois de fracasser les vitres, et il rouvrit la porte dans une pluie de verre pour battre en retraite sans cesser de jurer en français, et s'enfuir de l'immeuble.

Mais, le plus souvent, il attendait qu'elle s'effondre et se mette à pleurer. Alors, il revenait, se remettait à parler en anglais, ce qui marquait chez lui le retour au calme. Et, avec une très discrète expression de dégoût, il reprenait l'intolérable thérapie.

– Écoute, nous étions tous sous pression à cette époque, même si nous n'en avions pas conscience. Notre situation était extrêmement artificielle, et tout aussi dangereuse – si nous avions échoué à divers degrés et de diverses façons, nous aurions tous pu périr. Nous devions réussir. Certains d'entre nous contrôlaient mieux cette pression que d'autres. Je ne m'en suis pas trop bien sorti, et toi non plus. Mais nous sommes ici maintenant. Et les pressions continuent de s'exercer sur nous. Certaines sont différentes, d'autres sont restées les mêmes. Mais nous nous en tirons mieux, si tu veux que je te le dise. La *plupart* du temps.

Après quoi, il allait s'installer dans un café de la corniche, et s'attardait devant un cassis pendant une heure ou deux, traçant des croquis sur son lutrin, des caricatures mordantes qu'il effaçait dès qu'il les avait achevées. Elle le savait car, certaines nuits, elle allait le retrouver et s'asseyait près de lui en silence avec une vodka, et la façon dont elle voûtait les épaules était une excuse. Comment lui dire que ça lui était utile de se battre de temps en temps, qu'elle commençait à remonter la pente? Comment le lui dire sans rencontrer son petit haussement d'épaules sardonique, mélancolique et oppressé? Et puis, il savait. Il savait et il pardonnait.

– Tu les aimais tous les deux, lui disait-il, mais de façon différente. Et il y avait aussi ce que tu n'aimais pas en eux. Bien plus, quoi que tu aies fait, tu n'es pas responsable de leurs actes. Ils ont choisi, et tu n'étais qu'un facteur.

Ça l'aidait d'entendre ça. Et aussi de se battre. Elle se sentait mieux ensuite, pour quelques semaines, ou quelques jours au moins. Le passé était tellement plein de trous, de toute manière, ça n'était qu'une collection dispersée d'images – elle finirait bien par oublier vraiment. Pourtant, les souvenirs les plus coriaces semblaient coller à son esprit, et la colle était faite de douleur et de remords. Il faudrait donc du temps pour qu'elle les oublie, bien qu'ils fussent corrosifs, douloureux, inutiles! Inutiles! Inutiles! Il valait mieux se concentrer sur le présent.

Seule dans l'appartement, un après-midi, elle réfléchissait et contempla longuement la photo du jeune Frank près de l'évier – en se disant qu'elle allait la jeter. La photo d'un meurtrier. Concentre-toi sur le présent. Toi aussi tu es une meurtrière. Et aussi celle qui l'a poussé au crime. Mais il avait été son compagnon, pourtant. Et, après y avoir pensé encore longtemps, elle décida de laisser la photo où elle était.

Au fil des mois, cependant, dans les rythmes lents des jours martiens et des saisons de six mois, la photo devint presque un simple élément du décor, avec les batteries de raclettes en bois et de pinces, les casseroles et les poêles en cuivre, ou le petit bateau à voile qui contenait la salière et la poivrière. Une partie du décor pour cet acte de la pièce qu'ils jouaient, se disait-elle parfois. Pour aussi permanent que paraisse ce décor, il disparaîtrait totalement à un certain moment, comme tous les autres qui l'avaient précédé, tandis qu'elle passerait à une nouvelle réincarnation. Ou pas.

Les semaines s'écoulaient, et les mois, à raison de vingt-quatre par an. Le premier du mois tombait un lundi pendant tant de mois consécutifs qu'il semblait maintenant fixé à jamais. Puis, un tiers de l'année martienne passait, une nouvelle saison apparaissait finalement, un mois de vingt-sept jours, et tout à coup le premier du mois se retrouvait un dimanche. Et après un temps, cette date à son tour semblait devenue la norme éternelle, durant des mois et des mois. Et ainsi de suite : la roue des longues années de Mars tournait lentement.

Tout autour d'Hellas, on semblait avoir découvert les aquifères les plus importants, et l'effort était maintenant dirigé entièrement vers l'extraction et le drainage. Les Suisses avaient développé récemment ce que l'on appelait un « pipeline mobile », conçu spécifiquement pour le site d'Hellas et Vastitas Borealis. Ces machines roulaient sur le terrain en distribuant régulièrement l'eau puisée dans le sous-sol, de façon à couvrir le plancher du bassin sans créer des montagnes de glace à l'orifice des canalisations, comme auparavant.

Diana accompagna Maya sur les sites pour voir les machines en action. Depuis un dirigeable, les « pipelines mobiles » évoquaient un tuyau d'arrosage agité de secousses sous la pression de l'eau.

Mais au sol, c'était plus impressionnant, et même bizarre. Le pipeline était colossal, et il roulait majestueusement sur des couches de glace précédemment déposées, maintenu à deux mètres de haut par des pylônes trapus reposant sur de grands skis mobiles. Il se déplaçait à plusieurs kilomètres à l'heure, poussé par la pression de l'eau qu'il crachait par sa buse, dont l'angle variait selon les paramètres de l'ordinateur. Quand le pipeline avait skié jusqu'au bout de son arc, des moteurs réorientaient la buse, et le pipeline s'arrêtait avant de changer de direction.

L'eau jaillissait de la buse en un flot dense et blanc qui décrivait une longue courbe avant d'asperger la surface dans des gerbes de poussière rouge et de vapeur givrée. Elle se répandait en grandes flaques de boue lobées qui ralentissaient, se figeaient et s'aplatissaient, avant de virer au blanc et de se changer en glace. Mais cette glace n'était pas pure : des engrais et différentes bactéries glaciaires contenus dans les immenses bioréservoirs de la berge avaient été ajoutés à l'eau. Cette glace nouvelle était d'un rose laiteux et fondait plus vite que la glace pure. De grands étangs de fonte, en fait des lacs peu profonds de plusieurs kilomètres carrés, apparaissaient chaque jour en été, et tout au long des journées ensoleillées du printemps et de l'automne. Les hydrologistes avaient également rapporté la présence de grandes poches de fonte sous la surface. Au fur et à mesure de l'augmentation des températures planétaires et de l'épaississement des dépôts glaciaires du bassin, les couches inférieures se mettaient à fondre sous l'effet de la pression. Ainsi, de grandes plaques de glace qui couvraient ces zones de fonte glissaient sur les pentes même les plus faibles, et s'empilaient en tas aux points les plus bas du bassin, dans des secteurs fantastiques de séracs, d'arêtes de pression, de mares de fonte qui gelaient chaque nuit, et de blocs de glace entassés comme des gratte-ciel abattus. Dans la chaleur du jour, ces grandes piles de glace bougeaient et se brisaient en fondant, avec des craquements qui étaient comme des coups de tonnerre que l'on entendait depuis Odessa et toutes les cités de la bordure. Puis, elles se recongelaient avec la nuit, avec les mêmes détonations, et la majeure partie du plancher d'Hellas était ainsi devenue un inconcevable amoncellement chaotique.

Tout voyage sur de pareilles surfaces était impossible, et la seule façon d'observer le processus était de le survoler. A l'automne de M-48, Maya décida de se joindre à Diana, Rachel et quelques autres qui partaient en expédition vers la petite colonie installée sur l'exhaussement, au centre du bassin. On l'appelait également l'île Moins-Un, bien que ce ne fût pas encore une île, puisque Zea Dorsa n'était pas encore submergée. Mais ce n'était qu'une question de jours, et Diana, comme plusieurs hydrologistes des bureaux de Deep Waters, pensait que ce serait une bonne idée d'assister à cet événement historique.

Ils étaient sur le point de partir quand Sax surgit dans l'appartement, seul. Il allait de Sabishii à Vishniac et s'était arrêté pour voir Michel. Maya était contente de partir bientôt et de ne pas se trouver dans le coin pendant son séjour. Elle trouvait toujours déplaisant de l'avoir à proximité, et il était clair que ce sentiment était mutuel. Il évitait toujours son regard et bavardait uniquement avec Michel et Spencer. Jamais il n'avait un seul mot pour elle ! Bien sûr, lui et Michel avaient passé ensemble des centaines d'heures pendant la convalescence de Sax, mais Maya n'en était pas moins furieuse.

Aussi, quand il apprit qu'elle allait partir pour Moins-Un et demanda s'il pouvait l'accompagner, elle fut très désagréablement surprise. Mais Michel lui décocha un regard de supplique, comme un éclair, et Spencer demanda lui aussi très vite s'il pouvait venir, sans doute avec l'intention de l'empêcher de précipiter Sax du haut du dirigeable. Et elle accepta, particulièrement maussade.

Quand les voyageurs décollèrent, deux matins plus tard, ils se retrouvèrent en compagnie de « Stephen Lindholm » et « George Jackson », deux vieux hommes dont Maya ne chercha même pas à expliquer la présence aux autres, en voyant qua Diana, Rachel et Frantz semblaient les connaître. Les jeunes étaient tous un petit peu plus excités en grimpant dans la gondole, et Maya afficha un plissement de lèvres irrité. Le voyage avec Sax ne s'annonçait pas aussi bon qu'il l'aurait été sans lui.

Le voyage vers l'île Moins-Un dura environ vingt-quatre heures. Le dirigeable était plus petit que les léviathans aériens des premières années. Celui-ci, le *Trois de Carreau*, était en forme de cigare, et la gondole était particulièrement longue et spacieuse. Même avec ses hélices ultralégères et suffisamment puissantes pour le propulser assez vite entre les vents directs et violents, Maya ressentait le dirigeable comme une chose à peine contrôlée. Et le bruit des moteurs était vaguement perceptible dans le souffle puissant du vent d'ouest. Elle s'approcha d'un hublot pour regarder au-dehors, tournant le dos à Sax.

La vue, depuis leur ascension de départ, était merveilleuse, avec Odessa qui s'étageait avec ses arbres et ses toits de tuile sur la pente nord. Ils flottaient depuis deux heures vers le sud-est et, à présent, la plaine glacée du bassin constituait la surface visible du monde, comme s'ils survolaient l'océan Arctique ou une planète de glace.

Ils plafonnaient à mille mètres et leur vitesse était de cinquante kilomètres par heure. Pendant le premier après-midi, le paysage de glace brisée demeura d'un blanc seul parsemé de flaques de fonte violettes qui reflétaient le ciel, miroitant parfois comme de l'argent en fusion sous le soleil. Ils entrevirent une formation de polynias en spirale vers l'ouest, de longs ruisseaux noirs en volutes qui marquaient l'emplacement du mohole inondé de Low Point.

Au crépuscule, la glace se changea en un méli-mélo d'ivoires, de roses et d'oranges balafrés de longues ombres noires. Puis, ils entrèrent dans la nuit, sous les étoiles, au-dessus d'une blancheur lumineuse craquelée. Maya dormit quelques instants d'un sommeil pénible sur l'un des bancs installés sous les hublots, et se réveilla avant l'aube, dans un panorama de couleurs nouvelles : les mauves du ciel semblaient plus sombres que la glace rose du sol et tout avait une apparence surréelle.

Vers le milieu de la matinée, la terre fut à nouveau en vue. Un ovale de collines terre de sienne flottait sur l'horizon, au-dessus de la glace, sur une centaine de kilomètres de longueur et cinquante kilomètres de largeur. Ce massif était l'équivalent à l'échelle d'Hellas des éminences que l'on retrouvait au centre des cratères de taille moyenne. Il était suffisamment haut pour rester émergé et constituerait dans la mer à venir une île centrale plutôt importante.

Pour l'heure, la base de Moins-Un, à la pointe nord-ouest, n'était encore qu'un dispositif de routes, de terrains d'atterrissage, de mâts d'arrimage pour les dirigeables et de petits bâtiments désordonnés – certains se trouvaient sous tente, mais les autres, à l'écart, n'étaient que des blocs de béton nu qui semblaient être tombés du ciel. Une équipe réduite de scientifiques et de techniciens vivait là, mais les aréologistes étaient nombreux à y faire escale de temps en temps.

Le *Trois de Carreau* décrivit une boucle et s'ancra à un mât avant d'être halé vers le sol. Les passagers quittèrent la gondole par un tunnel d'accès et le directeur de la station leur fit rapidement visiter l'aéroport et le complexe résidentiel.

Après un dîner médiocre dans le réfectoire, ils revêtirent tous une combinaison pour aller faire un tour à l'extérieur, entre les immeubles utilitaires, et descendirent vers ce que les habitants de l'« île » appelaient déjà « la grève ». En l'atteignant, ils s'aperçurent qu'aucune partie glaciaire n'était visible de ce promontoire : ils n'avaient en face d'eux qu'une plaine sablonneuse semée de blocs de rocher, jusqu'à l'horizon proche, situé à sept kilomètres environ.

Maya marchait sans but précis derrière Diana et Frantz, qui semblaient entamer une idylle. Un jeune couple indigène les accompagnait. Tous deux habitaient la station de Moins-Un, ils étaient plus jeunes que Diana et se tenaient par le bras, l'air très amoureux. Ils mesuraient plus de deux mètres, mais ils n'étaient pas aussi sveltes et agiles que la plupart des jeunes Martiens – ils avaient pratiqué les poids et haltères, en dépit de leur taille. Ils étaient musclés, avec pourtant une démarche légère. Ils évoquaient un ballet de rochers sur la grève déserte. Maya était émerveillée en les observant. Sax et Spencer lui avaient emboîté le pas et elle lança une réflexion à propos de la bande des vieux Cent Premiers. Mais Spencer se contenta de parler de phénotype et de génotype, Sax ignora la remarque et s'engagea sur la longue pente qui descendait vers la plaine. Spencer le suivit, et Maya resta avec eux, cheminant lentement entre les touffes de végétation nouvelle : de l'herbe, entre les rocailles, mais aussi des plantes basses à fleurs, des ajoncs, des cactées, des buissons, des arbustes très tourmentés, nichés dans les anfractuosités. Sax allait de part et d'autre, s'accroupissait parfois pour examiner de plus près une plante, se redressait le regard vague, comme si le sang avait quitté son cerveau. Ou plutôt était-ce chez lui un regard de surprise que Maya ne lui avait encore jamais vu?... Elle s'arrêta pour regarder autour d'elle. C'était en vérité surprenant de découvrir une vie aussi prolifique dans cet endroit où personne n'avait jamais rien cultivé. A moins que les scientifiques de l'aéroport n'y aient consacré leurs loisirs. Et puis, le bassin était bas, tiède et humide... Les jeunes Martiens, plus haut sur la pente, dansaient avec grâce entre les plantes mais ne s'arrêtaient pas un instant pour les observer.

Sax s'arrêta soudain et tourna son casque vers la visière de Spencer.

– Toutes ces plantes vont être noyées, déclara-t-il d'un ton plaintif, comme s'il posait une question.

– C'est exact.

Sax jeta un bref coup d'œil à Maya. Ses mains étaient crispées dans ses gants. Est-ce qu'il allait l'accuser d'assassiner également les plantes?

Spencer ajouta :

– Mais la matière organique aidera au développement de la vie aquatique plus tard, n'est-ce pas?

Sax se contenta de promener les yeux autour de lui. Et Maya vit qu'il plissait les paupières, comme sous l'effet d'un brusque désarroi. Puis il repartit d'un pas vif dans la tapisserie compliquée des végétaux.

Spencer rencontra le regard de Maya et leva les mains, comme s'il voulait s'excuser pour Sax. Mais elle se détourna et remonta la pente.

Ils aboutirent finalement à une chaîne qui suivait en spirale le contour d'une butte, juste au-dessus du niveau – 1 000, au nord de la station. Ils se trouvaient maintenant assez haut pour avoir une vue d'ensemble du champ de glace à l'horizon d'ouest. L'aéroport, tout en bas, rappelait à Maya les stations de l'Antarctique – des structures de fortune mal préparées, qui ne semblaient pas faites pour la ville insulaire qui serait bientôt là. Les jeunes Martiens, qui sautillaient entre les rochers, se perdaient en spéculations sur l'apparence de la ville à venir – ce serait une station balnéaire, ils en étaient sûrs, avec le moindre hectare construit ou paysagé, avec des ports de plaisance dans chaque calanque, des palmiers, des plages, des pavillons... Maya ferma les yeux et essaya d'imaginer ce qu'ils décrivaient – et les rouvrit sur le sable, la rocaille et les petites touffes rabougries de l'île. Aucune image ne s'était imposée à son esprit. Quel que soit l'avenir, il serait surprenant. Elle n'arrivait pas à l'entrevoir.

C'était comme une sorte de jamais vu qui pesait sur le présent. Une prémonition soudaine de mort la submergea, et elle dut lutter pour la rejeter. Nul ne pouvait imaginer le futur. Ce vide dans son esprit n'avait aucune signification. Il était normal. C'était seulement la présence de Sax qui la perturbait, car il lui rappelait des choses auxquelles elle se refusait à penser. Non, ce vide du futur était une bénédiction. Elle était libérée du déjà vu. Une bénédiction extraordinaire.

Sax traînait derrière eux, perdu dans l'observation du bassin.

Le lendemain, ils remontèrent dans le *Trois de Carreau* et s'envolèrent vers le sud-est. Le capitaine jeta bientôt l'ancre à l'ouest de Zea Dorsa. Il y avait longtemps que Maya n'y était venue avec Diana et ses amis : les crêtes n'étaient plus maintenant que des péninsules de roche dénudée qui s'avançaient dans la glace brisée en direction de Moins-Un, plongeant l'une après l'autre sous la surface, se divisant entre les blocs de débâcle. La glace d'ouest se situait maintenant à deux cents mètres plus bas que celle de l'est. Ceci, déclara Diana, était l'ultime ligne de terre qui reliait Moins-Un à la bordure du bassin. Lorsque cet isthme serait submergé, Moins-Un deviendrait véritablement une île.

La masse glaciaire du côté est du dorsum subsistant était en un certain point proche de la ligne de crête. Le capitaine du dirigeable donna plus de mou au câble d'ancrage et ils dérivèrent vers l'est, portés par le vent, jusqu'à surplomber la crête. Ils découvrirent qu'il ne restait que quelques mètres de roche émergée. Au loin, à l'est, un pipeline mobile s'avançait : un long tuyau bleu qui allait d'avant en arrière sur ses skis en recrachant l'eau sur la surface. Par-dessus le ronronnement des hélices du dirigeable, ils percevaient des craquements et des plaintes, un choc violent et sourd, une détonation d'obus. Diana leur expliqua qu'il y avait de l'eau sous la couche de glace, et que le poids supplémentaire de l'eau déversée en surface provoquait le frottement de certaines portions de glace sur les arêtes de la dorsa à peine submergées. Le capitaine désigna le sud, et Maya vit une ligne d'icebergs voler dans les airs comme soufflés par une explosion. Ils décrivirent de grands arcs dans diverses directions avant de se fracasser en milliers de fragments.

– Nous devrions peut-être reculer un peu, proposa le capitaine. Ce serait navrant d'être descendus en vol par un iceberg.

La buse du pipeline était pointée dans leur direction. Et soudain, dans un vague grondement sismique, toute la crête fut inondée. Un flot d'eau noire déferla sur le rocher avant de retomber sur le flanc ouest en une cascade large de cent mètres. Elle dévalait la pente sur deux cents mètres, comme un grand rideau paresseux. Dans le contexte du vaste monde de glace qui s'étendait vers tous les horizons, ça n'était qu'un petit ruissellement – mais il continuait à se déverser sur la surface, et l'eau du flanc est avait déjà formé des chenaux bordés de glace. Les cascades faisaient un bruit de tonnerre, et l'eau, sur le flanc ouest, se divisait en une centaine de torrents. Maya sentit un frisson de peur courir sur sa nuque. Sans doute un souvenir de l'inondation de Marineris, se dit-elle, quoiqu'elle n'en fût pas certaine.

Lentement, le volume d'eau se résorba, et après moins d'une heure, le torrent se ralentit et gela, du moins en surface. C'était une journée ensoleillée d'automne, mais la température était quand même de moins dix-huit et une ligne de cumulo-nimbus déchiquetés approchait par l'ouest, annonciatrice d'un front froid. Le torrent se figea définitivement, laissant derrière lui une cascade de glace qui avait enrobé la roche de milliers de tubes blancs et lisses. La crête se doublait maintenant d'une autre. Elles ne se rencontraient pas vraiment, comme toutes les crêtes de Zea Dorsa, qui plongeaient dans la glace comme des côtes : des péninsules jumelles. Désormais, la mer d'Hellas était continue, et Moins-Un était devenu une île.

Après cela, les voyages en train autour d'Hellas et les survols du bassin furent différents pour Maya. Elle percevait les réseaux des glaciers et des chaos de glace comme la nouvelle mer qui s'enflait, se remplissait et allait bientôt se répandre jusqu'au rivage. Et en fait, la mer liquide qui existait sous la surface, près de Low Point, croissait plus rapidement au printemps et en été qu'elle ne se résorbait en automne et en hiver. Des vents puissants poussaient les vagues vers les polynias. En été, ils brisaient la couche de glace qui les séparait, créant ainsi des régions de glace en débâcle qui grondait en abordant les petits promontoires abrupts, rendant parfois difficile la conversation dans les dirigeables.

Dans l'année M-49, les taux d'écoulement des aquifères de captage atteignirent leur maximum. Avec 2 500 mètres cubes rejetés quotidiennement dans la mer, on atteindrait le niveau – 1 000 mètres dans les six prochaines années martiennes. Pour Maya, ce délai ne semblait pas vraiment lointain, d'autant plus qu'on pouvait observer la progression à l'horizon d'Odessa. En hiver, les tempêtes noires qui s'abattaient sur les montagnes recouvraient le bassin d'une couche de neige d'un blanc pur surprenant. Au printemps, cette neige fondait, mais la limite de la mer de glace se rapprochait par rapport à l'automne précédent.

C'était tout à fait la même chose dans l'hémisphère Nord, selon les informations et ce qu'ils pouvaient apprendre à Burroughs. Les grandes dunes du nord de Vastitas Borealis étaient en cours de submersion rapide, grâce aux gigantesques aquifères de Vastitas et de la région polaire nord exploités par des plates-formes de forage qui se dressaient sur les couches de glace en accumulation. Durant les étés du nord, de larges fleuves se déversaient de la calotte arctique, creusant des chenaux dans les sables laminés avant de rejoindre les bancs de glace. Quelques mois après la formation de l'île Moins-Un, les infos montrèrent des vidéos d'un secteur encore émergé de Vastitas sur lequel déferlait un flux sombre venu de l'ouest, de l'est et du nord. Apparemment, le dernier lien entre les lobes de glace était en formation. Et désormais, il existait au nord un monde recouvert par la mer. Bien sûr, il était encore réduit et ne s'étendait que du soixantième au soixante-dixième degré de latitude mais, ainsi que le révélaient les photos des satellites, de grandes baies de glace se développaient vers le sud, dans les dépressions profondes de Chryse et d'Isidis.

Il faudrait encore vingt ans pour submerger le reste de Vastitas, car la quantité d'eau nécessaire était bien plus importante que celle qui avait permis d'inonder Hellas. Mais les opérations de pompage étaient aussi plus ambitieuses, les choses progressaient régulièrement, et les sabotages des Rouges ne parvenaient qu'à égratigner le processus. Ce processus s'accélérait, à vrai dire, même si les opérations de sabotage écologique ou autres s'accentuaient. Les nouvelles méthodes de forage mises en œuvre étaient radicales et particulièrement efficaces. Les vidéos montraient des exemples de ces dernières méthodes qui consistaient à déclencher des explosions thermonucléaires dans les profondeurs de Vastitas. Le permafrost fondait ainsi sur de vastes régions et les pompes dégageaient de plus en plus d'eau. En surface, ces explosions se manifestaient par des tremblements de glace soudains, qui transformaient la couche figée en bouillonnement boueux, l'eau ne tardant pas à geler en surface pour rester liquide en profondeur. Des explosions semblables sous la calotte polaire nord déclenchaient des inondations presque aussi énormes que celles de 61, et toute la masse d'eau se déversait vers Vastitas.

A Odessa, tous suivaient ces opérations avec grand intérêt. Une récente estimation de la quantité d'eau disponible dans le Nord avait encouragé les ingénieurs de Vastitas à viser un niveau final proche de la hauteur prévue : la courbe zéro définie aux temps lointains de l'aréologie aérienne. Diana et les autres hydrologistes de Deep Waters considéraient que l'affaissement des terres de Vastitas, résultant du minage des aquifères et du permafrost, les amènerait à un niveau plus bas que le point fixé. Mais les gens de Vastitas semblaient estimer qu'ils avaient intégré ce facteur dans leurs calculs et que le niveau serait atteint.

Il suffisait de jouer avec une IA pour découvrir clairement quelle serait la forme de l'océan à venir. En de nombreux points, le Grand Escarpement constituerait le littoral sud. Parfois, ce serait une pente douce ; sur les terrains ravinés, des archipels ; ailleurs, de gigantesques falaises se dresseraient au-dessus de l'eau. Les cratères échancrés feraient d'excellents ports. Le massif d'Elysium serait une île-continent, de même que ce qui subsisterait de la calotte polaire – les terrains situés sous la calotte constituaient la seule région du nord qui dépassait le contour zéro.

Peu importait le niveau précis qu'ils choisissaient pour paramétrer les cartes : un grand bras d'océan allait couvrir Isidis Planitia, qui était moins élevée que la majeure partie de Vastitas. Et l'on pompait aussi l'eau des aquifères des highlands autour d'Isidis. Une large baie remplirait la plaine ancienne. Dans cette perspective, on construisait une grande digue en arc autour de Burroughs. La ville était très proche du Grand Escarpement, mais elle se situait juste en dessous du niveau prévu. Elle était donc vouée à devenir une ville portuaire aussi importante qu'Odessa, au bord d'un océan qui allait ceinturer le monde.

La digue devait atteindre deux cents mètres de hauteur et serait large de trois cents mètres. Maya trouvait inquiétant le concept de digue pour protéger la ville, même si les clichés pris en altitude révélaient un monument pharaonique, immense et massif. La digue avait la forme d'un fer à cheval dont les extrémités rejoignaient le Grand Escarpement. Elle était assez grande pour que l'on prévoie déjà des constructions sur le dessus, pour en faire un Lido chic, avec plusieurs ports de plaisance. Mais Maya se souvenait d'un séjour en Hollande. Elle s'était trouvée sur une digue, et le port, d'un côté, était plus bas que la mer du Nord de l'autre. Elle avait éprouvé une sensation déconcertante, plus troublante encore que l'apesanteur. A un niveau plus rationnel, les programmes d'infos de la Terre montraient que toutes les digues étaient à présent affectées par une légère hausse du niveau de la mer, et cela à cause du réchauffement planétaire déclenché deux siècles auparavant. Il fallait moins d'un mètre d'augmentation du niveau pour mettre en péril les régions les plus basses de la Terre, et l'océan nordique de Mars était censé s'élever d'un bon kilomètre dans la décennie qui suivrait. Qui pouvait dire si l'on serait en mesure de régler le niveau final avec une précision telle que la seule digue suffirait?... Les travaux de Maya à Odessa l'amenaient à se soucier de cette question de contrôle, bien que, sur place, le même problème se posât avec Hellas et qu'il fût généralement admis qu'on en détenait la clé. Ce qui était heureux, car le site d'Odessa ne leur laissait qu'une infime marge d'erreur. Mais les hydrologistes évoquaient aussi la possibilité d'utiliser le « canal » brûlé par la loupe aérienne avant sa destruction, comme une voie d'écoulement, si cela s'avérait nécessaire.

– Mais oui, insistait Diana. Ils pourront toujours pomper l'excédent d'eau dans Argyre.

Sur Terre, les émeutes, les pillages et les sabotages étaient devenus les pratiques favorites de la population qui n'avait pas eu droit au traitement gériatrique – les mortels, comme on les appelait. Tout autour des grandes villes, des bastions fortifiés étaient apparus, des forteresses où ceux qui avaient reçu le traitement pouvaient passer toute leur existence sans sortir, en vivant sur les réseaux, la téléopération, les générateurs portables, les légumes des serres, et même des systèmes de filtrage de l'atmosphère : en fait, ils étaient comme dans les villes sous tente de Mars.

Un soir, exaspérée par Michel et Spencer, Maya sortit pour dîner seule. Elle éprouvait souvent ce besoin de se retrouver avec elle-même. Elle descendit jusqu'à un café, à l'angle du boulevard de la Corniche, s'assit à la terrasse sous les arbres décorés de guirlandes lumineuses et commanda un antipasto et des tortellini. Elle dégusta une carafe de chianti en écoutant distraitement le petit orchestre. Le chef jouait d'une sorte d'accordéon qui n'avait que des boutons. On appelait ça un bandonéon, et ses musiciens l'accompagnaient au violon, à la guitare, à la basse et au piano. Des hommes vieillissants qui devaient avoir son âge, usés, qui enchaînaient avec légèreté des morceaux gais ou mélancoliques – des chansons tziganes, des tangos, des pots-pourris bizarres qu'ils semblaient improviser entre eux... Ayant fini son dîner, Maya resta un long moment à les écouter en sirotant son vin avant de passer au café. Elle promenait le regard sur les autres convives, les feuilles des arbres, la frange lointaine de la glace au-delà de la corniche, le banc des nuages qui se gonflaient au-dessus d'Hellespontus. Elle essayait de penser aussi peu que possible. Un moment, ça marcha, et elle s'évada avec bonheur dans une Odessa plus ancienne, quelque Europe de son esprit, aussi douce et triste que les duos de violon et d'accordéon. Puis, les voisins de la table d'à côté se mirent à débattre sur le pourcentage de la population terrienne qui avait eu droit au traitement – l'un avançait dix pour cent, un autre quarante –, ce qui signalait la guerre d'information, ou indiquait plutôt le taux actuel du chaos. En se détournant, elle remarqua le titre à la une d'un journal, au-dessus du bar, et elle lut l'article : la Cour mondiale avait suspendu ses opérations afin de déménager de La Haye à Berne, et Consolidated avait profité de l'occasion pour tenter une mainmise hostile sur les holdings de Praxis au Cachemire. Ce qui en fait équivalait à un véritable coup de force, une petite guerre contre le gouvernement de ce pays, à partir de la base de Consolidated au Pakistan. Qui entraînerait inévitablement l'Inde dans le conflit. L'Inde, qui traitait tout aussi bien avec Praxis depuis quelque temps. L'Inde contre le Pakistan, Praxis contre Consolidated : la plus grande partie de la population mondiale, acculée, privée du traitement...

Quand elle rentra à l'appartement, Michel lui dit que cette agression était la marque d'un nouveau respect envers la Cour mondiale, puisque Consolidated avait programmé son coup en fonction du congé de la Cour. Mais en pensant aux dégâts qu'allait subir le Cachemire, et aux répercussions pour Praxis, Maya ne se sentit pas d'humeur à l'écouter. Michel était d'un optimisme tellement borné, parfois, qu'il en paraissait stupide. En tout cas insupportable. Il fallait l'admettre : la situation s'assombrissait. Le cycle de la folie était rétabli sur Terre, obéissant inexorablement à l'onde sinusoïdale, plus grave encore que celle de Maya. Bientôt, ils se retrouveraient pris dans un paroxysme, perdant tout contrôle et luttant pour éviter l'ultime oblitération. Elle le sentait. Ils retombaient en arrière.

Elle se mit à fréquenter régulièrement le café du coin. Pour être seule et écouter l'orchestre. Elle tournait le dos au bar et à l'écran vidéo, mais il était impossible de ne pas penser aux événements. La Terre : leur malédiction, le péché originel. Elle essaya de comprendre, de voir les choses comme Frank les aurait vues, elle essaya d'entendre sa voix et son analyse. Le Groupe des Onze (l'ex-G-7, plus la Corée, le Brésil, le Mexique et la Russie) était encore, pour l'essentiel, aux commandes sur Terre, sous forme militaire et financière. Les seuls véritables adversaires de ces dinosaures étaient les métanationales, qui avaient fusionné à partir des transnats comme autant d'Athénas. Les grandes métanats – et, dans l'économie des deux mondes, il n'y avait de place que pour douze d'entre elles environ, par définition – étaient bien sûr intéressées à prendre le contrôle des pays du Groupe des Onze, tout comme elles l'avaient fait pour nombre de pays moins importants. Les métanats qui parviendraient à leur but gagneraient sans doute ainsi la domination dans le jeu auquel elles se livraient entre elles. Certaines essayaient de diviser et de conquérir le G-11 en faisant de leur mieux pour dresser les pays les uns contre les autres, ou en corrompant certains pour qu'ils sortent du rang. Sans interrompre la compétition. Certaines s'étaient alliées à des pays du G-11, ne visant que la domination, d'autres s'étaient concentrées sur les pays pauvres, ou encore les bébés tigres, pour construire leur puissance. Un équilibre du pouvoir complexe s'était installé, les plus fortes des vieilles nations contre les nouvelles métanationales les plus importantes, la Ligue islamique, l'Inde, la Chine et les plus petites métanats formant des locus de forces indépendants, des forces imprévisibles. Ainsi, cet équilibre était fragile, d'autant plus que la moitié de la population mondiale vivait en Chine et en Inde, un fait que Maya n'arrivait pas vraiment à admettre et à comprendre – l'histoire était tellement *étrange* –, et nul ne pouvait savoir de quel côté cette moitié de l'humanité allait retomber.

Bien sûr, tout cela appelait une question : pourquoi les conflits ? Pourquoi, Frank ? demanda Maya en silence, en écoutant un tango mélancolique. Quelle est la motivation des responsables de ces métanationales ? Mais elle devinait son sourire cynique, celui qu'elle lui avait connu pendant toutes ces années. Les empires, avait-il remarqué une fois, ont des demi-vies très longues. Et l'idée de l'empire a la plus longue des demi-vies. Donc, il y avait toujours des gens pour essayer de devenir Genghis Khan, de dominer le monde à quelque prix que ce soit – des directeurs des métanats, des leaders du Groupe des Onze, des généraux d'armées...

Ou alors, suggérait le Frank qui était dans son mental, calmement, brutalement : la Terre avait une capacité de charge. La population avait franchi la marge. Donc, ils seraient nombreux à mourir. Chacun savait ça. Le combat pour les ressources était d'autant plus acharné. Les combattants, quasi rationnels. Mais désespérés.

Les musiciens jouaient et, avec les mois qui passaient, leur nostalgie aigrelette se faisait plus poignante. Le long hiver s'installa, le monde s'assombrit, et ils continuèrent à jouer dans les crépuscules neigeux, *entre chien et loup*. Il y avait quelque chose de tellement petit, de tellement courageux dans le souffle asthmatique du bandonéon, dans ces refrains qui parlaient de tout, de la vie normale à laquelle ils s'accrochaient avec entêtement, dans la flaque de lumière, sous les arbres maintenant dénudés.

Cette appréhension était si familière. Elle avait éprouvé cela dans les années qui avaient précédé 61. Même si elle ne parvenait plus à se souvenir des incidents et des crises qui avaient marqué la période de l'avant-guerre, elle en gardait encore le sentiment, comme stimulée par un parfum familier. Rien alors n'avait d'importance, les meilleures journées étaient pâles et glacées sous les nuages noirs amassés à l'ouest. Les plaisirs de la ville prenaient un aspect grotesque, au seuil du désespoir, et tous les clients tournaient le dos au bar, pour ainsi dire, faisant de leur mieux pour repousser un sentiment d'amoindrissement, d'impuissance. Oui, c'était bien ça, le déjà vu.

C'est pourquoi, quand ils firent le tour d'Hellas et rencontrèrent les groupes de Mars Libre, Maya fut heureuse de voir tous ces gens qui étaient rassemblés, qui avaient fait l'effort de croire que leurs actions pouvaient créer une différence, même confrontés au grand vortex qui tourbillonnait sous eux. Elle apprit de leur bouche que Nirgal, où qu'il se rende, insistait apparemment auprès des autres indigènes sur le fait que leurs chances dépendaient de la situation sur Terre, aussi distante qu'elle leur paraisse. Ce qui avait un effet : les gens qui affluaient aux meetings étaient tous au courant des dernières nouvelles concernant Consolidated, Amexx ou Subarashii et des dernières incursions de la police de l'ATONU dans les highlands du Sud, qui les avaient forcés à abandonner Overhangs et de nombreux refuges cachés. Le Sud était en train de se vider, et les clandestins se déversaient dans Hiranyagarbha, Sabishii, Odessa ou les canyons de l'est d'Hellas.

Certains de ceux que Maya rencontra semblaient considérer que l'investissement du Sud par l'ATONU était fondamentalement une bonne chose, en ceci qu'il commençait le compte à rebours pour leur action. Elle rejeta aussitôt cette considération.

– Ce n'est pas à eux de contrôler notre calendrier. C'est ce qui s'est passé la dernière fois. C'est à *nous* de garder le timing et d'attendre le moment. Et alors, nous agirons tous ensemble. Si vous ne comprenez pas cela...

Alors, vous êtes des *imbéciles* !

Mais Frank avait toujours invectivé son public. Il semblait constamment en colère, comme Michel l'avait fait remarquer. Ces gens-là avaient besoin de quelque chose de plus ou, pour être plus précis, ils *méritaient* quelque chose de plus. Quelque chose de positif, quelque chose qui les pousserait et les entraînerait à la fois. Frank avait dit cela aussi, mais il n'avait pas souvent agi dans ce sens. Ils avaient besoin d'être séduits, comme les danseurs noctambules de la Corniche. Tous ces gens se retrouvaient probablement sur leurs propres fronts de mer durant toutes les autres nuits de la semaine. Et la politique avait besoin de partager une partie de cette énergie érotique, ou alors, ce ne serait plus qu'une question de *ressentiment* et de dégradation de leur contrôle.

Aussi elle les séduisit. Elle s'y contraignit, même quand elle était préoccupée, effrayée, ou simplement de mauvaise humeur. Quand elle était avec eux, avec ces grands jeunes hommes élancés, elle pensait au sexe. Elle s'asseyait entre eux et posait des questions. Elle rencontrait leurs regards, l'un après l'autre. Ils étaient tellement grands que, même lorsqu'elle s'installait sur la table, eux restant assis autour, ils étaient les yeux dans les yeux. Leurs conversations plongeaient dans l'intime et le plaisir autant qu'elle le pouvait. Que voulaient-ils de la vie, ici, sur Mars? Souvent, elle riait en entendant leurs réponses, déconcertée par leur innocence, leur intelligence. Ils avaient déjà rêvé par eux-mêmes à des Mars plus radicales que toutes celles auxquelles elle pouvait croire, des Mars vraiment indépendantes, égalitaires, justes et joyeuses. Et, par certains côtés, ils avaient vécu ces rêves : nombreux étaient ceux qui avaient transformé leurs petites cages à poules en grands appartements communautaires, qui travaillaient dans cette économie alternative qui avait de moins en moins de connexions avec l'Autorité transitoire et les métanats – une économie gouvernée par l'éco-économie de Marina et l'aréophanie d'Hiroko, par les soufis et Nirgal, par ce gouvernement gitan nomade des jeunes. Ils sentaient qu'ils allaient vivre éternellement, qu'ils vivaient dans un monde de beauté sensuelle. Ce confinement sous tente était leur normalité, mais ça n'était qu'un stade, un séjour dans la matrice tiède des mésocosmes, qui serait inéluctablement suivi par leur émergence sur une surface libre et habitable – par leur naissance! Des aréurgiens embryonnaires, pour employer le terme de Michel, de jeunes dieux qui opéraient leur monde, des gens qui savaient qu'ils étaient destinés à devenir libres, qui étaient sûrs que cela adviendrait bientôt. Les mauvaises nouvelles affluaient de la Terre, le public était plus nombreux à chaque meeting, et l'atmosphère n'était plus marquée par la peur mais par la détermination. Celle qu'on lisait sur la photo du jeune Frank qu'elle avait mise au-dessus de l'évier. Un conflit entre les ex-alliés Armscor et Subarashii, à propos du Nigeria, avait débouché sur l'utilisation d'armes biologiques (l'un et l'autre camp se rejetant la responsabilité), et la population des environs de Lagos, de même que la flore et la faune, était dévastée par des maladies monstrueuses. Dans le mois qui suivit, les jeunes Martiens s'exprimèrent avec colère, les yeux brillants, devant l'absence de toute règle sur Terre, de toute autorité fiable. L'ordre métanational global était trop *dangereux* pour qu'on accepte qu'il contrôle Mars !

Maya les laissa parler durant une heure avant de dire « je sais ». Et elle savait ! Elle faillit pleurer en les observant, en voyant à quel degré ils étaient choqués par l'injustice et la cruauté. Elle passa en revue les divers points de la déclaration de Dorsa Brevia, un à un, en leur rapportant les discussions qui avaient précédé le vote, ce qu'ils signifiaient et ce que leur application au monde réel apporterait à leurs existences. Ils en savaient plus qu'elle à ce sujet, et la discussion devint alors plus excitée que tous leurs reproches vis-à-vis de la Terre – moins angoissée, et plus enthousiaste. En essayant de se représenter un avenir fondé sur la déclaration, ils riaient souvent devant ces scénarios coloriés d'harmonie collective, de paix et de bonheur – ils connaissaient les chamailleries de leur vie dans des appartements partagés en commun, et ces perspectives leur semblaient très amusantes. En voyant la lumière dans les yeux de tous ces jeunes Martiens rieurs, même elle, qui ne riait jamais, sentait un sourire effleurer ses lèvres, repoussant le réseau de rides qu'était devenu son visage.

Quand elle annonçait la clôture du meeting, elle avait le sentiment qu'ils avaient fait du bon travail. A quoi pouvait servir l'utopie sans la joie, après tout ?... Quel était le but de leur lutte s'ils n'avaient pas le rire des jeunes ? C'était ce que Frank n'avait jamais compris, du moins dans ses dernières années. Et c'est ainsi que Maya abandonna les procédures de sécurité de Spencer et entraîna le public des meetings vers les fronts de mer à sec, dans les parcs et les cafés, pour se promener simplement, boire un verre, prendre un dîner tardif. Elle avait le sentiment d'avoir trouvé une clé de la révolution, une clé dont Frank n'avait jamais connu l'existence, qu'il avait seulement soupçonnée en regardant John.

Quand elle revint à Odessa, elle essaya d'expliquer.

– Frank ne croyait pas à la révolution, de toute manière, lui dit-il. C'était un diplomate, un contre-révolutionnaire cynique. Le bonheur ne faisait pas partie de sa nature. Pour lui, c'était une atteinte au contrôle des choses.

Mais Michel était fréquemment en désaccord avec elle, depuis quelque temps. S'il décelait l'annonce d'une querelle, il avait appris à exploser plutôt qu'à l'apaiser. Ce qu'elle appréciait au point de ne plus avoir envie de se battre aussi souvent.

Elle protesta devant ce portrait de Frank : « Allons... » Avant de pousser Michel jusqu'au lit et de le séduire, rien que pour le plaisir, rien que pour l'entraîner dans le domaine du bonheur et l'obliger à l'admettre. Elle savait parfaitement qu'il considérait que son devoir était de la ramener vers le vecteur central de ses oscillations d'humeur, elle le comprenait plus que n'importe qui, et elle appréciait cet ancrage qu'il s'efforçait de lui offrir. Mais quelquefois, quand elle était lancée vers la crête d'une courbe, elle ne voyait aucune raison de ne pas jouir un peu de ces brefs instants de vol en apesanteur qui étaient comme une sorte de *status orgasmus*... A ce niveau, elle le retenait par le membre et le faisait sourire durant une heure ou deux. Il leur était alors possible de descendre, de passer le portail, et de traverser le parc jusqu'au café, relaxés et en paix, pour s'asseoir le dos au bar et écouter le guitariste de flamenco ou le vieil orchestre de tango et les piazzollas. Ils bavardaient de leur travail sur le bassin ou restaient silencieux.

Un soir, vers la fin de l'été de M-49, ils descendirent jusqu'au café en compagnie de Spencer et savourèrent le lent crépuscule, les nuages de cuivre sombre qui luisaient au-dessus de la glace, sous le ciel violine. Les courants d'ouest poussaient des masses d'air depuis Hellespontus, et le front tourmenté des nuages dominait la glace durant la plus grande partie de la journée. Mais il y avait certains nuages particuliers – des objets solides, métalliques, lobés, pareils à des statues minérales que le vent n'emporterait jamais. Et dont le ventre noir crachait des éclairs vers la surface de glace.

Soudain, un grondement sourd se fit entendre, le sol vibra légèrement sous les pieds, et les verres et les assiettes s'entrechoquèrent sur la table. Ils saisirent leurs verres et se redressèrent comme tous les clients du café – dans le silence pétrifié, Maya constata que tous regardaient vers le sud, loin au-delà de la mer de glace. Dans le même temps, des gens dévalaient le parc jusqu'à la corniche et se rassemblaient en silence devant la paroi de la tente. Et dans l'indigo mourant du crépuscule, sous les nuages cuivrés, ils purent discerner un mouvement, un scintillement noir et blanc à la lisière de la masse noir et blanc. Qui approchait à travers la plaine, droit sur eux.

– L'eau, dit quelqu'un à la table voisine.

Comme attirés par un rayon tracteur, ils s'avancèrent tous, le verre à la main. Leurs pensées s'étaient figées. Ils se tenaient au bas de la tente, au seuil du front de mer, appuyés contre le muret, plissant les yeux sur les ombres de la plaine : noires sur noir, parsemées de taches blanches, dévalant de tous côtés. Une seconde, Maya retrouva encore le souvenir d'un épisode de l'inondation de Marineris et frissonna, repoussant l'image comme une boule de chyme dans l'œsophage, étouffant un spasme acide, luttant pour annuler cet instant de son esprit. C'était la mer d'Hellas qui déferlait vers eux, vers elle – sa mer, son idée : l'inondation de la dernière pente. Un million de plantes étaient en train de périr, comme Sax avait tenté de le lui rappeler. Le point de fonte de Low Point était devenu de plus en plus grand, jusqu'à relier les autres nappes d'eau, jusqu'à faire fondre la glace pourrie qui les séparait et les cernait, réchauffée par l'été prolongé, les bactéries et les jaillissements de vapeur provoqués par les explosions souterraines. L'une des parois glaciaires du nord avait dû se briser, et le flot noircissait maintenant la plaine au sud d'Odessa. La frange n'était plus qu'à une quinzaine de kilomètres. A présent, ils contemplaient un chaos sel et poivre, mais à l'avant-plan, le poivre s'effaçait sous le sel – le paysage s'éclaircissait tandis que le ciel s'assombrissait, et les choses prenaient un aspect surnaturel. De la vapeur givrée tourbillonnait au-dessus des vagues, luisant sous les lumières d'Odessa.

Une demi-heure s'écoula encore, peut-être, et ils restèrent tous immobiles et silencieux sur la corniche jusqu'à ce que le flot gèle et que le crépuscule sombre. Alors, on entendit à nouveau des voix, et une musique électrique monta d'un café en contrebas. Puis un rire en trille. Maya retourna jusqu'au bar et commanda du champagne, l'esprit en ébullition. Pour une fois, son humeur était en accord avec les événements, et elle était décidée à célébrer cette vision bizarre de leurs pouvoirs libérés, répandus sur le paysage, soumis à leur inspection. Elle porta un toast à la cantonade :

– A la mer d'Hellas, et à tous les marins qui feront voile, entre les icebergs et les tempêtes, jusqu'à la rive lointaine !

Ce fut un moment enthousiasmant : ils applaudissaient tous, et poussaient des hourras jusque sur la corniche. L'orchestre tzigane se lança dans une version tango d'une ancienne chanson de bord, et Maya sentit un faible sourire sur ses joues pendant toute la soirée. Même lorsqu'ils discutèrent de l'éventualité d'une deuxième vague qui pourrait submerger le front de mer d'Odessa. Ils avaient fait des calculs extrêmement précis, et une survague, comme ils disaient, était improbable et même impossible. Odessa tiendrait le coup.

Mais les nouvelles affluaient de partout, et c'étaient elles qui menaçaient de les submerger. Sur Terre, les guerres au Nigeria et en Azanie avaient provoqué un conflit économique acharné entre Armscor et Subarashii. Les fondamentalistes hindous, chrétiens et musulmans faisaient de nécessité vertu et avaient déclaré que le traitement de longévité était l'œuvre de Satan. De nombreux « mortels » avaient rejoint leurs mouvements. Ils s'étaient emparés des gouvernements locaux et des foules entières s'étaient lancées dans des attaques directes contre les centres des métanats. Dans le même temps, les métanationales majeures essayaient de ressusciter l'ONU afin de la mettre en avant comme une alternative à la Cour mondiale. Mouvement qui était suivi par les principaux clients des métanats et le Groupe des Onze. Michel considérait cela comme une victoire, car la peur envers la Cour mondiale était ainsi prouvée. Tout renforcement d'un organisme international comme l'ONU, disait-il, valait mieux que rien. Mais désormais, il existait deux systèmes d'arbitrage en compétition, l'un étant contrôlé par les métanats, ce qui leur permettait plus facilement d'éviter celui qu'elles n'aimaient pas.

Sur Mars, les choses allaient à peine mieux. La police de l'ATONU ratissait le Sud sans rencontrer de résistance, hormis des explosions occasionnelles et inexpliquées de véhicules robots. Prometheus avait été le dernier refuge caché découvert et investi. De tous les grands refuges, seul Vishniac demeurait, et ses habitants jouaient à faire le mort pour que les choses demeurent ainsi. La région polaire sud ne faisait plus partie de l'underground.

Dans un tel contexte, Maya n'était pas surprise de constater la peur des gens qui participaient à ses meetings, parfois. Il fallait du courage pour se joindre à un underground qui rétrécissait visiblement, comme l'île Moins-Un. Ils devaient être poussés par la peur, se disait-elle, par l'indignation et l'espoir. Mais leur peur était réelle. Ils n'étaient pas convaincus que leur entreprise ait un effet bénéfique.

Et puis, il devait être tellement facile à un espion de se glisser parmi les nouveaux immigrants. Parfois, elle avait quelque mal à leur faire confiance. Une nuit, lors d'un meeting avec de nombreux nouveaux, elle repéra un jeune homme au premier rang, dont le regard ne lui plaisait pas. Après le meeting, qui avait été tiède, elle regagna l'appartement avec des amis de Spencer et en parla à Michel.

– Ne t'inquiète pas, lui dit-il.

– Qu'est-ce que ça veut dire : *ne t'inquiète pas*?

Il haussa les épaules.

– Tous les membres ne se perdent jamais de vue. Ils s'assurent toujours de se connaître les uns les autres. Et les hommes de Spencer sont armés.

– Tu ne m'avais jamais dit ça.

– Je pensais que tu le savais.

– Allons. Ne me traite pas comme une idiote.

– Mais non, Maya. Mais, de toute façon, c'est tout ce que nous pouvons faire, à moins de nous cacher totalement.

– Je n'ai jamais suggéré ça! Pour qui tu me prends? Pour une lâche?

Il afficha une expression amère et jeta quelque chose en français. Puis il reprit son souffle et, toujours en français, se mit à jurer. Mais elle devina que c'était là une réaction délibérée de sa part – qu'il avait décidé que ces querelles étaient bonnes pour elle, cathartiques pour lui, et qu'ils pouvaient poursuivre, lorsque c'était inévitable, selon une espèce de méthode thérapeutique, ce qui, bien entendu, était intolérable. C'était une manipulation et, sans même y réfléchir, elle bondit vers la cuisine, s'empara d'une casserole en cuivre et la brandit au-dessus de sa tête. Il fut à ce point surpris qu'il l'évita de peu.

– *Putain!* gronda-t-il. *Pourquoi ça? Pourquoi* [1] ?

– Je n'ai pas de leçon à recevoir. (Elle était satisfaite de constater sa réelle fureur, mais ça ne la calmait pas pour autant.) Espèce de connard de coupeur de têtes, si tu n'étais pas aussi mauvais dans ton boulot, les Cent Premiers ne seraient pas devenus dingues et ce monde ne serait pas dans la merde! Tout ça, c'est ta faute!

Elle claqua la porte et descendit jusqu'au café pour ruminer. C'était vraiment moche d'avoir un psy comme compagnon, mais aussi, elle avait un comportement atroce, à ainsi perdre tout contrôle et à le provoquer. Ce soir-là, il ne descendit pas la rejoindre, mais elle attendit jusqu'à l'heure de la fermeture.

Elle s'était à peine allongée et venait de sombrer dans le sommeil quand on frappa à la porte. Rapidement, furtivement. Elle eut instantanément peur, et Michel regarda par le judas. Puis il ouvrit. C'était Marina.

Elle se laissa tomber sur le canapé à côté de Maya, tendit ses mains tremblantes, serra les siennes et dit :

– Ils ont pris Sabishii. Les troupes de sécurité. Hiroko était venue en visite avec tout son cercle intime, et il y avait aussi tous

---

1. En français dans le texte. *(N.d.T.)*

les sudistes qui avaient échappé aux raids. Et Coyote également. Ils étaient tous là, avec Nanao, et Etsu, et tous les issei...

– Ils n'ont pas résisté ? demanda Maya.

– Ils ont essayé. Des tas de gens ont été tués à la gare. Ça les a ralentis, et je pense que certains ont réussi à se réfugier dans le labyrinthe du mohole. Mais tout le secteur était cerné. Ils ont crevé la tente. Je vous jure, c'était comme au Caire en 61.

Elle fondit soudain en larmes, le visage entre ses mains. Maya et Michel étaient assis à ses côtés. Cela ne ressemblait guère à Marina, et la réalité des nouvelles qu'elle apportait les frappa d'autant.

En se redressant, elle s'essuya les paupières et le nez. Michel lui tendit un mouchoir. Et elle reprit avec plus de calme :

– Je crains qu'il y ait beaucoup de morts. J'étais à l'extérieur, avec Vlad et Ursula, dans un des ermitages des rochers. Nous y sommes restés trois jours. Ensuite, on a réussi à se glisser vers les garages secrets et à prendre des patrouilleurs-rochers. Vlad est parti pour Burroughs, Ursula pour Elysium. Nous essayons de donner l'alerte à un maximum de Cent Premiers. Surtout Sax et Nadia.

Maya se leva et s'habilla, puis elle alla frapper à la porte de Spencer. En regagnant la cuisine, elle fit bouillir de l'eau pour le thé en refusant de regarder la photo de Frank qui lui répétait : *Je te l'avais dit. C'est comme ça que ça se passe.* Elle revint avec les tasses dans le living. Ses mains tremblaient et elle se brûla les doigts. Michel avait le visage blême et luisant de sueur, et il n'écoutait plus ce que racontait Marina. Bien sûr... si le groupe d'Hiroko s'était trouvé là-bas, alors il avait perdu toute sa famille, qu'ils aient été capturés ou tués. Maya distribuait les tasses. Dès que Spencer arriva et qu'il eut appris la nouvelle, elle prit un peignoir qu'elle drapa sur les épaules de Michel, déchirée à l'idée d'avoir si lamentablement choisi le moment pour l'agresser. Elle lui serrait la cuisse pour essayer de lui dire qu'elle était là, près de lui, qu'elle aussi faisait partie de sa famille, qu'elle avait renoncé à tous ses jeux, qu'elle ferait de son mieux désormais – qu'elle ne le traiterait plus comme un animal domestique ou un punching-ball... Qu'elle l'aimait. Mais, sous sa main, sa cuisse était comme de la céramique tiède, il ignorait visiblement sa caresse, et peut-être n'avait-il même pas conscience de sa présence. Et Maya se dit que c'était dans les moments où ils en avaient le plus besoin que les êtres humains faisaient le moins les uns pour les autres.

Elle se leva pour servir du thé à Spencer, en évitant de poser les yeux sur la photo ou sur l'image pâle de son visage reflété dans la fenêtre de la cuisine, de rencontrer ce regard de vautour qu'elle ne supportait pas. Ne jamais regarder en arrière.

Pour l'instant, elle ne pouvait rien faire d'autre que rester assise, et attendre le matin. A absorber les nouvelles, à résister. Ils parlaient, ils écoutaient Marina qui venait de reprendre son récit par le détail. Ils appelèrent sur les lignes de Praxis pour tenter d'en savoir plus. Puis ils s'asseyaient à nouveau, abattus et silencieux, enfermés dans leurs réflexions, leurs univers solitaires. Les minutes étaient des heures, et les heures devenaient des années. C'était l'espace-temps infernal des nuits de veille, le plus ancien des rituels humains, quand les gens essaient en vain d'arracher un sens à une catastrophe survenue au hasard.

Quand l'aube se dessina, le ciel était bas, et la pluie crépitait sur la tente. Plusieurs heures douloureuses passèrent et Spencer entreprit d'essayer d'entrer en contact avec tous les groupes d'Odessa. Durant cette première journée et celles qui suivirent, ils répandirent peu à peu les informations, qui avaient été censurées sur Mangalavid et les autres réseaux. Mais il était évident qu'il s'était passé quelque chose, car toute nouvelle de Sabishii avait été supprimée des bulletins, et même des infos financières. Les rumeurs couraient et ne faisaient que s'amplifier face à l'absence de nouvelles. Elles allaient de l'indépendance de Sabishii à sa destruction. Mais lors des meetings de la semaine suivante, Maya et Spencer purent rapporter ce que Marina leur avait dit, et ils passèrent des heures à discuter de ce qu'il convenait de faire. Maya fit de son mieux pour convaincre les autres qu'ils ne devaient pas passer à l'action avant d'être prêts, mais c'était difficile. Ils étaient tous furieux, apeurés, et de nombreux incidents avaient éclaté en ville et tout autour d'Hellas, comme partout sur la planète – manifestations, sabotages mineurs, assauts contre des personnels et des postes de la sécurité, pannes d'IA, grèves partielles.

– Il faut qu'on leur montre qu'ils ne s'en tireront pas comme ça! proclama Jackie sur le réseau, comme si elle était partout à la fois.

Même Art était d'accord avec elle :

– Je crois que des manifestations de protestation civile par le maximum de population que nous pourrons rassembler devraient les ralentir. Il faudrait que ces salauds y réfléchissent à deux fois avant de recommencer.

Pourtant, après quelque temps, la situation se stabilisa. Sabishii fut rétablie sur le réseau et le service ferroviaire reprit, avec la vie. Mais ce n'était plus comme avant : une force de police importante demeurait sur place, contrôlait les portes de la ville et essayait de découvrir toutes les grottes cachées du labyrinthe du mohole. Pendant cette période, Maya eut de longs entretiens avec Nadia, qui travaillait sur Fossa Sud, et avec Nirgal et Art, et même Ann, qui l'avait appelée depuis l'un de ses refuges d'Aureum Chaos. Ils étaient tous d'accord : quoi qu'il soit advenu à Sabishii, ils devaient attendre le moment pour déclencher une insurrection générale. Sax lui-même appela Spencer pour lui dire qu'il avait « besoin de temps ». Ce que Maya trouva rassurant, puisque Sax semblait en accord avec le sentiment profond qu'elle ressentait : le moment n'était pas encore venu. On les provoquait dans l'espoir de les voir se lancer dans une révolution prématurée. Ann, Kasei, Jackie et les autres radicaux – Dao, Antar et même Zeyk – ne se satisfaisaient pas de cette attente et ils se montraient pessimistes quant à son efficacité.

– Vous ne comprenez pas, insista Maya. C'est tout un nouveau monde qui se développe, et plus nous attendrons, plus il sera fort. Tenez-vous prêts.

Puis, un mois environ après la fermeture de Sabishii, ils reçurent un bref message codé de Coyote sur leurs blocs de poignet – ils virent son visage déjeté inhabituellement sérieux. Il leur annonça qu'il s'était échappé par le labyrinthe de tunnels secrets du terril du mohole et qu'il avait regagné le Sud, où il se cachait maintenant dans un de ses refuges privés.

– Et Hiroko? demanda instantanément Michel. Et les autres?...

Mais Coyote s'était déjà effacé.

– Je ne pense pas qu'ils aient réussi à capturer Hiroko, reprit Michel en se mettant à déambuler dans la pièce sans même s'en rendre compte. Pas plus elle que n'importe lequel des autres! S'ils avaient été pris, je suis sûr que l'Autorité transitoire l'aurait proclamé. Je parie qu'Hiroko a repris le chemin de l'underground avec les autres. Depuis Dorsa Brevia, ils n'aiment guère ce qui se passe, ils n'apprécient pas les compromis, et c'est bien pour ça qu'ils sont partis. Depuis, tout ce qui s'est passé n'a fait que les conforter dans leur opinion qu'ils ne peuvent pas nous faire confiance pour construire le monde qu'ils veulent. Ils ont profité de cette occasion pour redisparaître. C'est sans doute le coup de Sabishii qui les aura forcés à agir sans nous prévenir.

– C'est possible, fit Maya, en prenant soin d'avoir l'air convaincue.

Michel semblait refuser la réalité, mais qu'importait, du moment que ça l'aidait? Et Hiroko était capable de tout. Mais Maya s'arrangea pour donner une réponse crédible, dans le plus pur style Maya, pour qu'il ne devine pas qu'elle ne cherchait qu'à le rassurer.

– Mais où ont-ils pu aller ?

– Je dirais qu'ils sont retournés dans le chaos. La plupart des anciens abris existent encore.

– Mais toi ?

– Ils me le feront savoir. (Il réfléchit brièvement en la dévisageant.) Ou alors, ils pensent que tu es ma famille, désormais.

Ainsi donc, il avait senti la caresse de sa main, pendant cette heure horrible. Mais le sourire qu'il lui adressa était si forcé qu'elle tressaillit et le serra soudain tellement fort qu'elle semblait vouloir l'écraser, pour lui montrer à quel point elle l'aimait et combien elle détestait sa tristesse.

– Ils ont raison, dit-elle d'un ton âpre. Mais ils devraient quand même te contacter.

– Mais ils le feront. J'en suis certain.

Maya n'avait pas la moindre idée de ce qu'elle devait penser de cette théorie de Michel. Coyote s'était bel et bien évadé du labyrinthe du mohole et il était probable qu'il avait dû aider ses amis autant qu'il le pouvait. Hiroko avait sans doute été la première sur la liste. Elle interrogerait Coyote dès qu'elle le verrait ; mais il ne lui avait jamais rien dit jusque-là. En tout cas, Hiroko et ceux du cercle intime avaient disparu. Ils étaient morts, prisonniers, ou bien cachés : c'était un coup cruel porté à la cause, car Hiroko était le centre moral d'une majorité de la Résistance.

Mais elle avait été tellement bizarre. Une partie de Maya, surtout subconsciente et ignorée, n'était pas vraiment malheureuse de voir Hiroko effacée de la scène, quelles qu'aient été les circonstances. Maya n'avait jamais été capable de vraiment communiquer avec Hiroko, de la comprendre, et même si elle l'avait aimée, elle avait toujours été énervée par ses errances et cette façon qu'elle avait de compliquer les choses. Et c'était également irritant qu'il y eût un autre pouvoir parmi les femmes des Cent Premiers, un pouvoir sur lequel elle n'avait absolument aucune influence. Bien sûr, l'idée que tout le groupe ait été capturé ou, pire encore, tué était atroce. Mais s'ils avaient décidé de disparaître à nouveau, ça ne serait peut-être pas aussi mal. Les choses en seraient simplifiées, dans une période où ils avaient besoin de simplification, ce qui donnerait à Maya plus de contrôle potentiel sur les événements futurs.

Elle espérait donc de tout son cœur que la théorie de Michel était juste, elle approuvait et affectait d'adhérer à son analyse d'une manière réservée très réaliste. Et puis, ils se rendaient à un autre meeting, pour calmer une autre communauté d'indigènes en colère. Les semaines passèrent, puis les mois. Il semblait qu'ils aient survécu à la crise. Mais sur Terre, les choses dégénéraient, et Sabishii, leur ville universitaire, le joyau du demi-monde, fonctionnait sous une sorte de loi martiale. Et Hiroko avait disparu. Hiroko qui était leur cœur. Maya elle-même, qui avait éprouvé au début un certain bonheur à en être débarrassée, était de plus en plus oppressée par son absence. Le concept de Mars Libre avait été partie intégrante de l'aréophanie, après tout – et voilà qu'il était réduit à une question de politique, à la survie du mieux adapté...

Les choses avaient perdu leur essence. Comme l'hiver s'écoulait et que les nouvelles de la Terre ne parlaient que de l'escalade des conflits, Maya remarqua que les gens avaient un besoin de plus en plus grand de distraction. Les soirées étaient plus bruyantes et survoltées. La corniche était investie chaque nuit, et parfois, comme pour Fassnacht ou le Nouvel An, tout le monde y accourait, tout le monde dansait, buvait et chantait avec une gaieté féroce, sous les petits slogans rouges des murs : ON NE PEUT JAMAIS REVENIR EN ARRIÈRE. MARS LIBRE. Mais comment ? Comment ?

Cet hiver-là, le Nouvel An fut particulièrement frénétique. On abordait M-50, un anniversaire important, et tous voulaient le fêter comme il convenait. En compagnie de Michel et Spencer, Maya descendit jusqu'à la corniche en domino et observa avec curiosité les lignes ondulantes des danseurs, tous ces corps jeunes, grands et souples, ces visages masqués au-dessus de poitrines nues, comme surgis d'anciennes gravures hindoues. Les seins et les pectoraux vibraient gracieusement au rythme d'un steel band de nuevo calypso. Comme c'était étrange ! Ces jeunes Martiens, ces extraterrestres étaient ignorants mais tellement beaux ! Tellement beaux ! Et elle était là, sur le front de mer encore sec de cette ville qu'elle avait aidé à construire... Elle décollait à l'intérieur d'elle-même, franchissait l'équinoxe dans l'élan glorieux de l'euphorie. Ce n'était peut-être qu'un accident biochimique, et c'était même probable vu la situation sinistre des deux mondes qui étaient *entre chien et loup*, mais elle éprouvait une émotion vraie qui se répandait dans tout son corps. Et elle entraîna Michel dans la file des danseurs et elle se mit à s'agiter jusqu'à être baignée de sueur, transportée, heureuse.

Ils passèrent un moment dans le café. C'était une sorte de réunion intime de quelques-uns des Trente-Neuf Premiers : elle, Michel et Spencer, Vlad, Ursula et Marina, Yeli Zudov et Mary Dunkel, qui s'étaient glissés hors de Sabishii un mois après le raid, ainsi que Mikhaïl Yangel, qui était venu de Dorsa Brevia, et Nadia, descendue de Fossa Sud. Ils étaient dix.

– Une décimation, remarqua Mikhail.

Et ils commandaient des bouteilles de vodka en série, comme s'ils voulaient noyer le souvenir des quatre-vingt-dix autres, de leurs collègues de ferme qui, au mieux, avaient réussi à disparaître, et au pire avaient été tués. Les Russes bizarrement majoritaires, cette nuit-là, se distinguaient en portant des toasts multiples venus de leur pays. Goinfrons-nous! A notre santé! On trinque! On baise! On s'en met jusque-là! On se rince la dalle! On s'en met jusqu'aux yeux! Et ainsi de suite, jusqu'à ce que Michel, Mary et Spencer prennent un air stupéfait. Mais, leur expliqua Mikhail, c'était comme les Eskimos avec la neige.

Alors, ils se relancèrent dans la danse, ils formèrent leur propre file qui se mit à chalouper dangereusement entre les jeunes noceurs. Cinquante longues années martiennes et ils avaient survécu et ils dansaient encore! Un miracle!

Mais comme toujours, l'humeur prévisible de Maya atteignit un sommet et retomba soudainement. Cette nuit plus particulièrement, quand elle vit les regards intoxiqués sous les masques, quand elle discerna que chacun était lancé dans son propre voyage et ne visait que la fuite dans son monde privé, là où n'existait plus que le partenaire de la fin de nuit. Là, rien n'avait changé.

– Rentrons, lança-t-elle à Michel qui se trémoussait encore devant elle au rythme de l'orchestre, ravi par le spectacle de tous ces jeunes corps minces. Rentrons : je ne peux plus supporter ça.

Mais lui voulait rester, et les autres aussi. A la fin, elle retourna seule à l'appartement, elle passa le portail, grimpa les marches, suivie par le tintamarre de la fête.

Et elle retrouva le sourire du jeune Frank au-dessus de l'évier. Il souriait devant son désarroi. C'est normal, bien sûr, lui disait-il. Moi aussi, je connais cette histoire. J'ai souffert pour l'apprendre. Les anniversaires, les mariages, les moments de bonheur : tout cela passe. Tout cela est parti. Sans jamais rien signifier. Son sourire était mince, déterminé, et ses yeux... c'était comme regarder à travers les fenêtres d'une maison vide. Maya renversa une tasse qui alla se briser sur le sol. Elle regarda un instant l'anse tourner et se mit à pleurer avant de se laisser tomber à genoux, les mains croisées sur les cuisses.

Avec la nouvelle année, ils apprirent que des mesures de sécurité renforcées avaient été prises à Odessa même. Apparemment, l'ATONU avait tiré des leçons de Sabishii et était décidée à neutraliser les autres villes de manière plus subtile : passeports nouveaux, contrôles à chaque porte, à chaque garage, accès restreint aux trains. La rumeur disait qu'ils en avaient après les Cent Premiers en particulier, qu'ils les accusaient de complot pour renverser l'Autorité transitoire.

Pourtant, Maya tenait à ce que les meetings de Mars Libre continuent, et Spencer était d'accord.

– Aussi longtemps que nous le pourrons, lui avait-elle dit.

C'est ainsi qu'une nuit ils s'engagèrent ensemble dans l'interminable escalier de pierre qui accédait à la ville haute. Michel s'était joint à eux pour la première fois depuis l'attaque de Sabishii, et Maya avait l'impression qu'il se remettait plutôt bien du choc, depuis cette terrible nuit où Marina avait frappé à leur porte.

Mais Jackie Boone et le reste de sa bande, Antar et les Zygote, les rejoignirent. Ils étaient arrivés à Odessa par le train d'Hellas, fuyant les soldats de l'ATONU, plus militants que jamais, déchaînés contre l'attaque de Sabishii. La disparition d'Hiroko et de son groupe avait fait sortir les ectogènes de leurs gonds. Pour eux, après tout, Hiroko était la mère, et ils semblaient tous d'accord pour déclarer qu'il était temps de sortir de la clandestinité pour déclencher une rébellion générale. Il n'y avait plus une minute à perdre, dit Jackie au public, si on voulait sauver les Sabishiiens et les colons qui se cachaient dans les refuges.

– Je ne crois pas qu'ils aient capturé les gens d'Hiroko, dit Michel. Je pense qu'ils ont suivi Coyote dans l'underground.

– C'est ce que tu souhaites, commenta Jackie, et Maya sentit sa lèvre supérieure se plisser.

– Ils nous auraient prévenus s'ils étaient en danger, dit Michel.

Jackie secoua la tête.

– Ils ne se cacheraient pas maintenant que la situation devient critique. (Dao et Rachel acquiescèrent.) Et puis, il y a les Sabishiiens, et la fermeture de Sheffield, non?... C'est ce qui va se passer ici. Non, l'Autorité transitoire s'empare de tout. C'est maintenant qu'il faut agir!

– Les Sabishiiens ont porté plainte contre l'Autorité transitoire, dit Michel, et ils sont toujours chez eux.

Jackie afficha un air dégoûté, comme si Michel se comportait en idiot optimiste et trouillard. Le pouls de Maya bondit brusquement et elle serra les dents.

– Nous ne pouvons agir maintenant, dit-elle d'un ton sec. Nous ne sommes pas prêts.

Jackie la foudroya du regard.

– Si on te crois, nous ne le serons jamais! On va attendre jusqu'à ce qu'ils aient bouclé toute la planète, et alors nous ne pourrons plus rien faire, même si nous le voulons. Ce qui est exactement ce qui te plairait, j'en suis certaine.

Maya jaillit de sa chaise.

– Il n'y a plus de *ils*. Quatre ou cinq métanationales se battent pour Mars actuellement, comme elles le font sur Terre. Cet assaut contre Sabishii n'était qu'une phase de ce combat. Si nous nous interposons, nous allons être pris dans un feu croisé. Il faut que nous choisissions notre moment. Ce sera quand ils se feront réellement du mal que nous aurons une chance de réussir. Sinon, ce moment nous sera imposé, et c'est comme en 61 : personne ne saura ce qui se passe, ça nous tombera dessus, ce sera le chaos et des gens mourront !

– 61 ! s'écria Jackie. C'est toujours 61 avec toi – l'excuse parfaite pour ne rien faire ! Sabishii et Sheffield sont bouclés, et Burroughs n'en est pas loin. Hiranyag et Odessa vont suivre, des renforts de police arrivent tous les jours par l'ascenseur. Ils ont arrêté ou tué des centaines de gens, comme ma grand-mère, qui est notre leader à tous, et tu nous parles de 61 ! C'est 61 qui a fait de toi une lâche !

Maya la frappa durement sur la tempe, Jackie bondit sur elle, et Maya s'écroula contre une table, relâchant l'air de ses poumons dans un souffle violent. Jackie la martelait de coups de poing, mais elle réussit à lui saisir un poignet et elle lui mordit l'avant-bras de toute la force de sa mâchoire, en essayant vraiment de pénétrer dans la chair. Puis on les sépara dans le déchaînement général. Tout le monde hurlait, y compris Jackie :

– Putain ! Putain ! Putain ! *Sale meurtrière !*

Et Maya entendit les mots qu'elle crachait en réponse :

– Sale petite traînée idiote !

Elle avait mal dans les côtes et dans les gencives. Des gens se penchaient sur elle, pressaient les doigts sur ses lèvres et celles de Jackie. Et quelqu'un siffla :

– Chtt, chtt ! Du calme. On va nous entendre, on nous dénoncera et la police va venir !

Michel leva enfin la main et Maya souffla encore, une dernière fois :

– Sale petite traînée idiote !

Avant de s'affaler dans une chaise et de lancer aux autres un regard tellement furieux que la moitié au moins en furent paralysés. Ils venaient de libérer Jackie qui se mit aussitôt à jurer à voix basse, jusqu'à ce que Maya lance « Tais-toi ! » avec une telle férocité que Michel s'interposa à nouveau.

– Tu traînes tes garçons en remorque par la bite et tu te crois un chef ! grinça Maya dans un souffle. Mais il n'y a pas l'ombre d'une idée dans ton crâne vide...

– Je ne supporterai pas d'entendre ça! glapit Jackie.

La foule fit *chtt!* et elle s'enfuit. C'était une erreur, une retraite, et Maya en profita pour fustiger sa stupidité dans un chuchotement rauque – puis, quand elle eut réussi à dominer un peu sa fureur, qui ne vint plus qu'affleurer son visage sous une expression de patience, de détermination et de contrôle, elle leur redemanda d'attendre leur heure, un discours qui était par essence incompréhensible. Durant sa péroraison, tous les regards étaient braqués sur elle, bien sûr, comme si elle était maintenant une sorte de gladiatrice ensanglantée, la Veuve Noire en personne, mais elle avait encore la mâchoire douloureuse et elle ne pouvait décemment pas prétendre être le modèle parfait du débatteur intelligent. Elle avait l'impression que ses lèvres étaient tuméfiées, et elle dut refouler un sentiment d'humiliation pour continuer, froide, passionnée et impérieuse. Le meeting s'acheva dans une ambiance morose. Ils étaient tous d'accord, sans l'avoir exprimé, pour garder un profil bas et retarder toute insurrection généralisée. Maya se retrouva affalée dans un tramway entre Spencer et Michel, refoulant ses larmes. Ils devaient prendre en charge Jackie et son groupe pendant qu'ils étaient à Odessa – et leur immeuble était le refuge désigné, après tout. C'était une situation à laquelle elle ne pourrait échapper. Et des policiers étaient maintenant en place à l'entrée des bureaux et des centrales de la ville. Ils vérifiaient les identités de tous ceux qui entraient. Si elle ne retournait pas au travail, ils pourraient l'interpeller pour lui demander quels étaient ses motifs, mais si elle regagnait son bureau, il n'était plus certain qu'elle s'en tirait avec son identité de poignet et son passeport suisse. La rumeur disait que la balkanisation de l'information qui avait suivi les événements de 61 était en train de s'effondrer pour laisser la place à un système intégrant les données d'avant-guerre, d'où la nécessité de passeports nouveaux. Et si elle était filtrée par un de ces systèmes, ce serait fini pour elle. On l'expédierait dans les astéroïdes, ou à Kasei Vallis, à moins qu'on ne la torture et qu'elle ne se retrouve avec l'esprit détérioré, comme Sax.

– C'est peut-être le moment, déclara-t-elle à Michel et Spencer. S'ils bloquent toutes les villes et toutes les pistes, quel choix nous reste-t-il?

Ils ne répondirent pas. Pas plus qu'elle, ils ne savaient quoi faire. Tout à coup, l'ensemble du projet d'indépendance semblait une fiction, un rêve impossible, comme il l'avait été quand Arkady y avait adhéré, Arkady, qui avait été si fort et si joyeux. Jamais ils ne se libéreraient de la Terre. Ils étaient impuissants.

– Je veux d'abord en parler avec Sax, dit Spencer.

– Et avec Coyote aussi, ajouta Michel. Je veux qu'il m'en dise plus sur ce qui s'est passé à Sabishii.

– Et moi je veux voir Nadia, fit Maya, la gorge nouée.

Si Nadia l'avait vue à ce meeting, elle aurait eu honte pour elle, et cette idée la blessait. Elle avait besoin de Nadia, la seule personne sur Mars dont elle acceptait le jugement.

Alors qu'ils changeaient de tram, Spencer dit à Michel :

– Il se passe quelque chose de bizarre avec l'atmosphère. Je veux vraiment savoir ce que Sax peut en dire. Les taux d'oxygène augmentent plus rapidement que je ne m'y attendais, et plus particulièrement dans Tharsis Nord. On dirait qu'on a répandu une bactérie qui a réussi sans gènes-suicide. Sax a plus ou moins réorganisé sa vieille équipe du Belvédère d'Echus, ils sont tous vivants et ils ont travaillé à Acheron et ailleurs sur des projets dont ils ne nous ont jamais parlé. C'est comme ces conneries de réchauffeurs à éoliennes. Donc, il faut que nous en discutions. Sur ce plan-là, nous devons travailler ensemble, ou alors...

– Ou alors, ce sera comme en 61 ! s'écria Maya.

– Je sais, je sais. Tu as raison sur ce point, Maya, je te l'accorde. J'espère qu'ils sont suffisamment nombreux à penser comme moi.

– Il faut faire mieux qu'espérer.

Ce qui signifiait qu'elle devrait agir par elle-même. Qu'elle devrait plonger complètement dans l'underground, aller de cité en cité, de refuge en refuge, comme Nirgal l'avait fait des années durant, sans foyer ni travail, pour rencontrer autant de cellules révolutionnaires que possible et essayer de les maintenir de leur côté. Ou, au moins, tenter de les empêcher d'exploser trop tôt. Il serait impossible de continuer à travailler sur le projet de la mer d'Hellas.

Elle en avait donc fini avec cette existence. Elle descendit du tram, jeta un bref regard vers le parc de la corniche, puis passa le portail de leur immeuble, traversa le jardin, monta l'escalier et s'engagea dans le couloir si familier avec le sentiment d'être pesante, vieille et très, très fatiguée. Elle inséra la clé sans y penser et déambula dans l'appartement en regardant toutes ces choses familières : les livres de Michel empilés sur les rayonnages, la housse Kandinski du canapé, les croquis de Spencer, la table basse bancale, les chaises et la table de cuisine esquintées, le coin cuisine bien en ordre, avec le visage familier au-dessus de l'évier. Dans combien de vies antérieures avait-elle connu ce visage ? Tous ces vieux éléments du décor suivraient le cours de leur vie. Elle s'immobilisa au centre de la chambre, vidée, désemparée, regrettant toutes ces années qui avaient passé sans même qu'elle s'en rende compte. Presque une décennie de travail productif, de vie réelle, et elle était prise une fois encore dans le vent furieux de l'histoire, vers un paroxysme qu'elle devait tenter de dévier ou, du moins, de suivre, en l'orientant vers des voies qui leur permettraient à tous de survivre. Maudit soit le monde ! Ce monde indiscret, étouffant et aveugle, qui roulait sur le présent en brisant des vies. Elle avait aimé cet appartement, cette ville, cette vie avec Michel, Spencer, Diana et tous ses collègues de travail, avec ses habitudes, sa musique et les petits plaisirs du quotidien.

Son regard morne se posa sur Michel. Il s'était arrêté sur le seuil et observait la pièce comme s'il voulait s'en souvenir. Puis il eut un haussement d'épaules bien français.

– La nostalgie avant son heure, fit-il en essayant de sourire.

Il ressentait la même chose. Cela n'existait pas seulement dans son esprit, se dit Maya, c'était réel.

Avec un effort, elle lui retourna son sourire, s'avança et lui prit la main. En bas de l'escalier, un bruit de piétinements annonça le retour de la bande de Zygote. Ils pouvaient bien s'installer dans l'appartement de Spencer, ces salopards.

– Si ça marche, dit-elle, nous reviendrons un jour.

Dans la lumière d'une fraîche matinée, ils descendirent vers la gare, passèrent devant les cafés, les chaises encore humides retournées sur les tables. A la gare, ils présentèrent leurs vieilles identités de poignet et obtinrent sans difficulté des billets. Ils prirent un train jusqu'à Montepulciano, louèrent des combinaisons et des casques, quittèrent la tente et dévalèrent l'une des ravines profondes, au bas des collines. Coyote les attendait dans un patrouilleur-rocher. Il les conduisit jusqu'au cœur d'Helles-pontus, vers le haut d'un réseau de vallées en fourchette. Ils franchirent col après col dans un chaos rocailleux tombé du ciel, un labyrinthe cauchemardesque et désolé – et se retrouvèrent en bas de la pente occidentale, au-delà du cratère Rabe, dans les collines balafrées de cratères des highlands de Noachis. Ils étaient désormais coupés du réseau, lancés dans une errance que Maya n'avait jamais connue.

Au début de cette période, Coyote les aida énormément. Il n'était plus le même, se disait Maya. Il était encore préoccupé par la prise de Sabishii, et même tourmenté. Il ne répondait pas quand ils l'interrogeaient à propos du sort d'Hiroko et des colons clandestins. Il répétait si souvent « je ne sais pas », qu'elle commença à le croire, surtout quand son visage se déformait pour prendre une expression tellement humaine de détresse, comme si sa fameuse insouciance indestructible avait été pulvéri-sée.

– Sincèrement, j'ignore s'ils ont pu ou non s'en sortir. J'étais déjà dans le labyrinthe du terril quand ils ont occupé la place. Je me suis enfui dans un patrouilleur aussi vite que j'ai pu en me disant que je serais plus utile à l'extérieur. Mais personne n'est sorti. J'étais du côté nord, et il est possible qu'ils soient tous sortis par le sud. Ils étaient dans le labyrinthe, eux aussi, et Hiroko a des abris d'urgence, comme moi. Mais je ne suis sûr de rien.

– Voyons si nous pouvons trouver quelque chose, dit Maya.

Il les emmena donc vers le nord. A un certain point, ils quittèrent la piste Sheffield-Burroughs pour pénétrer dans un tunnel à peine plus grand que leur véhicule. Ils y passèrent la nuit dans des anfractuosités inconfortables et se ravitaillèrent dans des placards dissimulés. Aux approches de Sabishii, ils plongèrent dans un autre tunnel caché. Il faisait partie du labyrinthe du terril. Les caveaux de pierre carrés y étaient comme des tombes néolithiques, mais éclairés par un ruban luminescent et chauffées. Là, ils furent accueillis par Nanao Nakayama, l'un des issei, plus jovial que jamais. Sabishii leur avait été plus ou moins restituée, et même si la police de l'ATONU était encore en ville, et plus particulièrement dans la gare et aux portes, elle ne mesurait pas encore la pleine extension des complexes du mohole et n'était pas en mesure de bloquer totalement l'aide de la ville à ceux de l'underground. Sabishii n'était plus un demi-monde ouvert, expliqua Nanao, mais ils travaillaient encore.

Mais pourtant, lui non plus ne savait pas ce qu'était devenue Hiroko.

– Nous n'avons pas vu si on les arrêtait. Mais, après que les choses sont revenues au calme, nous n'avons pas retrouvé Hiroko et les siens ici. Et nous ne savons pas où ils ont pu aller. (Il porta la main à sa boucle d'oreille en turquoise, visiblement perplexe.) Je crois qu'ils sont probablement livrés à eux-mêmes. Hiroko a toujours pris la précaution de se ménager des caches partout où elle allait. C'est ce qu'Iwao m'a expliqué un soir où nous avions bu pas mal de saké près de la mare aux canards. Et puis, il me semble qu'Hiroko a l'habitude de disparaître comme ça, mais pas l'Autorité transitoire. On peut donc en déduire qu'elle a choisi délibérément de le faire. Mais bon... Vous devez avoir envie de prendre un bain et de manger. Ensuite, si vous pouviez discuter un peu avec les sansei et les yonsei qui sont venus nous rejoindre, ce serait une bonne chose pour eux.

Ils restèrent dans le labyrinthe pendant près de deux semaines, et Maya rencontra plusieurs des nouveaux groupes clandestins. Elle passa le plus clair de son temps à les encourager, à leur assurer qu'ils pourraient retourner en surface, et même regagner Sabishii très bientôt. La sécurité s'était renforcée, mais les réseaux restaient très perméables, l'économie alternative trop importante pour un contrôle total. La Suisse leur fournirait de nouveaux passeports. Praxis leur donnerait des emplois, et ils pourraient reprendre leur travail. La chose la plus importante était de coordonner leurs efforts et de résister à la tentation d'un soulèvement prématuré.

Après l'un des meetings, Nanao lui dit que Nadia lançait les mêmes appels dans Fossa Sud et que Sax les imitait avec son équipe en demandant à tous de leur accorder plus de temps. Ils étaient donc d'accord sur la politique à suivre, du moins les vieux routiers. Quant à Nirgal, il travaillait de près avec Nadia et soutenait sa politique. C'étaient donc les groupes radicaux qui étaient les plus difficiles à contenir, et c'était Coyote qui avait le plus d'influence sur eux. Il voulait visiter en personne certains refuges des Rouges, et Maya et Michel l'accompagnèrent sur la route de Burroughs.

La région qui s'étendait entre Sabishii et Burroughs était saturée d'impacts de cratères, et chaque nuit ils devaient contourner les anneaux plats des collines pour s'arrêter à l'aube dans les petits abris de bordure surpeuplés de Rouges qui ne se montraient guère hospitaliers à l'égard de Maya et Michel. Mais ils écoutaient Coyote avec attention et échangeaient avec lui des informations à propos d'innombrables refuges dont Maya n'avait jamais entendu parler. La troisième nuit, ils descendirent la pente accentuée du Grand Escarpement à travers un archipel d'îles-mesas, et atteignirent soudain la plaine lisse d'Isidis. Ils découvraient une perspective immense sur le bassin, jusqu'à un monticule pareil au crassier du mohole de Sabishii, qui courait à l'horizon, décrivant une large courbe depuis le cratère Du Martheray, sur le Grand Escarpement, vers le nord-ouest, en direction de Syrtis. C'était la nouvelle digue, leur apprit Coyote. Elle avait été édifiée par un groupe de robots prélevés dans le mohole d'Elysium. Elle était haute de deux cents mètres, et large de quatre cents, véritablement massive. Elle évoquait une dorsa basaltique du Sud, si ce n'est que sa texture veloutée révélait qu'elle avait été construite dans du régolite et non dans de la roche volcanique dure.

Maya l'observa longtemps, en songeant que les conséquences recombinées de leurs actes échappaient à leur contrôle. Ils pouvaient toujours essayer de construire des remparts pour les contenir – mais les remparts tiendraient-ils ?

Ils revinrent à Burroughs, passèrent la porte sud-est avec leurs identités suisses et s'installèrent dans un immeuble-refuge tenu par des Bogdanovistes de Vishniac qui travaillaient maintenant pour Praxis. Leur refuge était un grand appartement lumineux à mi-pente de la muraille nord de Hunt Mesa, qui dominait la vallée centrale entre Branch Mesa et Double Decker Butte. L'appartement du dessus était un studio de danse et, durant une bonne partie de la journée, ils vivaient dans les *boum-boum, boum-boum* assourdis. Au-dessus de l'horizon du nord, un nuage irrégulier de poussière et de vapeur flottait sur le site où les robots travaillaient encore sur la digue. Chaque matin, Maya l'observait en réfléchissant aux bulletins d'infos de Mangalavid et aux abondants messages de Praxis. Puis, une nouvelle journée avec l'underground commençait. Très souvent, elle était confinée dans l'appartement pour diverses réunions, quand elle ne se concentrait pas sur les messages vidéo. La vie ne ressemblait donc pas à celle d'Odessa, et il était difficile de développer des habitudes ici, ce qui la rendait sombre, lui mettait les nerfs en pelote.

Mais elle pouvait quand même arpenter les rues de cette grande ville qu'était Burroughs, anonyme au milieu de tous les autres citoyens – elle suivait le canal, s'installait dans un des restaurants de Princess Park, ou sur l'une des terrasses les moins fréquentées de la mesa. Partout où elle allait, elle retrouvait les mêmes graffitis rouges aux caractères nets : MARS LIBRE. Ou PRÉPAREZ-VOUS. Ou bien, comme une hallucination issue de son âme : ON NE PEUT JAMAIS REVENIR EN ARRIÈRE. Pour autant qu'elle ait pu le constater, ces slogans étaient ignorés par la population, ils ne faisaient l'objet d'aucune discussion, et ils étaient souvent effacés par les équipes de nettoyage. Mais ils revenaient régulièrement, en anglais et parfois en russe. Elle retrouvait le vieil alphabet comme un ancien ami perdu, un flash subliminal jailli de l'inconscient collectif, s'ils en avaient un. Et les mots ne perdaient pas leur effet de choc électrique. Étrange de constater comment des moyens aussi simples pouvaient susciter des effets aussi puissants. A force de parler, de répéter encore et toujours, de ressasser, on pouvait finir par faire tout et n'importe quoi.

Ses rencontres avec les petites cellules des diverses organisations de la Résistance se déroulaient bien, quoiqu'elle eût de plus en plus conscience des divisions profondes de toutes sortes qui s'étaient formées entre eux, en particulier l'aversion que les Rouges et les Mars-Unistes éprouvaient pour les Bogdanovistes et les groupes de Mars Libre, que les Rouges considéraient comme des Verts, une autre manifestation du camp ennemi. Ce qui pouvait annoncer des ennuis. Mais elle faisait de son mieux, et au moins tout le monde écoutait, et elle avait le sentiment d'accomplir des progrès. Lentement, elle se fit à Burroughs et à leur vie clandestine. Michel avait mis sur pied pour elle un programme de routine avec les Suisses et Praxis ainsi qu'avec les Bogdanovistes regroupés en ville – une routine sûre qui lui permettait de rencontrer fréquemment des groupes sans compromettre la sécurité des refuges. Et chaque meeting semblait les aider un peu. Le seul problème avec lequel elle ne pouvait transiger était que la majorité des groupes voulaient se révolter immédiatement – Rouges ou Verts, ils avaient tendance à suivre les Rouges radicaux d'Ann réfugiés dans l'intérieur et les jeunes têtes brûlées de l'entourage de Jackie, aussi y avait-il de plus en plus d'actes de sabotage dans les villes, ce qui accroissait les mesures de surveillance policière, et il semblait que les choses pouvaient éclater d'un moment à l'autre. Maya commençait à se considérer comme une sorte de frein et, souvent, elle en perdait le sommeil et se tourmentait : les gens semblaient si peu désireux d'entendre ce message! D'un autre côté, elle était également celle qui devait montrer aux vieux Bogdanovistes et autres vétérans la force de ce mouvement indigène, celle qui les réveillait dans les moments sombres. Ann était dans l'intérieur, occupée à sa tâche sinistre de destruction.

– Ça ne réussira pas comme ça, lui répétait Maya message après message, même si Ann n'accusait jamais réception.

Pourtant, il existait certains signes encourageants. Nadia, dans Fossa Sud, était à la tête d'un mouvement puissant qui semblait sous son influence et étroitement aligné sur Nirgal et son groupe. Vlad, Ursula et Marina s'étaient réinstallés dans leurs vieux labos d'Acheron, sous l'égide de la société de bio-ingénierie de Praxis. Ils étaient en contact permanent avec Sax, qui se trouvait dans un refuge du cratère Da Vinci avec sa vieille équipe de terraforming, soutenue par les Minoens de Dorsa Brevia. Le gigantesque tube de lave avait été foré et aménagé plus loin vers le nord, bien au-delà des limites de l'époque du congrès. La majorité des nouveaux segments servaient apparemment d'abris pour les réfugiés des sanctuaires du Sud, abandonnés ou détruits, toute une série d'ateliers et de fabriques occupant les autres. Maya visionna des vidéos : des gens circulaient dans des petits véhicules entre les divers segments sous tente, travaillaient dans la clarté filtrée des baies, douce et brune, lancés dans ce qu'on pouvait appeler un effort de guerre. Ils construisaient des planeurs furtifs, des véhicules furtifs, des missiles sol-espace, des abris-blockhaus (dont certains avaient été installés dans le tube de lave, en cas d'attaque surprise) – et aussi des missiles air-sol, des armes antiblindés, des armes de poing, et, d'après les Minoens, toute une variété d'armes écologiques que Sax concevait lui-même.

Toute cette activité ajoutée à la destruction des sanctuaires du

Sud donnait à distance le sentiment d'une espèce de fièvre qui aurait gagné tout Dorsa Brevia, ce qui était un nouveau facteur d'inquiétude pour Maya. Sax était au cœur du projet, c'était un esprit brillant et entêté, endommagé et dangereux, un savant fou *bona fide*. Il n'avait toujours pas parlé directement à Maya ; et ses raids sur Deimos et la loupe en orbite, quoique réussis, avaient selon elle déclenché l'intensification de la pression de l'ATONU sur le Sud. Elle ne cessait d'émettre des messages préconisant la patience et la réserve. Jusqu'à ce qu'Ariadne lui réponde avec irritation :

– Maya, nous le savons déjà. Nous travaillons avec Sax et nous avons une idée de ce que nous préparons, et ce que tu dis est ou bien évident ou totalement faux. Parle aux Rouges si tu veux te rendre utile, mais pas à nous.

Elle jura devant l'écran avant de s'entretenir avec Spencer. Qui lui dit :

– Sax considère que si nous devons nous débarrasser d'eux, nous avons besoin d'armes, ne serait-ce qu'en réserve. Ça me paraît plutôt sensé.

– Qu'est devenue l'idée de décapitation ?

– Peut-être qu'il croit être en train de construire la guillotine. Écoute, discutes-en avec Nirgal et Art. Ou encore Jackie.

– Bien. C'est à *Sax* que je veux parler. Il faudra bien qu'il me parle un jour ou l'autre, merde ! Débrouille-toi pour qu'il m'appelle, veux-tu ?...

Spencer fut d'accord pour essayer. Un matin, il réussit à passer un appel privé à Sax. C'est Art qui répondit, mais il promit d'avoir Sax en ligne.

– Il est très occupé ces jours-ci, Maya. Ça me fait plaisir. Les gens l'appellent général Sax.

– Seigneur !

Mais non, tout va bien. Ils parlent aussi du général Nadia et du général Maya.

– Ils ne m'appellent pas comme ça !

Ils parlaient plutôt de la Veuve Noire, de la Chienne. De la Tueuse. Elle le savait.

Elle vit dans le regard en biais d'Art qu'elle avait raison.

– Bon. Quoi qu'il en soit, pour Sax, c'est une plaisanterie. Les gens parlent aussi de la révolte des rats de laboratoire, ce genre de chose...

– Ça ne me plaît pas.

L'idée d'une seconde révolution semblait avoir acquis une vie propre, un élan qui échappait à toute logique. Ça n'était plus qu'une chose qu'ils accomplissaient, qu'ils avaient toujours dû accomplir. Hors de son contrôle et de celui de quiconque. Même leurs efforts collectifs, dispersés et secrets, ne semblaient pas coordonnés ou conçus selon une idée claire. Ils ne paraissaient pas savoir ce qu'ils tentaient de faire, ni pourquoi. Ça arrivait, simplement.

Quand elle s'en ouvrit à Art, il acquiesça.

– C'est ça l'histoire, je pense. Embrouillée. Il faut tenir le tigre par la queue et se cramponner. Il y a des tas de gens différents dans ce mouvement, et ils ont chacun leur propre idée. Mais si vous voulez que je vous dise, nous nous débrouillons mieux que la dernière fois. Je travaille sur quelques projets nouveaux avec la Terre, je suis en train de négocier avec la Suisse et certains membres de la Cour mondiale, etc. Et puis, Praxis nous tient complètement informés de ce qui se passe dans les méta-nationales, ce qui signifie que nous n'allons pas nous jeter dans quelque chose que nous ne comprenons pas.

– C'est vrai, reconnut Maya.

Les infos et les analyses qu'ils recevaient de Praxis étaient plus complètes que tous les bulletins de la Terre. Les métanats s'enfonçaient dans cette dérive que l'on appelait le méta-natricide, et eux, sur Mars, dans leurs refuges et leurs sanc-tuaires, suivaient cela coup par coup. Subarashii s'était emparée de Mitsubishi, puis de sa vieille ennemie, Armscor, avant de se brouiller avec Amexx, qui se battait pour arracher les États-Unis au Groupe des Onze. Ils voyaient tout de l'intérieur. Rien ne res-semblait à la situation des années 2050. Ce qui était un réconfort, même mineur.

Puis Sax se montra sur l'écran, derrière Art, et la dévisagea.

– Maya !

Elle en eut la gorge nouée. Est-ce qu'il lui avait pardonné, pour Phyllis ? Est-ce qu'il comprenait pourquoi elle avait fait ça ? Sur son nouveau visage, elle ne lisait aucun indice – il était aussi impassible que l'ancien, plus difficile sans doute à déchiffrer car il était encore si peu familier.

Elle se domina, et lui demanda quels étaient ses plans.

– Aucun. Nous en sommes encore au stade des préparatifs. Nous attendons un *déclencheur*. Un événement. Très important. Il existe quelques possibilités que je ne perds pas de vue. Mais nous n'avons rien encore.

– Bien. Écoute, Sax.

Elle lui expliqua alors ses craintes – la puissance des troupes de l'Autorité transitoire qui était encore augmentée par les grandes métanats centristes. La tendance constante à la violence dans les factions les plus radicales de l'underground. Le sentiment qu'ils étaient en train de retomber dans le même vieux schéma. Au fur et à mesure, il cillait comme il l'avait fait autrefois, et elle sut qu'il l'écoutait vraiment, même avec ce nouveau visage – il l'écoutait enfin, et elle poursuivit plus longtemps qu'elle ne l'avait prévu, elle déballa tout : sa défiance à l'encontre de Jackie, la crainte qu'elle éprouvait de se retrouver à Burroughs, tout. C'était comme si elle parlait à un confesseur ou plaidait sa cause – comme si elle suppliait ces pures scientifiques rationnels de ne pas laisser les choses sombrer dans la folie. Comme si elle demandait à Sax de ne plus être dingue. Elle se surprit en train de balbutier et réalisa à quel degré elle était effrayée.

Il la regardait toujours en battant des cils, avec une sympathie neutre. Mais il finit par hausser les épaules et ne prononça que quelques mots. Il était devenu le général Sax, lointain, taciturne, qui lui parlait depuis ce monde étrange qui habitait son nouvel esprit.

– Donne-moi douze mois. J'en ai besoin.

– OK, Sax. (Elle se sentit rassurée, sans savoir pourquoi.) Je vais faire de mon mieux.

– Merci, Maya.

Et il s'effaça. Elle resta immobile devant le petit écran de son IA, avec le sentiment d'être vidée, soulagée. Absoute pour l'heure.

Elle retrouva son travail avec plus de volonté. Elle organisait des meetings presque chaque semaine, elle s'évadait parfois du réseau pour aller dans Elysium ou Tharsis et s'entretenir avec les cellules des grandes cités. Coyote organisait ses voyages et la promenait au-dessus de la planète dans de longs trajets nocturnes qui lui rappelaient 61. Michel, lui, se chargeait de sa sécurité et de sa protection avec une équipe d'indigènes où l'on trouvait plusieurs ectogènes de Zygote. Ils l'escortaient de refuge en abri dans chacune des cités qu'ils visitaient. Et elle parlait, parlait sans cesse. Elle ne voulait pas seulement les faire attendre mais aussi les coordonner, les obliger à admettre qu'ils étaient du même bord. Parfois, il semblait qu'elle eût un effet sur eux, elle croyait le lire sur tous ces visages. Mais, à d'autres moments, elle devait consacrer tout son effort à bloquer les freins (usés, surchauffés) sur les éléments radicaux. Ils étaient de plus en plus nombreux : Ann et les Rouges, les Mars-Unistes de Kasei, les Bogdanovistes de Mikhail, les « Boonéens » de Jackie, les radicaux arabes conduits par Antar, qui était l'un des nombreux petits amis de Jackie – Coyote, Rachel, Dao... C'était comme si elle tentait de stopper une avalanche dans laquelle elle était prise, comme si elle s'agrippait à des mottes de neige qui l'entraînaient. Dans une telle situation, la disparition d'Hiroko prenait de plus en plus figure de désastre.

Les crises de déjà vu étaient de retour, plus violentes que jamais. Elle avait déjà vécu une pareille période à Burroughs, ce qui expliquait peut-être tout. Mais la sensation était tellement dérangeante quand le déjà vu attaquait... Cette conviction profonde, dont elle ne pouvait se défaire, que tout s'était déjà produit exactement de la même manière, inéluctablement, comme si la récurrence éternelle était vraie... Elle se réveillait et allait à la salle de bains, et, oui, tout cela s'était déjà produit y compris la raideur et les petites douleurs. Et elle allait retrouver Nirgal et ses amis, et s'apercevait que c'était bien une crise de déjà vu et non une coïncidence. Ces choses étaient déjà arrivées auparavant, c'était comme un mécanisme d'horlogerie. Des attaques de destin. OK, se disait-elle, ignore-les. Dis-toi que c'est la réalité. Nous sommes tous des créatures du destin. Au moins, tu ne sais pas ce qui va se passer ensuite.

Elle avait des conversations interminables avec Nirgal, elle essayait de le comprendre et de se faire comprendre. Avec lui, elle apprenait, et elle l'imitait lors des meetings, à présent – avec sa confiance lumineuse, tranquille et amicale qui attirait les foules. Ils étaient tous deux célèbres, on parlait d'eux dans les infos et ils étaient sur la liste des avis de recherche de l'ATONU. Désormais, l'un et l'autre ne devaient plus se montrer dans les rues. Il existait donc un lien entre eux, et Maya apprenait le plus de choses possibles au contact de Nirgal, mais elle avait cependant une influence sur lui. Leurs rapports étaient agréables, et elle avait un lien avec la jeunesse. Elle en était heureuse et elle y puisait de l'espoir.

Mais tout cela se passait dans l'étau implacable du destin ! Du déjà vu, du toujours et du déjà : ce n'était qu'un effet de la biochimie de son cerveau, disait Michel. Un simple effet de retardement ou de répétition neurale, qui lui donnait le sentiment que le présent était également un fragment du passé. Ce qu'il était peut-être. Elle acceptait le diagnostic et les drogues qu'il lui prescrivait sans se plaindre mais sans trop y croire non plus. Chaque matin, chaque soir, elle prenait la pochette qu'il lui avait préparée pour la semaine et avalait ses pilules sans poser de questions. Elle ne l'agressait plus, elle n'en ressentait plus le besoin. Peut-être que cette nuit de veille à Odessa l'avait guérie. Ou bien avait-il enfin trouvé le cocktail de drogues qu'il lui fallait. Elle l'espérait. Elle regagnait l'appartement sous le studio de danse après chaque meeting, épuisée. Et pourtant souvent insomniaque. Sa santé se détériorait, elle était fréquemment malade, elle avait des troubles digestifs, de la sciatique et des douleurs dans la poitrine... Ursula lui recommanda un autre traitement gériatrique. Ça l'aiderait toujours. Et avec les dernières techniques génomiques, c'était plus rapide qu'avant. Ça ne prendrait qu'une semaine tout au plus. Mais Maya avait la conviction qu'elle ne pouvait gaspiller une semaine. Plus tard, répondit-elle à Ursula. Quand tout cela sera terminé.

Les nuits où elle ne trouvait pas le sommeil, elle lisait des articles à propos de Frank. Elle avait emporté la photo avec elle et l'avait collée près de son lit, dans la chambre de Hunt Mesa. Elle ressentait encore le poids de ce regard électrique et, durant ses périodes d'insomnie, elle essayait d'en apprendre plus sur ses campagnes diplomatiques. Elle avait l'espoir de découvrir certaines choses qu'il avait réussies pour l'imiter, et aussi de repérer ce qu'il n'avait pas bien fait.

Une nuit, après une visite pénible à Sabishii et à la communauté qui se cachait toujours dans le labyrinthe, elle s'endormit sur son lutrin, au milieu d'un livre sur Frank. Elle rêva de lui et se réveilla. Nerveuse, elle alla dans le living-room, but un verre d'eau et retourna au livre.

Il se concentrait sur les années qui avaient suivi le traité de 2057 jusqu'au soulèvement de 2061. C'est alors qu'elle avait été le plus proche de lui, mais elle n'en avait que de pauvres souvenirs, des éclairs, des instants d'intensité électrique séparés par une obscurité opaque. Et la lecture de ce livre ne déclenchait aucun trait de souvenir en elle, même si elle était mentionnée fréquemment. C'était une espèce de jamais vu historique.

Coyote dormait sur le canapé, et il grogna dans son rêve. Puis, arraché à son sommeil, il chercha d'où venait la lumière. Il s'arrêta derrière Maya sur le chemin de la salle de bains. Penché sur son épaule, il regarda le lutrin et dit d'un ton grave :

– Ah... On raconte beaucoup de choses à son propos.

Il gagna la salle de bains et, quand il en revint, elle lui demanda :

– Je suppose que tu en sais plus.

– Il y a certaines choses sur Frank que je suis seul à savoir, ça c'est sûr.

Elle le fixa.

– Inutile de me le dire. Tu étais à Nicosia, toi aussi.

Elle ne se souvint qu'à cette seconde qu'elle l'avait lu quelque part.

– Mais oui, j'y étais, maintenant que tu m'en parles.

Il se laissa tomber lourdement sur le canapé, le regard fixé sur le sol.

– J'ai vu Frank, cette nuit-là. Il lançait des briques dans les fenêtres. Il a déclenché cette émeute tout seul.

Il releva la tête et rencontra son regard.

– Il parlait à Selim el-Hayil dans le parc environ une demi-heure avant que John soit attaqué. Tu l'as découvert toi-même.

Elle serra les dents et revint au lutrin.

Il s'étira sur le canapé et ne tarda pas à ronfler.

Non, l'information n'était pas nouvelle. Et comme Zeyk le lui avait clairement fait comprendre, personne ne démêlerait jamais cet écheveau, quels que soient les témoignages directs ou les souvenirs de chacun. Aussi loin dans le passé, personne ne pouvait être certain de quoi que ce soit, ni même de ses souvenirs propres, qui variaient subtilement chaque fois qu'ils se représentaient. Les seuls souvenirs auxquels on pouvait se fier étaient ces éruptions venues des profondeurs, ces *mémoires involontaires* [1], si vivaces qu'elles devaient être vraies – mais qui concernaient souvent des événements sans importance. Non. Coyote était une source non fiable parmi les autres.

Elle se pencha sur le texte.

Les efforts de Chalmers pour endiguer l'éruption de violence en 2061 n'aboutirent pas parce qu'à terme il était tout simplement dans l'ignorance de la pleine extension du problème. Comme la plupart des Cent Premiers, il ne pouvait vraiment imaginer le chiffre réel de la population de Mars dans les années 2050, qui dépassait nettement le million. Alors qu'il pensait que la Résistance était conduite et coordonnée par Arkady Bogdanov, parce qu'il le connaissait, il ignorait l'influence d'Oskar Schnelling, à Korolyov, ou des mouvements rouges qui s'étaient répandus sur la planète, comme celui d'Elysium Libre, ou encore les centaines de disparus des colonies fondées par les Cent. Par cette ignorance et par une défaillance de son imagination, il n'abordait qu'une petite fraction du problème.

Maya se redressa, s'étira et observa Coyote. Est-ce que c'était vrai? Elle essaya de se souvenir de ces années lointaines. Frank avait été conscient, non?... « On joue avec les épines quand les racines sont sèches. » Est-ce qu'il ne lui avait pas dit cela une fois, à cette époque?

Elle ne parvenait pas à s'en souvenir. *On joue avec les épines quand les racines sont sèches.* La maxime était suspendue au centre

---

1. En français dans le texte. *(N.d.T.)*

de ses pensées, séparée de tout contexte qui pouvait lui donner un sens. Mais elle avait la ferme impression que Frank avait eu conscience d'une poche invisible de résistance et de rancune. Nul plus que lui ne l'avait su aussi intensément, en fait! Comment l'auteur de ce livre avait-il pu passer à côté de cette évidence? Sur ce chapitre, comment un seul de ces historiens qui passaient leur temps dans un fauteuil à trier des enregistrements aurait-il pu savoir ce qu'ils avaient su, comment aurait-il pu éprouver comme eux la nature kaléidoscopique fracturée de la crise au quotidien? Chaque instant de leur lutte...

Elle voulait retrouver le visage de Frank, et une image s'imposa à elle. Il était affalé misérablement devant une table de café, avec l'anse brisée d'une tasse tournant à ses pieds. C'était elle qui avait fracassé cette tasse. Mais pourquoi? Elle ne retrouvait pas le souvenir. Elle cliqua pour aller plus loin dans le livre, traversant des mois de vie à chaque paragraphe, l'analyse sèche avait divorcé de tout ce qui pouvait rester dans sa mémoire. Puis son regard accrocha une phrase, et elle dut faire un effort pour lire, la gorge serrée :

A partir de leur liaison dans l'Antarctique, Toitovna eut sur Chalmers une influence qu'il ne brisa jamais, même si elle perturbait ses plans personnels. C'est ainsi que lorsqu'il revint d'Elysium le mois précédant l'émeute, Toitovna le retrouva à Burroughs où ils restèrent ensemble une semaine, donnant aux autres le spectacle de leurs querelles. Chalmers voulait rester à Burroughs, où le conflit était au point de crise, alors que Toitovna voulait qu'il retourne à Sheffield. Un soir, il se montra dans un des cafés du canal dans un tel état de colère ou de désarroi que les serveurs en furent effrayés. Quand Toitovna surgit, ils s'attendirent à ce qu'il explose. Mais il resta immobile tandis qu'elle lui rappelait toutes leurs connexions, toutes les dettes qu'ils avaient envers les autres, tout le passé qu'ils avaient en commun. Finalement, il céda et regagna Sheffield, où il ne put maîtriser la violence qui montait à Elysium et Burroughs. Et la révolution éclata.

Maya fixait l'écran. C'était faux, faux, archi-faux – rien de tout ça n'était arrivé! Une liaison dans l'Antarctique? Ça, jamais! Mais elle l'avait affronté dans un restaurant... Et sans doute les avait-on observés... Difficile à savoir. Mais ce livre était stupide – bourré de spéculations sans fondement – il n'avait rien d'un livre d'histoire. Ou alors, toutes les histoires étaient comme ça, pour autant que quelqu'un se soit vraiment trouvé sur place et les juge correctement. Des mensonges. Elle luttait pour se rappeler – raidie, les dents serrées, les doigts crispés comme si elle allait fouiller dans ses pensées. Mais c'était comme de griffer un rocher. Et, comme elle essayait de retrouver cet instant particulier, cet affrontement au café, aucune image ne lui revint. Les phrases du livre recouvraient tout – *elle lui rappelait toutes leurs connexions...* Non ! Non ! Il était là, affalé à une table. C'était son image... Et il levait enfin les yeux sur elle...

Mais son visage était celui du jeune Frank, sur le mur de la cuisine de l'appartement d'Odessa.

Elle geignit et se mit à pleurer en se mordant les poings.

– Ça va ? demanda Coyote d'un ton vague.

– Non.

– Tu as trouvé quelque chose ?

– Non.

Frank était effacé par les livres. Et par le temps. Les années avaient passé et pour elle aussi, même pour elle, Frank Chalmers n'était plus qu'une minuscule figure historique parmi tant d'autres, comme observée par le mauvais côté d'un télescope. Un nom dans un livre. Une vie que l'on suivait au fil des lignes, comme celle de Bismarck, de Talleyrand, de Machiavel. La vie de son Frank... qui avait disparu.

Elle passait quelques heures chaque jour à examiner avec Art les rapports de Praxis, en essayant d'y découvrir des schémas qu'elle pourrait comprendre. Praxis leur transmettait une telle quantité de données qu'ils se trouvaient dans la situation inverse de celle qu'ils avaient connue dans la crise d'avant 61 – elles étaient importantes, mais trop nombreuses. Chaque jour, les étaux se resserraient sur une multitude de crises et Maya était souvent au seuil du désespoir. Plusieurs pays de l'ONU, tous clients de Consolidated ou de Subarashii, exigeaient l'abolition de la Cour mondiale dont les fonctions étaient devenues redondantes. La majorité des métanationales soutint aussitôt ce projet : la Cour mondiale était au départ une agence de l'ONU, et les métanats clamaient que cette action était légale et imposée par des raisons historiques. Mais le premier effet fut de déranger certains arbitrages en cours, ce qui aboutit à des combats en Ukraine et en Grèce.

Maya interpella Art :

– Qui est responsable ? Est-ce que quelqu'un se charge *vraiment* de ce genre de chose ?

– Bien sûr. Certaines des métanats ont des présidents, et elles ont toutes des conseils d'administration. Elles se rassemblent et discutent, décident des ordres à donner. C'est comme ça que ça se passe avec Fort et les Dix-Huit Immortels de Praxis, bien que

Praxis soit plus démocratique que la plupart des métanats. Ensuite, les conseils d'administration désignent le comité exécutif de l'Autorité transitoire, l'Autorité prend certaines décisions d'intérêt local. Je pourrais vous dire les noms, mais je ne crois pas qu'ils aient autant de pouvoir que les gens qui décident sur Terre.

– Peu importe.

Bien sûr qu'il y avait des responsables. Mais personne n'avait le contrôle des événements. C'était la même chose dans les deux camps. En tout cas, c'était vrai pour la Résistance. Le sabotage, essentiellement dirigé contre les plates-formes océaniques de Vastitas, était devenu pandémique, et elle croyait savoir qui en avait eu l'idée. Elle discuta avec Nadia de la nécessité de contacter Ann, mais Nadia secoua la tête.

– Nous n'avons pas une chance. Je n'ai pas pu lui parler depuis Dorsa Brevia. C'est une des Rouges les plus radicales qui soient.

– Comme toujours.

– Non, je ne pense pas qu'elle ait toujours été comme ça. Mais maintenant, ça n'a plus d'importance.

Maya retourna au travail. Elle passait de plus en plus de temps avec Nirgal. Ils profitaient mutuellement de leurs connaissances. Plus que jamais, il constituait son contact le plus solide avec les jeunes, le plus influent et le plus modéré de surcroît. Il attendait un déclencheur pour organiser une action concertée, tout comme elle, et c'était une des raisons pour lesquelles elle gravitait autour de lui. Mais il y avait aussi son tempérament, sa chaleur humaine et ses élans, et le respect qu'il lui manifestait. Il n'était pas possible d'être plus différent de Jackie, même si Maya savait qu'ils avaient des rapports très complexes qui remontaient à leur enfance. Mais depuis quelque temps, ils semblaient brouillés, ce qui ne déplaisait pas à Maya, tout en étant politiquement propice. Jackie, comme Nirgal, était une leader charismatique et elle avait recruté des partisans en nombre considérable pour son aile « booéenne » des Mars-Unistes, qui prônait l'action immédiate, ce qui la rapprochait plus de Dao que de Nirgal, sur le plan politique tout au moins. Maya faisait son possible pour épauler Nirgal dans cet affrontement au sein des indigènes : lors de chaque meeting, elle appuyait des initiatives et des actions vertes, modérées, non violentes, centralement coordonnées. Mais elle voyait bien que la majorité des Martiens récemment politisés dans les villes était attirée par Jackie et les Mars-Unistes, qui étaient en général des Rouges, radicaux, violents, anarchistes. Du moins elle les définissait ainsi. Et les grèves à répétition, les manifestations, les émeutes, et les sabotages, écologiques ou non, tendaient à confirmer son analyse.

Il n'y avait pas seulement ce mouvement de nouvelles recrues, mais aussi les nombreux immigrants récemment arrivés et dissidents. Elle était déroutée par cette tendance et elle s'en plaignit à Art après un dépouillement des récentes infos de Praxis.

– Eh bien, dit-il d'un ton diplomatique, c'est une bonne chose d'avoir autant d'immigrants que possible de notre côté.

Évidemment, quand il n'était pas en liaison avec la Terre, il passait le plus clair de son temps à faire la navette entre les différents groupes de Résistance pour essayer de les mettre d'accord.

– Mais pourquoi vont-ils donc avec *elle*?

– Ma foi... (Il agita la main.) Écoutez, ces immigrants, quand ils arrivent, entendent parler des manifestations, ou ils y assistent. Ensuite, ils posent des questions, ils entendent des histoires, et certains se disent que s'ils participent aux manifestations, ça plaira aux indigènes, vous saisissez? Et plus particulièrement aux jeunes Martiennes, dont on leur a dit qu'elles peuvent être très gentilles, non?... *Très, très* gentilles. Alors ils se disent que s'ils donnent un coup de main à tout ça, les jolies filles voudront bien qu'ils les raccompagnent chez elles dans la soirée.

– Allons! grommela Maya.

– Vous savez, insista-t-il, c'est vraiment comme ça que ça se passe pour certains.

– Et c'est comme ça que Jackie récupère ses nouveaux partisans, évidemment.

– Je ne suis pas sûr que cela ne joue pas aussi en faveur de Nirgal. Et j'ignore également si ces gens font vraiment la distinction entre les deux partis. C'est un point positif, dont vous devriez avoir plus conscience qu'eux.

– Hum...

Elle se rappela que Michel lui avait répété qu'il était important de se battre pour ce qu'elle aimait autant que contre ce qu'elle détestait. Et elle aimait Nirgal, c'était vrai. C'était un jeune homme merveilleux, le meilleur de tous les indigènes. Et il n'était certainement pas juste de mépriser certaines de ces motivations, cette énergie érotique qui entraînait les gens dans les rues des villes... Mais si seulement ils étaient plus *sensés*. Jackie se démenait pour les lancer dans une autre révolte improvisée, spasmodique, dont les résultats pourraient être désastreux.

– C'est en partie pourquoi les gens vous suivent, Maya.

– Comment?

– Vous m'avez très bien entendu.

– Allons. Ne faites pas l'idiot.

Mais c'était agréable de le penser. Peut-être pourrait-elle étendre la lutte pour le contrôle jusqu'à ce niveau aussi. Mais elle serait désavantagée. Créer un parti des anciens. En fait, ce qu'ils formaient déjà. Ç'avait été au centre de sa pensée, à Sabishii – que les issei devaient prendre la tête de la Résistance et la remettre sur les rails. Ils étaient nombreux à avoir sacrifié bien des années de leurs vies à cela. Mais en fait, ça n'avait pas marché. Ils étaient surpassés en nombre. Et la nouvelle majorité était constituée de nouvelles espèces, avec de nouveaux esprits. Les issei ne pouvaient que tenir le tigre par la queue et faire de leur mieux. Elle soupira.

– Fatiguée ?

– Épuisée. Ce travail va me tuer.

– Reposez-vous.

– Quelquefois, quand je parle à tous ces gens, je me sens tellement frileuse, conservatrice, lâche, négative. Je suis toujours en train de dire ne faites pas ci, ne faites pas ça. J'en ai assez. Il m'arrive de me demander si Jackie n'a pas raison.

– Vous plaisantez ? C'est vous qui dirigez ce show, Maya. Vous, Nadia et Nirgal. Et moi. Mais c'est vous qui avez... l'aura. (Il voulait dire : cette réputation de meurtrière.) C'est la fatigue. Prenez du repos. On arrive au laps de temps martien.

Une nuit, Michel la réveilla : de l'autre côté de la planète, les forces de sécurité d'Armscor, supposées intégrées dans Subarashii, avaient pris le contrôle de l'ascenseur au détriment de la police régulière, et dans l'heure de flottement qui avait suivi, un groupe de Mars-Unistes avait tenté de s'emparer du nouveau socle, à l'extérieur de Sheffield. L'attaque avait échoué, le groupe d'assaut avait été largement massacré, et Subarashii avait pris finalement le contrôle de Sheffield, de Clarke, et de tout ce qui se trouvait entre les deux, de même que la plus grande partie de Tharsis. Là-bas, c'était la fin de l'après-midi et une foule énorme avait envahi les rues de Sheffield pour manifester contre la violence, ou bien contre le coup de force de Subarashii, c'était impossible à dire. Abasourdie, Maya regarda avec Michel des unités de la police en combinaison et casque qui dispersaient la manifestation à coups de lacrymogène et de matraque en caoutchouc.

– Quels fous ! s'écria Maya. Pourquoi font-ils ça ? Toutes les forces militaires de la Terre vont nous tomber dessus !

– On dirait qu'ils se dispersent, fit Michel, sans détacher les yeux de l'écran. Qui sait, Maya. Des images comme celles-là peuvent galvaniser les foules. Les autres vont gagner cette bataille, mais ils perdront tout soutien. Et partout.

Maya se répandit sur un canapé en face de l'écran, pas encore assez éveillée pour penser.

– Peut-être. Mais il va devenir encore plus difficile de contenir les gens aussi longtemps que le veut Sax.

Michel rejeta d'un geste cet argument sans se détourner.

– Combien de temps croit-il donc que tu peux tenir?

– Je ne sais pas.

Les reporters de Mangalavid expliquaient les émeutes comme un mouvement de violence terroriste. Maya grommela. Spencer était devant un autre écran d'IA et il s'entretenait avec Nanao, à Sabishii.

– L'oxygène augmente si rapidement. Il faut qu'un agent sans gènes-suicide ait été libéré. Les niveaux de gaz carbonique? Oui, ils tombent en proportion égale... Il doit y avoir toute une bande de bactéries vraiment efficaces pour la fixation du carbone, et elles prolifèrent comme de la mauvaise herbe. J'ai interrogé Sax et il s'est contenté de me regarder en clignant des yeux comme d'habitude... A ce stade, la situation lui échappe autant qu'elle échappe à Ann. Et elle est en train de saboter tous les chantiers sur lesquels elle peut tomber.

Quand il eut fini, Maya lui dit:

– Combien de temps Sax veut-il que nous attendions?

Il haussa les épaules.

– Jusqu'à ce que nous tombions sur ce qu'il considérera comme un déclencheur, je pense. Ou que nous trouvions une stratégie cohérente. Si nous ne parvenons pas à stopper les Rouges et les Mars-Unistes, peu importera ce que veut Sax.

Et les semaines se traînèrent. Une campagne de manifestations de rue commença à Sheffield et Fossa Sud. Maya considérait que ça ne ferait que pousser les métanats à renforcer la sécurité mais Art était pour.

– Il faut que nous fassions connaître à l'Autorité transitoire l'importance de la Résistance pour que, le moment venu, elle ne tente pas, par ignorance, de nous écraser, vous comprenez? A ce stade, il faut qu'ils se sentent détestés et dépassés en nombre. Bon Dieu, la foule dans les rues est la seule chose qui fasse peur aux gouvernements, si vous voulez savoir!

Qu'elle fût d'accord ou non, elle ne pouvait rien faire. Chaque jour, elle travaillait aussi dur que possible, elle visitait chaque groupe tour à tour, mais ses muscles étaient maintenant tendus comme des câbles et elle avait du mal à trouver le sommeil. Elle ne dormait qu'une ou deux heures avant de se réveiller épuisée à l'approche de l'aube.

Un matin, au printemps de l'hémisphère Nord de M-52, l'année 2127, elle se réveilla plus reposée qu'à l'habitude. Michel dormait encore. Elle s'habilla et sortit seule pour aller se promener sur la grande promenade centrale, devant les cafés du canal. Ce qui était merveilleux dans Burroughs, en dépit des renforcements de sécurité aux portes et aux gares, c'était de pouvoir déambuler librement en ville à certaines heures. Dans la foule, il n'y avait guère de risques d'être repéré. Elle s'installa à une table, commanda du café et des viennoiseries et contempla les nuages qui déferlaient dans le ciel, entre la pente de Syrtis et la digue, à l'est. La circulation d'air sous la tente était rapide, pour compenser l'impression cinétique des vues du ciel. Elle songea qu'il était étrange qu'elle se soit habituée à cette différence entre la course des nuages et le vent qu'on sentait sous les tentes. Dans le pont tubulaire en arche qui reliait Ellis Butte à Hunt Mesa, les gens qui se hâtaient vers leur travail étaient comme une file de fourmis agitées. Ils suivaient le cours de leurs vies normales. Brusquement, elle se leva, régla l'addition et repartit pour une longue promenade. Elle passa entre les rangées blanches des colonnes de Bareiss, traversa Princess Park en direction des nouvelles tentes érigées autour des collines de pingo, dans le secteur des appartements à la mode. Dans cette partie ouest de la ville haute, on avait vue sur tout Burroughs, les arbres et les toits coupés par la promenade et les canaux, les grandes mesas massives comme des cathédrales. Leurs murailles de roche nue étaient faillées et craquelées, marquées de lignes horizontales de fenêtres miroitantes qui étaient le seul indice qu'elles avaient été creusées de l'intérieur; chacune était une cité, un monde indépendant dressé au-dessus de la plaine rouge, sous l'immense bâche invisible. Elles étaient reliées par des passerelles vertigineuses qui scintillaient d'éclats diaprés comme des bulles de savon. Burroughs était splendide!

Elle rebroussa chemin accompagnée par les nuages, retrouva les ruelles entre les jardins et les grands immeubles, retourna à Hunt Mesa, à leur appartement. Michel et Spencer étaient absents et, longtemps, elle resta debout devant la fenêtre à contempler les flottilles des nuages, essayant de remplacer Michel, de capturer ses états d'âme au lasso pour les ramener vers une sorte de centre plus stable. Des pieds tambourinaient au plafond : un nouveau cours commençait dans le studio de danse. Puis on frappa violemment à la porte. Elle s'avança pour ouvrir, le cœur battant.

C'était Jackie, Antar, Art, Nirgal, Rachel, Frantz et les autres ectogènes de Zygote. Ils se ruèrent dans la pièce en parlant tous en même temps et elle ne comprit rien. Elle les accueillit du mieux qu'elle put, étant donné la présence de Jackie, puis se reprit tout à fait et effaça la haine de son regard, se mit à bavarder à propos de leurs plans, même avec Jackie. Ils étaient à Burroughs pour participer à une manifestation dans le parc du Canal. Le message avait circulé dans toutes les cellules et ils espéraient que de nombreux citoyens non alignés se joindraient quand même à eux.

– J'espère que ça ne va pas provoquer d'autres représailles, dit Maya.

Jackie, bien entendu, lui décocha un sourire triomphant.

– Rappelle-toi, on ne peut jamais revenir en arrière.

Maya leva les yeux au ciel et alla faire bouillir de l'eau, ne serait-ce que pour calmer son amertume. Ils allaient rencontrer les responsables de toutes les cellules de la ville. C'est Jackie qui prendrait la parole au meeting pour les exhorter à la rébellion immédiate, sans stratégie, sans le moindre sens commun. Maya ne pouvait rien y faire – il était trop tard pour lui faire arrêter toutes ces conneries, malheureusement.

Elle prit leurs vêtements, shoota à droite et à gauche pour qu'ils dégagent les pieds des coussins du canapé, avec l'impression d'être un dinosaure perdu chez les mammifères, sous un climat nouveau. Elle était cernée par des créatures rapides et chaudes qui détestaient la voir trotter autour d'elles, qui esquivaient avec agilité ses gros coups de patte et couraient derrière sa queue lourde et lente.

Art accourut pour l'aider à servir le thé, mal soigné et détendu comme d'habitude. Elle lui demanda ce qu'il avait appris de Fort et il lui fit le récit des événements du jour sur Terre. Subarashii et Consolidated étaient attaquées par les armées fondamentalistes qui semblaient avoir formé une alliance, sans doute illusoire puisque les Musulmans et les Chrétiens fondamentalistes continuaient à se haïr et méprisaient les Hindous fondamentalistes. Les grandes métanats s'étaient servies de la nouvelle ONU pour prévenir qu'elles défendraient leurs intérêts avec des forces appropriées. Praxis, Amexx et la Suisse avaient fait appel aux services de la Cour mondiale, de même que l'Inde, mais personne d'autre.

– Au moins, commenta Michel, ils craignent encore la Cour mondiale.

Mais, aux yeux de Maya, le métanatricide dérivait vers une guerre entre les prospères et les « mortels », qui pourrait être encore plus explosive – une guerre totale, au lieu de décapitations.

Elle en discuta avec Art tout en servant les autres. Qu'il fût ou non un espion, Art connaissait bien la Terre et il avait un jugement politique incisif qu'elle appréciait. C'était comme un Frank apprivoisé. Est-ce que cette comparaison était juste ? Il lui rappelait quand même Frank d'une certaine façon. Même si elle ne pouvait préciser pourquoi, elle en éprouvait un plaisir obscur quelque part. Mais elle et elle seule devait trouver quelque ressemblance entre cet homme assoupi et rusé et Frank.

D'autres arrivants débarquèrent : des chefs de cellules et des visiteurs venus de l'extérieur. Maya resta à l'écart et écouta Jackie qui s'adressait à eux. Ils appartenaient tous à la Résistance, se dit Maya, et ils ne représentaient qu'eux-mêmes. Elle était écœurée par la façon dont Jackie utilisait son grand-père comme un symbole, un drapeau qu'elle agitait devant eux. Ça n'était pas John qui lui valait tous ces partisans, mais son travail de drague. Petite salope.

Elle les exhortait avec ses habituelles imprécations incendiaires, proclamant avec enthousiasme la révolution imminente, immédiate, même s'ils ne s'étaient fixé aucune stratégie. Pour ces prétendus Boonéens, Maya n'était que la vieille maîtresse du grand homme, et peut-être même celle qui était à la base de son assassinat : un fossile bizarre, historiquement gênant, une bête à désir, comme Hélène de Troie rappelée par Faust, étrange et insubstantielle. *Ach !* Exaspérant ! Mais elle conservait un air calme, elle allait et venait entre le living-room et la cuisine, la tête bien droite, avec les gestes que l'on attend d'une ancienne maîtresse : elle mettait chacun à l'aise, proposait à manger et à boire. A ce stade, elle n'avait plus rien d'autre à faire.

Un instant, elle se tint dans la cuisine, contemplant les cimes des arbres. Elle avait perdu toute influence sur la Résistance, à supposer qu'elle en ait eu. Toute la chose allait éclater avant que Sax et ceux qui comptaient soient prêts. Et Jackie continuait à déclamer son discours fiévreux, à organiser une manifestation qui allait drainer dans le parc... qui sait ?... Dix mille personnes ? Cinquante mille ? Qui pouvait le dire ? Si la sécurité répondait avec des lacrymogènes, des matraques et des balles en caoutchouc, il y aurait des blessés, peut-être des morts. Tués sans aucun but stratégique. Ils auraient pu vivre un millier d'années. Et Jackie continuait, transportée, ardente, telle une flamme. Le soleil, à présent, brillait dans une échancrure de nuages. Il était grand et menaçant, argenté. Art entra dans la cuisine, s'assit devant la table et activa son IA, penchant le visage sur l'écran.

— Je viens de recevoir une note de Praxis sur mon bloc de poignet.

Son nez effleurait l'écran.

– Est-ce que vous êtes hypermétrope ? demanda Maya, irritée.

– Je ne le pense pas... Oh, bon Dieu ! Crac-boum ! Est-ce que Spencer est dans le coin ? Il faut qu'il rapplique ici.

Maya alla jusqu'au seuil et fit signe à Spencer. Jackie ne remarqua rien et continua de pérorer. Spencer s'assit à côté d'Art qui, lui, s'était rejeté en arrière, la bouche ouverte et les yeux ronds. Spencer lut l'écran durant cinq secondes, puis se tourna vers Maya avec une expression étrange.

– C'est ça !

– Ça quoi ?

– Le déclencheur.

Maya s'approcha et lut par-dessus son épaule, en s'accrochant à lui avec une sensation bizarre d'apesanteur. Plus question de détourner l'avalanche. Elle avait fait son travail, tout simplement. A l'instant de l'échec, le destin venait de se retourner.

Nirgal entra dans la cuisine pour demander ce qui se passait, attiré par leurs murmures. Art le lui dit et son regard s'illumina. Il était incapable de maîtriser son excitation.

– C'est vrai ? demanda-t-il à Maya.

Elle aurait pu l'embrasser. Mais elle se contenta d'acquiescer, préférant ne rien dire. Elle retourna dans le living. Jackie était toujours plongée dans son exhortation et c'est avec un infini plaisir que Maya l'interrompit :

– La manifestation est annulée.

– Qu'est-ce que tu veux dire ? jeta Jackie, surprise et irritée. Pourquoi ?

– Parce qu'elle est remplacée par une révolution.

DIXIÈME PARTIE

Changement de phase

Ils faisaient du surf pélican lorsque les apprentis qui sautaient sur la plage les prévinrent qu'il se passait quelque chose d'anormal. Ils revinrent tous se poser sur la plage humide et apprirent les nouvelles. Une heure après, ils étaient à l'aéroport et décollaient dans un petit avion spatial Skunkworks. Ils mirent cap au sud et, lorsqu'ils plafonnèrent à cinquante mille pieds, ils se trouvaient quelque part au-dessus du Panama. Le pilote redressa alors l'avion, lança les fusées, et les trois passagers qui se trouvaient derrière lui et le copilote dans le cockpit furent écrasés dans leurs grands fauteuils anti-g pendant quelques minutes. Par les hublots, ils pouvaient voir l'enveloppe de l'avion. Elle avait l'éclat de l'étain et devenait ardente. Très vite, elle fut d'un jaune intense avec une touche de bronze et se fit de plus en plus brillante, jusqu'à ce qu'ils ressemblent à Shadrach, Meschach et Abednego [1] assis ensemble dans la fournaise, indemnes.

Quand l'enveloppe perdit de son éclat, le pilote stabilisa l'appareil. Ils étaient alors à cent quarante kilomètres au-dessus de la Terre, ils pouvaient observer l'Amazone et la magnifique échine courbe des Andes. Ils volaient vers le sud, et l'un des passagers, un géologue, leur en dit un peu plus sur la situation.

— La couche glaciaire de l'Antarctique Ouest reposait sur un fond rocheux qui est en dessous du niveau de la mer. C'est une plaque continentale, pas le fond de l'océan, et sous l'Antarctique Ouest, c'est une sorte de bassin avec un champ d'activité géothermique intense.

— Dans l'Antarctique Ouest ? s'étonna Fort en plissant les yeux.

— C'est la moitié la plus réduite, avec la péninsule qui pointe vers l'Amérique du Sud, et la banquise de Ross. La couche glaciaire de l'ouest se situe entre les montagnes de la péninsule et les montagnes transantarctiques, au milieu du continent. Regardez : j'ai apporté un globe.

1. Les trois rescapés de la fournaise infernale selon la Bible. *(N.d.T.)*

Il sortit de sa poche un globe gonflable, un jouet d'enfant, souffla dedans et le fit passer aux autres.

– La couche de glace, là, reposait sur le fond rocheux, comme je vous l'ai dit, sous le niveau de la mer. Mais le sol est tiède, et il existe des volcans sous la glace, ce qui fait qu'elle fond en partie. L'eau se mélange aux sédiments des volcans pour former une substance que l'on appelle le till. Elle a plus ou moins la consistance d'une pâte dentifrice. La glace se déplace plus rapidement au-dessus du till, et c'est ainsi qu'à l'intérieur de la couche de l'ouest des courants de glace se sont formés, comme des glaciers rapides dont les bords sont constitués de glace plus lente. Le courant glaciaire B avançait à raison de deux mètres par jour, par exemple, alors que la glace environnante ne bougeait que de deux mètres par an. B était large de cinquante kilomètres et profond d'un kilomètre. Ce qui faisait de lui un sacré fleuve, qui se déversait dans la banquise de Ross avec une demi-douzaine d'autres courants. (Il désigna ces courants invisibles sur le globe.) Maintenant, à l'endroit où les courants et la couche glaciaire en général se sont détachés du fond rocheux pour flotter sur la mer de Ross, nous avions ce que nous appelons la ligne de talonnement.

– Ah! fit un ami de Fort. Le réchauffement global?

Le géologue secoua la tête.

– Notre réchauffement global n'a eu que peu d'effet sur tout ça. Il a élevé un peu les températures et le niveau de la mer, mais s'il n'y avait que cela, la différence ne serait pas très importante. Le problème, c'est que nous nous trouvons encore dans la période de réchauffement interglaciaire qui a débuté à la fin de la dernière période glaciaire, et ce réchauffement envoie ce que nous appelons une impulsion thermique à travers les couches de glace polaires. Cette impulsion se déplace depuis huit mille ans. A présent, un des volcans sous-glaciaires est entré en éruption. Une éruption majeure. Qui a commencé il y a trois mois environ. La ligne de talonnement a déjà commencé à reculer il y a quelques années et elle est en accélération. Elle est à proximité du volcan en éruption. Il semble que l'éruption ait rapproché la ligne de talonnement du volcan, et l'eau de mer coule entre la couche de glace et le fond rocheux, droit vers un point d'éruption actif. La couche de glace est en train de se briser. Elle se soulève et glisse vers la mer de Ross, portée par les courants.

Ses auditeurs avaient les yeux fixés sur le petit globe gonflable. Ils survolaient alors la Patagonie. Il répondit à leurs questions en désignant divers points du globe. Ce phénomène s'était déjà produit auparavant, expliqua-t-il, et plus d'une fois. L'Antarctique Ouest avait été tour à tour un océan, une terre sèche, ou une couche glaciaire, bien des fois au cours des millions d'années postérieures au mouvement tectonique qui avait fixé le continent dans cette position. Et divers points d'instabilité étaient apparus pendant ces changements de température à long terme – « des déclencheurs d'instabilité », expliqua le géologue. Ils suscitaient des changements drastiques en quelques années.

– En ce qui concerne les géologues, ces phénomènes climatologiques sont pratiquement instantanés. De même, nous trouvons dans la couche glaciaire du Groenland la preuve que nous sommes passés de la glaciation à l'interglaciation en trois années.

Il secoua la tête.

– Et ces surrections de la couche glaciaire ? demanda Fort.

– Eh bien, nous pensons qu'elles se représentent typiquement tous les deux cents ans, ce qui est remarquablement bref, ne l'oubliez pas. Un événement déclencheur. Mais cette fois, il est aggravé par l'éruption volcanique. Regardez, voici la Ceinture Banane [1].

Il tendit le doigt vers la Terre et, de l'autre côté du détroit de Drake, ils distinguèrent une étroite péninsule glacée qui pointait dans la même direction que le coccyx de la Terre de Feu.

Le pilote inclina l'avion sur la droite, puis plus doucement sur la gauche, entamant un grand virage paresseux. Ils purent alors observer l'image familière de l'Antarctique comme sur les photos satellite, mais les couleurs étaient brillantes et animées : le bleu cobalt de l'océan, la chaîne de marguerites des systèmes cycloniques qui tournoyaient au nord, la texture vernissée que le soleil lançait sur l'eau, l'immense masse scintillante de la banquise, et les flottilles d'icebergs minuscules, si blancs dans tout ce bleu.

Mais la forme en Q du continent était étrangement tachetée dans la région qui se situait derrière la virgule de la péninsule, avec des failles béantes bleu-noir dans le blanc. La mer de Ross était encore plus fracturée, par de longs fjords bleus comme l'océan et des failles de couleur turquoise. Au large de la mer de Ross, flottant vers le Pacifique Sud, ils découvrirent des icebergs tabulaires qui semblaient autant de fragments du continent partant à la dérive. Le plus grand semblait excéder les dimensions de l'île du Sud de la Nouvelle-Zélande.

Après qu'ils se furent mutuellement montré les grands icebergs et les détails des fractures de la couche glaciaire ouest (le géologue leur désigna l'emplacement du volcan, mais rien n'apparaissait en surface), ils se rassirent et se contentèrent de regarder.

– Voici la banquise de Ronne, annonça le géologue après un instant. Et la mer de Weddell. Il y a des glissements en profondeur ici également. Plus haut se trouvait Mc Murdo, sur le côté opposé de la banquise de Ross. La glace a été repoussée à travers la baie et a emporté la base.

Le pilote entamait une deuxième boucle au-dessus du continent.

1. La Terre de Graham, prolongée par les îles Shetland du Sud et les Orcades du Sud, où sont regroupées une majorité de stations géophysiques. (*N.d.T.*)

— Rappelez-nous donc l'effet que tout cela aura, suggéra Fort.

— Eh bien, les modèles théoriques montrent que le niveau des mers va augmenter de six mètres.

— Six mètres !

— Il faudra plusieurs années avant qu'il atteigne ce seuil, mais c'est en route. D'ici à quelques semaines, cette rupture catastrophique va faire monter le niveau de deux à trois mètres. Ce qui subsiste de la couche se mettra à dériver dans quelques mois, ou quelques années, et ça ajoutera encore trois mètres.

— Mais comment cela peut-il gonfler autant l'océan ?

— Ça fait beaucoup de glace.

— Mais pas autant que ça !

— Mais si. La plus grande réserve d'eau du monde se trouve là, immédiatement en dessous. Heureusement pour nous, la couche glaciaire de l'Antarctique Est, elle, est solide et stable. Si elle glissait, le niveau des mers augmenterait de soixante mètres.

— Six mètres, ça fait déjà beaucoup, dit Fort.

Ils achevaient une nouvelle boucle et le pilote lança :

— Nous devrions rentrer.

Fort s'écarta du hublot.

— C'est fini pour toutes les plages du monde. Je pense que nous ferions bien de rassembler nos affaires.

Quand la seconde révolution martienne commença, Nadia se trouvait dans le canyon supérieur de Shalbatana Vallis, au nord de Marineris. On peut dire qu'en un certain sens ce fut elle qui la fit éclater.

Elle avait momentanément quitté Fossa Sud pour superviser le bâchage de Shalbatana, qui était semblable à ceux d'Hellas : une longue tente déployée sur une écologie tempérée, avec un ruisseau dans le fond du canyon. Dans ce cas précis, il était alimenté par le pompage de l'aquifère de Lewis, à cent soixante-dix kilomètres au sud. Shalbatana se composait d'une longue série de S, ce qui faisait que le plancher de la vallée était particulièrement pittoresque et la construction du toit plus compliquée.

Néanmoins, Nadia n'avait accordé qu'une partie de son attention à ce chantier. Elle se préoccupait surtout des événements en cascade qui se passaient sur Terre. Elle était chaque jour en liaison avec son groupe de Fossa Sud, avec Art et Nirgal à Burroughs, et elle était informée des récentes nouvelles. Elle s'intéressait plus particulièrement aux activités de la Cour mondiale, qui tentait de s'interposer en arbitre dans le conflit en pleine aggravation entre les métanats de Subarashii, le Groupe des Onze et Praxis, la Suisse l'Alliance Sino-Indienne. Cette tentative avait paru très menacée par les émeutes des fondamentalistes et les préparatifs des métanats pour se défendre. Et elle en avait conclu que les choses, sur Terre, allaient entamer une autre spirale vers le chaos.

Mais toutes ces crises devinrent insignifiantes quand Sax l'appela pour lui apprendre l'effondrement de la couche glaciaire de l'Antarctique Ouest. Elle avait reçu son message dans l'une des caravanes du chantier. Elle ne quittait pas le petit visage sur son écran.

– Qu'est-ce que tu entends par effondrement ?

– La couche s'est détachée du socle rocheux. Un volcan est entré en éruption. Et les courants océaniques brisent la banquise.

Il lui envoya une image vidéo, celle de Punta Arena, une ville portuaire du Chili, dont les docks et les rues avaient été submergés. Puis une autre de Port Elizabeth, en Azanie, où la situation était la même.

– Ça se propage à quelle vitesse ? demanda Nadia. Comme un raz de marée ?

– Non. Disons plutôt comme une marée très importante. Et qui ne se retirera pas.

– Ce qui laisse le temps pour une évacuation, mais pas assez pour construire quoi que ce soit. Tu as dit six mètres ?

– Mais pas avant quelques mois... personne n'en est certain. J'ai vu des estimations selon lesquelles un quart de la population devrait être touché.

– Je le crois. Oh, Sax...

Une débandade mondiale vers les terrains en altitude. Elle fixait l'écran et prenait peu à peu conscience de l'ampleur de la catastrophe.

Les villes côtières allaient être balayées sous six mètres d'eau ! Elle avait du mal à imaginer qu'il pût exister une masse glaciaire assez énorme pour augmenter le niveau des océans de la Terre ne serait-ce que d'un mètre – mais six ! C'était la preuve impressionnante, s'il en était besoin, que la Terre n'était pas si grande après tout. Ou alors que la banquise de l'Antarctique Ouest était énorme. Après tout, elle avait couvert un tiers d'un continent et, selon les rapports, elle était épaisse de trois kilomètres. Ce qui faisait beaucoup de glace. Sax lui parlait de la glace de l'Antarctique Est, qui apparemment n'était pas menacée. Elle secoua la tête pour s'évader de son bavardage et se focalisa sur les informations. Le Bangladesh devrait être totalement évacué, ce qui représentait trois cents millions d'habitants, sans parler des villes du littoral de l'Inde, comme Calcutta, Madras et Bombay. Puis ce serait le tour de Londres, Copenhague, Istanbul, Amsterdam, New York, Los Angeles, la Nouvelle-Orléans, Miami, Rio, Buenos Aires, Sydney, Melbourne, Singapour, Hong Kong, Manille, Djakarta, Tokyo... pour ne citer que les plus importantes. Des populations nombreuses vivaient sur les côtes, dans ce monde qui souffrait déjà du surpeuplement et d'une diminution dramatique de ses ressources. Toutes sortes de sources de ravitaillement essentielles allaient être noyées dans l'eau salée.

– Sax, dit Nadia, nous devrions les aider. Pas seulement...

– Nous ne pouvons pas faire grand-chose. Et nous pourrons le faire mieux si nous sommes libres. Ça vient en premier.

– Tu me le jures ?

– Oui, fit-il, l'air surpris. Je veux dire... je vais faire mon possible.

– C'est ce que je te demande. (Elle réfléchit brièvement.) Tout est prêt de ton côté ?

– Oui. Nous voulons d'abord frapper tous les satellites de surveillance et d'attaque avec des missiles.

– Et pour Kasei Vallis ?

– Je m'en charge.

– Quand veux-tu commencer ?

– Qu'est-ce que tu dirais de demain ?

– Demain !

– Il faut que je m'occupe très vite de Kasei. Les conditions sont favorables.

– Qu'est-ce que tu comptes faire ?

– Essayons de lancer ça dès demain. Ça ne servirait à rien de perdre du temps.

– Mon Dieu ! Nous allons nous trouver derrière le Soleil ?

– Oui.

Cette position en opposition par rapport à la Terre n'était qu'une question symbolique depuis que les communications transitaient par un nombre important de satellites-relais, mais elle impliquait qu'il faudrait des mois aux navettes les plus rapides pour aller de la Terre à Mars.

Nadia inspira profondément et dit :

– Allons-y.

– J'espérais que tu dirais cela. Je vais appeler Burroughs et leur passer le message.

– On se retrouve à Underhill ?

C'était leur point de rendez-vous convenu en cas d'urgence. Sax se trouvait dans un refuge du cratère Da Vinci où un certain nombre de silos à missiles étaient groupés, et l'un et l'autre pourraient rallier Underhill en une journée.

– Oui, dit-il. A demain.

Et il disparut de l'écran.

Et c'est ainsi qu'elle déclencha la révolution.

Elle tomba sur un programme d'infos qui montrait une photo satellite de l'Antarctique et elle regarda dans une sorte d'hébétude. Des voix ténues bavardaient fiévreusement. L'une d'elles clamait que le désastre était un sabotage écologique perpétré par

Praxis qui aurait foré la glace pour déclencher des bombes à hydrogène sur le socle rocheux de l'Antarctique.

– On se tait! cria-t-elle, écœurée.

Elle ne retrouva cette assertion sur aucun autre programme, mais nul ne la réfutait – ça faisait partie du chaos, sans doute, et ça disparut sous la rafale d'autres informations à propos de l'inondation. Mais le métanatricide se poursuivait. Et ils en faisaient partie.

Toute vie se réduisit immédiatement à cela, ce qui rappelait crûment 61. Elle sentit son estomac se nouer, se rétrécir bien au-delà des limites habituelles de tension pour devenir un noyau de fer douloureux au centre de son être. Depuis quelque temps, elle prenait des médicaments contre l'ulcération, mais ils semblaient tristement inefficaces dans ce genre de crise. Allons, se dit-elle, du calme. C'est l'instant. Tu l'attendais, tu as tout fait pour. Tu as tout préparé pour ça. Et voici venir le chaos. Au cœur de chaque changement de phase, il existe une zone de chaos où les choses se recombinent en cascade. Mais il y avait des méthodes pour le déchiffrer, pour composer avec.

Elle traversa le petit habitat mobile, jeta un bref regard sur la beauté idyllique du fond du canyon, avec le ruisseau qui courait dans son lit de pierres roses, entre les jeunes arbustes, les haies de peupliers des marais des berges et des îlots. Il était possible, si les choses tournaient au drame, que personne n'habite jamais dans Shalbatana Vallis. Elle resterait alors une bulle vide jusqu'à ce que les tempêtes de boue crèvent la tente ou qu'un élément de l'écologie mésocosmique tourne mal. Dans ce cas...

Elle haussa les épaules et réveilla son équipe pour annoncer qu'ils partaient pour Underhill. Elle leur expliqua pourquoi et, comme ils faisaient tous partie de la Résistance d'une façon ou d'une autre, ils applaudirent.

On était juste après l'aube. Une belle journée de printemps s'annonçait, du genre où on pouvait circuler en combinaison à peine fermée, avec un masque facial. Seules les bottes isolantes rappelaient à Nadia les tenues massives des premières années. On était vendredi, Ls 101, 2 juillet, année martienne M-52, date terrienne (elle consulta son bloc de poignet)... 12 octobre 2127. Ce serait bientôt le centième anniversaire de leur arrivée, bien que personne ne parût désireux de fêter l'événement. Cent ans! L'idée était bizarre.

Une autre révolution de Juillet, une autre révolution d'Octobre. Une décennie après le bicentenaire de la révolution bolchévique, si elle se souvenait bien. Autre pensée bizarre. Après tout, eux aussi avaient essayé. Comme tous les révolutionnaires, au long de l'histoire. Pour la plupart des paysans désespérés qui se battaient pour que vivent leurs enfants. Comme dans sa Russie. Ils avaient été tellement nombreux dans cet âge amer du vingtième siècle à tout risquer pour une vie meilleure, et pourtant ils avaient abouti au désastre. C'était effrayant – comme si l'histoire humaine n'était faite que d'assauts contre la misère qui échouaient tous l'un après l'autre.

Mais la Russe qui était en elle, la Sibérienne inscrite dans son cerebellum, décida qu'octobre était un bon auspice. Ou que cette date rappelait en tout cas ce qu'il ne fallait pas faire – de même que 61. Et dans son esprit sibérien, elle pouvait dédier ce moment à tous : aux héros de la catastrophe soviétique, à tous ses amis morts en 61, à Arkady, Alex, Sasha, Roald, Janet, Evgedia et Samantha, tous ceux dont le souvenir hantait ses rêves et ses insomnies, tournant comme des électrons autour du noyau de fer qui était en elle, l'avertissant de ne rien rater, de lancer les choses à temps, cette fois, pour que leurs vies et leurs morts aient un sens. L'un d'eux lui avait dit : « La prochaine fois que tu décideras une révolution, tu ferais bien d'essayer de t'y prendre autrement. »

L'heure était venue. Mais des unités de guérilla mars-unistes sous le commandement de Kasei étaient coupées de tout contact avec le quartier général de Burroughs. Et des milliers d'autres facteurs allaient peser dans la balance, et échappaient à son contrôle. Le chaos recombinant en cascade. Alors, à quel point ce serait différent ?...

Elle fit embarquer son équipe dans les patrouilleurs et ils s'engagèrent sur la petite piste qui conduisait à la gare, à quelques kilomètres au nord. Là, ils prirent un train de marchandises qui empruntait une piste mobile qui avait été installée pour le chantier de Shalbatana. Elle rejoignait plus loin la ligne principale Burroughs-Sheffield. Mais ces deux villes étaient des bastions des métanats, et Nadia redoutait qu'elles ne prennent des mesures pour renforcer la sécurité de la piste. En ce sens, Underhill avait une importance stratégique : en l'occupant, ils couperaient la liaison entre Burroughs et Sheffield. Mais, pour cette même raison, elle voulait fuir Underhill et tout le réseau des pistes. Elle voulait gagner les airs, comme en 61. Tous les réflexes qu'elle avait acquis durant les mois des événements refluaient en elle, comme si les soixante-six années qui s'étaient écoulées depuis ne comptaient pas. Et ces réflexes lui commandaient de se cacher.

Tandis qu'ils glissaient vers le sud-ouest à travers le désert, franchissant le col entre Ophir et Juventae Chasma, elle entra en liaison sur son bloc de poignet avec le quartier général de Sax, dans le cratère Da Vinci. Les techniciens de Sax essayaient d'imiter son style sec, mais il était clair qu'ils étaient aussi excités que les membres de sa jeune équipe de construction. Ils furent cinq en même temps à lui annoncer qu'ils avaient déclenché la mise à feu des missiles surface-espace que Sax avait dissimulés dans des silos clandestins au cours de la décennie. Ç'avait été comme autant de feux d'artifice et les missiles avaient descendu toutes les plates-formes armées en orbite dont ils connaissaient la position, de même que de nombreux satellites de communication.

– Nous avons atteint quatre-vingts pour cent des cibles avec la première vague! – Nous avons placé nos propres satellites de communication sur orbite! – Maintenant, nous frappons au coup par coup!...

Nadia les interrompit :

– Vos satellites fonctionnent?

– Nous pensons qu'ils sont OK! On n'en sera certains qu'après un test complet, et tout le monde s'active pour ça.

– On va en essayer un tout de suite. Prenez ça en priorité, voulez-vous? Nous avons besoin d'un système redondant, *très* redondant.

Elle coupa la communication et tapa les codes de fréquence et d'encryptage que Sax lui avait donnés. Quelques secondes après, elle parlait à Zeyk, qui était à Odessa pour aider à la coordination des activités du Bassin d'Hellas. Jusque-là, lui dit-il, tout fonctionnait selon le plan prévu. Bien sûr, ils n'avaient commencé que depuis quelques heures, mais il semblait que ce que Michel et Maya avaient organisé était payant, car tous les membres des cellules d'Odessa s'étaient déversés dans les rues pour prévenir la population de ce qui se passait, déclenchant instantanément une manifestation et une grève spontanées. Ils s'apprêtaient à bloquer la gare. Ils occupaient déjà la corniche et la plupart des espaces publics, en une grève qui ne tarderait pas à devenir une occupation totale de la cité. Le personnel de l'Autorité transitoire avait battu en retraite vers la gare et la centrale, ainsi que Zeyk l'avait espéré.

– Quand une majorité sera à l'intérieur, nous allons passer les IA de la centrale en override [1] et elle deviendra leur prison. Nous contrôlons les systèmes vitaux de la ville, et ils ne peuvent pas faire grand-chose, si ce n'est se faire sauter, ce dont nous dou-

1. En informatique, consiste à supplanter un système par un autre, en d'autres termes à le « shunter », le « bypasser » ou encore le « circonvenir ». *(N.d.T.)*

594

tons. Il y a pas mal de Syriens niazi, dans les gens de l'ATONU, et je reste en contact avec Rashid : nous essayons de neutraliser la centrale de l'extérieur et on aimerait être sûrs que personne n'a décidé de jouer les martyrs.

– Je ne pense pas que les métanats aient trop de martyrs.

– Je l'espère, mais on ne peut jamais savoir. En tout cas, jusque-là, ça se passe bien. Et ailleurs, dans Hellas, les choses ont été encore plus faciles – les forces de sécurité étaient réduites au minimum et la population compte pas mal d'indigènes et d'immigrants radicalisés. Ils se sont contentés de cerner les gens de la sécurité en les provoquant. Ça devrait se terminer par un *statu quo* ou par le désarmement des forces de sécurité. Harmakhis et Dao-Reull se sont proclamés canyons libres et ils sont ouverts à tous les réfugiés.

– Bien !

Zeyk perçut un accent de surprise dans sa voix et la mit en garde :

– Je ne crois pas que ça sera aussi facile pour Burroughs et Sheffield. Et puis, il va falloir que nous neutralisions l'ascenseur, pour qu'ils ne puissent pas tirer depuis Clarke.

– Clarke est quand même coincée au-dessus de Tharsis.

– C'est vrai. Mais il est certain qu'il vaudrait mieux nous en emparer pour éviter que l'ascenseur ne nous retombe encore dessus.

– Je sais. J'ai entendu dire que les Rouges travaillaient avec Sax sur un plan à ce sujet.

– Allah nous préserve ! Je dois te quitter, Nadia. Dis à Sax que les programmes pour la centrale ont parfaitement fonctionné. Écoute, je pense qu'on devrait te rejoindre dans le Nord. Si nous pouvons nous assurer très vite d'Hellas et d'Elysium, ça renforcera nos chances pour Burroughs et Sheffield.

Tout se passait donc comme prévu sur Hellas. Plus important encore, ils restaient en communication. Un point essentiel : de toutes les images cauchemardesques de 61, des scènes marquées dans sa mémoire par des éclairs de peur et de souffrance, aucune n'était plus insupportable que ces instants de détresse absolue qui avaient suivi la rupture de toutes leurs communications. Après, plus rien n'avait eu d'importance. Ils étaient devenus des insectes amputés de leurs antennes qui titubaient en rond. Pour cette raison, durant ces dernières années, Nadia avait insisté auprès de Sax pour qu'il prévoie un plan de renforcement de leurs systèmes de communication. Il l'avait conçu, construit, et placé sur orbite : toute une flotte de satellites très petits, furtifs et renforcés au maximum. Et qui semblaient fonctionner comme prévu. Et le noyau de fer qui était en elle, même s'il ne s'était pas résorbé, ne pesait plus aussi durement sur ses côtes. Du calme, se dit-elle. C'est le moment, c'est l'instant. Concentre-toi dessus.

Leur piste mobile rejoignit la grande ligne équatoriale, qui avait été déplacée l'année d'avant pour éviter la glace de Chryse, et ils furent aiguillés vers l'ouest sur une piste prévue pour les trains locaux. Le train ne comportait que trois voitures. Nadia et son équipe étaient tous rassemblés dans la première, afin de suivre les infos sur l'écran. Il s'agissait d'un bulletin officiel de Mangalavid, transmis depuis Fossa Sud, confus et inconsistant, mêlant les flashes météo avec de brefs comptes rendus des grèves dans plusieurs villes. Nadia était en contact permanent avec Da Vinci ou le refuge de Mars Libre à Burroughs et elle observait tour à tour l'écran et son bloc de poignet. Les informations lui parvenaient en rafales, comme de la musique polyphonique. Elle s'était aperçue qu'elle pouvait suivre les deux sources sans problème. Elle était avide d'en savoir plus. Praxis leur envoyait des rapports continus sur la situation terrienne, qui était confuse mais pas aussi incohérente et opaque qu'en 61 : d'abord justement parce que Praxis les tenait informés, et aussi parce que l'activité essentielle, sur Terre, était pour l'heure l'évacuation des populations côtières. Les inondations étaient comme de grandes marées, ainsi que Sax l'avait dit. Le métanatricide se déchaînait encore sous forme de coups chirurgicaux, de décapitation, de raids de commandos et de contre-raids dans divers immeubles ou quartiers généraux, combinés avec des actions légales et des séries de plaintes et d'appels introduits devant la Cour mondiale. Ce que Nadia trouvait encourageant. Mais tous ces raids et manœuvres stratégiques étaient relégués à l'arrière-plan par les inondations planétaires. Même les attaques les plus terribles (vidéos d'édifices qui explosaient, d'accidents d'avions, de routes défoncées par des voitures piégées) étaient infiniment moins graves que l'escalade d'une guerre qui, avec l'utilisation d'armes biologiques, pouvait faire des millions de morts. Comme le prouvait malheureusement un rapport d'Indonésie : un groupe de libération radical, à l'est de Timor, sur le modèle du Sentier lumineux péruvien, avait infesté toute l'île de Java avec un germe non encore identifié. Des centaines de milliers de morts s'ajoutaient aux victimes de l'inondation. Sur un continent, cette peste pourrait devenir un désastre final, et nul n'était certain que ce ne serait pas le cas. Mais l'île était une exception atroce, car la guerre, si tel était le nom que l'on pouvait donner au chaos du métanatricide, allait vers un affrontement au sommet. Dans un style proche de celui qui avait été adopté pour Mars, à vrai dire. Ce qui était en un sens réconfortant; mais si les métanats se rodaient à ce style, elles pourraient l'appliquer sur Mars – non pas dans le premier moment de surprise, mais plus tard, quand elles se seraient réorganisées. Dans le flot des rapports de Praxis Genève, il y avait un détail menaçant qui révélait que les métanats avaient peut-être déjà déclenché la riposte : une navette rapide, avec un contingent d'« experts en sécurité », avait quitté l'orbite de la Terre à destination de Mars trois mois auparavant et devait atteindre le système martien dans « quelques jours ». Cette nouvelle était répandue afin d'encourager les forces de sécurité confrontées aux émeutes et aux actes de terrorisme, si l'on en croyait le communiqué de presse de l'ONU.

Nadia fut arrachée à sa concentration par la soudaine apparition d'un immense train transplanétaire sur la piste voisine. Ils glissaient paisiblement sur le plateau bossué d'Ophir quand l'express de trente voitures passa près d'eux. Mais il ne ralentit pas, et il était impossible de savoir qui se trouvait derrière les fenêtres opacifiées. Il disparut très vite à l'horizon.

Les infos se poursuivaient sur un rythme frénétique. Les reporters étaient à l'évidence stupéfiés par les événements de la journée – des émeutes à Sheffield, des arrêts de travail dans Fossa Sud et Hephaestus – et leurs comptes rendus se suivaient si rapidement que Nadia finissait par douter de leur authenticité.

Quand ils atteignirent Underhill, ce sentiment d'irréalité ne la quitta pas pour autant : la vieille colonie endormie, à demi abandonnée, était maintenant grouillante d'activité, comme dans l'année M-1. Des sympathisants de la Résistance étaient accourus durant toute la journée des petites colonies de Ganges Catena, d'Hebes Chasma et de la muraille nord d'Ophir Chasma. Les Bogdanovistes locaux avaient apparemment organisé une marche sur la petite unité de l'ATONU cantonnée à la gare. Ce qui avait abouti à un blocage devant la gare, sous la tente qui recouvrait l'ancienne arcade et le quadrant original des caveaux, qui semblaient maintenant tellement exigus, tellement surannés.

Quand Nadia débarqua du train, elle se retrouva au milieu d'une discussion violente entre un homme muni d'un porte-voix, encadré par vingt gardes du corps, et la foule turbulente. Elle sauta sur le quai et se précipita entre les émeutiers et le chef de gare et ses hommes. Elle réquisitionna le porte-voix d'une jeune femme et lança dans le même instant :

– Monsieur le chef de gare ! Monsieur le chef de gare !

Elle répéta cette phrase en anglais et en russe plusieurs fois jusqu'à ce que chacun comprenne qui elle était. Son équipe s'était infiltrée dans la foule et, dès qu'elle vit qu'ils étaient tous en position, elle s'avança droit vers le groupe d'hommes et de femmes en gilets pare-balles. Le chef de gare était un ancien de Mars au visage buriné, marqué de cicatrices au front. Ses jeunes collègues arboraient l'insigne de l'Autorité transitoire et avaient l'air apeurés. Nadia lâcha le porte-voix.

– Je m'appelle Nadia Cherneshevsky. J'ai construit cette ville. Et maintenant, nous allons en prendre le contrôle. Vous travaillez pour qui ?

– L'Autorité transitoire des Nations unies, dit l'homme d'un ton ferme en la dévisageant comme si elle venait de surgir de la tombe.

– Mais vous dépendez de quelle unité ? De quelle méta-nationale ?

– Nous sommes une unité de Mahjari.

– Mahjari travaille avec la Chine, maintenant, la Chine travaille avec Praxis, et Praxis travaille avec nous. Nous sommes du même bord, mais vous ne le savez pas encore. Et quoi que vous en pensiez, nous sommes supérieurs en nombre. (Elle cria à l'adresse de la foule.) Que tout le monde lève la main !

Ils obéirent tous. Et ceux de son équipe braquaient leurs paralyseurs, leurs fusils-soudeurs et leurs pistolets à clous.

– Nous ne voulons pas d'effusion de sang, déclara Nadia au groupe de plus en plus compact. Nous ne voulons même pas vous faire prisonniers. Il y a un train à quai. Vous pouvez le prendre et rejoindre Sheffield et le reste de votre équipe. Là-bas, vous en apprendrez plus sur le nouvel état des choses. C'est ça, ou bien nous faisons sauter la gare. De toute façon, nous avons le contrôle de la situation, et il serait stupide que quiconque soit tué alors que cette révolte est d'ores et déjà un état de fait. Prenez ce train. Je vous conseille vraiment de retourner à Sheffield et, si vous le voulez, d'emprunter l'ascenseur. Mais si vous souhaitez travailler pour une Mars libre, vous pouvez vous joindre à nous dès maintenant.

Elle affronta sereinement le regard de l'homme, plus apaisée que jamais. L'action était un tel soulagement. Le chef de gare pencha la tête pour échanger quelques phrases avec les membres de son équipe pendant cinq minutes. Quand il regarda de nouveau Nadia, ce fut pour dire :

– Nous allons prendre le train.

Et c'est ainsi qu'Underhill fut la première ville libérée.

Cette nuit-là, Nadia se rendit jusqu'au parking des caravanes, situé près de la paroi de la nouvelle tente. Les deux caravanes qui n'avaient pas été transformées en labos avaient conservé l'ancien équipement et, après en avoir fait le tour et déambulé dans les caveaux et le quartier de l'Alchimiste, elle retourna finalement dans celle où elle avait vécu au tout début et se laissa tomber sur un matelas avec une sensation de fatigue pesante.

C'était tellement étrange de se retrouver ainsi étendue au milieu de tous ces fantômes, à essayer de retrouver ce temps lointain. Trop étrange : malgré sa fatigue, elle ne trouva pas le sommeil et, à l'approche de l'aube, elle eut une vision brumeuse. Elle s'inquiétait de l'ouverture des caissons largués par les fusées de transport. Elle devait aussi programmer les robots de construction et appeler Arkady sur Phobos. Elle bascula même dans le sommeil à un instant, un sommeil pénible, jusqu'à ce qu'un picotement dans son doigt fantôme la réveille.

Elle se redressa avec un gémissement. Il était difficile d'imaginer qu'elle se réveillait dans un monde en turbulence, avec des millions de gens qui attendaient ce que la journée allait leur apporter. Elle promena le regard sur cette pièce confinée où elle avait vécu et il lui sembla soudain que les murs bougeaient – qu'ils pulsaient doucement. C'était une sorte de vision double, comme si elle voyait à travers une visionneuse stéréo sous la clarté basse du matin. Les quatre dimensions lui apparaissaient en même temps dans une lumière hallucinatoire et vibrante.

Ils prirent leur petit déjeuner dans les caveaux, dans la grande salle où Ann et Sax s'étaient jadis querellés à propos des avantages du terraforming. Sax avait remporté la bataille, mais Ann était toujours en train de combattre sur cette planète, comme si les choses n'avaient pas été décidées depuis longtemps.

Nadia se concentra sur le présent, sur son écran d'IA et le flot des informations de ce samedi matin. Le haut de l'écran était occupé par Maya qui émettait depuis son refuge de Burroughs, et le bas par les rapports de Praxis en provenance de la Terre. Maya jouait les héroïnes comme toujours, vibrante d'appréhension, impérieuse, distribuant ses ordres à tous pour qu'ils se conforment à sa vision des choses, hagarde mais néanmoins fébrile, tournant à son rythme intérieur. Nadia l'écouta décrire les événements récents tout en mâchant méthodiquement, à peine consciente du goût délicieux du pain d'Underhill. A Burroughs, c'était déjà l'après-midi et la journée avait été particulièrement active. Toutes les cités de Mars étaient agitées. Sur Terre, l'ensemble des zones côtières était inondé et les déplacements en masse provoquaient le chaos à l'intérieur des terres. La nouvelle ONU avait condamné les émeutiers de Mars en les qualifiant d'opportunistes sans cœur qui tiraient avantage de ces catastrophes sans précédent pour imposer leur cause égoïste.

– C'est vrai, dans le fond, remarqua Nadia à l'adresse de Sax.

Il venait d'arriver du cratère Da Vinci.

– Je suis sûre qu'ils vont retenir ça contre nous.

– Pas si nous les aidons à s'en sortir.

– Hum...

Elle lui proposa du pain en le dévisageant avec insistance. En dépit de la transformation de ses traits, il ressemblait de plus en plus au Sax qu'elle avait connu, au fil des jours. Impassible, il clignait des yeux en observant la salle en brique. Il semblait que la révolution était le dernier de ses soucis.

– Tu es prêt à t'envoler vers Elysium? demanda-t-elle.

– C'était ce que je m'apprêtais à te demander.

– Bien. Donne-moi le temps de récupérer mon sac.

Pendant qu'elle jetait ses vêtements et son IA dans son vieux sac à dos noir, son poignet bippa et elle découvrit Kasei, ses longs cheveux gris hirsutes autour de son visage ridé qui était un étrange mélange de John et Hiroko – la bouche de John, étirée pour l'instant en un large sourire, et les yeux asiatiques d'Hiroko, à demi clos de bonheur.

– Hello, Kasei, dit-elle, incapable de dissimuler sa surprise. Je ne crois pas t'avoir jamais vu sur mon bloc de poignet.

– Les circonstances sont exceptionnelles, dit-il sans se démonter.

Elle l'avait toujours considéré comme un homme austère, mais l'éclatement de la révolution avait sur lui un effet tonique, à l'évidence. A son regard, elle comprit soudain qu'il avait attendu ça toute sa vie.

– Écoute, Coyote, moi et un groupe de Rouges, on est ici, dans Chasma Borealis, et nous avons pris le contrôle du barrage et du réacteur. Tous ceux qui travaillent sur place se sont montrés coopératifs.

– Encourageants! cria quelqu'un qui se trouvait près de lui.

– Oui, on a trouvé pas mal de soutien sur place, si l'on excepte une centaine de types de la sécurité qui se sont bouclés dans le réacteur. Ils menacent de déclencher une réaction en chaîne si on ne les laisse pas partir pour Burroughs.

– Et alors? fit Nadia.

– *Alors?* répéta Kasei en riant. Coyote nous a dit de te demander ce qu'il fallait faire.

Elle se raidit.

– Je ne peux pas le croire!

– Mais ici, personne n'y croit non plus! Mais c'est ce qu'a dit Coyote, et on aime bien faire plaisir à ce vieux salopard quand on le peut.

– Bien. Alors, laissez-les partir pour Burroughs. Il n'y a vraiment pas de problème. Cent flics de plus à Burroughs, ça ne compte pas, et moins nous aurons de réactions en chaîne mieux ça vaudra. On patauge encore dans les radiations de la dernière fois.

Sax entra dans la pièce alors que Kasei réfléchissait à ce qu'elle venait de dire.

– OK! fit Kasei. Si tu le dis! On se reparlera plus tard. Il faut que j'y aille, *ka*!

Nadia resta le regard fixé sur son écran de poignet en fronçant les sourcils.

– C'était quoi? demanda Sax.

– Je me le demande, dit-elle.

Elle lui raconta sa conversation tout en essayant vainement de joindre Coyote.

– Eh bien, te voilà coordinatrice, commenta Sax.

– Et merde. (Elle jeta son sac sur son épaule.) On y va.

Ils décollèrent dans un des nouveaux 51B, très petit et très rapide. Ils prirent un vaste itinéraire circulaire en direction du nord-ouest par-dessus la mer de glace de Vastitas en évitant les places fortes des métanats d'Ascraeus et du Belvédère d'Echus. Peu après, ils aperçurent la glace de Chryse, au nord. Les icebergs fracassés étaient tachetés de rose et d'améthyste par les algues des neiges et les mares de fonte. Bien sûr, la vieille route à transpondeurs de Chasma Borealis avait depuis longtemps disparu. L'ancien système de distribution de l'eau vers le sud avait été oublié et n'était plus qu'une note technique en bas de page pour les livres d'histoire. En contemplant le chaos de glace, Nadia se souvint soudain de ce qu'avait été le paysage lors de son premier voyage, les collines et les cuvettes qui se succédaient sans fin, les grandes dunes barkhanes noires, l'incroyable terrain laminé des derniers sables avant la calotte polaire... Tout avait disparu, désormais, submergé par la glace. La calotte polaire elle-même était devenue un agglomérat informe de grandes zones de fonte et de courant de glace, de rivières figées, de lacs givrés. Tout y était boueux, visqueux, tout se déversait en se fragmentant vers le bas du grand plateau sur lequel reposait la calotte, et coulait vers la mer du nord qui entourait le monde.

Durant l'essentiel de leur vol, il ne fut pas question de se poser. Nadia surveillait nerveusement les instruments de bord, consciente de toutes les choses qui pouvaient se montrer défaillantes dans une machine nouvelle en pleine période de crise, quand il n'était plus question de maintenance et que l'erreur humaine était à son sommet.

Puis, des volutes de fumée noire et blanche apparurent sur l'horizon du sud-ouest, dérivant vers l'est sous l'effet des vents d'altitude.

– C'est quoi, ça? s'inquiéta-t-elle en se portant vers le flanc gauche de l'avion.

– Kasei Vallis, jeta Sax depuis le siège de pilotage.

– Qu'est-ce qui se passe?

– Ça brûle.

Nadia le fixa.

– Qu'est-ce que tu veux dire?

– La végétation est dense dans la vallée. Et aussi au pied du Grand Escarpement. Il y a surtout des résineux et des arbustes. Et aussi des arbres à graines pyrophiles. Tu sais, ces espèces qui ont besoin du feu pour se propager. La manzanita épineuse, l'épine noire, le séquoia géant et quelques autres.

– Comment le sais-tu?

– C'est moi qui les ai plantés.

– Et maintenant tu y as mis le feu?

Il acquiesça en observant la fumée.

– Mais Sax, est-ce que le pourcentage d'oxygène dans l'atmosphère n'est pas très important?

– Quarante pour cent.

Elle le contempla plus longuement, soudain soupçonneuse.

– C'est toi qui as monté ça, hein? Seigneur! Sax... tu aurais pu incendier toute cette planète!

Elle se tourna de nouveau vers la colonne de fumée. Dans le sillon de Kasei Vallis, elle discerna une ligne de flammes, la lisière de l'incendie qui était plus blanche que jaune, comme du magnésium en ignition.

– Mais rien ne pourra repousser cela! Tu as vraiment mis le feu au monde!

– La glace. Sous le vent, il n'existe que la glace de Chryse. L'incendie ne devrait se propager que sur quelques milliers de kilomètres carrés.

Nadia le dévisagea, effrayée, stupéfaite. Sax observait toujours le feu, mais il se concentrait quand même sur les instruments avec une expression curieuse : dure et reptilienne – totalement inhumaine.

Les bastions de la sécurité apparurent à l'horizon, dans la courbe de Kasei Vallis. Les tentes flambaient comme des torches, les cratères de la berge intérieure étaient autant de brasiers qui crachaient des flammèches dans les airs. Un vent très fort soufflait d'Echus Chasma et s'engouffrait dans Kasei Vallis, avivant les feux. Une tornade incendiaire. Que Sax fixait sans ciller, le maxillaire tendu.

– Mets cap au nord, lui ordonna Nadia. Il faut nous en écarter.

Il inclina l'avion et elle secoua la tête. Des milliers d'hectares brûlaient sous ses yeux. Toute une végétation qu'ils avaient introduite avec beaucoup de peine, brûlée. Les taux d'oxygène en augmentation... Elle regarda la créature étrange assise à ses côtés avec méfiance.

– Pourquoi ne pas m'en avoir parlé ?

– Je ne voulais pas que tu arrêtes l'opération.

C'était aussi simple que ça.

– J'ai donc autant de pouvoir ?

– Oui.

– Ce qui signifie qu'on me tient dans l'ignorance de ce qui se passe ?...

– Uniquement pour ce plan, l'assura-t-il.

Il serrait et desserrait les mâchoires selon un rythme qui lui rappelait soudain Frank Chalmers.

– Tous les prisonniers ont été déportés dans les astéroïdes. Cet endroit était réservé à l'entraînement de leur police secrète. Ceux qui ne se rendent jamais. Les tortionnaires. (Il fixa sur elle son regard de lézard.) Nous nous en sortirons mieux sans eux.

Et il se concentra entièrement sur le pilotage.

Nadia avait encore les yeux rivés sur la ligne blanche de la tempête de feu quand la radio de bord bippa son code. Cette fois, c'était Art. L'inquiétude le faisait loucher.

– J'ai besoin de votre aide. Les gens d'Ann ont repris Sabishii et des tas de Sabishiiens sont sortis du labyrinthe pour réinvestir la ville. Mais les Rouges qui dirigent tout leur ont dit de disparaître.

– Quoi ?

– Je sais, oui, et je ne pense pas qu'Ann soit au courant, mais elle ne répond pas à mes appels. A côté de certains Rouges, elle pourrait passer pour une Boonéenne. Mais j'ai réussi à contacter Ivana et Raul. Ils vont arrêter les Rouges de Sabishii jusqu'à ce que vous appeliez. C'est ce que j'ai pu faire de mieux.

– Pourquoi *moi* ?

– Je crois qu'Ann a dit qu'il fallait vous écouter.

– Et merde !

– Écoutez, qui d'autre que vous peut le faire ? Maya s'est fait trop d'ennemis à essayer de calmer le jeu ces dernières années.

– Je croyais qu'on nous avait envoyé un grand diplomate.

– Je le suis ! Mais tout ce que j'ai pu faire, c'est d'arriver à ce qu'ils se fient tous à votre jugement. Je ne pouvais pas faire mieux. Désolé, Nadia. Je vous aiderai par tous les moyens.

– Vous avez intérêt, si c'est grâce à vous que j'en suis là !

Il sourit soudain.

– Ça n'est pas ma faute si tout le monde vous fait confiance.

Elle coupa rageusement et essaya de contacter les Rouges sur diverses fréquences. En captant leurs messages au hasard, elle prit conscience qu'il s'agissait de jeunes Rouges radicaux dont Ann condamnerait certainement les initiatives – elle l'espérait du moins. Des Rouges qui, alors que la révolution était encore en jeu, faisaient sauter des plates-formes dans Vastitas, déchiraient les tentes, coupaient les pistes ferroviaires, menaçant de rompre la coopération avec les autres rebelles si l'on ne se ralliait pas à leur offensive de sabotages et si toutes leurs exigences n'étaient pas acceptées, etc.

Finalement, Ann répondit. Elle avait l'air d'une Furie déchaînée, impitoyable et un peu folle.

– Écoute, dit Nadia sans préambule, une Mars indépendante est la meilleure chance que tu auras d'obtenir ce que tu veux. Si tu prends la révolution en otage pour tes buts personnels, les gens s'en souviendront, je te préviens ! Tu ne pourras pas te battre pour ce que tu veux aussi longtemps que nous ne contrôlerons pas la situation. Jusque-là, en ce qui me concerne, ça n'est que du chantage. Un coup de poignard dans le dos. Il faut que ces Rouges de Sabishii restituent la ville à ses habitants.

– Qu'est-ce qui te fait croire que je peux leur dicter ce qu'ils doivent faire ? jeta Ann d'un ton furieux.

– Qui d'autre que toi ?

– Et qu'est-ce qui te fait penser que je suis en désaccord avec ce qu'ils font ?

– L'impression que j'ai que tu es une femme sensée !

– Je n'ai pas la prétention de donner des ordres.

– Alors, raisonne ces gens ! Dis-leur que des révolutions plus massives que la nôtre ont échoué à cause de ce genre de stupidité. Dis-leur de se réfréner.

Ann coupa la communication sans répondre.

– Merde ! fit Nadia, une fois encore.

Son IA continuait de déverser des flots d'infos. La force expéditionnaire de l'ATONU remontait des highlands du Sud et semblait se diriger sur Hellas ou Sabishii. Sheffield était encore sous le contrôle de Subarashii. Burroughs était une ville ouverte, apparemment sous le contrôle des forces de sécurité, mais des réfugiés affluaient, venus de Syrtis et d'ailleurs, et la grève générale s'était installée. Les vidéos montraient des boulevards et des parcs occupés par la population, des manifestations contre l'Autorité transitoire, ou des foules de spectateurs inactifs.

– Il va falloir faire quelque chose pour Burroughs, déclara Sax.

– Je sais.

Ils volaient à nouveau vers le sud et franchirent la butte d'Hecates Tholus, à l'extrémité nord du massif d'Elysium, en direction du port spatial de Fossa Sud. Leur voyage avait duré douze heures, mais ils avaient volé cap à l'ouest dans neuf fuseaux horaires et franchi la ligne de datation à cent quatre-vingts degrés de longitude. Ils se retrouvèrent au milieu de la journée de dimanche dans un bus qui les emporta jusqu'au sas du toit en suivant la bordure de Fossa Sud.

Fossa Sud et les autres cités d'Elysium, Hephaestus et Elysium Fossa, avaient toutes adhéré au mouvement Mars Libre, et massivement. Elles constituaient désormais une sorte d'entité géographique. L'un des bras glaciaires sud de Vastitas courait à présent entre le massif d'Elysium et le Grand Escarpement. Même s'il était d'ores et déjà coupé par les pontons de quelques pistes ferroviaires, Elysium ne tarderait plus à être une île-continent. La population des trois villes s'était répandue dans les rues et occupait maintenant les bâtiments officiels et les centrales. Privée du soutien éventuel de représailles orbitales, la police de l'Autorité transitoire s'était fondue dans la foule ou avait pris le train à destination de Burroughs. Elysium, désormais, appartenait incontestablement à Mars Libre.

Dans les bureaux de Mangalavid, Nadia et Sax découvrirent qu'un important groupe de rebelles s'était emparé de la station et s'activaient à présent à diffuser vingt-quatre heures et demie par jour des bulletins sur les quatre canaux, tous sympathisants de la révolution, avec de longues interviews venues des villes et des centres libérés. Le laps de temps martien allait être dévolu à un montage de tous les événements de la veille.

Certains centres miniers des crevasses radiales d'Elysium et de Phlegra Montes étaient dirigés totalement par les métanats, et avant tout par Amexx et Subarashii. Les cadres étaient surtout des immigrants récents. Ils s'étaient pour la plupart enterrés dans leurs trous, et ils gardaient le silence ou menaçaient ceux qui tentaient de les déranger. Certains clamaient leur intention de reprendre la planète ou de tenir jusqu'à l'arrivée de renforts venus de la Terre.

– Ignorez-les, conseilla Nadia. Évitez-les et ignorez-les. Brouillez leurs communications si vous le pouvez et fichez-leur la paix.

Mais les rapports venus d'autres régions étaient plus encourageants. Senzeni Na était aux mains de gens qui se réclamaient des Boonéens, même s'ils n'étaient pas associés à Jackie – des issei, des nisei, des sansei et des yonsei qui avaient instantané-

ment rebaptisé leur mohole John Boone et déclaré Thaumasia
« site neutre pacifique de Dorsa Brevia ». Korolyov, qui n'était
plus qu'une petite bourgade minière, s'était révoltée avec
presque autant de violence qu'en 61, et ses citoyens, qui étaient
en majorité des descendants de l'ancienne colonie pénitentiaire,
avaient donné à leur ville le nom de Sergei Pavlovich Korolyov et
déclaré qu'elle était désormais une zone libre anarchiste. Les
gigantesques édifices de la vieille prison allaient être convertis en
un immense bazar avec un espace de vie communautaire ouvert
à tous les réfugiés de la Terre. Nicosia elle aussi était une cité
libre. Le Caire était sous le contrôle de la sécurité d'Amexx.
Odessa, de même que les villes du bassin d'Hellas, résistait toujours pour garder son indépendance, quoique la piste d'Hellas ait
été coupée en certains endroits. Les systèmes magnétiques
avaient pris le relais pour faire fonctionner les pistes et les trains,
et ces systèmes étaient faciles à faire sauter. Pour cette raison, de
nombreux trains circulaient à vide ou étaient annulés. Les voyageurs préféraient les patrouilleurs ou les avions pour ne pas courir le risque de se retrouver coincés dans l'intérieur dans des
véhicules qui n'avaient même pas de roues.

Nadia et Sax passèrent la fin de ce dimanche à observer l'évolution des événements et à émettre des suggestions, quand on les
interrogeait, sur diverses situations problématiques. Nadia avait
le sentiment que, dans l'ensemble, tout se passait bien. Mais le
lundi, de mauvaises nouvelles leur parvinrent de Sabishii. Le
corps expéditionnaire de l'ATONU était arrivé des highlands du
Sud et avait repris la surface de la ville à l'issue d'une bataille
acharnée durant la nuit avec les guérilleros rouges. Les Rouges et
les Sabishiiens avaient battu en retraite dans le labyrinthe du terril du mohole et les refuges alentour. Il était évident qu'une lutte
sanglante allait s'engager dans le labyrinthe. Art prédit que la
force de sécurité serait incapable de pénétrer dans le labyrinthe
et qu'elle serait contrainte d'abandonner Sabishii, de battre en
retraite vers Burroughs pour se joindre aux renforts qui étaient
déjà sur place. Mais il était impossible d'en être certain, et la
malheureuse Sabishii souffrait gravement de l'attaque.

Au soir de ce lundi, Nadia sortit avec Sax pour essayer de
manger quelque part. Les arbres adultes étaient denses sur le
plancher du canyon, les séquoias géants se dressaient au-dessus
des pins et des genévriers, et des pins d'Aspen et des chênes dans
la partie inférieure. Tandis qu'ils traversaient le parc au bord de
la rivière, les gens de Mangalavid présentèrent Nadia et Sax à
divers groupes. Ils étaient tous des indigènes, aux visages
inconnus, nombreux et ravis de les rencontrer. C'était étrange de

voir tant de gens si visiblement heureux. Dans la vie normale, réalisa Nadia, on ne voyait jamais ça : des sourires partout, des inconnus qui se parlaient... Quand un ordre social disparaissait, les choses pouvaient prendre bien des tours. L'anarchie et le chaos étaient bien trop probables, mais la communion aussi était possible.

Ils dînèrent à la terrasse d'un restaurant avant de regagner les bureaux de Mangalavid. Nadia se réinstalla devant son écran et entreprit de dialoguer avec un maximum de comités d'organisation. Elle avait l'impression d'être Frank en 61, accroché frénétiquement aux téléphones. Mais aujourd'hui, ils étaient en communication avec toute la surface de Mars, et elle avait la certitude que même si elle ne contrôlait pas la situation, elle avait une très bonne estimation de ce qui se passait. Et ça valait de l'or. Le noyau de fer qui était dans son ventre commençait à s'attendrir, à se changer en bois.

Au bout de deux heures, elle finit par sombrer dans le sommeil entre deux appels. C'était le milieu de la nuit à Underhill et Shalbatana, et elle n'avait pas beaucoup dormi depuis que Sax l'avait appelée à propos de l'Antarctique. Ce qui signifiait quatre ou cinq jours sans sommeil – mais non, corrigea-t-elle, seulement trois. Pourtant, cela lui paraissait deux semaines.

Elle venait à peine de s'allonger sur un canapé quand elle entendit une explosion de voix. Tout le monde se mit à courir dans le couloir, puis sur les dalles de pierre de la plaza. Elle se précipita derrière Sax, qui la saisit par le bras pour l'empêcher de tomber.

Apparemment, la tente avait été percée. Des doigts se tendaient de toutes parts, mais Nadia ne put rien repérer.

– C'est encore ici que nous serons le plus en sûreté, déclara Sax avec un petit sourire satisfait. La pression sous le toit n'est supérieure que de 150 millibars à peu près à celle de l'extérieur.

– Alors les toits n'éclatent pas comme des ballons percés, dit-elle en se souvenant avec un frisson des cratères sous dôme détruits en 61.

– Même si une partie de l'atmosphère extérieure entre, ça n'est jamais que de l'oxygène et de l'azote. Il y a encore trop de CO_2, mais pas suffisamment pour que nous soyons empoisonnés instantanément.

– Mais si le trou était plus important...

– Exact.

Nadia revint sur ses pas en bâillant. Elle se rassit devant son écran et reprit le cours des informations de Mangalavid en zappant très vite. La plupart des cités importantes étaient ouvertement indépendantes ou faisaient l'objet d'engagements bloqués, la sécurité ayant le contrôle des centrales alors que la population était dans les rues, attendant la suite des événements. Un grand nombre de villes et de camps détenus par les compagnies soutenaient encore leurs métanats, mais dans le cas de Bradbury Point et de Huo Hsing Vallis, deux villes voisines du Grand Escarpement, les métanats mères, Amexx et Mahjari, avaient été en conflit sur Terre. L'effet que cela aurait sur ces villes du Nord n'était pas encore évident, mais Nadia était certaine que ça ne les aiderait pas à sortir de la situation présente.

Subarashii et Amexx détenaient encore plusieurs villes importantes qui servaient d'aimants pour les unités de sécurité isolées des métanats et de l'ATONU. Burroughs était à l'évidence la plus essentielle, mais c'était vrai également du Caire, Lasswitz, Sudbury et Sheffield. Dans le Sud, les refuges qui n'avaient pas été abandonnés ou détruits par le corps expéditionnaire sortaient de la clandestinité : Vishniac Bogdanov avait déployé une tente au-dessus de l'ancien complexe de parking des véhicules robots à proximité de son mohole. Donc, sans aucun doute, le Sud retrouverait son statut de bastion de la Résistance, quoi qu'il advienne. Nadia ne pensait pas que cela en valait la peine. Et la calotte polaire nord était dans un tel désarroi environnemental qu'il était presque sans importance de savoir qui en avait pris possession – pour la plus grande part, la glace se déversait dans Vastitas, mais le plateau était couvert de neige nouvelle à chaque hiver. C'était la région la plus inhospitalière de Mars et il n'y existait quasiment aucune colonie permanente.

La zone disputée se situait essentiellement entre les latitudes tempérées et équatoriales, cette ceinture qui allait du littoral de la mer de glace de Vastitas au nord jusqu'aux deux grands bassins au sud. Et l'espace orbital, bien entendu, mais l'attaque de Sax sur les objets des métanats en orbite avait apparemment été un succès, et l'effacement de Deimos semblait maintenant un coup heureux. Pourtant, l'ascenseur restait aux mains des métanats. Et des renforts allaient sous peu arriver de la Terre. Or l'équipe de Sax, dans Da Vinci, avait apparemment épuisé toutes ses armes dans l'attaque initiale.

Quant à la soletta et au miroir annulaire, ils étaient si grands et fragiles qu'ils étaient impossibles à défendre. N'importe qui pouvait les détruire, mais Nadia ne voyait aucune raison à cela. Si ça venait à se produire, elle soupçonnerait aussitôt les Rouges. Et s'ils réussissaient – eh bien, tout le monde pourrait se passer aisément de ce supplément de lumière, comme avant. Il fallait qu'elle demande à Sax ce qu'il en pensait. Et qu'elle en discute avec Ann, pour connaître sa position. Ou bien il était préférable qu'elle ne lui mette pas trop d'idées dans la tête. Mieux valait qu'elle voie comment les choses se déroulaient. Quoi d'autre encore ?...

Elle s'endormit la tête sur l'écran. Elle se réveilla sur le canapé, affamée. Sax lui avait succédé devant l'écran.

— Ça tourne mal à Sabishii, lui dit-il quand il la vit se lever.

Elle alla jusqu'à la salle de bains. Quand elle revint, elle regarda par-dessus son épaule tandis qu'il lui parlait :

— La sécurité n'a pas réussi à s'occuper du labyrinthe. Alors, ils sont tous partis pour Burroughs. Mais regarde...

Il avait affiché deux images sur l'écran – en haut, Sabishii en flammes, comme Kasei Vallis, et en bas, des soldats déferlant dans la gare à Burroughs, avec des armures légères et des armes automatiques, brandissant le poing. Apparemment, Burroughs était envahie de groupes de sécurité, qui avaient établi leurs quartiers résidentiels dans Branch Mesa et Double Decker Butte. Désormais, en plus des forces de sécurité de l'ATONU, il y avait donc également des troupes de Subarashii et de Mahjari. En fait, toutes les grandes métanats étaient représentées dans la ville, et Nadia en vint à s'interroger sur ce qui se passait entre elles sur Terre – si elles n'avaient pas conclu une sorte d'accord ou d'alliance *ad hoc*, en raison de la crise en cours. Elle appela Art à Burroughs pour lui demander son avis.

· — Ces unités martiennes sont peut-être tellement coupées de leurs bases qu'elles ont conclu d'elles-mêmes une trêve, lui dit-il. Elles pourraient être autonomes.

— Mais si nous sommes encore en liaison avec Praxis...

— Oui, d'accord, mais nous les avons eus par surprise. Ils n'avaient pas conscience de la sympathie qui entourait la Résistance, et c'est pour cela qu'on a pris le dessus. On peut dire qu'en un sens la stratégie de profil bas de Maya a été payante. Non, ces unités pourraient très bien être autonomes maintenant. Si tel est le cas, nous devons considérer que Mars est déjà indépendante, et plongée dans une guerre civile pour le pouvoir. Ce que je veux dire, c'est que les gens de Burroughs peuvent nous appeler et nous dire : OK, Mars est un monde suffisamment grand pour supporter plus d'un type de gouvernement. Vous avez le vôtre, et nous avons Burroughs, et ne tentez pas de nous le prendre – et qu'est-ce que nous leur dirons ?

— Je ne pense pas que quinconque de la sécurité des métanats ait une telle ambition. Il n'y a que trois jours que tout leur est tombé dessus. (Elle désigna l'écran.) Regardez, c'est Derek Hastings, le chef de l'Autorité transitoire. Quand nous avons quitté Houston, il était responsable du Contrôle de mission. Il est dangereux – intelligent et particulièrement têtu. Il va résister jusqu'à l'arrivée des renforts.

– Alors que croyez-vous que nous devrions faire ?

– Je ne sais pas.

– On pourrait laisser Burroughs comme ça ?...

– Je ne crois pas. Nous avons intérêt à achever cette conquête avant de sortir de derrière le Soleil. S'il y a des troupes terriennes assiégées dans Burroughs qui résistent héroïquement, ils vont essayer de les sauver. Ils appelleront ça une mission de secours et ils envahiront toute la planète.

– Ça ne sera pas facile de prendre Burroughs avec cette garnison.

– Je sais.

Sax avait commencé à s'assoupir sur un autre canapé. Il ouvrit un œil.

– Les Rouges envisagent d'inonder la ville.

– *Quoi ?*

– Elle est en dessous du niveau de la glace de Vastitas. Et sous la glace, il y a de l'eau. Sans la digue...

– Oui ?...

– Ann et Coyote ont parlé de la faire sauter. S'ils y sont obligés.

– Non. Il y a deux cent mille personnes dans Burroughs pour quelques milliers d'hommes de la sécurité. Que feraient tous ces gens ? On ne peut pas en évacuer un aussi grand nombre. C'est fou. Et voilà 61 qui recommence. (Plus elle y pensait, plus sa colère grandissait.) Mais à quoi pensent-ils ?

– Ce n'est peut-être qu'une menace, dit Art, toujours rivé à l'écran.

– Les menaces ne servent à rien aussi longtemps que ceux que vous menacez ne croient pas que vous allez les mettre à exécution.

– Ils le croiront peut-être.

Elle secoua la tête.

– Hastings n'est pas aussi stupide. Bon Dieu, il pourrait très bien évacuer ses troupes par le spatioport et laisser toute la population se noyer ! Alors, nous serions considérés comme des monstres et la Terre nous déclarerait vraiment la guerre ! Non !

Elle partit en quête d'un petit déjeuner. En découvrant les pâtisseries dans la cuisine, elle s'aperçut que son appétit était tombé. Elle se contenta d'une tasse de café et regagna le bureau, les mains tremblantes.

En 2061, Arkady avait affronté la dissidence. Un groupe avait lancé un petit astéroïde en direction de la Terre, sur une orbite de collision. Au départ, ça n'avait été qu'une menace. Mais l'astéroïde avait été détruit dans la plus grande explosion jamais déclenchée par l'homme au cours de son histoire. Après cela, la guerre sur Mars était soudain devenue féroce et impitoyable comme jamais auparavant. Et Arkady avait été impuissant à l'endiguer.

Cela pouvait recommencer.

Elle se tourna vers Sax :

– Il faut que nous allions à Burroughs.

Toute révolution suspend les habitudes de même que la loi. Mais tout comme la nature a horreur du vide, les gens ont horreur de l'anarchie.

Les habitudes firent leurs premières incursions en terrain nouveau, comme des bactéries dans la roche, suivies de procédures, de protocoles, de tout un taillis de discours renaissant après la coupe, en route vers la forêt de haute futaie de la loi... Nadia s'apercevait que des gens (certaines gens) venaient la trouver pour résoudre des querelles, qu'ils se fiaient à son jugement. Elle ne contrôlait pas les choses, mais ça n'en était pas loin en ce qui les concernait. Elle était le « résolvant universel », comme disait Art, ou encore le général Nadia, ajoutait perfidement Maya sur son bloc de poignet. Nadia en frissonnait, comme l'espérait Maya. Elle préférait ce qu'elle avait entendu Sax déclarer à sa jeune équipe fervente de techniciens, tous façonnés par lui : « Nadia est l'arbitre désigné, et c'est à elle que vous devez parler. » Tel était le pouvoir des mots : arbitre plutôt que général. Chargée de négocier ce qu'Art appelait le « changement de phase ». Elle l'avait entendu employer ce terme lors d'une interview fleuve sur Mangalavid, avec cet air impassible qui faisait que l'on ne pouvait savoir s'il plaisantait ou non.

– Oh, je ne pense pas que nous assistions à une révolution, non. Mais à une démarche parfaitement naturelle. Nous parlerons donc plutôt d'une sorte d'évolution, de développement, ce qu'en physique on appelle un *changement de phase.*

Les commentaires qui avaient suivi avaient convaincu Nadia qu'Art ne savait pas vraiment en fait ce qu'était un changement de phase. Mais elle le savait, elle, et elle trouvait ce concept intriguant. La vaporisation de l'autorité terrienne, la condensation du pouvoir local, le dégel aboutissant finalement à... tout ce que vous vouliez. La fonte intervenait quand l'énergie thermique des particules était assez importante pour dominer les forces intra-cristallines qui les maintenaient en position. Donc, si l'on considérait l'ordre métanational comme une structure cristalline... Mais la différence était énorme si l'on comparait les forces inter-ioniques et les forces intermoléculaires : le chlorure de sodium, interionique, fondait à 801° C, et le méthane, intermoléculaire, à – 183° C. A quel type de force avaient-ils affaire ? Et quel était le degré de température ?

A ce point, l'analogie elle-même fondait. Mais il ne faisait aucun doute que les noms avaient un pouvoir sur l'esprit humain. Le changement de phase, la gestion intégrée du fléau, le chômage sélectif : elle préférait encore tous ces termes à la vieille notion mortelle de *révolution*. Elle était heureuse de les entendre sur Mangalavid comme dans les rues. Mais elle n'oubliait pas qu'il y avait cinq mille soldats lourdement armés à Burroughs et Sheffield, qui se considéraient encore comme des forces de police affrontant des émeutiers. Et la sémantique ne suffirait pas à résoudre le problème.

Pour l'essentiel, néanmoins, les choses évoluaient mieux qu'elle ne l'avait espéré. En un sens, c'était une question de démographie : apparemment, presque tous ceux qui étaient nés sur Mars étaient maintenant descendus dans la rue. Ils occupaient les administrations, les gares, les centres spatiaux – et aucun, si l'on en croyait les interviews de Mangalavid, ne tolérait du tout (avec une certaine absence de réalisme, se dit Nadia) l'idée que des pouvoirs installés *sur une autre planète* puissent les contrôler en quoi que ce fût. Ils représentaient à peu près la moitié de la population de Mars. Et un pourcentage important d'anciens étaient de leur côté, de même que baucoup d'immigrants récents.

– Appelons-les des immigrants, lui avait conseillé Art. Ou des nouveaux. Des pionniers ou des colons, selon qu'ils sont ou non avec nous. C'est ce que Nirgal a fait, et je pense que cela aide les gens à réfléchir.

Sur Terre, la situation était moins nette. Les métanats de Subarashii étaient encore en conflit avec celles du Sud, mais cette fois dans le contexte de l'inondation géante qui était devenue un arrière-plan affreux. Et il était difficile de savoir ce que les Terriens en général pouvaient penser des événements de Mars.

Quelle que fût leur opinion, la navette rapide serait bientôt là, avec des renforts de sécurité. Et tous les groupes de Résistance s'étaient mobilisés pour converger sur Burroughs. Art fit tout son possible pour participer à cette manœuvre depuis Burroughs en localisant ceux qui avaient pris spontanément la décision de se mettre en marche (ce qui était à l'évidence le choix juste), pour les conforter et les remonter contre ceux qui s'opposaient à ce plan. Nadia se dit qu'il était après tout un diplomate subtil – discret, modeste, gros, sympathique, « antidiplomatique » –, la tête toujours baissée quand il conversait avec les autres, leur donnant l'impression que c'était eux qui menaient le débat. Il était vraiment inlassable. Et très habile. Très vite, des groupes de plus en plus nombreux vinrent les trouver, y compris des Rouges et des guérilleros mars-unistes qui persistaient dans une approche en termes d'assaut ou d'encerclement. Nadia sentait avec acuité qu'à la différence des Rouges et des Mars-Unistes qu'elle connaissait – tels Ivana, Gene, Raul et Kasei – qui restaient en relation avec elle et la considéraient comme une arbitre, les Rouges et les Mars-Unistes des unités plus radicales la jugeaient incompétente, et voyaient en elle une entrave à leur action. Ce qui la rendait furieuse, car elle avait la conviction que si Ann l'avait soutenue pleinement, les éléments les plus radicaux se seraient ralliés à elle. Elle s'en plaignit amèrement à Art après avoir pris connaissance d'un communiqué des Rouges qui redisposait la moitié ouest de la « convergence » sur Burroughs. Art entra en action et s'arrangea pour qu'Ann réponde à son appel avant de la passer à Nadia.

Elle retrouva son visage, celui d'une des Furies de la Révolution française, plus sévère et sombre que jamais. Leur dernière empoignade au sujet de Sabishii persistait comme une ombre entre elles. L'ATONU, en prenant Sabishii avant de l'incendier, avait réduit à néant leurs conclusions, mais Ann était à l'évidence en colère, ce que Nadia jugeait irritant.

Elles échangèrent des salutations aigres et leur discussion se changea très vite en dispute. Ann considérait la révolte comme une chance unique de ruiner toutes les entreprises de terraforming et d'effacer autant de villes et de populations que possible de la surface de Mars, par des attaques directes si nécessaire. Effrayée par cette vision apocalyptique, Nadia répondit avec fermeté, amertume, puis colère. Mais Ann était passée dans un monde qui n'appartenait qu'à elle.

– Je serais ravie si Burroughs était détruite, déclara-t-elle froidement.

Nadia grinça des dents.

– En détruisant Burroughs, on détruirait *tout*. Où les habitants iraient-ils ? Ça ferait de toi une meurtrière. Une massacreuse de populations. Simon en aurait honte.

Ann plissa le front.

– A ce que je vois, le pouvoir corrompt. Passe-moi Sax, veux-tu ? J'en ai assez de ton hystérie.

Nadia appuya sur la touche de bascule et s'éloigna. Ça n'était pas le pouvoir qui corrompait les gens, mais les fous qui corrompaient le pouvoir. Bon, d'accord, elle s'était peut-être mise en colère trop vite, et elle avait été trop dure. Mais cette part sombre qu'elle décelait en Ann l'effrayait. Elle pouvait faire n'importe quoi. Et la frayeur corrompait plus encore que le pouvoir. Si l'on combinait les deux...

Elle espérait avoir secoué Ann suffisamment fort pour faire reculer cette part sombre dans le recoin qu'elle ne devait pas quitter. Mais quand elle appela Michel à Burroughs pour lui en parler, il remarqua avec gentillesse que c'était faire de la mauvaise psychologie. Une stratégie due à la peur. Mais elle n'y pouvait rien : elle avait peur. La révolution signifiait fracasser une structure pour en créer une autre, mais il était plus facile de fracasser que de créer, et ces deux parties de l'acte n'étaient pas nécessairement vouées au même succès. En ce sens, construire une révolution était comme de dresser une arche. Jusqu'à ce que les colonnes soient debout et la clé de voûte en place, n'importe quelle rupture pouvait faire s'écrouler l'ensemble de l'ouvrage.

Cinq jours après l'appel de Sax à Nadia, ils furent à peu près une centaine à prendre l'air en direction de Burroughs, les pistes ferroviaires étant considérées comme trop vulnérables aux sabotages. Ils volèrent pendant la nuit jusqu'à une piste d'atterrissage taillée dans le rocher, à proximité d'un grand refuge bogdanoviste, dans la muraille du cratère Du Martheray, sur le Grand Escarpement, au sud-est de Burroughs. Ils s'y posèrent à l'aube. Le soleil se levait dans la brume comme une goutte de mercure, éclairant les collines blanches et échancrées au nord, et la plaine basse d'Isidis : une nouvelle mer de glace dont le cours vers le sud avait été interrompu uniquement par la digue qui s'incurvait en travers d'Isidis comme un barrage de terre trapu – ce qu'elle était en fait.

Pour avoir une vue meilleure, Nadia monta jusqu'en haut du refuge. La baie d'observation, camouflée en simple fissure horizontale juste sous la bordure, permettait de découvrir tout le paysage, depuis le Grand Escarpement jusqu'à la nouvelle digue et au front de glace. Longtemps, elle resta immobile face au paysage, dégustant à petites gorgées un café au kava. La mer de glace s'étendait au nord avec ses séracs et ses longs plissements de pression, ses plaques immenses et blanches de lacs de fonte gelés. Immédiatement en dessous, elle pouvait voir les premières collines basses du Grand Escarpement, ponctuées d'étendues épineuses de cactées d'Acheron, répandues sur la roche comme des récifs de corail. Des étages de mousse de la toundra vert foncé bordaient les ruisseaux givrés qui dévalaient l'Escarpement. A cette distance, ils ressemblaient à de longues diatomées agglomérées dans le roc rougeâtre.

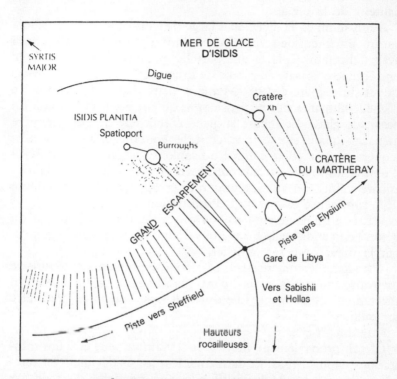

RÉGION DE BURROUGHS

Et là-bas, à mi-distance, divisant le désert et la glace, il y avait la nouvelle digue, comme une cicatrice brune, une ligne de suture entre deux réalités.

Nadia resta longtemps à l'observer avec ses jumelles. A son extrémité sud, c'était un tertre de régolite qui courait sur le tablier du cratère Wg pour se terminer juste au bord de Ng, qui se situait à environ cinq cents mètres au-dessus de la ligne de repère, bien au-dessus du niveau de la mer à venir. La digue allait vers le nord-ouest à partir de Wg et, depuis sa position élevée, Nadia en découvrait quarante kilomètres avant qu'elle ne disparaisse à l'horizon, immédiatement à l'ouest du cratère Xh. Xh était entouré de glace jusqu'à sa bordure, et l'intérieur central était comme un étrange évier rouge. Nadia constatait à présent que, partout, la glace pesait contre la digue. Côté désert, la digue devait atteindre deux cents mètres, mais il était difficile d'en juger avec précision, car une large tranchée avait été creusée sous la digue. De l'autre côté, la glace montait assez haut, à mi-hauteur de la digue.

A son sommet, la digue était large de trois cents mètres. Nadia eut un sifflement de respect en pensant à toutes les années qu'il avait fallu pour déplacer une pareille quantité de régolite. Avec une équipe colossale de robots de drague et d'excavatrices. Mais c'était du régolite excavé! Même si cette digue était énorme à l'échelle humaine, elle ne pensait pas qu'elle pourrait contenir un océan de glace. Et encore la glace n'était-elle qu'une première menace – quand elle se liquéfierait, les courants et les vagues disloqueraient le régolite comme du sable. Et la glace fondait déjà : d'immenses mares avaient été repérées sous la surface blanche encore solide. Certaines, tout contre la digue, avaient sans doute déjà commencé leur travail d'infiltration.

– Est-ce qu'ils ne vont pas remplacer tout ce régolite par du béton? demanda-t-elle à Sax qui venait de la rejoindre et inspectait la digue avec ses jumelles.

– Imagine, commença-t-il, et Nadia se prépara à entendre de mauvaises nouvelles, mais il continua : Imagine la digue avec un revêtement de diamant. Elle durerait très longtemps. Peut-être un million d'années.

– Hum, fit-elle.

C'était probablement vrai. Mais il y aurait peut-être des infiltrations depuis le bas. Et dans tous les cas, ils devraient entretenir en permanence le dispositif, sans aucune marge d'erreur, car Burroughs était à vingt kilomètres au sud et à cent cinquante mètres plus bas. Drôle d'endroit. Nadia braqua ses jumelles sur la ville, mais elle se trouvait juste sous l'horizon, à environ soixante-dix kilomètres au nord-ouest. Bien sûr, les digues pouvaient être efficaces. Celles de Hollande avaient duré des siècles et protégé des millions de gens et des centaines de kilomètres carrés... jusqu'à la dernière inondation – même à présent elles résistaient encore et se trouveraient en travers des courants venus d'Allemagne et de Belgique. Oui, les digues étaient efficaces, mais c'était tout de même un étrange destin.

Elle se tourna vers les rochers déchiquetés du Grand Escarpement. Ces fleurs qu'elle avait cru voir dans le lointain étaient en fait d'énormes cactus coralliens. Un ruisseau qui ressemblait à un escalier de nénuphars. La roche rouge des collines composait un paysage dépouillé, surréel, adorable... Un élancement de peur aiguë, paroxystique, la traversa. Le sentiment soudain que quelque chose allait mal tourner et qu'elle pouvait être soudainement tuée et ne jamais plus assister au spectacle de ce monde et de son évolution. Oui, cela pouvait arriver : un missile pouvait crever le ciel violet à tout instant – leur refuge était la cible idéale si quelque chef de batterie angoissé du spatioport de Burroughs venait à apprendre son existence et décidait de régler tout seul le problème. Ils seraient tous morts en quelques minutes.

Mais telle était la vie sur Mars. Toujours. La mort pouvait surgir de n'importe quel événement. Elle repoussa cette pensée et redescendit en compagnie de Sax.

Elle voulait aller à Burroughs, voir par elle-même comment se passaient les choses, être présente sur le théâtre des événements et juger seule. Elle voulait se promener dans la ville et observer ses habitants, les voir agir, les entendre parler. Tard dans la journée du jeudi, elle s'en ouvrit à Sax :

– Descendons y faire un tour.

Mais cela paraissait impossible.

– La sécurité a été renforcée à toutes les portes, dit Maya sur son bloc de poignet. Tous les trains sont passés au peigne fin dans chaque gare. Même chose pour le métro du spatioport. La ville est fermée et en fait nous sommes des otages.

– Nous pouvons toujours suivre ce qui se passe sur les écrans, appuya Sax. Ça ne fait pas de différence.

Nadia acquiesça sans conviction. *Shikata ga nai.* Mais cette situation ne lui plaisait pas. Il lui semblait qu'ils allaient très vite être mis en position d'échec, tout au moins localement. Et elle ressentait une curiosité intense pour les conditions d'existence dans Burroughs.

– Raconte-moi ce qui se passe, demanda-t-elle à Maya.

– Eh bien, ils contrôlent l'infrastructure. Les centrales énergétiques, les portes, etc. Mais ils ne sont pas assez nombreux pour forcer les gens à rester chez eux, ou à se rendre au travail. A vrai dire, ils ne semblent pas savoir ce qu'ils vont faire maintenant.

Nadia pouvait facilement le comprendre : elle aussi se sentait désemparée. De nouvelles forces de sécurité se déversaient heure après heure dans la ville, venues en train des villes sous tente dont elles s'étaient retirées. Ces nouveaux éléments se joignaient aux troupes qui étaient déjà sur place et occupaient les centrales et les bâtiments administratifs, quand ils ne patrouillaient pas dans les rues, lourdement armés, sans être inquiétés. Ils s'étaient installés dans les quartiers résidentiels de Branch Mesa, de Double Decker Butte et de Black Syrtis Mesa. Leurs chefs se réunissaient presque continuellement au quartier général de l'ATONU, sur la montagne de la Table. Mais ils ne donnaient aucune consigne.

Les choses flottaient donc dans une attente inquiète. Les bureaux de Praxis et de Biotique, dans Hunt Mesa, servaient encore de centre d'information pour tous, disséminant les nouvelles de la Terre sur des panneaux d'affichage et les écrans d'ordinateurs. Ces médias, suivis par Mangalavid et les autres canaux privés, permettaient d'informer chacun avec précision sur les derniers développements de la situation. Sur les grands boulevards et dans les parcs, la foule se rassemblait de temps en temps, mais elle restait le plus souvent dispersée en petits groupes qui tournaient en une sorte de paralysie active, quelque part entre la situation d'otages en crise et de grève générale. Tous attendaient ce qui allait se passer. Les gens semblaient garder le moral, et les magasins et les restaurants étaient encore ouverts, diffusant tous les bulletins vidéo.

Tout en picorant un repas rapide, Nadia éprouva un désir brûlant d'être parmi eux, de parler directement à tous ces gens. Ce même soir, vers dix heures, consciente qu'elle ne dormirait pas avant, elle appela longtemps Maya. Elle lui demanda si elle pouvait porter des lunettes vidcam et se promener en ville pour elle. Et Maya, aussi énervée qu'elle, fut trop heureuse d'accepter.

Maya quitta la maison avec ses lunettes et commença à transmettre à Nadia ce qu'elle voyait. Nadia, elle, s'était installée devant un écran, impatiente et avide, dans la salle commune du refuge Du Martheray. Sax et quelques autres ne tardèrent pas à se pencher par-dessus ses épaules pour regarder avec elle les images vacillantes en écoutant le commentaire de Maya.

Elle descendait d'un pas vif le boulevard du Grand Escarpement en direction de la vallée. Quand elle atteignit les marchands de quatre saisons, en haut du parc du Canal, elle ralentit et regarda lentement autour d'elle afin de faire profiter Nadia de ce panoramique. Il y avait foule. Les gens formaient de petits groupes épars dans une ambiance de festival. Deux femmes se lancèrent dans une conversation animée à propos de Sheffield. Des nouveaux venus s'approchèrent de Maya et lui demandèrent ce qui allait se passer, apparemment convaincus qu'elle le savait.

— C'est juste parce que j'ai l'air si vieille ! remarqua Maya d'un air écœuré quand ils se furent éloignés.

Nadia faillit sourire. Mais d'autres jeunes venaient de reconnaître Maya et l'accueillirent avec joie. Nadia assista à cette rencontre du point de vue de Maya, remarquant à quel point ces gens semblaient enthousiastes. Ainsi, c'était le monde tel qu'il apparaissait à Maya! Pas étonnant qu'elle pensât être quelqu'un de particulier si les autres la regardaient comme ça, comme une redoutable déesse sortie d'un mythe...

Ce qui était troublant à plusieurs niveaux. Il semblait à Nadia que sa vieille amie était en grand danger d'être arrêtée par la sécurité, et elle lui en fit part. Mais l'image oscilla tranquillement d'un côté à l'autre de l'écran tandis que Maya secouait la tête.

— La sécurité se concentre autour des portes de la ville et des gares, et je m'en tiens à l'écart. De plus, pourquoi se donneraient-ils la peine de m'arrêter? Parce qu'en fait, c'est toute la ville qui est en état d'arrestation.

Elle suivit un blindé qui descendait le boulevard entre les pelouses et qui passa sans ralentir comme pour illustrer son propos.

— C'est pour que tout le monde voie bien leurs armes, commenta sombrement Maya.

Elle continua vers le parc du Canal, puis tourna dans le sentier qui menait à la montagne de la Table. La nuit était froide : les lumières du canal révélaient le givre sur l'eau. Mais si la sécurité espérait décourager la foule, c'était raté : le parc était bondé, les gens s'agglonéraient autour des rotondes, des cafés et des grands serpentins de chauffage. Où que Maya tourne le regard, la foule affluait sans cesse. Certains écoutaient des musiciens, les orateurs qui brandissaient de petits amplificateurs portables, d'autres suivaient les infos sur leurs écrans de poignet ou leurs lutrins.

— Rassemblement à minuit! lança quelqu'un. Dans le laps de temps!

— Je ne suis pas au courant, fit Maya avec appréhension. Ça doit venir de Jackie.

Elle se retourna si vite que la vue se brouilla. La foule continuait de grossir. Sax se pencha sur un autre écran et appela le refuge de Hunt Mesa. Art lui répondit mais, derrière lui, le refuge était vide. Jackie avait effectivement appelé à une manifestation de masse pendant le laps de temps martien, et le message avait été diffusé par tous les médias de la ville. Nirgal était parti avec elle.

Nadia apprit cela à Maya, qui jura violemment.

— Tout est trop volatil pour ce genre de chose! Bon Dieu, quelle folle!

Mais ils ne pouvaient rien faire dans l'immédiat. Des milliers de personnes se déversaient sur les boulevards, vers le parc du Canal et Princess Park. Maya tourna la tête et ils purent voir des chapelets de silhouettes sur le bord des mesas, dans les passerelles tubulaires qui franchissaient le parc du Canal.

– Les orateurs vont se rassembler dans Princess Park, commenta Art.

Nadia s'adressa à Maya :

– Tu devrais y aller, Maya, et vite. Tu pourras peut-être parvenir à maîtriser la situation.

Maya s'enfonça dans la foule. Nadia ne cessait de lui parler, lui suggérant ce qu'elle pourrait dire si elle avait la possibilité de prendre la parole. Les mots venaient d'eux-mêmes et, quand elle s'interrompit pour réfléchir, Art lui souffla certaines de ses idées, jusqu'à ce que Maya proteste :

– Attendez! Attendez un peu : est-ce que tout ça est vrai?

– Ne t'inquiète pas de savoir si c'est vrai.

– Ne t'inquiète pas! Il ne faut pas que je m'inquiète de savoir si ce que je dis à des centaines de milliers de gens, à la population de deux mondes, est vrai ou non?

– On va s'arranger pour que ça soit vrai, dit Nadia. Essaie seulement.

Maya se mit à courir. D'autres allaient dans la même direction qu'elle, remontant le parc du Canal vers les terrasses entre Ellis Butte et la montagne de la Table. Ses lunettes-caméra retransmettaient des têtes dansantes, des visages excités qui se tournaient vers elle quand elle demandait le passage en hurlant. Des applaudissements et des vivats montaient de la foule de plus en plus dense. Maya fut obligée de ralentir, puis se fraya un chemin entre les rangs, poussant et tirant. Il y avait surtout des jeunes, bien plus grands qu'elle, et Nadia se pencha sur l'écran de Sax pour suivre quelques images de Mangalavid. Une caméra filmait depuis l'estrade, installée sur la bordure d'un ancien pingo, au-dessus de Princess Park, et une autre depuis les passerelles. Sous ces deux angles, la foule paraissait énorme. Il y avait là au moins quatre-vingt mille personnes, estima Sax, le nez à un centimètre de l'écran, comme s'il comptait avec précision tous les visages. Art essayait de rester en contact avec Maya en même temps que Nadia qui continuait à lui parler tandis qu'elle traversait la foule.

Antar venait d'achever un discours incendiaire en arabe à l'instant où elle approchait. Jackie était maintenant sur l'estrade, devant un banc de micros, et se lançait dans un discours amplifié par les grands haut-parleurs du pingo, réamplifié par les enceintes auxiliaires disséminées dans tout le parc, mais aussi redistribué par les haut-parleurs portables, les lutrins, les blocs de poignet. Sa voix était omniprésente, et chacune de ses phrases, répercutée par l'écho de la montagne de la Table et d'Ellis Butte, était accueillie par des hourras, et elle était parfois inaudible.

– ... ne laisserons pas utiliser Mars comme un monde de remplacement... une classe dirigeante de fonctionnaires qui sont en premier responsables de la destruction de la Terre... des rats qui tentent de quitter le bateau... ils feraient la même chose sur Mars si nous les laissions faire!... passera pas comme ça! Parce que désormais Mars est libre! Mars Libre! Mars Libre! Mars Libre!

Elle pointa un doigt vers le ciel et la foule reprit le slogan en chœur, de plus en plus fort, pour fusionner dans un rythme : « *Mars, Libre! Mars, Libre!* »

Dans le même instant, Nirgal monta jusqu'au pingo et à la plate-forme et, quand certains le virent, des voix lancèrent : « *Nir-gal* » en même temps que « *Mars Libre* » en un formidable contrepoint.

Nirgal se saisit d'un micro et agita la main pour demander le calme. Le chœur ne cessa pas pour autant, mais scanda : « *Nir-gal, Nir-gal, Nir-gal!* », dans un vibrant enthousiasme collectif, comme si chacun de ceux qui étaient au coude à coude dans le parc était un de ses amis, bouleversé par son apparition. Nadia songea qu'il avait tellement voyagé sur cette planète que ça ne devait pas être très éloigné de la vérité.

La psalmodie décrut et devint un bourdonnement sourd et sonore, qui permit néanmoins d'entendre les mots de bienvenue de Nirgal. Pendant ce temps, Maya franchissait les derniers mètres qui la séparaient du pingo. Les gens s'étaient maintenant immobilisés et sa marche en était facilitée. Quand Nirgal prit la parole, elle s'arrêta à son tour et le regarda, se rappelant de temps en temps qu'elle devait profiter des bravos et des cris qui ponctuaient la fin de ses phrases pour avancer encore.

Il s'exprimait sans violence, d'un ton amical, calme et lent. Il était ainsi plus facile de l'entendre..

– Pour ceux d'entre nous qui y sont nés, Mars est notre maison.

Il dut s'interrompre sous la vague de vivats. Pour la plupart, ils étaient des indigènes, constata Nadia, une fois encore. Maya était plus petite que tous ceux qui l'entouraient.

– Nos corps sont faits d'atomes qui appartenaient encore récemment au régolite, reprit Nirgal. Nous sommes martiens, absolument martiens. Nous sommes les pièces vivantes de Mars. Des êtres humains biologiquement unis en permanence à cette planète. Elle est notre foyer. Et nous ne pouvons jamais revenir en arrière.

D'autres vivats saluèrent la reprise de ce slogan célèbre.

– Maintenant, en ce qui concerne ceux d'entre nous qui sont nés sur Terre... ma foi, ils viennent de toutes sortes d'horizon, non ?... Quand des gens déménagent pour un endroit nouveau, certains désirent y rester et s'y installer. Nous les appelons des pionniers. D'autres viennent ici pour travailler un temps avant de repartir, et nous les appelons des visiteurs, ou des colons.

« Considérons que les indigènes et les pionniers sont des alliés naturels. Car les indigènes, après tout, ne sont que les enfants des premiers pionniers. Cette maison est à nous tous. Quant aux visiteurs... eh bien, il y a aussi de la place pour eux sur Mars. Quand nous disons que Mars est libre, nous ne voulons pas dire que les Terriens ne peuvent plus y venir. Pas du tout ! Nous sommes tous les enfants de la Terre, d'une manière ou d'une autre. C'est notre monde natal, et nous sommes heureux de pouvoir l'aider par tous nos moyens.

La rumeur décrut : la foule semblait surprise par cette déclaration.

– Mais le fait évident, poursuivit Nirgal, c'est que ce qui se passe ici, sur Mars, ne devrait pas être décidé par les colonialistes ni par qui que ce soit sur Terre. (Les vivats reprirent, couvrant une partie de la suite.)... La simple manifestation de notre désir d'autodétermination... notre droit naturel... la force motrice de l'histoire humaine. Nous ne sommes pas une colonie et nous n'entendons pas être traités comme telle. Il n'y a plus de colonie. Nous sommes ici sur une Mars libre.

Les cris redoublèrent, plus fort encore, versant à nouveau dans la psalmodie : « *Mars Libre ! Mars Libre ! Mars Libre !* »

Nirgal l'interrompit :

– Ce que nous avons l'intention de faire maintenant, en tant que Martiens libres, c'est accueillir tous les Terriens qui souhaitent se joindre à nous. Que ce soit pour séjourner un temps avant de repartir ou pour s'installer en permanence. Et nous avons aussi l'intention de faire tout ce que nous pourrons afin d'aider la Terre dans l'actuelle crise environnementale. Nous avons une certaine expérience en matière d'inondation (rires...) et nous pouvons être utiles. Mais cette aide, à compter de maintenant, ne passera plus par les métanationales, qui tirent leurs bénéfices de cet échange. Ce sera un cadeau. Il apportera plus aux populations de la Terre que tout ce que l'on pourrait extraire de la colonie que nous étions. Ceci est vrai au sens littéral, étant donné la somme de travail et de ressources qui seront transférés de Mars à la Terre. Nous espérons et nous souhaitons que les peuples des deux mondes accueillent avec bienveillance la naissance d'une Mars libre.

Nirgal recula en agitant la main et les cris et les slogans reprirent. Souriant, il semblait heureux devant la foule mais perdu quant à la suite.

Durant toute son intervention, Maya avait progressé, et Nadia pouvait maintenant voir qu'elle se trouvait au bas de l'estrade, au premier rang du public. Elle agitait les bras, occultant régulièrement l'image, et Nirgal finit enfin par la repérer.

Quand il la vit, son sourire se fit plus franc encore et il s'avança pour l'aider à monter. Il l'accompagna jusqu'aux micros et Nadia eut une dernière image d'une Jackie Boone à l'expression surprise et hostile avant que Maya ôte ses lunettes vidéo. L'image bascula vertigineusement et se stabilisa sur un plan rapproché des planches de l'estrade. En jurant, Nadia se redressa et se rua sur l'écran de Sax, la gorge nouée.

Sax était encore sur le canal Mangalavid. Le plan était pris par une caméra depuis l'une des passerelles tubulaires entre Ellis Butte et la montagne de la Table. Il montrait la mer humaine qui entourait le pingo et la vallée centrale de la ville jusqu'au bas du parc du Canal. Il y avait là tous les habitants de Burroughs. Près de Nirgal et Jackie, Maya était petite et vieille, mais dressée comme un aigle, et quand Nirgal annonça : « Nous accueillons Maya Toitovna », les applaudissements culminèrent.

Maya écarta les mains.

– Du calme ! Du calme ! Merci ! Merci ! Nous avons d'autres déclarations importantes à vous faire.

– Oh, Maya ! Mon Dieu ! souffla Nadia en crispant les doigts sur le siège de Sax.

– Oui, Mars est maintenant indépendante. Du calme ! Mais comme vient de le dire Nirgal, cela ne signifie pas l'isolement par rapport à la Terre. C'est impossible. Nous proclamons notre souveraineté selon les lois internationales, et nous en appelons à la Cour mondiale afin de confirmer immédiatement ce statut. Nous avons signé des traités préliminaires pour affirmer notre indépendance et établir des relations diplomatiques avec la Suisse, l'Inde et la Chine. Nous avons également constitué un partenariat économique non exclusif avec l'organisation Praxis. Cela, de même que les dispositions futures, sera à but non lucratif, conçu de façon à bénéficier au maximum à chacun des deux mondes. L'ensemble de ces traités entame la création de nos relations protocolaires légales et semi-autonomes avec les diverses institutions légales de la Terre. Nous attendons la confirmation immédiate et la ratification de ces accords par la Cour mondiale, les Nations unies et toutes les autres institutions officielles.

Les bravos montèrent vers elle et, même s'ils n'étaient pas aussi frénétiques que ceux qui avaient suivi l'allocution de Nirgal, elle les accepta et attendit qu'ils s'estompent avant de continuer.

— Quant à la situation actuelle sur Mars, nous avons l'intention de nous réunir immédiatement ici, à Burroughs, et d'utiliser la déclaration de Dorsa Brevia comme point de départ pour l'établissement d'un libre gouvernement martien.

Les applaudissements, cette fois, furent plus enthousiastes.

— Oui, oui, fit Maya d'un ton impatient. Du calme! Écoutez-moi! Avant toute chose, nous devons entreprendre de régler le problème de l'opposition. Comme vous le savez, nous sommes rassemblés ici devant le quartier général des forces de sécurité de l'Autorité transitoire des Nations unies. Ils écoutent en même temps que nous tous, là-bas, à l'intérieur de la montagne de la Table. (Elle pointa le doigt.) A moins qu'ils ne soient venus se joindre à nous... (Cris, bravos et slogans.) Je veux leur dire maintenant que nous n'avons aucune intention de les agresser. Car le boulot de l'Autorité transitoire, c'est de constater que la *transition* a pris une nouvelle forme. Et d'ordonner à ses forces de sécurité de cesser d'essayer de nous contrôler. Elles ne le peuvent pas!... (Applaudissements frénétiques.) Nous ne voulons pas vous agresser. Et nous pouvons vous assurer que vous avez libre accès au spatioport. Des avions peuvent vous conduire à Sheffield. De là, vous pourrez gagner Clarke si vous ne souhaitez pas vous joindre à nous dans ce nouvel effort. Il n'y a ni siège ni blocus. Il s'agit tout simplement de...

Elle s'interrompit, leva les mains, et la foule acheva pour elle.

Nadia tenta d'appeler Maya au plus fort de la psalmodie. Elle était encore sur l'estrade, mais elle ne l'entendit pas. Finalement, Maya consulta son bloc de poignet. L'image tremblota au rythme de son bras.

— Maya, c'était magnifique! Je suis si fière de toi!

— Tu sais, n'importe qui peut raconter des histoires!

Art lança:

— Essayez de voir si vous pouvez les disperser!

— D'accord.

— Parles-en à Nirgal, suggéra Nadia. C'est à lui et Jackie de le faire. Demande-leur de tout faire pour qu'il n'y ait pas d'assaut contre la montagne de la Table ni rien de ce genre. C'est à eux de s'en charger.

– Ah! s'exclama Maya. Oui. On va laisser Jackie se débrouiller, n'est-ce pas?

Après quoi, l'image de la mini-caméra de son bloc de poignet tourbillonna et le bruit devint trop fort pour qu'ils puissent saisir quoi que ce fût. Quant aux caméras de Mangalavid, elles montraient à présent un groupe dense qui venait de se former sur l'estrade.

Nadia se jeta dans un fauteuil : elle se sentait aussi épuisée que si elle avait elle-même prononcé le discours de Maya.

– Elle a été splendide, dit-elle. Elle n'a pas oublié un mot de ce que nous lui avions dit. Maintenant, il faut que ça devienne vrai.

– Il suffit de le dire pour que ça le soit, dit Art. Bon Dieu, ils ont tous vu ça, sur les deux mondes. Praxis doit déjà être prête. Et la Suisse nous soutiendra sûrement. Non, ça va marcher.

– La sécurité pourrait ne pas être d'accord, dit Sax. J'ai un message de Zeyk. Des commandos rouges sont descendus de Syrtis. Ils se sont emparés de l'extrémité ouest de la digue et ils progressent vers l'est. Ils ne sont plus tellement loin du spatioport.

– Exactement ce que nous voulions éviter! cria Nadia. Qu'est-ce qu'ils croient donc faire?

Sax haussa les épaules.

– Oui, la sécurité ne va pas du tout apprécier, commenta Art.

– Nous devrions leur parler en direct, décida Nadia. J'avais l'habitude de m'entretenir avec Hastings quand il était au Contrôle de mission. Je ne m'en souviens pas très bien, mais c'est loin d'être un cinglé.

– Ça ne peut pas nous faire de mal de savoir ce qu'il pense, appuya Art.

Nadia s'installa dans une pièce silencieuse, appela le quartier général de l'ATONU, dans la montagne de la Table, et donna son identité. Il était près de deux heures du matin, mais on lui passa Hastings cinq minutes après.

Elle pensait l'avoir depuis longtemps oublié, mais elle reconnut aussitôt son visage. Un technocrate émacié à l'air sévère, plutôt colérique. Il grimaça en la voyant.

– Encore vous autres. J'ai toujours dit qu'on avait choisi les cent plus mauvais.

– Ça ne fait pas de doute.

Nadia ne quittait pas des yeux son visage, essayant d'imaginer quel genre d'homme avait pu diriger un siècle le Contrôle de mission et l'autre l'Autorité transitoire. Durant le voyage à bord de l'*Arès*, il avait souvent été irrité par eux, les haranguant pour la plus petite déviation aux règles. Et plus tard, quand ils avaient temporairement cessé d'envoyer des vidéos, il était devenu vraiment furieux. Un bureaucrate campé sur les règles et les lois, le genre d'homme qu'Arkady avait toujours méprisé. Mais un homme que l'on pouvait raisonner.

Du moins le pensa-t-elle au début. Elle discuta avec lui pendant dix minutes, en lui expliquant que la manifestation à laquelle il venait d'assister dans le parc n'était qu'une partie de ce qui se passait sur Mars, que toute la planète s'était rebellée contre eux, mais qu'ils étaient cependant libres de rejoindre le spatioport, puis la Terre.

– Nous ne partirons pas, dit Hastings.

Les forces de l'ATONU contrôlaient la centrale, lui dit-il, et donc toute la ville. Les Rouges pouvaient s'emparer de la digue, mais il n'y avait aucune chance qu'ils la fassent sauter, car les deux cent mille habitants de Burroughs étaient devenus des otages. Des renforts de professionnels allaient arriver par la prochaine navette qui entrerait en insertion orbitale dans vingt-quatre heures. Par conséquent, tous les discours ne servaient à rien, sinon à faire des démonstrations.

Il était parfaitement calme, à tel point que s'il ne s'était pas montré aussi dégoûté, Nadia l'aurait jugé suffisant. Il semblait plus que probable qu'il avait reçu des instructions de la planète-mère et devait rester campé sur ses positions à Burroughs dans l'attente des renforts. La division de l'ATONU stationnée à Sheffield avait sans doute les mêmes ordres. Avec Burroughs et Sheffield en leur possession et l'arrivée imminente de renforts, il n'était guère surprenant qu'ils se considèrent en position de force. On pouvait même dire que cette idée était juste.

– Quand les gens reprendront leurs esprits, ajouta Hastings d'un ton sévère, nous aurons de nouveau la maîtrise de la situation. La seule chose qui importe actuellement, c'est l'inondation de l'Antarctique, de toute façon. Il est crucial de soutenir la Terre dans un moment où elle en a besoin.

Nadia abandonna. Il était clair qu'Hastings était un homme têtu, et de plus il avait marqué un point. Et même plusieurs. Elle mit un terme à la conférence aussi poliment qu'elle le put en lui soumettant son intention de reprendre contact plus tard, dans l'espoir que ce serait avec le talent diplomatique d'Art. Et elle rejoignit les autres.

La nuit s'avançait et ils continuaient de visionner les rapports venus de Burroughs et d'ailleurs. Il se passait trop de choses pour que Nadia puisse envisager d'aller tranquillement dormir. Apparemment, c'était aussi le cas pour Sax, Steve, Marion et les autres Bogdanovistes venus de Du Martheray. Ils étaient effondrés dans leurs sièges, les yeux irrités, les membres endoloris, devant les images scintillantes, et les heures passaient. Il était évident que certains Rouges prenaient leurs distances d'avec la coalition, obéissant à une sorte d'agenda propre, propageant leur campagne de sabotages et d'assauts directs sur toute la planète, s'emparant de petits postes par la force, très souvent. Ils chassaient les occupants et faisaient ensuite sauter les bâtiments. Une autre « Armée rouge » avait réussi à s'emparer de la centrale du Caire en tuant la plupart des gardes avant que les derniers survivants ne se rendent.

Cette victoire les avait encouragés, mais ailleurs les résultats n'étaient pas aussi bons. A en croire les appels de certains survivants, une attaque massive des Rouges contre la centrale physique de Lasswitz avait abouti à sa destruction et gravement endommagé la tente. Tous ceux qui n'avaient pas réussi à se réfugier dans des patrouilleurs ou dans des bâtiments étanches avaient péri.

– Mais *qu'est-ce qu'ils font*? hurla Nadia.

Personne ne lui répondit. Tous ces groupes ne l'appelaient jamais. Pas plus qu'Ann.

– J'aimerais au moins qu'ils discutent de leurs plans avec nous, dit-elle avec un sentiment de peur. On ne peut pas laisser les choses s'emballer. C'est trop dangereux...

Sax plissa les lèvres, mal à l'aise. Ils se rendirent jusqu'à la salle commune pour prendre un petit déjeuner avant de se reposer un peu. Nadia dut se forcer pour manger. Il s'était écoulé exactement une semaine depuis le premier appel de Sax, et elle ne parvenait pas à se rappeler avoir mangé depuis. Elle s'aperçut brusquement qu'elle mourait de faim. Et elle attaqua ses œufs brouillés à grands coups de fourchette.

Sax vint se pencher sur elle.

– Tu as parlé de discuter des plans.

– Quoi? fit-elle.

– Eh bien, il y a cette navette qui approche, avec des renforts de sécurité, non?

– Et alors quoi?

Depuis leur vol au-dessus de Kasei Vallis, elle ne considérait plus que Sax fût rationnel. Et elle s'aperçut que la fourchette tremblait entre ses doigts.

– J'ai un plan. En fait, c'est mon groupe de Da Vinci qui y a pensé.

629

Elle essaya de réprimer son tremblement.
– Explique-moi.

Pour Nadia, le restant de la journée se perdit dans un flou : elle avait renoncé à prendre du repos et essaya encore une fois de contacter des groupes de Rouges tout en aidant Art à rédiger des messages pour la Terre. Elle expliqua à Maya, Nirgal et ceux de Burroughs le dernier plan de Sax. Il semblait que les événements, déjà accélérés, s'étaient emballés dans un tourbillon fou, qu'ils échappaient à tout contrôle, ne leur laissant pas un seul instant pour manger, dormir, ou se laver. Pourtant, toutes ces choses étaient nécessaires, et Nadia se rendit à la salle de bains d'une démarche hésitante pour y prendre une douche prolongée avant de grignoter un peu de pain et de fromage. Puis, elle s'allongea sur un canapé et dormit un moment. Mais c'était un sommeil léger, agité. Son esprit continuait à fonctionner, à émettre des pensées distordues sur les événements du jour, auxquelles se mêlaient les voix des autres. Quand elle se redressa, elle était toujours aussi lasse. Elle alla aux toilettes, puis partit en quête d'un café.

Zeyk, Nazik et un important contingent d'Arabes venaient de débarquer dans Du Martheray pendant son sommeil. Zeyk pointa la tête dans la cuisine :
– Sax dit que la navette va arriver.

Du Martheray ne se trouvait qu'à six degrés au nord de l'équateur, et ils étaient très bien placés pour assister à l'aréofreinage qui devait avoir lieu peu après le coucher du soleil. Le temps était avec eux : le ciel était sans nuage et limpide. Le soleil s'abaissa sur l'horizon, le ciel s'assombrit à l'est, et l'arche de couleurs se déploya au-dessus de Syrtis, du jaune à l'indigo, en passant par l'orange, une trace de vert pâle, un bleu sarcelle. Puis, le soleil sombra derrière les collines noires et les couleurs devinrent plus profondes, puis transparentes, comme si le dôme du ciel était maintenant cent fois plus vaste.

Et au centre de ces couleurs, entre deux des étoiles du soir, une troisième apparut, blanche, rapide qui laissait derrière elle une courte traînée parfaitement droite. C'était le spectacle qu'offraient toujours les navettes pendant la phase d'aréofreinage dans la haute atmosphère, visibles de jour comme de nuit. Il ne leur fallait qu'une brève minute pour traverser le ciel d'un horizon à l'autre comme des étoiles filantes plus lentes et plus lumineuses.

Mais cette fois-ci, loin sur l'horizon d'ouest, l'étoile pâlit rapidement et s'estompa. Puis s'effaça.

Toute une foule s'était entassée dans la salle d'observation de Du Martheray. Il y eut de nombreuses exclamations devant cette vision inusitée, même si tous avaient été prévenus. Quand la navette eut disparu, Zeyk demanda à Sax d'expliquer ce qui s'était passé à ceux qui n'avaient pas entendu toute l'histoire. La fenêtre d'insertion orbitale, expliqua-t-il, était très exiguë, exactement comme elle l'était à l'arrivée de l'*Arès,* au tout début. La marge d'erreur était infime. Le groupe technique de Da Vinci avait donc équipé une fusée avec une charge de fragments métalliques – une citerne de limaille, selon ses termes – et l'avait lancée quelques heures auparavant. La charge avait explosé sur la trajectoire de la navette en approche martienne quelques minutes avant son arrivée, et les fragments de métal s'étaient répandus largement à l'horizontale et formaient une bande de faible épaisseur. Les insertions orbitales étaient entièrement sous contrôle informatisé, bien sûr, et lorsque le radar de la navette avait détecté le nuage de débris, l'IA s'était trouvée devant plusieurs options. Plonger sous les débris aurait orienté la navette vers une atmosphère plus dense où elle avait de grandes chances de brûler. Essayer de traverser le nuage ferait courir des risques au bouclier de protection, qui pouvait être percé sous les impacts, et se consumer. Donc, c'était *shikata ga nai.* Devant les risques éventuels, l'IA de la navette avait dû avorter la trajectoire d'aréofreinage en volant au-dessus des débris, et la navette avait ainsi rebondi hors de l'atmosphère martienne. Ce qui signifiait qu'elle poursuivait sa course vers l'extérieur du système solaire à une vitesse quasi maximale de quarante mille kilomètres-heure.

– Est-ce qu'ils ont les moyens de ralentir en dehors de l'aréofreinage ? demanda Zeyk.

– Pas vraiment. C'est pour ça qu'ils ont aréofreiné.

– La navette est condamnée ?

– Pas nécessairement. Ils peuvent utiliser une autre planète comme poignée gravifique pour pivoter et revenir ici, ou encore retourner vers la Terre.

– Alors, ils sont en route pour Jupiter ?

– Mais Jupiter se trouve à l'opposé du système solaire, actuellement.

Zeyk souriait.

– Ils vont vers Saturne ?

– Il se pourrait qu'ils se rapprochent de certains astéroïdes, dit Sax. Et qu'ils puissent rectifier leur crash – pardon : leur *course.*

Zeyk éclata de rire, et tandis que Sax se lançait dans des explications sur la correction de trajectoire, les bavardages vinrent couvrir sa voix.

Ils n'avaient donc plus à s'inquiéter des renforts de sécurité de la Terre, du moins dans l'immédiat. Mais Nadia considérait que ce nouveau facteur pouvait donner l'impression à la police de Burroughs qu'elle était prise au piège. Dans le même temps, les Rouges continuaient leur progression au nord de la ville, ce qui ne pouvait qu'accentuer l'inquiétude au sein des forces de sécurité. La nuit où la navette rebondit sur l'atmosphère, des groupes de Rouges en véhicules blindés investirent définitivement la digue. Ce qui signifiait qu'ils étaient à proximité du spatioport, à dix kilomètres au nord-ouest de la ville.

Maya apparut sur leurs écrans. Sa harangue de la nuit précédente ne l'avait pas changée.

— Si les Rouges prennent le spatioport, déclara-t-elle à Nadia, la sécurité sera coincée dans Burroughs.

— Je sais, et c'est exactement ce que nous ne voulons pas. Surtout en ce moment.

— Est-ce que tu peux les contrôler?

— Ils ne me consultent plus.

— Mais je croyais que tu étais le grand leader, ici.

— Moi, je croyais que c'était toi, rétorqua Nadia.

Et Maya partit d'un rire dur et sans joie.

Un nouveau rapport leur parvint de Praxis, regroupant des infos terriennes relayées à partir de Vesta. Elles concernaient principalement les dernières nouvelles sur l'inondation, les désastres en Indonésie et autres régions littorales, mais il était aussi question de politique. Des forces militaires de pays-clients du Club du Sud avaient nationalisé certains holdings de métanats. Les analystes de Praxis considéraient que c'était le signe d'un début de révolte des gouvernements contre les métanats. Quant à la manifestation monstre de Burroughs, elle avait figuré dans les bulletins de nombreux pays, et constituait très certainement une préoccupation importante pour les administrations gouvernementales ou privées sur toute la Terre. La Suisse avait confirmé qu'elle établissait des relations diplomatiques avec le gouvernement martien, « qui devront être définies ultérieurement », comme le souligna Art avec un rictus. Praxis avait suivi. La Cour mondiale avait proclamé qu'elle considérait la plainte de la Coalition neutre pacifique de Dorsa Brevia contre l'ATONU comme fondée – classée « Mars *vs* Terre », par les médias – et prioritaire. Quant à la navette qui poursuivait sa course, elle avait rapporté l'échec de son insertion orbitale. Apparemment, elle devait amorcer un virage autour des astéroïdes. Mais sur Terre, aucun de ces événements n'était à la une : le chaos qu'engendrait l'inondation était la préoccupation principale de tous. Les réfugiés se déplaçaient sur tout le globe, dans un état de précarité absolue.

C'était justement la raison pour laquelle ils avaient déclenché la révolution à ce moment. Les mouvements indépendantistes contrôlaient la plupart des villes. Sheffield était encore un bastion des métanationales, mais Peter Clayborne était présent sur place et commandait tous les insurgés de Pavonis qui avaient coordonné leurs actions à la différence de ce qui se passait à Burroughs. C'était en partie parce que de nombreux éléments radicaux de la Résistance avaient évité Tharsis, et aussi parce que la situation de Sheffield était extrêmement difficile, ne laissant qu'une faible marge de manœuvre. Les insurgés contrôlaient à présent Arsia et Ascraeus et la petite station scientifique du cratère Zp, dans Olympus Mons. Ils occupaient même la plus grande partie de Sheffield. Mais le socle de l'ascenseur spatial et tout le quartier proche étaient encore aux mains de la sécurité, qui disposait d'un armement important. Peter était totalement pris par Tharsis et ne serait pas en mesure de les aider à Burroughs. Nadia eut un bref entretien avec lui. Elle lui décrivit la situation de la ville et lui demanda d'appeler Ann pour qu'elle tente de freiner un peu les Rouges. Il lui promit de faire ce qu'il pouvait, mais il ne semblait pas persuadé de pouvoir se faire entendre de sa mère.

Nadia essaya ensuite de joindre Ann, mais sans succès. Puis elle appela Hastings. Leur échange ne fut guère productif. Il avait perdu l'attitude de dégoût satisfait qu'il avait eue la nuit d'avant.

– L'occupation de la digue ! fit-il d'un ton furieux. Qu'est-ce qu'ils essaient de prouver ? Est-ce que vous pensez vraiment que je vais croire qu'ils la feront sauter alors qu'il y a deux cent mille personnes dans cette ville, qui sont pour la plupart acquises à leur cause ? Absurde ! Mais écoutez moi : il y a certaines personnes, dans cette organisation, qui n'apprécient pas le danger que vous faites courir à la population ! Et je vous le dis, je ne veux pas être responsable de ce qui se passera si ces gens n'évacuent pas la digue – et tout Isidis Planitia ! C'est à vous de les faire dégager !

Il coupa la communication avant qu'elle ait pu répondre, visiblement dérangé par quelqu'un qui venait de surgir pendant sa tirade. C'était un homme qui avait peur, songea-t-elle. Le noyau de fer était revenu au creux de son estomac. Oui, un homme qui sentait que les choses lui échappaient. Ce qui était vrai, sans aucun doute. Mais elle n'avait pas beaucoup aimé sa dernière expression. Elle essaya de le rappeler, mais la montagne de la Table ne répondait plus.

Deux heures plus tard, Sax la réveilla et elle prit conscience de ce qui inquiétait tant Hastings.

– L'unité de l'ATONU qui a incendié Sabishii a tenté de – de reprendre la digue aux Rouges avec des blindés, lui apprit Sax, l'air grave. Apparemment, il y a eu un accrochage à proximité de la ville. Certaines unités des Rouges nous ont informés que la digue avait sauté.

– *Quoi?*

– C'est eux qui l'ont fait sauter. Ils ont foré des trous et placé des charges explosives pour tenter d'exercer une... une menace. Durant le combat, selon eux, ils auraient procédé à la mise à feu. C'est ce qu'ils m'ont dit.

– Mon Dieu!

D'un seul coup, elle était complètement éveillée. Une autre explosion s'était produite en elle, libérant un flot d'adrénaline dans tout son corps.

– Tu as eu la confirmation?

– Il y a un nuage de poussière. Très volumineux.

– Oh, Seigneur... (Elle s'approcha d'un écran, le cœur battant. Il était trois heures du matin.) Est-ce qu'il existe une chance pour que la glace occupe la brèche et forme un barrage?

– Je ne le pense pas. Ça dépend des dimensions de la brèche.

– Est-ce que nous pouvons déclencher des contre-explosions et fermer la brèche?

– Je ne crois pas. Regarde : voilà la vidéo que les Rouges nous ont transmise depuis le sud de la brèche.

Il pointa le doigt vers l'écran. L'image en infrarouge était noire à gauche, noirâtre à droite, et mouchetée de vert au milieu.

– Au milieu, c'est la zone de l'explosion. Elle est plus chaude que le régolite. Apparemment, la charge a sauté tout près d'une mare de fonte. Ou bien ils ont déclenché une explosion destinée à liquéfier la glace derrière la brèche. En tout cas, une énorme quantité d'eau va se déverser par là. Et la brèche va s'agrandir. Nous avons vraiment un problème.

Elle lui agrippa l'épaule en s'écriant :

– Sax! Qu'est-ce que les gens de Burroughs sont censés faire? Bon Dieu, mais à quoi Ann a-t-elle pensé?

– Ce n'est peut-être pas de son fait.

– C'est en tout cas sa faute ou celle des Rouges!

– Ils ont été attaqués. C'est peut-être un accident. Quelqu'un s'est peut-être dit qu'on allait les repousser loin des charges.

Dans ce cas, c'était maintenant ou jamais. (Il secoua la tête.) Le résultat n'est jamais bon.

– Je les déteste! Il faut absolument faire quelque chose! (Ses pensées s'accéléraient frénétiquement.) Est-ce que le haut des mesas échappera à l'inondation?

– Pour un temps. Mais dans cette dépression, Burroughs est presque le point le plus bas. C'est pour ça qu'elle a été construite ici. A cause des horizons prolongés des parois de la cuvette. Le haut des mesas sera submergé également. Je ne peux pas dire avec certitude combien de temps cela prendra, parce que je ne connais pas exactement le débit de l'inondation. Mais voyons... le volume à remplir est d'environ...

Il tapait à toute allure sur son clavier, mais avec un regard absent, et Nadia devina qu'une autre partie de son esprit se perdait dans des calculs, plus rapidement que son IA, avec une conception gestalt de la situation. Art contemplait l'infini tout en hochant la tête comme un aveugle.

– Ça pourrait aller très vite, souffla-t-il. Si la mare de fonte est très importante.

– Nous devons partir du principe qu'elle l'est.

Il acquiesça.

Côte à côte, ils fixaient l'écran de l'IA.

– Quand je travaillais à Da Vinci, commença Sax d'un ton hésitant, j'ai essayé d'imaginer divers scénarios possibles. Les choses à venir. Tu comprends? Et j'ai craint à l'époque qu'une chose pareille se produise. Des villes ravagées. Des tentes déchirées. Des incendies.

– Oui?... dit-elle en le fixant.

– J'ai pensé à une expérience... *un plan*.

– Dis-moi.

Mais Sax venait de se plonger dans la lecture d'un récent bulletin météo qui s'était déroulé sur l'écran, et elle attendit patiemment. Dès qu'il releva la tête, elle insista.

– Eh bien?...

– Une cellule de haute pression descend de Xanthe vers Syrtis. Elle devrait être sur nous aujourd'hui. Ou demain. Dans Isidis, la pression sera de 340 millibars, avec en gros quarante-cinq pour cent d'azote, quarante pour cent d'oxygène et quinze pour cent de gaz carbo...

– Sax, je me fiche du temps!

– C'est respirable. (Il se tourna vers elle avec l'expression d'un lézard, ou plutôt d'un dragon, dans une attitude froide de créature post-humaine, habitante du vide.) Presque respirable. Si on filtre le CO_2. Et ça, on peut le faire. Nous avons fabriqué des masques faciaux à Da Vinci. Ils sont faits d'un alliage de zyrconium méché. Très simple. Les molécules de CO_2 sont plus grosses que celles d'oxygène ou d'azote, et nous avons ainsi constitué un filtre moléculaire. Qui est également un filtre actif, parce qu'il comporte une couche piézo-électrique et la charge générée par la déformation des matériaux sous l'effet de l'inhalation et de l'exhalation suscite un transfert actif d'oxygène à travers le filtre.

— Et la poussière ?

— C'est un jeu de filtres, par ordre de grandeur. La poussière est bloquée, puis les particules, et après le CO_2. (Il regarda Nadia.) Je m'étais dit alors que les gens... pouvaient avoir besoin de fuir une ville. Et nous avons fabriqué un demi-million de masques. Il suffit de les mettre. Les bords sont en polymère adhésif. Ensuite, on respire l'air ambiant. Très simple.

— On peut donc évacuer Burroughs.

— Je ne vois pas d'alternative. Nous ne pouvons pas prendre en charge autant de gens par les airs ou par train suffisamment vite. Mais nous pouvons marcher.

— Pour aller où ?

— Jusqu'à la gare de Libya.

— Sax, il y a soixante-dix kilomètres entre Burroughs et Libya, n'est-ce pas ?

— Soixante-treize.

— Ça fait une sacrée longue marche !

— Je crois que la plupart y arriveront s'il le faut, dit-il d'un ton égal. Et ceux qui ne le pourront pas seront récupérés par des patrouilleurs ou des dirigeables. Dès qu'ils auront rallié Libya, il pourront s'en aller en train. Ou en dirigeable. Libya peut abriter vingt mille personnes en même temps. Si on les tasse.

Elle réfléchit en scrutant le visage inexpressif de Sax.

— Et où sont ces masques ?

— A Da Vinci. Mais ils ont d'ores et déjà été chargés dans des avions rapides et ils pourraient être ici dans quelques heures.

— Tu es certain qu'ils fonctionnent bien ?

Il acquiesça.

— Nous les avons essayés. Et j'en ai apporté quelques-uns. Je vais te montrer.

Il se dressa et prit son vieux sac noir. Il en sortit un jeu de masques blancs et en donna un à Nadia. Il couvrait le nez et la bouche, et ressemblait tout à fait à un masque anti-poussière ordinaire, si ce n'est qu'il était plus épais et avec une bordure collante.

Nadia l'examina longuement avant de le passer. Elle découvrit qu'elle respirait aussi aisément qu'avec un masque anti-poussière, sans la moindre sensation d'étouffement. Les joints semblaient fonctionner parfaitement.

– Je vais aller l'essayer dehors, dit-elle.

Tout d'abord, Sax demanda à Da Vinci d'expédier les masques. Puis ils descendirent jusqu'au sas. La nouvelle à propos du plan et de l'essai s'était répandue et tous les masques de Sax furent vite distribués. Une dizaine de personnes accompagnèrent Nadia et Sax à l'extérieur, au nombre desquelles on comptait Zeyk, Nazik et Spencer Jackson, qui avait débarqué à Du Martheray dans l'heure précédente.

Ils portaient tous des walkers de surface de type courant, qui étaient des combinaisons faites de plusieurs couches de tissus isolants et de filaments chauffants, mais étaient désormais débarrassées des vieux matériaux pesants qui avaient été nécessaires dans les premières années de basse pression.

– Vous allez couper le chauffage de vos tenues, demanda Nadia. De cette façon, nous pourrons savoir ce qu'on ressent dans le froid avec des vêtements de ville.

Ils mirent leurs masques et entrèrent dans le sas du garage. L'air devint rapidement très froid. Puis la porte extérieure s'ouvrit.

Et ils s'avancèrent dans le monde de la surface.

Il était très froid. Nadia encaissa le choc en plein front, et aux yeux. Difficile de ne pas haleter en passant de 500 millibars à 340. Elle avait les yeux et le nez ruisselants. Elle expira, inspira. Le froid transperça ses poumons. Le froid dans ses yeux était l'impression la plus redoutable. Elle frissonna dans son walker : le froid était déjà dans sa poitrine. Il avait une note sibérienne. Il devait faire 260 K, c'est-à-dire – 13 °C. Pas si grave que ça. Mais elle n'y était pas accoutumée. Elle avait déjà eu froid aux mains et aux pieds sur Mars, mais cela faisait des années et des années – plus d'un siècle, à vrai dire ! – qu'elle n'avait ressenti le froid sur son visage et dans ses poumons.

Les autres se parlaient à voix haute, avec des échos qui semblaient bizarres à l'extérieur. Fini les intercoms ! Le col de son walker, où aurait dû se trouver son casque, était extrêmement glacé. La roche ancienne, fissurée et noire, du Grand Escarpement était recouverte d'une mince pellicule de givre nocturne. Elle découvrait une vision périphérique qu'elle n'avait jamais eue avec un casque – et le vent, les larmes qui ruisselaient sur ses joues dans le froid. Elle n'éprouvait aucune émotion particulière. Elle était surprise de voir à quel point les choses étaient offertes, sans visière ni autre écran. Elles avaient acquis une netteté aiguë et quasi hallucinatoire, même sous la clarté des étoiles. A l'est, le ciel, juste avant l'aube, était d'un somptueux bleu de Prusse, avec des cirrus d'altitude qui reflétaient la lumière, comme de longues queues de cheval roses. Les plis hachés du Grand Escarpement se détachaient en gris foncé, soulignés d'ombres noires. Et le vent soufflait dans les yeux de Nadia !

Les gens parlaient sans intercom, et leurs voix étaient ténues, désincarnées, leurs lèvres cachées par les masques. Nazik avait vraiment l'air d'une Bédouine voilée.

– Il fait très froid, dit-elle à Nadia. J'en ai les oreilles brûlantes. Et j'ai le vent dans les yeux. Et sur mon visage.

– Combien de temps tiendront les filtres ? demanda-t-elle à Sax en élevant la voix pour être certaine qu'il l'entende.

– Une centaine d'heures.

– Quel dommage qu'on exhale à travers !

Les filtres recevaient ainsi le double de CO_2.

– Oui. Mais je n'ai rien trouvé pour éviter ça.

Ils étaient tous immobiles à la surface de Mars, la tête nue, avec un simple masque sur la bouche. L'air était ténu mais Nadia constata qu'elle n'éprouvait aucun vertige. Le pourcentage d'oxygène élevé compensait la faible pression atmosphérique.

– C'est la première fois que quelqu'un fait ça ? demanda Zeyk.

– Non, répondit Sax. Nous avons essayé très souvent à Da Vinci.

– C'est agréable ! Et pas aussi froid que je l'aurais cru !

– Et si tu marches vite, tu te réchaufferas.

Ils marchèrent un peu à pas prudents dans l'ombre. Mais il faisait vraiment très froid, se dit Nadia.

– Nous devrions rentrer.

– Il faudrait rester pour voir l'aube se lever, dit Sax. C'est très beau sans casque.

– Nous verrons d'autres aubes. Pour l'heure, nous avons à parler. J'ai froid.

– Mais c'est bon. Regarde, voilà un chou des Kerguelen. Et une arénaire.

Il s'était agenouillé et écartait doucement une feuille velue pour lui révéler une fleur blanche, à peine visible dans la faible clarté.

Nadia le dévisagea.

– Viens, insista-t-elle.

Et ils rentrèrent.

Dans le sas, ils ôtèrent leurs masques, et regagnèrent le vestiaire en se frottant les yeux et en soufflant dans leurs mains gantées.

– Oh, il ne faisait pas aussi froid que ça, après tout !

– L'air avait un goût si délicieux !

Nadia enleva ses gants et se toucha le nez. Il était glacé, mais pas comme sous l'effet de la morsure du gel. Elle se tourna vers Sax. Il avait les yeux brillants et une expression curieusement excitée qui ne lui était guère habituelle, à la fois étrange et émouvante. Mais excités, ils l'étaient tous, et nerveux, au bord du rire alors que la situation était si dangereuse pour Burroughs.

– J'essaye depuis des années de relever le taux d'oxygène, déclarait Sax à Nazik, Spencer et Steve.

Spencer acquiesça.

– Mais je pensais que c'était pour aviver l'incendie de Kasei Vallis.

– Oh, non ! Pour le feu, dès qu'on dispose d'un certain taux d'oxygène, ce qui importe, c'est l'aridité et les matériaux qui doivent être consumés. Non, ce qui m'intéressait, c'était d'augmenter la pression de l'oxygène afin que les humains et les animaux puissent respirer cette atmosphère. A condition que le gaz carbonique soit en diminution.

– Tu as mis au point des masques respiratoires pour les animaux ?

Ils rirent tous avant de retourner dans les quartiers d'habitation. Zeyk prépara du café pendant qu'ils bavardaient de leur escapade et se touchaient mutuellement les joues.

– Et comment faire sortir les gens de la ville ? demanda brusquement Nadia. Si la sécurité boucle les portes ?

– On découpe la tente. De toute façon, il faudra le faire, pour que l'opération se déroule plus vite. Mais je ne crois pas que la sécurité boucle les portes.

– Ils se dirigent vers le spatioport ! lança une voix depuis la salle des communications. Les forces de sécurité prennent le métro ! Ils abandonnent le navire, ces rats ! Et Michel dit que la gare... que la station Sud a été détruite !

Ce qui déchaîna un tohu-bohu soudain. Nadia parvint quand même à lancer à Sax :

– On va expliquer le plan à Hunt Mesa, descendre là-bas et distribuer les masques !

Il hocha la tête.

Entre Mangalavid et leurs écrans de poignet, ils parvinrent à communiquer rapidement le plan à l'ensemble de la population de Burroughs tout en descendant de Du Martheray à la ligne de tertres, au sud-ouest de la ville, dans une grande caravane. Peu après leur arrivée, les deux avions qui transportaient les masques respiratoires venus de Da Vinci tournoyèrent au-dessus de Syrtis avant de se poser sur un terrain plat, immédiatement à l'ouest de la tente. De l'autre côté de la ville, des observateurs placés au sommet de Double Decker Butte avaient déjà signalé l'approche de l'eau qui déferlait depuis l'est-nord-est. Une vague brun foncé ponctuée de glace qui s'abattait dans le pli peu profond qui, dans la ville, se prolongeait par le parc du Canal. Les nouvelles en provenance de la station Sud étaient confirmées : la piste avait été détruite par une explosion dans le générateur d'induction linéaire. Personne ne savait qui en était responsable, mais les trains étaient désormais immobilisés.

Pendant que les Arabes de Zeyk transportaient les caisses de masques vers les portes ouest, sud-ouest et sud, des foules énormes s'y entassaient déjà en walkers chauffants ou en vêtements épais – qui ne le seraient certainement pas assez pour le travail qui les attendait, se dit Nadia en distribuant les masques à la porte sud-ouest. Depuis quelque temps, les habitants de Burroughs sortaient si rarement en surface qu'ils louaient des walkers. Mais il n'y en avait pas en nombre suffisant pour tous, et ils devraient forcément sortir en manteaux beaucoup trop légers, qui ne protégeaient pas du tout la tête. Ils avaient accompagné leur message d'évacuation d'instructions pour que tous prévoient des vêtements appropriés à une température de 255 kelvins, et elle constata que nombreux étaient ceux qui avaient passé plusieurs couches de vêtements et se présentaient comme des bibendums.

Chacun des sas permettait le passage de cinq cents personnes toutes les cinq minutes – ils étaient vastes – mais avec des milliers de gens en attente à l'intérieur, et d'autres qui se pressaient au fur et à mesure qu'avançait cette matinée de samedi, c'était bien loin d'être suffisant. Tous les masques avaient été distribués et Nadia était persuadée que chacun avait le sien. Il était improbable que quiconque dans Burroughs ne soit pas prévenu de l'urgence de la situation. Elle fit donc le tour des autres, Zeyk, Sax, Maya, Michel et ceux qu'elle connaissait, en répétant :

– Il faut percer la tente. Je vais le faire immédiatement.

Aucun ne protesta.

Nirgal apparut enfin, sillonnant la foule, tel Mercure en mission urgente, distribuant sourires et poignées de main. Tous voulaient apparemment le serrer dans leurs bras ou au moins le toucher.

– Je vais découper la tente, lui annonça Nadia. Tout le monde a un masque et il faut que nous sortions tous au plus vite.

– Bonne idée. Laisse-moi leur expliquer ce qui se passe.

Il fit un bond de trois mètres, s'accrocha à l'arche de béton et se hissa vers le haut jusqu'à s'y jucher, les pieds parfaitement équilibrés sur la bande large de trois centimètres. Il activa un petit haut-parleur.

– Votre attention, s'il vous plaît ! Nous allons découper la tente, juste au-dessus du chaperon. La brise va souffler du dehors, mais elle ne devrait pas être très forte. Ensuite, ce sera aux gens les plus près de la paroi de passer les premiers, bien sûr. Inutile de se presser à ce stade. Nous allons ménager une brèche très large et vous devriez tous avoir évacué la ville dans la demi-heure qui va suivre. Préparez-vous au froid... il va être *très revigorant*. Mettez vos masques, vérifiez le joint et celui de vos voisins proches.

Il se tourna vers Nadia, qui venait de sortir un petit laser à souder de son sac à dos noir et le levait afin que tous le voient bien.

– Vous êtes prêts ? demanda Nirgal à tous les visages masqués de blanc. Vous ressemblez à des bandits. (Il éclata de rire.) OK !

Il se tourna vers Nadia.

Qui se mit à découper la tente.

Un comportement de survie intelligent est presque aussi contagieux que la panique, et l'évacuation se fit rapidement et en bon ordre. Nadia découpa la tente sur environ deux cents mètres, juste au-dessus du chaperon de béton. La pression de l'atmosphère intérieure, plus dense, provoqua un vent immédiat qui souleva les couches du revêtement transparent. Les gens n'eurent plus qu'à escalader le muret du chaperon ou à l'enjamber. D'autres équipes découpaient la tente près des portes sud et ouest et, dans le laps de temps qu'il aurait fallu pour vider un grand stade, la population de Burroughs se retrouva à ciel ouvert, dans l'air froid du matin d'Isidis. La pression était de 350 millibars et la température de 261 K, c'est-à-dire − 12 °C.

Les Arabes de Zeyk étaient restés dans leurs patrouilleurs et firent fonction d'escorte en allant et venant de part et d'autre des files, les guidant vers les tertres au sud-ouest de la ville, les Moeris Hills. La vague se déversa sur le côté est de Burroughs au moment où les dernières files atteignaient ces éminences basses. Des observateurs rouges, qui patrouillaient au large, rapportèrent que le flot liquide s'était à présent porté vers le nord et le sud, contournant le bas de la ville, et qu'il n'excédait pas un mètre.

Ils s'en étaient sortis d'extrême justesse, et Nadia en frissonna. Debout au sommet d'un des tertres des Moeris, elle essayait d'évaluer la situation. Les gens avaient fait de leur mieux, mais beaucoup étaient insuffisamment vêtus, se dit-elle. Ils n'avaient pas tous des bottes isolantes et, en majorité, ils ne s'étaient pas protégé la tête. Les Arabes leur montraient comment enrouler les écharpes, les torchons ou n'importe quel gilet en surplus autour de leur tête. Mais le froid était intense, en dépit du soleil et de l'absence de vent, et les gens de Burroughs qui n'avaient jamais travaillé en surface semblaient en état de choc. Même si certains étaient en meilleure forme que d'autres. Nadia repéra des nouveaux venus russes aux chapkas qu'ils avaient apportées jusque sur Mars et elle les interpella en russe. Ils lui répondirent presque tous par un sourire.

– Ça n'est rien. C'est un temps splendide pour faire du patin à glace, *da*?

Nadia les encouragea.

– Avancez, avancez.

Dans l'après-midi, la température devait remonter, peut-être même au-dessus de zéro.

Dans la ville condamnée, les mesas se dressaient, sombres et rigides dans la lumière du matin, comme un musée de cathédrales titanesques, avec leurs couronnes de fenêtres comme des joyaux sertis, avec leurs diadèmes de verdure. Et désormais, la population de Burroughs s'était répandue sur la plaine comme une horde de bandits masqués, ou encore de malheureuses victimes du rhume des foins, enveloppés dans des couches de vêtements, ou bien en walkers, avec des casques, parfois. C'était un pèlerinage bizarre, et les visages étaient tournés vers la ville dans l'air glacé. Ils avaient tous les mains dans les poches. Dans le ciel, les longs cirrus passaient comme des copeaux de métal dans l'air rose foncé. L'étrangeté de ce spectacle était à la fois enthousiasmante et terrifiante. Nadia ne cessait de circuler entre les groupes en parlant à Zeyk, Sax, Nirgal, Jackie ou Art. Elle envoya un autre message à Ann, avec l'espoir qu'Ann les captait encore, même si elle ne répondait jamais.

— Assure-toi que les troupes de la sécurité n'aient aucun ennui au spatioport, fit-elle, incapable de dissimuler la colère qu'elle ressentait. Ne vous mettez pas en travers de leur chemin.

Dix minutes plus tard, son bloc de poignet bippa.

— Je sais, dit Ann, brièvement.

Et ce fut tout.

A présent qu'ils avaient fui la ville, Maya était plus agitée que jamais.

— Marchons pour de bon, maintenant! Nous ne sommes pas encore arrivés à Libya, et la moitié de la journée est déjà écoulée!

— C'est vrai, appuya Nadia.

Une bonne partie de la foule s'était déjà engagée sur la piste qui venait de la station Sud de Burroughs et la suivait vers le sud, sur la pente du Grand Escarpement.

Ils s'éloignaient définitivement de la ville. Nadia s'arrêtait fréquemment pour encourager les gens, mais aussi pour se retourner vers Burroughs, vers les jardins et les terrasses sous la lumière du soleil, ce grand mésocosme vert qui avait été si longtemps la capitale de leur monde. L'eau noir rouille parsemée de glace avait à présent presque complètement cerné les murs de la ville, et un flot dense d'icebergs sales descendait du plissement bas au nord-est en un torrent de plus en plus large.

Le terrain qu'ils foulaient était parsemé de plantes basses : des mousses de la toundra, des fleurs alpestres et des bouquets de cactus des glaces telles des bouches d'incendies noires et épineuses. Des moucherons et des mouches, dérangés par cette bizarre invasion, tourbillonnaient autour d'eux. Il faisait maintenant nettement plus doux que dans la matinée. La température continuait de monter rapidement et ils avaient dû passer un peu au-dessus de zéro.

— Deux cent soixante-douze! cria Nirgal quand Nadia l'interrogea au passage.

Il remontait et redescendait régulièrement la grande caravane humaine. Nadia vérifia sur son bloc de poignet : 272 kelvins. Le vent du sud-ouest était très léger. Les rapports météo indiquaient que la zone de haute pression se maintiendrait au-dessus d'Isidis pour une autre journée au moins.

Les gens marchaient en petits groupes, fusionnaient, et les amis, les collègues et les relations se congratulaient mutuellement, souvent surpris par des familières voix sous les masques, des regards familiers sous les cagoules ou les chapeaux. Un nuage diffus de givre s'élevait de la foule, dû à tous ces souffles, ces transpirations qui se confondaient. Il se dissipait très vite dans le soleil. Des patrouilleurs chargés de Rouges montaient depuis la ville, fuyant l'inondation, et les longèrent lentement. Leurs occupants tendirent des flasques de boisson chaude à la ronde. Nadia les regarda, furieuse, en jurant en silence derrière son masque. L'un des Rouges l'aperçut et lui lança d'un ton irrité :

– Ça n'est pas nous qui avons fait sauter la digue, vous savez. Ce sont les guérilleros mars-unistes. Kasei !

Il s'éloigna.

On utilisait les ravines descendant vers le bas de la pente, à l'est de la piste, comme latrines. Les gens profitaient de cet arrêt pour contempler encore une fois la ville étrangement déserte avec ses nouvelles douves d'eau glacée, rouille foncé. Des groupes d'indigènes psalmodiaient des phrases d'aréophanie. En les entendant, Nadia sentit son cœur se serrer et elle marmonna :

– Bon Dieu, Hiroko, est-ce que tu ne vas pas te montrer ? S'il te plaît, sors ! *Aujourd'hui !*

Elle repéra Art et le rejoignit. Il était en train de débiter un commentaire sur son bloc de poignet, vraisemblablement destiné à un consortium d'informations terrien.

– Oh, oui, souffla-t-il rapidement à Nadia quand elle l'interrogea. Nous sommes vivants. Et cette vidéo est très bonne aussi, j'en suis sûr. Ils vont reconstituer le scénario de l'inondation.

Aucun doute. La ville avec ses mesas, cernée par les flots noirâtres légèrement fumants, agités, bouillonnant furieusement sous l'effet de la carbonatation avec des vagues venant du nord... La température ambiante était désormais un peu au-dessus du zéro Celsius, et l'eau restait à l'état liquide même lorsqu'elle formait des mares encombrées de glace de fracture. Jamais encore Nadia n'avait eu à ce point conscience qu'ils avaient transformé l'atmosphère – c'était plus fort encore que les plantes, que le bleuissement du ciel, le fait qu'ils puissent sortir les yeux découverts, et respirer à travers des masques minces. Le spectacle de l'eau qui gelait durant le déluge de Marineris – qui était passée du noir au blanc en vingt secondes ou moins – l'avait marquée plus profondément qu'elle ne l'avait cru. Désormais, il s'agissait d'eaux libres. Le large plissement de Burroughs ressemblait maintenant à une baie de Fundy [1] gargantuesque, avec la marée galopante.

Des exclamations retentissaient de toutes parts comme autant de chants d'oiseaux. Nadia en ignora la raison jusqu'à la seconde où elle s'aperçut qu'il y avait de l'agitation du côté du spatioport.

Le spatioport était situé sur un large plateau au nord-ouest de la ville. A la hauteur où les réfugiés se trouvaient, ils pouvaient observer les grandes portes des hangars qui étaient maintenant ouvertes. Cinq avions spatiaux géants en sortirent l'un après l'autre, menaçants, militaires. Ils roulèrent jusqu'au terminal et les passerelles se déployèrent. Puis il ne se passa rien de plus, et les réfugiés, pendant presque une heure, marchèrent vers les premières vraies collines du Grand Escarpement. Ils avaient gagné de l'altitude, mais les pistes du spatioport et la partie inférieure des hangars étaient maintenant sous l'horizon pâle. A présent, le soleil était franchement à l'ouest.

L'attention de tous était fixée sur la ville. L'eau venait de crever la paroi de la tente à l'est de Burroughs et s'écoulait par la porte sud-ouest, par-dessus le chaperon, à l'endroit où ils avaient ouvert la tente. Peu après, elle envahit le parc du Canal, Princess Park et Niederdorf, partageant la ville en deux.

Au beau milieu du spectacle, l'un des grands jets apparut dans le ciel au-dessus du plateau. Il semblait très lent, comme les grands avions qui sont encore très bas. Il avait décollé cap au sud et, pour les spectateurs, il semblait devenir de plus en plus grand sans gagner de vitesse. Puis ils perçurent le ronflement grave de ses huit moteurs et il les survola avec la maladresse pesante d'un bourdon. Tandis qu'il s'élevait péniblement vers l'ouest, un autre se montra au-dessus du spatioport et passa au-dessus de la ville inondée. Les cinq avions défilèrent ainsi, tout aussi peu aérodynamiques les uns que les autres, et disparurent à l'ouest.

Ils reprirent leur marche, à grandes foulées. Les plus rapides ne cherchaient pas à ralentir pour rester auprès des plus lents car il était important de rallier la gare de Libya aussi vite que possible, ce que tous comprenaient. Des trains arrivaient de toutes parts, mais Libya était une petite gare avec quelques quais seulement, et la chorégraphie de l'évacuation allait s'avérer complexe.

Il était maintenant cinq heures et le soleil était bas sur l'hori-

1. Commune au Canada et aux États-Unis, la baie de Fundy est renommée pour l'amplitude de ses marées. *(N.d.T.)*

zon de Syrtis. La température chutait rapidement sous zéro. Les marcheurs les plus rapides, des indigènes et des immigrants récents, prenaient de l'avance, et la colonne s'étirait. Les gens des patrouilleurs rapportaient qu'elle s'étirait maintenant sur plusieurs kilomètres et s'allongeait constamment. Ces patrouilleurs circulaient sans cesse entre la tête et la queue de la colonne, récupérant parfois certains marcheurs. Tous les walkers et tous les casques disponibles étaient utilisés. Coyote était arrivé de la digue et, en apercevant son patrouilleur camouflé, Nadia soupçonna aussitôt qu'il était derrière l'opération. Il apparut sur l'écran de son poignet et lui lança un franc bonjour exultant, avant de lui demander comment se passaient les choses. Puis il repartit en direction de la ville.

– Demandez à Fossa Sud d'envoyer un dirigeable au-dessus de Burroughs, suggéra-t-il. Au cas où des retardataires se seraient réfugiés en haut des mesas. Il y a certainement des gens qui dorment encore à cette heure de la journée, et ils vont avoir une sacrée surprise en se réveillant.

Il partit d'un grand rire, mais sa suggestion était justifiée et Art appela immédiatement.

Nadia suivait l'arrière de la colonne en compagnie de Maya, Sax et Art, écoutant les rapports qui arrivaient. Elle ordonna aux patrouilleurs de circuler sur la piste abandonnée, pour éviter les projections de poussière. Elle essayait de ne pas tenir compte de son épuisement. C'était plus l'effet du manque de sommeil que de la fatigue musculaire. La nuit allait être longue. Et pas seulement pour elle. Une grande partie de la population de Mars était maintenant totalement urbaine et absolument pas entraînée à de longues marches. Elle-même ne les pratiquait guère, bien qu'elle fût souvent sur les chantiers de construction et non pas derrière un bureau, comme la plupart. Heureusement, ils suivaient une piste ferroviaire, et ils pouvaient même marcher sur la surface lisse de la voie, entre les rails de suspension des côtés et le rail de réaction central. Mais ils préféraient largement rester sur les routes de gravier ou de béton qui couraient en parallèle.

Pour leur malheur, par contre, dès que l'on ne marchait pas vers le nord en quittant Isidis Planitia, cela signifiait qu'il fallait monter. La gare de Libya était sept cents mètres plus haut que Burroughs. Ce n'était pas important, mais la pente était continue sur soixante-dix kilomètres, sans aucun segment abrupt.

– Ça va nous réchauffer, marmonna Sax quand elle lui parla de ses inquiétudes.

Les heures passèrent et leurs ombres, projetées loin à l'est, devinrent des ombres de géants. Derrière eux, la cité noyée était obscure et vide, elle disparaissait sous l'horizon mesa après mesa, et Double Decker Butte et Moeris Mesa, les dernières, furent submergées sous le seuil du ciel. Les teintes d'ombre brûlée d'Isidis se faisaient plus vives, et le ciel s'assombrit encore et encore, jusqu'à ce que le soleil boursouflé rougeoie sur l'horizon d'ouest. Ils marchaient à présent dans un monde roux, comme une armée en loques battant en retraite.

Nadia suivait les bulletins de Mangalavid de temps à autre et trouvait les nouvelles du reste de la planète plutôt réconfortantes. Toutes les principales villes à l'exception de Sheffield étaient sous le contrôle du mouvement indépendantiste. Le labyrinthe du terril de Sabishii avait servi de refuge aux rescapés de l'incendie, et même si le feu n'était pas complètement éteint, cela signifiait qu'ils s'en sortiraient. Nadia s'entretint avec Nanao et Etsu tout en marchant. La petite image de Nanao révélait sa fatigue et Nadia lui dit à quel point elle était bouleversée : Sabishii en flammes et Burroughs sous les eaux – les deux plus grandes cités de Mars avaient été détruites.

– Non, non, fit Nanao. Nous reconstruisons. Sabishii est là, dans notre esprit.

Comme les autres villes, ils expédiaient les trains qui n'avaient pas brûlé vers la gare de Libya. Les cités proches envoyaient aussi des avions et des dirigeables. Les dirigeables pourraient les secourir pendant la longue marche de nuit. Très important : ils leur apportaient le maximum d'eau qu'ils avaient pu embarquer. La déshydratation dans la nuit sèche et glacée allait être une dure épreuve. La gorge de Nadia était déjà desséchée et elle accepta avec joie la tasse d'eau qu'on lui tendait depuis un patrouilleur. Elle leva son masque et but très vite, en s'efforçant de ne pas respirer.

– C'est la dernière tournée ! lança la femme qui distribuait les tasses d'un ton enjoué. Encore cent et on sera à court !

Nadia reçut un nouvel appel de Fossa Sud. Ils avaient été contactés par plusieurs exploitations minières d'Elysium, dont les occupants s'étaient déclarés indépendants par rapport aux métanationales et au mouvement Mars Libre. Ils mettaient en garde tous les autres : restez à l'écart. Certaines stations occupées par les Rouges les avaient imités.

Nadia prit un air méprisant et répondit aux gens de Fossa Sud :

– Très bien. Mais envoyez-leur une copie de la déclaration de

Dorsa Brevia en leur demandant de l'étudier un peu. S'ils sont d'accord pour soutenir la section qui concerne les droits de l'homme, je ne vois pas pourquoi nous nous soucierions d'eux.

Le soleil se coucha. Le lent crépuscule s'attardait.

Il ne subsistait plus qu'une vague clarté violet foncé dans l'air brumeux quand un patrouilleur-rocher surgit de l'est et s'arrêta devant le groupe de Nadia. Parmi les passagers qui en descendirent, en cagoules et masques blancs, Nadia reconnut soudain Ann. Grande et svelte, elle marcha droit sur Nadia sans la moindre hésitation. Les Cent Premiers se reconnaissaient toujours...

Nadia s'était arrêtée et observait sa vieille amie. Ann clignait des yeux dans le froid soudain.

– Nous n'avons rien fait, dit-elle sans préambule. Une unité d'Armscor est intervenue avec des blindés et nous nous sommes battus. Kasei se disait que s'ils reprenaient la digue, ils reprendraient tout, partout. Il avait probablement raison.

– Il s'en est sorti ?

– Je l'ignore. Il y a eu de nombreux tués sur la digue. Et beaucoup d'autres n'ont pu échapper à l'inondation qu'en escaladant Syrtis.

Elle se tut, l'air sombre, sans remords. Nadia s'émerveilla de pouvoir déchiffrer tant de choses dans cette silhouette noire vaguement découpée sur les étoiles. Peut-être à cause de son port d'épaules. De l'inclinaison de sa tête.

– Allons-y. Il faut marcher.

Rien d'autre ne lui venait à l'esprit en cet instant. Gagner la digue d'abord, régler les charges... Mais à quoi bon, désormais.

La lumière s'écoula de la terre, de l'air, du ciel... Ils progressaient sous les étoiles, dans une atmosphère aussi glacée que celle de la Sibérie. Nadia aurait pu avancer plus vite, mais elle souhaitait rester à l'arrière de la colonne, avec les plus lents, qu'elle pourrait éventuellement aider. Certains portaient leurs enfants sur le dos, mais les enfants n'étaient pas nombreux à l'arrière de la colonne. Les plus petits étaient déjà dans les patrouilleurs et les plus grands en tête, avec les marcheurs plus rapides. Et puis, il n'y avait jamais eu beaucoup d'enfants dans Burroughs.

Les phares des patrouilleurs perçaient la poussière qu'ils soulevaient et Nadia se demanda si les filtres à CO_2 ne risquaient pas d'être obturés. Elle posa la question à Ann qui lui répondit :

– Si tu presses bien le masque contre ta bouche et que tu souffles très fort, ça aide. Tu peux aussi retenir ton souffle, ôter ton masque et lui envoyer un jet d'air comprimé, si possible.

Sax acquiesça.

– Tu connais ces masques?

– J'ai passé de nombreuses heures avec.

– Parfait.

Nadia fit l'expérience : elle appuya sur le masque et souffla violemment. Très vite, elle fut haletante.

– On devrait essayer de marcher sur la piste et les routes pour échapper à la poussière. Et dire aux patrouilleurs de ralentir.

Ils avaient fini par adopter une sorte de rythme dans leur marche. Aucun ne restait en arrière, aucun ne se hâtait en avant. Et le froid s'intensifiait. Les phares des patrouilleurs illuminaient par endroits les milliers de gens qui marchaient sur la longue pente qui montait vers l'horizon du sud, à douze ou treize kilomètres de distance, peut-être. Il était difficile d'en juger dans la nuit. On ne voyait que la cohorte ondulante dans les faisceaux de lumière, l'éclat rouge des feux... Une vision très étrange. Un bourdonnement résonnait parfois dans le ciel quand des dirigeables arrivaient de Fossa Sud et flottaient au-dessus de la foule comme des OVNI baroques cernés de lumières, avec leurs moteurs vrombissants, pendant qu'ils manœuvraient pour larguer des vivres et de l'eau aux patrouilleurs en attente. Puis les patrouilleurs se dirigeaient vers la colonne pour faire la distribution, et les dirigeables reprenaient de l'altitude pour se perdre comme des constellations colorées et disparaître à l'est.

Durant le laps de temps martien, de jeunes indigènes exubérants se risquèrent à chanter, mais l'air était trop sec et trop glacé, et ils n'insistèrent pas. Cette idée plut à Nadia et elle se chanta en silence certains de ses airs favoris : *Hello Central, Give Me Dr Jazz, Bucket's Got a Hole in it, On the Sunny Side of the Street*. Elle les reprit plusieurs fois.

Comme la nuit avançait, son moral s'améliorait. Il semblait bien que leur plan était en train de réussir. Ils ne dépassaient pas des centaines de gens effondrés, même si les patrouilleurs leur avaient appris qu'un grand nombre de jeunes indigènes semblaient avoir craqué parce qu'ils étaient allés trop vite, et qu'ils avaient maintenant besoin de secours. Ils étaient tous passés de 500 à 340 millibars, ce qui aurait correspondu, sur Terre, à la différence de pression entre quatre mille et six mille cinq cents mètres d'altitude, un saut considérable, même en tenant compte du taux élevé d'oxygène de l'atmosphère martienne. Et certains souffraient du mal des montagnes, les jeunes surtout. Les indigènes avaient commencé cette marche avec un immense enthousiasme, peut-être excessif, qu'ils payaient maintenant. Ils souffraient de nausées et de maux de tête. Mais les patrouilleurs aidaient ceux qui commençaient à avoir des spasmes et escortaient les autres. Quant à la queue de la colonne, elle progressait toujours d'un pas égal.

Et Nadia cheminait toujours, main dans la main avec Maya ou Art, seule parfois, perdue dans son monde à elle, l'esprit errant dans le froid mordant, retrouvant des miettes de son passé. Il lui revenait des marches dangereuses qu'elle avait faites à la surface gelée de ce monde : pendant la grande tempête avec John, au cratère Rabe... Alors qu'ils cherchaient le transpondeur avec Arkady... Elle suivait Frank dans Noctis Labyrinthus, durant la nuit où ils s'étaient évadés du Caire, après l'assaut... Cette même nuit, elle avait sombré dans une gaieté morne et bizarre – une réaction au fait d'être libérée de ses responsabilités, peut-être, de n'avoir plus qu'à suivre un leader. 61 avait été un tel désastre. Et cette révolution, elle aussi, pouvait déboucher sur le chaos – c'était le cas, en fait. Personne ne la contrôlait plus. Mais des voix montaient toujours de son poignet, venues de partout. Et personne n'allait les mitrailler depuis l'espace. Les éléments les plus intransigeants de l'Autorité transitoire avaient probablement été tués dans les premières heures, dans Kasei Vallis – un aspect peu drôle de la « gestion intégrée des fléaux » chère à Art. Quant aux autres, ils avaient dû succomber sous le nombre. Ils étaient tout aussi incapables que quiconque de contrôler une planète peuplée de dissidents. Ou bien trop intimidés pour essayer.

Donc, cette fois-ci, ils étaient parvenus à ce que les choses se passent autrement. Ou bien les conditions sur Terre étaient tout simplement différentes, et les phénomènes divers de l'histoire martienne n'étaient que les reflets déformés de ces changements. Tout à fait possible. Mais c'était une pensée troublante, si l'on considérait l'avenir. Il faudrait y réfléchir plus tard. Ils devraient affronter tout cela le temps venu. Pour l'heure, ils ne devaient se préoccuper que d'atteindre la gare de Libya. La simple physique de ce problème et de sa solution la séduisait énormément. Elle avait finalement quelque chose de palpable entre les mains. Elle respirait l'air glacial. Elle essayait de réchauffer ses poumons avec le reste de son être, avec son cœur – ça ressemblait un peu à la mystérieuse redistribution thermique de Nirgal. Si seulement elle en était capable !

Elle commençait à prendre de brèves bouffées de sommeil sans cesser de marcher. Elle avait peur qu'il s'agisse d'une intoxication au gaz carbonique, mais continuait de temps en temps à sombrer. Sa gorge était irritée. La queue de la colonne ralentissait et les patrouilleurs avaient commencé à récupérer les marcheurs les plus épuisés pour les évacuer vers Libya. Ils faisaient régulièrement la navette. Les gens, de plus en plus nombreux, souffraient du mal des montagnes, et les Rouges leur expliquaient comment enlever leur masque pour vomir avant de reprendre leur souffle. L'opération était difficile et les cas d'intoxication au CO_2 s'ajoutaient au mal des montagnes. Mais ils se rapprochaient pas à pas de leur but. Les images qu'ils recevaient sur leurs blocs de poignet montraient la gare de Libya : elle ressemblait à une station de métro de Tokyo à l'heure de pointe. Mais les trains circulaient à un rythme régulier et il restait encore de la place, apparemment, pour les derniers refugiés.

Un patrouilleur ralentit à leur côté et on demanda à Maya s'ils voulaient monter.

– Fichez le camp! s'insurgea-t-elle. Allez donc aider les autres, là-bas! Ne perdez pas votre temps!

Le conducteur redémarra sans plus attendre. Maya commenta d'une voix rauque :

– J'ai cent quarante-trois ans, mais ça me ferait mal de ne pas terminer à pied! Accélérons un peu!

Ils gardèrent le même rythme et se maintinrent en queue de colonne, observant la farandole des phares dans la brume, loin devant. Depuis plusieurs heures, Nadia avait mal aux yeux, et la souffrance devenait à peine tolérable. L'engourdissement du froid ne la protégeait plus, apparemment. Ses yeux étaient secs et elle avait du sable sur la cornée. Chaque battement de cils était une brûlure. Elle se dit que les masques auraient dû être munis de lunettes étanches.

Elle trébucha sur un rocher et un souvenir remonta de sa jeunesse : dans le sud de l'Oural, une fois, le camion qui les transportait, elle et ses collègues de travail, était tombé en panne. C'était l'hiver, et ils avaient dû marcher depuis Chelyabinsk-65 jusqu'à Chelyabinsk-40 sur cinquante kilomètres gelés de zone industrielle stalinienne ravagée — entre les usines noires désertes, les cheminées brisées, les clôtures de barbelés abattues, les camions renversés... Dans la neige hivernale, sous les nuages bas. Même sur le moment, ç'avait été comme un cauchemar. Elle le raconta à Maya, Sax et Art, la voix rauque. Sa gorge la faisait souffrir, mais pas autant que ses yeux. Ils avaient tellement l'habitude des intercoms qu'il leur semblait étrange de parler comme ça, dans l'air de la nuit. Mais elle en avait besoin.

– Je me demande comment j'ai pu oublier cette nuit. Je n'y ai plus repensé depuis tellement longtemps. Je l'avais effacée. Ç'a dû se passer... je dirais il y a cent vingt ans.

– Tu te souviendras aussi de celle-ci, dit Maya.

Ils se mirent à échanger des souvenirs sur les jours les plus froids qu'ils avaient pu connaître. Les deux femmes russes se rappelaient dix épisodes plus rudes que tout ce que Sax et Art pouvaient raconter.

– Et les plus chauds ? proposa Art. Là, je pourrais gagner. Je me suis retrouvé une fois dans un concours de scieurs, en division tronçonneuse. C'était celui qui avait la plus puissante tronçonneuse qui gagnait. Alors j'ai remplacé le moteur de la mienne par celui d'une Harley Davidson et j'ai coupé la grume en moins de dix secondes. Mais les moteurs de motos sont à refroidissement à air, vous le savez, et ce sont mes mains qui ont eu chaud !

Ils éclatèrent de rire.

– Mais ça ne compte pas, protesta Maya. Ça n'est pas tout votre corps qui a souffert !

– J'aimerais avoir cette tronçonneuse avec moi en ce moment !

Les étoiles se faisaient plus rares. Tout d'abord, Nadia mit ça sur le compte des particules de poussière, ou de ses yeux. Mais en consultant son bloc de poignet, elle apprit qu'il était presque cinq heures du matin. L'aube approchait. Et la gare de Libya n'était plus qu'à quelques kilomètres. La température était de 256 kelvins.

Ils arrivèrent au lever du soleil. Les gens se passaient des tasses de thé qui sentait l'ambroisie. La gare était trop pleine pour qu'ils puissent entrer. Plusieurs milliers de réfugiés attendaient déjà à l'extérieur. L'évacuation se passait néanmoins sans problème depuis des heures, sous la direction de Vlad, Ursula et un petit groupe de Bogdanovistes. Les trains arrivaient toujours sur les trois pistes, du sud, de l'est et de l'ouest, et tout le monde embarquait en ordre. Les dirigeables flottaient sur l'horizon. La population de Burroughs allait être séparée dans l'instant : certains allaient partir pour Elysium, d'autres pour Hellas, ou plus au sud, en direction d'Hiranyagarbha et Christianopolis – d'autres encore pour les petites villes qui marquaient la route de Sheffield, y compris Underhill.

Ils attendirent donc leur tour. Dans la lumière de l'aube, ils avaient tous les yeux injectés de sang, ce qui, avec leurs masques incrustés de poussière, leur conférait une apparence féroce et sanguinaire. Nadia se répéta que les lunettes seraient désormais indispensables pour les sorties en surface.

Finalement, Zeyk et Marina escortèrent le dernier groupe. A ce stade, la plupart des Cent Premiers s'étaient retrouvés et ils étaient rassemblés contre un mur, mus par le magnétisme qui les attirait toujours les uns vers les autres en cas de crise. Ils étaient plusieurs à se trouver dans le dernier groupe : Maya et Michel, Nadia, Sax et Ann, Vlad, Ursula, Marina, Spencer, Ivana, Coyote...

De l'autre côté des pistes, Jackie et Nirgal dirigeaient les gens vers les voitures en agitant les bras comme des chefs d'orchestre, soutenant parfois ceux dont les jambes se dérobaient à la dernière minute. Les Cent Premiers se présentèrent ensemble sur le quai. Maya ignora Jackie quand elle passa près d'elle. Nadia la suivit et tous les autres embarquèrent à leur suite. Elles défilèrent dans la travée centrale entre deux rangées de visages blancs et cramoisis réjouis, les têtes brunes de poussière. Le plancher était jonché de masques crasseux, mais nombreux étaient ceux qui les gardaient serrés dans leurs mains.

Les écrans, à l'avant de chaque voiture, relayaient un film qu'un dirigeable émettait. Des images de Burroughs dans le matin. Une mer gelée parsemée de polynies noires. Au-dessus de cette mer nouvelle se dressaient les neuf mesas, devenues désormais des îles aux falaises abruptes, pas très hautes, avec leurs jardins en terrasses et leurs fenêtres bizarrement alignées au-dessus des blocs de glace sale à la dérive.

Nadia et les autres suivirent Maya jusqu'à la dernière voiture. Elle se retourna et les vit tous rassemblés dans l'ultime compartiment. Elle demanda alors :

– Est-ce que ce train va jusqu'à Underhill?

– Odessa, dit Sax.

Elle sourit.

Des gens se levaient pour leur laisser la place et ils acceptèrent. Ils les remercièrent et, peu après, les compartiments voisins furent complets. Les travées furent envahies ensuite. Vlad murmura quelque chose à propos du capitaine qui devait être le dernier à quitter le navire en perdition.

Nadia trouva cette remarque déprimante. Elle était épuisée et ne parvenait pas à se rappeler son dernier moment de sommeil. Elle avait tant aimé Burroughs, et on avait consacré tant d'heures à l'édifier... Elle se souvenait de ce que Nanao avait dit à propos de Sabishii. Eux aussi gardaient Burroughs dans leur esprit. Quand le rivage du nouvel océan se serait stabilisé, ils pourraient peut-être construire une autre Burroughs.

Pour l'heure, Ann était assise de l'autre côté, et Coyote descendait la travée dans leur direction. Il s'arrêta pour appuyer son visage contre une vitre et lever le pouce à l'intention de Nirgal et Jackie, qui étaient encore dehors. Ils finirent par monter, à plusieurs voitures de distance. Michel riait à cause de ce que Maya venait de lui dire. Ursula, Marina, Vlad, Spencer... tous les membres de la famille de Nadia étaient là, sains et saufs, du moins pour l'instant. Et ils étaient tout ce qu'elle avait pour l'instant... Elle se sentit couler dans le fond de son siège. Dans quelques minutes, elle serait endormie, elle le sentait à la brûlure de ses yeux secs. Le train s'ébranla.

Sax consultait son bloc de poignet et Nadia lui demanda d'un ton ensommeillé :

— Que se passe-t-il sur Terre ?

— Le niveau des mers monte encore. Il a dépassé la barre des quatre mètres. Il semble que les métanationales aient cessé le combat, momentanément du moins. La Cour mondiale a déclaré le cessez-le-feu. Praxis a lancé tous ses moyens pour lutter contre l'inondation. Apparemment, certaines autres métanats devraient l'imiter. L'assemblée générale de l'ONU s'est réunie à Mexico. L'Inde a confirmé le traité passé avec un gouvernement martien indépendant.

— C'est un pacte avec le diable, lança Coyote. L'Inde et la Chine sont trop gros pour nous. Attendons de voir.

— Les conflits sont terminés ? demanda Nadia.

— On ne peut pas savoir clairement si ça durera, dit Sax.

Maya grommela :

— Rien n'est jamais permanent.

Sax haussa les épaules.

— Il va falloir constituer un gouvernement, continua Maya. Et vite, pour présenter à la Terre un front uni. Plus nous serons légalement établis, moins ils se risqueront à tenter de nous renverser.

— Ils viendront, dit Coyote.

— Pas si nous leur prouvons qu'ils obtiendront de nous tout ce qu'ils auraient pu avoir par eux-mêmes. Ça les ralentira.

— Mais ils viendront quand même.

Sax intervint :

— Nous ne serons jamais à l'abri du danger tant que la Terre n'aura pas retrouvé le calme. Tant qu'elle ne sera pas stabilisée.

— La Terre ne sera jamais stabilisée, insista Coyote.

Sax haussa les épaules.

– C'est à nous de la stabiliser ! s'exclama Maya en agitant un doigt vers Coyote. Pour notre propre bien !

– L'aréoforming de la Terre, fit Michel avec son sourire ironique.

– Bien sûr, et pourquoi pas ? C'est exactement ce qu'il faut.

Il se pencha vers Maya et embrassa sa joue poussiéreuse.

Coyote secouait la tête.

– C'est comme de bouger un monde sans avoir d'axe.

– L'axe est dans nos esprits, dit Maya, surprenant Nadia.

Marina jeta un regard sur son bloc de poignet.

– La sécurité contrôle toujours Clarke et le câble. Peter dit qu'ils ont abandonné Sheffield mais pas le socle. Et quelqu'un... quelqu'un rapporte avoir vu Hiroko à Hiranyagarbha.

Cela les réduisit tous au silence et ils s'absorbèrent dans leurs pensées.

– J'ai eu accès aux données de l'ATONU sur la première prise de Sabishii, annonça Coyote au bout d'un moment. Il n'est pas fait mention d'Hiroko ni d'aucun membre de son groupe. Je ne pense pas qu'ils les aient eus.

– Ce qui est inscrit n'a rien à voir avec ce qui a pu se passer, fit Maya d'un air sombre.

– En sanscrit, dit Marina, Hiranyagarbha signifie « L'Embryon d'or ».

Nadia sentit son cœur se serrer. Allons, Hiroko, montre-toi. Sors, bon Dieu. Je t'en prie.

L'expression de Michel faisait peine à voir. Toute sa famille avait disparu...

– Nous ne pouvons être certains d'avoir rassemblé tout Mars, dit Nadia afin de le distraire. (Elle rencontra son regard.) Nous ne nous sommes pas mis d'accord à Dorsa Brevia. Comment pourrions-nous l'être maintenant ?

– Parce que nous sommes libres. C'est vrai, maintenant. Nous sommes libres d'essayer. Et on ne se donne à fond que quand on ne peut pas revenir en arrière.

Le train ralentit pour traverser la piste équatoriale et ils furent secoués d'avant en arrière.

– Des Rouges font sauter toutes les stations de captage de Vastitas, dit Coyote. Je ne crois pas que nous parvenions à un consensus sur le terraforming.

– Ça, c'est certain, fit Ann d'un ton rauque avant de s'éclaircir la gorge. Nous voulons aussi nous débarrasser de la soletta.

Elle foudroya Sax du regard, mais il se contenta de hausser les épaules.

– L'écopoésis, dit-il. Nous avons déjà une biosphère. C'est tout ce qu'il nous faut. Un monde splendide.

Au-dehors, le paysage faillé défilait sous la clarté froide du matin. Les pentes de Tyrrhena avaient pris une coloration kaki avec les millions de plaques de mousse, d'herbe et de lichen incrustées entre les rochers. Tous les observaient en silence. Nadia se sentait hébétée en essayant de penser à tout ça, de ne pas mêler les choses. C'était aussi flou que l'image de rouille et de kaki qui s'emballait devant son regard...

Elle dévisagea ceux qui l'entouraient, et une clé joua à l'intérieur de son esprit. Ses yeux étaient encore secs et irrités, mais elle ne somnolait plus. Son estomac se relâcha pour la première fois depuis le début de la révolte. Elle respirait librement. Ann avait l'air encore furieuse à son égard, et Maya en voulait toujours à Coyote. Ils étaient tous défaits, sales, avec les yeux rouges du petit peuple rouge. Leurs iris brillants semblaient taillés dans des fragments de pierre précieuse. Et elle s'entendit déclarer :

— Arkady serait satisfait.

Ils la regardèrent, surpris. Jamais elle ne parlait de lui, se dit-elle.

— Simon aussi, ajouta Ann.

— Et Alex.

— Et Sasha.

— Et Tatiana.

— Tous ceux que nous avons perdus, conclut brièvement Michel avant que la liste ne s'allonge.

— Mais pas Frank, fit Maya. Frank ferait sûrement la tête à propos de quelque chose.

Ils rirent tous, et Coyote ajouta :

— Et c'est toi qui vas poursuivre la tradition, non ?

Elle pointa sur lui un doigt coléreux et ils rirent plus fort encore.

— Et John ? demanda Michel en prenant le bras de Maya.

Elle se libéra et continua de menacer Coyote.

— John ne se lamenterait pas en implorant le ciel et en rejetant la Terre comme si nous pouvions nous en sortir sans elle ! En ce moment, John Boone nagerait dans le bonheur !

— Nous devrons nous en souvenir, dit Michel. Et penser à ce qu'il ferait.

Coyote sourit.

— Il courrait dans ce train en remontant le moral de tout le monde. Ce serait la fête jusqu'à Odessa. On écouterait de la musique, on danserait, tout ça.

Ils se regardèrent.

— Eh bien ? demanda Michel.

Ils s'avancèrent tous vers l'avant du train.

Chronologie

Table de comparaison des températures

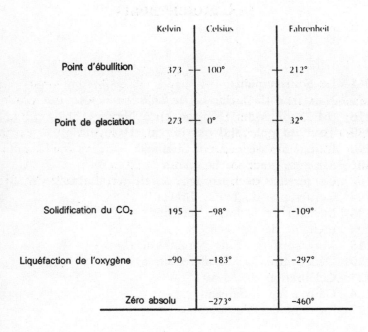

	Kelvin	Celsius	Fahrenheit
Point d'ébullition	373	100°	212°
Point de glaciation	273	0°	32°
Solidification du CO_2	195	-98°	-109°
Liquéfaction de l'oxygène	-90	-183°	-297°
Zéro absolu		-273°	-460°

Remerciements

A Lou Aronica, Victor R. Baker, Paul Birch, Donald Blankenship, Michael H. Carr, Peter Ceresole, Robert Craddock, Martyn Fogg, Jennifer Hershey, Jane Johnson, Damon Knight, Alexander Korzhenevski, Christopher McKay, Beth Meacham, Rick Miller, Lisa Nowell, Stephen Pyne, Lucius Shepard, Gary Snyder, Ralph Vicinanza et Tom Whitmore.

Et tout particulièrement, une fois encore, à Charles Sheffield.

Table

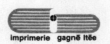

imprimerie gagné ltée

IMPRIMÉ AU CANADA